Bernd Roßbach

COLLAPSE

Roman

EDITION 211

1. Auflage
Lektorat: Susanna Abt
Satz/Layout: Dagmar Papic
Covergestaltung: Nele Schütz, München
Druck: CPI – Clausen & Bosse, Leck
Made in Germany
ISBN 978-3-95669-021-1
www.bookspot.de

Für Schrödingers Katze
(Existenz zwischen Leben und Tod im Dienste der Wissenschaft)

So when you feel like hope is gone
Look inside you and be strong
And you finally see the truth
That a hero lies in you

Whitney Huston

Inhalt

Vorwort

Die großen Manipulateure
(Braucht unser Gehirn eine Firewall?)

Heute beschäftigen sich die Einsteins dieser Welt mit Fragen nach verborgenen Dimensionen oder dem Geheimnis der Gravitation. Dabei bleiben die Klärung des Zeitbegriffs wie auch das Verhältnis zwischen Raum und Geschwindigkeit ein heftig umstrittenes und zugleich rätselhaftes Feld. Auch die Erforschung Schwarzer Löcher, eines der ungelösten Rätsel des Kosmos, ist eine der faszinierendsten Aufgaben jener modernen Entdecker der Neuzeit, vermuten sie doch in diesen Objekten das Tor zu weiteren Dimensionen. Ob die Lösung dieser Fragen in greifbarer Nähe ist, wird möglicherweise schon bald über die Ergebnisse in den Collidern, immer größeren Ringbeschleunigern, in denen Teilchen kollidieren, beantwortet werden können. An der größten Maschine, die der Mensch je erfunden hat, experimentiert man nicht nur mit gigantischem Aufwand, um die Naturkräfte zu entschlüsseln, sondern ist mittels der Quantentheorie bereits dem letzten großen Geheimnis der Physik, der Weltformel, auf der Spur.

Die Wissenschaft eilt vorwärts, und so entsteht auf der Jagd nach neuen Erkenntnissen in einer verlassenen Goldmine in South Dakota gerade eine riesige Versuchsanlage mit einem Labor in acht Kilometern Tiefe (*Deep Underground Science and Engineering Laboratory*).

Nicht alle Erkenntnisse führen zwangsläufig zu einer Lösung, sondern werfen oftmals neue Fragen auf. Sucht man nach klaren Aussagen, so herrscht sechs Jahrzehnte nach Einstein mehr Verwirrung denn Klarheit im Lager der Welterklärer. Nicht erst seit den unbestätigten Neutrinoversuchen in jüngster Zeit, die eine

Überschreitung der Lichtgeschwindigkeit nahelegen, forscht man an der als »spukhaften Fernwirkung« bezeichneten Quantenverschränkung. Wie schon Alain Aspect in seinem aufsehenerregenden Experiment 1982[1a], sind Wissenschaftler Teilchen auf der Spur, die offensichtlich selbst über Millionen von Kilometern hinweg ohne Zeitverzögerung zu interagieren scheinen. So belegte eine Gruppe um Nicolas Gisin an der Universität Genf, dass Teilchen mit 10.000-facher Lichtgeschwindigkeit miteinander kommunizierten.[1b] Ein Schock. Warfen diese Experimente doch Fragen auf. Zum Beispiel warum der Grundsatz »Nichts ist schneller als das Licht« als steinerne Ikone der Relativitätstheorie vielleicht doch in Zweifel zu ziehen war.

Erst in jüngster Vergangenheit fanden Forscher wie Craig Hogan oder Karl Pibram an der Stanford Universität einen Ansatz, das Rätsel zu lösen. Sie fanden Hinweise, dass das Universum Gesetzen der Holografie folgt und auch eine Struktur aufzuweisen scheint, die dem eines Hologramms ähnelt; denn auch dort ist in jedem Punkt die Information des Ganzen enthalten.[2a] (Der Quantenphysiker David Bohm[2b] spricht in seinem Buch *»Die implizierte Ordnung»* von *Holo-Movement* und einer *eingefalteten Ordnung.*) Eine überraschende Erkenntnis mit unabsehbaren Folgen für unser Weltverständnis.

Eine noch viel größere Überraschung, die allerdings in den Überschriften der Massenmedien noch nicht ihren Platz gefunden hat, ist die Entmystifizierung der Funktionsweise unseres Gehirns, sowie neue Erkenntnisse zu dessen Beeinflussbarkeit. Glaubt man unbestätigten Quellen, dann lassen die Ergebnisse eines russischen Wissenschaftlerteams das Riesenmolekül DNA im Hinblick auf äußere Programmierbarkeit in einem völlig neuen Licht erscheinen.[3] So liegt es nahe, dass unsere DNA auf noch unbekanntem Weg mit anderen Individuen kommuniziert – und dies möglicherweise gar über kosmologische Distanzen. Stellt die DNA damit gar eine Schnittstelle zwischen

Mensch und Kosmos dar? Dies zu klären, ist nun Aufgabe der Wissenschaft.

Das digitale Zeitalter birgt offenbar einen Paradigmenwechsel hin zu direkter Einflussnahme auf unser Gehirn. Denn dass Chemiker an Substanzen und Technologien arbeiten, den menschlichen Geist gefügig zu machen, ist bereits seit der MK-ULTRA Ära bekannt; ein Thema übrigens, das bereits meinen ersten Roman »Schattenwelten« beeinflusste. Aufgrund der militärischen Bedeutsamkeit ist anzunehmen, dass auf diesen Gebieten bis an die Grenzen des Machbaren geforscht wird. Die Frage, ob wir uns durch Willensstärke allein der Angriffe von außen erwehren können oder künftig womöglich so etwas wie ein Virenprogramm gegen Beeinflussungssmog benötigen, wird vielleicht schon die nahe Zukunft beantworten. Unser Gehirn hat jedenfalls keine Firewall, deshalb beginnen bereits die großen Manipulateure in geschützte Privatsphären einzubrechen, um mit neusten Errungenschaften der Technik unsere Meinungsbildung und Wahrnehmung zu verändern[(4)].

In meinem Beruf habe ich mich vielfach mit Krisenszenarien und Sicherheitsmodellen beschäftigt. Wobei eine Krise durchaus ein konstruktiver Zustand sein kann. Dieser Meinung war bereits Max Frisch: »Man muss nur verstehen, ihr den Beigeschmack einer Katastrophe zu nehmen«. Um aber zu verhindern, dass sich vermeintlich verheißungsvolle Technologien nicht schon bald gegen uns selbst richten, ist nicht zuletzt die Analyse von komplexen Systemen eine der wichtigsten Aufgaben *integrierter Zukunftsforschung*. Dabei stehen Fragen im Vordergrund wie: Wird das System demnächst in eine Krise geraten? Oder auch: Welche Folgen hätte eine solche Krise?[(5)] Und wie viel Risikobereitschaft verträgt ein System? Fragen, die uns schon bald beschäftigen werden. Denn was würde geschehen, wenn Sicherungsnetze aufgrund der Komplexität riskanter Forschungsprojekte versagen, wenn auf diesen Wissensgebieten der größte anzunehmende Unfall eintritt? Gelänge es auch dann noch, die Büchse der Pandora zu schließen, wenn in riskanten Forschungsdisziplinen gleich zwei Super-GAU's zur selben Zeit zusammenträfen, die einen Kollaps der Systeme bewirken?

Es wird nicht irgendwann passieren – es passiert jetzt.

Bernd Roßbach, Beaumont März 2011

»So lasst uns denn ein Apfelbäumchen pflanzen. Es ist soweit.« (Hoimar von Ditfurth, Wissenschaftspublizist)

1. Kapitel
Die Anomalie

Dallas, 08. Juli 2017, neun Tage vor der Alphastabilität

Katastrophen geschehen nicht einfach, sie sind das Resultat einer Verkettung unglücklicher Umstände. Dies sollte auch Jack Burton, Oberarzt und stellvertretender Direktor des Jefferson Health Medical Centers in Dallas, bald erkennen.

Burton hatte seit vierunddreißig Stunden keinen Schlaf gefunden und das Krankenhaus mehrere Tage nicht verlassen. Trotz der Strapazen war ihm die Anspannung nicht anzusehen, da er selbst unter Stress eine gleichbleibende Freundlichkeit vermittelte, für die ihn seine Kollegen schätzten. Nun jedoch begann ihn eine aufsteigende Kälte zu schütteln, die ihn immer dann heimsuchte, wenn er lange nicht geschlafen hatte.

Assistenzarzt Phileas Wuthering blickte verzweifelt auf Burton, der sich das Stethoskop aus den Ohren riss.

»Schon wieder ein neuer Fall, die Notaufnahme schafft den Ansturm nicht mehr«, sagte Wuthering.

»Decken Sie den hier zu Phil, ich werde es mir mal anschauen.«

Der stellvertretende Direktor, so wurde Jack Burton von den meisten Mitarbeitern genannt, genoss den Ruf eines Pedanten. Er hasste es, improvisieren zu müssen, obschon gerade deshalb ein Ausnahmezustand bei ihm vermutlich besser organisiert wäre als so manch andere Klinik im Regelbetrieb. Doch selbst Burton wusste nicht mehr, wie die eskalierenden Ereignisse unter Kontrolle zu bringen waren. Der Ansturm von Kranken und Verletzten sprengte alle Kapazitäten der Klinik. Burton fasste in seine Jackentasche, in der er sonst immer sein Notizbuch trug. Seit dem Studium war es ihm zur Gewohnheit geworden, jede Überbelegung mittels Strichlisten detailliert festzuhalten. Er tat dies schon deshalb, um möglichen Abweichungen vorzubeugen und einen peinlichen Mängelzustand erst gar nicht entstehen zu lassen. Jetzt fassten seine Hände ins Leere. Das Buch hatte er schon vor Tagen zur Seite gelegt, zu einem Zeitpunkt, als er aufgehört hatte, die Toten zu zählen. Schließlich deckte er selbst das weiße Laken über den vor wenigen Minuten Verstorbenen, hastete über den Flur und besprach sich mit seinem Assistenten Wuthering, der ihm über den Verbindungsgang zur Ambulanz folgte. Wuthering trat ans Fenster und blickte hinaus auf die Schlange von Unglückseligen, die es noch geschafft hatten, sich bis zur Klinik zu schleppen.

»Jack, gucken Sie sich das an. Wir müssen Chrichton informieren, jetzt!«

»Wahrscheinlich ahnt der Alte schon, dass wir zumachen sollten.«

»Ach, er weiß es doch längst. Machen wir uns nichts vor. Kein Bett frei und in der Notaufnahme stehen sie bis auf die Straße«, fasste Burton zusammen.

Der Oberarzt stemmte die Hände an die Hüften und sagte: »Klar weiß er das, aber er muss es schließlich auch anweisen. Für mich ist es eine ausgemachte Sache. Gerade jetzt, wo die Medien heißlaufen.«

»Warum zögert Chrichton?«, wollte Burton wissen.

»Er wird sich fragen, wo die Menschen hin sollen. Alle Stationen in Dallas sind überfüllt. Und das nicht erst seit gestern.«

»Okay, ich werde mit ihm reden.«

Burton versuchte, den Betten und Infusionsständern auf dem Gang auszuweichen. Den mit Verbandsresten übersäten Flur ignorierte er, denn die zunehmende Dramatik im Klinikbetrieb ließ ihn in eine Art Lethargie abdriften, so als wäre ihm das Chaos in den Gängen der Klinik schon zu einer lästigen Gewohnheit geworden. Er würde sich nie daran gewöhnen, das wusste er. Zwar hatte er über die Jahre eine Distanz zum Klinikalltag entwickelt, einen funktionierenden Selbstschutzmechanismus, doch blutverschmierte Körper, Hilferufe oder die in ihrer Totenmaske erstarrten Gesichter jener, die den Kampf verloren hatten; all das würde immer eine Reaktion in ihm auslösen.

Ihn schauderte. Es bereitete ihm Schmerzen, die verzweifelten Blicke seiner Untergebenen ignorieren zu müssen, die sich zwar aufopfernd, aber mehr und mehr resignierend dem Ansturm der Kranken entgegenstellten. Burton erreichte die Notaufnahme. Dort warteten Überfallopfer aller Altersklassen mit unterschiedlichsten Verletzungen. Das Sicherheitspersonal stieß die Drängelnden zurück, während eine Ärztin versuchte, die besonders schweren Fälle zu identifizieren.

»Versucht, möglichst viele ambulant zu versorgen! Jennifer, ich brauche Sie gleich drinnen. Lassen Sie sich ablösen.« Oberarzt Burton verschaffte sich noch einen Überblick über die Versorgungssituation, bevor er im Hauptgebäude auf Stationsschwester Kathie traf.

»Fahren Sie die letalen Abgänge runter, wir brauchen Platz für weitere Patienten«, rief Burton ihr zu. Sie schickte sich an, die Toten, die mittlerweile den Platz auf den Stationen weiter einschränkten, in den Keller zu verfrachten.

»Jack, die Auswertung der Analysen über die neu Eingelieferten ist da.«

»Und?«

»Wie bei den anderen. Blutwerte abnorm, hohe Leberwerte und auch wieder die unbekannte zyklische Kohlenstoffverbindung.«

»Und die Glycoside?«

»Die haben wir wieder nur bei den Aggressiven gefunden.«

»Wie sieht's mit den Barbituraten aus?«

»Wir kriegen sie nicht mehr ruhiggestellt. Diazepam, Barbital, nichts schlägt an! Nur bei einigen Valnoctamid!«

»Probieren Sie es mit Tiophental«, entgegnete Burton. »Zumindest jammern sie nicht. Nicht mal bei Frakturen. Also sehen Sie das Ganze nicht so schwarz.«

Kathie wusste es besser. Die Aggressiven, deren Blicken wenig Menschliches innewohnte und die in ihrem Ausdruck eher an Raubtiere erinnerten, die ihre Beute fixierten, fristeten mit Stricken an Betten fixiert ihr Dasein. Die mit Ledergurten versehenen Standardeinrichtungen der Klinik reichten dazu längst nicht mehr aus. Kathie schilderte die zunehmende Angst unter dem Personal.

»Das mit Jane ist doch kein Einzelfall. Die werden immer unberechenbarer. Erst denkt man, sie sind ruhig, und dann drehen sie plötzlich durch.«

»Es ist nur vorübergehend«, versuchte Burton zu beschwichtigen. »Irgendwann muss es ja mal aufhören.«

Hoffnung war für Burton etwas, das er nie aufgab, aber auch er vermochte sich der Realität nicht zu entziehen. Beide Patientenkategorien würden zwar für sich genommen keine Besonderheit darstellen, wenn nicht in den zurückliegenden Wochen die Registrierung gleichartiger Fälle in den Großstädten nahezu explosionsartig zugenommen hätte. Noch hielten die Ärzte den Krankenhausbetrieb mit Durchhalteparolen aufrecht, aber sie ahnten nicht, dass die Situation schon bald weiter eskalieren sollte.

Burton prüfte die Blutproben und steckte sie in die Kühltasche. »Schicken Sie die Ergebnisse zum Ministerium! Die hatten gestern schon angefragt. Ich will jetzt endlich wissen, was hinter der ganzen Sauerei steckt.«

»Es gibt neue Erkenntnisse. Ein Professor Feilgruber in Genf hat sich zu den toxischen Befunden geäußert«, erklärte Wuthering.

»Und was sagt er?«

»Seiner Meinung nach sind es Abbauprodukte bekannter Substanzen. Eine Art Aufputschdroge mit psychopathogenem Effekt.«

»Also doch etwas Synthetisches?« Burton schien überrascht.

»Die Analysen sind nicht abgeschlossen. Sieht aber aus, als hätten wir es mit einer Epidemie von Drogenkonsumenten zu tun.«

Burton drückte Wuthering die Tasche mit den Blutproben in die Hand. »Junkies? Sie machen Witze ...«

»Keine Ahnung. Eine offizielle Stellungnahme vom Ministerium gibt's nicht. In den Berichten über die Unruhen hab' ich noch nichts gehört. Irgendwie mauern alle Beteiligten.«

»Was die rausgeben, ist doch eine Farce. Wie immer halten sie die Informationen zurück!«, echauffierte sich Burton.

»Sie verharmlosen. Erst halten mal wieder Statistiken her, um die Zusammenhänge zu verschleiern, und wenn's scheibchenweise rauskommt, hat es nachher keiner gewusst.«

»Wenn das stimmt mit den Junkies, ist das ein dickes Ding!«

Kathie Flannegan absolvierte bereits die zweite Schicht hintereinander. Die im vierten Monat Schwangere hatte sich zwar nur wenige Pausen gegönnt, allerdings unterstützten sie ihre Kolleginnen nach Kräften, sodass Kathie der Meinung war, die Arbeit auch unter diesen Bedingungen leisten zu können.

Ihr Patient lag mit geschlossenen Augen auf dem Rücken. Sein Schädel war kahl rasiert und die mit Klebeband befestigte Mullbinde bedeckte eine tiefe Platzwunde, die bis auf den darunter liegenden Knochen reichte. Blut sickerte in den Verband. In den überfüllten Krankenzimmern war kein Platz für weitere Neuzugänge. Deshalb schob Kathie den Bewusstlosen in den angrenzenden Reinigungsraum. Das Bett fand in der Kammer neben Schrubbern und Putzeimern Platz.

Den Füllstand prüfend, stach Kathie die Nadel für die Infusion durch die Gummimembran der Glasflasche. Wie tausende Male zuvor befestigte sie auch diesmal den Glasbehälter mit der Flüssigkeit an der Halterung des rollbaren Ständers. Der Patient lag regungslos auf dem Bett. Von ihm abgewandt, bemerkte Kathie nicht, wie sich für wenige Sekunden die Lider seiner Augen hoben. Seine linke Hand begann sich um die Stahlumrandung des Bettes zu krallen. Während Kathie den rechten Arm des Patienten anhob, ertasteten ihre Finger den Puls. Wie sonst auch nahm sie den Blutdruckmesser zu Hilfe.

»Na komm schon«, murmelte sie und erwartete ungeduldig das Ergebnis. Dem Instrument nach zu urteilen, zeigte der Blutdruck keine Auffälligkeiten. Nur für den Puls, der um etwa vierzig Schläge je Minute über dem normalen Takt schlug, hatte Kathie keine Erklärung.

Ein Zucken unter dem Laken, das die Beine des Patienten bis zum Bauchnabel bedeckte, erregte Kathies Aufmerksamkeit. Prüfend zog sie mit ihrem Daumen ein Augenlid des Patienten hoch und blickte in eine starr geweitete Pupille mit rot unterlaufener Iris. Sie testete die Reflexe, aber die Stimulation der Reflexzentren zeigte keinerlei Wirkung.

»Warum ist das so, verdammt?«, murmelte sie zu sich selbst. »Irgendetwas mit der Steuerung des Körpers scheint durcheinander.«

Die Stationsschwester kritzelte mit einem kleinen Stift noch einige handschriftliche Aufzeichnungen auf das Display ihres Computers, der aussah wie ein zu groß geratenes Telefon. Dann schickte sie die Daten an den Funkchip in der Patientenkarte am Fußende des Bettes. Währenddessen fiel hinter ihr die Tür ins Schloss. Von draußen auf dem Krankenhausflur drang das hektische Öffnen und Schließen von Türen an ihre Ohren. Die zugeschalteten Absauganlagen in den angrenzenden Versorgungsräumen, die seit Wochen die Geräuschkulisse einer Werkhalle verbreiteten und in der Enge der Kammer nun umso lauter dröhnten, ließen sie aufhorchen. Von der werdenden Mutter unbeachtet, öffnete der Patient in diesem Augenblick seine Augen. Sie schlossen sich wieder, als Kathie sich seinem Brustkorb näherte. Auch das verräterische Beben der Nasenflügel verflachte. Kathie nahm ihr Stethoskop und setzte es auf die mit kaltem Schweiß bedeckte Brust des Mannes. Sie horchte. Er atmete ruhig. Kathie griff zum Mobiltelefon und wählte die Nummer von Doktor Burton.

Noch während sie die Kühle des Hörers an ihrem Ohr spürte, vernahm sie im Hintergrund das monotone Vibrieren der Klimaanlage. Kalte Luft strömte in ihren Nacken und mit den ersten Anzeichen einer Gänsehaut begannen sich die Härchen ihres Unterarms aufzurichten.

Die Krankenschwester hatte die Verbindung hergestellt, am anderen Ende der Leitung meldete sich Burton.

»Jack, ich habe den Neuzugang auf der Vierundvierzig untersucht. Hoher Puls, keine Reflexe, aber tonische Krämpfe und leichte Zyanose. Was soll ich ihm geben?«

Kathie war ins Gespräch vertieft. Sie bemerkte nicht, wie sich der Oberkörper des Mannes im Hintergrund aufrichtete. Sein Gesicht verfinsterte sich, während er auf ihren Rücken starrte.

»Ich werde ihn mir selbst ansehen«, tönte die Stimme des Doktors durch das Mobiltelefon.

»Gut, ich habe ihn in der ...« Sie stockte, denn sie nahm ein rasselndes Atemgeräusch in der Nähe ihrer Schulter wahr.

Mit einem Schrei ließ sie das Telefon fallen. Instinktiv verschränkte sie die Handflächen vor ihrem Gesicht. Ihr Versuch, zurückzuweichen, wurde durch die Hand des Fremden verhindert. Der Arm schnellte federgleich vor und packte sie an Kittel und Schulter. Ein röhrender unmenschlicher Schrei aus der Kehle des Mannes erfüllte die Kammer. Katie erschauderte. Sie sah, wie die Hand auf ihren Hals zuschnellte, um sie mit eisernem Griff zu packen. Gleichzeitig barsten die Fesselungen am Unterschenkel des Patienten, sein muskulöser Körper erhob sich von der Liege.

Kathie blieb keine Zeit, einen weiteren Schrei auszustoßen, der bereits auf ihren Lippen lag. Zu eisern war der Griff um ihre Kehle, der ihr die Luft zum Atmen abschnürte. Die Blutzufuhr an ihrer Halsschlagader wurde durch die Umklammerung verringert, und die Bewegungen, mit denen sie versuchte, mit der Hand irgendeinen Gegenstand zu fassen zu bekommen, glichen bereits denen einer Ertrinkenden, die sich in Todesangst an etwas zu klammern suchte.

Der Krankenschwester schlug ein widerlicher Gestank entgegen. Das zu einer Fratze entstellte Gesicht des Mannes näherte sich Katies Wange, sodass sie noch den fauligen Atem des Angreifers roch, bis ihre Sinne zu schwinden begannen. Sie starrte auf die weiß verfärbte Zunge auf blaubeerfarbenem Grund, die sich zwischen den nikotinverfärbten Zahnreihen hindurch auf die Lippen schob. Auch der Rachen schimmerte violett. Kurz vor der Bewusstlosigkeit glaubte sie noch, einen sich verjüngenden Tunnel voller Nebelschwaden zu erahnen, während es ihr zunehmend unmöglich wurde, ihre Umwelt wahrzunehmen.

Der muskulöse Mann packte schließlich den Besenstiel, nach dem Kathie vergeblich gegriffen hatte. Mit nur einer Hand knickte er ihn in der Mitte durch, sodass das Holz des Stiels wie ein Streichholz splitterte. Der Stoß, mit dem der Angreifer Kathie das spitze Ende des Stiels unterhalb des Brustbeins in den Körper rammte, erfolgte blitzschnell. Ihre Augen halb geschlossen, wurde sie von dem Holzspeer an die Wand geschleudert. In dem Augenblick, als sie der Speer durchdrang, riss sie die Augen wieder auf, obwohl sie nicht einmal verstand, was passiert war.

Den Schmerz fühlte sie lediglich als warme Welle, die ihren Körper durchflutete. Sich ihr eigenes Ende unter diesen Umständen vorzustellen, hätte sie vor allem mit der Vorstellung von unerträglichen Schmerzen konfrontiert. Nun aber war es eine gnädige Laune der Natur, die Kathie den Schmerz gar nicht erst wahrnehmen ließ. Es fühlte sich an, als würde eine Meereswoge sie sanft anheben und den Kontakt mit dem Boden verlieren lassen. Das alles geschah in dem Moment, als ihr das mit Adrenalin und körpereigenen Morphinen überschwemmte Gehirn noch das Gefühl eines sich vor ihr schließenden Vorhanges suggerierte, kurz bevor ihr Kreislauf endgültig aussetzte. Blut rann von ihren Lippen und benetzte ihren Kittel, ihr Lebenssaft färbte den Stoff aus lindgrüner Baumwolle dunkel.

Im Augenblick der Bewusstlosigkeit erschlaffte ihr Körper. Ihre Augenlider schlossen sich, als sie am ausgestreckten Arm ihres Peinigers zu Boden glitt. Sie bemerkte nicht mehr, wie das Türblatt an ihren Körper stieß und der Mann, der sich nunmehr zur vollen Größe aufgerichtet hatte, sie achtlos am Boden zur Seite drückte, als er das Zimmer verließ.

Zur selben Zeit fünfundsiebzig Meilen über den Bahamas

Shuin Sparks beobachtete durch das Visier seines Raumanzugs das nur sehr langsam zurückgleitende Dach des Spacegleiters, hinter dem die blauschwarze Nacht des Alls lautlos auf ihn wartete. Sparks saß nahezu in Liegeposition inmitten der Kapsel, eingepfercht in einen ergonomisch gestalteten Sitz aus Carbon. Die Rohrkonstruktion, aus einer Legierung aus Magnesium und Titanaluminid bestehend, glänzte blasssilbern. Sie diente dem Sitz zur Fixierung, erweckte aber trotz zahlreicher Stabilisierungsstreben einen eher zerbrechlichen Eindruck. Endlich würde der langersehnte Sprung erfolgen. Die Instrumente, die am Armgelenk oberhalb seiner Handschuhe in den High-Tech-Anzug integriert worden waren, zeigten *Ready*. Sparks erwartete die Absprungfreigabe. Sie würde kontrolliert durch die Bodenstation über eine grüne Farbanzeige erfolgen, die seit wenigen Minuten in fahlem Rot pulsierte.

Erst der Farbwechsel der Signalleuchte würde seine Glieder auch aus der Umklammerung der Sicherheitsbügel freigeben. Es wäre der Schlusspunkt der Transportphase in siebzig Meilen Höhe, die von der Bodenstation als Package-Flight bezeichnet wurde. Aber noch wurde sein Körper durch das ihn umgebende Plexiglaskorsett und den metallisch glänzenden Gurt zurückgehalten, der seine Brust und die Beine wie eine zweite Haut umschloss. Das Signal zum Absprung stand allerdings unmittelbar bevor, denn die Konstruktion der Abdeckung aus feuerfestem Spezialkunststoff hatte sich bereits einen Spalt weit geöffnet.

Sparks legte für eine Sekunde den Kopf in den Nacken, schnaufte durch und genoß seinen Erfolg. Der Ausnahmestudent, der sein Studium der Kernphysik aufgrund eines Stipendiums an der Eliteuniversität Berkeley durchführte, fieberte bereits seit zwei Jahren dem Sprung entgegen. Es war eine ungeahnte Erleichterung gewesen, als man ihm die Auswertung der Tests mitgeteilt hatte, aus denen er allein als Sieger hervorgegangen war. Nun war sein Triumph vollkommen. Sich an den Ausbruch der Freude erinnernd, näherte er sich dem Höhepunkt seiner wochenlangen Vorbereitung, für die er so viele Tage im Space-Jump-Vorbereitungszentrum des seinen Sprung finanzierenden Unternehmens *Omega Dive* zugebracht hatte.

Der Sprung selbst würde bis zum Erreichen des Erdbodens über dreißig Minuten dauern. Knapp dreißig Minuten freier Fall, denen einige Minuten Schwerelosigkeit vorausgehen würden. Das Geräusch des Einrastens der Sicherungszapfen in der Abdeckung drang an seine Ohren. Der Vierundzwanzigjährige reflektierte in seiner Erinnerung die Gespräche um den Werbeeffekt, den Omega Dive über die Massenmedien auszuschlachten wusste. Weit entfernt auf der Erde verstand es das Unternehmen bereits jetzt, Technologie als Freizeitvergnügen in bare Münze umzuwandeln, denn eine Schar ausgewählter Interessenten verfolgte den Sprung in einer eigens eingerichteten Vip-

Lounge zusammen mit den Investoren gegen ein nicht grade geringes Entgelt. Jetzt kostete Sparks das erhebende Gefühl des Jungfernflugs aus, der in diesen Augenblicken für gutbetuchte Abenteuersuchende in Szene gesetzt wurde.

Die Leere des Alls rief in ihm die Erinnerungen an die sternklaren Nächte in Berkeley wach. Als Student hatte er sich am nicht weit entfernten Ufer des San Pablo Reservoirs aufgehalten und im Gras liegend stundenlang in den Himmel geblickt. Schon damals hatte er versucht, sich einen Fallschirmspringer vorzustellen, der aus großer Höhe die Erdoberfläche betrachtet. Jetzt allerdings war es ganz anders als in seiner Vorstellung. Jetzt nahm er die Sterne durch das doppelte Visier seines mit Carbonfasern verstärkten Kevlarhelms wahr, die seine Umgebung durch den Filtereffekt einer Goldbeschichtung in ein fahles Gelb tauchte. Andere Fixpunkte gab es nicht.

Endlich öffnete sich auch die Halterung des Brustgürtels. Sparks zögerte. Erst jetzt, in einer gewaltigen Inszenierung durch die Neigebewegung des Gleiters, geriet der Planet kopfüber in sein Blickfeld. Grün leuchtete die Anzeige *Go*. Einige Sekunden ließ er sich durch das atemberaubende Schauspiel beeindrucken, auf das er so lange gewartet hatte.

Noch tags zuvor, als er von Mitarbeitern auf dem Abfluggelände von Omega Dive in Florida in den silberglänzenden Gleiter befördert worden war, kannte Sparks den Anblick aus dem Weltall lediglich von Fernsehaufnahmen oder Bildern virtueller Space-Jump Animationen, die er bereits als Jugendlicher in sich aufgesogen hatte. In den Abbildungen erschien ihm die Erde als zweidimensionale Scheibe, der er wenig Aufmerksamkeit schenkte. Schon damals glaubte er zu ahnen, dass ein Weltraumsprung einmal zu einem seiner Lebensziele werden würde.

Nun hielt er einige Sekunden lang inne, berührt von dem Schauspiel, dessen Schönheit und majestätische Erhabenheit ihm bis zu diesem Augenblick verwehrt geblieben war. Bis zu diesem

Zeitpunkt hatte er die Erde eigentlich für unspektakulär gehalten, als seine Heimat irgendwo in der Michstraße, auf der es sich zwar angenehm leben ließ, die er jedoch gleichzeitig als eine selbstverständliche Einrichtung der Natur empfand. Erst jetzt, nachdem sich sein Traum zu erfüllen begann, nahm er sie als jene wundersame blaue Kugel wahr, deren Anblick ihn atemlos machte. Eine, aus der Ferne betrachtet, einzigartige Diva im Planetensystem des Alls. Gebannt blickte er auf den unbeweglichen Ball, dessen Wölbung sich im Horizont über ein schwachglänzendes Lichtband in der dahinterliegenden Schwärze des Alls verlor.

Unten auf der Erde, auf dem Gelände von Omega Dive, lief unterdessen die Liveübertragung. Dem ausgewählten Publikum eröffneten sich in diesen Augenblicken atemberaubende Bilder des Weltalls, begleitet von Sparks Ansprache.

»Glaubt ihnen nicht«, sprach er die Worte ins Mikrophon, die er zuvor auswendig gelernt und immer wieder geprobt hatte.

»Glaubt ihnen nicht, wenn sie euch erzählen wollen, wie sie von hier oben aussieht. Vergesst es. Vergesst alles, was man euch erzählt hat. Es ist anders. Ganz anders. Es ist viel größer, viel beeindruckender – Ihr werdet es selbst erleben.«

Im Augenblick, als die Leuchtanzeige von rot auf grün wechselte, wusste Sparks, dass dies das Startsignal zu einem Ziellauf bedeutete, auf den er so lange hingearbeitet und auf dessen Realisierung er lange Zeit nicht in seinen kühnsten Träumen zu hoffen gewagt hatte. Jetzt war es für ihn Wirklichkeit geworden. Sparks schwelgte in Gedanken, die er bereits tausende Male, wie ein nicht enden wollendes Déjà-vu, wieder und wieder durchlebt hatte. Würde es sich anfühlen wie ein Fallschirmsprung, wie er ihn so oft in den Zeiten seines Dienstes bei der Army absolviert hatte? Die Erdanziehung, die ihn wie durch das Saugrohr eines Staubsaugers in die Tiefe ziehen würde, wirkte erst einige Meilen weiter unten, deshalb würde er Minuten in völliger Schwerelosigkeit genießen können.

Sein Ziel einer sanften Erdlandung schien für ihn jedoch noch in unerreichbarer Ferne. Lautlos stieß er sich ab und glitt Zentimeter für Zentimeter über die Schwelle seines Sitzes hinaus in die Schwärze des allumfassenden Vakuums. Sekundenlang fühlte er Zufriedenheit, als fände er zwischen zwei Welten durch ein nicht näher zu erklärendes Gleichgewicht einen schwebenden Ausgleich. Tief atmete er durch seinen Helm das vorbereitete Luftgemisch ein. Das All vermittelte ihm ein Gefühl von absoluter Ruhe und Entspannung, wie in grenzenloser Macht über den Dingen zu schweben, um doch auch im selben Augenblick jene unendliche Hilflosigkeit zu fühlen, die das Wissen um die lebensfeindliche Umgebung in ihm erweckte.

Jetzt belächelte er seine Vorstellung eines mehr oder weniger gigantischen Fallschirmsprungs. Es war anders, majestätischer und glückserfüllender, als er es sich je hätte ausmalen können.

Ohne die Verbindung einer rettenden Leine, die ihn bei einer Fehlfunktion seines Anzuges wieder in die schützende Umgebung der Kapsel hätte bringen können, ließ er sich durch den Schwung des Absprungs zur Erde hin in waagerechter Position hinaustragen.

Sparks vollführte eine Rolle vorwärts, ein sanftes Drehen in Zeitlupe um die eigene Achse und richtete sich dann mit Hilfe der Instrumente in eine Schräglage zur Erde aus. Die Positionskorrektur erfolgte über Pressluftdüsen, die den jeweiligen Neigungswinkel zur Erde ausbalancierten.

Die Anziehungskraft war in dieser Höhe nicht zu spüren, aber dem Erdball, der sich ihm so majestätisch präsentierte, würde sich der Student bald mit einer Geschwindigkeit nähern, die kein Mensch vor ihm je erreicht hatte.

Minutenlang genoss er die schwerelose Vorwärtsbewegung, die ihn alles andere um sich herum vergessen ließ. Er hoffte, dass dieses Gefühl nie enden würde.

Lediglich der Raumgleiter, der in der Ferne nur noch als winziger Punkt auszumachen war, erinnerte ihn daran, dass er sich bereits wenig später mit einer Geschwindigkeit von tausendsiebenhundert Meilen pro Stunde der Atmosphäre nähern würde. Sein Herz schlug jetzt schneller. Mit steigender Erwartung fieberte er der maximalen Beschleunigung entgegen. Die Instrumentenanzeige, die Sparks als digitale Spiegelung in seinem Helmvisier ablesen konnte, registrierte einen ersten Reibungswiderstand. Schnell erhitzte sich die Außenhaut seiner Kohlefaserummantelung. Kleine Partikel lösten sich von den winzigen Hitzeschildpailletten, die wie Schuppen auf der Außenumhüllung den Reibungskräften der Atmosphäre entgegenstanden. Vereinzelt spiegelten sie sich in der metallisch schimmernden Oberfläche, bis sie sich schließlich in rotglühenden Schweifen aufzulösen begannen.

Sparks gewann merklich an Geschwindigkeit, im ersten Moment ein angenehmes Gefühl. Wenn jetzt allerdings eine der Sicherheitseinrichtungen versagte, die Richtungskorrektur aussetzte oder eine undichte Stelle des Hochleistungsanzugs zu einem Druckverlust führen würde, er wäre unweigerlich in der Unendlichkeit des Alls verloren. Allein der Ausfall der Richtungskorrektur würde ihn schnell ins Trudeln geraten lassen und die dabei auftretenden Schleuderkräfte würden ab hundertzwanzig Umdrehungen pro Minute unweigerlich zur Ohnmacht führen. Zweihundert Umdrehungen wären tödlich. Würde die Druckpolsterung des Raumanzugs ein Leck aufweisen, der Unterdruck würde die Haut binnen kürzester Zeit extrem anschwellen lassen. Der Weltraum oberhalb der Stratosphäre war eine lebensfeindliche und risikoreiche Umgebung. Nachdem er nun die schützende Hülle des Space Gleiters einmal verlassen hatte, lauerten um ihn herum Gefahren, so zahllos wie Motten im Licht einer Lampe bei sommerlicher Abendschwüle. Bereits kleinste Partikel von Weltraumschrott, Körnchen versprengter Kometen oder gefrorenes Wasser schossen mit der Geschwindigkeit einer Pistolenkugel durchs All und hätten beim Auftreffen auf seinen Körper verheerende Folgen. Sparks hatte auch in diesem Moment die Worte seines Ausbilders im Ohr: »Der Weltraum ist keine Partyhure. Wenn du dafür bezahlst, weißt du nicht, was du oben für deine Kohle bekommst.«

Der Spezialanzug, dem Sparks sein Leben anvertraut hatte, war eine Maßanfertigung. Es bedurfte jahrelanger Forschungsarbeit, um die Protektoren, die Verteilung der Systeme sowie die Helmform so ergonomisch zu gestalten, dass der Atmosphäre möglichst wenig Widerstand entgegengesetzt wurde. Davon hing das Leben des Springers ab, wenn er die Atmosphäre zu durchdringen versuchte. Sparks verringerte immer schneller die Distanz zur Erde. Dabei unterstützten ihn sechs Pressluftdüsen, die sichere Kurskorrekturen unter schwierigen Bedingungen ermöglichten. Jetzt begannen die Konturen der Kontinente, Details anzunehmen. Aufgrund des steilen Fallwinkels konnte Sparks den in fahlem Blau flimmernden Horizont nur noch sehen, wenn er den Kopf in den Nacken legte.

Die Hitze steigerte sich auf ihren Höhepunkt. Mit über tausendsiebenhundert Meilen pro Stunde raste Sparks in die Atmosphäre. Fast augenblicklich durchbrach er die Schallmauer. Dabei schützte ihn die Helmkonstruktion, die speziell für die Belastungen des Durchbruchs entwickelt worden war. Momentan wiesen alle Instrumente auf das Funktionieren der Sicherheitssysteme hin und signalisierten den störungsfreien Ablauf für die Landung. Die erste Stufe der Bremsung würde bei dreitausend Meilen erfolgen. Noch waren es neun Meilen bis zur Erdoberfläche.

»Sieben Minuten noch zum Zielpunkt«, dachte er. Schon erblickte Sparks nähere Details auf dem amerikanischen Kontinent. Ein kleiner Bremsfallschirm entfaltete sich mit unmerklichem Ruck, den Sparks lediglich durch eine Korrektur seines steilen Eintauchwinkels sowie die Anzeige auf seinen Instrumenten wahrnahm. Erste Konturen von Bergen und Flüssen, deren Verlauf sich irgendwo am Horizont verlor, waren durch Wolkenlücken auszumachen.

Bei zweitausend Meilen aktivierte sich der zweite Bremsfallschirm, dessen Funktion hauptsächlich darin bestand, die Fallgeschwindigkeit auf die Belastungsgrenzen des Landefallschirms zu korrigieren. Wenige Sekunden nach der Auslösung wurde er bereits wieder abgesprengt, um bei unter einer Meile den Landefallschirm zu öffnen, der Sparks schließlich auf Sinkgeschwindigkeit reduziert zur Erde bringen sollte. Gelenkt durch das GPS-System landete er wenige Sekunden später zielgenau auf einem für den Landevorgang vorgesehenen Areal, nicht weit vom NASA-Space-Center in Houston entfernt.

Zwei Stunden sollte die ärztliche Routineuntersuchung nach Sparks Bergung noch dauern, bevor er endlich in den wohlverdienten Tauchurlaub mit seiner Freundin Judy fahren konnte. Der Student hatte die engagierte Journalistin vor sechs Monaten während eines der zahlreichen Interviews kennengelernt, die ihm zu erstem Ruhm als Weltraumtestspringer verholfen hatten.

Noch lebte der angehende Physiker ungezwungen von Konventionen und Zukunftsplänen in seiner kleinen Atelierwohnung in North Berkeley, aus deren Dachfenster er in der Nacht zu den Sternen am Himmel und gleichzeitig durch den teilverglasten Giebel auf den entfernten Lichterstrudel der Innenstadt blicken konnte. Dies ließ ihn immer wieder die Winzigkeit seiner selbst erfahren und führte ihm vor Augen, letztlich nur als Teil eines der vielen Irrlichter zu existieren, die sich dort unten in einem Meer von Lichtpunkten im Großstadtgetümmel verloren. Zwar war er nicht weniger ehrgeizig als seine Freundin

Judy, und doch verlief sein Leben noch in den Bahnen eines Studenten, der nicht damit abgeschlossen hatte, vor dem Beginn einer beruflichen Karriere erst einmal alle Freuden zu genießen, die das Leben für ihn bereitgestellt hatte.

Den ersten Tag nach dem Sprung hatten Sparks und Judy überwiegend mit Faulenzen am Strand und Tauchgängen zu den Wracks nahe Crystal Beach verbracht. Während seiner Tauchgänge war es Sparks möglich, sich der Welt der Formeln zu entziehen und in einer anderen Welt, einem Universum an Stille und zeitloser Ruhe, zu entspannen.

Sparks lag ruhig im Wasser und lichtete mit seiner Unterwasserkamera Teile eines gesunkenen Fischtrawlers ab. Selbst im klaren Wasser von Crystal Beach erreichten die Sonnenstrahlen in der Tiefe von fünfundsechzig Fuß die beiden Taucher nur noch als schwach schimmernder, blauer Schein. Nicht weit von ihm entfernt schwamm Judy. Die Flaschenfüllung bereits aufgebraucht, signalisierte sie ihrem Freund, auftauchen zu wollen. Er folgte ihr.

Entspannt, mit leichten Bewegungen seiner Flossen, schwamm er der Wasseroberfläche entgegen. Dort setzte er die Brille ab, betrachtete die tiefstehende Nachmittagssonne, deren Strahlen abgemildert durch die Atmosphäre ihren Glanz verströmten und die Wellen um ihn herum in flüssiges Gold verwandelten. Auf dem Rücken schwimmend, erreichten Judy und Sparks das Ufer. Nach zwei Tauchgängen und gelungener Dekompression glaubte er, noch Druck auf den Ohren zu verspüren und beschloss, sicherheitshalber am nächsten Tag zu pausieren.

Auf dem Weg ins Hotel nach Galveston kündete Donnergrollen ein nahendes Gewitter an. Dunkle Wolken quollen am Horizont empor, und in der Luft lag spürbare Elektrizität, die sich wenige Meilen entfernt bereits durch grelle Blitze in den Boden entlud. Große Regentropfen klatschten vereinzelt auf die Frontscheibe, aber die aufziehenden Gewitterwolken hatten noch nicht die Dichte erreicht, um ihre Last endgültig in einem Platzregen oder Hagelschauer abladen zu können. Der Scheibenwischer setzte ein und verwischte die Tropfen mit den Resten von Insekten auf der Scheibe zu schmierigen Schlieren. Hart radierte der Gummi über die Scheibe. Sparks schaltete den Scheibenwischer aus. Durch das geöffnete Seitenfenster stieg ihm der unverwechselbare Duft salzhaltiger Seeluft in die Nase, die sich mit dem Aroma der Blütendolden des Oleanders der Vorgärten und der dampfenden Feuchte des Asphalts auf den Straßen zu einem einzigartigen, für diese Region so typischen Geruch vermischte.

»Riechst du das, Judy?«

»Ja, ich hatte den Duft schon heute Morgen auf dem Balkon in der Nase.«

»Das liebe ich so an Galveston«, sagte Sparks.

»Wollen wir heute Abend einen Abstecher nach Houston in die Galleria machen? Du kannst shoppen gehen.« Sparks strahlte über das ganze Gesicht. »Es gibt da übrigens auch eine Eisbahn und die Cheesecake Factory, das ist der beste Käsekuchen in Texas.«

»Eine Eisbahn?«

»Du kannst doch Eislaufen? Hast du mir jedenfalls erzählt.«

Judy zwinkerte. »Was mich betrifft, ja. Aber kannst du's auch?«

»Mich musst du vor dir herschieben.«

»Klar, natürlich zu schwierig für einen, der mit dem Gleitdrachen vom South Rim des Grand Canyon springt.« Sparks gab seiner Freundin einen leichten Stupser und küsste sie auf dem Mund.

Als sie sich voneinander lösten, nahm Judy die Konversation wieder auf: »Sag mal, hast du dir das mit der neuen Wohnung eigentlich mal überlegt? Ich könnte in Frisco den Job im Sender bekommen.«

Sparks deutete ein Nicken an, in seiner Gegenfrage klang Unverständnis an. »Verdienst du da mehr?«

»Nein, aber dann ist es von LA aus nicht so weit, und wir könnten uns öfter sehen. Nicht nur am Wochenende.«

Sparks verharrte einige Sekunden. »Ach, lass uns später darüber reden, wenn ich den Kopf wieder frei habe. Okay?«

»Aber der Job wartet nicht. Was meinst du?«, insistierte Judy.

Sparks klang gelangweilt. »Wir sind doch noch nicht so lange zusammen. Müssen wir uns jetzt schon darüber Gedanken machen?«

»Nun ja, wann denn?«

»Du weißt doch, ich bin im Sudienstress wegen des Masters.«

»Klar, aber so oft kommen solche Chancen nicht.«

»Es ist alles ein bisschen viel im Moment. Lass uns erst mal die Zeit hier genießen.«

Judy antwortete nicht, und die nächsten Minuten verbrachten sie wortlos, bis Sparks plötzlich das Schweigen brach. »Schau dir das an. Was ist denn da los?«

Er lenkte Judys Aufmerksamkeit zur Auffahrt des Hotels, vor der sich eine lange Wagenkolonne gebildet hatte. Mehrere Polizeifahrzeuge und ein Rettungswagen blockierten die Zufahrt.

»Da muss was passiert sein. Wir parken besser um die Ecke.«

Während die Journalistin zu ihrer Kamera griff, begannen mehr und mehr Regentropfen auf die Scheiben zu prasseln.

»Ich geh schon mal vor. Das guck ich mir mal aus der Nähe an«, sagte Judy.

Sparks hielt an und ließ Judy aussteigen. Wenige Augenblicke später fand er einen Parkplatz auf der Straße. Den Wagen stellte er quer in der Lücke ab, als der Platzregen losbrach. Er hastete den Weg zur Hotelauffahrt hinauf. Binnen weniger Sekunden watete Sparks durch eine Wasserflut, die sich die Einfahrt hinunter zur Straße ergoss.

Als er die Unglücksstelle erreichte, lichtete Judy bereits die Bilder des Geschehens ab. Die Kamera versuchte sie mit ihrer Handtasche vor dem Platzregen zu schützen. Jetzt erblickte auch Sparks die mit Markierungen versehene Blutlache am Boden, die im Regen bereits zu einer konturlosen Brühe mit kontrastierenden Rottönen verschwommen war.

Polizisten drängten die Schaulustigen hinter die Absperrungen zurück. Auch Judy wurde von einem der Officer mit ausgebreiteten Armen in die Menge zurück gedrängt. Als sie sich widersetzte und er sie daraufhin anherrschte, fingerte sie ihren Journalistenausweis aus der Tasche.

»RSCN Television Los Angeles«, ließ sie verlauten und hielt dem Uniformierten das Dokument vor die Nase.

»Was ist hier passiert?«

Der Officer befestigte ein weiteres Absperrband, während er antwortete.

»Vermutlich einer dieser Amokläufer. Mit denen haben wir es seit Wochen zu tun.«

»Und wer ist das Opfer?«

»Ein Überfall auf einen der Hotelgäste. Als er nicht gehorchte, hat man ihm vermutlich den Hals aufgeschnitten.«

»Den Hals aufgeschnitten? Warum?« In Judys Stimme klang Entsetzen mit.

»Keine Ahnung. Warum bringen Menschen andere Menschen um? Einen Grund gibt's vermutlich immer.«

»Hat man ihn gefasst?«

»Ja, die Security vom Haus war so freundlich.« Er wies auf eine Gruppe ebenfalls Uniformierter, die sich am Eingang des Hotels unter dem Vordach postiert hatten und ihre Hände demonstrativ an den Schlagstöcken ruhen ließen.

»Die haben ihn ganz schön zugerichtet. Aber verdient hat er's ja, vermutlich.«

»Sie meinen, es war einer von diesen Creeps?«

»Ja, vermutlich wieder einer dieser Verrückten. Wir haben immer mehr Probleme mit denen. Scheinen sich vermutlich wie die Karnickel zu vermehren.«

»Können Sie schon etwas zur Person des Täters sagen? Wie alt war er?«

»Vielleicht fünfundzwanzig Jahre. Keine Ahnung. Das Opfer war älter, vermutlich. Also Lady, Sie sehen doch, ich habe alle Hände voll zu tun. Wenn Sie noch Fragen haben, wenden Sie sich an unser Office. Okay?«

»Ja, vermutlich!« Judy verdrehte die Augen, während der Regen ihr die Kleidung durchnässte. Sie schoss noch einige Fotos von der Trage, auf die der Tote unter eine glänzende Metallfolie gelegt und in den Rettungswagen verfrachtet wurde.

Sparks befand sich hinter den Absperrbändern. Durchnässt winkte er Judy zu. Nachdem er Judy wieder in seine Arme geschlossen hatte, liefen sie zusammen in Richtung des schützenden Eingangsportals.

»Hast du gehört, was hier los war?«

Judy schüttelte den Kopf. »Es war wohl einer von den Creeps. Mehr konnte ich nicht in Erfahrung bringen.«

»Gibst du die Bilder heute noch an deinen Sender?«

»Ja, online. Das geht schnell. Aber ich werde nachher nochmal mit der Polizei telefonieren, um Details zu bekommen. Der Cop hier war komisch drauf.«

»Gut, lass uns erstmal ins Hotel gehen«, entgegnete Sparks.

Im Hotelzimmer ordnete Judy ihre Notizen und informierte ihren Sender, am Abend überfiel sie eine ungewohnte Unruhe. Kurzentschlossen machten sie und Sparks sich doch noch auf den Weg zur Galleria in Houston.

Nach dem Platzregen am frühen Abend brachte der landeinwärts aufkommende Wind etwas Abkühlung. Sparks, der das südtexanische Klima in der Region um Houston mit Nähe zum feuchten Louisiana eigentlich liebte, schwitzte mehr als sonst.

Anders als in den zurückliegenden Jahren, schien ihn eine Unruhe zu überfallen.

Auf dem Weg in die Stadt bog Sparks in die Westheimer Avenue ein. Das Klingeln seines Mobiltelefons ließ ihn mürrisch in die Tasche greifen.

»Sparks«, beantwortete er hastig den Anruf, während er mit der rechten Hand das Steuer hielt.

»Leighland hier«, vernahm er die Stimme seines Professors. »Wo treiben Sie sich schon wieder rum? Haben Sie sich nicht den Hals gebrochen bei Ihren Drachenfliegereien? Man sprach schon davon hier auf dem Campus.«

»Wie Sie sehen, ich lebe noch«, antwortete Sparks belustigt.

»So. Also mit anderen Worten, Ihr Flugexperiment ist für uns unerwartet schiefgelaufen. Welch ein Jammer.«

»Oh, danke Herr Professor, dass Sie so besorgt um mich waren.«

»Sie haben hier andere Aufgaben. Nun, da Sie noch leben, kommen Sie mal bei mir im Büro vorbei. Wir sollten darüber reden, wie es nun mit Ihnen weitergeht. Am besten gleich morgen.«

Sparks zog die Mundwinkel hinunter, und bevor er etwas erwidern konnte, hatte der Professor das Gespräch bereits beendet.

»Verdammt.«

»Wer war's?«, wollte Judy wissen.

»Der Alte. Er will mich morgen sehen.«

»Oh nein. Muss das sein?« Judy schloss die Augen und drehte den Kopf zur Seite.

»Meine Prüfung. Ich hab' sie wahrscheinlich vermasselt.« Kleinlaut schob er hinterher: »Verdammt, ich hab's geahnt.«

»Was machen wir dann mit unserem Urlaub?«

»Ein paar Tage San Francisco und LA geht doch auch. Wir machen einen Abstecher nach Huntington Beach, okay?«

Judy wollte antworten, wurde aber von einem Ereignis auf der Straße abgelenkt. Mehrere Uniformierte prügelten mit Schlagstöcken auf eine Horde von Randalierern ein. Instinktiv suchte sie die Nähe zur Schulter ihres Freundes.

»Shuin, guck dir das an! Überall die Soldaten!«

Auch Sparks erfasste mit einem Blick die Zusammenrottung von Gestalten, die sich vor einem Geschäft postiert hatten, dessen Schaufenster geborsten war. Er zog Judy an sich. Was er erblickte, ließ seine Miene gefrieren. Er ahnte bereits, dass dies erst der Auftakt zu einem noch im Verborgenen aufkeimenden Terror sein sollte, der sich seit Tagen unterschwellig und heimlich, von der großen Masse noch nicht wahrgenommen, als große Gefahr abzuzeichnen begann.

Jack Burton schrie aus voller Kehle. Seine Hilfeschreie hallten durch den Flur und erreichten das Schwesternzimmer am Ende des Korridors. Zwei Angestellte ließen eiligst Blutkonserven und Infusionslösung auf den Tisch fallen, um ihrem Kollegen zu Hilfe zu eilen.

Noch auf dem Gang blieben sie stehen und wurden Zeuge, wie Doktor Burton von hinten angefallen wurde. Der Unbekannte hielt den Mediziner umklammert und fuchtelte mit einem Skalpell vor Burtons Hals. Den Mediziner vor sich her bugsierend, näherte er sich den Schwestern. Seine Stimme tönte blechern über den Gang.

»Los, her mit den Bonbons! Wo sind sie?«

In diesem Augenblick wurde Burton von dem Angreifer zu Boden geschleudert. Sein Kopf traf an die Vorderkante einer Türzarge. Unmittelbar darauf erhielt er auch noch einen Tritt in die Seite, der ihm den Atem nahm.

Der Angreifer hatte sich den Krankenschwestern, die beide in einer Fluchtbewegung rückwärts schritten, bereits auf zwei Armlängen genähert.

»Eure Betäubungsmittel, Morphium und so was! Her damit!«
Die linke der Schwestern riss einen Stuhl an sich und schleuderte ihn in die Richtung des Angreifers.

Die größere Krankenschwester von beiden, zu der er die Distanz durch blitzschnelles Vorpreschen soweit verringern konnte, dass er sie am Arm zu fassen bekam, presste er zunächst gegen die Wand, um sie dann gegen die gegenüberliegende Glasscheibe des Schwesternzimmers zu schleudern. Ihr Kopf durchbrach bis zu den Schultern das Glas. Gleich einem Regen aus Kristall prasselten die Splitter zu Boden. Bewusstlos sackte die Schwester kopfüber hinter der Scheibe zusammen. Blut sickerte aus ihrem Hals. Dem Mund des Angreifers entwich ein heiseres Lachen, als er sein regungsloses Opfer betrachtete. Von den Verletzungen nahm er keinerlei Notiz.

Ohne zu zögern, setzte er der anderen Schwester nach, die schreiend ihrem Fluchtreflex gefolgt war und in Richtung Ausgang flüchtete. Sie erreichte mit zitternden Händen die Tür zum Treppenhaus. Dort stolperte sie, fing sich aber wieder am Treppengeländer. Um Hilfe rufend, stürzte sie die Stufen zum nächsten Geschoß hinab. Anstatt der Flüchtenden weiter nachzusetzen, verharrte der Creep plötzlich, blickte ihr noch einige Sekunden hinterher, bis sie das Zwischengeschoss erreicht hatte. Dann wandte er sich um und orientierte sich wieder in Richtung des Schwesternzimmers.

Die Schwerverletzte ignorierend, steuerte er zielsicher auf den Opiatenschrank zu. Mit einem Schemel schlug er auf das Schloss ein, bis das Blech brach und er den Schrank öffnen konnte. Seine Hände durchpflügten die Reihen von Medikamenten. Er schien nach Verpackungen eines bestimmten Präparats zu suchen, aber die Etiketten betrachtend, griff er zu immer neuen Glasflaschen, ohne fündig zu werden.

Im angrenzenden Raum bemerkte er schließlich einen weiteren Medikamentenschrank. Mit seinen Fingernägeln kratzte er über die verschlossenen Türflügel. Noch zögerte er, aber die erfolglose Suche sollte seine Aggression bald steigern. Schließlich riss er den Hängeschrank aus seiner Verankerung und ließ ihn zu Boden fallen. Laut splitterte das Holz.

Unterdessen erlangte Doktor Burton wieder das Bewusstsein. Sein Kopf schmerzte. Er betastete den warmen, klebrigen Fleck an seiner Stirn und betrachtete seine blutbefleckten Fingerspitzen, bevor er sich aufrichtete. Blut tropfte von seiner Augenbraue auf den Fußboden. Noch behinderten ihn Schwindelgefühle, dennoch versuchte er, auf seinen Beinen zu stehen und hielt sich den Kopf. Unwillkürlich kamen ihm Bilder aus seiner Jugend in Erinnerung, als er in der Kiesgrube beim Drachen steigen lassen, in einem Moment der Unachtsamkeit, von einem Abhang gerutscht war und sich eine blutende Wunde zugezogen hatte. In diesem Augenblick fiel sein Blick auf die Stationsschwester, die immer noch reglos in dem Fensterrahmen auf zerbostenem Glas lag. Kopf und Arme ruhten auf dem dahinter angrenzenden Tisch im Schwesternzimmer. Das Blut hatte sich bereits darauf ausgebreitet und tropfte über die Tischkante zu Boden. Burton, der der Bewusstlosen zu Hilfe eilen wollte, stockte in seiner Bewegung. In der Tür am Treppenhaus erschienen zwei dunkle Silhouetten, die Burton verschwommen wahrnahm. Sekunden später entzifferte er die Aufschrift *Police* auf schwarzem Untergrund.

»Endlich«, rief er. »Hier, er ist hier!« Trotz seiner Kopfschmerzen fühlte er so etwas wie Erleichterung. Er begann, einen der Uniformierten mit Winken auf sich aufmerksam zu machen. Als er den Arm zu einer hilfesuchenden Geste erhoben hatte, streifte für Sekundenbruchteile ein roter Laserpunkt seinen Kittel.

Zunächst in Burtons Richtung forschend, setzte der Agent seinen Weg lautlos fort, ohne den Doktor weiter zu beachten. Ein weiterer Uniformierter sicherte den Gang mit dem Rücken zur gegenüberliegenden Wand.

Jetzt vernahm Burton auch die Geräusche aus dem Schwesternzimmer. Nach wenigen Rufen hallte ein Schuss durch die Gänge, den Burton nur als gedämpften Schlag vernahm. Dann herrschte plötzlich Stille.

Berkeley San Francisco, 10. Juli,
sieben Tage vor der Alphastabilität

»Nehmen Sie Platz, Sparks.«

James Leighland, Professor für Kernphysik und Chemie sowie Leiter der Fakultät für Grundlagenforschung in Berkeley, wies seinem Studenten im Büro einen Platz auf dem Sofa zu. Dann erhob er sich hinter seinem Schreibtisch, auf dem ein Glasaschenbecher mit einer angerauchten Zigarre aus Honduras stand.

»Sie haben's ja schnell geschafft, von Ihrem Tauchurlaub herzufinden. Haben Sie diesmal wenigstens ein paar Muscheln gesammelt oder sich wieder an den Feuerkorallen die Hand verbrannt? Kaffee?«

Sparks folgte dem Professor zur Kaffeemaschine. »Nein, diesmal habe ich Handschuhe getragen. Eine Tasse, gerne.«

»Wie umsichtig. Dann können Sie Ihren Becher heute selber halten?«, flachste Leighland.

Sparks lachte. »Ich denke schon.« Er nahm das heiße Gebräu entgegen, das Leighland mit zwei Löffeln Zucker und einer Prise Kakao trank. Überhaupt trank Leighland zu jeder Tages- und Nachtzeit Kaffee. Und zwar im festen Glauben daran, der Kaffee würde ihm helfen, in seinen Gedanken die nötige Ruhe und Weite zu finden, um sein großes Ziel zu erreichen: Die Flut der Einzelinformationen aus Teilchenversuchen zu einem Ganzen, zu einem allumspannenden Modell der Weltformel, zu modellieren. Die Weltformel, so wusste auch Sparks, wäre das physikalische Bindeglied, das alle vier Grundkräfte der Natur zu vereinheitlichen und erklären vermochte. Allerdings würde es ein schwieriges, vielleicht in Leighlands Lebensperiode nicht zu erreichendes Unterfangen werden, jene alles vereinende Formel zu finden, an der sich schon so viele seiner Kollegen erfolglos versucht hatten und deren Lösung sich wie ein Chamäleon im Dickicht aller möglichen Theorien zu verstecken suchte.

»Respekt. Jetzt haben Sie's ja schon vor Ihrem Studienabschluss geschafft, berühmt zu werden.«

»Sie haben's gesehen?«

»Im Fernsehen, ja, zumindest Absprung und Landung. So schnell haben Sie aber nichts Neues mehr geplant, oder?«

»Neues nicht. Ich wollte die Prüfungsergebnisse zu meiner Masterarbeit abwarten. Dann kann ich weitersehen«, entgegnete Sparks.

»Ich weiß nicht, mein Junge. Manchmal denke ich, Sie haben nur dummes Zeug wie Surfen im Weltall im Kopf. Warum machen Sie das? Sie haben doch ein Stipendium?«

»Haben Sie eine Ahnung, Herr Professor, was das Leben da draußen kostet?«

»Das hört sich an, als wäre ich hier noch nie rauskommen«, entrüstete sich Leighland. »Wie lange sind Sie jetzt schon bei uns?«

Sparks rechnete nach: »Vier Jahre und vier Monate.«

»Finden Sie nicht, das ist lange genug? Wollen Sie nicht bald mal etwas Vernünftiges anfangen?«

»Wie meinen Sie das, Professor?«

»Ob aus einem Rehstreichler wie Ihnen jemals ein ernsthafter Wissenschaftler wird?« Leighland stieß einen Seufzer aus und ließ keinen Zweifel daran, dass er sich mit der eher durchschnittlichen Karriereplanung seines Zöglings durchaus nicht zufrieden gab.

»Sparks, auch wenn Sie es nicht glauben: Wir haben hier mehr Studenten als Sie denken, denen die Wissenschaft eigentlich egal ist. Seerosengießer, ich begreife es einfach nicht. Verschleudern ihre Fähigkeiten an drittklassige Unternehmen. Jagen wie Sie dem Geld hinterher. Keine Inspiration, kein Feuer.«

»Und woran liegt das, Ihrer Meinung nach?«

»Geltungsdrang, weiß der Teufel«, ereiferte sich Leighland. «Ist doch kein Geheimnis, dass sich bei uns mehr als die Hälfte der Studenten aufgrund unseres Namens einschreiben. Ich fürchte, der Großteil ist hier, weil Papa kein besseres Investment wusste, als Geld in das Studium seines Filius zu stecken. Und wenn diese Kinder dann fertig sind, was tun sie?«

Leighland wartete Sparks' Antwort gar nicht erst ab. Sein Lächeln gefror auf den Lippen in einer Weise, die Sparks an die Leidensmine eines Reisenden erinnerte, dessen Zug gerade am Bahnsteig abgefahren war. »Verschwenden den Abschluss danach in belanglosen Projekten irgendwelcher kommerzorientierter Institute.«

»Woher wissen Sie das?«

»Ich kenne sie alle. Winken in mehr oder weniger langweiligen Chefpositionen bestenfalls Leuten zu. Welche Perspektive? Irgendwann rennen sie nur noch über Golfplätze und sitzen faul auf ihrem Arsch rum. Dekadent, selbstgerecht und vollgefressen. Was für ein Dasein!«

Sparks blickte betreten zu Boden, während Leighland sich seine Zigarre wieder anzündete und Luft durch das aufglühende Ende paffte. Es schien ihn keineswegs zu beeindrucken, dass Sparks hüstelte. Voller Genuss blies er Kringel in die Luft.

»Wissen Sie was, Sparks? Es gibt viel zu viele von denen, und ich hab' weiß Gott genug davon.«

Gedankenverloren rührte Leighland mit dem Löffel in der Tasse, bis er schließlich aufblickte. »An Ihnen würde mich mal interessieren: Wie wichtig sind Ihnen die Flausen wie das, was Sie zurzeit in diesem Supermannkostüm im Weltall treiben?«

Sparks erwiderte: »Sie nennen es Flausen, für mich war es lange Zeit ein Traum.«

»Dann hören Sie jetzt mal auf, zu träumen. Können Sie sich überhaupt vorstellen, Verantwortung zu übernehmen? Vielleicht, um sich mal wichtigeren Dingen zuzuwenden?«

»Und was?«

»Zum Beispiel zur Abwechslung mal richtungsweisender Forschung?«

Sparks begann, Hoffnung zu schöpfen. »Ich wollte eigentlich später noch meinen Doktor machen, wenn ich es schaffe, die Finanzen zu regeln.«

Leighland schüttelte den Kopf. »Mensch Shuin, wachen Sie auf! Sie sollten bei Ihrem Talent endlich auf den Punkt kommen. Entzünden Sie die Flamme des Forschungseifers oder was auch immer! Aber kümmern Sie sich weniger um Geld oder darum, Ihre nichtsnutzige Fan-Gemeinde mit teuren Weltraumrutschbahnen zu ködern.«

»Talent? Meinten Sie damit etwa mich?«

Leighland machte eine Pause und produzierte einige Kringel Zigarrenrauch. »Naja, ab und zu haben Sie mal ein brauchbares Ergebnis abgeliefert. Zugegeben.«

»Ich muss sehen, wie ich meine Miete bezahle. Außerdem verbinde ich nur das Angenehme mit dem Nützlichen.«

Leighland griff in einen Stapel Akten und nahm eine vergilbte Mappe zur Hand, die er mit einem roten Zettel gekennzeichnet hatte.

»Shuin, wo ist Ihr Forscherdrang? Entfachen Sie ihn. Wenn Sie jetzt nicht die Kurve kriegen, haben Sie Jahre Ihres Lebens vergeudet.« Er blätterte einige Sekunden in der Mappe. » Ach so, was ich Ihnen noch sagen wollte ...«

»Ja?«

»Nichts Besonderes.« Wieder kramte er in den Unterlagen und machte eine längere Pause. »Naja, für Sie sicher nichts

Wichtiges. Es wird Sie wahrscheinlich nicht sehr interessieren.«

»Okay, und was ist es?«

»Sie haben Ihre Arbeit zum Master bestanden.«

Leighland versuchte, gelangweilt zu wirken, während der designierte Master of Physics die Luft anhielt und nach einigen Sekunden der Überraschung über beide Backen zu strahlen begann.

»Und das sagen Sie mir erst jetzt?«

»Tja, ich wollte Sie ja nicht mit angenehmen Nebensächlichkeiten langweilen. Auf Sie wartet ja jetzt Arbeit.«

»Arbeit?« Sparks blickte seinen Mentor fragend und mit großen Augen an.

»Ja, ich dachte, aufgrund der neuen Aufgabe bleibt Ihnen weniger Freizeit. Also weniger Zeit für Ihre Star-Wars-Allüren.« Leighland beobachtete den Studenten schmunzelnd aus dem Augenwinkel.

»Was, welche Aufgabe?« Sparks Verwunderung wurde immer größer.

»Okay, Shuin, also ich habe daran gedacht, Sie an ein Projekt in der Grundlagenforschung zu vermitteln. Eigentlich für uns das zurzeit wichtigste Projekt. Da Sie ja keine Familie haben und kein Rabattmarkensammler zu sein scheinen, ging ich davon aus, dass Sie Ja sagen.«

Sparks nickte mit offenem Mund.

»Sie zeigen sich ja sonst auch ganz flexibel. Um es also kurz zu machen: Es wartet Arbeit auf Sie.«

»Sagen Sie doch schon! Was für Arbeit?« Sparks wurde ungeduldig.

»Ein Projekt, das Sie später vielleicht in Vorbereitung zur Habilitation nutzen könnten.«

Sparks versagte nun fast die Stimme. »Was für ein Projekt…? Ich meine, um was geht's denn da?«

Leighland, der wieder zwei Löffel Zucker in seinem Kaffee unterrührte, blieb gelassen.

»Ich kann Sie am Collider einsetzen.«

Shuin entgegnete: »Sie meinen das Team hier in Stanford, den Linear Accelerator?«

»Nein. Quatsch.«

»Okay, also Illinois?«

«Nein ... auch nicht Fermilab.«

»Wow. Etwa Europa?«

»Nein, nein, nein!«Leighland winkte ab. »Haben Sie nie von dem Collider in Dallas gehört?«

Sparks Mundwinkel begannen sich hinabzusenken. »Sie meinen doch nicht etwa das stillgelegte Ding da in Waxahachie, dem vor Jahren schon die Mittel ausgegangen sind?« Sparks erinnerte sich an ein paar nichtssagende Schlagzeilen in der Presse, die nur Wenige zur Kenntnis genommen haben dürften und die im Strudel der täglichen Informationsflut der Gazetten schnell der Bedeutungslosigkeit anheim gefallen waren. So sehr wie sein Enthusiasmus aufgeflammt war, legte sich seine Euphorie nun wieder. »Aber, das ist doch eine Ruine. Soweit ich weiß, hat man's nie fertig gestellt.«

»Das ...« Leighland klappte die Mappe zu und fixierte die Augen seines Studenten. »Das ... stimmt so nicht ganz.«

»Spannen Sie mich nicht so auf die Folter, Professor. Die haben doch den Bau längst abgebrochen!«

»Bleiben Sie locker, Sparks. Der Bau wurde nur für kurze Zeit gestoppt. War doch klar, nach zwei Milliarden Dollar Kosten.«

»Nur unterbrochen?«

»Die Wahrheit ist, man hat im Geheimen weitergebaut. Konkurrierende Forschergruppen, das ewige Lied. Sie wissen ja, dass in China auch ein Collider gebaut wurde. Die wollten wir nicht drauf aufmerksam machen, hatten schließlich schon viel investiert.«

»Verstehe. Und wie ging's weiter?«

»2010 wurden die Bauarbeiten wieder aufgenommen und die Röhre unterirdisch vorangetrieben.«

Sparks kam das Wettrüsten der Collider in den Sinn. Jene Einrichtungen, die in der Grundlagenforschung mit immer gigantischerem Aufwand betrieben und sich auf unterirdischen Kreisbahnen einen Vorsprung im Wettlauf um das kleinste Teilchen erhofften.

»Bauen sie immer noch?«

»Nein. Die Ringanlage ist seit einem halben Jahr fertig. Wir sind mit Projekt *Space Clash* gestartet, und es gab bereits Erfolge.«

Augenblicklich war Sparks Euphorie zurückgekehrt: »Schwerkraftexperimente und Zeitphänomene, Vorhersagen über die Zeitdilatationen? Das wäre ja großartig! Aber das Standardmodell ist ja mit dem Higgs-Teilchen bestätigt, oder?«

»Ja, da war CERN schneller. Aber wir haben das Graviton entdeckt und isoliert.«

Sparks schluckte und blickte seinen Professor an, als wolle dieser ihm erklären, dass der Mond eine Sonne sei.

»Aber das würde ja bedeuten, dass ...«

»Genau. Dass wir künstliche Schwerkraft erzeugen können.«

»Und wie haben Sie das gemacht?« Sparks Unglauben wuchs. »Mit beschleunigten Protonen?«

Leighlands Grinsen war das eines Anwalts, dessen Argumente beim Richter durchschlagenden Erfolg erreichten. »Unsinn! Vergessen Sie mal die Vorlesungen der letzten Monate. Wir können ja nicht alles gleich ausplaudern. Deswegen halten wir die Versuche in unserem neuen Collider erstmal geheim.«

»Also keine Protonen?«

»Nein, wir sind schon viel weiter. Aber wenn ich das in den Vorlesungen bringen würde, können wir's gleich an unsere Konkurrenten in China schicken.«

»Und was nahmen Sie stattdessen?«

»Wir ließen Blei-Ionen kollidieren. Dabei entstand eine völlig neue Materie. Das Quark-Gluonen Plasma, damit erzeugten wir Schwerkraftwellen …«

Sparks unterbrach ihn: »Und bei der Kollision detektierten Sie das Spin-2 Teilchen und fanden das Graviton.«

»Sehr gut. Danke Shuin! Wir sind kurz vor neuen Erkenntnissen jenseits des Standardmodells.«

Sparks sah so etwas wie Besorgnis in Leighlands Gesicht.

»Und?«

»Aber wir kommen nicht mehr weiter, wir brauchen so etwas wie einen Urknall. Dann könnten wir Zeit, Raum und Dimension ergründen, verstehen, wie dies alles zusammenhängt. Wir brauchen eine klarere Vorstellung davon.«

»Einen Urknall?«

»Ja. Einen Big Bang! Zugegeben, etwas kleiner als früher. Genauer gesagt einen Mikro-Urknall.«

»Sie meinen, Sie simulieren einen Urknall im Reagenzglas?«

»Was heißt hier Reagenzglas? Wir haben einen Collider.«

»Aber das würde ja bedeuten, Sie müssten die Singularität nachstellen.« Sparks dachte an den unendlich verdichteten Punkt aller Energien vor dem Urknall. Jenen Energienullpunkt, aus dem alle Energie und Materie geboren wurde. »Ist das nicht gefährlich?«

»Nein. Wir gehen in unseren neuen Versuchen davon aus, dass der Big Bang ohne Singularität auskam. Lediglich eine maximale Verdichtung aller Materie und später eine maximale Ausdehnung. Und das in ständiger Wiederkehr in etwa fünfundsechzig Milliarden Jahren.«

»Eine Theorie, was ist mit den Risiken?«, wandte Sparks ein.

»Die eigentliche Reaktion findet bei uns unterhalb des Pikobereichs auf der Planck-Längenskala statt. Es spielt sich somit nicht innerhalb unseres Wahrnehmungsbereichs ab. Also keine Sorge.«

»Und wann wollen Sie das starten?«

»Die Vorbereitungen laufen. Wir sind unter Zeitdruck, die Konkurrenten sind uns auf der Spur.«

»Deshalb also auch die Heimlichkeiten und Bautätigkeiten im Verborgenen?«

»Klar. Wir mussten alles tun, um uns vor anderen Gruppen zu schützen«, lächelte Leighland.

»Gut, aber wer betreibt denn jetzt die Anlage?«

Leighland zögerte einen Augenblick und unterdrückte ein Schmunzeln.

»Na, ich.«

»Was, Sie?«

»Ja, meine Fakultät in Berkeley. Und ich dachte, dass Sie vielleicht in den sauren Apfel beißen und sich selbst nach Waxahachie begeben, Shuin.«

»Ich, oh wow!«

»Ja, Sie! Es fand sich ja kein Anderer.«

»Es fand sich ... kein Anderer?« Sparks fiel die Kinnlade runter. Für ihn stand fest, dass es die Chance seines Lebens darstellte, in einem Projekt zu arbeiten, für das er von seinen Kommilitonen in der Universität beneidet worden wäre, vorausgesetzt, dass sie es je hätten erfahren dürfen.

»Aber da sucht man doch sicherlich nur ... Ich meine ... Es dürften doch da nur die Besten ...«

Sparks rang um Fassung. »Und Sie haben mich ...?«

Leighland deutete nur ein Achselzucken an. »Naja. Irgendjemand muss sich immer finden, Shuin.«

»Oh mein Gott! Wann soll es losgehen?«

»Lassen Sie mal besser Gott aus dem Spiel, Sparks. Der hilft Ihnen nicht. Ich bin mir nicht mal sicher, ob er bei Schrödingers Katzenexperiment das arme Tier gerettet hätte. Also fahren Sie hin, melden Sie sich an. Morgen geht's los.«

»Was? Morgen schon?«

»Ja, morgen. Sie sind für zwei Uhr dort zum Vorstellungstermin bei Karel Pendergast angemeldet. Es sei denn, Sie haben etwas Besseres vor.«

»Etwas ... Besseres vor?« Leighlands Zögling kamen die Worte tonlos über die Lippen. Dann brach es aus ihm heraus: »Yes!«

Sparks Hand ballte sich zur Faust, und mit einem Sprung, als wolle er einen Dunking im Basketball vollführen, reckte er seine geballte Faust voran in die Luft. Wie nach einem gewonnenen Spiel hielt er die Faust mit angespanntem Bizeps in einer Siegergeste vor seiner Brust.

Als Leighland den Jungforscher Sparks nur wenig später den Raum verlassen sah, betrachtete er noch einmal die Auswertung seiner Unterlagen. »Natürlich du, Sparks!« murmelte er in Richtung seines Kaffeebechers. »Wer denn sonst, wenn nicht der Beste.«

Superconducting Supercollider Waxahachie, Dallas, 17. Juli

»Edgar, holen Sie den Chef, schnell«, rief Sparks und ließ sich die Werte der Messinstrumente ausdrucken, die ihn in Erstaunen versetzten.

Die digitale Anzeige des Kontrollpeaks zeigte sechs leuchtende Balken in einem fahlen Grün. Seit einer Stunde ließ Sparks die Messinstrumente nicht mehr aus den Augen. Die Markierung fluktuierte zwischen sechs und sieben, schien sich aber nicht weiter zu steigern und verharrte plötzlich sekundenlang bei drei, um dann wieder zaghaft, wie das Pulsieren von Blut in einer Ader, den vierten Markierungspunkt zu erklimmen.

Shuin, der seit wenigen Tagen am Projekt Space Clash im Collider in Dallas arbeitete, blickte ungläubig auf die Anzeige am Control-Board. Die Ereignisse waren für ihn atemberaubend. Was ihn beeindruckte, war nicht das Verharren der Markierungsbalken auf vier Teilstrichen, die in der Regel innerhalb weniger Sekunden wieder auf Null hätten absinken müssen. Es war etwas viel Bedeutsameres, etwas, das er sich mit den herkömmlichen Erkenntnissen der Kernphysik nicht erklären konnte. Alle eingehenden Parameter schienen die Naturgesetze auf den Kopf zu stellen.

Im Allgemeinen war der Berkeleyabsolvent die Gelassenheit in Person. Jetzt jedoch überreichte er Pendergast mit zitternden Fingern die Blätter, die er zuvor dem Drucker entnommen hatte.

»Was ist denn, Sparks? Als Neuzugang haben Sie sich doch bisher durch nichts aus der Ruhe bringen lassen.«

«Doktor, wir haben eine Alpha-Anomalie. Ein Fehler ist ausgeschlossen. Ich habe die Werte zweimal geprüft und auch die Instrumente gecheckt.«

»Wie lange dauerte sie?«

»Das ist es ja, was ich Ihnen sagen wollte, sie dauert an.«

»Sie dauert an?» Pendergast verzog missgestimmt die Mundwinkel und verlieh damit seiner Überzeugung Ausdruck, es könne sich nur um die Fehlermeldung des Jahres handeln.

»Sparks, wie lange hatten Sie Kernphysik? Brauchen Sie Nachhilfeunterricht aus dem ersten Semester? Ist es ... «

»Sie ist stabil!«, unterbrach ihn Sparks. Er verlieh seiner Stimme den Colorit der Sicherheit, an seiner Entdeckung keinerlei Zweifel zu hegen. Dennoch schien er ebenso überrascht zu sein wie Pendergast.

»Sie kann nicht stabil sein. Es ist unmöglich. Eine solche Messung ist irrelevant. Wir werden es wiederholen.«

Sparks blieb hartnäckig. »Sie sehen es doch. Sehen Sie doch hin! Die Zeitabweichung ist da!«

»Aber es würde all unseren Theorien widersprechen. Sie kann nicht stabil sein.«

»Wenn sie aber doch stabil ist? Nur etwas Ultraschweres kann den Raum so krümmen.«

»Sparks, rechnen Sie nochmal alles nach. Es kann nicht sein!« Pendergasts ständiges Kopfschütteln ließ Sparks für einen Augenblick die Beherrschung verlieren.

»Wenn Sie es nicht glauben, prüfen Sie es doch selbst! Ich denke wir haben einen *Braneworld Effekt*! Ist Ihnen das klar?«

Pendergast strich sich über die Stirn: »Wenn es das ist, an was Sie und ich denken, kann es nicht stabil sein. Die abgebende Hawkingstrahlung würde es sofort kollabieren lassen.«

»Natürlich weiß ich das. Schwarze Löcher in dieser Größe kollabieren. Dennoch ist die Anomalie stabil. Und Sie wissen, dass ein solches Phänomen nur eine Schwerkraft erzeugen kann, die größer ist als alles, was wir in unserem Sonnensystem kennen.«

»Sparks, genau deshalb kann sie nicht andauern. Aus diesem Grunde kann sie nicht stabil sein! Weil, das würde ja dann bedeuten ...«

Pendergast stockte. »Das Loch würde in den Erdmittelpunkt gezogen werden.«

Sparks insistierte: »Die Versuche zeigen aber, dass es weiter existiert. Es kollabiert nicht. Also kann es nur ein Schwarzes Loch sein. Mikroskopisch klein, aber es ist ein Schwarzes Loch.«

Der ältere Physiker strich sich über das schüttere Haar und blickte auf den Überwachungsbildschirm. Verschiedene Teilsegmente der Collideranlage präsentierten sich auf einer Übersichtstafel.

»Zeigen Sie es mir. Wo ist es Ihrer Meinung nach lokalisiert?«

»Noch mitten im Collider. Ich vermute, in Nähe des letzten Kollisionspunkts der hochbeschleunigten Ionen.«

»Okay, und wie hoch war der Speed zum Zeitpunkt der Kollision?«

»99,97% der Lichtgeschwindigkeit.«

Pendergast nahm die Blätter an sich und schritt zur Steuerkonsole. »Wir werden es nochmals messen. Wieder und wieder. Und wenn es die ganze Nacht dauert.«

2. Kapitel
Strange

Krisenstab Pentagon, 18. Juli, ein Tag nach der Alphastabilität

Der Krisenstab des Pentagon versammelte sich in diesen Tagen alle vierundzwanzig Stunden. Den Vorsitz hatte Generalstabschef James Devlin Pruitt, der nach dem Präsidenten als oberster Befehlshaber der Streitkräfte alle wesentlichen Entscheidungen zu treffen hatte. Er nickte den Anwesenden, allesamt hochdekorierte Funktionsträger, zu, nippte am Wasserglas und deutete auf seinen Assistenten.

»Meine Herren, lassen Sie uns keine Zeit verlieren. Stockton, Sie informieren uns über die Lage.«

Robert Stockton, der mit einem eleganten Designeranzug zwischen den Hochdekorierten herauszustechen suchte, wischte mit seiner Hand über die mannshoch aufragende Glasscheibe, die den Raum in zwei Hälften teilte. Im Glas wurde ein Hologramm sichtbar. Bevor Stockton sprach, ordnete er sich mit gekonntem Schwung seiner rechten Hand das gewellte Haar.

»Sie sehen die Distrikte New York, Detroit und Los Angeles. Meine Herren, wir haben es hier mit den Zentren der Ausschreitungen zu tun. Überfälle, Brandstiftung, Mortalitätsrate: alles signifikant über der Norm.«

Pruitt unterbrach schon jetzt: »Wie signifikant?«

Sein Assistent tippte mit dem Finger auf die Glasscheibe. Dabei pulsierten die Flächen der betreffenden Abschnitte bis zu deren Grenzen in leuchtendem Rot.

»Sechshundert Prozent über der Norm.«

Am äußeren Rand des Hologramms lieferten detaillierte Zahlenkolonnen weitere Informationen.

»Eine überregionale Zunahme. Rechts sehen Sie die gemeldeten Vorfälle. Die Meldungen sind gesicherte Daten der Behörden. Sie werden bemerkt haben, dass sie in den betreffenden Distrikten bereits vierstellig sind.«

Stockton wischte mit einer Handbewegung die Hologramme zur Seite. Blitzschnell bauten sich weitere Animationen auf.

»Nun zu den Vorfällen.«

Das Hologramm teilte sich in eine Vielzahl von Kästchen, Bilder und kurze Filmsequenzen wechselten darin mit hohem Tempo.

»Wir haben eine Reihe von Aufzeichnungen vorbereitet. Typische Szenen, die sich überall wiederholen. Sie stammen von Überwachungskameras oder wurden uns von Einsatzkräften vor Ort zur Verfügung gestellt.«

Gesichter von Menschen mit weit aufgerissenen Augen und starrem Blick wurden herangezoomt. Die ungepflegte Kleidung dieser Menschen zeugte von längerer Verwahrlosung, während ihre maskenhaften Gesichtszüge an Zombiefilme erinnerten. Die beobachteten Personen trugen keine Waffen, aber niemand der Anwesenden zweifelte daran, dass sie nicht davor zurückschrecken würden, eine zu gebrauchen.

»Wir nennen sie *Creeps*. Einige davon scheinen nur verwirrt. Andere sind gewaltbereit. Es sind Terroristen, die erbarmungslos plündern und ohne Rücksicht mit allen Mitteln ihren Willen durchsetzen.«

»Terroristen? Ist das nicht etwas weit hergeholt?«, kam es aus einer der hinteren Sitzreihen.

»Wir haben den Creeps diesen Status ganz bewusst zugeordnet, so brauchen wir bei der Durchsetzung der Sanktionen weniger Rücksicht zu nehmen. Außerdem können die Notstandsvorschriften leichter angewendet werden.«

Alle Anwesenden starrten gebannt auf die Videoaufnahmen. Der Zusammenschnitt der Szenen dauerte vier Minuten.

Dann erschallte Pruitts Stimme: »Bis wohin dehnen sich die Handlungen aus? Ich will Zahlen, Daten, Fakten! Ich will Konkretes!«

Stockton sah einen seiner Assistenten mit fragendem Blick an, der jedoch den Kopf schüttelte und schwieg. Stockton überging die peinliche Situation, indem er für seinen General die Lage nach bestem Wissen zusammenfasste: »Sir, wir bereiten die Zahlen gerade auf und liefern sie nach. Sicher ist, fast alle Städte sind davon betroffen. Die Krankenhäuser melden steigende Patientenzahlen, und die Medikamente gehen bald aus.«

»Die was gehen bald aus?« Der Befehlshaber reckte beide Hände in die Luft.

»Stockton, das kann doch nicht Ihr Ernst sein! Sind wir ein Dritte-Welt-Land, oder was? Wo leben wir? In einer Bananenrepublik, deren Medikamentenbestände sich bei der erstbesten Epidemie in Luft auflösen? Verdammt noch mal, um uns herum verdienen die größten Multimillion-Dollar-Companys der Medizinforschung ihr Geld. Dazu ein flächendeckendes Netz von Krankenhäusern und Spezialkliniken mit Lagern, Reserven und Verbindungen.«

»Sir, aber irgendwann sind auch die mal aufgebraucht«, verteidigte sich Stockton.

»Soll dass ein Witz sein? Selbst die Verteidigungsbestände reichen mehrere Monate.«

»Wenn Sie mir den Hinweis gestatten, Sir: Eine derart große Zahl an Neuzugängen sprengt jede Krankenversorgung. Außerdem können wir die Verteidigungsreserven nicht einfach abschmelzen.«

»Wie also lautet Ihre Prognose?«, wollte General Pruitt wissen.

»Es sieht nicht gut aus. Die Angriffe in den Straßen nehmen ständig zu, und zwar gleichzeitig in der Hälfte aller Bundesstaaten. Wir verlieren jeden Tag Hunderte Einsatzkräfte.«

»Stockton, ich will konkrete Zahlen, wann bekomme ich sie? Ich kann dem Präsidenten nicht mit Vermutungen kommen. Also, wann liefern Sie?«

»Wir sind in einer halben Stunde aussagefähig.« Stockton berichtete über Hilferufe von Krankenhäusern aus mehreren Bezirken, in denen die Logistik zusammengebrochen war. Forderungen, die Medizinbestände mit denen anderer Häuser auszugleichen, stiegen jeden Tag. Pruitt hob den Zeigefinger.

»Gut, Stockton, ich sage Ihnen jetzt, was wir tun. Wir werden es genau andersherum machen. Es wird Zeit, dass wir denen da mal zeigen, wer hier das Sagen hat. Machen Sie einen Plan zur Übernahme aller Krankenhäuser, deren Logistik zusammenbricht. Dann will ich eine Liste von Bezirken mit hohen Verlusten oder Verwundeten. Die Krankenhäuser werden unter unsere Verwaltung gestellt und mit Einsatzkräften versorgt.«

»Das wird eine Menge Ärger geben.«

»Nein, wird es nicht. Wir werden sie gar nicht erst fragen. Ich will dazu die Fakten sowie eine Personalplanung, und das bis morgen Früh. Haben Sie mich verstanden?« Ohne Stocktons Antwort abzuwarten, forderte Pruitt erneut weitere Informationen. »Was ist mit den Meldungen zur vermeintlichen Zusammenrottung von diesem verdammten Abschaum?«

Pruitts Sekretär nahm einige Einstellungen am Bildschirm vor. »Es scheint einen Anführer zu geben.« Dabei zoomte er auf das Kennzeichen eines Wagens.

»Achten Sie auf den schwarzen Hummer. Das Fahrzeug wurde an verschiedenen Stellen in New York gesichtet. Es fiel auf, dass Creeps sich um das Fahrzeug versammelten und Kontakt mit dem Fahrer hatten. Tonaufzeichnungen aus Richtmikrophonen identifizierten ihn als Magool, einen stadtbekannten Dealer.«

Der Sekretär spielte die vorbereitete Sequenz einer Überwachungskamera ab. Sie zeigte Magool als hochgewachsenen muskulösen Afroamerikaner. Vor ihm standen zwei Männer. Einer von ihnen trug einen Koffer, der andere eine Maschinenpistole.

»Eine Geldübergabe«, erklärte Stockton. »Wir haben die Aufnahmen von der Drogenbehörde bekommen. Magools Wagen haben wir vor einigen Stunden verlassen in einer Seitenstraße gefunden.«

»Welche Informationen haben wir über diesen Magool?« wollte Pruitt wissen.

»So gut wie nichts. Er nutzt weder Handys noch Computer.«

»Und Informanten? Verfolgen Sie irgendwelche Spuren?«

»Zurzeit werden sie noch ausgewertet. Wir erhoffen uns weitere Erkenntnisse.«

»Ich will diesen Typ haben. Schicken Sie von mir aus den Q-Squat, oder die Seals. Es ist mir völlig egal, nur finden Sie ihn!«

»Wir haben ihn noch nicht lokalisieren können. Er wechselt ständig die Position. Allerdings haben wir sein Profil im Satelliten-Tracking eingespeist.« Stockton ließ eine Sequenz von Straßenszenen abspielen, auf denen sich Personen rot umrandet wie gekennzeichnete Ziele bewegten.

»Zwei Satelliten scannen über Erkennungssoftware die Umgebung von New York. Wird Magool erkannt, erfolgt der Zugriff.«

»Wie lange wird es dauern?«

»Keine Ahnung. Irgendwann betritt er öffentliche Straßen. Bei zwei Millionen Scans pro Minute haben wir ihn rechnerisch dann nach drei oder vier Tagen.«

Pruitt, der sich mit diesen Ausführungen zufrieden gab, hatte noch etwas anderes auf der Agenda: »Was ist eigentlich mit Venathaer, unserem Finanzdesaster? Mit, wie es momentan aussieht, dem größten Katastrophenbringer aller Zeiten?«

»Sir, wir sollten ihn unter Bewachung stellen.«

»Meinen Sie, er könnte versuchen, das Land zu verlassen?«, fragte Pruitt.

»Nein Sir, wir halten es aber für wichtig, über seinen Standort jederzeit informiert zu sein.«

»Machen Sie, wie Sie meinen. Aber ich will ihn sehen. Noch heute!« insistierte Pruitt.

»Sir, ich lass' ihn ins Headquarter laden. Und sollte es Erfolgsmeldungen über Magool geben, dann werden Sie umgehend informiert.«

»Nein, machen Sie mir einen Hubschrauber klar. Ich werde Venathaer aufsuchen und mir dabei gleich einen Eindruck der Lage aus der Luft verschaffen. Manchmal ist es besser, in den Straßen vor Ort zu sein.«

»Okay, Sir. In dreißig Minuten ist der Helikopter startklar.«

Pruitt nickte und verließ den Raum.

Dallas, vierundzwanzig Stunden nach der Anomalie

Auf der Anzeige im Kontrollraum des Colliders prangte eine Zehn. Pendergast blickte mit großen Augen auf das Display. »Was passiert hier?«

»Es wächst!« Sparks wies auf die Anzeige, als würde sie den unumstößlichen Beweis für seine Aussagen liefern.

»Es kann nicht wachsen. Der Theorie zufolge ist es nicht größer als ein Millielektronenvolt.«

»Es wächst!«

»Aber die Hawking-Strahlung, die es abgibt, müsste es zerstören. Es kann eigentlich bei der Größe nicht wachsen«, sagte Pendergast.

»Doch. Wie Sie sehen, wächst es. Die Hawking-Strahlung können wir nicht messen, sie ist eine Annahme ... Wenn sie nicht linear mit der Größe des Lochs ansteigt, kann es sein, dass es weniger Energie verbraucht, als es aufnimmt. Mit anderen Worten: Es wächst.«

Pendergast trieb Jungforscher Sparks mit seinen Fragen vor sich her. »Haben Sie sich eigentlich mal überlegt, dass wir es mit nichts belegen können? Kein wirklicher Beweis!«

»Gravitonen wären ein Beweis«, entgegnete Sparks.

»Aber da wir keine messen konnten, gibt es auch kein Wachstum. Möglicherweise gibt es das ganze verdammte Ding gar nicht. Es kann sein, dass das Loch die Gravitonen einfach verschluckt und in seinem Inneren verdichtet hat.«

»Ja könnte, hätte, würde. Wir sind Wissenschaftler, Sparks!«

»Aber wir haben Unmengen an Teilchen detektiert und zusätzlich die signifikante Zeitabweichung in den Messgeräten. Wie wollen Sie es anders erklären, Doktor?«

»Ich weiß es nicht, Sparks. Weiß Gott ... ich habe keine Ahnung.«

Der Jungforscher sinnierte noch einige Zeit, bevor er sich dazu entschloss, mit seinem Mentor zu telefonieren. Er wählte Leighlands Nummer.

Professor Leighland hatte das Abendseminar zum Thema Thermodynamik seines Erstsemesters fast beendet.

»Wenn Sie sich die Maxwell Beziehungen und die Gleichungen nicht merken können, dann hilft ihnen vielleicht das Guggenheim Quadrat[(6)]«, dozierte Leighland. »Sozusagen ein Spickzettel für Ihre Formeln.«

Auf der Projektionsfläche hinter ihm erschien ein Quadrat mit neun Feldern, in der sich wie auf einem Schachbrett Buchstaben verteilten. Las man sie im Uhrzeigersinn von der Zwölf aus, so fand man in der Reihenfolge die Buchstaben: »U,V,F,T,G,-p, H, -S«Lediglich das mittlere Feld blieb leer.

Leighland kommentierte das Quadrat in gewohnt sarkastischer Manier. »Rollins, auch Sie sehen doch hier ein Quadrat, oder nicht?«

Rollins, ein Student weiter hinten im Hörsaal, der zu den eher schwächeren Studenten gehörte, die in aller Regel mehrmals in einer Vorlesung durch Leighland bloßgestellt wurden, blickte mit großen Augen auf.

»Aber auch die, die es von hinten nicht so gut sehen können, weil sie wieder mit dem Download ihrer Apps beschäftigt sind, hinhören! Diese Eselsbrücke mag Ihnen helfen, sich an die Beziehungen zu erinnern.« Leighland hielt kurz inne. »Und nein, es sind nicht die Anfangsbuchstaben meiner Verflossenen.« Die Hörerschaft lachte.

»Wenn Sie zum Beispiel die Koeffizienten der Differentiale suchen, dann finden Sie die Symbole des jeweiligen Potentials an den beiden gegenüberliegenden Ecken. Klar? Und jetzt die spektakuläre Frage: Wie merkt man sich das Ganze? Okay, ich hab' da was für Sie.« Leighland machte eine Armbewegung, die einen Kreis beschrieb.

»Fangen Sie bei S an und folgen Sie den Buchstaben im Uhrzeigersinn. Merken Sie sich die Anfangsbuchstaben. SUV-Fahrer tragen gerne pinke Hemden, damit haben Sie dann die Buchstabenfolge im Guggenheim Quadrat. Okay, haben Sie's?« Leighlands Schmunzeln spiegelte sich in den Gesichtern seiner Studenten.

»Rollins, Sie können auch bei U anfangen ... Wenn Sie gleich nach Hause gehen, sagen Sie immer wieder auf: Unser Vater findet tausend gute Pornos hinter dem Schrank.« Der ganze Hörsaal brach in Gelächter aus, während sich der Professor das Headset vom Kopf zog.

»So, das war es für Heute«, murmelte Leighland und griff nach seinem lautlos geschalteten Mobiltelefon. Er sah die eingegangenen Anrufe, die Nachrichten auf der Mailbox. Dann klingelte das Telefon und schon nach wenigen Augenblicken vernahm er die Stimme von Sparks.

»Guten Abend, Professor«, brachte dieser atemlos hervor. »Sie werden es nicht glauben, bis Sie es mit eigenen Augen gesehen haben! Das müssen Sie sich anschauen!«

»Was denn?«

»Wir haben hier ein Problem.«

Leighland unterdrückte ein Kichern. »Natürlich, was denn sonst, Sparks? Ein Problem. Haben Sie den Laden etwa schon in den ersten Tagen durcheinandergebracht? Ich dachte, selbst Ihnen gelingt das nicht so schnell.«

»Professor, wir haben hier eine Schwerkraftanomalie, die es in sich hat. Es wird Sie umhauen.« In Sparks Stimme lag jene Ungeduld, die Leighland bereits seit vielen Jahren an ihm kannte und die in aller Regel dann zum Vorschein kam, wenn es sein Zögling nach tagelanger Analyse der Theoreme tatsächlich wieder einmal geschafft hatte, die gestellte Aufgabe vor seinen Kommilitonen am schnellsten zu lösen.

»Soso, keine Woche im neuen Job und schon den Nobelpreis in Sichtweite, was mein Junge?«

Sparks blieb unbeirrt. »Professor, wir haben es hier mit einer Alphastabilität zu tun, die echt abgefahren ist.«

»Haben Sie das Ganze schon analysiert?«

»Ihrer Lehre nach kann es nur einem Phänomen zugeschrieben werden. Einem Phänomen, das es aber auf der Erde nicht geben kann.«

»Ach. Und was meinen Sie, ist es?«

»Ein … Schwarzes Loch.«

Leighland unterdrückte den Reflex, in Gelächter auszubrechen. »Wissen Sie, was ich glaube, Sparks? Sie sitzen gerade im Kino, haben was getrunken, schauen sich Star Wars Teil fünfzehn an und wollen mal wieder Ihren alten Professor anrufen. Sie nehmen mich auf die Rolle, stimmts?«

»Professor, wenn Sie es nicht glauben, dann kommen Sie her und sehen Sie sich das selber an.«

»Was soll ich mir anschauen, Sparks? Ein Schwarzes Loch? Wissen Sie was? Packen Sie's doch ein und schicken es her zu mir. Ich schau's mir dann nächste Woche hier in aller Ruhe an.

Okay? Ach so: Und den Energiejet am anderen Ende schneiden Sie ruhig ab, damit es in die Kiste hinein passt. Und wenn's zu schwer sein sollte, können Sie's ja mit Union Post Package schicken. Soweit ich weiß, versenden die auch überschwere Fracht.«

»Hören Sie doch, Professor, wir haben hier eine Alphastabilität von mindestens vierundzwanzig Stunden. Und das ohne Strahlungsverlust. Sie müssen sich das ansehen!«

Am anderen Ende der Leitung herrschte plötzlich Stille.

»Wenn Sie mir nicht glauben, kommen Sie her und überzeugen Sie sich selbst!« wiederholte Sparks.

»Seit vierundzwanzig Stunden?«

»Ja, seit gestern.«

»Wie oft haben Sie nachgemessen?« Leighland schien Sparks Ausführungen nun mehr Glauben zu schenken.

»Oft genug!«

»Sind Sie jetzt im Collider?«

»Ja.«

»Gut. Geben Sie mir mal Karel.«

Sparks reichte den Hörer an Pendergast weiter.

»Jim, es scheint wirklich so als hätten wir einen Schwerkrafteffekt. Möglicherweise ein Braneworld Black Hole(7). Keine Ahnung, aber vielleicht ist es das, was man 2010 in der Schweiz beim Collideranlauf befürchtet hatte. Es ist jedenfalls stabil und real. Und es scheint nicht zu fluktuieren.«

»Interessant. Wirklich keine Zweifel, Karel?«

»Aus meiner Sicht keine Zweifel, nein. Am besten, du schaust dir das selbst an. Ich habe dafür jedenfalls keine Erklärung.«

»Okay, aber zurzeit ist es schwierig, einen Flug zu bekommen«, widersprach Leighland. »Diese Verrückten da draußen machen eine Menge Probleme. Man nennt sie Creeps. Was auch immer mit denen los ist.«

»Hier im Colllider bekommen wir davon nichts mit. Die Zugänge sind bewacht, es patrouilliert Sicherheitsdienst, im Außenbereich die Polizei. Ich denke, hier sind wir sicher wie in Abrahams Schoß.«

»Kann man bei uns nicht sagen. Diese verdammten Sicherheitsbestimmungen bringen alles ganz schön durcheinander. Der ganze Universitätsbetrieb bei uns stockt.«

»Die werden das schon unter Kontrolle bringen, Jim.«

»Na, hoffen wir's. Ich buche jedenfalls den nächstmöglichen Flug.«

Leighland hatte Glück. Bereits am Folgetag war ein Platz in einer Maschine frei geblieben. Er würde sich vor Ort ein Bild von der Alphastabilität machen.

Zur selben Zeit, Genetic Reserch Laboratories

Der Hubschrauber von General Pruitt landete auf einem abgesperrten Areal von nahezu der Grundfläche eines Fußballfelds. In der Mitte eines gepflegten Rasens, um den herum sich konzentrisch Blumenrabatten scharten, erhob sich ein zwanzigstöckiges Gebäude mit schwarz verglaster Fassade. Einsam und majestätisch zeichnete sich die Silhouette vor dem Himmel ab. Auf dem Dach thronte ein Hologramm mit großen schwarzen Lettern: *Genetic Research Laboratories.*

Pruitt durchschritt den großzügigen Eingangsbereich und fand ohne weitere Hinweise des mit einer Handbewegung wortlos grüßenden Empfangschefs den Weg zum Fahrstuhl. Im letzten Stockwerk betrat er einen Vorraum mit nachgelagerter Durchgangsschleuse. Der General nahm davor Position ein und wurde von zwei Laserstrahlen abgetastet, die seine Identität bestätigten. Nachdem der Scan beendet war, öffnete sich die Schleuse. Pruitt trat vor eine schwarz getönte Glaswand, die den gesamten Raum wie eine Mauer teilte. Dahinter erkannte er schemenhaft eine Person. Das mittlere Segment der schwarzen Glasscheibe fuhr zur Seite und gab den Blick in einen dahinter liegenden Raum frei. Der General blickte auf einen hageren Mann mittlerer Größe und Statur, dessen Augen wachsam jede Bewegung seines Gastes verfolgten. Der lichte kurzgeschorene Haarkranz sowie sein angegrauter Bart deuteten ein Alter von mindestens fünfundfünfzig Jahren an. Pruitt kam ohne Begrüßung direkt zum Thema.

»Ich wünsche eine lückenlose Aufklärung über alles, was diese Katastrophe ausgelöst hat. Sie garantierten uns keine schweren Nebenwirkungen.«

»Hallo General«, entgegnete der Hagere und ignorierte den offensichtlichen Angriff. »Fühlen Sie sich bei mir wie zu Hause.«

»Venathaer, wir haben ein Vermögen in Ihre Forschung gesteckt, ich verzichte deshalb gerne auf Ihre Höflichkeitsfloskeln. Und ich sage Ihnen eins: Sollten Ihnen auch nur die geringsten Fehler nachzuweisen sein, dann werde ich Sie zur Verantwortung ziehen.«

Venathaer blieb scheinbar gelassen. »Devlin, ich hatte Ihnen schon damals gesagt, dass Restrisiken nicht auszuschließen sind. Und bei dem begrenzten Budget ...«

»Kommen Sie mir nicht so, Venathaer! Sie hatten eine viertel Milliarde Dollar zur Verfügung! Ganz zu schweigen von Ihren Sonderwünschen. Champagner und Kaviar, für Sie nur das Beste. Und jetzt das! Sie sind Verursacher des größten Desasters, das ich je erlebt habe. Vielleicht der größten Katastrophe der Neuzeit.«

Pruitt baute sich nun unmittelbar vor dem Forscher auf, sodass sich ihre Gesichter fast berührten, dann fuhr er fort: »Glückwunsch, Herr Doktor. Zu Ihrem Titel tragen Sie nun einen weiteren. Weltvernichter. Am liebsten würde ich Ihnen hier an Ort und Stelle die Lichter ausdrehen und die Kaviarhäppchen so tief in Ihren Rachen stecken, dass Sie dran ersticken. So eine riesengroße Schweinerei habe ich in meiner ganzen Laufbahn noch nicht erlebt!«

Der Forscher, dem dunkle Röte ins Gesicht stieg, wich zurück. Dann öffnete er einen Büroschrank und zog einen Ordner mit Dossiers hervor.

»Darf ich Sie daran erinnern, dass wir Ihnen bereits nach den ersten Tests die Ergebnisse in vollem Umfang zur Verfügung gestellt haben? Sie kannten also die Risiken! Sie wollten Kampfmaschinen unter bedingungsloser Kontrolle Ihrer Kommandanten. Wir haben biochemisches Neuland betreten. Keiner von uns, keiner auf diesem ganzen gottverdammten Planeten, wusste, wie sich diese Forschung auswirken würde. Und dass es Komplikationen geben könnte, auf diese Risiken haben wir schon im Vertrag hingewiesen!«

»Venathaer, Sie kommen mir vor wie ein Chirurg, der sein Operationsbesteck in meinem Körper vergessen hat. Aber ich habe Ihnen keinen Haftungsausschluss unterschrieben, mit dem Sie sich jetzt hier einfach aus der Affäre ziehen können. Und ich krieg Sie dran, das verspreche ich Ihnen!«

Auf der Stirn des Forschers begannen sich Schweißtropfen abzuzeichnen. »Wir hatten nur in zwei Prozent der Tests abweichende Ergebnisse. Darüber sind Sie in allen Details informiert worden.«

»Ja, Sie erzählen mir nichts Neues«, polterte Pruitt.

»Die schmerzausschaltende Komponente war eine Vorgabe. Wir haben es geschafft! Die zweite Forderung: Das Bewusstsein in den Hintergrund drücken? Bitteschön, auch das haben wir geschafft!«

»Eine Horde von Zombies haben Sie in die Welt gesetzt, nichts weiter.«

»Sie waren es doch, der seine Soldaten zu Befehlsempfängern machen wollte. Und jetzt beschweren Sie sich, dass wir hier unseren Job gemacht haben.«

»Sie haben es nicht unter Kontrolle!« brüllte Pruitt.

Venathaer öffnete den Kragen seines Hemdes. Er drehte seinen Kopf hin und her, als wollte er sich mehr Luft verschaffen.

»Keine Ahnung, warum die telepathische Verschaltung zum Kommandanten nicht funktioniert hat wie vorhergesehen. Liegt vielleicht an den Verunreinigungen des Präparats. Und dass es bei zwei Prozent eine multiple Kontaktneurose ...«

»Verdammt Venathaer, reden Sie in einer Sprache, die ich verstehe!« fuhr Pruitt dazwischen.

Der Wissenschaftler starrte an die Decke und seufzte. »Das heißt, die Gehirne der Betroffenen ließen sich nicht wie geplant zu einer zentralen Person hinsteuern, sondern sie bildeten gestreute Kontakte. Kontakte zu den Menschen in ihrer Umgebung.«

»Sie meinen, die haben zu mehreren Personen telepathischen Kontakt?«

»Genau so ist es. Das muss für die Versuchsobjekte wie ein Gewitter im Kopf gewesen sein. Damit kamen sie nicht klar.«

»Gibt es ein Gegenmittel?«

»Wofür? Es handelt sich hier schließlich nicht um einen chemischen Kampfstoff.«

»Wäre es einer, hätten wir weniger Probleme«, fasste Pruitt zusammen.

Venathaer beschrieb die Droge wie ein Medikament. »Es sind einfach Nebenwirkungen, auch die physischen Ausfallerscheinungen.«

»Ausfallerscheinungen? Reden Sie doch Klartext. Wir nennen das plötzliches Herzversagen. Alles Ihr Bockmist!«

Venathaer erging sich in Ausflüchten. Mit seiner Gestik nahm er eine immer defensivere Haltung ein. »Wir haben nur geliefert. So wie es von Ihnen ausdrücklich gewünscht wurde. Die Reduzierung des Bewusstseins hatten Sie uns selbst in die Bücher geschrieben. Auch die Steigerung des Aggressionspotentials. Selbst die geforderte Ausschaltung von Moral und Hemmung.«

»Reden Sie sich nicht raus, Venathaer! Soll ich Ihnen sagen, was Sie getan haben? In meinen Augen haben Sie eine Waffe geladen, scharf gemacht, und nun ballert diese Waffe fröhlich in der Gegend herum. Und das auch noch völlig unkontrolliert! Sie tragen die Verantwortung dafür, es unter Kontrolle zu halten! Sie allein!«

Der Forscher hob beide Hände vor seine Brust. »Verantwortung? Was für eine Verantwortung? Restrisiken können wir nicht ausschalten, nie. Es gibt wie immer nur eine Neunundneunzig Prozent angenäherte Wahrscheinlichkeit. Wir hatten einen Auftrag, einen Auftrag Ihrer Regierung. Haben Sie das schon vergessen?«

Der General senkte seine Stimme. »Oh ja, ich kenne Leute wie Sie, Venathaer. Skrupellos und geldgierig. Die Verantwortung übertragen sie anderen, wenn es schief läuft, streiten sie alles ab. Venathaer, Sie sind mir zuwider.«

»Hören Sie auf!« Venathaer machte nun den Anschein, als wolle er sich nicht alles kommentarlos gefallen lassen.

»Sehen Sie doch den Tatsachen ins Auge! Fakt ist: Es ist schiefgelaufen, und Sie haben es versaut!«

»Ach, gehen Sie zum Teufel!« Venathaer winkte ab.

»Oh nein. Es geht Ihnen an den Kragen, und ich lass' Sie da nicht raus!«

»Bleiben Sie mal auf dem Teppich, Pruitt. Wenn Wissenschaftler Dynamit herstellen, tragen sie dann die Verantwortung für die Kriege in der Welt? Nein! Die Erfindung des Eispickels war auch nicht die eines gemeinen Mordwerkzeugs. Aber, wie wir beide wissen, wird er weltweit gerne als solches verwendet. Auftraggeber wie Sie haben nicht weniger Skrupel. Und die Verantwortung mit einer neu geschaffenen Kreatur überall auf der Welt Schaden anzurichten, tragen Sie genauso wie ich. Aber wenn's dann brenzlig wird, suchen Leute wie Sie immer einen Sündenbock.«

Pruitt schäumte vor Wut. »Ich lass' mich doch von Ihnen nicht beleidigen! Dafür, dass Sie das Zeug ohne mein Wissen nach China verscherbelt haben, könnt' ich Sie vor's Kriegsgericht stellen lassen.«

Venathaer, der sich seine Krawatte und den Hemdkragen öffnete, konterte: »Jetzt machen Sie aber mal einen Punkt! Hätten Sie uns die Mittel für die Produktion nicht zusammengestrichen, dann hätten wir die Präparate hier in den Staaten produzieren lassen. Aber nein, ich durfte wieder eine neue Lösung finden. Ein Kaninchen aus dem Hut zaubern! Hätten wir nicht die Billigfabriken unserer Joint Venture Company in China, dann wär's vor Jahren schon vorbei gewesen mit der Idee einer zuverlässigen menschlichen Kampfmaschine.«

»Vorbei gewesen wäre es aber auch mit den Fördermitteln! Sie haben kassiert und weiterentwickelt. Abgeliefert haben Sie dann den letzten Dreck!«

Venathaer ließ sich in einen der Ledersessel fallen. Seine Stimme wurde ruhiger. »Die Verunreinigungen sind in Asien passiert, da bin ich mir sicher. Für die fehlerhafte Zusammensetzung können wir nichts. Immerhin waren es zertifizierte Joint Ventures. Und für die verbrecherische Verteilung über Schwarzmarktkanäle tragen wir hier die allerwenigste Verantwortung. Das wissen Sie genau.«

Pruitt winkte ab. »Ach, Ihre Joint Ventures interessieren mich einen feuchten Dreck.«

»Es waren gottverdammte Pannen, nichts sonst«, verteidigte sich Venathaer weiter: »In Asien haben die jetzt dasselbe Problem wie wir. Laden Sie jetzt nicht den ganzen Dreck auf mir und meinem Team ab.«

»Schluss jetzt! Was Sie in Teufelsküche gebracht hat, ist nur Ihr Gewinnstreben! Aber es wird Ihre ureigene Hölle sein, in der Sie schmoren. Wenn es Ihnen nicht gelingt, die Katastrophe einzudämmen, dann wird es Ihr Untergang. Das verspreche ich Ihnen.«

Der Wissenschaftler sprang auf, kehrte Pruitt den Rücken zu und betrachtete die Berichterstattung auf einem Fernsehbildschirm. Die Reportage zeigte Straßenschlachten in Detroit und Dallas.

»Machen Sie die Augen auf!« preschte Venathaer vor. »Dealer verteilten das Zeug an Studenten. Nicht ich. Seit Monaten decken sich diese ganzen Leute mit *Strange* ein. Wie sollten wir das ahnen?«

Auch Pruitt blickte jetzt konzentriert auf den Bildschirm, die Reportage brachte ihn aus dem Konzept: »Verdammt ... warum ausgerechnet so viele Studenten?«

»Warum?« Venathaer lachte heiser. »Sie konsumierten es zur Konzentrationssteigerung. Vermutlich wegen des Aufputscheffekts. Außerdem reduziert es Hemmungen und Schmerzempfinden. Alles das, was Sie uns in die Bücher geschrieben hatten. Sie müssten es also eigentlich wissen.«

»Und warum plündern sie, knallen alles ab, was ihnen vor die Flinte läuft? Schauen Sie sich das doch an!«

»Ich habe damit nichts zu tun. Es waren die chinesischen Triaden.«

Pruitt geriet einmal mehr außer sich vor Wut. »Ach, fahren Sie doch zur Hölle mit Ihren Triaden! Uns bleibt nur noch die Nationalgarde! Aber nicht einmal damit kriegen wir die Situation in den Griff! Eine Katastrophe! Venathaer, Sie haben achtundvierzig Stunden Zeit, mir eine Lösung vorzuschlagen. Ich will ein Gegenmittel und eine Strategie! Ansonsten ...«

»Was? Wollen Sie mir etwa drohen, Pruitt? Dafür hängen Sie viel zu tief mit drin.«

Der General packte sein Gegenüber am Kragen, griff an seine Dienstwaffe und hielt sie dem Wissenschaftler unters Kinn. »Ein Gegenmittel, Venathaer. Ein Gegenmittel! Sie haben nicht nur Tausende auf dem Gewissen, möglicherweise rotten Sie mit dem Zeug die gesamte angehende Wissenselite unseres

Landes aus. Damit katapultieren Sie die Vereinigten Staaten in die Steinzeit. Ist ihnen das klar?«

»Aber ich brauche ...«

»Ist Ihnen das klar?«

»Ach, zum Teufel. Wie soll ich in auchtundvierzig Stunden ...«

Pruitt unterbrach den Antwortversuch des Wissenschaftlers. »Achtundvierzig Stunden, Venathaer! Und nicht länger!« Die nächsten Worte zischte er mit kaum hörbarer Stimme: »Sonst katapultiere ich Sie dafür in die Hölle! Haben Sie mich verstanden?«

Collider Dallas, 19. Juli 2017

Leighland erreichte das Gebäude des Colliders und platzte mitten in die Unterhaltung von Sparks und Brattfield Jones, Administration Chief des Colliders.

»Die Anzeige hat sich auf Null reduziert. Es ist vorbei.« Aus den Gesichtern wich die Anspannung wie Frühnebel bei Sonnenaufgang.

Jungforscher Sparks schüttelte den Kopf. »Nein, das denke ich nicht.«

»Warum?«

»Wir registrieren es nur nicht mehr.«

Pendergast entgegnete in einem Tonfall, als wollte er einen längst vergessenen Vorfall aufs Neue debattieren: »Wir registrieren es nicht?«

»Die Anzeige zeigt nur im Millivoltbereich an. Ich vermute, es ist bereits so groß, dass es nur noch im Voltbereich zu messen ist. Es ist nicht vorbei!«

»Was wollen Sie damit sagen, Sparks?«

»Ich will damit sagen, dass es bereits so weit gewachsen ist, dass wir es auf unseren Instrumenten nicht mehr sehen. Das gottverdammte Ding wächst. Es wird nicht mehr lange dauern, dann werden wir Gamma-Quanten messen. Und spätestens dann haben Sie Ihr Schwarzes Loch.«

»Ach, hören Sie doch auf mit Ihrer fixen Idee!« Pendergast schien Sparks die neue Theorie nicht mehr zu glauben. In diesem Augenblick trat Leighland hinzu und begrüßte seine Kollegen.

»Ist es immer noch stabil oder können wir eine Fluktuation erwarten?«, eröffnete der Berkeley-Professor das Gespräch.

Pendergast versuchte sofort, die Situation zusammenzufassen. »So wie es aussieht, gab es keine Spin-Down-Phase.«

»Eichbosonen?«

»Waren nicht zu messen.«

»Die Hawking Strahlung müsste es zerstören.«

»Sie ist theoretisch«, warf Sparks ein.

Leighland hielt dagegen: »Anhand der Gammaquanten müssten wir feststellen können, dass es sich um eine Strahlungsquelle handelt. Sie kennen doch die Vermutung: Schwarze Löcher sind gar nicht so schwarz.«

»Das stimmt«, bestätigte Pendergast. »Aber das Problem liegt an anderer Stelle. Sollte es ein Schwarzes Loch sein, dann müsste es durch die Erdgravitation in Nähe des Erdmittelpunkts gezogen werden. Das wird es offensichtlich hier nicht. Aber es kann unmöglich an Ort und Stelle verharren, dafür wäre es viel zu schwer.«

Leighland resümierte: »Wir kommen so nicht weiter. Ich brauche Unterstützung. Es gäbe da einen Kollegen in Russland. Er arbeitete noch vor gar nicht so langer Zeit am Collider in Genf. Vielleicht kann er helfen.«

»Am CERN?«, fragte Pendergast.

»Ja, Zorin Katchenko. Ein Freund von mir. Er arbeitet jetzt am MIPT in Moskau. Sein Fachgebiet ist Gravitation und schwere Elemente. Er hatte damals die wissenschaftliche Leitung am Collider in Genf. Vielleicht weiß er mit dem Ding was anzufangen.«

»Katchenko? Kenne ich nicht. Ist wohl auch schon paar Monate her, dass ich Kontakt zu der Anlage hatte.«

Leighland wählte die Nummer aus seinem Mobilfunkspeicher. »Hoffentlich geht er ran. In Moskau ist es acht Stunden später, also schon spät am Abend.«

»Ja?« antwortete jemand am anderen Ende der Leitung.

»Leighland hier. Aus Berkeley. Zorin, bist du es?«

»Hey, Jim. Lange nichts von dir gehört!« Die Begrüßung schien etwas herzlicher, als der Professor erwartet hatte. »Herzlichen Glückwunsch erstmal zu eurer Fertigstellung in Dallas. Ihr habt es ja ganz schön lange geheim gehalten.«

»Wie ich sehe, nicht gut genug. Woher weißt du es?«

»Ihr veröffentlicht es nächste Woche in *Astrophysicsworld.* Naja, ich kenne den Verleger sehr gut und er hat mir einen Vorabzug der nächsten Ausgabe geschickt. Ich hatte dich schon anrufen wollen deswegen.«

Leighland konterte: »In dieser Welt gibt es einfach keine Diskretion. Der absolute Verfall der guten Sitten.«

Katchenko lachte und spielte den Ball zurück: »Ja, und natürlich lauft ihr uns wieder den Rang ab. Ihr seid mit einer Leistung von vierzig Teraelektronenvolt doppelt so leistungsstark wie wir damals am CERN. Also sprich nicht vom Verfall der guten Sitten, sprich lieber von der Inflation der Standards.«

Der Professor lachte in sich hinein.

»Okay, aber darum rufe ich nicht an. Wir haben ein Problem. Hattest du in deinen Versuchen jemals eine Alphastabilität von längerer Dauer?«

»Damals in Genf? Nein, hatten wir nicht. Aber in Hengshui. Die Anlage ist fünfzig Teraelektronenvolt stark.«

Leighland verschlug es fast die Sprache. »Wieso fünfzig? Veröffentlicht und angegeben wurde er mit dreißig, soweit ich weiß. War das gelogen?«

»Tja, der Verfall der guten Sitten!«, witzelte Katchenko.

»Verfall der guten Sitten? Zorin, sprechen wir lieber von der Inflation der Standards!«

Beide lachten.

»Du meinst, die hatten eine Alphastabilität von längerer Dauer?«

»Ja, denke schon«, mutmaßte der Russe.

»Gibt es Unterlagen über die Ergebnisse?

»Ich habe sie hier und werte sie gerade aus. Man hatte mich um eine unabhängige Meinung gebeten.«

»Könntest du sie mir zur Verfügung stellen?«

»Sicher. Ich kann sie dir nach Berkeley faxen.«

»Nein, nicht nach Berkeley.« Der Professor gab Katchenko die Faxnunmmer des Colliders.

»Am besten gleich hierher nach Dallas. Zorin, ich habe da ein Problem, über das ich mit dir sprechen wollte. Was denkst du über die Gefahr eines Braneworld Black Hole?«

»Du meinst wegen der Alphastabilität? Wenn du mich fragst, nein, zumindest nicht damals in Genf. Wir hatten 2010 und 2012 mehrere Durchläufe, da fanden sich kein Black Hole und auch sonst keine Effekte. Es könnte natürlich sein, wenn die Anlage groß genug ist. Wenn Teilchen bei höchsten Energien zusammenprallen, dann könnte es entstehen. Aber wenn es tatsächlich so sein sollte, dass mit größeren Energien ... Das wäre ja phänomenal!«

»Was würdest du zu einer statischen Lokalisierung sagen? Könnte sie für längere Zeit auf einer Stelle verharren?«

»Die Theorien dazu sind gegensätzlich. Ich würde sagen, eher nicht. Aber das ist alles müßig.«

»Mir ist klar, je kleiner sie sind, desto schneller zerstrahlen sie. Eigentlich dürften sie gar nicht existieren.«

»Das schon«, entgegnete Katchenko. »Aber wir kennen nicht die Schwelle der Größenordnung, bis wann sie stabil bleiben.«

»Und was denkst du über die Risiken?«

Die Antwort des Russen kam prompt und signalisierte Überzeugung. »Ich sehe keine Gefahr. Wenn überhaupt, bleibt es nur kurz stabil. Wie gesagt, eigentlich müsste es durch die abgebende Strahlung zerfallen.«

»Glaubst du, wir können es uns mal aus der Nähe ansehen? Ich meine in der Anlage.«

»Wenn es das ist, wofür du es hältst, ist es nicht mal von mikroskopischer Größe. Es kann nicht gefährlich sein.«

»Was macht dich so sicher?« Leighland war noch immer skeptisch.

Katchenko legte einen Hauch besserwisserischen Spotts in seine Stimme: »In Los Alamos 1945 gab es bei der ersten Bombe auch Rufe von wegen Weltvernichtung. Du erinnerst dich, oder? Alle unkten, wenn erst einmal eine nukleare Kettenreaktion in Gang käme, wäre es das Ende der Welt.«

»Das stimmt«, erinnerte sich Leighland. »Soweit ich weiß, sprachen sie von totaler Verwüstung des ganzen Planeten.«

Katchenko lachte. »Alles Quatsch. Die wissen doch sowieso immer alles besser. Was gab es schließlich? Einen Entenfurz in der Wüste New Mexicos.«

»Tja, nur dass ein ähnlicher Entenfurz kurz danach in Japan über zweihunderttausend Menschen das Leben gekostet hat.«

Dallas, 20. Juli, drei Tage nach der Alphastabilität

Brattfield Jones fuchtelte mit einem Stapel Papier vor Pendergast in der Luft herum. Sein Gesicht war puterrot angelaufen.

»Doktor, es ist unglaublich! Sehen Sie sich das an!«

Pendergast, noch in seine Aufzeichnungen vertieft, nahm vom Lamentieren seines Kollegen kaum Notiz. Mit ausladender

Handbewegung gab er zu verstehen, nicht gestört werden zu wollen.

»Was denn, was denn, Jones?«

Brattfield Jones gluckste vor Aufregung. »Wir sind bestohlen worden, bestohlen worden«, wiederholte sich der Physiker zweimal. »Sehen Sie doch!«

Jetzt wandte sich der Collider Chef doch den Unterlagen zu. Die Papiere dicht vor Augen überflog er die Dokumente.

»Woher haben Sie das?« fuhr er Brattfield Jones an.

»Aus dem Faxgerät.«

»Aus welchem Faxgerät?«

»Aus unserem Kontrollraum. Es war an Leighland gerichtet.«

»Das ... Das ist ...« Pendergast schien die Situation nun wie sein Kollege als aufsehenerregend einzuschätzen.

»Aus Moskau?«

»Ja, es kommt aus Moskau. Der Faxnummer nach. Aber ursprünglich stammt es aus China. Zumindest den Notizen der Schriftzeichen nach zu urteilen.«

»Unsere Forschungsergebnisse in China? Ich fasse es nicht!« Pendergast rückte sich die Brille auf der Nase zurecht und starrte auf den wie angewurzelt stehenden Administration Chief. Dieser schüttelte nur immer wieder den Kopf.

»Ich habe es mir angeguckt. Vollständig. Die basierenden Berechnungen und Formeln sind exakt beschrieben und entsprechen in allen Details unseren Arbeiten.«

»Also kopiert?« entgegnete Pendergast.

»Sehen Sie doch! Selbst die Bezüge und einige handschriftliche Notizen zu den Ableitungen haben sie übernommen.«

In diesem Augenblick trat Leighland hinzu und wurde sofort von den beiden Forschern bedrängt. Seine Vorahnung schien sich zu bestätigen.

»Jim, hast du das aus Moskau angefordert?«

»Ja. Ich habe mit Zorin Katchenko gesprochen. Er informierte mich über angebliche Ergebnisse in Hengshui. Ich war selber überrascht.«

Schockiert brach es aus Pendergast hervor: »Wir haben es hier mit einer ganz großen Sauerei zu tun! Einfach unglaublich!«

Er ließ den Papierstapel auf den Tisch sinken. »Ich will die Mitarbeiter dazu befragen, die ganze Führungsmannschaft! Hier stinkt etwas ganz gewaltig zum Himmel!« Seine Stimme überschlug sich. »Brattfield, Sie rufen alle zusammen und organisieren ein Meeting!«

Nur wenige Minuten später hatten sich alle wichtigen Mitarbeiter im Besprechungsraum versammelt. Es herrschte betretenes Schweigen, als Pendergast den Raum betrat. Während er in die Gesichter der Anwesenden blickte, verfinsterte sich seine Mine nochmals. Der Colliderchef wies auf einen Stapel Papiere, die sich vor ihm auf einer Akte türmten.

»Meine Herren, ich habe Sie zusammengerufen, da wir Sie über etwas Wesentliches informieren müssen. Zunächst verlange ich von Ihnen, das Sie über die folgenden Informationen außerhalb unserer Anlage kein Wort verlieren und absolutes Stillschweigen bewahren.« Pendergast richtete sich auf, als wollte er eine Rede von außerordentlicher Bedeutung halten. »Vor knapp einer Stunde sind wir in den Besitz von Unterlagen gelangt, die zweifelsfrei beweisen, dass unsere Forschungsergebnisse gestohlen wurden.«

»Unsere Ergebnisse in fremden Händen!« rief Brattfield Jones.

»Konkret: In den Händen unseres chinesischen Erzrivalen, dem Collider in Hengshui.«

Ein Raunen erfüllte den Raum.

»Ja, Hengshui. Die Unterlagen, die ich einsehen konnte, weisen nur ein Ergebnis aus. Es scheint zu belegen, dass das Graviton mit der Sicherheit von fünf Sigma tatsächlich nachgewiesen wurde. Zurzeit wird dort der zweite Versuch gefahren.«

Brattfield Jones warf ein: »Unsere Forschungsergebnisse in China, unerhört!«

»Ohne Zweifel sind unsere Berechnungen und Aufzeichnungen gestohlen worden. Dabei stellt sich natürlich die Frage, wie dies geschehen konnte. Nach dem jetzigen Stand der Kenntnisse müssen wir davon ausgehen, dass einer von uns daran beteiligt war.«

Das Getuschel schlug sofort um in betretenes Schweigen. Pendergast blickte in die fragenden Gesichter seiner Mitarbeiter. »Hat einer von Ihnen dafür eine Erklärung?«

Frease meldete sich zu Wort. »Wenn es denn tatsächlich so ist, dann haben wir es mit Verrat zu tun. Mit anderen Worten, wir haben einen Spion unter uns.«

Keiner im Raum wagte, etwas zu entgegnen. Einige blickten stumm vor sich hin, während andere wiederum den Kopf zu schütteln begannen. Sparks blieb sprachlos zu seinem Mentor Leighland gewandt, der sich in seinem Stuhl zurücklehnte und mit dem Zeigefinger im Uhrzeigersinn über das Glas seiner Armbanduhr strich. Pendergast verteilte einen Stapel Papiere an die Anwesenden.

»Meine Herren, in Anbetracht der Lage sind Maßnahmen erforderlich. Wie Sie auf den Kopien erkennen, werden auf drei Blättern hinter den mathematischen Ableitungen Notizen ausgeführt. Ich möchte Sie nun um folgendes Bitten: Erstens, prüfen Sie die zur Verfügung gestellten Unterlagen und beziffern Sie ungefähr das Datum, wann die Notizen dazu abreißen. Ziel dabei ist es, sich dem Tag zu nähern, an dem die Unterlagen weitergegeben wurden. Sollte es sich herausstellen, dass wir den Tag ermitteln können, werden Frease und ich weitere Untersuchungen starten. Die Bewegungsprofile über die Zutrittskarten geben uns vielleicht Hinweise. Zweitens: Melden Sie bitte aus dem Collider abgehende Gespräche an, damit wir diese überprüfen können. Drittens: Das Verlassen der Anlage ist bis zum Abschluss der Ermittlungen untersagt. Wir haben das Innenministerium informiert, und es ist damit zu rechnen, dass jeder von Ihnen befragt wird.«

Frease ereiferte sich: »Das heißt, wir stehen alle unter Generalverdacht?«

Brattfield Jones giftete Frease entgegen: »Skandalös, einfach skandalös! Sie waren doch verantwortlich! Sie hätten es verhindern müssen! Jetzt sind wir am Ende!«

Pendergast schnitt Jones das Wort ab und hob beschwichtigend die Hände. »Mr. Frease, Ihnen als Sicherheitschef mache ich keinen Vorwurf. Zunächst wissen wir nicht, wie die Unterlagen das Haus verlassen haben und durch wen. Also erwarte ich bei allen Verständnis für die vorübergehenden Maßnahmen. Das wäre im Moment alles.«

Der Colliderchef blickte in die Runde und nickte Leighland zu. Dann drehte er sich zu Sparks: »Sparks, Sie bitte ich, im Raum zu bleiben.«

Der Jungforscher, der sich grade erheben wollte, sank wieder in seinen Sitz.

Nachdem alle Sitzungsteilnehmer den Raum verlassen hatten, eröffnete Pendergast das Gespräch:

»Jim, es tut mir furchtbar leid, dass ich dir das nicht ersparen konnte. Ich weiß um die Anstrengungen, die Gelder für uns bereit zu stellen. Ich bin erschüttert. Es ist eine Tragödie.«

Leighland beruhigte Pedergast, den er den Tränen nahe glaubte.

»Gut, wir können es jetzt nicht ändern. Natürlich werden wir versuchen, den Verdacht zu belegen. Wir können *Science*, *Nature* und *Astrophysicsworld* darüber informieren, und sie werden uns natürlich Glauben schenken.«

»Damit stoppen wir allerdings nicht unsere Gegner in Hengshui«, gab Pendergast zu bedenken.

»Gegen die Publikation des chinesischen Teams können wir bei den zuständigen Behörden Beschwerde einlegen. Außerdem sollten wir uns jetzt davon nicht beeindrucken lassen und unsere Untersuchungen fortführen.«

»Aber sie sind uns gegenüber im Vorteil, Jim.«

»Das sehe ich nicht so. Auch wenn der Vorsprung unserer Gegner groß zu sein scheint, es ist nichts verloren. Wir werden sicher das gleiche Ergebnis erzielen wie die Chinesen. Dann bleibt zu klären, welchem Team der Nachweis zugesprochen wird. Das wird dann die Grand Jury klären. Was mich zurzeit bewegt, ist allerdings noch etwas anderes.«

Leighland stockte kurz. »Auch Hengshui scheint eine Anomalie zu haben.«

»Eine Alphastabilität?«

»Ja. Katchenko sprach von mehreren Tagen und davon, dass das Ding auch wächst. Genaues weiß ich nicht.«

»Wie können wir mehr in Erfahrung bringen?«, fragte Pendergast neugierig.

»Es bleibt uns wahrscheinlich nichts anderes übrig, als uns das Ding vor Ort anzusehen. Vielleicht haben wir einen Vertrauten in China?«

»Ich kann mal nachhören, versprechen kann ich nichts. Es wird Zeit in Anspruch nehmen, und die Zeit ist das, was uns hier davon rennt«, resümierte Leighland.

»Okay Jim. Reden wir mal über das, was unausgesprochen im Raum steht. Sparks ist Chinese.«

Für einen Augenblick herrschte Stille.

Leighland, der Sparks betreten zu Boden blicken sah, entgegnete: »Du glaubst doch nicht wirklich, dass Sparks etwas damit zu tun hat? Er ist doch keine zwei Wochen hier, aber die Unterlagen müssen vor Monaten weitergegeben worden sein.«

»Ja, das spricht natürlich für ihn. Aber die Kollegen werden ihn verdächtigen. Wenn wir die Sache nicht aufklären, wird's unangenehm. Gerade jetzt können wir sowas nicht gebrauchen.«

Der Professor wandte sich an Sparks: »Es wird keiner den Collider verlassen, solange die Anomalie stabil bleibt und das Sicherheitsleck nicht gefunden ist. Besuche sind nicht erlaubt. Haben Sie damit ein Problem, Sparks?«

»Meine Freundin wurde an die Ostküste geschickt. Wir werden uns also einige Tage nicht sehen. Sie arbeitet für einen Nachrichtensender«, entgegnete Sparks, als sei die Antwort auf Pendergasts Frage darin schon enthalten.

Pendergast setzte nach: »Wann haben Sie das letzte Mal mit Ihrer Freundin telefoniert?«

»Gestern.«

Der Professor beschwichtigte. »Karel, wir müssen uns auf die Anomalie konzentrieren. Ich vertraue Shuin. Auch die Kollegen müssten eigentlich wissen, dass er unschuldig ist. Die Weitergabe geschah zu einem Zeitpunkt, als Shuin noch gar nicht hier war. Wir sollten einfach weitermachen.«

Pendergast beteuerte: »Ja, wenn es denn überhaupt weitergehen kann, nach dem Vertrauensbruch. Aber es geht nicht nur um den Verdacht. Wir brauchen höhere Sicherheitsstandards, die Anomalie könnte unbeherrschbar werden. Wir müssen schnellstens was dagegen unternehmen.«

»Das ist auch meine Einschätzung«, bestätigte Leighland. »Was sagen denn die letzten Messungen?«

»Die Messung waren vor wenigen Stunden. Alles deutete darauf hin, dass die Anomalie signifikant wächst.«

»Und was ist jetzt dein Plan?«

»Ich habe vor, sie sichten zu lassen.« Pendergast schien entschlossen, dem Rätsel auf den Grund zu gehen.

»Du meinst, direkt im Collider?«

Pendergast betrachtete die Kiste neben sich auf dem Boden. Sie enthielt eine Kamera, zwei Detektoren und eine Anzahl von

Kabeln. »Wir müssen neue Messinstrumente anbringen. Die bereits installierten sind auf die Detektion nicht eingerichtet.«

Leighland entgegnete: »Katchenko meinte, es bestünde kein Risiko, aber …«

Beide blickten sich an.

»Also raus mit der Sprache, Karel, wen willst du in die Höhle des Löwen schicken?«

Pendergast blickte hinüber zu Sparks, der sich mit weit geöffneten Augen in seinem Stuhl aufzurichten begann.

»Na los. Sie sind unser jüngster Zugang. Wenn Sie es tun, machen Sie sich in unserer Gruppe unsterblich.«

Der ehemalige Student blickte zu seinem Mentor und schluckte. In einer Abwehrbewegung streckte er wedelnd seine Handflächen vor. Leighland, der seinen Schützling im Auge behielt, resümierte: »Wir sollten zumindest vorher mal hören, was Sparks dazu zu sagen hat.«

»Kommt gar nicht in Frage.« Sparks schnappte nach Luft. »Wieso ich? Unsterblich hört sich ja erstmal gut an, aber vielleicht sterblicht es mich ja schneller, als wir das *Un* davor packen können.«

»Riskant, so was zum jetzigen Zeitpunkt durchzuführen, Karel«, sagte Leighland.

»Wenn Katchenko das Risiko geringschätzt, was haben wir zu verlieren? Für die Wissenschaft muss man bereit sein, alles in die Wagschale zu werfen. Hast du das nicht früher selbst gesagt?«

»Schon möglich, ja.«

Pendergast blieb offensiv. »Es ist die letzte Chance, die wir haben, Jim. Das weißt du genau. Außerdem ist die Strahlungsdosis weit unterhalb des Millirem-Bereichs, also eine Dosis, die wir nicht mal auf molekularer Ebene, geschweige denn in unseren Zellen spüren würden.«

»Sei es drum.« Leighland räusperte sich. »Wenn Sie's freiwillig tun, Sparks, gebe ich die Freigabe. Natürlich unter strikten Vorsichtsmaßnahmen. Aber mal ehrlich, wenn Sie Weltraumsprünge machen, bekommen Sie die millionenfache Dosis an Strahlung ab. Dann ist das hier für Sie weniger als ein Spaziergang an der frischen Luft.«

Sparks, der jedes Mal nickte, als sein Lehrmeister die Risiken beschrieb, und den Kopf schüttelte, wenn Pendergast die Situation zu entdramatisieren versuchte, zog die Mundwinkel nach unten und fügte sich dem Unvermeidlichen.

»Und was habe ich davon, wenn es schief geht?«

»Dafür nennen wir es dann später die Sparks-Anomalie!«, schlug der Colliderchef vor. Leighland grinste. »Ja. Aber nur wenn es schiefgeht.«

3. Kapitel
Element der Hoffnung

Dallas 21. Juli, vier Tage nach der Alphastabilität

Leighland prüfte den Overall seines Schützlings und setzte Sparks den Helm auf. Vor den beiden stand die ferngesteuerte Wartungskapsel, die zuvor noch von den Technikern einem Check unterzogen worden war.

»Shuin, steigen Sie ein, ich werde Sie bis zur Magnetspule anschieben. Wenn Sie brav sitzen bleiben, dann können Sie sogar noch die schöne Aussicht genießen.«

»Die Aussicht auf was? Auf mein Begräbnis?«

»Jammern Sie nicht. Die Magnete beschleunigen den Wagen und bringen Sie durch die Ringanlage bis zum Zielabschnitt.«

»Okay, Professor, wie messen wir die Strahlung?«

»Die Detektoren liegen mit den Klemmen in der Kapsel. Fixieren Sie die in Nähe der Anomalie. Am besten an einem der Kabelstränge. Sonst noch Fragen?«

»Und zurück komme ich über die Umkehr der Polung über die Magnetschiene, schon klar. Aber funktioniert das auch da drin in der Nähe der Anomalie?«

»Wenn der Strom ausfällt, müssen Sie eben laufen.«

»Was, die vollen sechs Meilen?«

»Na, deswegen schicken wir doch Sie. Bei zwei Meilen hätte ich's auch selber machen können.«

Leighland schloss das Visier über das grinsende Gesicht seines Schützlings.

»Haben wir Sprechverbindung, Professor?«

Leighland, dem Sparks Worte über einen Lautsprecher entgegen schallten, nickte beruhigend.

»Die ganze Zeit über. Das Mikrophon ist im Helm befestigt.«

Der Inspektionswagen bot nur einen Sitzplatz. Im vorderen Teil, der an das Innere eines Bobschlittens erinnerte, steckte anstelle eines Lenkrads nur ein Haltebügel. Auf Schienen gleitend, hatte das Gefährt die simple Funktion einer ferngesteuerten Lore. Mittels der Induktionsspulen ließ sich das Fahrzeug ohne Gas- und Bremspedal durch die Zentrale bewegen. Sparks zwängte sich in den ungepolsterten Sitz, zog die Plexiglaskuppel herunter und ließ sie einrasten.

»Hören Sie mich, Professor?«

»Klar und deutlich, Sparks.«

»Ich vermisse die Instrumententafel.«

»Ach, gibt es keine? Entschuldigung, ich hatte vergessen die Luxusausführung für Sie zu ordern, Sparks.«

Leighland schob den Wagen vorwärts, bis er die Kontaktschleifen der Magnete erreichte. Leises Surren begleitete das Gefährt, als es vorwärts schnellte. Es erinnerte Leighland an die Geräusche eines Elektrofahrzeugs, das er hin und wieder auf dem Campus nutzte.

»Es fährt ja, hey!«, brach es aus Sparks hervor.

Leighland grinste über beide Ohren. »Ja, das nennt man Physik, Überwindung der Massenträgheit durch Elektromagnetismus. Ich kann Ihnen das bei Gelegenheit mal erklären.«

»Netter Versuch, mich aufzuheitern. Aber ich kann's gebrauchen. Wissen Sie, wie Ich mich fühle? Wie ein Versuchskaninchen auf einer Silvesterrakete.«

»War es bei Ihrem Space Jump etwa anders? Würde mich wundern.«

Sparks stöhnte. »Wie lange dauert es?«

»Warum so eilig? Sie werden die Anomalie in cirka sechs Minuten erreicht haben. Bis dahin genießen Sie Ihre lautlose Fahrt.«

Nachdem Leighland die Wartungskapsel aus seinem Blickfeld verloren hatte, begab er sich zur Steuerzentrale. Dort beobachtete er die Annäherung des Gefährts an den Zielpunkt, er sah die Wartungskapsel als kleinen Punkt auf dem Übersichtsbildschirm der Messwarte.

»Sparks, was sehen Sie?«

»Ich bin jetzt im zweihundertachtundsiebzigsten Segment. Noch vier Segmente. Es ist alles ruhig hier. Eigentlich sehe ich …«

»Was?«

»Nichts.«

»Was haben Sie erwartet? Ein Empfangskomitee?« Der Professor fixierte den Lichtpunkt, der sich auf dem Bildschirm fast unmerklich fortbewegte.

»Bratfield, wie weit hat er noch?«

»Ich bring den Wagen gleich zum Halten. Die letzten Segmente geht er zu Fuß.«

»Sparks, hören Sie?«

»Ja, der Wagen stoppt gerade.«

»Gut. Steigen Sie jetzt aus.«

Über die Lautsprecher im Kontrollraum drang das Öffnen der Kabine als hohles Klicken an die Ohren der Wissenschaftler.

»Okay. Was soll ich jetzt tun?«

Leighland wandte sich an Pendergast. »Ich denke, es ist ausreichend, wenn wir die Instrumente mit einem guten Abstand von der Anomalie entfernt aufstellen, oder was denkst du?«

Pendergast schüttelte den Kopf. »Wenn wir nähere Messungen wollen, müssen wir die Instrumente mindestens auf sechzehn Fuß an die Anomalie heranbringen.«

Sparks betrat den Boden der Colliderröhre und setzte zögerlich einen Schritt vor den anderen. Er erreichte die Stelle der geplanten Kollision und der an die innere Röhre angrenzenden Detektoren, die die Werte der Anomalie in eines der zwei Kontrollzentren des Colliders übermittelten. Dort ließ er seine Blicke schweifen.

»Erweckt alles den Anschein, als sei hier gar nichts. Ich gehe weiter. Eigentlich gibt's hier nicht wirklich was zu sehen.«

»Seien Sie vorsichtig, Sparks«, mahnte Leighland.

Die nächsten Sekunden vernahm Leighland keine weitere Meldung. Dann ein Knacken. Es folgte ein Ausruf des Jungforschers: »Oh Gott!«

Keiner im Kontrollraum wagte zu sprechen.

»Das ist ja irre. Es ist ...«

Sekundenlang herrschte Schweigen, dann sprach Sparks weiter: »Es ist ein Punkt. Ein winziger Punkt. Vielleicht von der Größe eines Streichholzkopfs.«

»Versuchen Sie, es zu beschreiben, Sparks.«

»Ich sehe einen Punkt seitlich der Colliderinnenröhre.« Er stockte wieder.

»Verdammt, reden Sie mit uns! Beschreiben Sie es!« Pendergast begann seinen Kugelschreiber unablässig in den Fingern zu drehen.

»Der Punkt befindet sich in Höhe des oberen Drittels bis zur Tunneldecke. Irgendwie schwebt er im Raum.«

»Und?«

»Eigentlich scheint er stillzustehen, aber er bewegt sich neben der inneren Röhre um seine eigene Achse. Eher langsam.«

»Wie sieht er aus?«

»In der Mitte ist er dunkel. Außen sind Lichtreflexe zu erkennen. Es ist, als glimme der Rand.«

»Bleiben Sie weg von dem Ding, Sparks«, befahl Leighland.

»Keine Sorge. Wo soll ich mit den Instrumenten hin?«

»Stellen Sie den Kasten einfach auf den Boden. Die Batterien halten mindestens hundert Stunden und müssten fürs Erste ausreichen.«

Der Jungforscher kehrte zurück zu dem Gefährt, nahm die mitgeführten Utensilien aus dem Fußraum und trug sie zu der Anomalie »Ich platziere den Kasten vor mir auf dem Boden.«

»Gut. Nun gehen Sie einige Schritte zurück und hängen die Kamera an einem der Sicherungskabel auf.«

»Hab' ich gemacht. Soll ich sie einschalten?« fragte Sparks.

»Klar, ohne Bilder zu liefern, nützt sie uns ja nichts.«

Als Sparks die Kamera einschaltete, flimmerte im Kontrollraum ein Rauschen auf den Bildschirmen an der Wand.

»Das Bild kommt an. Aktivieren Sie jetzt die Sequenz für den Autofocus.«

Sparks drückte zwei Tasten an der Menüführung des Kameragehäuses und trat zurück.

Leighland drängte auf Rückkehr: »Gut, wir haben das Bild. Sehen Sie zu, dass Sie da wegkommen. Den Rest schauen wir uns aus der Ferne an. Steigen Sie ein, wir holen Sie zurück.«

Sparks nahm wieder in dem Wartungsgefährt Platz und gab das Signal zur Rückkehr. Die Kapsel setzte sich in Bewegung.

Dallas, Jefferson Health Medical Center

Jack Burton betastete seinen Kopfverband. Nur langsam öffnete er die Augen. Ein Geräusch im Hintergrund hatte ihn aus seinem traumlosen Schlaf hochschrecken lassen. Brotkrumen auf dem Tisch waren das Erste, das er wahrnahm, bevor er den Kopf langsam aufrichtete und die Silhouette von Phileas Wuthering erblickte. Erst jetzt wurde ihm klar, dass er mehrere Stunden geschlafen hatte.

»Jack, Sie müssen den Alten holen. Da draußen tut sich was.« Wuthering, der am Fenster stand, blickte hinab auf die Szenerie, die sich vor dem Klinikgebäude abzeichnete.

»Der ist im Gespräch mit den Polizisten«, vermutete Burton.

»Ich glaube, es wird ihn interessieren, was da geschieht«, sagte Wuthering. »Ich weiß nicht, was draußen das Aufgebot an Polizei bedeutet. Das sollte sich der Alte ansehen.«

»Was meinen Sie?« wollte Burton wissen und erhob sich vom Schreibtisch.

»Schauen Sie selbst raus.«

Burton trat ans Fenster. Gleichzeitig vernahm er das Stöhnen der Patienten, das seit Wochen immer öfter an seine Ohren drang. Die Rufe wurden lauter. Kassandragleich kündeten sie jene Eskalation der Ereignisse an, die selbst die wildesten Spekulationen der Krankenhausangestellten bald in den Schatten stellen sollten.

Burton machte beim Blick aus dem Fenster seine Verwunderung deutlich: »Was zum Teufel? Das sind aber keine Polizisten.« Vor Burtons geistigem Auge erschienen Bilder der Notaufnahme und der Verwüstungen durch den Creep. Die Erinnerung an Kathies toten Körper ließ ihn erschauern.

»Der ganze Betrieb hier geht vor die Hunde, das kann ich nicht zulassen, Phil«, sagte er und blickte in Wutherings Gesicht, dessen Ratlosigkeit sich in einem Kopfschütteln ausdrückte.

In diesem Augenblick öffnete sich die Tür zu Burtons Büro. Chrichton, der Direktor des Krankenhauses, erschien. Er tobte.

»Das werden wir noch sehen! Lassen Sie mich gefälligst los!«

Zwei der Einsatzkräfte packten Chrichton am Arm und komplimentierten ihn noch auf der Türschwelle unsanft wieder aus Burtons Büro hinaus.

Auch auf Burton schritt ein Mann in Uniform zu. Sein Grinsen beschränkte sich auf eine Gesichtshälfte und ließ ihn wie einen Zyniker aussehen.

»Guten Tag. Mein Name ist Doktor Patterson. Biological Chemical Critical Force.« Dann fuhr eine Hand an sein Barett zur Stirnseite. Er wies auf sein gesticktes Namensschild am Revers. »Im Rang eines Colonels bin ich befugt, hier die Befehlsgewalt zu übernehmen. Ich löse Chrichton ab.«

Burton erwiderte den militärischen Gruß lediglich mit einem Nicken.

»Ich bin Chrichtons Stellvertreter. Burton ist mein Name. Wie darf ich das alles hier verstehen?«

Der Uniformierte antwortete mit lauter Stimme. »Vorübergehend steht das Krankenhaus unter meinem Kommando. Chrichton ist auf Weisung des Innenministeriums beurlaubt.«

»Davon wussten wir nichts. Und ich bezweifle, dass die überhaupt für uns zuständig sind.«

»Das sollte jetzt nicht Ihr Problem sein. Ich setze Ihre Kooperation voraus. Und wenn auch Ihre Kollegen kooperieren, kann der Krankenhausbetrieb ungestört weitergehen. So stelle ich mir das vor. Natürlich mit einigen kleinen Änderungen. Sehen Sie da irgendwelche Probleme?«

»Was für Änderungen?«, wollte Burton wissen.

»Das können wir später noch in Ruhe besprechen. Ich würde jetzt zuerst einmal die Krankenakten sichten.«

»Die Patientenakten?«

»Ja, genau. Die Krankenakten.«

Burton legte den Kopf in den Nacken und atmete einmal tief durch. »Okay. Also die Patientenakten.« Mit der Hand wies er den Weg voraus. »Wenn Sie mir bitte folgen.«

»Jack, was spielt sich hier ab?« Phileas Wuthering brachte die Worte gepresst hervor, als er wenig später mit rotem Kopf in Burtons Büro hineinstürmte.

»Ich kann keine Medikamente mehr an meine Patienten geben. Man verbietet mir, sie zu behandeln«, erklärte ein sichtlich niedergeschlagener Wuthering.

»Warum das?«, entgegnet Burton.

»Es sollen bis auf weiteres keine Zivilisten versorgt werden. Nur noch verletzte Soldaten und Polizisten.«

»Verlieren Sie jetzt nicht die Nerven, Phil! Es gibt eine Anordnung vom Innenministerium«, beschwichtigte Burton.

»Verdammt, was geht hier ab?«

Burton versuchte, seinem Assistenten die Lage zu verdeutlichen. »Man hat die Krankenhäuser in einigen Distrikten unter militärische Kontrolle gestellt. Unseres gehört dazu.«

Wuthering rang um Fassung.

»Was zum Teufel ...«

Burton fuhr fort. »Wenn ich diesen Colonel richtig verstanden habe, gibt's heute noch eine Stellungnahme der Regierung. Mehr weiß ich auch nicht.«

»Es werden laufend Soldaten angeliefert, und was soll ich mit meinen Patienten machen?«

»Ich weiß es auch nicht. Besser, Sie tun das, was man von Ihnen verlangt«, sagte Burton und blickte zum Fernseher, in dem eine Reportage aus den Straßen von New York lief. Eine gehetzt wirkende Reporterin mit einem Mikrophon in der Hand wartete auf das Zeichen der Regie.

»Schauen Sie sich das an, Phil. Was ist da los?« Burton war fassungslos.

Beide Ärzte blickten wie versteinert auf die Szenerie von Polizeifahrzeugen, Wasserwerfern und mit Maschinengewehren bewaffneten Einsatzteams. Ein wildes Durcheinander von Hilfskräften und Polizisten präsentierte sich den Fernsehzuschauern. Die Reporterin sprach in ihr Mikrophon, ihr Blick wirkte gehetzt: »Zurzeit ist Manhattan die einzig sichere Zone in New York. Ich befinde mich gerade in Battery Gardens neben der Fähre. Der Fährbetrieb ist eingestellt. Brooklyn, Queens und Staten Island sind bereits unter Kontrolle der Creeps.«

Die Kamera schwenkte über die Bucht nach Brooklyn und Queens.

»Was dort passiert, ist unvorstellbar.«

Die Reportage wechselte in die Vogelperspektive. Zahllose Helikopter, die aus der Ferne an schwarze Hummeln erinnerten, kreisten über der Stadt. Rauch stieg auf, und die Vielzahl lodernder Feuer ließ nur erahnen, welche Szenen sich am anderen Ufer abspielen mussten.

»Es gibt keine Bilder mehr aus Jersey City. Die Behörden haben die Stadtteile schon aufgegeben.« Die Reporterin wies über den Hudson auf die andere Seite der Bucht.

»Viele Häuser brennen. Der District ist außer Kontrolle, selbst Hilfsorganisationen haben keinen Zugang mehr. Lediglich Hubschrauber kreisen noch über der Stadt und melden Lagebeurteilungen an offizielle Stellen. Wir versuchen, von dort an Informationen zu kommen und melden uns, wenn uns neue vorliegen. Judy van Cleeve – RSCN Television – live aus New York.«

Collider Dallas

Pendergast hatte die letzten Stunden damit zugebracht, die eingehenden Daten der Anomalie auszuwerten. Er blickte auf die übertragenen Videobilder. »Es reicht noch nicht. Die Auflösung ist nicht gut genug, um die Anomalie zu erkennen.«

Leighland wunderte sich: »Du meinst, es wird noch größer?«

»Hast du Zweifel daran? Noch ist es lediglich ein Punkt. Es kann noch einige Zeit dauern, bis wir es sehen werden.«

»Hast du eine Idee, wie wir es unter Kontrolle bringen?«

Pendergast schüttelte den Kopf. »Nochmal, laut unseren Theorien müsste es aufgrund der Hawkingstrahlung zusammenbrechen. Eigentlich ist es unmöglich, dass es überhaupt existiert. Wie soll ich etwas unter Kontrolle bringen, dessen Existenz ich nicht einmal berechnen kann?«

Leighland griff zu den aufgezeichneten Ergebnissen der letzten Messungen. »Zuerst müssen wir herausfinden, ob es überhaupt ein Schwerkraftphänomen ist oder möglicherweise etwas ganz anderes. Augenblick, da ist Sparks, ich helfe ihm aus dem Wagen.«

Leighland öffnete die Plexiglashaube, woraufhin sein Zögling mit einem Satz aus dem Wartungsgefährt sprang. »Professor, das Ding ist real. Ich hab's gesehen.«

»Kommen Sie. Auf den Videobildern ist noch nichts zu erkennen. Zeigen Sie uns, wo Sie es gesehen haben.«

Sparks lokalisierte die Anomalie auf dem Bildschirm im Kontrollraum. »Hier in etwa. Es ist schon so groß wie ein Streichholzkopf.«

»Wie sah es genau aus?« wollte Pendergast wissen.

»Innen schwarz und außen ein flimmernder, mehr glühender Kreis.«

»Jim, wenn wir davon ausgehen, dass es sich um ein Schwarzes Loch handelt, könnte das, was Sparks gesehen hat, der Ereignishorizont sein.«

»Was auch immer es ist. Wenn es wächst, werden unsere Probleme größer, es unter Kontrolle zu bringen. Wie alt sind die neuen Schwerkraftmessungen?« fragte Leighland.

»Vielleicht zehn Minuten.«

»So etwas habe ich in Berkeley noch nie gesehen. Stimmen die Daten?«

Stolz schwang bei Pendergasts Antwort mit: »Die hochempfindlichen Detektoren sind die zurzeit einzige Technologie, um Schwerkraftwellen überhaupt zu messen. Wir haben sie in der Kiste eingebaut.«

»Ich sehe es. Kaum zu glauben. Ich muss mit Zorin darüber sprechen«, sagte Leighland.

In den Sanitärräumen wusch sich Sparks gerade die Hände, als Brattfield Jones hinzutrat.

»Dass man ausgerechnet Sie da rausgeschickt hat ...«, murmelte Jones.

»Warum, hat Ihnen daran etwas nicht gepasst?«, entgegnete der Jungforscher. »Von mir aus hätten Sie gern selbst gehen können. Ich hab mich nicht darum gerissen.«

»Wahrscheinlich war es nur ein Zufall, bei dem Sie etwas nachgeholfen haben.«

Sparks warf das zerknüllte Papierhandtuch voller Wut ins Waschbecken.

»Was wollen Sie damit sagen Brattfield?« Er baute sich vor dem Physikerkollegen auf. »Sagen Sie's mir!«

»Ich will gar nichts damit sagen. Ich …« Brattfield war die Nervosität deutlich anzumerken.

»Nur weil ich Chinese bin, habe ich natürlich auch Unterlagen dorthin geschafft. So ist es doch? Das wollen Sie mir doch unterstellen, richtig?«

»Ist doch ein seltsamer Zufall, oder nicht?« Brattfield, der allen Mut zusammen nahm, trat Sparks einen Schritt entgegen. »Und ich glaube erst recht nicht an seltsame Zufälle.«

»Glauben Sie, was Sie wollen, Brattfield. Wahrscheinlich glauben Sie auch noch an den Weihnachtsmann. Würde mich nicht wundern.«

Brattfield Jones schien sich seiner Sache gewiss. Obwohl er einen Kopf kleiner war, schleuderte er seinem Kontrahenten entgegen: »Bei Ihnen wusste ich gleich, dass Sie nicht ins Team gehören. Ich hatte sofort so ein Gefühl.«

»Gefühl, ach ja? Ist bei Ihnen der Frühling ausgebrochen? Aber vielleicht stehen Sie ja auf Chinesen.« Sparks rempelte Jones an, der ihn wiederum mit zwei Händen zurückstieß.

»Von jetzt an habe ich ein Auge auf Sie. Machen Sie keine Fehler«, sagte Brattfield.

Sparks drängte sich an Jones vorbei und ließ ihn wortlos stehen. Auch wenn er seine Emotionen gerade noch zu zügeln vermochte, wurde es ihm doch immer mehr zur Gewissheit, dass sich die Situation für ihn zuspitzte. Frustriert suchte er den Ruhebereich auf und warf sich auf sein Bett.

Leighland erreichte Zorin Katchenko am nächsten Morgen per Telefon in seinem Labor, nachdem er ihm noch am Abend eine Mail geschrieben hatte.

»Zorin, wie geht's dir?«

»Hallo Jim. Hast du meine Veröffentlichung über die Tscherenkow Strahlung gelesen?«

»Du meinst die neue Anwendung an Teleskopen? Ja hab' ich. Interessant. Ich ruf aber aus einem anderen Grund an.«

»Dein Schwarzes Loch?«

»So ist es.« Leighland beschrieb die Ereignisse der letzten Tage und bat den Russen um Rat. Katchenko ließ sich Zeit mit seiner Beurteilung. Schließlich äußerte er sich:

»Wenn es tatsächlich ein Braneworld Black Hole sein sollte, werden die Anomalien zunehmen.«

»Bekommt man es unter Kontrolle?«

»Schwer zu sagen. Theoretisch müsste man es mit den Gravitationswellen einer überschweren Masse zum Kollabieren bringen können«, schlug Katchenko vor.

»Was heißt theoretisch?«

»Naja, wer weiß das schon. Es gab noch nie einen solchen Effekt. Außerdem sind Elemente, die solche Energien aufbringen, selten. Auf der Erde gibt es sie jedenfalls nur in geringen Mengen.«

»Habt ihr denn was in die Richtung?« wollte Leighland von seinem Kollegen wissen.

Katchenko schwieg einen Augenblick. Die Worte verließen nur stockend seinen Mund. »Wie ernst ist es denn?«

»Zorin, mir ist schon seit längerem klar, dass es ein Schwarzes Loch ist. Und es wächst. Daran gibt es keinen Zweifel. Du selbst weißt, was das bedeuten kann. Wir müssen es zum Kollabieren bringen.«

Wieder schwieg Katchenko. Leighland hörte nur seinen Atem durch das Telefon. Dann endlich sprach der Russe:

»Nun ja, Jim, versteh mich nicht falsch, aber offiziell ist es nicht existent.«

»Nun red schon.«

»Das Schwerste haben wir hier in Moskau. Wir nennen es Element 115, wir experimentieren damit. Ich denke mal, wir dürften die Einzigen sein, die über nennenswerte Mengen verfügen.«

»Wie groß schätzt du die Wirkung ein?«

»Wir haben zwar nicht viel davon, aber die Schwerkrafteigenschaften sind enorm«, verriet Katchenko.

»Welche Eigenschaften hat es genau, Zorin?«

»Beschießt man es mit Protonen, erzeugt es eine extrem starke Gravitationswelle.«

»Okay, und was wäre dein Plan?«

»Ich habe keine Ahnung. Wenn man das Zeug direkt ins Innere des Lochs bringen würde – das wäre vielleicht eine Möglichkeit.«

Katchenko beschrieb die Masseeigenschaften des Elements, das sich insbesondere durch seine Stabilität im Vergleich zu der seiner Nachbarn im Periodensystem von diesen unterschied. Aufgrund eines einzelnen Protons auf der Außenschale verfügte es über erstaunliche Gravitationseffekte. Zorins Stimme klang beunruhigt.

»Sollte es tatsächlich ein stabilisiertes Schwarzes Loch sein, dann wird's schwierig. Dafür habe ich keinen Rat. Ich fürchte, wenn es erst einmal gewachsen ist, wird es keine Macht auf Erden mehr stoppen können. Es zählt jede Minute.«

»Das heißt, wir müssen uns beeilen. Kannst du uns eine ausreichende Menge des Elements zur Verfügung stellen?«

Zorin zögerte. »Ich denke schon, aber einfach wird es nicht. Ob es tatsächlich ausreicht, hängt von der Stärke der Anomalie ab.«

»Wie schaffen wir es her?«

»Es bleibt nur der Weg mit dem Flugzeug. Alles andere ist zu langsam. Ich versuche, eine Maschine zu bekommen. Aber dreißig bis sechsunddreißig Stunden dürfte es dauern.«

»Gut Zorin, wir bleiben in Kontakt.« Leighland beendete das Gespräch und blickte in Pendergasts fragendes Gesicht.

»Hat er, was wir brauchen?« fragte Pendergast.

»Kein Ahnung, aber wir bringen es hierher. Koste es, was es wolle.«

Wenige Minuten später unterbrach Edgar Frease die Konversation der beiden Physiker. Der Sicherheitschef wedelte mit einem Büchlein vor Pendergasts Nase.

»Chef, wir haben eine Spur.«

Pendergast, der sich Leighland zugewandt hatte, um von ihm die geplanten Aktivitäten des Moskauer Forschers geschildert zu bekommen, drehte sich interessiert zu seinem Sicherheitschef um.

»Ja, Frease, reden Sie.«

»Wir haben heute Mittag die angeordneten Taschenkontrollen durchgeführt und sind fündig geworden.«

»Inwiefern?«

»Man hat sich Ihrer Anordnung widersetzt, keine Aufzeichnungen in private Räume mitzunehmen. Als wir die Räume durchsuchten, fanden wir das hier.« Frease wedelte wieder mit dem Skizzenblock.

»Und was ist es? Zeigen Sie her!«

»Wir haben ein Skizzenpapier gefunden. Und was noch wichtiger ist, ein Handy mit aufschlussreichen Telefonnummern. Natürlich haben wir die Auslandsnummern sofort geprüft. Die Nachforschungen ergaben eine Adresse aus China.«

»Wo in China?«

»Hengshui!« triumphierte Frease.

Pendergasts Stimme war kaum zu vernehmen. »Bei wem?«

»Bei dem Neuen, Chef. Bei Sparks.« Die Augen des Sicherheitschefs blitzten in der Erwartung eines großen Lobes.

Pendergast führte die Hand wie in Zeitlupe an sein Kinn und blickte in die Augen des Professors. Für einen Augenblick schien die Zeit stillzustehen.

»Jim, wir gehen in mein Büro. Frease, bringen Sie Sparks zu mir. Sofort!«

Washington, 22. Juli, fünf Tage nach der Alphastabilität

Robert Stockton, Sekretär des Air-Force-Generals Devlin Pruitt, hatte sich zur Präsentation in Langley eingefunden, um sich mit Pruitt, der die CIA über die neuesten Entwicklungen informieren wollte, abzustimmen. Im Vorzimmer berieten sie sich, bevor General Pruitt wenige Minuten später vor den Stab treten würde.

»General! Sir, wir haben eine neue Lagebeurteilung. Unsere Einheiten melden hohe Verluste. Mittlerweile hat sich die Seuche über fast alle Bundesstaaten ausgebreitet. Teile von San Francisco, New York, Washington und Houston sind unkontrollierbar. Wir sollten unverzüglich DEFCON I ausrufen!« forderte Stockton.

»Was ich zu tun habe, entscheide ich immer noch selbst. Wenn ich da gleich reingehe, brauche ich unumstößliche Fakten. Und bei Gott, ich werde da nur mit einer vernünftigen Strategie reingehen. Wenn ich denen mit DEFCON I komme, jagen sie mich zum Tempel hinaus.«

»Entschuldigung, Sir, so war das nicht gemeint. Aber es gibt eine weitere Komplikation. Eine, die wir bisher überhaupt nicht auf dem Schirm hatten.«

»Was meinen Sie?«

»Es liegt uns eine beunruhigende Mitteilung des Forschungsministeriums vor.«

»Und welche?«

»Sir, es wird aus Dallas eine Reaktion aus dem Teilchenbeschleuniger gemeldet, die eventuell außer Kontrolle geraten ist.«

»Was soll das heißen: Außer Kontrolle geraten? Worum geht's da? Hat es was mit den Creeps zu tun?«

»Nein, Sir, nicht mit den Creeps. Momentan sind wir damit beschäftigt, den Zugang zur Anlage abzusichern. Keine Ahnung, was es ist. Es scheint sich eher um ein technisches Problem zu handeln.«

»Ein technisches Problem? Ist denen der Sprit ausgegangen oder was? Mensch Stockton, schicken Sie von mir aus einen Klempner hin, der das richtet. Wir haben hier andere Probleme.«

Stockton vermittelte einen hilflosen Eindruck. Er blickte sich entschuldigend um und vermied direkten Blickkontakt. »Sir, wenn ich das bemerken darf, es handelt sich eher um ein physikalisches Phänomen. Ein Schwerkraftfeld ... nicht mehr kontrollierbar.«

Pruitt stöhnte. »Ersparen Sie mir Einzelheiten. Wie sieht die Risikoeinschätzung aus?«

Der Sekretär druckste herum. »Nun, es könnte ... Nach Meinung der Wissenschaftler wäre die Bedrohung möglicherweise größer als die durch eine Wasserstoffbombe.«

Diese Umschreibung der Situation verfehlte seine Wirkung nicht, Pruitt zuckte zusammen.

»Was ist hier eigentlich los? Gibt es überhaupt noch irgendjemanden auf diesem gottverdammten Planeten, der uns momentan nicht torpediert?«

»Sir, es ist nur eine Redensart«, beschwichtigte Stockton.

»Ein Problem, größer als eine Wasserstoffbombe? Sind Sie irre? Wie soll ich denen das jetzt da drin erklären?«

»Ich weiß es nicht. Es tut mir leid, Sir.«

»War es das? Oder haben Sie noch etwas, womit Sie mir den Tag verderben können?«

Stockton senkte die Stimme. »Der Präsident beginnt in zwei Stunden mit der Verlautbarung an die Presse. Er hat DEFCON II ausgerufen, die hatten wir seit der Kubakrise nicht mehr. Gibt's noch etwas, dass der Präsident aus Ihrer Sicht vorher wissen sollte?«

»Was? Informationen für seinen Pressetermin? Ich sag Ihnen was: Es ist mir egal, die werden mich hier sowieso gleich zum Teufel jagen. Das wäre es dann gewesen für mich. Einen Termin mit dem Oval Office wird es danach nicht mehr geben. Da friert eher die Hölle zu.«

»General, Sir, bei allem Respekt, aber jetzt haben Sie es noch in der Hand, den Lauf der Dinge zu beeinflussen.«

Pruitt stand auf und machte sich auf den Weg zum Tagungsraum: »Sagen Sie dem Präsidenten doch einfach, wir hätten in Texas eine Horde von abgedrehten Freaks umherlaufen, aber eine völlig unvorhergesehene Explosion einer H-Bombe würde das Problem schon lösen.« Der General stieß ein gequältes Lachen aus. Bevor er die Tür schloss, schob er hinterher: »Machen Sie mir da bei diesen Idioten in Dallas heute noch einen Termin. Ich will mir das vor Ort ansehen.«

Stockton steckte seine Aufzeichnungen in die Tasche und rief Pruitt hinterher: »Wieder einen Hubschrauber, Sir?«

»Nein, Stockton, natürlich gehen wir zu Fuß!«

Collider Dallas, 23. Juli, sechs Tage nach der Alphastabilität

Sparks nahm auf dem ihm zugewiesenen Stuhl Platz. Er blickte in die Gesichter von Leighland und Pendergast, deren starre Blicke nichts Gutes verhießen. Zu seiner Linken saß Frease mit dem Blick eines Anklägers. Professor Leighland beobachtete jede einzelne Regung seines Schützlings.

»Shuin ...«, begann Leighland. »Wir sind hier, um einige Dinge zu klären, die Sie betreffen. Wir haben da einige Fragen.«

»Schießen Sie los, Professor.«

Doch nun übernahm Colliderchef Pendergast das Wort. Er sprach hastig, war ungeduldig. »Ich hatte angeordnet, keine Aufzeichnungen mit in die Privatunterkünfte zu nehmen. Warum haben Sie dem zuwider gehandelt?«

»Ich habe keine Aufzeichnungen mitgenommen.«

»So. Und was ist das? Frease hat diese Unterlagen in Ihrem Zimmer gefunden.« Pendergast wedelte mit den Blättern vor Sparks Gesicht auf und ab.

»Was soll das sein? Das habe ich nicht mitgenommen. Ich weiß nicht, wo das Zeug herkommt!«

»Wollen Sie behaupten, ich hätte Ihnen die Unterlagen untergeschoben?«, schaltete sich Frease in das Gespräch ein.

»Nein, das will ich nicht sagen. Ich sage nur, dass ich das Zeug jedenfalls nicht in mein Zimmer gebracht habe. Vielleicht ein Anderer. Wer, kann ich nicht sagen.« Frease blieb hartnäckig. »Aber es sind Ihre Aufzeichnungen. Von Ihrem Arbeitsplatz. Wie kommen die in Ihr Zimmer?«

»Keine Ahnung.«

»Gut.« Frease legte den Kopf zur Seite und beobachtete Pendergast, während er in Verhörtechnik fortfuhr. »Kommen wir zu dem Handy. Sie wollen aber nicht abstreiten, dass das hier Ihr Mobiltelefon ist, oder?«

»Das sieht tatsächlich aus wie meins.«

Frease rief einen Registereintrag auf und gab das Handy an Sparks weiter. »Erklären Sie uns dann bitte mal diesen Eintrag.«

Sparks blickte auf das Display und konterte: »Es ist die Nummer von Chang Xiauhun. Ich habe drei Semester mit ihm studiert. Er ist aber nicht mehr hier.«

Frease setzte nach: »Nicht mehr hier? Natürlich ist er nicht mehr hier! Wo ist er denn?«

»Er ist zurück nach China.«

»Und wohin ist er zurück? Shanghai, Peking?«

»Nein, er ist nach Guangzhou.«

»Oh, Guangzhou. Und das liegt wo? Sie werden uns das doch sicher sagen können.«

»In der Provinz Hengshui.« Langsam dämmerte Sparks, was hier vor sich ging. Während der Sicherheitschef triumphierend die Handflächen nach außen drehte, ließ Leighland seine Daumen gegeneinander gepresst. »Sie wissen schon, Shuin, dass dies ein seltsamer Zufall ist. Oder sehen Sie das anders?«

»Professor, ich habe Chang seit einem halben Jahr nicht mehr angerufen. Ich weiß nicht mal, ob er noch dort lebt.«

»Das wissen Sie nicht?«, ereiferte sich Frease. »Aber wir werden es bald wissen. Weil wir es nachprüfen werden!«

»Professor, wenn ich die Absicht gehabt hätte, Forschungsergebnisse auszuspionieren, dann müsste ich doch ein Idiot sein, die Telefonnummer überhaupt hierher mitzubringen.«

Frease kniff die Augen zu schmalen Schlitzen zusammen und fragte in Sparks Richtung: »Bleibt er unter Hausarrest?«

»Leider sind Sie jetzt unser Hauptverdächtiger, Sparks«, bestätigte Pendergast.

Leighland schlug einen Kompromiss vor: »Solange die Angelegenheit nicht geklärt ist, denke ich, es ist besser für Sie, wenn wir Sie die nächsten drei Tage beurlauben. Aber Sie bleiben hier in unserer Reichweite. Karel, entscheide du. Wenn du einverstanden bist?«

Pendergast nickte: »Es ist das Beste, wenn er hier bleibt. Falls weitere Beweise auftauchen, müssen wir das Wirtschaftsministerium hinzuziehen.«

»Sie werden natürlich jedes weitere Telefonat anmelden und in unserem Beisein führen«, warf Frease ein und wandte sich daraufhin an Leighland: »Außerdem werden wir noch Besuch bekommen.«

»Wer ist es?»

»Die US Army hat sich angekündigt.«

»Was wollen die denn hier?«

»Sie haben Fragen an uns, und es ist nicht auszuschließen, dass man ihn verhören will.«

»Wen, Sparks? Du hast ihn gemeldet, Karel?« Leighland blickte entsetzt in Richtung Pendergast.

»Was sollte ich tun? Natürlich musste ich sofort einen Bericht abgeben.«

»Realistisch betrachtet, war die Zeit viel zu kurz hier für ihn im Collider. Er hat mit der Weitergabe der Forschungsergebnisse nichts zu tun! Das weißt du auch!«

»Ja, aber wir werden es der offiziellen Seite selbst erklären müssen.«

Bald darauf erreichten Regierungsvertreter die Collideranlage. General Pruitt trat durch die Schleuse in den Kontrollraum, gefolgt von seinem Sekretär Stockton. Dort trafen sie auf die beiden Physiker.

»General, das ist Professor Leighland. Er hat die Anlage bauen lassen. Karel Pendergast hatten Sie ja bereits gesprochen«, erklärte Stockton.

Anstatt Leighland mit Handschlag zu begrüßen, rang sich Pruitt lediglich ein unterkühltes »Professor« ab.

Stockton übernahm es, die Konversation in Gang zu bringen: »Generalstabschef Pruitt möchte sich über Ihr kleines technisches Problem erkundigen.«

Seinen Worten war zu entnehmen, dass die Regierungsvertreter mit den neu aufgetretenen und mehr oder weniger großen Problemen kurzen Prozess machen wollten. Alles an den beiden Besuchern signalisierte, dass sie zu diesem Zeitpunkt keine Notwendigkeit sahen, sich mit den Collider-Problemen für längere Zeit auseinanderzusetzen.

Pendergast hielt einige Blätter Papier in der Hand, dessen Enden ebenso zitterten wie seine Stimme. Er prognostizierte, dass das technische Problem nur vorübergehend sei. Jedoch klangen seine Beschwichtigungsversuche eher wie eine Entschuldigung.

Pruitt konterte umgehend: »Als wir damals begonnen haben, die Verursacher der Anschläge von Nine Eleven in Afghanistan aufzustöbern, sagte mir mein Präsident auch, es sei nur vorübergehend. Und das einzige, was vorüber ging, war jede Menge Zeit. Also, wie lange denken Sie, dauert Ihr so genanntes vorübergehendes Problem?«

»Das ... also so genau können wir das nicht sagen«, murmelte Pendergast.

»Geht es vielleicht ein bisschen deutlicher? Worum handelt es sich eigentlich?«

Leighland mischte sich ein. »Wir haben es mit einer partiellen Schwerkraftanomalie zu tun. Genauer gesagt: Ein Schwerkraftzusammenbruch auf sehr kleinem Raum.«

»Auf sehr kleinem Raum also. Und warum ist das dann überhaupt von Bedeutung?«

»Nun, dieser sehr kleine Raum könnte wachsen. Beziehungsweise: Er wächst bereits.«

Pruitt forschte nach: »Und was bedeutet dieses Wachsen?»

»Das wissen wir nicht genau. Aber Materiefluktuationen oder Verdichtungen könnten die Folge sein.«

»Verdammt, reden Sie in einer Sprache, die ich verstehe! Was heißt das für uns im schlimmsten Fall?«

»Im schlimmsten Fall würde alles, was sich in unmittelbarer Umgebung des kleinen Raums befindet, angezogen und zu einem unendlich kleinen Punkt verdichtet werden. Dass heißt, es verändert die molekulare Struktur irreversibel. Der Effekt wäre nicht umkehrbar.«

Pruitt plusterte sich vor den beiden Forschern auf: »Und was würde dann alles angezogen? Mein Gott, lassen Sie sich doch nicht alles aus der Nase ziehen!«

»Alles, was sich in der Nähe befindet. Wände, Gebäude, die Anlage selbst. Einfach alles.«

Pruitt trat zum Steuerpult und nahm einem der Teammitglieder einen Becher Kaffee aus der Hand. »Okay, verstehe. Sie befürchten also, dass Sie das Wachstum nicht stoppen können?«

Der General blickte in die ratlosen Gesichter der Wissenschaftler und erhielt keine Antwort.

Pendergast startete einen Erklärungsversuch: »Haben Sie schon einmal von einem Schwarzen Loch gehört? Im All natürlich in galaktischem Maßstab, haben wir das hier in unendlich viel geringerer Größe.«

Pruitts Gesichtsfarbe wandelte sich in ein dunkles Purpur.

»Meinen Sie etwa diese Dinger im Weltraum, die andere Sterne verschlucken? Sie wollen mir doch nicht erzählen, dass Sie so etwas hier ausgebrütet haben! Mit unseren Steuergeldern mitten in Dallas? Das wollen Sie mir doch nicht im Ernst weiß machen, oder?«

Pruitt verschluckte sich am Kaffee, als er die Worte an Leighland richtete und prustete: »Sagen Sie mir, Professor: Was passiert, wenn Sie dieses Ding nicht unter Kontrolle bringen können?«

»Nun, rein theoretisch kann sich ihm nichts auf der Erde in den Weg stellen. Aber es ist ein rein vorübergehendes Phänomen. Es wird zerfallen, ziemlich sicher.«

»So, und wenn es das nicht tut, Professor? Was ist, wenn es vielleicht so ein kleines gottverdammtes Loch ist, das sich einen Scheißdreck aus Ihrer Lehrmeinung macht? Was dann? Was ist, wenn es weiter wächst?«

»Sollte es wirklich wachsen ...« Leighland schüttelte den Kopf.

Stockton, der die Gedankenpause des Professors unterbrach, brachte es auf den Punkt: »Dann wäre dies das Ende der Welt.«

Die Regierungsoffiziellen blickten in die Gesichter der Wissenschaftler, aus denen sich keine Emotion mehr ablesen ließ.

Stockton hakte nach: »Es würde also unsere Welt einfach verschlucken?« In diesem Augenblick dämmerte es ihm, dass die Creeps möglicherweise nicht die größte Bedrohung darstellten, die das Land zurzeit heimsuchte.

Pruitt hatte Mühe, sich zu fangen: »Schluss jetzt. Wer von unseren Experten könnte hier für Ordnung sorgen? Stockton, lassen Sie das prüfen! Wir müssen diesen Spuk hier beenden.«

Leighland hatte sich mittlerweile die Bilder der Anomalie auf den Hauptbildschirm des Kontrollzentrums geladen. »Es wird keine Experten in Ihren Reihen geben, Pruitt, vergessen Sie das. Da drinnen geht etwas vor sich, was selbst wir nur annähernd verstehen.«

Pruitt ließ sich nicht beirren: »Sie sind nicht der einzige Wissenschaftler in unserem Land. Hier geht es nicht um Eitelkeiten oder Prestige.«

»Ich bin vielleicht nicht der einzige, aber derjenige, der Ihre Alternativkandidaten ausgebildet hat!«

»Wir garantieren außerdem für nichts, wenn Sie unsere Abläufe hier stören«, warnte Pendergast.

»Für was garantieren Sie mir denn überhaupt?«, brach es aus Pruitt hervor.

Pendergast hatte in der Folge alle Mühe, die Offiziellen davon zu überzeugen, keine weiteren Personen im Collider zu akzeptieren, die Entscheidungsabläufe letztendlich nur behindern würden. Schließlich lenkte Pruitt ein: »Wir stellen die Anlage unter Beobachtung, und Sie beide werden uns regelmäßig berichten.«

Von der Gruppe zunächst unbeobachtet schritt ein Techniker des Teams mit einem Telefonhörer in der Hand auf Pendergast zu. Als der Colliderchef das Gespräch annahm, beschrieb er mit seiner Mimik, dass ihm die Störung nicht gelegen kam. Alle Anwesenden bemerkten auch, wie Pendergast plötzlich die Farbe aus dem Gesicht wich. Nach einigen kurzen Worten gab er den Hörer zurück und wandte sich an die Umstehenden.

»Meine Herren, wie es aussieht, haben wir es nicht mehr nur mit einem einzelnen Phänomen zu tun. Es gibt eine zweite Anomalie im Collider in Hengshui! Soeben bestätigt.«

»Wo zum Teufel ist Hengshui?« entfuhr es Pruitt.

»In China. Die Anomalie wurde seit gestern dort lokalisiert. Und es ist ...«

Pendergast zögerte. »... eine wesentlich Fortgeschrittenere. Die Regierung in China hat über eine internationalen Pressemeldung die Existenz bereits eingestanden.«

Der Kaffeebecher des Generals sank auf dem Steuerpult nieder, seine Gesichtszüge versteinerten, niemand sprach mehr ein Wort.

New York, am selben Abend

Die Fähre von New York City lag am Kai von Staten Island. Für Beobachter sicher ungewöhnlich, war sie trotz der abendlichen Dunkelheit unbeleuchtet. Zur selben Zeit legte sie ansonsten mit Pendlern beladen in Manhattan ab. Nun aber war der Strom der Tagelöhner versiegt. Creeps beherrschten die Straßen von Staten Island. Sie plünderten und brandschatzten, und ihre Rufe hallten wie Jagdfanfaren durch die Straßen.

In direkter Nähe des Kais tauchten Lagerfeuer die Umgebung in eine seltsame Atmosphäre aus dräuenden Schatten. Züngelnde Flammen ließen die Konturen der Creeps in orangeroter Lumineszenz erscheinen. In der Ferne tanzten die Lichter der Wolkenkratzer von Manhattan, als stünden sie mit dem Licht der knackenden Holzscheite von Staten Island in einem rätselhaften Dialog.

Jackson Settler, ein über die Grenzen der Bundesstaaten hinweg bekannter Prediger, der seit Jahren über eine stattliche Fangemeinde verfügte, schüttete sich das halbe Glas Wein in den Rachen. Die in seinem weißen Schnurrbart verbliebenen Tropfen wischte er sich mit der Hand fort. Sein weiß gebleichtes, schulterlanges Haar wehte dabei im aufkommenden Abendwind. Über den ausfahrbaren Anleger hinweg betrat er den Kai und ließ seine Blicke schweifen. Seine Aufmerksamkeit schien sich auf etwas in der Ferne zu richten.

Aus dem Dunkel lösten sich die Silhouetten von vier Männern, die, mit Flaschen und Plastiktüten bepackt, wie Obdachlose aussahen. Sie näherten sich Settler und der Fähre. Erst jetzt, als sie den Anleger betraten, wurde erkennbar, dass drei von ihnen den vierten aus ihren Reihen, dessen Hände auf dem Rücken gefesselt waren, vor sich hertrieben. Settler klopfte einem der Ankömmlinge auf die Schulter und begleitete die Schar ins Innere der Fähre.

Zwei der Männer, mit Kopftüchern, Jeansjacken und Lederhosen aus der Bikerszene bekleidet, stießen laute Rufe aus. Sie galten der Gruppe von Sitzenden, die sich, durch Kerzen erhellt, vor dem dunklen Hintergrund abzuzeichnen begannen. Inmitten der Gruppe saß ein schlanker hochgewachsener Schwarzer mit Rastalocken. Von kräftiger Statur, besonders in den Schultern, vermittelte er den Eindruck eines Athleten. Die Sonnenbrille, die in dieser düsteren Atmosphäre keinesfalls einen Sinn zu erfüllen schien, genau wie sein weißer Anzug, ließen auf einen Exzentriker schließen.

Settler wandte sich an den Mann mit der Sonnenbrille. »Ein interessanter Fang. Willst du ihn dir mal ansehen?«

Als sich die vier Männer der Gruppe genähert hatten, verstummte plötzlich das Gemurmel. Die Mine des Afroamerikaners verfinsterte sich. Er blickte auf, erhob sich und schüttelte seine Rastalocken.

Einer der Biker sprach ihn in gebrochenem Englisch an. »Magool, wir waren auf dem Weg, die Liberty Statue einzunehmen, da haben wir den hier eingefangen.«

Während sich Settler wieder seinem Glas und einer Weinflasche zuwandte, trat der Weißgekleidete an den Gefesselten heran. Auge in Auge begegneten sich die Gesichter, sodass der Soldat Magools Atem spüren konnte.

»Soll ich ihn für dich umbringen?«, fragte der Biker.

Wie ein Spürhund, der seine Fährte aufgenommen hatte, begann Magool an dem Gefangenen zu schnüffeln. Dann hauchte er: »Wie ist dein Name?«

»Soldat 3476, US Marine«, erwiderte dieser.

Magool zog ein Rasiermesser hervor und klappte es auf. »Oh, huhu, ein Marine. Einer der ...« Er zögerte, als ob er seinen Erfolg auskosten wollte. »Einer, der auf der anderen Seite steht. Ja, ja, wir haben Respekt vor dir.«

Magool nahm langsam seine Brille ab. Dabei entblößte er blaue phosphoreszierende Kontaktlinsen, die seine Augen wie die einer Katze in der Nacht leuchten ließen.

»Du denkst wahrscheinlich, du stehst auf der Seite des Gesetzes. Hier bei uns gelten unsere eigenen Gesetze. Verstehst du? Ich entscheide hier. Ist dir klar, dass wir schon halb New York und eine Menge anderer Städte eingenommen haben?«

Starr blickten die Augen des Marines an seinem Gegenüber vorbei und fixierten einen Punkt im Nirgendwo.

»Du denkst, du bist uns mit deinem Stolz überlegen. Das wird sich schnell ändern. Wie ist dein Name?«

»Soldat 3476, US Marine«, kam es mit fester Stimme über die Lippen des Soldaten.

»Sehr tapfer, sehr tapfer.« Magool schien belustigt.

»Mal sehen, wie tapfer du wirklich bist. Wir haben schon andere zum Sprechen gebracht.« Er wandte sich an einen der Creeps in der hinteren Rheihe. »Los! Zeigt ihm den Andalusischen Hund(8).«

Zu dem Soldaten sagte er: »Weißt du, das Einzige, das wirklich in dieser Welt zählt, ist Kunst. Große Kunst. Ich liebe große Kunst.«

Im Hintergrund brachte der Creep mittels eines Beamers die Filmsequenz eines Schwarzweißfilms auf eine Leinwand. Widerwillig, allerdings auch mit steigendem Interesse, folgte der Soldat der Vorführung.

»Kennst du den Andalusischen Hund? Ich finde, das ist ein wahres Kunstwerk. Ich schaue es mir öfter an. Es inspiriert mich.«

Die flimmernden Bilder zeigten zunächst zwei Hände, die ein Rasiermesser schärften. Ein Mann und eine Frau, deren Gesichter in wechselnden Kameraeinstellungen eingefangen wurden, präsentierten sich in einem Zimmer, das durch perspektivische Verzerrung den Eindruck einer Traumsequenz hervorrief. Die surreale Szene schien auf etwas Ungeheuerliches hinzusteuern, ließ aber dem Betrachter noch Raum für eigene Phantasien.

Der Größere der Biker zog dem Soldaten den Kopf in den Nacken und positionierte ihn zur Leinwand.

»Schau dir das an«, sagte Magool. »Das ist großes Kino. Salvador Dali hat das Drehbuch geschrieben. Ich bin sicher, du hast von ihm gehört.«

Zur Musik eines Akkordeons schwenkte die Kamera hin zu der Frauengestalt. Zwei Finger näherten sich ihrem linken Auge und spreizten dessen Lider. Die Hand, die das Rasiermesser führte, kam ins Bild und vollführte einen Schnitt, waagerecht mitten durch das Auge hindurch. Aus dem durchtrennten Glaskörper des Augapfels quoll Flüssigkeit hervor, die sich auf der Schneide des Messers sammelte.

Ekel schüttelte den Soldat. Er kämpfte mit Übelkeit. Ein Gefühl lähmender Angst schoss ihm die Wirbelsäule hoch. Als er sich abzuwenden versuchte, zwangen ihn Magools Helfer, in Richtung der Leinwand zu blicken.

»Weißt du, Salvador Dali hat so viel Gefühl für plastische Effekte. Ich finde, das grenzt an Genialität. Und wie leicht dieses

Rasiermesser durch das Auge gleitet. Man muss diese Kunst einfach schätzen«, erklärte Magool.

Der Soldat presste die Zähne aufeinander und atmete stoßweise.

»Ich bin mir sicher, auch du weißt diese Kunst zu schätzen«, fuhr Magool fort und ließ seinen Kopf hin und her wippen. »Willst du wissen, wie ein Auge von Innen aussieht? Ich könnte das für dich einrichten.«

Wortlos presste der Soldat weiter den Atem durch die Nase, während die Stimme des Mannes in seinen Ohren dröhnte.

»Die Natur hat dir zwei davon gegeben. Mit dem verbliebenen Auge könntest du es dann sehen. Ich finde, das ist doch wahre Kunst wert, oder nicht?« Magool skandierte: »Und jetzt will ich deinen Namen! Ich sage es dir nicht noch mal.« Sodann setzte er ein Messer am Adamsapfel des Soldaten an und ritzte mit der Spitze die Haut. Ein winziges Rinnsal von Blut begann, die Brust hinabzurinnen.

»Ich gebe dir noch eine letzte Chance. Danach fangen wir mit deinem rechten Auge an. Wenn das nicht reicht, folgt dein linkes. Mal sehen, wie lange du durchhältst, wenn wir dich danach draußen aussetzen.«

Der Gefesselte schloss die Augenlider. Dann endlich presste er seinen Namen hervor: »Fethers. Brian Fethers.«

Magool hob das Messer und ließ die Schneide an der Wange des Marinesoldaten hinabgleiten.

»Warum nicht gleich so.« Er griff in die Taschen des Gefangenen und durchsuchte sie. Bald darauf fingerte er eine transparente Kunststoffhülle hervor.

»Was haben wir denn hier?« Magool hielt die Hülle mit spitzen Fingern und betrachtete ein Foto. Es zeigte Fethers im Garten neben einer jungen Frau. Beide spielten sie mit einem Kind. Magool nahm das Foto heraus und warf es in die Menge seiner Anhänger.

»Ein Paar. Wie romantisch! Ich liebe Romantik!«

Dann wandte er sich wieder Fethers zu, der die nächste Attacke Magools erwartete.

»Eine Hochzeit ist doch etwas ganz besonderes, findest du nicht? Zwei Menschen, die sich Treue schwören. Ich finde, so eine Hochzeit sollte man nur einmal im Leben haben. Ich selbst war nie verheiratet, weißt du.« Der Dealer schien mit einem Male abwesend, als er fortfuhr: »Einmal wäre ich es fast gewesen. Aber leider vögelte sie mit einem meiner Freunde. Ich habe es erst kurz vor der Hochzeit erfahren.« Magool blickte auf die Schneide des Messers. Dann flüsterte er: »Die Hochzeit hat schließlich stattgefunden. Im kleinen Kreis, weißt du. Sie stand neben mir, als sie gefragt wurde, ob sie mir das Jawort geben wollte. Aber …« Magool flüsterte: »Sie hatte es mit einem Anderen getrieben, deshalb musste ich sie leider der Länge nach aufschneiden. Das verstehst du doch sicher, oder?«

Fethers schluckte.

»Du hättest ihr Kleid sehen sollen. So schön, so rot. Sie war rot wie die Abendsonne.«

Magool formulierte die Worte, als sei er nun vollends der Realität entrückt. »Kennst du die Abendsonne, wenn sie einen Glanz verströmt, den man fast schmecken kann?« Wieder zögerte er, als wolle er etwas erklären: »Ich habe die Abendsonne gefragt, ob sie jetzt auch noch Ja sagen würde.« Magool trat direkt an Fethers heran, so dass dieser seinen Atem spürte. »Aber weißt du, sie hat mir nicht mehr geantwortet. Sie ist einfach untergegangen.«

Interessiert blickte der Dealer auf den Adamsapfel des Soldaten, der unter dessen Haut hervortrat und vor Anspannung hüpfte. Magool riss sich mit einer schauspielerischen Geste aus seiner scheinbaren Trance. Er ertastete ein zweites kleineres Foto, das sich hinter dem Ersten befand und daran festklebte. Dieses zeigte einen Hubschrauber. Die grüne Optik der Maschine zierte ein weißes Dach, das sich kontrastreich von der übrigen Gestaltung des Fluggerätes abhob. In der Kanzel saß Fethers und lächelte heraus.

»Und was ist das? Ah, ein Pilot! Seht«, rief Magool aus. »Unser Freund hier ist Pilot!« Plötzlich stockte er.

Abschätzend schritt Magool um den Gefangenen herum. Er betrachtete erneut das Bild. »Das ist kein gewöhnlicher Hubschrauber, oder?«

Der Gefangene schwieg.

»Ein Marine, der einen Hubschrauber fliegt.« Magools Augen schlossen sich zu schmalen Schlitzen. Er wandte sich an den Biker, der Fethers von hinten immer noch gepackt hielt. »Es gibt nur eine Sorte dieser grünen Hubschrauber mit weißer Haube. Einen, der nur von Marines geflogen wird.«

Der Dealer strich mit der Schneide des Messers von der Nasenwurzel unter Fethers Tränensack entlang. Er triumphierte: »Es sind White Tops. Ist es nicht so? White Tops, die nur für eine Person reserviert sind, weil sie nur eine einzige Person auf der ganzen Welt transportieren.« Jetzt wandte er sich an seine Anhänger, die im Hintergrund das Geschehen interessiert verfolgten.

»Es gibt nur einen einzigen Mann auf der ganzen Welt, für den die ganze Flotte von White Tops bereit steht!«

Fethers versuchte sich loszureißen, wurde aber von einem der Biker brutal in die Kniekehle getreten.

»Magool, soll ich ihn für dich umbringen?«

»Tollman, ich sage dir, wann, wie und wo du etwas für mich tun sollst. Ich sage dir, wann du essen sollst und ich sage dir, wann du einen für mich töten sollst. Ist das klar?«

Tollman, der wie ein getretener Hund seinen Kopf senkte, murmelte noch etwas, ließ es aber dabei bewenden.

Magool, der dies sagte, ohne Tollman dabei auch nur eines Blickes zu würdigen, führte die Spitze des Messers in den rechten Mundwinkel des Gefangenen ein. Mit einer federnden Bewegung des Handgelenkes durchtrennte er dessen Hautfalte zur Wange. Blut spritzte hervor, als Fethers sich schmerzerfüllt vornüber beugte. »Oh mein Gott«, entwich es seiner Kehle.

Magool fuchtelte mit dem Rasiermesser vor Fethers Gesicht und rief: »Es gibt nur eine Art von Hubschrauber auf der ganzen Welt, auf den diese Beschreibung passt! Und es gibt nur fünf Piloten auf der ganzen Welt, die diese Geräte fliegen!«

Dann wirbelte er herum und reckte das Bild mit seiner Linken in die Höhe. Er brachte jedes einzelne Wort hervor, als kündigte er damit in einer Arena den Boxkampf des Jahrhunderts an: »Sie alle fliegen die Flotte des Präsidenten. Des Präsidenten der Vereinigten Staaten von Amerika!« Magool richtete das Messer wie einen Zeigestock auf Fethers. »Wir haben hier einen der White Top- Marines. Volltreffer!«

Dann wurde seine Stimme leiser. »Warum ihn umbringen? Ich habe etwas anderes vor mit ihm. Macht ihn los und gebt ihm eine gute Dosis Strange. Passt gut auf ihn auf und in einer Stunde bringt ihn wieder zu mir.«

Judy van Cleeve telefonierte mit Sparks und lauschte seinen Ausführungen. Seit Tagen waren es die ersten Worte ihres Freundes.

»Wo bist du, Liebes?«

»Ich bin in New York, eine Reportage. Hier ist die Hölle los. Die Creeps werden immer zahlreicher. Wie sieht es bei dir aus?«

»Arbeit, Essen und Schafen. In dieser Reihenfolge.«

»Workaholic! Kannst du darüber sprechen?«

»Wir arbeiten ohne Pause an einem Problem. Es wächst sich zu einer größeren Sache aus«, sagte Sparks, der noch immer überlegte, ob er Judy das ganze Ausmaß der Vorgänge im Collider schildern sollte.

»Was ist es?»Judy wurde neugierig.

»Frag' nicht, ich darf es dir ohnehin nicht sagen. Schlimmer ist das, was man mir hier vorwirft. Ich stecke in echten Schwierigkeiten.« Sparks erläuterte die Spionagevorwürfe, ohne die Anomalie zu erwähnen.

»Es wird sich alles finden. Wo ist das in China?«

»In Hengshui. Sie haben uns bestohlen, unsere Forschung als ihre ausgegeben. Mehr kann ich dir nicht sagen. Du musst noch abwarten, bis wir die Sache an die Presse geben. Vorher darf keiner was erfahren.«

»Und was tut ihr jetzt dagegen?«

»Im Moment nicht viel. Ich kann nur hoffen, dass sich alles schnell aufklärt. Es ist wie Spießrutenlaufen. Aber erzähl doch mal, wie sieht es bei dir aus?«

Der Journalistin fiel es nicht leicht, ihre Erlebnisse in eine chronologische Abfolge zu bringen. Immer wieder sprang sie zu Ereignissen, die sie offensichtlich aufgewühlt hatten. »Du kannst dir nicht vorstellen, was hier in New York los ist. Der Flughafen ist vorübergehend nur für Staatsangehörige geöffnet und nur stundenweise für alle sonstigen Reisenden. Hier am Kennedy Airport ist das Chaos ausgebrochen. Alle wollen nur noch weg, sie müssen aber stundenlang auf Flüge warten. Zurzeit lassen sie keinen mehr ins Flughafengebäude. Alles abgesperrt hier. Nur für uns Journalisten gibt es noch eine Sondergenehmigung.«

»Die haben den Airport geschlossen? Warum?«

»Nicht nur das. Teile von New York sind gar nicht mehr zu erreichen. Jetzt kann ich sehen, wie ich hier wegkomme. Wer weiß, wie lange ich noch auf eine Maschine warten muss.«

»Ist das nur bei uns so schlimm?« wollte Sparks wissen.

»Nein, gestern hab' ich mit meiner Mutter in Calgary telefoniert. Auch dort herrscht Ausnahmezustand.«

Mit kurzen Worten schilderte Judy die Anfänge der Unruhen, die nun auch Kanada bedrohten.

»Auch Kanada? Was geht da draußen ab?«Sparks rang um Fassung.

»Ich glaube, es ist eine Epidemie. Ich weiß es nicht. So eine Art Seuche. Die laufen alle rum wie die Zombies. Sie plündern, stecken Häuser an.«

»Meinst du, es ist vielleicht ein Virus? Gibt es bei euch beim Sender keine verlässlichen Informationen?«

»Die Zeitungen überschlagen sich mit Gerüchten, und die Behörden warnen vor einer Droge. Ihr Name ist Strange. Aber Genaueres weiß ich auch noch nicht.«

»Das Zeug gab's auch bei uns in der Fakultät. Ich hab es nie angefasst.«

»Sei froh. Momentan sickern widersprüchliche Informationen durch. Die Lage ist ziemlich außer Kontrolle. Und die Regierung hält einfach eine Pressekonferenz ab. So wie sie es darstellen, gibt es die Probleme überwiegend in den Großstädten. Man spricht von Tausenden von Toten. Die meisten Krankenhäuser werden jetzt von Soldaten kontrolliert. Es scheint sich aber eher weiter auszubreiten.«

Sparks senkte seine Stimme.

»Judy, mir kommt gerade eine Idee. Vielmehr ist es eine große Bitte. Es könnte dir aber Unannehmlichkeiten bringen, du musst also selbst entscheiden. Ich weiß nicht, wie ich es dir erklären soll.«

»Um was geht es denn, Shuin?«

»Ich habe einen Studienfreund in Hengshui, in China. Er ist Physiker.«

»Kann er dir helfen?«

»Er kennt dort den Collider und könnte herausfinden, wer unsere Unterlagen weitergegeben hat.«

»Du meinst also, ich soll herausfinden, wer der Maulwurf ist? Wie soll ich das machen?«

»Ich kann von hier nicht telefonieren. Du musst ihn anrufen und versuchen an Beweise zu kommen.«

»Meinst du, dein Freund kann sie mir beschaffen?«

»Es gibt da ein physikalisches Problem in Hengshui, das Gleiche wie auch bei uns am Collider. So wie es aussieht, ist es die Vorstufe zu ...« Sparks stockte, bevor er weitersprach: »Mehr oder weniger ein außer Kontrolle geratener Versuch.«

»Vorstufe zu was? Meinst du, das gibt eine gute Story?«, entgegnete Judy. Sie brachte ihr beginnendes Interesse zum Ausdruck, aber in ihrer Stimme schwang ebenso Skepsis mit.

»Vergiss das. Es kann gefährlich werden und ich möchte nicht, dass du dich meinetwegen in Gefahr begibst.«

»Gefahr? Also mit anderen Worten: die perfekte Story? Ich muss da hin!«

Sparks geriet in Hektik. »Nein, nein, nein! Ich hab' nicht davon gesprochen, dass du dorthin sollst.« Seine Stimme klang besorgt. »Das kommt gar nicht in Frage.«

Judy strich sich eine ihrer schwarzen Haarsträhnen aus dem Gesicht. »Hört sich doch sehr gut an. Lass es mich versuchen.«

»Nein, Judy. Du verstehst nicht ...«

»Shuin, das ist mein Job. Das könnte meine große Chance im Sender sein. Darauf habe ich schon seit Jahren gewartet.«

»Nein, du verstehst nicht. Es könnte ein Schwarzes Loch sein«, brach es aus Sparks hervor.

Zunächst herrschte Stille. Dann wisperte sie Sparks durch den Hörer entgegen: »Oh Gott. Oh Gott, das ist die Story meines Lebens!« Judy klang jetzt euphorisch.

»Nein, das ist es nicht. Wenn du nicht aufpasst, ist es die Story eines sehr kurzen Lebens.«

»Ich muss da hin.«

»Nein das musst du nicht, Judy. Es reicht völlig aus, wenn du mit ihm telefonierst.« »Keine Sorge. Ich werd' mich da bestimmt nicht lange aufhalten.«

»Bleib von der Anlage weg! So weit es geht!« Sparks bereute, seiner Freundin überhaupt von der ganzen Sache erzählt zu haben.

»Ja, schon klar. Hey, ich bin schon in der Welt rumgekommen.«

»Aber dieses Land kennst du nicht. China ist anders.«

»Dein Kollege, wie ist sein Name?«

»Chang Xiaohun. Die Telefonnummer findest du in meinem Telefonverzeichnis. Es gibt da allerdings noch etwas.«

»Was denn noch?«, setzte Judy nach.

»Sie könnten Chang vielleicht aus dem Verkehr ziehen, wenn sie merken, dass er mit dir Kontakt hat.«

»Mach' dir keine Sorgen. Ich versuche, diskret zu sein. Sag mir lieber, wie ich ihn finden kann.«

»Du erreichst ihn über das Kaushan Forschungsinstitut in Hengshui.«

Während Sparks noch telefonierte, verließ General Pruitt das Gebäude des Colliders. Draußen inspizierte er die Wachen, bevor er seinen Hubschrauber bestieg. Pendergast blickte einige Sekunden auf die Tür, als sich diese schon längst geschlossen hatte.

Er formulierte die Frage wie einen Vorwurf: »Jim, warum hast du ihm nichts von dem Element erzählt?«

»Warum sollte ich? Wollen wir, dass sie uns überall dazwischenfunken?«

»Du kannst es ihm nicht verheimlichen.«

»Wenn das erstmal offiziell wird, könnten die Russen kalte Füße kriegen und die Sache verzögern oder ganz abblasen«, erklärte Leighland.

»Und wann denkst du, kommt das Element hier an?«

»Es wird noch zwei oder drei Tage dauern.«

Pendergast machte ein sorgenvolles Gesicht. »Sämtliche Parametrierungen müssen neu berechnet werden. Auch wie viel wir von dem Zeug verwenden müssen, ist nicht bekannt. Dann der Zeitfaktor. Ich habe keine Ahnung, wie lange wir dafür brauchen werden und ob es rechnerisch überhaupt möglich ist. Gott weiß, wie lange das dauert.«

»Karel, wenn du eine bessere Idee hast, sag's mir.« Leighland wurde zornig.

»Wir hätten Pruitt über das Element informieren sollen.«

»Nein Karel, das wäre ein Fehler gewesen.«

»Aber er könnte den Transport gegen diese Freaks da draußen sichern lassen. Ich verstehe das nicht.«

»Ich vertraue lieber auf einen Eis-am-Stiel-Rambo.«

»Einen was?« Pendergast verlor langsam die Geduld.

»Ich vertraue auf John.«

»Wer zum Teufel ist John? Ich kenne keinen John!«

»Ein Legionär.«

»Du vertraust einem Legionär? Woher zum Teufel kennst du einen Legionär?«

»Ich hatte Kontakt mit ihm vor zwei Jahren im Ruwenzori. Die Goma-Geschichte. John hat mir damals das Leben gerettet.«

»Ich glaube es nicht.« Pendergast sackte zusammen, bedeckte seine Augenpartie mit seiner Rechten und begann den Kopf zu schütteln.

4. Kapitel
Auf chinesischen Pfaden

Asien 24. Juli, sieben Tage nach der Alphastabilität

Das Flugzeug setzte in Hongkong auf der Landebahn auf. Judy saß aufrecht mit geschlossenen Augen und nahm das Radieren der Reifen auf der Rollbahn am Boden unter ihren Füßen wahr. In ihren Ohren meinte sie noch die Stimme von Sparks' Studienkollegen Chang zu vernehmen, der ihr in einem Telefonat tags zuvor eine Reisebeschreibung hatte zukommen lassen. In wenigen Worten hatte sie ihm die Situation um die Verdächtigungen gegen ihren Freund mitgeteilt, woraufhin der Chinese ihr sofort Hilfe angeboten hatte. Dass in diesen Augenblicken ihr Interesse an eine Sensationsreportage am Collider in Hengshui schwerer wog als die Chance, Entlastungsmaterial für ihren Freund zu finden, brachte in ihrem Innersten ein pelziges Gefühl von Zweifel hervor. Aber im hart umkämpften Geschäft um die neueste Information in Sender gab es nur wenige Chancen. Und das Potential dieser Reportage, so glaubte sie, versprach ihrer beruflichen Karriere einen großen Entwicklungsschritt nach vorne. Judy sah aus dem Fenster. Gedankenverloren blickte sie auf die Landschaft der asiatischen Metropole. Zu ihrer Linken erhoben sich Berge, vor denen sich die Wolkenkratzer der Skyline wie miteinander konkurrierende steinerne Monolithe auftürmten. Judy erinnerte sich an Landungen früherer Flüge. Seitdem Ende der Neunziger Jahre der berüchtigte Flughafen Kai Tak geschlossen hatte und Hongkong fortan auf einer eigens dafür angelegten Flughafeninsel angeflogen wurde, hatte sich das vormals oft nervenaufreibende Schauspiel einer Kunstfluglandung in einen unspektakulären und komfortablen Gleitflug bis zum Bodenkontakt verwandelt. Beim Ausrollen der Maschine bewunderte Judy das atemberaubende Lichterspiel der nicht weit entfernten Großstadt am Horizont.

Nach den Einreiseformalien schritt Judy durch die Shopping-Mall des Flughafens, vorbei an Geschäften mit bunt schillernden Werbebotschaften, die alle Reisenden einluden, sich die Flughafenstrapazen durch einen kleinen Einkaufsbummel zu versüßen. Aber seit dem Ausbruch der Epidemie auch in den Metropolen Chinas, verweilten die Reisenden nicht länger als nötig in den ansonsten mit Menschen überfüllten Shops. Auch die Journalistin brachte den wohlfeilen Angeboten chinesischer Konsumtempel keine Aufmerksamkeit entgegen. Die vier Stunden Wartezeit bis zum Anschlussflug nach Peking wollte sie schreibend verbringen, aber die laute Geräuschkulisse der Halle ließ sie den Gedanken schnell verwerfen. Auf ihrem Weg durch die Mall sah sie sich plötzlich Polizisten mit gelben Warnwesten gegenüber, die ihr den Weg versperrten. Eine größere Zahl von Reisenden gestikulierte aufgeregt und befand sich bereits in Diskussionen mit dem Sicherheitspersonal. Der Mitarbeiter wies auf ein Schild mit der Aufschrift *Transit*.

»Da entlang«, wiederholte ein Beamter in gebrochenem Englisch.

Durch die Glasscheiben des Flughafengebäudes fielen Judy die Polizeifahrzeuge auf dem Rollfeld auf. Das Geräusch der Sirenen drang zu ihr durch. Neben ihr blickte eine ältere Dame verängstigt. Auch sie verfolgte durch die Glasscheibe hindurch das Treiben auf dem Rollfeld. Sie sagte etwas auf Chinesisch, das Judy nicht verstand. Dann schob sie hinterher: »Müssen weg. Bald zu spät sein.«

Noch den verlorenen Blick der Alten vor Augen, schaffte es Judy schließlich zum Gate ihres Anschlussfluges. Kurze Zeit später trat sie den Flug nach Peking an.

Als sie sich im Sitz niederließ, zwängte sich ein Mitreisender durch die Reihen bis zu ihrem Platz und setzte sich neben sie. Er kippte den Rest einer Flasche mit der Aufschrift *Hustensaft* hinunter. Mit einem Stoßseufzer ließ er sich daraufhin in den Sitz fallen und warf seinen Kopf in den Nacken. Die Luft pfiff zwischen seinen Lippen hindurch.

»Gute Tarnung, was?«

Judy blickte eher gelangweilt zu ihrem Nachbarn. Im Hintergrund prüfte eine Stewardess bereits die Sicherheitsgurte der Passagiere, als der Kapitän eine Verzögerung des Abflugs ankündigte.

Mit den Worten »Ich komme aus Brüssel, mein Name ist Pete«, drängte der Sitznachbar Judy eine Konversation auf, die letztlich auch ihr Reiseziel zum Thema machte.

»Was macht so eine hübsche Frau wie Sie in Hengshui?«

»Ach? Gibt es etwa Städte, die Frauen nicht hinein lassen?«, konterte Judy.

»Na, ich meine, dort gibt es doch nur Plattnasen und lange Staus. Seien Sie froh, dass Sie hier raus sind. Die weiße Pest ist in der Stadt.«

»Weiße Pest?« Judy horchte auf.

»Ja, unsere Firma hat zugemacht. Ich bin den letzten Tag hier. Kratze nur noch die Konten zusammen. Die Droge hat die ganze Stadt im Griff.«

»Strange? Was wissen Sie darüber?«, entgegnete Judy.

»Lady, wenn Sie mich fragen, nehmen Sie nach der Ankunft gleich den nächsten Flieger und hauen Sie ab. Das wird immer schlimmer hier. Sehen Sie doch da.« Der Mann wies durch das Fenster auf eine Gruppe Soldaten, die sich nicht weit entfernt in Nähe der Rollbahn mit einer Anzahl von Angreifern ein Feuergefecht lieferten.

»Die werden bald hier die Stadt aufmischen. Was mich betrifft, ich habe jedenfalls genug gesehen.«

»Haben Sie Infos für mich?«, gab Judy sich interessiert.

»Die einzige Info, die ich Ihnen geben kann, ist, das Land zu verlassen. Tun Sie es, wenn Sie überleben wollen.« Der Mann wandte sich wieder seiner Hustensaftflasche zu und ließ sich nicht weiter von Judy befragen. Bald darauf setzte sich die Maschine in Bewegung und drehte auf die Startbahn ein. Judy verfolgte den nicht weit entfernten Kampf noch bis das Flugzeug abhob und die Szene damit aus ihrem Blickfeld entschwand. Den Rest des Fluges verbrachte sie dösend im Halbschlaf.

Die Millionenstadt Peking präsentierte sich wolkenverhangen. Durch die Lautsprecher schallten Judy in einem wirren Durcheinander Ansagen in der Landessprache und gebrochenem Englisch entgegen. Sie hielt Ausschau nach einem Coffee-Shop. Dort beabsichtigte sie, Chang zu treffen, der ihr den Weg zum Treffpunkt beschrieben hatte.

»Coffee-Shop ist geschlossen«, herrschte sie einer der Uniformierten an, als Judy sich bis zur Absperrung an den Reisenden vorbei gedrängt hatte.

Die Journalistin bat um Hilfe und sprach mit einem der Securitymitarbeiter, der ihr den Weg versperrte. »Ich treffe mich mit einem Kollegen«, startete sie den wenig erfolgversprechenden Kommunikationsversuch.

In barschem Ton wies der Bedienstete auf das Schild und schob Judy mit leichtem Druck zurück in die Menge. Missmutig folgte sie den Ausschilderungen bis hin zu einem Gang, der in einem Wartebereich endete.

Dort traf sie endlich auf Chang. Er stand abseits. Die Journalistin erkannte ihn sofort an seinem roten Kapuzensweatshirt, das er ihr im Telefonat beschrieben hatte. Sein schulterlanges schwarzes Haar, das er zu einem Zopf geflochten hatte, ließ Judy an das Bild eines Samurais denken, obwohl sie natürlich wusste, dass die Samurai Japaner und keine Chinesen gewesen waren. Nach einer kurzen Begrüßung suchten sie sich eine Bar, um die Zeit bis zum Anschlussflug nach Hengshui zu überbrücken. In der Bar angekommen, besprachen sie die Situation im Collider in Dallas. Judy wiederholte die Verdächtigungen gegen Sparks, dem Spionagetätigkeit vorgeworfen wurde.

»Shuin soll Unterlagen an das Team in Hengshui weitergegeben haben. Dabei arbeitet er erst seit zwei Wochen im Collider.«

»Blödsinn«, erklärte Chang. »Ich kenne Shuin. Er hat keine Kontakte nach China, außer zu mir. Shuin würde niemals spionieren. Er ist das Produkt der amerikanischen Wissensfabrik und er weiß, wo er hingehört. Außerdem ist er nicht so geldgeil, dass er so etwas tun würde. Da würde ich es ja noch eher eurem Präsidenten zutrauen.«

Judy grinste. »Präsident Woodford? Der interessiert sich bestimmt nicht für irgendwelche Forschungsergebnisse. Eher dafür, wo man im Ausland nach den Meetings Golf spielen kann.« Judy fragte nach Changs Aufenthalt in den USA.

»Ich war nicht lange in Amerika. Damals hatte Shuin mir geholfen meine Bachelorarbeit zu schreiben.«

»Wie habt ihr euch eigentlich kennengelernt? Shuin und du?«

»Ich hatte ein Stipendium in Cambridge, dort traf ich auf ihn. Er hatte einen Workshop mit Austauschstudenten. Nach meinem Abschluss kehrte ich zurück nach China. Zuerst stellte ich mich am Collider in Hengshui vor.« Chang stockte. Er kaute auf seiner Unterlippe.

Judy bemerkte Changs Unsicherheit. »Hast du den Job bekommen?«

»Es hätte alles gepasst. Aber ...«

»Gab es ein Problem?«

»Es gibt da leider einen dunklen Fleck in meiner Vergangenheit.«

Judy legte die Stirn in Falten. »Und was für einen Fleck?«

»Ich habe 2008 an einer Demo in Peking teilgenommen. Es ging um die hohe Arbeitslosigkeit in den Provinzen. Weißt du, meine Tanten und Onkel wohnen dort, und es ging ihnen damals nicht gut.«

»Und es war verboten, zu demonstrieren?«

»Man hat mich damals eingesperrt. Zu der Zeit waren die Olympischen Spiele im Land. Alles, was bei uns am sauberen Image kratzen konnte, wurde aus der Stadt entfernt. Ich hatte es schon fast vergessen, aber es hat mich eingeholt. Am Ende hat es mich die Anstellung im Collider gekostet.«

»Kannst du nicht zurück in die USA?«

»Doch, vielleicht. Ich hoffe, dass Shuin mir irgendwann dabei helfen kann.«

»Das wird er. Du bist bei uns immer willkommen. Wir helfen dir«, versprach Judy.

Chang rang sich ein Lächeln ab. »Jetzt muss ich erstmal euch beiden helfen. Unser Telefongespräch war ziemlich kurz.«

»Shuin ist unter Druck. Es gibt eine undichte Stelle in Dallas. Für die Weitergabe des Materials kommen nicht viele in Betracht. Du sprachst am Telefon davon, dass du mit Leuten aus eurem Collider reden und mich zur Anlage bringen kannst.«

»Das ist momentan nicht ganz einfach. Es gab Wetterphänomene dort. Veränderungen, die bis hinauf in die Athmosphäre reichen. Hat Shuin nicht davon gesprochen?«

»Ja, irgendetwas Geheimnisvolles soll dort vor sich gehen.« Judy vermied es, ihr Interesse an dem Collider zu sehr in den Vordergrund zu stellen um bei Chang keinen Argwohn zu wecken.

Chang fasste das Geschehen der letzten zweiundsiebzig Stunden zusammen und berichtete über die seit Tagen herrschende Nachrichtensperre im Collider. »Momentan kümmert sich das Militär noch um die öffentlichen Gebäude in der Stadt. Aber seit einiger Zeit interessieren sie sich auch für die Forschungsanlage. Sie scheinen dort ein richtiges Problem zu haben.«

»Vielleicht kannst du ja herausbekommen, was es ist. Es könnte uns ja nützen.«

Chang nickte und gab Judy Hoffnung. »Ich habe eine Idee, aber davon später mehr. Zuerst müssen wir den Flug bekommen.«

Beide bestiegen pünktlich das Flugzeug nach Hengshui. Beim beginnenden Landeanflug fiel Judy die chinesische Mauer auf, die sich wie ein schlängelnder Lindwurm in die Landschaft integrierte.

Die Journalistin blickte aus dem Fenster der Maschine. »Ist sie das?« fragte sie.

Chang beugte sich zu ihr an das Fenster. »Du meinst den gigantischsten Friedhof der Welt?«

Judy schüttelte den Kopf. »Ich dachte, das ist die Chinesische Mauer.«

»Ja, das schon. Viele Menschen wissen aber nicht, dass bei dem Bau über zehn Millionen Menschen gestorben sind. Für uns ist es der größte Friedhof der Welt. In China ist nichts, wie es auf den ersten Blick scheint.«

Nach der Landung fuhren beide zu dem von Judy gebuchten Hotel, das Chang ihr vermittelt hatte. Es lag an einer unbefestigten Straße, deren Schlaglöcher sich wie kleine Krater an einer Perlenschnur aufreihten. Fahrradfahrer mit großen Strohhüten mühten sich, die Löcher in Schlangenlinien zu umfahren. Während nur zwei Straßen weiter das Leben auf dem gerade neu asphaltierten Boulevard pulsierte, an dem sich zu beiden Seiten Edelboutiquen und Restaurants einander abwechselten, schien hier an dieser Stelle der Stadt die Zeit stehen geblieben zu sein.

Auf Judys Nachfrage, ob sie die richtige Adresse gefunden hätten, beschwichtigte Chang. »Es ist sicherer hier. Das Hotel gehört Freunden.« Chang ging voran und wies ihr den Weg.

Nach dem Einchecken nahmen sie einen Drink an der Bar. Dort fiel Judy eine Zeitung in die Hände, auf der Gesichter von

Menschen mit eigentümlich fahler Gesichtsfarbe prangten, die Judy bereits aus den Gazetten ihrer Heimat kannte.

»Ihr habt diese Epidemie auch hier?«

»Du meinst die fahle Pest?« Chang wies auf die chinesischen Schriftzeichen, die auf die Journalistin wie ein Wirrwarr aus Strichen, Bögen und Punkten wirkten.

»Ja, bei uns zu Hause haben wir noch keinen Namen dafür. Wir nennen es einfach die Epidemie. Sie verursacht ein gigantisches Chaos.«

»Hier in China nennen wir sie fahle Pest, weil diejenigen, die es erwischt, so fahle Gesichter haben. Bei uns nahm es seinen Anfang in Guangdong.«

»Es ist ein weltweites Phänomen.« Die Journalistin bannte die Schriftzeichen auf ihr Smartphone. »Bei uns in den Staaten begann es in Los Angeles, dann ging es in Atlanta und Philadelphia weiter. New York war auch früh betroffen.«

»Momentan also kein günstiger Zeitpunkt zum Reisen«, schob Chang ein.

»Ich habe meinen Flug nur mit Sondergenehmigung des Innenministeriums antreten können. Mein Sender hat mir das Ticket besorgt. Was macht ihr eigentlich mit den Infizierten?«

»Sie verschwinden.«

»Wie meinst du das, sie verschwinden?» Judy war entsetzt. »Ihr steckt sie ins Gefängnis?«

Chang erwiderte nichts. Er deutete nur zaghaftes Kopfschütteln an.

Judy bohrte weiter: »Du meinst, man hat sie ...?«

Chang blieb stumm und drehte mit den Fingern sein Glas im Uhrzeigersinn. Die Konversation schien augenblicklich beendet. Vielleicht war es die kurze Zeit des Zusammentreffens, in der Chang noch nicht genug Vertrauen zu der Reporterin gefunden hatte, um Dinge dieser Art zu erörtern. Er wurde immer schweigsamer. Wenig später verabschiedeten sie sich beide in ihre Zimmer.

Nachdem Judy ausgeschlafen hatte, traf sie Chang um acht Uhr im Frühstücksraum. Er erzählte davon, abends noch mit Freunden aus dem Collider-Umfeld telefoniert zu haben.

»Sie haben den Collider seit gestern Abend abgesperrt. Es gehen Gerüchte von einer Explosion um.«

»Wo im Collider?« Judy ahnte, dass die Situation in China ebenfalls außer Kontrolle geraten sein könnte.

»Zum jetzigen Zeitpunkt kann ich nicht mehr in Erfahrung bringen. Aber wir bekommen möglicherweise Informationen über einen Insider.«

»Und deine Vertrauten, die direkt in der Anlage arbeiten?«

»Nach der Explosion wird es schwieriger. Es war noch nie einfach, etwas in Erfahrung zu bringen, was der Regierung schaden könnte. Und die, die öffentlich Kritik üben oder etwas in Frage stellen, landen im Gefängnis. Wie mein Onkel Pong.«

»Und was schlägst du vor? Kannst du mich in die Nähe des Colliders bringen? Ich muss da unbedingt hin.«

»Unsere einzige Möglichkeit ist, hinzufahren und es zu versuchen«, schlug Chang vor.

»Hört sich nicht gut an, aber es ist zumindest eine Chance. Wie kommen wir an die Beweise, die Shuin weiterhelfen?«

»Abwarten. Lass mich mal machen. Weißt du, hier in China geht vieles einen anderen Weg als bei euch zu Hause. Es ist sehr wichtig, dass du den richtigen Weg nimmst und hier einen kennst, der ...«

Die Journalistin unterbrach ihn und führte den Satz zu Ende: »Der einen kennt, der Beziehungen hat?« Sie lächelte und fuhr fort: »Weißt du, vielleicht ist deine Welt manchmal doch etwas näher an unseren Lebensgewohnheiten dran, als du denkst.«

»Es lebe die Globalisierung«, entgegnete Chang. »Also, ein Freund meines Onkels meinte, er könnte uns helfen. Wichtig ist, dass sein Name nirgendwo erwähnt wird.«

»Dein Onkel Pong?«

»Nein, der sitzt im Gefängnis. Den, den ich meine, ist mein dritter Onkel.«

Changs Worte wurden durch das Klingeln seines Mobiltelefons unterbrochen. Er nahm das Gespräch an. Nach einigen kurzen Sätzen und mehrmaligem Nicken begann er, über beide Ohren zu grinsen.

»Lass mich raten. Einer deiner Onkel?«

»Nein, das war eine meiner sieben Tanten. Sie sagte mir, wir sollten sofort losfahren. Es sei alles geregelt.«

In dieser, wie Judy glaubte, entspannten Atmosphäre, bereiteten sie die Abreise vor. Dennoch überkam Judy ein seltsames Gefühl. Immer wenn sie etwas erreichen wollte, das hatte sie in ihrer Karriere gelernt, bedurfte es harter Arbeit und größtmöglichen Engagements. Umso mehr überwog ihre Skepsis, wenn ihr Dinge vermeintlich in den Schoß fielen. Nun fürchtete sie, sie könnte mit ihrer Vorahnung Recht behalten. Doch Chang ließ ihr keine Zeit, weiter darüber nachzudenken. Er erhob sich und warf Judy einen Blick zu, der Eile signalisierte. Sie nahmen den Weg zum Parkplatz gegenüber. Vor einem Motorroller blieb Chang stehen. »Schon mal mitgefahren?«, fragte er.

Judy nickte. Sekunden später saß Judy auf dem Sozius und schlang die Arme um den Chinesen. Die Fahrt ging zunächst durch die Innenstadt, vorbei an Wochenmärkten und hektisch umhereilenden Menschen bahnte sich Chang auf der Maschine den Weg. Judy sah Luxuslimousinen europäischer Marken neben Rikschas und Tretmobilen, die allesamt den Namen Fahrrad nicht verdienten. Wie in New York auch, dominierten Soldaten das Stadtbild. Sie patrouillierten in Dreiergruppen mit Sturmgewehren im Anschlag und ließen keinen Zweifel daran aufkommen, dass die Bedrohung durch die Weiße Pest zunahm. Entlang an einem kleinen Fluss führte die Fahrt zunächst durch ein Steinmeer an Hochhäusern, bis sie endlich die Außenbezirke erreichten. Dort änderte sich das

Stadtbild. Die Vielzahl von kleinen Häusern, die sich rechts und links der staubigen Straßen formierten, schien kein Ende zu nehmen. Sie erweckten bei Judy den Eindruck von Gartenhäuschen.

Die Fahrt führte weiter in Richtung Zaoqiang. Dort fielen Judy Menschenmassen auf, die aus der Stadt heraus drängten. Es mussten, so glaubte sie, Tausende sein, die sich auf den Weg zu einem unbekannten Ziel machten. All das erinnerte sie an die Ereignisse in den Straßen der Metropolen ihres Landes.

Chang stoppte. Er klappte das Visier seines Helmes hoch und sprach einige der Passanten an. Nach einem kurzen Wortwechsel drehte er sich zu Judy um.

»Am Collider soll etwas passiert sein. Sie sprechen von einem Lichtschwert.«

»Von einem was?«

»Ja, es sieht zumindest so aus. Sie sagen, alle hätten sich auf dem Weg gemacht und wollten es sich ansehen.«

»Was soll es denn sein? Glaubst du, dass es gefährlich ist?«

»Ich weiß es nicht, aber seit einiger Zeit soll es über dem Collider zu sehen sein.«

Dann setzte Chang die Fahrt fort. Sie passierten Felder und näherten sich einem kleinen Dorf. Nur wenige Häuser reihten sich entlang einer Schotterstraße, die dem Chinesen sein ganzes fahrerisches Können abverlangte. Er musste kanaldeckelgroßen Schlaglöchern ausweichen. Nach mehreren Minuten Fahrt drosselte Chang wieder das Tempo. Judy bemerkte Polizisten vor einer Straßensperre.

»Hier geht es nicht weiter. Ich glaube, sie haben alle Straßen gesperrt, die zum Collider führen.«

»Und jetzt?«, wollte Judy wissen.

»Ich kenne ein paar Schleichwege, an die vielleicht noch niemand gedacht hat.«

Chang fuhr ein Stück weit zurück und lenkte sein Gefährt an Feldern entlang, bis sie sich wieder auf einer größeren Straße befanden. Von einer Anhöhe aus konnten sie plötzlich in der Ferne die Gebäude der Forschungsanlage erkennen. Hinter einem entfernten Hügel, noch halb verborgen, erspähte Chang das pulsierende Glühen, als hätte sich die Luft dahinter in einen siedenden Schmelzkessel verwandelt. Chang hielt den Motorroller an. Judy stieg ab und starrte auf die imposante Erscheinung. Mitten aus dem Glühen erhob sich ein Lichtstrahl gen Himmel. Jedes Mal, wenn das Glühen mehrfach aufpulste, glaubte Judy, auch in der Lichtsäule eine Veränderung wahrzunehmen. Judy holte ihre Kamera hervor und nestelte aufgeregt an den Einstellungen des Objektivs. Es gelang ihr eine Serie von Fotos zu schießen, während Chang seinen Roller neben ihr her schob. Einige Sekunden zeigten beide sich noch von dem Schauspiel gefesselt, dann begannen sie, die Umgebung näher zu erkunden. Nicht weit entfernt machte die Reporterin die Einfahrt neben einem Pförtnerhaus aus. Der mannshohe Zaun mit Stacheldrahtkrone, der die Anlage absicherte, schien unüberwindbar. Schilder wiesen den abgesperrten Bereich aus. Chang deutete auf die Menschentraube, die sich vor dem Zaun versammelt hatte, wie Judy trugen auch die Schaulustigen Kameras. Einer von ihnen hielt eine Fernsehkamera geschultert. Gestikulierend forderten sie Einlass. Mit Maschinenpistolen bewaffnete Polizeikräfte hinderten die Menge daran, hinter dem Zaun weiter vorzudringen.

Judy deutete auf das Pförtnerhäuschen. »Sag mir jetzt, dort sitzt einer deiner Onkel! Dann rettest du mir den Tag!«

Changs Augen blitzten. »Nein, es ist nicht mein Onkel. Aber er weiß, wer wir sind.«

Chang ging voraus und bedeutete Judy, in einigem Abstand zu warten. Die Reporterin sah Chang im Pförtnerhaus verschwinden. Nicht weit entfernt von ihr drängte die Menschenmenge ebenfalls Richtung Pforte. Ein junger Mann ging voraus, schwenkte seine Arme und bedeutete den anderen, ihm zu folgen. Nachdem Chang mit den Bediensteten im Pförtnerhaus einige Worte gewechselt hatte, trat er heraus und winkte Judy zu sich. Auf dem Weg zu ihm fiel der Reporterin ein Konvoi aus drei Polizeifahrzeugen auf. Sie näherten sich schneller als erwartet, und sie trieben einen Keil zwischen Judy und das Wachhäuschen, sodass ihr das Weiterkommen plötzlich unmöglich war. Sekunden später sprangen Bewaffnete aus den Fahrzeugen und preschten auf die Menschenmenge am Zaun zu. Mit einigen Schusssalven aus ihren Maschinenpistolen in den Boden verschafften sie sich Respekt. Die Menge wich zurück. Unterdessen versuchte Judy durch heftiges Winken, Chang auf sich aufmerksam zu machen. Während dieser durch den Konvoi hindurch Judy zu lokalisieren versuchte, wurden im Hintergrund einige Frauen von den Bewaffneten bei den Haaren gepackt und zu Boden geschleudert.

Judy stand zunächst wie angewurzelt da und beobachtete die Aktion, bis einer der Bewaffneten auf sie zutrat. Der Uniformierte herrschte sie auf Chinesisch an, wobei er bald begriff, dass sie die Sprache nicht verstand. Er riss ihr die Kamera aus den Händen. Als sie mit spitzen Fingern ihren Ausweis aus der Jackentasche zu ziehen versuchte, wurde sie mit vorgehaltener Waffe an ihrem Vorhaben gehindert. In barschem Ton deutete der Beamte ihr an, dass sie die Hände heben sollte. Dann begann er selbst, ihre Jacke zu durchsuchen. Nachdem der Uniformierte den Ausweis hervorgezogen und einen Blick darauf geworfen hatte, steckte er ihn ein. Chang näherte sich von der anderen Seite des Konvois. Er versuchte, sich durch die Fahrzeuge hindurch zu drängen. Als er Judy und den Uniformierten erreichte, schlug dieser ihn mit dem Schaft seiner Waffe zu Boden. Chang knickte in den Beinen ein und fasste mit beiden Händen in seine Bauchgegend, in die ihn der Schlag getroffen hatte.

Schmerzverzerrt stützte er sich mit einer Hand am Boden auf, während die andere noch in die Richtung zu greifen versuchte, in die Judy gedrängt wurde.

Changs Finger krallten sich in den harten Sandboden. Die Lippen entblößten schmerzverzerrt seine Zahnreihen. Mit beiden Händen auf dem staubigen Untergrund abgestützt, versuchte er, den Oberkörper aufzurichten. Seine Rufe verhallten im Tumult durcheinander der rufenden Menschen. Hilflos musste er mit ansehen, wie die Tür des Fahrzeugs hinter Judy geschlossen wurde. Er sah den Fahrzeugen hinterher, die sich rasch entfernten, dann traf ihn der Tritt eines Stiefels am Kopf. Alles wurde schwarz um ihn.

Judy saß eingepfercht auf der Rückbank des Wagens neben einem weiteren Gefangenen. Sie roch den Achselschweiß ihres Nachbarn, der ihre Kamera in den Händen hielt. Es war ein süßlich strenger Geruch, der bei ihr für Übelkeit sorgte. Auf dem Beifahrersitz saß ein glatzköpfiger Polizist von kleiner Statur, dessen musternden Blick die junge Frau körperlich spürte. Mit einer Waffe hielt er die Gefangenen auf der Rückbank in Schach.

Trotz ihrer Abscheu war es Judy nicht möglich, den Blick von dem Glatzkopf abzuwenden, der in ihr das Gefühl von Scham und Angst aufkeimen ließ. Ihre beiden Augen trafen sich. Der Glatzkopf starrte sie weiter an. Es war jener Blick, den Judy von Männern aus zahlreichen zigarettendunstgeschwängerten Bars kannte, in denen sie zwar nicht gern verkehrte, die ihr jedoch oft als Treffpunkt für ein Interview genannt wurden. Und es war auch der Blick, der sie regelmäßig zum Telefon greifen ließ, um entweder einen ihrer Freunde bitten oder ein Taxi zu beauftragen, sie abzuholen. Der stärker werdende Fluchtreflex ließ die Journalistin unwillkürlich nach einer Türklinke auf ihrer Seite suchen, doch alle Klinken im Fond waren demontiert. Für einen Moment der Verzweiflung schloss sie die Augen.

Der Wagen schickte sich an, den Hügel zu überqueren, der ihr bisher die Sicht auf den Collider nahm. Es war nicht der üble Schweißgeruch, der Judy den Kopf zur Seite wenden ließ. Aus dem Augenwinkel erspähte sie wieder die Lichtsäule. Als der Wagen die Kuppe des Hügels erreichte und in einer langgezogenen Serpentine den Weg hinab nahm, näherten sie sich dem gleißenden Lichtkegel, der nahezu senkrecht aus einem der Gebäude im Tal gen Himmel strahlte. Judy versuchte, das Ende des Lichtstrahls zu erkennen, das sich irgendwo in unendlicher Ferne des wolkenlosen Himmels im Nichts verlor. Sie schauderte. Der Lichtstrahl erinnerte sie an den punktförmigen Strahl eines Laserpointers in der Dunkelheit, dessen Kontur sich scharf als leuchtende Nadel von der Umgebung abgrenzte. Bis auf etwa tausend Fuß näherten sie sich dem Lichtkegel. Jetzt erfasste Judy auch den unteren Teil der Lichtsäule, die sich über dem Dach des Gebäudes in einem Halo aus buntem Licht, ähnlich dem eines Regenbogens, zur Seite hin ausdehnte. Das gesamte Schauspiel erinnerte sie an ein Laserschwert, dessen Griff unterhalb des Gebäudedaches festzustecken schien. Auch die Beamten auf den Vordersitzen folgten mit ihren Blicken dem gespenstischen Geschehen.

Einer der Gefangenen stieß einen Hilferuf aus, der alsbald verstummte, als der Glatzköpfige die Waffe wieder auf ihn richtete. Nach wenigen Sekunden nahm das Gelände Judy wieder die Sicht auf das Spektakel.

Bald erreichten sie dicht besiedeltes Gebiet. Nach mehr als zwanzig Minuten Fahrt durch die Stadt bogen sie an einem Torbogen ab. Die Reise endete in einer Gebäudeunterfahrt vor einem stählernen Tor. Judy sah, wie der Fahrer eine Fernbedienung hervorfingerte und damit das Tor öffnete.

Der Wagen hielt inmitten eines Hofes. Als die Tür des Fonds geöffnet wurde, starke Männerhände Judys Arm ergriffen und sie aus dem Wagen zerrten, verlor Judy einen Schuh. Am linken

Fuß barfuß hüpfte sie über den steinigen Innenhof und zuckte jedes Mal zusammen, wenn die spitzen Steine des Untergrundes sich in ihre Fußsohle bohrten.

Der Glatzköpfige packte Judy und zerrte sie in einen der Eingänge des Gebäudes. Nachdem sie einen langen Gang mit Bildern von dekorierten Militärs entlang gelaufen waren, wurde Judy in eines der zahlreichen Zimmer hineingeführt und auf einen der Stühle gestoßen. Sie bückte sich und begann, sich der winzigen Steinchen unter ihrem Fuß zu entledigen. Nach einer Stunde Gefangenschaft führte man sie schließlich in einen anderen Raum.

Vor ihr erhob sich ein mit aufwändigen Schnitzereien verzierter Schreibtisch aus rotem Edelholz. Ein Fenster im Hintergrund war mit Vorhängen verdeckt. Diffuses Licht, das den verdeckten Lampen hinter einer Deckenumrandung entströmte, erhellte die wenigen verbleibenden Möbelstücke. Der Raum wurde von außen verschlossen, hier ließ man Judy warten. Immer noch fixierte sie der Glatzköpfige, der im Sessel einer Sitzgruppe neben dem Schreibtisch Platz genommen hatte. Die Journalistin unterdrückte Gedanken des Ausgeliefertseins. Sie merkte, dass sie zitterte. Jede der folgenden Minuten durchlebte sie als ein Martyrium des Ungewissen, des Wartens auf ein plötzliches Ereignis, das das Gefühl des Gefangenseins endlich beenden würde. Das Öffnen der Tür nach etwas mehr als einer Viertelstunde erlebte Judy in einem Aufkeimen beginnender Teilnahmslosigkeit. Zu dem Glatzköpfigen trat ein junger Mann, den Judy auf höchstens siebenundzwanzig Jahre schätzte. Der Journalistin fiel sofort die goldene Kette am Handgelenk sowie das modische Schuhwerk auf, das die Kleidung dieses Chinesen vom Outfit der Beamten unterschied.

»Wie lautet Ihr Name?«, herrschte der Mann sie in akzentfreiem Englisch an.

Judy antwortete nicht. Der Glatzköpfige kramte in seiner Tasche, zog Judys Ausweis hervor und reichte ihn seinem Kollegen. Dieser sah sich den Ausweis genau an. Dabei fixierte er immer wieder die Journalistin.

»Sie kommen aus den USA? Ich habe dort studiert. Ein schönes Land.« Der modisch Gekleidete setzte ein freundliches Lächeln auf. »Sie sind Journalistin?«

Judy schwieg immer noch.

»Mein Name ist Puh Fang. Ich bin Stellvertreter des Ministers für Innere Sicherheit. Ich kann Ihnen helfen, weiß allerdings nicht, ob Sie das wollen. Was ist?«

Nach einer Pause gegenseitigen Schweigens brachte er die folgenden Worte ungeduldiger hervor. »Ich kann Ihnen nur helfen, wenn Sie kooperieren. Sie können sich mir anvertrauen.«

Wieder erhielt er keine Reaktion von Judy.

Die stimme Puh Fangs wurde harscher. »Reden Sie mit mir, ich habe nicht viel Zeit!«

Mit dem Anklang von Stolz presste Judy plötzlich die Worte hervor. »Ich heiße Judy, und wie Sie sehen, komme ich aus New York. Und ich habe keinen Stellvertreter. Den Rest entnehmen Sie am Besten meinem Ausweis.«

Ihr Gegenüber blickte vor ihr zu Boden. »Sie sind zu Gast in unserem Land, wir behandeln Sie höflich, solange Sie nicht unsere Sicherheit gefährden. Aber Sie müssen uns schon etwas entgegenkommen. Um jetzt unsere Gastfreundschaft nicht überzustrapazieren, sollten Sie schon ein wenig offener zu uns sein und unsere Fragen beantworten, finden Sie nicht?«

Wieder erntete Fang von Judy nur eisiges Schweigen.

»Was wollen Sie hier? Antworten Sie«, warf er ihr entgegen.

Schließlich gab Judy die Strategie des Schweigens auf und entgegnete: »Ich bin auf Durchreise. Ist es verboten, sich hier aufzuhalten?«

»Soso, auf Durchreise«, sagte Fang. Dabei umrundete er den Schreibtisch und nahm das Telefon zur Hand. Er wechselte einige Worte mit jemandem am anderen Ende der Leitung und wandte sich dann wieder Judy zu.

Sein Blick war durchdringend. »Wir haben einen Ihrer Freunde eingefangen. Der war nicht so störrisch wie Sie. Er sagte uns, dass Sie wegen des Forschungsgeländes hier sind.«

Die Information traf Judy wie ein Keulenschlag. Angestrengt überlegte sie, was Chang den Behörden hätte verraten können.

»Woher kennt Chang Sie? Und was haben Sie hier gemeinsam vor?« setzte der junge Chinese sein Verhör fort.

»Wir haben gar nichts vorgehabt! Oder was auch immer Sie denken.«

»Halten Sie uns nicht für dumm! Sie wissen, dass Sie eine Genehmigung benötigen, um sich hier als Journalistin zu bewegen?«

Judy blickte verstört und druckste: »Wir waren gerade in der Gegend und sahen die Lichterscheinung. Da wollte ich einige Bilder machen.«

»Meine Geduld ist jetzt zu Ende«, warf ihr Fang entgegen. »Sie wollen mir doch nicht ernsthaft erklären, ein Bewohner aus Hengshui hätte bei Ihrer Zeitung angerufen, um mit Ihnen hier spazieren zu gehen! Und ganz zufällig haben Sie noch einige Bilder gemacht? Ich warne Sie! Wir haben unsere Mittel, Sie letzten Endes doch zum Reden zu bringen. Es wäre besser für Sie, es hier und gleich zu tun.«

»Ich möchte sofort mit unserer Botschaft sprechen. Sie haben keinen Grund, mich hier festzuhalten.«

Fang blickte hinüber zum Glatzkopf und gab ihm ein Zeichen. »Sie stehen unter Spionageverdacht. Das ist ein ernstes Vergehen, und unsere Gastfreundschaft in dieser Weise auszunutzen, ist sehr unverschämt.«

Der Vorwurf traf Judy ins Mark. Ihre Bewegungen wurden fahrig. Sie überlegte, ob es sinnvoll sein könnte, sich ihrem Gegenüber zu offenbaren, wohingegen der Chinese spürte, dass er nachsetzen musste. »Mrs. Van Cleef, es wird Zeit, dass Sie für sich selbst die Chance nutzen. Sie sollten den Vorwurf der Industriespionage zerstreuen, wenn Sie können. Wenn Ihnen das nicht gelingt …«

Fang versuchte mit einem Blick zu seinen Schergen Wirkung zu erzeugen und senkte seine Stimme. » …würden wir Sie ansonsten auch wie eine Spionin behandeln müssen. Wissen Sie, ich möchte das gar nicht, aber Sie lassen mir dann keine andere Wahl.«

Judy verlangte nach etwas zu trinken. Der Glatzköpfige brachte ihr ein Glas Wasser, das Judy gierig an ihren Mund setzte. Nachdem sie es in einem Zug geleert hatte, kaute sie zunächst auf ihren Lippen. Zaghaft begann sie einen Erklärungsversuch. Sie schilderte ihren Kontakt zu Sparks am Collider in Dallas: »Ich sollte hier vor Ort im Collider recherchieren.«

»Sie wollten recherchieren? Was wollten Sie recherchieren?«

»Ich wollte Kontakt aufnehmen mit einem der Verantwortlichen, nur um die Vorwürfe der Spionage zu klären.« Dann schob sie hinterher: »Das verstehen Sie doch?«

Fang blickte gedankenverloren auf Judys Ausweis. Für einige Sekunden schien es, als ob er eine Antwort formulierte. Dann wandte er sich an den Glatzköpfigen und wechselte mit ihm einige Worte auf Chinesisch.

»Gut, wir werden der Sache nachgehen. Sie werden bis morgen bei uns zu Gast bleiben.«

Judy bemerkte die seltsame Wendung in Fangs Gesprächsführung und erwiderte: »Ich möchte mit meiner Botschaft sprechen.«

Fang nickte. »Wie Sie wünschen, Komusan wird das für Sie einrichten. Folgen Sie ihm bitte.«

Der Chinese begleitete Judy durch die Gänge des Hauses in ein dürftig eingerichtetes Zimmer. Nachdem er sie eintreten ließ, schloss er ohne ein weiteres Wort von außen die Tür.

Sie vernahm Kumusans höhnisches Lachen, und als der Schlüssel im Schloss umgedreht wurde, wurde ihr klar, dass sie gefangen war. Sie überlegte, durch Schreien auf sich aufmerksam zu machen, verwarf diesen Gedanken aber sofort wieder. Die Erkenntnis, dass sie ohnehin niemand hören würde, der bereit wäre, ihr zu helfen, rief in ihr ein Gefühl der Mutlosigkeit hervor. Längst hatte sie die Sinnhaftigkeit ihrer übereilten Abreise in Zweifel gezogen. Jetzt begann sie, ihren Entschluss zu bedauern, die Reise überhaupt angetreten zu haben.

Judy blickte aus dem Fenster. Die Dämmerung hatte bereits eingesetzt. Der kahle Innenhof, auf den das Fenster den Blick freigab, machte auf sie den trostlosen Eindruck eines Kasernenbaus, dessen Fensterrahmen wie dunkle Löcher die lautlosen Schreie vieler Münder formten. In dieser Einöde fanden sich keinerlei Anpflanzungen, die einen Hauch von Freundlichkeit oder Zierde hätten andeuten können.

Sie sank auf einem Stuhl nieder und blickte auf die Tür, deren Schlüsselloch sich ihr wie der Mund eines Versprechens präsentierte, sie aus dieser Kammer nicht mehr entkommen zu lassen. Nach einiger Zeit des Verharrens überlegte Judy, welche Maßnahmen sie gegen die offensichtliche Gefangennahme ergreifen konnte. Sie dachte an Flucht. Ihr kamen Gedanken von Gefangenen in fernöstlichen Gefängnissen in den Sinn. In schauerlichen Bildern malte sie sich gepeinigte Kreaturen aus, die sich über diverse Malträtierungen, an Geist und Körper gebrochen, irgendwann schließlich doch ihrem Schicksal ergaben.

Nach einigen Stunden, lange nachdem Judy ihren Gedanken an Flucht bereits wieder verworfen hatte, öffnete sich die Tür. Komusan brachte Judys fehlenden Schuh und Mineralwasser. Sie begann sofort mit Schimpftiraden, mit denen sie bei dem Chinesen jedoch keinerlei Reaktion erntete. Stattdessen warf Komusan ihr eine Blue-Ray Disc auf den Tisch. Grinsend zog er sich zurück und verschloss wieder die Tür.

Nachdem die Schritte im Flur verhallt waren, nahm die Journalistin die Disc in die Hand und unterzog sie einer kurzen Prüfung, dann blickte sie sich um. An der gegenüber liegenden Wand erspähte sie einen Fernsehbildschirm. Ins Mauerwerk eingelassen, fehlten Kabel und weitere Peripheriegeräte. In dem metallenen Rahmen, der den Bildschirm umgab, ertastete sie schließlich einen Schlitz. Dort schob sie die Disc hinein. Nach wenigen Sekunden startete die Aufnahme, die zunächst einen Mann zeigte. Er kniete. Ein Sack aus Jute, der sein Gesicht verhüllte, wurde ihm von einem Soldaten vom Kopf gerissen. Die Kamera zoomte nun näher, sodass Details sichtbar wurden. Sein Antlitz, übersäht von Spuren der Gewalt, schockierte die Journalistin. Die zerrissene Hose hing in Fetzen hinab und seine blutigen Knie wiesen Spuren einer Folterung auf. Sie erkannte das Gesicht von Chang, dessen Augen sich weiteten und auf ein Ereignis außerhalb des Bildausschnitts gerichtet zu sein schienen. Er stieß einige Worte in seiner Landessprache aus, die Judy nicht verstand. In dem Moment, als er die Hände schützend vor sein Gesicht warf, erfasste sie jedoch die Situation in ihrem ganzen Schrecken. Zwei Hunde stürzten sich auf Chang und rissen ihn zu Boden. Schockiert beobachtete die Journalistin die Tiere, die wie hungrige Bestien über den Chinesen herfielen. Zuerst zerrten sie an seiner Kleidung, die bald zerrissen den Blick auf den nackten Körper zuließ. Durch das Gewicht der Hunde kam Chang ins Straucheln und ging zu Boden. Mit den Armen versuchte er, die auf- und zuschnappenden Kiefer der Tiere abzuwehren. Nach kurzer Zeit hing ihm die Haut an den Armen in Fetzen herab. Schwächer und schwächer wurde seine Gegenwehr, bis die durchtrennten Sehnen die Muskelkontraktionen nicht mehr zu koordinieren vermochten. Schließlich hatte sich einer der Hunde mit seinem Maul in Changs Hals verbissen. Wenige Sekunden später erstarben auch Changs letzte Bewegungen.

Die Aufnahme endete. Judy starrte mit geöffnetem Mund auf den Bildschirm, der sich automatisch abschaltete. Sie zitterte am ganzen Körper. In ihren Augenwinkeln sammelten sich Tränen, die sie mit den Fingern wegwischte. Immer wieder blickte sie zum Fenster. Die Nacht hatte begonnen. Mit wackligen Knien schritt sie zum Tisch, auf dem sie sich abstützte. Sie griff zur Wasserflasche und löschte ihren Durst. Danach inspizierte sie die Tür. Ihr Blick fiel auf das Sicherheitsschloss. In diesem Augenblick wünschte sie sich in Kinofilme vergangener Zeiten hinein, in denen Frauen noch Haarnadeln trugen und damit Türen öffnen konnten.

Judys Aufmerksamkeit richtete sich auf ein kaum hörbares, sich in ihre Ohren einschleichendes Geräusch. Es war ein leises Zischen, kaum zu vernehmen, erweckte aber den Anschein, aus dem Inneren des Zimmers zu kommen.

Als Judy die Quelle des Geräuschs zu identifizieren begann, lokalisierte sie nach einigem Suchen an der Wand eine Erhebung. Das Rauschen nahm zu. Wenig später inspizierte sie gebückt ein nur wenige Inch großes Rohr, welches abgesägt mit der Wand abschloss. Sofort stieg ihr ein stechend süßlicher Geruch in die Nase, der sie zurücktaumeln ließ. Sie schaffte es nur noch bis zum Tisch in der Mitte des Raumes. Dann knickte sie in den Knien ein und fiel bewusstlos zu Boden.

In seinem Büro verfolgte Venathaer die Reportage eines Senders im TV. Es waren Bilder aus seiner Heimatstadt Boston, die von einem gehetzt wirkenden Reporter kommentiert wurden. Die Reportagen überboten sich mit immer dramatischeren Bildern über Geschehnisse in den Metropolen. Rauchende Autos und Trümmer von Gebäuden dokumentierten eine Katastrophenlage, die auch Boston seit Menschengedenken nicht erlebt hatte. Die Stimme des Reporters vermochte sich nur undeutlich gegen das Geheul von Polizeisirenen und den Rotorenlärm der Hubschrauber durchzusetzen.

»Es ist ein Weltuntergangsszenario«, beeilte sich der Reporter zu sagen, bevor eine Eskorte von Polizeifahrzeugen an ihm vorbeidonnerte und er pausieren musste.

»Auch die vielen Einsatzkräfte können die Heerscharen von Creeps nicht mehr bändigen, die mordend und plündernd durch die Straßen und entlang des Charles River ziehen. Boston gleicht einer Geisterstadt. Die wenigen verbliebenen Anwohner, zumeist Alte und Kranke, versucht das Militär noch zu evakuieren. Aber es wird für die Hilfskräfte zunehmend gefährlich. Überall treffen sie auf Creeps, die sich in den Häusern verschanzt haben.«

Der Reporter wies auf ein großes Gebäude im Hintergrund. Die Einspielung wechselte zu einer mit Blumen geschmückten Hochzeitskutsche. »Hier im Rathaus, wo noch vor wenigen Wochen Paare getraut wurden und Beamte ihre Verwaltungsgeschäfte tätigten, gibt es nur noch verwaiste Büros. Die Arbeit der Beamten, die Boston noch am Leben hielt, ist beendet.«

Bilder von zerborstenen Fensterscheiben ganzer Straßenzüge ließen die Zerstörung erkennen, der die Stadt anheim gefallen war.

»Wir wissen nicht, wie lange wir uns hier noch aufhalten können. Es wird wohl unsere letzte Übertragung sein. Wir sind verzweifelt.« Mit den Worten »Gott schütze Amerika«, brach der Reporter die Live-Schaltung ab.

Venathaer hatte einen Schrank geöffnet und bediente an der dahinter befindlichen Safetür das Tastaturfeld. Nachdem er die Kombination eingegeben hatte, schwenkte er die stählerne Panzertür zur Seite. Bündel von Banknoten verschiedenster Währungen türmten sich in drei unterteilten Fächern. Der Forscher nahm die Geldscheine auf und warf jedes der Bündel in einen bereitgestellten Koffer. Die Tür zum Safe ließ er offen stehen. Dann wählte er eine Nummer auf seinem Mobiltelefon.

»Sind Sie unten?«, fragte er. »Okay, schaffen Sie mir Pruitts Garde vom Leib und warten Sie in der Halle auf mich.«

Dann verließ er sein Büro. Auf dem Weg zum Fahrstuhl blickte Venathaer auf seine Uhr. Als er den Fahrstuhl betrat, beobachtete er die Zahlen der Stockwerkanzeige. Er fuhr dem Erdgeschoss entgegen, bis sich die Tür öffnete. Die Halle lag ruhig vor ihm, als hätte der tägliche Betrieb ein abruptes Ende gefunden. Venathaer durchschritt die Halle und zog seinen Trolley hinter sich her. Ein Blick zur Seite des Empfangstresens ließ ihn den Körper einer im Stuhl zusammengesunkenen Frau erkennen. Er bemerkte ihre unnatürliche Haltung, die Füße weit von sich gestreckt. Am Ende der Halle hatte sich eine Gestalt in der Nähe des Ausgangs postiert. Sie reckte eine silberne Automatikpistole mit Schalldämpfer in die Höhe und schien den Forscher zu erwarten.

Durch die Drehtüranlage erreichte Venathaer das überdachte Eingangsportal. Über drei am Boden liegende Soldaten trat er hinweg und steuerte forsch den vor dem Eingang geparkten Bentley an. Als er einstieg, blickte er zu der schwarz glänzenden Glasfassade zurück. »Gute Arbeit«, raunte Venathaer dem Mann mit der Waffe zu. »Und jetzt schaffen Sie mir einen Kontakt zu Magool und zwar möglichst schnell.«

Upper Bay New York, zur selben Zeit auf der Fähre

Der Schmerz, der Fethers übermannte, ließ ihn die Augenlider zusammenpressen. Er schmeckte sein eigenes Blut. Während seine Zunge vorsichtig den Schnitt im Mundwinkel abtastete, hakten zwei Männer ihre muskulösen Arme unter seinen Achseln ein. Sie schleiften den Soldaten in einen Raum abseits der

Gruppe, die sich dabei geisterhaft still verhielt. Unsanft stießen ihn die Creeps in Richtung einer Couch, in die sich Fethers stolpernd hineinfallen ließ. Dann traf ihn mitten ins Gesicht ein Schlag, der ihm die Sinne raubte.

Als Fethers wieder die Augen öffnete, wusste er nicht, wie lange er bewusstlos gewesen war. Er begann, die Umgebung zu erkunden. Lampen in kleinen Metallkästchen, wie er sie von Baustellen kannte, verbreiteten am Boden ein warmes, jedoch extrem helles Licht. Das Kabelgewirr ließ den Raum wie ein eilig eingerichtetes Lager wirken. Nur langsam gewöhnte er sich an die Leuchtkraft der Zweihundertwatt-Strahler. Sein Blick fiel auf leere Regale an den Wänden, darunter befanden sich aufgestapelte Kartons mit chinesischen Aufdrucken. Durch das Fenster sah er den Hudson River. Nur schemenhaft erspähte er in der Ferne die noch immer beleuchtete Freiheitsstatue.

Der Soldat ließ sich von einem der beiden Wachmänner ein Taschentuch reichen und bat darum, die Fesseln an seinen Handgelenken zu lockern. Nachdem einer der Biker die Handschellen gelöst hatte, presste Fethers sich das Taschentuch auf die Wunde. Die mit Blut benetzten Finger verschmierten sein Gesicht.

»Gib ihm die Tabletten, ich geh mal draußen eine rauchen«, sagte der Größere der beiden Wachmänner. Als er den Raum verlassen hatte, wandte sich der verbliebene Biker den Kartons an der Wand zu.

»Ich heiße Settler, merk dir meinen Namen.«

Fethers antwortete nicht. Er betastete noch immer die Schnittwunde an seinem Mundwinkel. Settler kramte in einem der Kartons und zog eine kleine Faltschachtel hervor. Er öffnete sie, holte die in Aluminium verpackten Pillen heraus und drückte fünf Kapseln aus der Kunststoffverpackung. Zwei davon stopfte er sich selbst in den Mund.

»Hier, schluck das. Und wehe, du machst Schwierigkeiten.« Settler legte dem Marine drei Kapseln auf den Tisch.

»Keine Angst. Das Zeug nehmen hier alle, auch du wirst es überleben. Los, schluck die Tabletten!«

Fethers nahm die Kapseln auf und betrachtete sie in der Handfläche. Dann schleuderte er sie durch den Raum. Inzwischen hatte auch Tollman das Zimmer betreten. Er trat auf den Marine zu, packte ihn am Kragen und zog ihn zu sich hoch. In diesem Augenblick ließ Fethers seine beiden Hände vorschnellen. Sie packten Tollman am Nacken. Der Kopf des Marines schnellte nach vorne und traf den Biker mit einer Kopfnuss an dessen Nase. Tollmann stieß einen Schmerzenslaut aus und kippte zurück. Schon war der ausgebildete US-Soldat über den Tisch gesprungen und packte auch den schwergewichtigen Settler, dem für eine Reaktion keine Zeit mehr blieb. Er wurde mit dem Gesicht voraus gegen die Wand und dann zu Boden geschleudert, wo er benommen liegenblieb. Währenddessen hatte sich Tollman vom Boden aufgerappelt. Er hechtete auf Fethers zu und riss ihn mit seinem Gewicht um. Nun kam auch Settler wieder auf die Beine und eilte seinem Kollegen zu Hilfe, der den US-Marine zu würgen begann. Settler stellte sich aufrecht hin und trat auf den am Boden liegenden Marine ein. Wenig später, als Fethers alle Bewegungen einstellte, lockerte Tollman den Griff, während der Stiefelabsatz von Settler noch einmal Fethers Gesicht traf.

»Bring ihn nicht um«, raunte Tollman. »Hör auf!«

Zusammen zogen sie den halb bewusstlosen Marine hoch und warfen ihn in einen Sessel.

Settler öffnete erneut eine Faltschachtel und presste aus der Aluminiumfolie drei Kapseln heraus. Dann packte er den Marine am Kinn und schob ihm die Kapseln in den Mund. Fethers, der sich verschluckte, begann zu husten und spuckte sie wieder aus.

Noch einige Male wiederholte Settler die Prozedur, bis Tollman den pulverisierten Inhalt von sieben Kapseln direkt in

Fethers' Mund schüttete. Settler presste Fethers' Unterkiefer solange zusammen, bis die Gegenwehr des Marines erlahmte. Fethers schluckte, hustete wieder und verzog das Gesicht. Wieder versuchte er, Reste der Substanz auszuspucken, aber seine Bewegungen erstarben bald.

»Das müsste reichen«, sagte Tollman. »Es hat bisher noch jeden gefügig gemacht. Auch so einen Rambo wie dich.«

Der US-Marine wurde ruhiger. Die beiden Biker blickten sich an und nickten sich zu. Fethers beschrieb mit seiner Rechten eine rudernde Geste in der Luft, als wolle er Nebelschwaden durchdringen. Dann sank sein Arm wieder auf die Sessellehne. Seine Bewegungen erlahmten, die Droge manipulierte zunehmend sein Bewusstsein. Sekunden später fixierte er mit leerem Blick die Kisten an der Wand. Sie schienen vor den Augen des Soldaten zu fließen und sich zu geometrischen Figuren zusammenzusetzen. Tollman griff Fethers bei den Haaren und öffnete mit den Fingern dessen Augenlider. Starr und geweitet präsentierten sich die Pupillen. Fethers Gegenwehr war erloschen, sein Widerstand gebrochen.

Präsident Woodford hielt sich zu diesem Zeitpunkt im Weißen Haus im Bürotrakt des Gebäudes auf. Vor wenigen Minuten hatte die Pressekonferenz im East Room unter dem Gemälde von George Washingtons stattgefunden. Der Präsident nahm wieder im Sessel hinter seinem Schreibtisch Platz, als ihn ein Anruf erreichte.

»Richard? Ich bin's Jack. Du ahnst nicht, was hier bei uns los ist.« In der Stimme des Finanzministers Jack Phillip Hewitt, der in der Presse immer nur J.P. genannt wurde, schwang eine Verzweiflung mit, die Woodford an ihm bisher nicht kannte.

»Hast du etwa deine Spekulanten entlassen, weil sie wieder reihenweise Milliarden in den Sand gesetzt haben?«, entgegnete Woodford. »Also das wäre nichts Neues.«

»Schlimmer, viel schlimmer. Nachdem die Exchange in Tokyo geschlossen hat, mussten wir soeben nachziehen. Es ging nichts mehr.«

»Was meinst du damit?«

»Ich meine damit, dass wir zugemacht haben. Aus und vorbei!«

»Was soll das heißen?« Woodford wurde nervös.

»Das heißt, dass die Kurse ins Bodenlose gefallen sind. Schlimmer als im Oktober 87. Dagegen war am Schwarzen Freitag damals Jubelstimmung.«

»Und jetzt? Wie willst du das unter Kontrolle bringen?«

»Keine Ahnung.«

»Haben wir noch eine Chance, die Entwicklung zu stoppen oder umzukehren?«

»Zurzeit wollen alle verkaufen. Die schmeißen mehr auf den Markt, als es in den ganzen verdammten Staaten an Aktien gibt. Wenn wir eine Chance gehabt haben, dann haben wir wohl den Zeitpunkt verpasst«, erklärte Hewitt.

»Zum Teufel, Jack. Was willst du jetzt tun?«

»Jetzt bleibt uns nur noch, mit einer Meldung an die Presse zu gehen, um Zeit zu gewinnen. Vielleicht behaupten wir, dass wir vorsorglich schließen mussten, erstmal nur vorübergehend. Aber wenn wir diesen Wahnsinn mit den Creeps nicht unter Kontrolle bringen, dann ... ich weiß auch nicht. Ich bin am Ende, Richard.«

»Verdammt, Jack! Wir haben bereits die Nationalgarde eingesetzt. Nur fürchte ich, in New York ist die Lage selbst mit denen nicht mehr kontrollierbar.«

»Was schlägst du vor?« wollte der Finanzminister wissen.

Woodford antwortete mit einer Gegenfrage: »Wie reagieren denn unsere europäischen Freunde?«

»Völlig unterschiedlich. Italien hat so gut wie gar keine Probleme, aber in den Niederlanden hat bereits ein Exodus begonnen. Die Massen fliehen nach Deutschland und Frankreich.«

Hewitt führte weiter aus, dass die Börsen in Europa noch in der Nacht geschlossen hatten, obwohl sich die Sicherheitslage aufgrund nur geringer Vorfälle weitaus entspannter zeigte als beispielsweise in den USA. Der Finanzminister führte es auf vorsorgliche Maßnahmen gegen Spekulationen und Kursverluste zurück, ließ aber auch die Einschätzung einer weltweiten Krise erkennen, die nun zum Kollaps aller westlichen Wirtschaftssysteme führen konnte.

Hewitt seufzte. »Mir macht noch was anderes Sorgen. In den Banken Manhattans liegen Billionen an Bargeld. Von den Wertpapieren ganz zu schweigen. Ich weiß nicht, wie wir die da raus kriegen sollen.«

»Manhattan ist isoliert. Die Lage dort ist noch überschaubar. Einsatzkräfte halten den Holland Tunnel, aber niemand weiß, wie lange noch. Die Creeps kommen jetzt mit Booten.«

»Mein Gott, Richard, wie konnte es soweit kommen?«

Woodford entgegnete: »Unsere Kontrollen haben versagt. Wir kannten die Regeln. Die Regelmechanismen müssen immer mindestens so groß sein wie die Komplexität des Systems selbst, und wir haben alles einfach laufen lassen. Wir wussten das und hätten Stabilität garantieren müssen. Die Grundregel kannten wir nicht erst seit der Bankenkrise. Jetzt weiß ich nicht mehr, was ich den Menschen da draußen noch sagen soll.«

»Regelungsmechanismen so komplex wie das System selbst? Etwa noch mehr Administration aufbauen? Dann können wir wirtschaftlich gleich einpacken. Die neuen Märkte in China oder Indien hätten uns das nicht verziehen.«

»Nein, aber genau das bricht uns jetzt den Hals. In Queens brennen die Häuser, wir verlieren gerade New York.«

»Die Finanzkrise hat uns auch nicht zerstört. Wir haben es jedes Mal geschafft«, versuchte sich der Finanzminister in Optimismus.

»Ja, aber damals brauchten wir auch die Nationalgarde nicht.«

Der Finanzminister redete nun seltsam abgeklärt: »Ich würde sagen, wir haben es momentan mit dem größten anzunehmenden Ereignis von *Complexity Missmatch* zu tun, und unser System fährt gerade so richtig vor die Wand.«

»Verdammt, wir könnten in die größte Krise kommen, die die Welt je …« Woodford stockte.

»Richard, wenn du mich fragst, ich fürchte, wir sind bereits mittendrin.«

Altai, Asien, am selben Tag

Judy erwachte aus einem langen traumlosen Schlaf und fand sich im Sitz eines Flugzeugs wieder. Ihre Augen schmerzten vom Sonnenlicht, das ungefiltert durch das Fenster auf ihr Gesicht traf. Sie streckte ihren Arm aus und zog den Sichtschutz herunter. Auf ihrem Handrücken kribbelte es, als ob sie Tausende von Ameisenbeinen mit ihren winzigen Klauen malträtieren würden. Judy rieb sich über die juckende Haut.

Erst jetzt erblickte sie Fang, der neben ihr saß. Er blätterte in einer Zeitschrift. Nur langsam drehte sie ihren Kopf zur Seite und hatte dabei das Gefühl, dass ein Gegengewicht versuchte, ihn wieder in die Gegenrichtung zu drehen. Ihre Lippen fühlten sich trocken an. Einen ebenso trockenen Lappen in ihrem Mund identifizierte sie als ihre Zunge. Es dauerte eine gefühlte Ewigkeit, bis sie ihre Augen wieder vollständig geöffnet hatte.

Sie fragte nach einem Glas Wasser. Wenige Minuten später brachte ein Steward Getränke. Nachdem die Reporterin ihren Durst gestillt hatte, spähte sie durch den Spalt der Sitzreihe vor ihr. Nur einen der Sitze fand sie belegt.

»Reisen wir hier in einer leeren Maschine?«, fragte Judy

mit schwacher Stimme. Erst jetzt bemerkte sie, dass sie sich die Wange mit ihren Backenzähnen blutig gebissen hatte.

»Schonen Sie sich noch, Sie haben es nötig«, vernahm sie die beruhigende Stimme von Fang.

»Was ist mit mir passiert?«

»Sie hatten einen Zusammenbruch. Wir mussten Ihnen helfen.«

Judy versuchte sich zu erinnern, aber ihre Gedanken empfand sie wie vorbeieilende Schatten, deren Sinn und Bedeutung sie nicht sofort zu erfassen vermochte. Es schien ihr, als würden sie mit einer Verzögerung von mehreren Sekunden erst langsamer werden, bis sie dann schließlich doch das Zentrum ihres Verstehens im Gehirn erreichten, um ihre bedeutungsvolle Fracht abzuladen.

»Einen Zusammenbruch?«, ließ sie leise verlauten. »Wo bringen Sie mich hin?«

»Es ist nicht wichtig. Machen Sie sich keine Sorgen, Miss van Cleeve. Sie sind in Sicherheit.«

Judy starrte vor sich hin. Immer noch juckten ihr Handrücken, ihre Arme und auch ihre Beine, die ihr so schwer erschienen, als würden sie von Gewichten am Boden gehalten. Der Geruch von Veilchen stieg ihr in die Nase. Es war ein Geruch, mit dem sie die Farbe Violett assoziierte. Sie schloss wieder die Augen und lauschte dem Dröhnen der Triebwerke.

Leighland wählte eine Nummer, die er sich auf einem Zettel notiert hatte. Nachdem das Signal mehrere Sekunden lang ertönt war, erhielt er eine Verbindung.

»Ja?«, vernahm er die dunkle Reibeisenstimme, die er erwartet hatte.

»Ich dachte es mir.«

»Was dachten Sie sich?«, klang es ihm entgegen.

»Die Stimme vom Scotch verätzt und sicherlich noch der Eis-am-Stiel-Junkie, so wie ich Sie kenne! Lassen Sie mich raten.

Wohnen Sie immer noch in Onkel Toms Wellblechhütte?« Leighland schien sichtlich erfreut. Die Stimme am anderen Ende stockte. Ein Schnaufen war zu hören.

Leighland wartete eine Antwort gar nicht erst ab und sagte: »Ich stelle Sie mir gerade vor: Wie damals im Schaukelstuhl sitzend auf Ihrer Veranda. Mit einer Flasche Bier in der Hand verscheuchen Sie die Fliegen und zählen die fünf Autos, die vielleicht bei Ihnen pro Woche vorbeifahren.«

»Ach nein, jetzt hab ich es! Der Bergkletterer«, kam es spöttisch zurück. »Wie war noch Ihr Name? Lillhand oder Leighand?«

»Leighland! Aber gar nicht schlecht für einen, der immer schon mehr Bier als Wasser getrunken hat«, entgegnete der Professor.

»Ich erinnere mich. Die Geschichte im Ruwenzori(9). Haben Sie wieder einen Telepathen an den Hacken kleben oder sind es vielleicht jetzt entlaufene Monster aus einem Dschungelexperiment?«

»Nein, diesmal nicht. Sieht aus, als wäre es was Ernsteres.«

»Was Ernsteres?« Leighlands Gesprächspartner brach in gequältes Gelächter aus.

»Mann, Leighland, ich hab' Sie damals in der Halle halb zerlegt aus Quentins Fängen befreit. Wir sind mindestens dreimal fast abgeknallt worden. Dann haben Sie mich in diesem gottverdammten Goma auf den höchsten Gipfel der Welt geprügelt. Nicht zu vergessen die Moskitos, die mich bei lebendigem Leib gefressen haben. Und jetzt reden Sie von was Ernsterem?« Er rülpste. »Gott, bleiben Sie mir vom Leib, Leighland. Verschwinden Sie besser in das vergessenste Kaff am Ende dieser Welt, weit weg von hier.« Er stockte. Dann schob er hinterher: »Und überhaupt ... ich hasse Berge.«

»John, Sie vergessen wohl nie, was? Außerdem ist der Ruwenzori nicht der höchste Gipfel der Welt.«

»Professor, wenn ich irgend etwas in meinem Leben nicht wissen will, dann, wie es auf dem höchsten Berg aussieht und wie man da hin kommt.« John verfiel in kratziges Gelächter.

»Verstehe. Wie geht es übrigens Ihrem Haus?« Leighland rief sich vor seinem geistigen Auge die Bilder aus vergangenen Zeiten in Erinnerung. »Wohnen Sie immer noch in dieser wurmstichigen Ruine, die seit Tutanchamuns Zeiten keinen Anstrich mehr gesehen hat?«

John entgegnete entspannter: »Ja. Im Obergeschoß habe ich ein paar Bretter dran nageln müssen, aber ansonsten steht alles noch. Aber Sie rufen doch nicht wegen den alten Zeiten an, Professor. Worum geht's?«

Der Professor kam zum Punkt. »John, wenn es um eine wirklich wichtige Sache ginge, eine Sache zum Beispiel, von der das Schicksal der Menschen in Dallas, eventuell der ganzen Menschheit, abhinge, was würden Sie tun? «

»Nichts. Die Frage stellt sich für mich nicht.«

»Könnten Sie sich vorstellen, mir zu helfen?«

»Warum sollte gerade ich Ihnen helfen? Sie haben seit der Ruwenzori-Affäre doch die Nummer von Kelley beim DIA. Kelley hat Sie damals doch auch nicht hängen lassen.« Kelley war der Chef der Defense Intelligence Agency, einer Organisation, welche die Erkenntnisse der jeweiligen Nachrichtendienste von Army, Navy, Air Force und Marine Corps zusammenführte.

»Vielleicht brauche ich einen wie Sie, der, sagen wir mal, Sachen unkonventionell anpackt. Außerdem haben Sie den besseren Kontakt zum DIA-Chef. Ich mache Ihnen einen Vorschlag: Lassen Sie uns reden. Danach sagen Sie mir dann, ob Sie helfen wollen oder nicht.«

»Sagen Sie, was los ist«, erwiderte John spürbar genervt.

»Ich kann Ihnen das nicht am Telefon erklären. Fünf Minuten Ihrer Zeit. Deal?«

»Also gut. Deal! Fünf Minuten.«

»Morgen bei Ihnen, Pecks Pond?«

Dem Professor schallte nur noch ein »Okay. Deal!« entgegen, dann legte John auf.

Zwei Stunden später meldeten Sicherheitskräfte im Collider Besuch. Kurz darauf öffnete sich die Tür der Schaltzentrale des Kontrollraums. Stockton und General Pruitt traten ein. Sie steuerten direkt auf Leighland zu.

Pruitt kam ohne Umschweife zum Thema. »Professor, spielen Sie kein falsches Spiel mit uns! Ich warne Sie!«

Als eine Reaktion Leighlands auf das Gesagte ausblieb, wurde Pruitts Ton schärfer. »Pendergast hat uns über Ihren geplanten Alleingang informiert.« Der General blickte zum Colliderchef, der beschwichtigend die Hände hob und seine Worte an Leighland richtete.

»Jim, ich hielt es für richtig.«

»Wir sollten alles vermeiden, was zu unnötige Risiken führen könnte. Die Entscheidungen dazu treffe ich«, stellte Pruitt die Machtverhältnisse klar. »Ich verlange künftig von Ihnen, jederzeit über die Dinge informiert zu werden. Und zwar lückenlos. Sie tun nichts mehr ohne unsere Einwilligung! Haben wir uns verstanden?«

Die Gestik des Professors signalisierte Einverständnis, aber sein Blick verriet Skepsis.

Pruitt war noch nicht fertig. »Um was geht es hier eigentlich genau? Was ist das für ein Element, von dem Pendergast sprach?« Leighland berichtete über die Gespräche mit seinem russischen Kollegen Katchenko und dessen Bereitschaft, das Element zum Kontrollieren des Schwarzen Lochs nach Dallas zu bringen. »Wir haben es hier mit einer Schwerkraftanomalie zu tun. Das bedeutet, dass wir vielleicht mit einer proportional entgegengerichteten Schwerkraft etwas bewirken können. Soweit die Theorie«, erklärte Leighland.

»Können Sie das mal ein bisschen verdeutlichen?« Pruitt verstand nichts von der Materie und zeigte sich sichtlich genervt. Der Professor erklärte es ihm anhand eines Vergleiches: »Wissen Sie, warum Schiffe vorne am Bug eine verdickte Spitze haben?«

»Nein, aber wie ich Sie kenne, liefern Sie die Erklärung gleich nach.«

»Wenn ein Körper durch Wasser gleitet, entsteht eine Bugwelle. Das verlangsamt die Geschwindigkeit des Körpers, auch wenn Sie den Bug noch so spitz bauen würden. Die Verdickung sorgt für eine entgegengerichtete Welle, beide Wellen heben einander auf. Wir hoffen mit der entgegengerichteten Gravitation auf einen ähnlichen Effekt.«

»Dafür brauchen Sie also das Element«, verstand Pruitt.

»Es verfügt über genau die Schwerkrafteigenschaften, eine solche Bugwelle zu löschen.«

»Und wo befindet es sich?«

»In bedeutsamen Mengen am MIPT in Russland.«

»Wo genau?«

»Bei Professor Katchenko. In einem Labor, in dem es angereichert wird.«

»Okay, Professor, das hat sich damit für Sie erledigt«, sagte Pruitt. »Sie brauchen das Zeug hier vor Ort, aber wir werden das über unsere Kanäle regeln. Sie halten hier die Füße still.«

In diesem Augenblick stürzte Sparks in den Raum. Nassforsch drängte er sich an den Militärs vorbei und lief schnurstracks auf Leighland zu.

Er stammelte: »Professor, sie haben Judy.«

»Wer hat Judy?«

»Die Chinesen haben Judy, und jetzt erpressen sie uns mit der Herausgabe des Elements. Ich hatte gerade einen der Entführer am Apparat.«

Pruitt unterbrach die Konversation. »Wer in drei Teufels Namen ist jetzt Judy? Habe ich da was verpasst?«

Stockton antwortete: »Judy ist Sparks' Freundin, wir stießen auf sie, als wir ihn überprüften. Unseren Informationen nach hat sie das Land verlassen.«

Frease, der nicht allzu weit abseits stand, feixte. »Na, dann schließt sich ja der Kreis. Vermutlich haben Sie und Ihre sauberen Freunde die Industriespionage in China angeschoben. Sicher ist diese Judy auf den Weg dahin. Es scheint, dass die Sache langsam klarer wird.«

Sparks protestierte: »Das ist nicht wahr! Sie flog nach Hengshui, weil sie mir helfen wollte, die ganze Sache aufzuklären. Judy hofft, die Verantwortlichen für den Spionagevorfall zu finden.«

»Ich glaube eher, sie macht sich aus dem Staub. Versorgt mit Informationen aus unserem Collider, die Sie ihr gegeben haben«, giftete Frease.

Der General spreizte in Schulterhöhe beide Hände und setzte ein verwundertes Grinsen auf. »Schluss jetzt, ich habe für so etwas keine Zeit!«

Sparks entgegnete: »Aber Judy ...«

»Das ist mir egal! Sie wird ihre Suppe selbst auslöffeln. Stockton, schieben Sie mir diese Kanaille aus dem Blickfeld.«

In Sparks Gesicht begann sich ein karminroter Farbton abzuzeichnen, jedoch blieb sein Protest stumm. Resignierend trat er zur Seite.

Pruitt gab nun Anweisungen im Kasernenton. »Pendergast wird uns den Kontakt zu diesem Katchenko geben, alles andere regeln wir. Und was Sie betrifft, Professor, Sie werden hier festwachsen. Ist das klar?«

Auch Leighland presste die Lippen aufeinander.

»Aber wir müssen ihr doch helfen!«, rief Sparks, während Puitt ihm sofort das Wort abschnitt.

»Wir werden alle unsere Aktivitäten hier bündeln und sie nicht für eine Geschäftemacherin irgendwo in China verschwenden! Was kümmert mich Ihre Freundin, Sie können das

Auslandsministerium um Hilfe bitten. Das geht auch auf diplomatischem Weg.«

Pruitt wandte sich um. »Und Sie, Stockton, besorgen sich Informationen, wie wir an dieses gottverdammte Element herankommen.« Der Sekretär nestelte verlegen an seiner Aktentasche und blickte entschuldigend in die Runde.

Als die Offiziellen mit Frease den Raum verlassen hatten, brach es aus Sparks heraus: »Diese verdammten eiskalten Schweine!«

Mit seinem Ausbruch erntete er bei seinem Mentor nur Kopfschütteln. »In einem Punkt hat er Recht, das Element brauchen wir hier«, entgegnete Leighland. »Karel, hast du eine Idee?«

»Wenn wir das Zeug nicht schnellstens bekommen, werden wir hier nichts mehr ausrichten können«, entgegnete Pendergast.

Sparks stand stocksteif. Sein ganzer Körper formulierte einen einzigen Ausdruck des Vorwurfs: »Aber wir können Judy doch nicht einfach in China verrotten lassen! Immerhin hat sie versucht, für uns an Informationen zu kommen.«

»Sie wollte für Sie Informationen beschaffen, nicht für uns! Warum sollten gerade wir ihr helfen? Wir haben hier ganz andere Probleme!«, warf Pendergast ein. »Ich hatte klare Anweisungen gegeben, Telefonate anzumelden. Sie haben uns Ihren Alleingang verschwiegen.«

»Vielleicht hat sie wichtige Informationen für uns und Sie tun nichts, um ihr zu helfen.«

»Selbst wenn wir wollten, was sollten wir denn tun? Ich sehe keine Möglichkeit.«

Leighland hob beide Arme und spreizte den Zeigefinger, wie er es immer tat, wenn er den Weg aus einem ausweglosen mathematischen Paradoxon fand. »Karel, es gäbe eine Lösung.«

»Und welche?«

»Morgen treffe ich einen alten Bekannten, nicht weit entfernt von New York. Aber zuerst muss ich wissen, dass ich auf deine Loyalität zählen kann und du mir bei Pruitt nicht in den Rücken fällst.«

Pendergast zögerte. »Keine Alleingänge, Jim! Du hast doch gehört, was Pruitt gesagt hat.«

Sparks fuhr flehend dazwischen: »Pendergast, bitte! Wir müssen Judy helfen!«

»Kommt gar nicht in Frage! Jim, willst du etwa wegen seiner Freundin unnötig das Projekt gefährden?«

»Wir brauchen das Element hier, aber vielleicht hat Judy Erkenntnisse aus Hengshui, die uns helfen. Sie ist vielleicht im Collider gewesen.«

»Wie willst du überhaupt hier wegkommen, Jim? Es gibt keine Flüge mehr. Du brauchst nur die Nachrichten zu hören, um zu erkennen, dass es ausweglos ist. Und was ist, wenn du tatsächlich rauskommst, es aber keinen Rückflug mehr gibt? Alleine schaffe ich das alles hier nicht.«

»Es ist nicht ausweglos. Ich weiß einen Weg«, stellte Leighland klar.

Sparks insistierte: »Bitte, geben Sie Ihr Wort, Pendergast!«

Schließlich knickte Pendergast ein. »Macht, was ihr wollt, wenn ich hier vor die Hunde gehe, wen kümmert das schon.«

»Es wird nicht lange dauern. Ich habe Unterstützung.«

»Geben Sie ihm sein Wort. Bitte, Chef«, flehte Sparks Pendergast an.

»Gut, okay. Du hast mein Wort. Aber sag mir verdammt nochmal, wie du von hier wegkommen willst?«

Leighland dachte an die Mind-Control-Affäre im Ruwenzori vor einigen Jahren. »Ich habe einen vertrauten Kontakt beim DIA. Vielleicht kennt er eine Möglichkeit, dorthin zu gelangen.«

Pendergast sank mit einem gequälten Seufzer auf einem Schemel nieder. Er schüttelte erneut den Kopf, während Sparks mit einem Freudenschrei aufsprang und in gewohnter Manier die Siegerfaust reckte.

Fethers hatte die Augen geschlossen. An seine Ohren drangen nicht zu lokalisierende Geräusche, die ihm eine Orientierung erschwerten. Er fühlte sich nicht schläfrig, aber eine nie gekannte bleierne Schwere hatte seine Glieder befallen, die ihm fortan nicht mehr so gehorchten, wie er es als trainierter Sportler gewohnt war. Der Versuch, mit seiner Hand etwas zu greifen, endete in einer absterbenden Bewegung seiner Arme. Schlaff und gefühllos baumelten sie zur Seite. Seine Zunge schmerzte und war angeschwollen. Wie ein aufgequollener Schwamm fühlte er sie zwischen den Zähnen und am Gaumen.

Zwei starke Arme hoben ihn von der Couch. Sein Unterbewusstsein rebellierte, und er versuchte, die Augen zu öffnen. Ein Reflex zwang ihn, sich zu erheben, aber alles um ihn herum verschwamm zu einer nicht näher zu beschreibenden Masse an Farben und Konturen. Die Steuerungssignale seines Willens ließen sich nicht auf die Muskeln übertragen, er bewegte sich wie ein Roboter, einen Fuß vor den anderen setzend.

Wie durch einen wabernden Nebel sah er eine Anzahl von Personen, die im Halbkreis vor ihm saßen. Ein Lichtpunkt stach daraus hervor. Als er ihn genauer betrachtete, identifizierte er ihn als den weißen Anzug Magools. Fethers sah, wie sich der Weißgekleidete erhob und auf ihn zusteuerte. Er nahm die zunächst noch unscharfen Gesichtskonturen des Anführers der Creeps wahr, die sich noch im Schatten befanden. Er sah in das reglose und starre Gesicht Magools, dessen Stimme ihn traf wie ein Keulenschlag. Es war jedoch nicht die Intonation oder die Lautstärke der Worte selbst, die ihn schockierten, sondern die Tatsache, dass sein Gegenüber nicht den Mund öffnete, ja nicht einmal die Lippen zu bewegen schien. Trotz alledem vernahm er Magool klar und deutlich. Im Licht des durch die Fenster dringenden Feuerscheins zahlreicher Scheiterhaufen sah Fethers nun das Gesicht des Dealers deutlicher. Blaue Kontaktlinsen spiegelten die Flammen der brennenden Scheite und verliehen Magool etwas Teuflisches. Fethers versuchte, einen Schritt zurück zu treten, seine Beine gehorchten ihm jedoch nicht mehr. Zwar hatte sein Unterbewusstsein noch Zugriff auf die Signale seiner Sinne, jedoch bohrte sich Magool tiefer und tiefer in seine Wahrnehmung, sodass seine Beeinflussung Fethers' ganzen Körper ergriff. Der Versuch, sich dieser Dominierung zu entziehen, endete in einem Zittern der Beine.

Magool umrundete seinen Gefangenen und setzte eine Sonnenbrille auf. Längst hatte er mittels der Droge Fethers' Bewusstsein geöffnet und transferierte seinen Willen. »Wer du bist, wissen wir nun. Es wird Zeit, dass du erfährst, wer wir sind.«

Magool stand in Fethers Rücken und gab telepatisch seine Anweisungen: »Alles, was du tust, wirst du künftig für uns tun. Du wirst es ohne Widerspruch tun. Du wirst es ohne jegliches Gefühl an deine Erinnerungen tun. Und du wirst Gefallen daran finden, weil du ein Teil von uns geworden bist. Hast du das verstanden?«

Fethers nickte. Trotz der Muskelanspannung des US-Marines, der seine ganze Kraft auf die Bewegung seiner Gliedmaßen konzentrierte, scheiterte die Umsetzung seines Willens letztendlich in einer für Fethers ungewohnten und frustrierenden Weise. Schließlich musste er erkennen, dass der Dealer die Kontrolle über seinen Körper vollständig übernommen hatte.

»Von nun an wirst du zu uns gehören. In unserer Gemeinschaft wirst du eine neue Identität finden, eine neue Aufgabe. Du wirst Stärke spüren, unermessliche Stärke. Sie lässt dich über dich selbst hinauswachsen und du wirst deine Grenzen überschreiten. Du wirst sehen, dass es für dich keine Grenzen mehr geben wird. Verstehst du das?«

Wieder nickte Fethers.

»Du wirst so kraftvoll sein, wie du es nicht einmal gewagt hast, dir vorzustellen. Und es wird nicht enden. Wir entwickeln uns immer weiter.«

Magool nahm sein Messer hervor und ließ die Klinge durch die Knopfleiste von Fethers blutgetränktem Hemd gleiten. Knöpfe sprangen ab und fielen zu Boden. Magool geriet in Euphorie.

»Niemals mehr wird dir ein Mensch Schmerzen zufügen können. Hörst du, du wirst keine Schmerzen mehr spüren, denn ich werde dir Frieden geben. Meinen Frieden.« Magool machte immer wieder kleine Pausen, während er auf den Marine einwirkte.

»Menschen werden dich nicht mehr stoppen können. Im Vergleich zu dir sind sie so unendlich klein geworden. Du wirst sehen, sie reduzieren sich zu kleinen unbedeutenden Ameisen, die du zertreten kannst. Denn du wirst sein wie ein Gott!«

Der Dealer ließ das Messer über die Brust des Marines gleiten und brachte ihm dabei eine etwa fingerlange Wunde bei. Keinerlei Reaktion zeichnete sich in den Gesichtszügen von Fethers ab. Ruhig und tief waren seine Atemzüge.

»Du gehörst zu uns«, vernahm er erneut die durchdringende Stimme Magools in seinem Kopf, wobei ihn ansonsten absolute Stille umgab. Starr blickte der Marine geradeaus. Lediglich das Knacken der brennenden Holzscheite drang von draußen an sein Ohr. Das Blut aus seiner Wunde tränkte Fethers Hemd, während Magool sich wieder seiner Horde zuwandte.

Steif und regungslos stand der Marine da, während der Ausdruck seiner Augen von einer entrückten Wahrnehmung zeugte. In dieser Pseudorealität gefangen, die sich fernab von allem abspielte, was bisher zu seiner Persönlichkeit gehörte, erweckte er den Eindruck eines auf der Bühne hypnotisierten Zuschauers. Magool setzte sich in die Mitte seiner Horde auf einen Diwan und betrachtete Fethers, als sei er eine von ihm neu erschaffene Kreatur. Er sah in ihm einen weiteren sklavisch ergebenen Mitstreiter, der ihn bei seinen Plänen einen großen Schritt voranbringen würde.

Magool hob seine Arme, während seine Anweisung mental in die Gehirne der Anwesenden drang. »Heute haben wir Queens unter Kontrolle gebracht, morgen ist es ganz Manhattan. Und übermorgen Washington.«

Tollman heizte die Menge auf: »Und wann gehört uns ganz Amerika?«

Magool setzte seine Sonnenbrille wieder ab. Die blauen Kontaktlinsen verbreiteten ein geisterhaft unwirkliches Leuchten, als er erklärte: »An dem Tag, an dem Präsident Woodford sterben wird.«

Collider Dallas, 25. Juli, acht Tage nach der Alphastabilität

Johns whiskeyverätzte Stimme entlockte Leighland ein Lächeln. John hatte sich mit Kelley, dem DIA-Chef, abgesprochen, der sich seinerseits in den zurückliegenden Stunden erfolgreich für den Professor um Hilfe bemüht hatte.

»Deine Story hat Kelley offenbar interessiert«, meinte John. »Sie haben beim DIA entschieden, dir zu helfen. Es ist schon eine Menge für dich organisiert. In ein paar Stunden wird man dich abholen und zu mir bringen. Von hier aus erhalten wir dann weitere Anweisungen.« Dann legte John auf.

Es verstrichen keine vier Stunden, bis sich unter ohrenbetäubenden Lärm dem Collidergelände in Dallas ein Fluggerät näherte, das sich mit seiner raubvogel-gleichen Silhouette aus der Höhe langsam absenkte. Es näherte sich mit zu Boden gerichteten Triebwerken und landete schließlich fauchend nicht weit vom Eingang der Forschungsanlage.

Pendergast, der mittlerweile durch Sicherheitschef Frease über den unerwarteten Besuch informiert worden war, schritt mit aufgeregter Miene Leighland entgegen.

»Da draußen fragt man nach dir, da steht ein ... ich weiß nicht, was das ist.«

»Sie fragen nach mir?«, entgegnete Leighland.

»Ja. Ich versteh's nicht. Schau dir das selbst an!«

Pendergast führte Leighland aus dem Kontrollgebäude hinaus. Nachdem beide die angrenzende Stromverteilerstation umrundet hatten, traute Leighland seinen Augen nicht. Er blickte auf die abgerundete Spitze eines Flugzeugs. Erstaunt nahm er die silberglänzende Anhäufung von Stahl und schwarzem Kunststoff in Augenschein. Die kurzen Flügel, die sich jetzt wie die eines Falken im Sturzflug an den Körper des Flugobjektes schmiegten, breiteten sich wie ein kurzes Dach zu beiden Seiten über zwei halbtonnenförmigen Turbinen aus. In der Mitte ließen sich das Cockpit und der Kopf eines Piloten erkennen. Das Dach der Kanzel war geöffnet und empor geschwenkt worden. Die Männer näherten sich der futuristisch gestalteten Maschine. Das immer noch laute Surren der Düsen erschwerte die Konversation.

»Was ist denn das?«, rief Leighland und starrte fassungslos zum Piloten.

»Er fragte nach dir, James«, brüllte Pendergast.

»Was wollen Sie?«, rief Leighland dem Mann im Cockpit zu.

»Kommen Sie rauf. Sehen Sie die Trittstufen?«

»Ja!« Leighland stieg hinauf. Dort besah er sich verwundert das Innere des Militärflugzeugs.

»Haben Sie noch einige Sachen, die Sie mitnehmen wollen?«, begrüßte ihn der Pilot.

»Wozu das?«

»Ich bin Major Conway. Ich soll Sie nach Pecks Pond bringen. Außerdem habe ich eine Nachricht von Kelley. Klettern Sie hoch, es ist nicht schwer.«

Einen Fuß nach dem anderen setzte Leighland in die Trittaussparung und wuchtete seinen Körper umständlich auf den ihm zugewiesenen Platz in der Maschine.

»Wissen Sie, wie der Gurt funktioniert?«

Leighland flachste: »Klar, aber meistens nehme ich den Starfighter, wenn ich reise.«

»Okay. Beide Arme durch und dann zwischen Ihren Beinen einrasten.«

Pendergast zog seine Jacke aus und warf sie zu Leighland ins Cockpit.

»Damit du unterwegs nicht festfrierst!« rief Pendergast.

»Danke! Und ich besorge uns das Element, Karel. Es wird zwei Tage dauern«, rief Leighland aus der Kanzel.

»Pass auf dich auf, Jim«, gab Pendergast ihm mit auf den Weg.

Der Pilot schloss die Kanzel.

»Verstauen Sie das in der Aussparung rechts neben Ihnen.« Der Pilot reichte Leighland einen Zettel. Die schwarzen Buchstaben hoben sich undeutlich von dem zerknitterten Papier ab.

»Nach der Sache im Goma jetzt bereits die zweite Frauengeschichte, um die sich der DIA kümmern muss. Gruß, Kelley.«

Leighland steckte den Zettel in seine Hosentasche. Dann wurschtelte er sich durch die Halterungen des Sicherheitsgurtes und bekam vom Piloten Conway einen Helm. »Hier, den brauchen wir, falls wir unfreiwillig aussteigen müssen.«

»Aussteigen? Ich bin froh das ich gerade drin bin.«

Als Leighland den Helm aufsetzte, röhrten bereits die zum Boden gerichteten Turbinen. Unerwartet deutlich hörte er jedoch die Stimme seines Piloten. »Gehen Sie da an nichts dran. Es sei denn, Sie wollen die Maschine alleine fliegen. Okay?« Leighland vernahm die Stimme des Piloten über die Lautsprecher in seinem Helm.

Inmitten eines Gewirrs von Schaltern, die er in atemberaubender Geschwindigkeit bediente, leitete der Pilot die Startsequenz ein. Wenige Sekunden später schwebte die Maschine über dem Boden, um sich dann in einem ständig steiler werdenden Winkel in die Luft zu katapultieren. Die Beschleunigung war brachial, presste Leighland in den Sitz und beraubte ihn für Augenblicke seiner Atmung. Das Gefühl der massiven Beschleunigung, verbunden mit dem Druck auf Brustkorb und Gliedmaßen, wich nach wenigen Minuten einer zunehmenden Entspannung. Sekunden später durchstieß das Flugobjekt bereits die Wolken.

Nach einem etwa halbstündigen Flug brachte der Pilot den Senkrechtstarter am Ziel sicher auf den Boden. Den Flug selbst hatte Leighland als angenehm empfunden, obwohl ihm die Nachwirkungen der ungewohnten Beschleunigung noch in den Knochen saßen. Als sich die Kanzel öffnete, nahm er den Helm ab und starrte in die Nacht. Nicht weit entfernt erspähte er Johns Haus. Erinnerungen an ein fast vergessenes Ereignis vor zwei Jahren kamen dem Professor in den Sinn, an die Hetzjagd bei seinem letzten Aufeinandertreffen mit dem Söldner John. Leighland schob die Gedanken beiseite und näherte sich der baufälligen Behausung. Wie ein Fremdkörper in der ansonsten zivilisationslosen Umgebung präsentierte sich das Haus, eine einsame Bastion vor der Wildnis.

Ein hochgewachsener Mann mit kurzgeschorenem Haupthaar und einer Zigarre im Mundwinkel erwartete die beiden Besucher auf der Veranda. Unter dem von Schmutz befleckten T-Shirt zeichneten sich definierte Muskelberge ab. Leighland trat ihm entgegen, gefolgt von dem Piloten.

»Kelley meinte, Sie würden wieder Probleme machen«, empfing der Hochgewachsene seine beiden Besucher.

Leighland betrachtete die nach oben gewölbten Dielen des Verandabodens sowie die Holzfassade des Hauses, von der sich die vergilbten Farbreste wie Kartoffelchips abzulösen begannen.

»Der alte verlauste Söldner. John, freut mich, Sie wiederzusehen!«, begrüßte Leighland den Söldner John herzlich.

John bat die beiden Besucher herein. Bereits auf der Türschwelle des Hauses nahm Leighland die morbid unwirkliche Atmosphäre des Gebäudes gefangen. Es roch modrig. Die Holzplanken des Fußbodens knarrten wie ein aus dem Takt geratener Percussion-Chor.

Der Söldner sprach leise. »Sie erinnern sich etwa noch?«

Leighland blickte sich um und sagte zum Piloten Conway: »Ich hätte die letzten Jahre nicht mehr erlebt, wenn es diesen verlausten Kerl hier nicht geben würde. Aber es sieht hier auch nicht besser aus als damals. Das Haus könnte mal einen Anstrich vertragen.«

John nahm den letzten Schluck aus der Bierflasche, die er bei der Begrüßung in der Hand gehalten hatte. »Ja, Sie haben wohl Recht. Vielleicht nehm ich's nächste Woche in Angriff.«

Der Professor, der ahnte, dass damit eher eine Woche im nächsten Jahrhundert gemeint sein würde, tauchte in die düstere Atmosphäre des zweistöckigen Gebäudes ein. Die knarrenden Geräusche fügten sich mit den Staubwolken, die man im Licht einer von der Decke baumelnden Lampe umhertanzen sah, zu einer Symphonie, die eigens für dieses Haus komponiert zu sein schien. Jedes Ächzten der Dielen rief in Leighland Erinnerungen an das Massaker vor zwei Jahren wach.

John wies den Männern einen Sitzplatz auf einer rosafarbenen Ledercouch zu und öffnete einen jener amerikanischen Kühlschränke, in dem man einen ganzen Einkaufsladen ohne weiteres hätte unterbringen können.

»Ein Kerl wie Sie – und dann eine rosa Couch. Das ist wie Sahnehaube auf Fischpudding«, lachte Leighland.

John servierte Bier aus Flaschen. Der Verschluss gab den Inhalt mit einem dumpfen Ploppen frei.

»Wenn's Ihnen nicht gefällt, nehmen Sie doch den Stuhl.«

Den Stuhl erspähte Leighland am Eingang in der Nähe des Fensters. Vor einem Tisch hingen vergilbte Gardinen in Fetzen herab. Der Professor musterte die Möbel und nahm schließlich auf der Couch Platz.

»Sie haben sich kein Stück verändert, was?«, eröffnete er das Gespräch.

»Warum auch, ich habe alles, was ich brauche. Der See ist eine halbe Meile entfernt. Es gibt frischen Fisch oder Kaninchen, und im Winter baue ich vor dem Haus einen Schneemann.«

Leighland stand ein Grinsen im Gesicht. Er stellte sich zwei übereinander bugsierte Schneekugeln mit Augen und Knöpfen aus Handgranaten sowie einer Magnesiumfackel als Nase vor. Anstatt eines Reisigbesens steckte ein Maschinengewehr an der Seite, umhängt von Patronengurten. »Schneemänner bauen, ich verstehe.«

Auch der Pilot sah sich verwundert in der Behausung um. »Kelley meinte, ich solle Sie beide morgen früh nach Anchorage fliegen.«

Leighland wandte sich an den Söldner und kam zum Punkt. »Hat Kelley etwas zu dem Element gesagt?«

John, der breitbeinig mit der Rückenlehne vor der Brust auf einem Stuhl saß, stieß einen Rülpser aus. »Wenn ich Kelley richtig verstanden habe, wird das Zeug in Ulan Bator in Empfang genommen. Dann geht es weiter zu einem kleinen Dschungeleinsatz auf die chinesische Seite. Dazu bekommen wir allerdings morgen erst noch Informationen. Professor, ich stelle sonst eigentlich keine Fragen, wenn nur der Preis stimmt. Aber ich kenne Sie und bin mir gar nicht sicher, ob ich mir so eine Aktion mit Ihnen wieder antun soll. Worum geht's jetzt überhaupt?«

»Hat Kelley nichts davon erzählt?«

»Nein. Er sprach nur von der Befreiungsaktion in der Nähe der Mongolei und dann von einem Begleittransport.«

»Okay. Also ich erklär's Ihnen. Wir haben in Dallas ein Problem auf unserem Forschungsgelände. Wissen Sie, was ein Schwarzes Loch ist?«

»Ein was?«

»Gut, stellen Sie sich einen Staubsauger vor. Einen, der groß genug ist, unsere Erde aufzusaugen. Wir haben so etwas in Dallas und es ist noch nicht unter Kontrolle.«

John blickte auf den Rest Bier in der Flasche. Dann brach er in Lachen aus.

»Verscheißern kann ich mich alleine.« John blickte in die Runde und erwartete jeden Augenblick, das Leighland den Scherz bestätigte. Nachdem jedoch keiner der Besucher eine Miene verzog, geriet Johns Grinsen zu einer Maske. »Nein«, raunte er schließlich gequält und schüttelte den Kopf. »Ich glaub das nicht.«

Leighland schwieg immer noch.

»Sie meinen ... Sie haben wirklich eine Maschine gebaut, die in der Lage ist, unsere Welt zu verschlucken? Oh Gott. Sie sind ja noch verrückter, als ich dachte.«

Leighland ahnte, dass es keinen Sinn machen würde, dem Legionär, der ihm zwar schon einmal das Leben gerettet hatte, aber um dessen einfach strukturiertes Hirn er wusste, die Situation detaillierter zu erklären. »Sie haben es erfasst«, bestätigte er deshalb.

John schniefte durch die Nase. »Und ich dachte, Sie arbeiten an einer Universität, steigen in Ihrer Freizeit auf gottverdammte Berge und machen nur Sachen, die den Menschen helfen.«

»Meistens ja. Aber manchmal forschen wir an Dingen, die gefährlicher sind, als Formeln zu berechnen.«

Der Söldner rang sich ein Kopfschütteln ab. »Hätte ich Sie doch nur in Quentins Lager verrecken lassen. Warum um alles in der Welt bauen Sie so was?«

»Es war eine böse Laune der Natur. Nichts weiter. Ein Zufall«, verteidigte sich Leighland.

John setzte die Bierflasche auf dem Tisch ab: »Gott, Leighland, bleiben Sie mir mit Ihren Launen der Natur vom Leib!

Ihre Berge haben mir schon genug Probleme gemacht. Ich hoffe nur, dass ich meinen Flaschenvorrat im Kühlschrank aufgebraucht habe, bis Ihr Staubsauger mein Grundstück erreicht.«

»Er wird Sie hier nicht erreichen.«

»So, das wissen Sie also. Und was wollen Sie dagegen tun?«

»Zurzeit sehen wir nur eine Möglichkeit. Es gibt etwas, um das Ding zu zerstören. Ein besonderes Element könnte das erledigen.«

»Und wo ist das jetzt, dieses Element?«

»In Russland. Ein Kollege von mir hat es zu uns auf den Weg geschickt. Es muss unter allen Umständen hier ankommen. Die Mission hat keinen offiziellen Charakter. Deshalb begleiten Sie mich.«

»Kelley sprach davon, Ihnen zu helfen, diese Fracht hierher zu schaffen und auf dem Weg nach Dallas zu sichern.«

»So sieht's aus.«

»Ich würde mich vorsehen. Es gibt neuerdings diese Creeps. Die Straßen sind unsicher«, wandte John ein.

»Richtig! Wenn nicht sogar zum Teil unpassierbar«, spekulierte Leighland. »Genau deshalb brauchen wir Schutz. Professionellen Schutz.«

John überlegte. »Mit anderen Worten, wenn ich Sie in Quentins Schuppen damals hätte verrecken lassen, wäre uns der Staubsauger erspart geblieben und ich könnte hier in Ruhe alt werden.«

Leighland entgegnete: »Mit anderen Worten, wenn Sie helfen, dann würde sich unsere Universität erkenntlich zeigen.«

»Erkenntlich? Sie meinen, Ihre Kreditkarten für die schwarzen Forschungsprojekte? Ich erinnere mich dunkel.«

»Ja, so in etwa«, nickte der Professor.

»Wie lange würde denn dieser Einsatz dauern?«

»Ein paar Tage vielleicht. Vielleicht aber auch nur achtundvierzig Stunden.«

»Tja, im Moment bin ich ein bisschen klamm. Ich musste einige Schätzchen kaufen. Sie wissen doch, die in der Scheune.«

Leighland erinnerte sich an die Waffenkammer sowie die Geheimtür im Schuppen hinter verrotteten Weidekörben und sonstigem Gerümpel. »Ihre Schätzchen? Sie meinen Ofenrohre, die Löcher in Bäume reißen. Okay, Sie bekommen einen Vorschuss.«

»Hört sich gut an. Mir fällt hier sowieso die Decke auf den Kopf. Und zu warten, bis diese Creeps vor meinem Haus aufkreuzen, ist keine gute Idee. Etwas Abwechslung wäre gar nicht schlecht. Wozu aber dann die Aktion auf der chinesischen Seite?«

»Es gibt da noch eine kleine Schwierigkeit«, gestand Leighland.

»Und die wäre?«

»Die chinesische Seite erpresst uns. Sie halten eine Geisel gefangen, die sie gegen das Element eintauschen wollen. Wir werden diese Geisel befreien müssen.«

»Zu zweit? Sportlich. Und wo ist das?«

Diesmal antwortete der Pilot: »Im Altai.«

»Und was ist Altai?«

Leighland versuchte einen schnellen Einwurf. »Nichts Aufsehnerregendes. Nur eine Region in China.«

Der Söldner kniff die Augen zusammen und murmelte: »Ich hab das schon mal irgendwo gehört.«

Wieder meldete sich der Pilot zu Wort, der Leighlands Taktik durchschaut hatte. »Nichts großes, kein wirkliches Gebirgsmassiv.«

»Ein was?«John verschluckte sich. Er blickte betreten in die Runde und griff nach einer weiteren Flasche Bier.

Leighland beschwichtigte. »Kelley hat einige Vorbereitungen treffen lassen. Es gibt dort nur einen sehr kurzen Stopp.«

»Ich wusste es!«, warf der Söldner ein. »Ich wusste, mit Ihnen kann es nur wieder auf so einem verschissenen Berg enden!«

»Keine Angst, der Altai ist kein alpines Massiv wie damals.«

»Kein alpines Massiv?« John spie den Rest eines Schluckes Bier auf den Boden. »Ich hasse Berge!«

Major Conway ging dazwischen: »Meine Herren, ich darf Ihnen den Plan für die nächsten sechsunddreißig Stunden mitteilen.« Der Pilot kramte in seiner Jacke und zog ein zerknittertes Stück Papier hervor.

»In viereinhalb Stunden brechen wir auf, und ich bringe Sie nach Anchorage in Alaska. Dort wartet ein umgebauter B2 Tarnkappenbomber auf Sie. Von dort aus geht es nach Abakan in Russland. Dann weiter mit einer Jak38 Senkrechtstarter mit Zusatztanks in den Altai. Zurück mit Stopp in Ulan Bator in der Mongolei mit Übernahme des Elements 115. Von Ulan Bator fliegen wir mit der B2 zurück nach Alaska und von dort nach Texas. Unser Ziel ist Fort Hood in Killeen. Wir machen dort einen kurzen Stopp und fliegen Sie mit dem Hubschrauber zurück nach Waxahachie zum Collider.«

»Nein, stopp!« Leighland überlegte. »Wenn es zuerst in den Altai geht, werden wir das Element bei der Befreiung Judys nicht mitführen. Oder sehe ich das falsch?«

»Ein Tausch war nie vorgesehen«, belehrte Conway. »Ich habe meine Anweisungen. Kein Netz und keinen doppelten Boden. Wir vertrauen auf Kelleys Plan.«

»Und was zum Henker ist sein Plan?«

Conway zuckte die Achseln. »Ich habe meine Anweisungen. Mehr kann ich Ihnen nicht sagen.«

»Kelley hat mich noch noch nie verarscht«, beschwichtigte John. »Wir sollten auf ihn vertrauen.«

Leighland zog die Augenbrauen hoch, blieb jedoch stumm.

»Viereinhalb Stunden?«, warf John in die Runde. »Dann sollten wir versuchen, noch ein Auge zuzumachen. Oben sind drei Zimmer mit Betten, dazu hier diese Couch.«

Der Professor hob beide Hände und griff sich die Decke zu seiner Linken. »Da oben? In die verstaubte Bude? Nein, danke. Nicht noch einmal. Diesmal nehme ich die Couch.«

Major Conway wies zur Tür. »Ich werde in meiner Maschine ein Auge zumachen. Wir sehen uns in vier Stunden.« Damit deutete er ein Salutieren an und stiefelte davon.

»Was denken Sie wartet dort auf uns, John? Wir können doch nicht mit drei Personen eine Befreiungsaktion starten?«

»Ich weiß es nicht, Leighland. Kelley sprach davon, dass er in China Vorsorge getroffen hätte.«

»Meinen Sie, er stellt uns dort einen Agenten zur Seite?«

John trank den Rest aus der Flasche, spitzte seine Lippen und zog sie zur Seite. »Kelley meinte, dass es für ihn ein großes Opfer wäre.« Dann fügte er hinzu: »Aber er sagte auch, Sie hätten noch etwas gut bei ihm.«

Nach kurzer Verabschiedung legte sich Leighland schlafen. Es sollte der letzte Schlaf für viele Stunden sein.

Die Sonne war noch nicht aufgegangen, als Conway die Triangel an der Tür zur Veranda zum Weckruf betätigte. Leighland, noch in seine Decke eingewickelt, öffnete die Augen. »Gehen wir es also an«, murmelte er und streckte sich.

Wenig später kam auch John die Treppe hinunter. Unter seinen Stiefeln ächzten die Holzbalken bei jedem Schritt. John war ganz in Schwarz gekleidet und trug eine mit Karabinerhaken und Stahlringen besetzte Weste. An den Ringen baumelten Handgranaten.

»Glauben Sie, dass Sie die Dinger brauchen?«, wollte Leighland wissen.

»Normalerweise nicht, aber bei Ihnen mache ich da mal eine Ausnahme, Professor.«

Conway drängte zum Aufbruch. »Los jetzt, Aufbruch! Wir sind knapp im Zeitplan.« Er trat zur Tür hinaus und gab damit das Signal.

Als die drei Männer sich draußen dem Senkrechtstarter näherten, gab der Major die Anweisungen. Er kletterte zuerst in die Maschine. John und der Professor folgten.

John fragte nach den technischen Details, die der Pilot mit einem Anklang von Stolz darlegte: »Umgebaut mit zwei Zusatztanks, anstatt konventioneller Bewaffnung. Eher eine Transportmaschine für unwegsames Gelände ohne Landebahn. Okay. Steigen Sie ein. Das Prozedere kennen Sie ja.«

Leighland und John bestiegen die Maschine. Als alle Platz gefunden hatten, gab Conway weitere Anweisungen. »Wenn Sie trinken müssen: Dort finden Sie Wasserbehälter mit einem Schlauch als Strohhalm. Trinken Sie nur das Allernötigste. Wenn es wieder raus muss, dann halten Sie es ein oder pissen Sie in die Hose. Gestoppt wird nicht.«

Das Dröhnen der Turbinen machte jede weitere Kommunikation unmöglich. Mit den ersten Sonnenstrahlen des Tages hob die Maschine vom Boden ab.

Gegen frühen Mittag erreichten sie Anchorage in Alaska. Der umgebaute B2 Bomber stand auf einer Startbahn der Elmendorf Air-Force Base.

Conway, Leighland und John wurden von zwei Männern in Empfang genommen, die Leighland für Zivilisten hielt. Der Pilot wechselte einige Worte mit den Männern und nahm Papiere entgegen. Dann stand die B2 bereit. Der umgebaute Tarnkappenbomber sollte es den Männern erlauben, auch über feindliches Gebiet zu fliegen, ohne vom Radar geortet zu werden.

Leighland und John betraten über eine geöffnete Ladeluke das Innere des Bombers. Die Einrichtung war spärlich, aber zweckdienlich. Conway hatte bereits das Cockpit bestiegen, während John auf die Sitzbank an der Seite des Flugzeugs wies. »Hier, schnallen Sie sich an.«

»Unkomfortabler geht's wohl nicht. Haben Sie mit so was Ihre Einsätze fliegen müssen?«, wollte Leighland wissen.

»Fragen Sie doch mal Ihre Regierung, ob auch ein Flugzeug mit Butler bereitstünde. Mit Fernseher im Sitz. Wenn Sie Komfort wollen, empfehle ich Ihnen Snob Airlines.«

Der Professor saß fast senkrecht auf der Bank und beobachtete den Söldner beim Schließen des zweiteiligen Gurtes.

»In dieser Position bis in den Altai, dann ist mein Rücken hart wie ein Brett.« Leighland fluchte noch einige Male, bis sich die Maschine erhob und in Richtung Mongolei in den Wolken verschwand.

Cedrik Wentworth war ein altgedienter Vietnamveteran im Ruhestand. Die meiste Zeit verbrachte er in der Nacht mit seinem Hobby, der Astronomie, ganz zum Leidwesen seiner Gattin Ruth, die sich so gar nicht damit abfinden wollte, in sternklaren Nächten alleine einschlafen zu müssen.

Der Hobbyastronom hatte sich in den letzten Tagen eine Erkältung zugezogen und saß hustend und schniefend mit einer Tasse Tee vor seinem mehrere tausend Dollar teuren Teleskop, das er sich von seiner Abfindung aus dem amtierenden Dienst geleistet hatte. In den vergangenen Tagen war er damit beschäftigt gewesen, die Täler und Berge des Mondes zu betrachten und hatte bereits eine größere Anzahl davon in einem selbst erstellten Katalog kartiert. Heute wollte er sein Augenmerk auf weiter entfernte Objekte richten und einen Kometen näher betrachten. Der Husten quälte ihn in dieser warmen Julinacht, deshalb mochte er sich über die optimalen Voraussetzungen, die das Wetter ihm beschert hatte, so gar nicht freuen.

Eigentlich gehörte er, wenn er auf den Rat seiner Frau Ruth gehört hätte, ins Bett. Wie schon so oft tat er dies mit einem seiner Lieblingskommentare ab. »Husten und Schnupfen gehen vorbei, aber diese Konstellation kommt in meinem Leben nie wieder.« Es ging ihm tatsächlich gegen den Strich, mit triefender Nase ins Fernrohr zu blicken. Aber heute war wieder einmal eine jener Nächte, auf die er sich seit Monaten besonders gefreut hatte. Insbesondere die Nebel, in denen ganze Welten neu erschaffen wurden und die im Allgemeinen als Suppenküche des Universums galten, hatten ihn schon immer fasziniert.

Seit einigen Minuten störte ihn ein unscharfer Schatten am Rand seines Teleskops, der sich in unregelmäßigen Abständen zu bewegen schien. Es war eine jener Erscheinungen, die Wentworth eher als lästig empfand und die er gemeinhin als Spiegelung oder Okularverschmutzungen abzutun pflegte. Er konnte sich die dunkle Eintrübung allerdings nicht erklären, deshalb versuchte er, den Ausschnitt, an dem er gerade arbeitete, schärfer zu stellen. Der Schatten blieb trotzdem an der gleichen Stelle, deshalb entschied Wentworth, der Ursache auf den Grund zu gehen. Er montierte eines der kleineren Refraktorteleskope auf und richtete es auf die Stelle, wo er den Schatten vermutete.

Wentworth schraubte am Okular und trank einen Schluck heißen Tee, als seine Hand plötzlich zu zittern begann. Das Zittern weitete sich auf seinen ganzen Körper aus, und die Geschwindigkeit, mit der er immer neue Einstellungen des Teleskops durchführte, hätte man dem Siebzigjährigen gar nicht zugetraut. Schließlich fiel ihm die Tasse zu Boden.

Zunächst starrte er nur vor sich hin. Sekunden später sank er in seinen Sessel zurück, um erneut eine Überprüfung dessen vorzunehmen, was ihn seit wenigen Minuten so fesselte. Sein Gesicht hatte zunehmend eine fahle Farbe angenommen, und einem Beobachter wäre auf den ersten Blick aufgefallen, dass ihn ein Ereignis von außerordentlicher Bedeutung bewegte. Aber es sollte nicht nur bei einem Ereignis von nationalem Aufsehen bleiben, das er mit seinen eigenen Augen beobachtete. Es sollte schon bald das Schicksal eines Landes auf der anderen Seite der Welthalbkugel in nicht vorhersehbarer Weise verändern.

Schwankend erhob er sich von seinem Sessel und steuerte das Telefon an. Dann verharrte er. Die Nummer, die er zu wählen beabsichtigte, hatte er in der Aufregung vergessen. In der Schublade des Schranks fand er eine vergilbte Telefonliste. Obwohl er die Nummer so viele Jahre immer wieder gewählt hatte, war der Beginn des Ruhestands für ihn offenbar doch auch ein Schnitt in seine Erinnerungen gewesen. Er würde die Reihenfolge der Nummer, die er wählen wollte, fünf Mal eingeben müssen, so sehr behinderte ihn das Zittern seiner Finger.

Die Zeit des Wartens war für ihn unerträglich. Nervös rieb er Daumen und Zeigefinger aneinander. Dann endlich hörte er am anderen Ende der Leitung seinen ersehnten Gesprächspartner, es war einer seiner Vertrauten und Vorgesetzten aus seiner Zeit als aktiver Soldat. Auch ihn würde die Nachricht wie ein Schlag treffen, und es sollten noch viele Telefonate geführt werden, in dieser so sternklaren Nacht, in der der Vollmond noch lange Zeit leuchtend am Himmel stand.

Asien, 26 Juli, neun Tage nach der Alphastabilität

Beim Anflug der Zielkoordinaten im Altai herrschte starke Quellbewölkung. Erst kurz vor der Landung riss sie auf und ließ einen Blick auf die öde wirkende Gebirgstundra zu. Bereits aus der Ferne war die Holzhütte auszumachen, die dem Söldner John von Kelley beschrieben worden war. Die Hütte lag mitten auf einem etwa drei Meilen umfassenden Plateau. Unweit davon konnte Leighland ein kleines Flugzeug ausmachen, das die Anwesenheit der Entführer verriet. Major Conway setzte den Senkrechtstarter in sicherer Entfernung auf den Boden auf, nachdem er über seine Wärmebildkamera das Gelände nach Heckenschützen erforscht hatte.

Noch in der Maschine besprachen die Gefährten ihr weiteres Vorgehen. »Wir schauen uns das erst mal an«, instruierte Major Conway. »Sieht so aus, als wären alle in dem Haus versammelt. Meine Instrumente lokalisieren vier Personen.«

»Mit denen müssten wir fertig werden«, gab sich John optimistisch.

»Einer davon sollte Judy sein, wenn sie sie überhaupt hierher gebracht haben«, warf Leighland ein.

Conway, der die Einstelllungen der Sensoren variierte, versuchte die eingehenden Informationen zu deuten. »Der Infrarotabtastung nach müsste die Rechte auf dem Bild die Frau sein. Keinerlei Anzeichen von Scharfschützen.«

»Denken Sie an eine Falle?«, kommentierte Leighland die Bemühungen des Majors.

»Was immer da drin in der Hütte auch geschieht, ich vertraue auf Kelley«, ließ John verlauten. »Wir sollten erstmal abwarten, wie sie reagieren.«

Puh Fang öffnete die Tür und trat über die Schwelle. John war als erster ausgestiegen und hatte sich einige Schritte von der eigenen Maschine entfernt. Von dort aus sondierte er die Umgebung, ohne Fang dabei aus den Augen zu lassen. Fang gab dem Söldner per Handzeichen zu verstehen, auf Distanz zu bleiben. Der Söldner erwiderte die Geste und verharrte, während der Chinese kehrt machte. Wenig später trat auch Leighland hinzu.

Als Fang wieder in die Holzhütte eintrat, wandte er sich der Journalistin zu. »Es tut mir Leid, Miss. Es ist nicht so geplant, wie Sie sich das jetzt denken.« Er machte eine kleine Pause.

»Das, was wir benötigen, werden wir in wenigen Sekunden haben.« Die Worte sprach er ohne Emotion.

Judy zitterte. Sie blickte sich um und nahm das brutale Gesicht von Komusan zur Kenntnis, während dieser auf seinem Kaugummi kaute und grinsend die Zähne fletschte. Unablässig blies er Blasen, die mit dumpfem Knall platzten. Als sich ihre Blicke trafen, fuhr Komusan mit seinen Fingerspitzen an seiner Kehle entlang. Ein Zeichen, das Judy auf eine Art zu deuten wusste.

Der Journalistin kamen die Bilder von ihrem Freund Sparks in den Sinn. Sie dachte an die Zeit des abgebrochenen Urlaubs in Galveston, die blutige Szene vor dem Hotel und die bedrückende Atmosphäre der Übergriffe in den Straßen. Es war ihr, als stieg ihr wieder die mit süßem Duft von Blüten angereicherte feuchte Luft auf den Straßen der texanischen Urlaubsmetropole in die Nase. Dann erinnerte sie sich an die Szenen in New York. Männer mit blutüberströmten Gesichtern, die stumm in den Himmel starrten und den Hubschraubern hoffnungsvolle Blicke entgegensandten.

Durch ein Fenster konnte sie John und Leighland sehen. Einige Augenblicke dachte sie daran, die herannahenden Männer vielleicht zu warnen, sie durch Schreien auf die tödliche Falle aufmerksam zu machen. Allerdings ließ die Schockstarre ihr das Blut in den Adern gefrieren. Fang trat zu dem Glatzköpfigen und forderte von ihm die Pistole.

»Diese Dinge pflege ich selbst zu erledigen, Miss van Cleeve. Es ist wichtig, dass Sie jetzt ganz ruhig bleiben.« Mit diesen Worten richtete er die Waffe auf die Journalistin.

»Haben Sie keine Angst. Es ist schnell vorbei.«

Judys Augen weiteten sich, als Fang den Hahn des Revolvers spannte. Ihre Knie begannen zu zittern. Sie fühlte, dass der Boden unter ihren Füßen schwankte. Es war ihr, als stünde sie als Schlittschuhläuferin inmitten einer berstenden Eisfläche, wo sie schon das Knacken der Schollen bemerkte, die sie jeden Moment würden einbrechen lassen. Ihr schwand jegliche Kraft. Sie ahnte, dass sie ihre Bewegungen in wenigen Augenblicken nicht mehr würde kontrollieren können, so sehr schoss ihr das Adrenalin in den Körper.

Durch das Fenster nahm sie schemenhaft die Besucher wahr, deren Hilfe sie so ersehnte. Unbewusst erfasste sie, dass sich ihre Befreier noch viel zu weit entfernt bewegten, als dass sie noch in die Situation hätten eingreifen können. Mit diesem Gefühl der Hilflosigkeit schwand auch Judys letzter Hoffnungsschimmer. Der Reporterin schossen Gedanken in Bruchteilen von Sekunden durch den Kopf. Die Angst erhöhte ihre Atemfrequenz, die sie selbst nur noch als eine schnelle Aufeinanderfolge von Atemstößen wahrnahm. Sie konzentrierte sich darauf, etwas auszurufen. Ein Letztes noch zu sagen, so lange ihr noch Zeit dazu blieb; vielleicht etwas Wichtiges und Bedeutendes, das das Unvermeidliche doch noch aufzuschieben vermochte.

«Scheiße, nein«, vernahm sie ihre Stimme, die ihr fremdgesteuert und hohl im Kopf klang, und die eine gnadenlose Enttäuschung über sich selbst in ihr wachrief, ihre möglicherweise letzten Worte in einer solch profanen Weise verschwendet zu haben. Das Herz klopfte ihr bis zum Hals, und mit dem Gefühl einer beginnenden Ohnmacht schloss Judy in diesem Augenblick die Augen.

Was dann folgte, dauerte nur wenige Sekunden. In einer Linksdrehung richtete Fang die Waffe blitzschnell auf den Kopf des Piloten seiner eigenen Maschine. Der sich unmittelbar darauf lösende Schuss traf den Piloten mitten in die Stirn. Wie vom Blitz getroffen fiel er nach hinten und riss Teile der Bestuhlung zu Boden. Judy war viel zu sehr in ihrem eigenen Schockzustand gefangen, um reagieren zu können. Sie riss die Augen wieder auf. Regungslos stand sie da und verfolgte als Augenzeugin die surreale Szene.

Fang drehte sich weiter zu Komusan, der noch versuchte, seine Maschinenpistole zu ergreifen. Mit zwei gezielten Schüssen streckte Fang jedoch auch seinen zweiten Mitstreiter nieder. Dann nahm er in Ruhe ein Taschentuch aus seiner Hosentasche und wischte sorgfältig zunächst den Handgriff der Waffe ab, später auch den Lauf sowie den Abzugsmechanismus. Dabei wandte er sich an Judy und sagte: »Gehen Sie, schnell.«

Judy begriff nicht. Bei ihr streikten die Nerven. Ihre Aufnahmekapazität war überschritten wie die einer Festplatte, deren Speicher bis zum letzten Bit beschrieben war. Um ihren Mund begann es zu zucken. Fang, der dies bemerkte, rief ihr zu: »Gehen Sie! Wir haben jetzt was wir wollen! Es ist zu Ende! Schnell!«

Judy reagierte in Zeitlupe. Sie hob ihre Hand, ließ sie aber wieder fallen. Ihr Blick war am Boden auf die beiden Leichen gerichtet. Fang ließ die Waffe zu Boden gleiten. »Raus jetzt, laufen Sie«, rief er ein weiteres Mal. »Laufen Sie endlich!«

Erst jetzt drangen seine Worte so tief in Judys Bewusstsein, dass sie ihre Starre überwand. Einige Schritte stakste sie nach vorne hinaus ins Freie. Irgendwann begann sie zu laufen, um gleich zu stolpern und zu Boden zu stürzen. Steine schürften die Oberfläche ihrer Handballen auf. Ohne den Schmerz an ihrem Handinnern zu spüren, rappelte sie sich wieder auf und rannte gradewegs in die Arme des Söldners, der sie auffing.

»Sie sind tot«, stammelte sie. »Er hat sie umgebracht. Alle.«

John schloss die Frau in seine Arme, während Leighland den Chinesen entfernt in der Tür ausmachte. Mit einer Hand noch das Mobiltelefon am Ohr, gab Fang in Richtung des Professors ein kurzes Handzeichen als Abschiedsgeste.

John murmelte: »Er hat einen seiner besten Schläfer geopfert.«

»Wer? Kelley?« Jetzt erst verstand auch Leighland.

John nickte.

»Und was wird er jetzt tun?«

»Das soll nicht Ihr Problem sein, wir haben noch einen Auftrag zu erfüllen. Und ich will endlich weg von diesem verfluchten Berg!«

Wenige Minuten später hob der Senkrechtstarter zum Flug nach Ulan Bator ab.

Der Tag, an dem die Region um die chinesische Provinz Hengshui in die Geschichte eingehen sollte, begann mit dem Radiobericht eines bekannten Senders am frühen Morgen. Seit Tagen hatten sich die Spekulationen um geheimnisvolle Lichterscheinungen verdichtet und weit über Hengshui hinaus in der Bevölkerung herumgesprochen. Obwohl die Zufahrtsstraßen zum Collider gesperrt waren, fanden einige wenige Unerschrockene bereits nach Sonnenaufgang den Weg zu der Anhöhe, um einen Blick auf die Anlage zu werfen. Sie beobachteten aus sicherer Entfernung, wie über Konvois immer mehr Soldaten in die Steppenlandschaft befördert wurden. Deren Anwesenheit wurde nicht nur als sicheres Zeichen einer eskalierenden Situation verstanden. Sie markierten einen Punkt der Resignation, des Versagens der zivilen Ordnung, vertreten durch die Colliderleitung, und der Überantwortung der weiteren Entwicklung ins Ungewisse.

Radio Shouxing hatte bereits am Vortag einen Kommentator in die Region entsandt, der jedoch von den örtlichen Behörden zurückgewiesen worden war. An einem Schultergurt trug er die Tasche mit den Batterien und der mobilen Sendestation. Seinen Wagen hatte er abseits einer kleinen Siedlung geparkt, um sich zu Fuß auf den Weg zu machen, die wenige Meilen entfernte Forschungsstätte in Augenschein zu nehmen. Noch in der Nacht erreichte er die Kuppe der Anhöhe und warf einen ersten Blick auf die im Talkessel angesiedelte Collideranlage. Was er sah, ließ ihn minutenlang erstarren. Die Gebäude waren nur noch schemenhaft zu erkennen. Über ihnen prangte wie eine riesige Glocke ein Regenbogen aus künstlichem Licht. Mitten aus der Erscheinung stach ein Strahl aus gleißendem Licht fast senkrecht in den Himmel.

Die über der Anhöhe aufgehende Sonne trat mit der Lichterscheinung in einen seltsamen Dialog. Zaghaft, und doch mit unaufhörlicher Begierde, eroberten die warmen Rottöne der Sonne das Terrain und hüllten das Steppengras in karminrotes Licht, das die ganze Umgebung von Sekunde zu Sekunde mehr aufhellte.

Der Reporter packte den in ein Tuch eingeschlagenen Snack aus, den er sich mitgenommen hatte. An der Flasche, die er aus seiner Tasche hervorzog, öffnete er den Schraubverschluss und stellte sie neben sich. Während er den Imbiss verzehrte, beobachtete er die Szenerie im Talkessel. Gestärkt begann er wenig später seine Übertragung und griff zum Mikrophon.

Seine Worte klangen rau und in der Tonlage gedämpft. Zunächst sprach er über die Schwierigkeit, den Ort des Geschehens überhaupt zu erreichen, und über die Bestrebungen der Behörden, den gesamten Raum um die Anlage abzuriegeln. Nach einer kleinen Pause beschrieb er die Lichterscheinung und machte keinen Hehl aus seiner Überzeugung, dass dies die Vorboten von großem Unheil für die Region seien und weit mehr bedeuten konnten, als in den Verlautbarungen der großen Nachrichtensender bekannt gegeben worden war.

Über sich vernahm der Reporter das Geräusch von Rotoren eines Helikopters, der sich schnell näherte. Schwarz und groß verharrte die Maschine kurz darauf, lärmend wie eine gigantische Hummel, über seinem Haupt. Nachdem sich die Maschine zunächst weiter gesenkt hatte, gewann sie wieder an Höhe und näherte sich dem gleißenden Lichtpfahl, der sich wie die Schneide eines Schwertes aus der Collideranlage erhob. Nachdem er die Anlage umkreist hatte, entfernte sich der Helikopter über eine Bergkuppe.

Der Reporter fuhr mit seiner Übertragung fort und beschrieb weiter die Szenerie, bis er schließlich stockte. Er horchte in die Stille. Obwohl sich der Hubschrauber längst entfernt hatte, schien den Reporter etwas zu irritieren. Bis vor wenigen Augenblicken hatte die beginnende Morgenröte ihn verzaubert, begleitet von der Geräuschkulisse einer erwachenden Fauna. Gerade eben zwitscherten noch Vögel von den vereinzelten Bäumen der Steppenlandschaft. Nun waren sie allesamt, wie auf ein geheimnisvolles Kommando hin, verstummt, als seien sie von der Erde verschluckt. Auch das Zirpen der Grillen, das die Luft wie monotone Hintergrundmusik erfüllt hatte, war plötzlich nicht mehr zu vernehmen. Es herrsche absolute Stille, als hielte die Natur den Atem an; als ob sie eine kommende Gefahr erwartete, die sich schleichend und bedrohlich näherte. Es war jene Stille, die der Reporter schon einmal erlebt hatte und die ihm seit vielen Jahren in Erinnerung geblieben war. Am Anfang seiner Karriere hatte er sich für eine Reportage in einem Erdbebengebiet befunden, als er von einem starken Nachbeben überrascht worden war. Auch dort hatte er kurz vor Ausbruch des Bebens eine ebensolche bedrückende Stille bemerkt. Und diese Stille überfiel ihn erneut. Er ließ seine Umhängetasche zu Boden sinken. Lauernd schaute er sich um. Die Lautlosigkeit umgab ihn wie die Leere eines Vakuums. Dann erfasste er ein Vibrieren. Erst zaghaft, mit jeder Sekunde aber deutlicher, spürte er zunehmende Veränderung in der Luft. Ein Geräusch wie das Summen eines Stromgenerators drang an seine Ohren. Dann folgte eine plötzliche Schwankung des Luftdrucks, die er wie einen leichten Windstoß in den Haarspitzen wahrnahm. Sein Blick erfasste den Collider, in dem sich in dieser Sekunde das zum Himmel erstreckende Lichtschwert um ein Vielfaches im Umfang vergrößerte. Dies geschah ebenfalls lautlos und im Bruchteil eines Augenblicks.

Angsterfüllt musterte der Reporter mit aufgerissenen Augen die Umgebung. Gegenüber auf der Anhöhe erblickte er Menschen, die wild gestikulierend in Bewegung gerieten. Auch sie ahnten, dass in den nächsten Sekunden etwas Entscheidendes passieren würde, etwas Urgewaltiges, das nicht mehr zu stoppen war. Die Gebäude der Collideranlage, die vor wenigen Momenten noch schemenhaft zu erkennen gewesen waren, befanden sich nun vollständig im Durchmesser der Lichtsäule, die das ganze Tal erfasste. Auch die Leuchtkraft der Erscheinung hatte sich binnen Sekundenbruchteilen vervielfacht.

Panik erfasste den Reporter. Er begann zu laufen. Zunächst achtete er noch auf die am Boden aufragenden Steine, dann rannte er nur noch. Atemlos keuchte er über den Steppenboden. Er fiel hin, rappelte sich auf und rannte weiter. Vollgepumpt mit Adrenalin glichen seine Bewegungen denen eines gehetzten Tieres. Seine Augen, zur Flucht nach vorne gerichtet, erfassten nicht mehr das Szenario, das sich nun im Talkessel abzuspielen begann. Innerhalb von Sekunden verdoppelte sich die Lichterscheinung im Radius nochmals und reichte nun bis an den flüchtenden Reporter heran.

Die nachfolgenden Sekunden sollten das Schicksal von Hengshui besiegeln. Den gleißenden Lichtblitz, der plötzlich die Region erfüllte, nahm der Reporter nicht mehr wahr. Er hätte ihn auch aufgrund seiner Energiedichte weder körperlich erfahren, noch in seiner Herkunft lokalisieren können, da er seinen Ursprung in großer Höhe außerhalb der Erdatmosphäre hatte. Der Blitz wurde von dem unbekannten Flugobjekt abgesondert, das sich außerhalb des Erdorbits im Weltall befand, und das ein Hobbyastronom wenige Stunden zuvor neben dem Mond entdeckt hatte. Das Ufo selbst hatte der Astronom als scheibenförmiges Objekt von immenser Größe beschrieben. Unweit des Mondes hatte es seine Position eingenommen und diese für mehrere Stunden nicht verändert. Dort hatte es, wie auf einem Beobachterposten, ein Signal erwartet und den richtigen Augenblick abgepasst, um die Last einer gewaltigen Energiemenge binnen Sekunden zur Erdoberfläche zu schicken.

Für den Reporter, ebenso wie für die Menschen, die von dem

Lichtblitz erfasst wurden, war es ein schneller und schmerzloser Tod, da sich die Moleküle durch die ausgesendete Antimaterie in weniger als dem Bruchteil einer Sekunde auflösten und in reine Energie umwandelten.

In der nicht weit entfernten Stadt Hengshui hatte der Pulsschlag der Zivilisation gerade begonnen, den Rhythmus der Geschäftigkeit des beginnenden Tages einzutakten, als auch dort um 5.59 Uhr alles Leben innerhalb nur eines Augenblicks erstarb. Nicht nur die frühen Berufspendler auf den Straßen, auch Bäume, Häuser sowie die sich in den Himmel reckenden Wolkenkratzer der in diesen Morgenstunden rastlos erscheinenden City, lösten sich in nicht einmal einer Sekunde buchstäblich in Nichts auf. Den Boden der gesamten Region erfasste ein seltsames Glimmen, das sich wie ein Stück Zigarettenpapier nach einem kräftigen Zug unter kräuselndem Dunst aufzulösen begann. Tiefer und tiefer drang das Glimmen unaufhörlich in den Untergrund ein und löste dabei gleichzeitig die oberen Erdschichten auf.

Der Spuk endete ebenso unvermittelt, wie er begann. Nach etwa zehn Sekunden war der gesamte Prozess der Auflösung zum Stillstand gekommen. Nur ein Beobachter aus luftiger Höhe hätte erfassen können, was sich hier binnen weniger Augenblicke ereignet hatte. Alles, was vorher diese Region charakterisiert und den Landstrich zu einem pulsierenden sowie lebensfrohen Zentrum gemacht hatte, hatte ein abruptes und unvorhersehbares Ende gefunden. Hengshui, eine der größten Provinzen in Henan, hatte aufgehört zu existieren. Starr verharrte das Ufo zu diesem Zeitpunkt immer noch in Nähe des Mondes. Auch nach dem Energieblitz schickte es sich nicht an, seine Position zu verändern. Es sollte noch eine Stunde dauern, bis es seinen Flug in einem Parallelkurs zur Erdumlaufbahn langsam fortzusetzen begann.

Die Nachmittagsonne fächerte ihre Strahlen über die Wiesen der von vier Bergen umgebenen Stadt Ulan Bator. Conway landete den Senkrechtstarter in der Ebene punktgenau. Leighland blickte auf den Fluss Tuul, der sich wie eine Python durch die Landschaft schlängelte. Es war die Lebensader der Region. Ein Fluss, den noch nicht das Schicksal der Verunreinigungen anderer Flüsse großer Metropolen ereilt hatte und der die gesamte Stadt mit Trinkwasser versorgte. In der mongolischen Hauptstadt, in der die Sommer kurz waren und der Winter mit minus dreißig Grad seine frostige Fratze zeigte, blieben die Unterschiede groß. Neben Verkehrsschlangen der zumeist teuren Importfahrzeuge in der City, waren ebenso Arbeiter, die auf ihren Pferden zur Arbeit ritten, an der Tagesordnung.

In dieser faszinierenden Kulisse der Gegensätze erwartete die Gruppe um Leighland die Ankunft ihres Forscherkollegen. In der Ferne, vor dem gewaltigen Panorama des Boghd Khan Uul, konnte Leighland eine Hügelformation erkennen, in der er ein punktförmiges, sich fortbewegendes Detail auszumachen glaubte. Der Punkt entpuppte sich bei näherem Hinsehen als Jeep, der sich den Gefährten langsam näherte. Bis auf Judy kletterten alle aus der Maschine.

Als der Jeep die Gruppe erreicht hatte, hielt er an. Ein kleiner bärtiger Mann mit Kugelbauch entstieg dem Gefährt.

»Zorin!«, begrüßte Leighland den Ankömmling. »Etwas kühl hier für die Jahreszeit, findest du nicht?« Der Bärtige schritt mit ausgebreiteten Armen auf den Professor zu.

»Jim, Towarischtsch.« Die Männer umarmten sich.

»Wie lange ist es her?«, fragte Zorin.

»Auf einem Vortrag in Osaka. Vor ... ach was, einem halben Jahrhundert!« Die Männer lachten.

Leighland löste sich aus der Umarmung. »Hast du es dabei?«

»Ich habe es im Wagen. Willst du es dir ansehen?«

Die Gefährten schritten zu dem Jeep. Zorin öffnete die hintere Ladefläche und hob eine Metallbox von der Größe einer doppelten Schuhschachtel heraus. An der Seite waren zwei Griffe montiert. Katchenko öffnete den Deckel.

Aus Leighland brach es heraus: »Ihr habt das in Russland erzeugt?«

»Ja, in Dubna.«

Leighland fiel die Kennzeichnung für Radioaktivität ins Auge. »Ihr konntet es also tatsächlich anreichern?«

Zorin erklärte: »Ja. Die vorherigen Elemente Ununquadium und Ununtrium sind instabil und hoch radioaktiv.«

»Aber ist 114 nicht ein Edelgas?«

»Klar. Nur bei 115, Ununpentium, haben wir wieder völlig andere Eigenschaften. Wir nennen es Eka Bismuth, weil wir es mit fünf Elektronen auf der äußeren Schale herstellen konnten. Deshalb ist es stabil. Es hat ähnlich faszinierende Schwerkrafteigenschaften wie Bismuth. Willst du einen Blick reinwerfen?«

»Klar.«

»Hier auf dem Zettel steht die Zahlenkombination.«

Leighland starrte auf die Kiste auf deren metallenen Oberfläche sich die Sonne spiegelte. Auf einem seitlichen angebrachten Touchdisplay tippte er den Code ein. Daraufhin schwenkten durch einen verborgenen Mechanismus auf der oberen Abdeckung drei konzentrisch angeordnete Dreiecke zur Seite und gaben den Blick auf eine Bleiglasplatte frei. Durch das Glas schaute der Professor in das Behältnis. Das Innere der Kiste war mit schneeweißem Material ausgeschlagen. Am Boden erblickte er eine runde Vertiefung von der Größe eines Golfballs.

Leighland wandte sich enttäuscht an Zorin. »Es ist ja … leer?«

Zorin grinste über beide Backen und kostete die Verwirrung seines Forscherkollegen für einige Augenblicke aus.

»Nein, es ist nicht leer. Siehst du die Einbuchtung? Wenn du genau hinschaust, kannst du die Reflexionen darüber erkennen.«

»Erstaunlich …« Leighland starrte auf die Mulde, von der man hätte meinen können, sie sei von weißem Nebel umhüllt. »Was ist das für ein Nebel?«

»Das ist kein Nebel. Es liegt an den Gravitationseigenschaften des Elements. Es krümmt den Raum in seiner Umgebung so stark, dass es selbst unsichtbar bleibt.«

Leighland starrte durch die Glasfläche. »Faszinierend. Eine Gravitationssenke. Das ist …«

»… eine viertel Milliarde Dollar wert«, ergänzte Zorin. »Und ich will es zurück haben, nachdem ihr die Anomalie bekämpft habt. Ihr braucht nur die Kugel in die Nähe zu bringen und es aus einer Protonenquelle zu beschießen. Dann erzeugt es eine starke Gravitationswelle.«

Leighland forschte nach. »Wie viel wiegt es?«

»Etwa vierzehn Pfund.«

»Diese kleine Kugel?«, fragte John, der mittlerweile auch einen Blick in den Behälter geworfen hatte, ungläubig.

»Allerdings. Es ist stark verdichtet«, erklärte Katchenko.

»Fällt das nicht auf, wenn es bei euch fehlt?«

»Nein. Mir würde es auffallen, irgendwann. Aber ich denke, dass ich in den nächsten Wochen Wichtigeres zu tun habe, um nachzusehen, ob es noch da ist.«

»Und Sie geben das einfach so her?«, fragte John.

»Ja, einfach so. Ich muss doch wissen, ob es bei der Anomalie wirkt. Das wäre auch in Dubna von unschätzbarem Nutzen. Außerdem haben wir sechs von diesen Murmeln und vier davon in einer Waffe verbaut.«

Leighland zog die Augenbrauen hoch. »In einer Waffe?«

»Oh, hätte ich das jetzt nicht sagen dürfen?« Zorin lächelte. »Eine davon ist gerade hoch oben im All genau über uns.«

»Ihr habt eine Waffe, mit der ihr die Schwerkraft bündeln könnt? Wie habt ihr das Wellenproblem gelöst?« Zorin Katchenko lächelte. »Ich habe wirklich keine Ahnung, wovon du sprichst, Jim.« Dann blickte er in Richtung der Berge und starrte in die Ferne, als ob ihn etwas irritierte. Auch John hatte sich abgewandt und sein Fernglas hervorgeholt.

»Ein Aufklärer nähert sich. Wird Zeit, dass wir hier wegkommen. Packt die Sachen zusammen, verschwinden wir«, stellte John fest.

Katchenko schlug Leighland auf die Schulter. »Also, ich verabschiede mich. Ich schätze mal, in einer halben Stunde wimmelt hier alles von Soldaten.«

»Gut, Zorin. Wir sehen auch zu, dass wir hier fortkommen. Du kannst dich auf mich verlassen. Ich bring dir das Zeug zurück.«

»Das solltest du. Es sei denn, du möchtest eine Ansichtskarte aus dem Gulag, in den die mich sonst reinstrecken.«

Die Männer verabschiedeten sich. Hastig schleppten Pilot Conway und der Professor die Kiste zum Senkrechtstarter und kletterten beide zur Kanzel empor. Währenddessen überflog das entgegenkommende Flugzeug in großer Höhe den Landepunkt der Gefährten. John herrschte alle an, sich zu beeilen. Conway startete den Flieger und nach wenigen Sekunden flogen sie bereits über den Wolken.

Nach zwei Stunden Flug erschien neben ihnen ein zweites Flugzeug. Conway blickte zur Seite. Auch Leighland, der im Cockpit den Düsenflieger neben sich bemerkt hatte, betrachtete die Maschine, die nur eine halbe Flugzeuglänge entfernt neben der Gruppe einen Parallelkurs flog.

»Wer ist das?«, fragte Leighland in seinen Helm hinein.

»Unsere Tankstelle. Der eingeplante Tankstop muss bis nach Fort Hood reichen.«

»Was, hier in der Luft?«

»Wenn Sie wollen, können Sie ja über Sibirien abspringen. Wir schicken Ihnen dann später gern ein paar Schlittenhunde vorbei«, lachte Conway.

Leighland blickte verdutzt, während Conway dem anderen Piloten Sichtzeichen gab.

»Sehen Sie den Rüssel, den er da unten hat?«

Leighland blickte zum Begleitflugzeug und erfasste ein schlauchartiges Gebilde mit trichterförmigem Kopf.

»Es wird nicht lange dauern. Er pumpt unsere Tanks wieder voll und dann geht's mit Vollgas zu uns aufs Festland.«

Die parallel fliegende Maschine verschwand aus Leighlands Sichtbereich, um wenige Sekunden später direkt wieder über ihnen zu erscheinen. »Ist das nicht gefährlich, was ihr hier treibt?« Leighland war beunruhigt.

»Wir halten jetzt den gleichen Kurs und die gleiche Geschwindigkeit. Dann ist das kein Problem.«

Leighland beobachtete, wie aus dem Rumpf der Maschine ein Schlauch austrat, der sich dem Dach des Senkrechtstarters durch die Luft näherte.

»Das machen wir öfter so. Allerdings schaut er nicht nach dem Öl und dem Luftdruck. Abgespeckter Service eben.«

Poltern und Kratzen von Metall auf Metall, gefolgt von einem einrastenden Geräusch, erfüllte die Kanzel.

»Jetzt hat er den Rüssel«, konstatierte Conway.

Es dauerte eine Weile, bis das Begleitflugzeug den Betankungsvorgang beendet hatte. Nachdem der Treibstoffschlauch abgetrennt war, drehte die Begleitmaschine ab und verschwand in den Wolken.

»Wir nennen das Fastfood-Snack in der Luft.«

Leighland grinste. »Wie lange haben wir noch? Wird Zeit, dass ich mir die Beine etwas vertrete.«

»Unter uns liegt der östliche Zipfel von Sibirien«, erklärte Conway. »Sie müssen noch etwas aushalten.«

Nach etwas mehr als einer Stunde landeten sie in Anchorage zum Auftanken. Die weitere Flugstrecke nach Fort Hood in Killeen verbrachte Leighland dösend.

5. Kapitel
In den Fängen des Wahnsinns

Washington, 27. Juli, zehn Tage nach der Alphastabilität

Im Oval Office hatte sich Präsident Richard C. Woodford mit seinem Stab versammelt. Die letzten Tage hatte er wenig geschlafen und zeigte sich trotz seiner unerreichten Kondition, die selbst seine Widersacher ihm anerkennend zubilligten, ziemlich erschöpft. Sein Charisma trug dazu bei, die unterschiedlichen Strömungen und Interessenlagen der zahlreichen Kräfte des Landes zu vereinen. Dies gelang ihm jedoch immer seltener. Zunehmend überforderten ihn die Anliegen seiner Verantwortungsträger, die seit Wochen auf ihn einwirkten. Der Stab tagte zweimal täglich und beschäftigte sich vorwiegend mit der Gefährdung durch die Creeps und der Lage im Collider in Dallas. Jetzt aber, nach den Geschehnissen in China, baute sich eine erneute Drohkulisse auf.

»Meine Herren, wie Sie wissen, haben wir es mit einer Bedrohung zu tun, die in China vermutlich eine Million Menschen das Leben gekostet hat.«

»General Pruitt, zeigen Sie den Herren die Satellitenaufnahmen.« Der Stabschef gab seinem Assistenten einen Wink.

Stockton nickte und startete die Hologrammvisualisierung mittels einer Projektion mitten im Raum. Ein sich drehender Erdball bildete die Umrisse der Kontinente ab. Die Ansicht zoomte nach Asien, über China erschien ein Fadenkreuz.

»Meine Herren, etwa hier befindet sich das extraterrestrische Flugobjekt. Es ist keines derer, zu denen wir seit 1978 regelmäßig in Kontakt stehen. Wir vermuten eine andere Spezies.«

Stockton wies auf eine imaginäre Stelle in der Luft und sprach in schnellem Stakkato. »Unsere Astronomen haben es nicht auf dem Schirm gehabt, da es zwar relativ groß, aber für Beobachtungen von Asteroiden zu klein ist. Aber wie immer spielte der Zufall eine Rolle. Es wurde erst kürzlich entdeckt. Wir wissen nicht, woher es kommt und wozu es in der Lage ist. In Kürze findet dazu eine Videokonferenz mit internationalen Spezialisten statt. Dazu später mehr. Über die Absichten ihres Besuchs wissen wir auch nichts. Aber das was sie in China angerichtet haben, sollten Sie sich selbst ansehen.« Stockton kündigte Bilder der Verwüstung in China an.

Konzentrisch um die Mitte des Fadenkreuzes zoomte die Ansicht weiter an die Erdoberfläche heran. »Wir haben nur diese Bilder. Sie stammen von einem unserer Satelliten. Zu Ihrer Information, wir befinden uns im Vergrößerungsfaktor 1:250.000. Das, was Sie in der Mitte sehen, ist ein Loch. Der Maßstab 1:250.000 bedeutet, dass es einen Durchmesser von fünfundfünfzig Meilen hat.«

Nach einem kurzen Raunen der Anwesenden kehrte sofort wieder eine Stille ein, in der man eine Stecknadel hätte fallen hören können. Während die Animation die gigantische kreisrunde Öffnung in der Landschaft zeigte, herrschte allgemeine Sprachlosigkeit.

»Zurzeit versuchen die Behörden, weitere drei Meilen am Rand des Kraters zu evakuieren, weil man Abbrüche befürchtet« fuhr Stockton fort. Aus großer Höhe zoomte die Animation an den Rand des Abbruchs, der wie die Klippe einer Untiefe aussah. Was aus der Ferne noch wie ein kleiner weißer Punkt gewirkt hatte, identifizierten die Anwesenden mit zunehmendem Vergrößerungsfaktor als Wolkenkratzer, der sich zunächst neigte, dann in der Mitte zerbarst und schließlich in den Abgrund glitt.

Die hochdekorierten Funktionsträger, die sich soeben noch bemüht hatten, demonstrative Souveränität auszustrahlen, umhüllte nun eine Aura des Schweigens. Einige von ihnen, denen der Schock in die Glieder gefahren war, standen versteinert mit offenen Mündern, während andere wiederum die Augen schlossen. Keiner von ihnen wagte, sich auch nur zu räuspern.

Die Bilder zoomten auf den Abhang am gegenüberliegenden Ende des Lochs, der sich in der Tiefe ebenso bis ins Bodenlose ausdehnte. Winzige Punkte am Rand ließen sich aufgrund des Vergrößerungsfaktors noch nicht als Häuser erkennen, dennoch war den Betrachtern sofort klar, um welches Ausmaß an Zerstörung es sich handelte. Wie Fäden schlängelten sich die Straßen bis zu dem Punkt, an dem sich der Schlund des riesigen Abhangs öffnete.

Stocktons Stimme durchschnitt die gespenstische Stille wie ein Messer. Sie klang leise und trocken. »Wir haben es hier mit der Region um Hebei zu tun. Hengshui, eine Stadt mit über viereinhalb Millionen Einwohnern, hat einmal hier existiert. Es gab, wie wir jetzt wissen, eine fortgeschrittene Anomalie in der Forschungsanlage. Auch dort wurde, wie in Dallas, Teilchenforschung betrieben.«

»Haben Sie Erkenntnisse über die Ursachen?«, fragte ein sichtlich mitgenommener Präsident Woodford.

»Wir haben noch nicht genug Informationen, aber wir vermuten die gleiche Anomalie etwas zeitversetzt in Dallas. Den Vorsprung, den man in der chinesischen Anlage hatte, haben sie teuer bezahlt.«

Woodford hielt den Atem an, dann verstand auch er die Dringlichkeit der Situation. »Sie wollen mir hier doch nicht erklären, dass diese Untertasse, die das alles ausgelöst hat, möglicherweise auch auf dem Weg zu uns ist?«

Nachdem Stockton seine Präsentation beendete hatte, stützte er sich auf dem Tisch ab und resümierte.

»Sir, meine Herren, wir haben gesicherte Erkenntnisse, dass das Flugobjekt diese Zerstörung angerichtet hat. Und eines wird jetzt klar. Auch Ihnen brauche ich nicht zu sagen, dass wir das Problem auf unserem Territorium lösen müssen, bevor es die Aliens tun.«

Pruitt beschwichtigte: »Wir sollten nichts überstürzen, vor allem nicht in Panik verfallen.«

»Ich werde nicht warten, bis mir diese Aliens vor die Tür scheißen«, ereiferte sich Woodford.

»Das würde die Evakuierung von ganz Dallas bedeuten«, warf Jonathan Fairfax, der Innenminister, ein. »Und an welchen Einsatz von Waffen haben Sie gedacht, Sir?«

Stockton beschwichtigte: »Wir werden das Ufo nicht angreifen können. Deren Technologie ist zu weit entwickelt. Wir haben nur eine Chance. Die Anomalie bei uns im Collider rechtzeitig zu vernichten.«

»Und womit wollen wir das tun?«, fragte Fairfax.

Pruitt formulierte, an was alle bereits dachten. »Eine A-Waffe.«

Woodford wich die Farbe aus dem Gesicht. »Die Bombe? Was in aller Welt ...«

»Wir haben keine andere Wahl«, meinte Stockton. »Oder wir riskieren genau das gleiche Schicksal wie in Hengshui. Wir müssen dem zuvorkommen. Die Mittel spielen dabei keine Rolle.«

Fairfax schüttelte den Kopf. »Warum tun die das? Vier Millionen. Mein Gott.«

Pruitt blieb einigermaßen gelassen und richtete an Stockton eine Bitte: »Erklären Sie den Herren nochmals die Gefährlichkeit dieser Anomalie. Ich denke, einige hier haben es noch nicht begriffen. Die in der Untertasse schon.«

Stockton, der daraufhin die Geschehnisse im Collider zusammenfasste, ließ eine neue Präsentation von Dallas im Hologramm erscheinen. Darin markierten weiße Striche den Verlauf der unterirdischen Röhre zum besseren Verständnis. »Wir haben die

Anomalie in der Ringanlage lokalisiert. Unglücklicherweise befindet sie sich genau in dem Segment der Röhre, das Dallas am nächsten kommt. Im Schnittpunkt zwischen Desoto und Duncanwille in etwa sechzig Fuß Tiefe.« Stockton lokalisierte die Koordinaten in der Animation über einen blinkenden Punkt.

»Verdammt, das ist ja fast mitten in der Stadt!«, entfuhr es Woodford. »Können Sie das Ufo nicht stoppen?«

Admiral Kingston, Chef des Flottenverbandes, ergriff das Wort. Kingston war ein unscheinbarer, eher schmächtig wirkender Mann mit zerknittertem Gesicht, rotblondem Haar und gelben buschigen Augenbrauen, dessen listige Augen einen durchaus energischen Charakter erahnen ließen. »Von der See aus können wir nichts gegen das Ding ausrichten. Bestenfalls werden wir einige Creeps erwischen. Vielleicht die, die versuchen, über den Seeweg die Küste zu erreichen. Wir könnten versuchen, denen das Leben schwer zu mache. Die Häfen haben wir schon besetzt, aber das Ufo ...« Er stockte. »Das Ufo können wir nicht mal mit unseren Langstreckenwaffen erreichen. Es befindet sich außerhalb unserer Reichweite irgendwo in 150.000 Meilen Entfernung.«

Ein Mann im Rollstuhl, den Beobachter sicherlich nicht älter als fünfunddreißig geschätzt hätten, meldete sich zu Wort: »Es bewegt sich sehr langsam, Mr. President. Bleibt es bei der Geschwindigkeit, wird das Objekt Dallas in circa sechzehn Stunden erreicht haben.«

»Sechzehn Stunden noch«, sagte Woodford. »Verdammt, und wir haben nicht einmal einen Plan.«

Pruitt nahm den Faden wieder auf. »Verzeihung, wenn ich Sie korrigiere, Sir. Aber es gibt einen Plan.« Er beschrieb das mögliche Schicksal der Großstadt, als würde er eine Pizza bestellen: »Zuerst evakuieren wir vorsorglich Dallas und warten darauf, dass diese Dilettanten im Collider ihr Problem alleine lösen. Wenn sie versagen, dann haben wir keine andere Chance, dann kommt es zum Einsatz der Bombe.«

»Es gibt immer einen besseren Weg als den in Hengshui«, warf der Mann im Rollstuhl ein.

»Und welchen?«, entgegnete Woodford.

»Es könnte eine unserer taktischen Waffen zum Einsatz kommen. Vielleicht *Sunburst*, der Laser in unserem Satelliten Peacemaker. Der könnte das verdammte Ding eindampfen«, entgegnete Admiral Kingston.

Der Mann im Rollstuhl versuchte, sich gerade aufzurichten. »Meinen Berechnungen zufolge würde das nichts nützen. *Sunburst* ist ein Hochenergielaser. Er hätte keinerlei Wirkung.«

»Das kommt überhaupt nicht in Frage!«, ging Pruitt dazwischen. »Das würde bedeuten, dass *Sunburst* in jedem Winkel der Welt bekannt wird. Damit können wir dann die Uhr danach stellen, wie schnell unsere Gegner Abwehrmaßnahmen ergreifen. Das Ding ist unsere letzte Lebensversicherung im Falle eines Angriffs. Sozusagen die Ultima Ratio. Die letzten Geheimnisse zu lüften, würde uns strategisch unverantwortlich schwächen. Dagegen sind hunderttausende Menschen in Dallas Peanuts.«

Ungeduld schwang jetzt in Woodfords Worten mit: »Aber die Bombe? Wie stellen Sie sich das vor? Wollen Sie etwa ein zweites Hiroshima direkt vor unserer Haustür?«

Fairfax warf ein: »Sir, wenn das Ding da halb Texas verschluckt, bekommen Sie ganz andere Probleme.«

»Zum Teufel mit Ihrer Bombe!«, brach es aus Woodford hervor. »Sie wissen genauso gut wie ich, dass wir im Sicherheitsrat jeden möglichen Atomeinsatz ächten. Und jetzt kommen Sie und wollen so ein Ding auf unsere eigene Stadt werfen?«

Pruitt gab dem Rollstuhlfahrer ein Zeichen. »Hayworth, wie sehen die Szenarien aus?«

Der Angesprochene legte seinen linken Arm in den Schoß, der schlaff und gefühllos auf der Lehne ruhte und bedeckte ihn mit seiner rechten Hand. Dann beugte er sich vor. »In meinem

Labor in Los Alamos haben wir das schon getestet. Wir haben alle Szenarien durch. Es wird keinen großen Schaden anrichten. Die Bombe, die wir einsetzen müssten, ist ziemlich klein, die Sprengkraft liegt nur bei etwa 0,6 Kilotonnen.«

»Hiroshima hatte dreizehn Kilotonnen, soweit ich mich erinnere«, wandte Woodford ein.

Hayworth schmunzelte. »Eben. Damit haben wir einen absoluten Zerstörungsradius von höchstens einer viertel Meile. Realistisch betrachtet hat unser Sweety gerade einmal die Kraft, Geburtstagskerzen auf einem Kuchen auszublasen.«

»Gott, Hayworth können Sie das bitte unterlassen!«, maßregelte der Präsident. »Und überhaupt, diese Schweinerei in der Forschungsanlage liegt sechzig Fuß unter der Erde! Kommt Ihre Bombe überhaupt so tief?«

»Ein guter Einwand, Sir. Wir haben Systeme, die Bunker weitaus tiefer unter der Erdoberfläche treffen können. Sie kennen sie als so genannte Bunkerbrecher. Um einen solche handelt es sich. Die Bombe dringt in die Erde ein, und die Kernreaktion wird alles im Umkreis verdampfen. Also auch dieses Schwarze Loch.«

»Warum sind Sie da so sicher, Hayworth?«

»Ganz einfach, Sir. Ich bin mir gar nicht so sicher, aber es ist unsere einzige Chance.«

Woodford schluckte. »Und der radioaktive Fallout?«

Hayworth entgegnete: »Die Radioaktivität bleibt weitgehend auf das Erdreich begrenzt. Aber das wird nicht das größte Problem sein, Sir.«

»Was denn noch?«

»Es dauert mindestens dreißig Stunden, um ganz Dallas zu evakuieren. Wir haben jetzt noch maximal sechzehn und ...«

»Und was bedeutet das?«, forschte der Präsident nach.

»Nun, wir rechnen mit maximal hunderttausend Toten, wenn wir nicht evakuieren«, resumierte Hayworth. »Dabei sind die Langzeitwirkungen natürlich noch nicht berücksichtigt. Aber wir bringen Isotope mit sehr geringer Halbwertzeit zum Einsatz. Das reduziert die Strahlung auf maximal …«

»Können Sie uns das mal etwas genauer erklären? Ich verstehe das nicht!«, raunte der Präsident.

»Nun, Sir, wir setzen eine strahlungsärmere Bombe ein, wenn Sie so wollen. Außerdem haben wir ein fünfzehn Punkte Programm für solche Fälle ausgearbeitet.«

»Ich kenne es«, polterte Woodford. »Es wird uns wenig helfen.«

»Vielleicht können wir das Desaster durch die Evakuierung auf wenige Tausend Menschenleben reduzieren. Aber auch dann wird es Tote geben. Durch Massenpanik, Unfälle, Herzinfarkte, naja, das ganze Szenario halt. Die Plünderungen nicht mitgerechnet. Allerdings, wenn Sie mich fragen, Sir, mit fortschreitender Zeit werden es zweifellos mehr.«

Woodford blickte sprachlos in die Runde. Seine Lippen presste er zu einem schmalen Strich zusammen.

»Müssen wir überhaupt die Bombe einsetzen?«, konterte Flottenadmiral Kingston. »Der Fallout wird Teile von Dallas für Jahrzehnte verstrahlen. Sind Sie überhaupt sicher, dass Sie dieses Schwarze Loch dadurch vernichten können?«

»Wir können es auch die Aliens erledigen lassen«, meldete sich Hayworth. »Aber ich fürchte, es wird dann nicht bei einer viertel Meile Radius bleiben. Die Bilder haben Sie doch gesehen.«

»Und was machen wir später? Was geschieht mit Dallas?« fragte der Präsident.

»Bei dem begrenzten Wirkradius können wir die Zone nachher zu einem Mahnmal deklarieren, einen Obelisken hinsetzen, fertig.«

»Also ein zweiter Ground Zero?«, fragte Woodford.

»Immerhin, das können wir dann noch als Sieg verkaufen. Zumindest zeigen wir Stärke. Jährlich einige Tapferkeitsmedaillen, ein bisschen Tamm-Tamm, und irgendwann gehört es zu unserer Geschichte.«

Woodford beugte sich vor, als hätte er einen Bauchkrampf. Dann richtete er sich zur vollen Größe auf und presste leise seine Entscheidung hervor. »Meine Herren, wir werden evakuieren. Sofort. Bereiten Sie dazu meine Ansprache vor. Wir gehen in zwanzig Minuten damit raus.«

Killeen, unweit von Dallas

Vor der Landung der Maschine auf dem Stützpunkt Fort Hood in Killeen richtete Conway einige Funksprüche an den Tower. Sie blieben allesamt unbeantwortet. Der Pilot betrachtete eine mitgeführte Karte. »Hier müssen wir runter. Den letzten Weg nach Waxahachie legen wir mit dem Auto zurück. Aber ich bekomme keinen Kontakt zur Basis. Irgendwas stimmt da nicht.«

Minuten später hatte sich die Maschine auf wenige Meilen genähert. Conway hätte die Lichter des Towers und der Landebahn längst identifizieren müssen, aber dort, wo er die Markierungen vermutete, gähnte lediglich die Schwärze der Nacht.

»Es gibt keine Lichter«, sagte er. »Ich bekomme keinen Kontakt zum Tower.«

Auch John ließ seine Blicke in die Ferne schweifen. »Da stinkt etwas gewaltig zum Himmel. Was wollen Sie tun?«

»Das sehen wir uns erstmal aus der Nähe an«, entgegete Conway. Wenig später überflogen sie den Landebereich und die Flughafengebäude. In einer gespenstisch anmutenden Szenerie sichteten sie zu ihrer Linken den Tower. Lodernde Flammen züngelten aus einem nebenstehenden Hangar. Der Tower selbst jedoch lag vollständig im Dunklen.

»Was ist hier passiert?«, fragte John den Piloten.

Coway behielt die Instrumente im Auge. »Wahrscheinlich die Creeps. Aber wer auch immer es war, wir müssen runter. Der Treibstoff der Zusatztanks geht zu Ende.«

Conway kundschaftete mit zwei weiteren Überflügen einen sicheren Landepunkt aus und brachte das Flugzeug in Landeposition. Wenige Sekunden später brachte er die Maschine neben einer Halle zum Stehen. Als Conway die Kanzel öffnete, schlug ihnen der Gestank von verbranntem Gummi entgegen. John und der Pilot stiegen aus und erkundeten vorsichtig die Umgebung. Dabei hielt der Söldner sein Maschinengewehr im Anschlag. Im Feuerschein einer noch brennenden Propellermaschine sichteten sie neben dem Hangar ein Versorgungsfahrzeug.

»Los, da geht's hin«, sagte Conway. Er inspizierte den Wagen und öffnete eine der Türen. Dabei fielen ihm die blutbespritzten Sitze auf.

»Ganz schön gewütet haben die. Wer denken Sie war es?«

»Hier hat etwas stattgefunden, wo ich mit Sicherheit nicht hätte dabei sein wollen!«, rief John, der sich in der Nähe des brennenden Flugzeugs befand.

»Wahrscheinlich die Creeps. Weiß Gott, was die hier gemacht haben.«

Im Feuerschein suchte Conway vergeblich nach dem Schlüssel für das Fahrzeug. »Wenn wir den Wagen nehmen, werden wir ihn wohl kurzschließen müssen.«

John, der sich auf der anderen Seite des Fahrzeugs postiert hatte, erblickte am Boden eine männliche Leiche. Sie lag in einer Blutlache.

»Den hat es ganz schön zerfetzt.« Der Legionär beugte sich über den Toten, dessen von Kugeln durchsiebter Körper zu einer einzigen blutigen Masse geworden war. Er durchsuchte die Hosentaschen des Toten.

»Wie wärs mit dem hier«, fragte er und warf Conway einen Schlüssel zu. »Starten Sie das Fahrzeug und checken Sie den Tank, ich werde die anderen holen.«

Conway versuchte, den Wagen zu starten, während Judy und Leighland herbeieilten.

»Es wird Zeit, dass wir in den Collider kommen«, rief Leighland. »Die Zeit läuft uns davon.«

»Packen Sie Ihr Element ein, dann geht's los«, erwiderte John und schwang sich hinter das Steuer. Conway und Leighland verstauten die Kiste im Heck, dann setzte sich der Jeep in Bewegung.

Die Lichtkegel der Scheinwerfer huschten über Schlaglöcher, die sich wie Explosionskrater eines Minenfeldes hintereinander aufreihten. Vor noch nicht allzu langer Zeit hatte es geregnet. John hatte alle Mühe, den Wagen an den mit Wasser gefüllten Kratern vorbei in Richtung des nächsten Highways zu steuern.

»Kennen Sie den Weg nach Dallas?«, fragte Leighland.

»Ja, ich kenne die Gegend wie meine Westentasche. Wir fahren in Richtung Waco. Von dort ist es nach Dallas und Waxahachie nicht mehr weit.«

John, der es sich auf dem Beifahrersitz bequem gemacht hatte, fingerte an seinem Mobiltelefon.

»Kein Netz. Verdammt. Auch das Internet scheint ausgefallen zu sein.«

Conway sagte zu sich: »Mir gefällt das hier ganz und gar nicht. Hier ist es dunkler als in einer Wagenladung Arschlöcher.«

»Wir haben eine Dame dabei, Conway«, sagte Leighland und grinste. »Schon vergessen?«

Judy, die bis dahin im Fond des Wagens still und teilnahmslos auf ihrem Sitz verharrt hatte, meldete sich: »Eine Wagenladung Arschlöcher wär mir jetzt allemal lieber als das Rumgehopse über diese verdammten Schlaglöcher.«

Sie fuhren Richtung Waco. Nach einer Biegung nahm Conway plötzlich den Fuß vom Gas. »Schaut euch das an. Was ist das?«

In der Ferne erhellten Feuer die Nacht. Vor dem zaghaften Dämmerungsbeginn am Horizont zeichneten sich Flammen mitten auf der Fahrbahn ab.

»Scheint direkt auf der Straße zu sein. Vielleicht noch eine viertel Meile entfernt.«

John versuchte, Einzelheiten zu erkennen. »Fahren Sie langsam vorwärts. Wenn es Probleme gibt, können wir umdrehen.«

Im Schritttempo näherte sich der Jeep dem Feuerschein, bis die Konturen einer Straßensperre erkennbar wurden. Auf der Straße türmte sich ein brennender Scheiterhaufen auf.

Conway stoppte den Wagen. »Verdammt! Sieht mir nach 'ner Falle aus.«

Im Licht des Feuers traten von links zwei Bewaffnete aus der Deckung der Dunkelheit hervor.

»Geben Sie Vollgas und fahren Sie vorbei!«, rief John.

Der Major trat aufs Gaspedal, der Jeep schnellte nach vorn. In Windeseile verringerte sich die Distanz zu dem Scheiterhaufen, der die Straße fast vollständig bedeckte. In diesem Augenblick wurde das Feuer von den Männern am Straßenrand eröffnet. Während Kugeln die Scheiben des Fahrzeugs zerbersten ließen, lenkte Conway den Jeep in einem gekonnten Manöver an der Feuerstelle vorbei.

John bemerkte mit Entsetzen, dass Conway getroffen worden war, sein Gesicht war schmerzverzerrt. Conway trat auf das Bremspedal. Der Wagen schlingerte noch ein wenig, bis er in einem Schlagloch aufsetzte. Als die Achse brach, kam der Wagen im Bruchteil einer Sekunde zum Stehen. Die Insassen wurden nach vorn geschleudert.

John fing sich als erster und versuchte, die Situation zu erfassen. Er nahm etwas Brennendes wahr, das, sich um die eigene Achse drehend, in Richtung des Wagens durch die Luft flog. Es zersplitterte am Stoßfänger, und sofort schlugen Flammen vor dem Fahrzeug hoch. John stieß die Tür auf. Im selben Augenblick trat ein mit einer Pistole bewaffneter Angreifer aus dem Gebüsch und eröffnete das Feuer. Die Frontscheibe splitterte. Der Legionär, der weitere menschliche Schatten auf der rechten Seite der Straße erspähte, erkannte bald die Ausweglosigkeit der Situation. Er entschärfte die Situation, indem er beide Hände nach oben riss.

Zwischenzeitlich hatten auch Judy und der Professor die Tür aufgerissen und drängten ins Freie. Beißender Qualm des Feuers reizte ihre Schleimhäute. Sie husteten. Bald darauf hoben auch sie die Arme. John wurde bereits von einem der Angreifer gegen den Jeep gedrückt. Instinktiv spreizte er die Beine und ließ sich wortlos Handschellen anlegen. Mit seinen Augen hielt er Judy und den Professor im Blick, die ebenfalls gefangen genommen wurden. Widerstandslos ergaben sie sich in ihr Schicksal. Conway blieb schwer verwundet im Wagen zurück.

Leighland zerrte an den Armen der Creeps, die ihn links und rechts gepackt hielten. Durch seine tränenden Augen erblickte er verschwommen einen Mann, der aus der Deckung des Gebüschs hervor trat. Von den anderen unterschied er sich durch seinen Businessanzug. »Schön, Sie wieder zu sehen, Leighland!«, rief er. Dabei nestelte er an seiner Krawatte und hielt auf den Professor zu.

»Frease! Ich hätte es mir denken können!«

Dem Securitychef entfuhr nur ein verächtliches: »Ach, tatsächlich?«

»Ja, Sie kamen an alle relevanten Daten meiner Kollegen ’ran und wussten auch, dass ich mit Katchenko in Moskau gesprochen habe«, erklärte Leighland.

»Soso, Mister Allwissend. Es war für mich ein lukrativer Nebenerwerb, nichts weiter.«

Leighland wurden die Arme auf den Rücken gedreht als er antwortete. »An wen haben Sie die Unterlagen verscherbelt?«

Frease umrundete den Wagen, während sich hinter ihm die Sonne in einer glutroten Sichel über den Horizont schob. »Ich habe im Genetic Research Center bei Criss Venathaer gearbeitet, Leighland. Wir hatten eine lange Zeit zusammen, dann half er bei dem Angebot im Collider etwas nach.«

»Die Kontakte nach Hengshui hat also er Ihnen verschafft?« Für Leighland wurde schlagartig einiges klar.

Frease lachte: »So etwas nennt man Cross-Selling. Für uns beide sehr einträglich.«

»Und natürlich kannten Sie auch meine Pläne, Zorin in Ulan Bator zu treffen.«

»Wissen Sie, Leighland, Telefone abhören macht manchmal sehr viel Spaß. Sie hören so viel Nützliches.« Dabei warf er einen Blick in das Fahrzeug auf den verletzten Conway.

Leighlands Augen blitzten. In seinem Kopf fügte er die Steine eines Puzzels zusammen, bis er ein Gesamtbild vor Augen hatte. »So kamen Sie auch auf Judy. Sie wussten, dass sie nach Hengshui reist. Aber warum die Verschleppung in den Altai? Das ergibt keinen Sinn.«

»In Ulan Bator wartete das Element auf Sie, das wussten wir ja. Wir hatten zwar Judy zum Austausch in Hengshui. Aber geplant war, alle Spuren zu beseitigen. Das wäre im Falle von Judy in Hengshui umständlich gewesen. Zu viele Fragen.«

Der Professor verstand, dass in der verlassenen Bergwelt sicherlich kein Hahn mehr nach ihnen gekräht hätte und es zweifellos einfacher gewesen wäre, dort alle Spuren unbeobachtet und ohne Zeitdruck zu verwischen.

Frease geiferte: »Wer kümmert sich schon um ein paar Leichen in der Mongolei? Eigentlich sollten wir das Element schon längst haben. Ich weiß nicht, was da schiefgelaufen ist, aber Sie werden es mir sicher sagen, oder?«

Judy, die jetzt direkt neben Frease stand, spuckte ihm ins Gesicht.

Dieser wischte sich die Speichelreste mit dem Ärmel weg und sprach fast sanft. »Miststück. Mit dir werde ich mich nachher noch ausgiebig beschäftigen.« Er packte sie an ihrer Jacke drehte das Innenfutter nach außen.

Knöpfe sprangen ab. Dann riss er ihr die Innentasche ab. Das Stück Stoff hielt er ihr vor die Nase. Judy betrachtete den Fetzen, als ihr inmitten des Gewebes der winzige Metallpunkt auffiel.

Frease triumphierte: »Du wärst mir niemals entkommen. Hiermit hätte ich dich überall auf der Welt gefunden, Miststück.« Dann gab er seinen Helfern einen Wink und wies auf den schwarzen Van, der etwas abseits mit geöffneter Seitentür bereit stand. »Ich werde schon noch dahinter kommen, was in Ulan Bator schiefgelaufen ist.«

John wurde am Arm gepackt. Er stieß einen Fluch aus in Richtung des Sicherheitschefs: »Und warum erledigen Sie uns jetzt nicht hier an Ort und Stelle?«

»Wenn es nach mir ginge, würde ich das tun«, lachte Frease.

»Und? Warum tun Sie es dann nicht?«

»Venathaer will Sie vorher noch sprechen.«

Leighland erinnerte sich. »Venathaer ...« Bilder von einem medienscheuen Genie kamen ihm in den Sinn. Ein Treffen mit dem Exzentriker vor einigen Jahren hatte bei ihm einen bleibenden Eindruck hinterlassen. Irgendwie bewunderte er den brillanten, zurückgezogen lebenden Forscher, dessen wenige Publikationen Leighland stets anerkennend zur Kenntnis genommen hatte.

Frease riss den Professor aus seinen Gedanken. »Wir fahren jetzt zu Venathaer, dann werden wir weitersehen. Meinen Spaß bekomme ich später noch.«

Die Reise zu Venathaers Unterschlupf war gespenstisch. Nirgendwo waren die Leighland ansonsten so vertrauten Autokorsos zu sehen, die sich sonst Lindwürmern gleich auf den Straßen in die Innenstädte bewegten. Nirgendwo Rettungskräfte, Polizei oder gar Militärgarden. Stattdessen fuhren sie an Menschenmassen vorbei, die sich zu Fuß wie Pilger einem imaginären Ziel zu nähern schienen. Viele von ihnen trugen ihre Habe in Rucksäcken oder Plastiktüren mit sich. Sie schritten stumm und ließen keinerlei Gemütsregungen erkennen. John und Leighland saßen gefesselt nebeneinander. Dem Professor fiel das offensichtliche Desinteresse an ihrem Fahrzeug auf, das für die bizarre Pilgerschaft nicht zu existieren schien.

»John, sehen Sie sich das da draußen an. Was passiert hier?«

Der Söldner flüsterte. »Ich weiß nicht. Ich bin mir aber ziemlich sicher, dass ich es auch gar nicht wissen will.«

»Kapieren Sie das?«, fragte Leighland. »Die Chinesen hatten geplant, uns zu erledigen. Die Wanze in Judys Kleidung wäre also eigentlich völlig unnötig gewesen.«

»Ja, aber wer sonst hat ihr das Ding dann untergejubelt? Meinen Sie, einer von uns? Dann bliebe nur Conway.«

»Oder Judy selbst?«

»Professor, nennen Sie mich von mir aus einen Eis-am-Stiel-Junkie, aber ich habe 'ne Menge Menschenkenntnis – und Judy war's nicht.«

»Es bleibt nur Fang«, spekulierte Leighland.

»Stimmt. Nur er kannte unsere Pläne. Aber er arbeitet als Schläfer für Kelley, das macht keinen Sinn.«

»Doch, ich fürchte, es macht Sinn«, brachte Leighland enttäuscht hervor.

»Und wieso?«

»Alle Geschehnisse ließen sich erklären, wenn Fang als Doppelagent für drei Seiten arbeitet.«

Kurze Zeit später trafen sie in Venathaers neuem Hauptquartier ein. Das Gebäude glich einem in die Jahre gekommenen Hotelkomplex mit acht Stockwerken. Die Stimme, die Leighland vernahm, klang forsch.

»Aber Frease, wie behandeln Sie denn unsere Gäste?«

Venathaer trat aus dem Schatten des Eingangsportals heraus. »Binden Sie sie gefälligst los und bringen Sie unsere Freunde in den Konferenzraum. Ach, mit Ausnahme dieses Herrn dort.« Er wies auf John. »Der bleibt festgebunden. Von mir aus im Wagen.«

Frease nickte nur und gab seinen Helfern Anweisungen, während Judy dem Söldner John einen mitleidigen Blick zuwarf.

Judy und der Professor wurden in einen Raum mit einem ovalen Tisch geleitet. Venathaer gesellte sich zu ihnen.

»Kennen wir uns nicht, Leighland?« Venathaer musterte ihn wie einen alten Bekannten. »Ist es nicht interessant, dass Sie die ganze Reise gemacht haben, um dann letztendlich das Element an uns auszuhändigen?«

»Was wollen Sie überhaupt damit?«, entgegnete Leighland.

»Ach Professor, Sie sind wie dieser Pruitt, Sie hatten ja bereits das Vergnügen mit ihm. Auch er denkt immer, wir seien seine Spielzeuge.« Venathaer lachte. »Aber in Wirklichkeit sind wir es, die ihn führen. Ist es nicht so?«

»Und das wissen Sie so genau?«

»Seine Strategien basieren auf unserer Technologie. Seine militärischen Einschätzungen, taktische Operationen im Ausland, all das wird erst ermöglicht durch unsere wissenschaftlichen Errungenschaften. Die angeblich Mächtigen glauben, nur weil sie in der Politik mitmischen, gehört ihnen die Welt. In Wirklichkeit sind sie Marionetten unserer Forschungsergebnisse. General Pruitt ist das beste Beispiel. Wir sind es, die seinen Horizont definieren. Diese ganze Politikerriege ist wie ein Haufen Junkies, die sich unsere Entwicklungen wie Heroin in ihre Venen jagen.«

Der Professor unterdrückte einen Kommentar und stellte sich schützend an die Seite von Judy, die sich wortlos in die Situation fügte. Schließlich brach Leighland wieder das Schweigen: »Wäre es nicht an der Zeit, uns zu sagen, was Sie vorhaben?«

»Warum so eilig, Professor? Ich werde es Ihnen sagen, wenn es an der Zeit ist.«

»Sie scheinen keine hohe Meinung von Pruitt zu haben.«

»Ich leiste mir die Gelassenheit, über niemanden eine Meinung zu haben. Mich interessieren nur Pruitts Verbindungen, die mir die Rahmenbedingungen schaffen, die ich für meine Forschung brauche. Dazu organisiert er uns Unsummen an Geld. Wie würden Sie das nennen?«

Leighland sah sich in dem Gang um. Bewaffnete Sicherheitsgarden bewachten alle Ein- und Ausgänge.

»Wie ich das nennen würde? Sie lassen sich kaufen«, sagte Leighland.

»Aber Professor. Schon in der Renaissance gab es gut bezahlte Erfinder, die erstaunlich effiziente Kriegsmaschinen entwickelt haben. Denken Sie zum Beispiel an die brillanten Ideen Leonardo Da Vincis. War er ein schlechter Mensch? Ich denke nicht. Wissenschaft zahlt sich nun mal aus, oder? Man braucht uns immer. Wir reagieren auf die Forderungen unserer Regierenden. Was es auch ist, wir machen es möglich. Es kostet nur einige Milliarden. Im Grunde genommen arbeiten wir nur wie ein Handelsunternehmen.« Venathaer lachte. »Aber jetzt gehen wir nicht nur zum nächsten Level über, jetzt machen wir einen Quantensprung. Wir multiplizieren unsere Kunden.«

Leighland interessierte sich nicht für Venathaers Philosophie. Ihn quälten andere Fragen: »Woher wussten Sie, dass wir mit Element 115 unterwegs waren?«

»Frease gab uns die nötigen Informationen. Wir waren über jeden Ihrer Schritte informiert. Er ist vielleicht ein wenig kleinbürgerlich und geldgierig, aber er verkauft mir immer gerne Informationen.«

»Also auch Pendergasts Ergebnisse!«, ereiferte sich Leighland.

In diesem Augenblick brach es aus Judy heraus: »Sie mieses Schwein! Und dann haben Sie es auch noch Shuin in die Schuhe geschoben.«

Frease, der wenige Schritte von der Journalistin entfernt stand, quittierte den Gefühlsausbruch lediglich mit einem kalten Lächeln.

»Die Chinesen haben sich mir sehr dankbar gezeigt«, fuhr Venathaer fort. »Unglücklicherweise haben sie ihr neues Wissen mit einem sehr hohen Preis bezahlt. Aber der Wissenschaft ist ja schließlich kein Preis zu hoch, oder Leighland?«

»Welchen Preis meinen Sie?«

»Ach, Sie wissen es noch nicht?« Venathaer betätigte die Fernbedienung des großen Flat-Screen Fernsehers an der Wand. »Sehen Sie hier. Das war einmal Hengshui.«

Leighland und die Anwesenden verfolgten die Berichterstattung eines Fernsehsenders. Bilder der Katastrophe in Hengshui flimmerten über den Bildschirm, während der Kommentator die Geschehnisse in der chinesischen Provinz in allen Einzelheiten beschrieb. Erschüttert nahmen Judy und der Professor die Bilder zur Kenntnis.

»Forschung, die den Tod bringt, finanziert von der Regierung. Ist es nicht erstaunlich, wofür Menschen bereit sind, Geld zu bezahlen. Und anstatt Ruhm hat es ihnen den Tod gebracht.«

»Was wollen Sie denn jetzt mit dem Element?«, fragte Judy. »Sehen Sie nicht, was dadurch verhindert werden könnte?«

»Zuerst dachten wir daran, es zu verkaufen. Pruitt hätte bestimmt gut bezahlt. Aber jetzt denke ich, dass es doch viel interessanter wäre, zu versuchen, das Schwarze Loch damit zu beherrschen. Wenn wir es unter Kontrolle bringen können, wäre es die Waffe schlechthin im Sonnensystem, oder etwa nicht?«

Leighland lachte laut auf: »Das Schwarze Loch beherrschen? Ich sag Ihnen was, Schwarze Löcher lassen sich nicht einfach zähmen.«

»Warum nicht? Wenn es das ist, was ich glaube, dieses Element 115, dann kann es das vielleicht. Ich bin jedenfalls entschlossen, es auszuprobieren.«

»Sie sind ja komplett wahnsinnig, Venathaer.« Leighland schüttelte den Kopf.

»Ist Wahnsinn nicht das, was uns von Tieren unterscheidet? Vielleicht ist das, was Sie als Wahnsinn bezeichnen, nur Ausdruck von Überlegenheit. Ein Bruch mit auferlegten Konventionen und ethischen Zwängen. Wenn Sie die erstmal abgestreift haben, lernen Sie wirklich zu atmen. Überlegen Sie mal Leighland, vielleicht haben sich so die ersten Lebewesen gefühlt, als sie das Wasser verließen. Sie füllten ihre Lungen mit Sauerstoff und lernten auf dem Festland zu überleben. Kommen Sie mit, ich nehme Sie mit, ich zeige Ihnen eine Kostprobe von echter Evolution.«

Leighland schüttelte den Kopf. »Bringen Sie uns in den Collider. Jede Sekunde die wir verlieren, lässt die Anomalie weiter außer Kontrolle geraten.«

»Die Anomalie wird sich noch etwas gedulden müssen.«

»Die Menge des Elements ist begrenzt. Wir wissen nicht, wie lange es noch ausreicht«, warnte Leighland.

»Wenn Sie wollen, sind wir in weniger als drei Stunden da. Solange wird die Anomalie warten müssen. Ich möchte Ihnen vorher noch etwas zeigen. Und die Reporterin kann sich ja unterdessen etwas ausruhen.«

Frease lächelte breit und wies Judy an, auf einem der Stühle Platz zu nehmen.

Leighland sah ein, dass es sinnlos war, weiter zu argumentieren: »Gut, was wollen Sie mir zeigen, Venathear? Schnell, wir haben nicht viel Zeit!«

»Es wird Sie bestimmt interessieren, wie ich eine der größten Errungenschaften der Neuzeit erfand.«

»Und welche wäre das?«

»Strange.«

»Strange? Die Droge, die da draußen die Menschen zu Creeps macht? Das ist also Ihr Werk?«

»Aber Leighland? Wo bleibt Ihr Forschersinn? Sind Sie nicht neugierig? Ich hielt Sie für enthusiastischer.«

Venathaer drängte seinen Gast in Richtung des Fahrstuhls.

Leighland blieb gelassen. »Kompliment, Venathaer. Damals, als Sie noch publizierten, war selbst ich überrascht. Ich habe Ihre Veröffentlichung über Lichtbrechungen, photoelektrische Effekte und deren Anwendungsgebiete gelesen.«

»Ach, Sie meinen die Photonischen Kristalle. Interessantes Gebiet. Mein größter kommerzieller Erfolg übrigens. Wir stellen zurzeit farbige Tücher her, ohne jeden Farbstoff oder Pigmente.«

»Ja, verblüffend. Aber ich hätte Ihnen nicht zugetraut, unsere Welt in ein solches Chaos zu stürzen.«

Venathaer hob seinen Kopf und schien Leighlands Attacke zu ignorieren. »Die Farbe wird nur durch Lichtbrechung an der Oberfläche generiert. Und das völlig abnutzungsfrei beim Vollwaschgang. Erstaunlich, was man dem menschlichen Auge alles vorgaukeln kann. Wir haben das übrigens den Faltern im Regenwald abgeguckt. Ich sage es ja immer wieder: Wir müssen nur von der Natur lernen. Wissen Sie, Leighland, wirklich interessant wird es für uns, wenn wir damit ein Gewebe herstellen. Ein Gewebe, das die Farben von der Umgebung hinter der Rückseite eines Anzuges selbst erkennen kann. Die können wir dann durch elektrische Impulse auf der Vorderseite generieren, also spiegeln. Wenn man einen solchen Anzug tragen würde, dann …«

Venathaers Augen blitzten, Leighland wusste, dass er eine Reaktion von ihm erwartete.

»Ja. De facto wäre man dann so gut wie unsichtbar.«

»Zumindest wäre der Tarneffekt außerordentlich«, triumphierte Venathaer.

»Glückwunsch, damit wären Sie ja später noch ein Nobelpreiskandidat, wenn Sie die nächsten hundert Jahre im Gefängnis abgesessen haben.«

»Warum so geringschätzig, Leighland? Ihre Sticheleien beeindrucken mich keineswegs. Militärs in aller Welt würden mir die Millionen nur so hinterherwerfen. Keine der führenden Nationen kann auf diesen Vorsprung verzichten.«

Leighland betrachtete sein Gegenüber und überlegte. In diesem Moment schien es ihm, als ob Venathaer den Nobelpreis geringer schätzte als Reichtum. Eine für ihn undenkbare Ignoranz.

Er murmelte: »Tatsächlich Geld? Lassen Sie es mich wissen, wenn Sie das Zeug produziert haben. Ich werde mir dann einen Anzug schneidern lassen.«

Venathaer entgegnete: »Hätte ich gern getan, nur kannte ich Sie vor drei Monaten noch nicht.«

»Sie meinen ...?« Leighland schien überrascht.

Venathear zuckte mit den Schultern: »Ja, es wird bereits in meinen Fabriken in Schanghai hergestellt. Aber kommen Sie, Professor. Ich zeige Ihnen Yin und Yang.«

»Yin und Yang? Fernöstliche Weisheiten? Wir sollten uns besser um die Anomalie kümmern, Venathaer.«

»Warten Sie's ab. Sie werden begeistert sein. Mögen Sie Delfine?«

Zusammen betraten sie eine Dachterrasse über dem achten Stockwerk. Venathaer näherte sich dem Rand eines Schwimmbeckens in Form einer Doppelniere. Drei Symbole aus Kunststoff ragten auf Stäben aus dem Wasser und zogen die Aufmerksamkeit von Leighland auf sich. Neben einem Kreis waren es ein Dreieck und ein Quadrat.

»Achten Sie auf die Delfine. Sehen Sie den linken mit der roten Markierung?«

Leighland bejahte.

»Gut. Stellen Sie sich nun vor, wie er durch den Reifen mit einem Symbol springt. Stellen Sie es sich in Gedanken vor.«

»Warum sollte ich das?«

»Tun Sie es!« forderte Venathaer.

Leighland unterdrückte seinen ausgeprägten Reflex, einem Forscher zu widersprechen, dessen Analogieschlüsse sich zu weit von der Nachweisbarkeit eines Experiments entfernten, konzentrierte sich dann aber auf die Symbole. Vor seinem geistigen Auge stellte er sich den Delfin vor, wie er durch das mittlere Symbol, das Quadrat, hindurch sprang. Einen kurzen Moment zögerte er, dann entschied er sich doch noch für den Kreis.

Die Flosse des Delfins ragte über die Wasseroberfläche. Leighland verfolge jede einzelne Bewegung des Meeressäugers. Zuerst nur langsam in Fahrt kommend, gewann die Flosse plötzlich schnell an Geschwindigkeit. Der Delfin schwamm zum linken der drei Reifen, umrundete ihn, entfernte sich jedoch wieder.

»Auf welchen der Ringe haben Sie sich konzentriert?«, fragte Venathaer.

Leighlands Gedanken konzentrierten sich weiterhin auf den Kreis. »Den Kreis«, antwortete er.

Mit einem gewaltigen Anlauf, den Delfin innerhalb von Sekunden unter Wasser nahm, tauchte das Tier an die Oberfläche auf und sprang durch den Kreisreifen.

Leighland schüttelte den Kopf. »Wie schafft er das? Woher weiß der Delfin, was ich denke?«

»Durch eine Portion Strange. Dem Wundermittel, das Sie so verteufeln.« Venathaer genoss seinen Triumph: »Und mit der Grundschwingung in der Natur. Es ist schon lange bekannt, dass auch die Erde mit der Frequenz von drei bis sieben Milli-Hertz[10+11] schwingt.»

»Aber wie haben Sie das in Ihrem Projekt umgesetzt?«

»Einfach war es nicht. Zuerst waren wir auf einem falschen Weg. Überall auf der Welt forschen Geheimdienste auf dem Feld der Funktelepathie. Das ist ein alter Hut. Alle wissen zwar, es lässt sich über Mikrowellensignale praktizieren, aber noch ist kein Modus gefunden, es nach draußen zu übertragen. Die CIA forscht immer noch an Transkranieller Magnetstimulation. Alles Quatsch. Auch wir waren auf diesem Holzweg. Wir sind einen anderen Weg gegangen. Die Bandbreite eines einzelnen Mikrowellentransmitters im Gehirn reicht aus, um die Aktivität von einer Million Neuronen nach draußen zu übertragen. Sie sehen, Sie brauchen nur noch beides zusammenzubringen. Eine ganz simple Methode. Draußen können wir dann die Impulse empfangen.«

»Sie meinen auch Gedanken und Gefühle?« Leighland erschauderte.

»Alles …«

»Dadurch haben Sie niemandem einen Fremdkörper implantieren müssen.«

»Richtig, Leighland. Das wäre in der Praxis viel zu aufwendig. Wir wollten einen direkteren Weg finden. Zunächst benötigten wir einen veritablen Fernsteuerungsmechanismus. Sehen Sie, alles in unserer Welt ist Klang, wir selbst sind Klang. Letztlich ein vibrierender String auf einem Bruchteil der Planckskala.« Venathaer hob die Handflächen an seine Ohren. »Jede Zelle in uns schwingt, und wir können sie beeinflussen. Was bei den Delfinen als Empfänger aufgrund ihrer Sonarwahrnehmung ganz natürlich funktioniert, mussten wir beim Menschen erst konditionieren. Zugegeben, wir haben unsere Versuchspersonen etwas mit unserer Droge gefüttert.« Venathaer beschrieb Untersuchungen, die zeigten, dass die DNA im Raum Spuren hinterlässt, wie ein Internetnutzer, der im Netz surft. »Sie stellt wie ein User Informationen ins Netz, und so bilden sich Gruppen von Verbündeten. Es waren somit nur noch zwei Dinge, die wir brauchten, um den Effekt für uns nutzbar zu machen. Zum einen die Konditionierung des Gehirns, zum Beispiel über eine Droge, und zum anderen die Befehlsübertragung.«

Leighland nickte. »Sowas wie ein Übertragungsmedium, eine Art Trigger zum Empfänger.«

»Exakt. Strange öffnet den jeweiligen Konsumenten für die Kommunikation der DNA. Dann suchten wir ein Medium, was wir Huckepack nutzen konnten. Etwas, das überall auf der Welt existiert. Was lag also näher, als uns der Grundschwingung der Erde zu bedienen? Die ist überall vorhanden, und wir brauchten somit nur noch eine Überlagerung dieser Frequenz mit unserer Botschaft zu erreichen. Wir mussten unsere Information wie ein Paket verpacken und los schicken.«

»Ich verstehe. Die Grundschwingung der Erde würde das Gedankenpäckchen an jeden beliebigen Ort transportieren«, zeigte sich Leighland beeindruckt.

»Eben, und genau diese Konditionierung bewirkt Strange.«

»Sie meinen, es wirkt in einem Areal des Hirns, dessen Gehirnströme bei dieser Hertzzahl schwingen?«

»Bingo! Genau so funktioniert es.«

Leighland ließ sich von der Euphorie Venathaers anstecken. »Genial. Der Gedanke fasziniert mich.«

Die Forscher liefen über die Terrasse und traten zurück ins Gebäude. Venathaer war kaum zu bremsen: »Es war beeindruckend. Als wir die Ergebnisse vor uns liegen sahen und es funktionierte, da wussten wir, das war der Durchbruch. Es kam uns vor, als stellten wir das erste Mal in unserem Leben eine Verbindung im Internet her und erhielten plötzlich Antwort.«

»Und wie ging es weiter?« Leighlands Forscherinstinkt ließ ihn die Zeit vergessen. Daran, dass alle im Collider in Dallas auf das rettende Element warteten, schien er nicht mehr zu denken.

»Als wir diese Hürde endlich genommen hatten, war die Ausschaltung von Schmerz ein Kinderspiel. Uns war klar, dass wir uns Resonanzen bedienen mussten, um Überlagerungseffekte zum Schmerzsignal zu erzielen. Und Schwingungen konnten wir auf chemischem Weg auslösen. Denken Sie wieder an Klang.«

»Klar, Sie brauchten somit nur noch Areale des Gehirns zu stimulieren, die für Schmerz zuständig sind und deren Kontaktstellen an den Synapsen blockieren.«

»Hey Professor, ich hätte Sie in meinem Team gebrauchen können. Es war aber ziemlich einfach. Strange dockt genau an dieser Stelle an.«

»Aber die Creeps sind dauerhaft schmerzunempfindlich, auch ohne die Droge. Sagt man jedenfalls.«

»Um einen langfristigen Effekt zu erzielen, lagerten wir über die Droge Nanopartikel aus Silikat an die Andockstellen an«, erklärte Venathaer.

»Okay. So, dass die Botenstoffe für Schmerzempfindung nicht mehr daran andocken können. Sie haben sie praktisch verschlossen.«

Venathaer hob beide Hände und drehte die Handflächen nach außen. »Und voilà: Sie haben einen schmerzunempfindlichen, aggressiven Soldaten.«

»Aber irgendwas in Ihrer Rechnung ist schiefgelaufen.«

»Ja, aber es war nicht unsere Schuld.« Venathaer beschrieb die Konsequenzen der fehlerhaften Produktion im Ausland, sowie die außer Kontrolle geratene Verbreitung der Droge.

»Das bedeutet, die Creeps können untereinander kommunizieren? Und es werden weltweit immer mehr?«, fragte Leighland entsetzt.

Venathaers Hände beschrieben eine Geste der Entschuldigung. »Nicht nur das. Durch die mehrfache Einnahme verstärkt sich der Effekt noch. Starke Sender wie Magool erreichen extreme telepathische Fähigkeiten, und die DNA von den Empfängern beginnt, mit ihnen zu kommunizieren.«

»Die DNA?«

»Ja. Wir erkannten es zuerst nicht. Dann lag es glasklar vor uns.« Venathaer drehte seine Hände in der Luft um eine imaginäre Achse. »Einerseits ist ihre Struktur der DNA durch die langgestreckte Doppelhelix eine ideale elektromagnetische Antenne, zum anderen kommuniziert DNA unbegrenzt in unserem Raum(3). Schritt Zwei war, die Anwendungsmöglichkeiten zu testen. Unsere Natur ist mittels DNA in der Lage, über alle Spezies hinweg zu kommunizieren. Und das nicht nur bei Lebewesen. Für mich ist klar, dass auch Bakterien, sogar Viren, diesen Kommunikationsweg nutzen. Stellen Sie sich einen Virus vor. Nur eine Hülle und etwas DNA. Unglaublich. Eigentlich nichts. Aber was macht ihn so gefährlich?«

Venathaer wartete mit großen Augen auf Antwort. Als diese ausblieb, gab er sie selbst: »Ich glaube, die DNA von Viren kommuniziert, und sie gibt Informationen an andere Viren weiter. Uns wurde schnell klar, wenn wir den Effekt nutzen, dann könnten wir eine dominante Rasse unter unserer Spezies schaffen. Die Frage war nur, wann wir den Mechanismus verstehen würden.«

Bedeutungsvoll ließ er seine Hand in der Luft kreisen. »Vier Milliarden Jahre Evolution! Wenn Sie die Geheimnisse der Natur entschlüsseln wollen, dann bringen Sie Zeit mit. Sehr viel Zeit.«

»Sie meinen, über diesen Mechanismus programmiert sich die Natur über den Datenaustausch immer wieder selbst?« wollte Leighland wissen.

»Prima. Sie fangen an, zu verstehen. Unsere Strange-Soldaten lernen, ihre DNA kommuniziert, sie probiert aus und orientiert sich an dem dominanten stärkeren Sender. Und sie baut sie nach. So wachsen diese Creeps alle über sich hinaus.«

Leighland fing an zu begreifen. »Das heißt, dass diejenigen, die mit Magool kommunizieren, werden wie er?«

»Eine Spezies wird besser, weil angepasster, sie wird effizienter, weil spezialisierter, und sie wird gefährlicher, weil irgendwann dominant. Das ist naturgelebte Evolution.«

Leighland begann eine grauenhafte Vorstellung zu entwickeln: »Nein, das ist Wahnsinn. Damit spielen Sie Gott.«

Venathaers Gesicht wurde zu einer Grimasse. »Wir spielen nicht nur, Leighland. Wir spielen nicht.«

Der Professor griff sich in den Nacken und wandte sich ab. Er trat ans Fenster und blickte hinunter auf die Zufahrt und den angrenzenden Parkplatz. Plötzlich erschienen ihm die Fahrzeuge aus der Distanz kleiner als Spielzeugautos. Die kleinen Punkte daneben verglich er mit Ameisen, die aus der Ferne betrachtet jegliche Individualität verloren zu haben schienen und über denen Venathear thronte. Ihn schauderte, denn er ahnte, dass Venathaer nahe dran war, die Welt mit sich selbst programmierenden Despoten zu bevölkern. Sehr nah, vielleicht zu nah, dachte der Professor.

»Das ist Wahnsinn. Das können Sie doch nicht im Ernst wollen. Warum?«

»Tja, kein Licht ohne Schatten«, triumphierte Venathaer. »Kommen wir zu der gefährlichen Auswirkung.«

»Die Nebenwirkung in der Packungsbeilage?«

»Wenn Sie so wollen. Die euphorisierende Wirkung war in dieser Form unbeabsichtigt, aber sie war nun mal da. Wir schrieben sie den Kollegen unseres asiatischen Joint Ventures zu, die entscheidende Fehler bei der Produktion zuließen.«

»Und diese Nebenwirkung: Nimmt sie zu, je mehr von Strange konsumiert wird?«, warf Leighland ein.

»Absolut. Das ist auch einer der Gründe, warum Strange auf dem Schwarzmarkt so nachgefragt wird. Dann gibt es Alpha Leader, wie zum Beispiel diesen Magool. Es sind Menschen mit einer besonderen Präposition zur Telepathie. Die Konsumenten von Strange öffnen sich diesen Alpha Leadern und geraten in deren Kontrollbereich. Gleichzeitig erfahren sie, dass sie mittels ihrer Gedanken in der Lage sind, Menschen nicht nur psychisch, sondern auch physisch zu verändern.«

»Und das macht sie kaputt?«

»Zusammengenommen weckt es Allmachtsphantasien. Wenn die das Zeug einwerfen, fühlen sie sich wie Gott, was wiederum ihre Euphorie nur noch steigert. Letztendlich ist es aber ihr Untergang.«

Leighland vollendete den Gedankengang des Forschers: »Klar. Das fremde Neuronen-Dauerfeuer im Gehirn stresst sie und führt zu einer Reizüberflutung. Sie werden zwar stärker, aber auch destruktiver. Und sie steigern sich in ihre Machtphantasien hinein. Schließlich sterben sie dann – lassen Sie mich raten – weil das Herz nicht mehr mitmacht. Stimmt's?«

»Richtig, weil das Herz chronisch überlastet wird«, bestätigte Venathaer.

»Was für ein Teufelszeug.«

»Es ist kein Teufelszeug. Das, was Sie hier sehen, ist reine Evolution. Irgendwann hätte jemand diesen Mechanismus erkannt. Die Frage war nur, wann und wo. Das interessierte auch Pruitt. Denn wenn es im Ausland entwickelt worden wäre, dann hätten wir schnell ins Hintertreffen geraten können. Wollen Sie uns vorwerfen, die Natur zu enträtseln? Wir waren halt schneller als alle anderen. Die Nebenwirkungen konnten wir nicht vorhersehen.«

Leighland ereiferte sich: »Ich kann es mir vorstellen! Sie wollen wie Gott sein? Bitteschön, schlucken Sie ... es kostet nicht viel, nur Ihr Leben!«

»Denken Sie doch, was Sie wollen. Wir werden gewinnen.«

»Die Auswirkungen sind eine globale Katastrophe«, schleuderte ihm Leighland entgegen.

»Die moralische Seite habe ich nicht zu vertreten.«

»Klar, Sie sind ja nur Forscher. Was schert Sie das Wohl der Menschheit!«

»Das sagen ausgerechnet Sie mir? Ausgerechnet Sie, mit Ihrem Problem im Collider!« Venathaers Tonfall wurde belehrender. »Alles, was machbar ist, wird ausprobiert. Das wissen Sie so gut wie ich. Glauben Sie, nur weil Sie Grundlagenforschung betreiben, sind Sie ein Heiliger? Sie sind auch keinen Deut besser als ich. Glauben Sie, Sie haben die Ethik für sich allein gepachtet? Nein, Sie wollten auch Erfolg. Sie wollten der Erste sein auf Ihrem Gebiet. Der Schnellste. Ein kleines Schwarzes Loch, oh wie unbedeutend. Das kriegen wir schon wieder in den Griff.« Aus Venathaers Stimme sprach jetzt Eiseskälte: »Wir sind die Erschaffer unserer Welt, so wie sie heute existiert! Wir überschreiten Grenzen. Die Konsequenzen sind zweitrangig, das muss ich gerade Ihnen doch nicht sagen oder?«

Leighland schwieg.

»Ah, jetzt denken Sie nach, stimmt's? Verschonen Sie mich mit Ihrer Arroganz, Leighland. Ihre Heuchelei ekelt mich an.«

Für einen Augenblick zeigte sich Leighland von Venathears Argumenten beeindruckt und reflektierte die Tragweite seiner eigenen Forschung. Dann wollte er von Venathear wissen: »Diese Alpha-Leader, oder wie Sie sie nennen, wie viele gibt es davon?«

»Wir kennen bislang nur vier. Diesen Magool und drei andere. Aber es könnte Tausende geben.«

»Wer sind die drei anderen?«

»Die anderen drei haben wir hier.«

»Sie haben sie hier?«

»Möchten Sie sie sehen? Kommen Sie, ich zeige sie Ihnen.«

Leighland, der sich der Vereinnahmung durch Venathaer zu entziehen versuchte, dachte an die Anomalie. »Schluss jetzt mit Ihrer Selbstdarstellung, Doktor. Im Collider zählt jede Minute.«

»Es dauert nicht lange und es wird Ihr Verständnis von Technologie revolutionieren.« Weitere Einspruchsversuche von Leighland blieben erfolglos. Venathaer ließ sich von seinem Vorhaben nicht abbringen und trieb den Professor vor sich her. Nach wenigen Minuten erreichten sie das Untergeschoss des Gebäudes. Eine Stahlwand versperrte ihnen den Weg. Venathaer schob seine Hand in die dafür vorgesehene Aussparung einer Zutrittseinrichtung. »Venenscanner.« Er lächelte.

Das Stahltor fuhr geräuschlos zur Seite und eröffnete einen Raum, der durch eine indirekte Beleuchtung in einem fahlen Blau erhellt wurde.

»Treten Sie näher, Leighland. Hier überspringen wir jetzt gleich zwei Grenzen der Evolution.«

Venathaer schritt voraus und durchmaß den Raum. Vor einer Glasscheibe machte er Halt. »Ich präsentiere Ihnen den Befehlshaber der Zukunft, den Alpha Leader.«

Leighland erblickte hinter einer Glasscheibe den aufrechten Körper eines Soldaten in Uniform. Blaues Gas füllte die Kammer.

»Was Sie hier sehen, wird die Zukunft unserer Führungspersönlichkeiten sein. Wir haben hier den Prototyp eines Senders. Sein Gehirn ist hundertmal effizienter als unseres.«

»Wie haben Sie das geschafft?« zeigte sich Leighland verblüfft.

»Wir haben uns erlaubt, es zugunsten von spezialisierten Fähigkeiten um einige unwesentliche Bereiche zu bereinigen. Alles eine Frage der Ausrichtung.«

»Und was sind Ihrer Meinung nach unwesentliche Bereiche?«

»Gefühle, Libido, Gewissen, alles das, was eine auf die Aufgabe ausgerichtete Führungspersönlichkeit nicht unbedingt braucht. Dafür haben wir ihn mit Hilfe einer größeren Dosis Strange multifunktionsfähig gemacht.«

Leighland entgegnete: »Sie meinen, Sie haben ihn in ein Hamsterlaufrad gesteckt?«

»Nein, wir haben ihn wie den Prozessor eines Computers hochgetaktet.«

»Und wozu das Ganze?«

»Ganz einfach. Stellen Sie sich vor, wir haben wieder einmal ein Problem mit einem dieser Schurkenstaaten. Nehmen wir an, wir wollen das Land besetzen, kontrollieren, was auch immer.«

»Sie meinen eine Invasion?«

»Ja. Nehmen Sie als Beispiel Afghanistan oder einen Flecken irgendwo anders auf der Erde. Woran es uns fehlt, ist preiswertes Menschenmaterial. Schmerzunempfindliche Soldaten, die professionell gesteuert werden und perfekt funktionieren.«

»Preiswertes Material. Nicht schlecht«, witzelte Leighland und schüttelte den Kopf.

»Ja, sicher. Mit den vorhandenen Ressourcen? Alles viel zu teuer. Und nun stellen Sie sich vor, dies könnten künftig ganz normale Personen sein. Ganz normale Einwohner, Bürger wie Sie und ich, die wir für unsere Zwecke umdrehen. Unter der Wirkung unserer Droge, versteht sich.«

»Versteht sich«, wiederholte Leighland und nickte.

»Gelenkt werden sie von Befehlshabern, deren mentale Stärke stark genug ist, diese Kreaturen zu willigen Tötungswerkzeugen zu machen.«

»Okay. Damit wären Sie in der Lage, mit wenig Aufwand ganze Regionen zu beherrschen. Mal ganz abgesehen von den Folgekosten. Keine psychotischen Kriegsrückkehrer mehr, keine Klagewellen von Veteranen, keine teuren Re-Integrationsprogramme.«

»Treffer! Eine völlig neue Dimension der Stärke. Innerhalb kürzester Zeit hätten wir endlich das, was wir wollen, eine *New World Order*. Eine, die funktioniert, weil wir sie steuern«, triumphierte Venathaer.

»Mit Kreaturen meinen Sie wohl die Leute, denen Sie Strange verabreichen.«

»Die Droge verbreitet sich sowieso, an Menschenmaterial mangelt es uns nicht. Schon heute könnten wir eine schlagkräftige Armee zusammenstellen. Eigentlich fehlt es in unserer Welt doch nur an Führung, verstehen Sie? Und dieser Prototyp wird genau diese Funktion erfüllen. Ich erinnere mich noch, wie Pruitt immer sagte, diese Welt braucht Ordnung und Struktur, und man muss einfach nur in der Lage sein, die Dinge zu ordnen. Mit unseren Alpha Leadern sind wir in der Lage dazu. Wir werden die Dinge ordnen, nicht wahr, Professor?«

Leighland strich sich mit der Hand durch die Haare und ließ sie zur Faust geballt im Nacken ruhen. »Das verstehen Sie also unter einer neuen Weltordnung«, sagte er verächtlich.

»Absolut! Diese Art der Menschenführung wird Schule machen. Die ersten Großkonzerne sind bereits interessiert daran, unser Führungspersonal zu testen. Unsere Firma sieht goldenen Zeiten entgegen.«

»Finden Sie? Ich denke, es ist eine arme Welt, die Sie da beschreiben. Eine Welt der Kälte.«

»Nein, Leighland, die Welt schreit nach Veränderung. Und wir werden sie verändern. Und es wird unsere Welt sein. Sichern Sie sich am Besten gleich ein Aktienpaket!«

»Ein Aktienpaket von was?«, fragte Leighland verächtlich. »Einer Welt in Angst? Einer Welt voller Junkies?«

»Es könnte Sie reich machen, schneller als Sie denken! Aber ich finde, jetzt wird es Zeit, dass wir uns endlich wieder Ihrer Anomalie zuwenden. Ich bin zu neugierig, ob wir es schaffen, diese kleine Bestie zu zähmen. «

Der Hausherr schob den Professor wieder in Richtung der Stahltür. Dort wartete Frease schon auf die beiden.

»Ich bringe Leighland raus. Kümmern Sie sich noch um die Zentrale und schalten Sie alles ab. Hinterlassen Sie keine Spuren. Wir werden das Haus verlassen«, kommandierte Venathaer. »Die Alpha Leader lassen Sie frei. Sie werden ihren Weg machen und wir können sie später über unser GPS-System noch lokalisieren.«

Frease nickte und ließ die beiden an sich vorbeiziehen. Dann näherte er sich der zentralen Zutrittssteuerung des Tores, die er mit einer Karte aktivierte. Sein RFID Funk-Chip korrespondierte mit der Computereinheit berührungslos. Frease tippte eine Zahlenfolge ein und wartete auf die Reaktion des Mechanismus. Mit einem zischenden Geräusch dichtete sich die Torumfassung hermetisch ab.

Danach schritt der Sicherheitschef zum Fahrstuhl und fuhr hoch in den achten Stock. Auf der Plattform des Schwimmbeckens angekommen, trat er an den Rand des Pools. Yin und Yang umkreisten unter Wasser die Symbole, die an Stecken befestigt aus dem Wasser ragten. In weiten Bögen näherten sich die Meeressäuger dem Besucher, den sie sofort bemerkten. Sie versammelten sich am Beckenrand und steckten vorwitzig ihre Mäuler aus dem Wasser. In Erwartung folgender Spiele schnatterten sie Frease freudig ihren Gesang entgegen.

Frease antwortete in hämischer Nachahmung ihrer Laute. Mit den Worten »blöder Fisch, hol das Stöckchen« zog er seine Waffe hervor und schraubte den Schalldämpfer auf. Als Frease den Schalldämpfer befestigt hatte, grinste er über das ganze Gesicht. Wieder gackerte er und zielte auf den Kopf eines der Tiere.

Es war Yang, den der erste Schuß traf. Am Kopf des Delfins, dort wo das Projektil unweit seines Nasenlochs eindrang, spritzten Hautfragmente in die Höhe. Im selben Augenblick quoll schwarzes Blut hervor, das über die Stirn zur Seite herab rann und sich mit der Wasseroberfläche in Schlieren zu vermischen begann. Das Geschnatter der beiden verstummte schlagartig, während Yang leblos im Wasser hinab sank. Yin reagierte zwar noch, indem sie abdrehte, wich aber den nächsten Schüssen von Frease schon nicht mehr aus. Zwei Lungendurchschüsse trafen sie in der Flanke und beendeten auch ihr Leben. Sie drehte sich auf die Seite und zog ebenfalls eine Fahne von Blut durchs Wasser. Noch auf der Oberfläche treibend, hing ihre Seitenflosse wie ein nasses Segel kraftlos herab, während sich ihr Maul etwas öffnete.

Frease schraubte den Schalldämpfer ab und blickte auf seine Uhr. Die Waffe steckte er auf dem Weg zum Fahrstuhl in sein Jackett. Seinen letzten Blick richtete er auf den sterbenden Delfin, bis sich die Fahrstuhltür schloss.

Im Jefferson Health Medical Center in Dallas bemerkte Burton, wie immer mehr Hilflosigkeit unter seinen Ärzten und Schwestern um sich griff. Mit seinem Assistenzarzt lieferte er sich ein Wortgefecht, bis Wuthering schließlich wutschnaubend den Raum verließ.

Der Mediziner sackte über seinem Schreibtisch zusammen. Der Kugelschreiber, den er zunächst krampfhaft umklammert gehalten hatte, glitt ihm schließlich aus der Hand. Langsam schlossen sich seine Augen, und die Geräusche aus den angrenzenden Bereichen drangen nur noch wie durch Watte an seine Ohren. Schließlich waren auch diese verstummt und Burton fiel in einen ohnmachtsähnlichen Schlaf.

Als ihn gegen Abend ein Klopfgeräusch hochfahren ließ, erblickte er Wuthering in der Tür. Burton stemmte sich mit den Armen vom Schreibtisch hoch und schlurfte auf seinen Assistenzarzt zu.

»Bei einigen funktioniert Valnoctamid. Wir kriegen sie komplett sediert. Verstehen Sie das, Jack?«

Burton gähnte und führte in der Folge einige Gedanken aus: »Ich habe mir die Studien mal gegriffen. Da drin steht, dass es die Epoxid-Hydrolase hemmt. Epoxid-Hydrolasen katalysieren die trans-Addition von Wasser an Epoxide. Sie wirkt an Alkenen oder Arenen. Da wo zum Teil auch Drogen wirken. Kann sein, dass das die Wirkung der Droge hemmt.«

»Also ein Antagonist?«, erkannte Wuthering.

»Möglich.«

Plötzlich stieß Wuthering nach einem kurzen Blick aus dem Fenster einen Fluch aus. »Scheiße! Oh Gott, dort draußen braut sich was zusammen. Das müssen Sie sich ansehen.«

»Was soll ich mir ansehen?«

»Kommen Sie in den Westflügel. Ich glaube, wir kriegen hier bald ein Problem.«

Burton rieb sich die Augen und versuchte, die Übermüdung wie einen lästigen Umhang abzustreifen. Er atmete tief durch. Beide Ärzte betraten den Gang zum Westflügel.

»Gucken Sie sich das an«, wiederholte Wuthering.

Burton trat ans Fenster und blickte hinaus in die Nacht. Unter dem grellen Licht der Straßenlaternen erhob sich ein Zaun. Arbeiter waren noch beschäftigt, einzelne Elemente zu verbinden. Der Zaun teilte das Grundstück in der gesamten Breite und sperrte das Areal zur Straße hin ab. Vor einer mobilen Drehkreuzanlage wartete eine Gruppe von Menschen auf Durchlass, während etwas weiter hinten postierte Wachen einfahrende Militärfahrzeuge kontrollierten.

»Seit wann geht das vor sich?«

»Ich weiß nicht, sie haben den Zaun wohl in den letzten Stunden aufgestellt.«

»Wie lange habe ich geschlafen?« Burton sah auf seine Uhr.

»Fünf Stunden. Es ging alles sehr schnell, aber jetzt kommt keiner mehr durch die Absperrung. Wir behandeln hier drin ab jetzt nur noch Soldaten.«

»Wie kann das sein? Stecken die vom Gesundheitsministerium dahinter?«, entgegnete Burton.

»Keine Ahnung. Die vom Innenministerium sprachen vom zweiten Protokoll. Es greift im Katastrophenfall. Jack, ich weiß nur eins: Wir müssen hier raus. Da draußen gibt es Menschen, die unsere Hilfe brauchen.«

»Ja, aber das wird nicht ganz einfach. Die werden uns hier nicht raus lassen, fürchte ich.«

»Dann müssen wir das eben ohne Erlaubnis tun«, entschied Wuthering.

»Ausbrechen?«, echauffierte sich Burton. »Aus unserem eigenen Krankenhaus?«

»Es ist nicht mehr unser Krankenhaus. Seit die hier ein Militärlager daraus gemacht haben, ist mir der Kasten jedenfalls fremd.«

»Aber das geht nicht so einfach. Wir müssen die ...«

»Vergessen Sie es, Chef! Hier ist Schluss. Sie müssen lernen, loszulassen!«

Burton schritt nochmals zum Fenster und beobachtete die Umgebung. Dann sagte er: »Gut, Phil. Gehen Sie runter und packen Sie. Raffen Sie zusammen, was Sie finden und draußen gebrauchen können. Lassen Sie sich aber nicht erwischen. Dann sehen wir zu, dass wir hier raus kommen.«

Einige Zeit später standen die beiden Ärzte vor dem Gebäude. Burton betrachtete mit Argwohn die aufgebauten Isolierkammern, die sich auf dem Außengelände wie Zelte nebeneinander reihten. Unter dem Licht von Speziallampen operierten dort Ärzte in grünen Kitteln. Vor den Zelten erhoben sich Absaugvorrichtungen, die über den behandelten Patienten die Luft entfernten und so einen Unterdruck erzeugten. Durch kindshohe Schläuche, die die Bewegungsfreiheit in den Operationssälen einschränkten, wurde die abgesaugte Luft nach draußen transportiert. Das Rauschen der Absauganlagen war das einzige Geräusch.

Burton trat näher an eines der Zelte heran und verfolgte die Aktivitäten des Operateurs. Kopf und Brustraum der Leiche waren bereits geöffnet. An den zur Seite geklappten Bauchlappen hingen Klemmen, mit denen die Haut nach Außen gespreizt wurde. Der Kopf des Toten ruhte auf einem Stahlgestell mit halbkreisförmiger Aussparung. Wuthering trat hinzu und starrte ebenfalls durch die transparente, mit Blutspritzern übersäte Kunststofffolie.

»Sie sezieren die Kreaturen, Phil«, sagte Burton.

»Die Creeps?«

»Ja. Irgendetwas scheint sie physiologisch zu verändern. Das versuchen sie herauszufinden.«

»Ich habe den Bericht vom Schweizer Institut gelesen«, bemerkte Wuthering und senkte dabei seine Stimme, als gelte es etwas zu verheimlichen. »Das geht über mein Verständnis. Ich weiß nicht, was da mit diesen Menschen passiert. Der Bericht spricht von Veränderungen an den Blutgefäßen, im Gehirn, und dass die DNA damit zu tun hat.«

»Was verändert sie derart?«, wollte Burton wissen.

»Der Bericht spricht von einer genetisch gesteuerten Metamorphose. Das Ganze in sehr kurzer Zeit, wofür die Natur normalerweise zehntausend Jahre braucht. Evolution im Zeitraffer.«

Burton schüttelte den Kopf. »Kein Wunder, dass die Regierung uns hier den Laden umkrempelt.«

»Meinen Sie, das ist erst der Anfang?«

»Einige von denen sind bereits abtransportiert worden. Außerhalb von Dallas gibt es ein unterirdisches Labor, nicht weit von De Soto.«

»Woher wissen Sie das?«, entgegnete Wuthering.

»Ich habe mir die Anlage während meiner Armeezeit angesehen. Sie haben es zu Analysezwecken eingerichtet.« Als der Assistenzarzt fragend dreinblickte, schob Burton hinterher: »Für den Fall eines biologischen Angriffs. Ich habe eben mit ihnen telefoniert. Sie werden dem Hinweis auf die Wirkung von Valnoctamid nachgehen. Möglicherweise neutralisiert es die Wirkung der Droge, dann geben sie es an die Bevölkerung aus.«

Interessiert beobachteten die beiden Mediziner weiter das Geschehen hinter der Kunststofffolie. Der Operateur hielt ein abgeschnittenes Stück Arterie mit der Zange gepackt. Er präsentierte es kurz den umstehenden Ärzten und legte es in eine Schale. Währenddessen fielen Burton die prüfenden Blicke von zwei Soldaten, die sich in nicht allzu großer Entfernung postiert hatten, auf.

»Wird Zeit, dass wir hier verschwinden«, warf er seinem Assistenzarzt Wuthering zu.

Minuten später hatten sich Burton und Wuthering in Straßenkleidung gehüllt aus der Klinik gestohlen. Sie näherten sich dem Durchgang an der Absperrung. Ihre beiden prall gefüllten Rucksäcke trugen sie geschultert. Burton ging voraus. »Erstmal heißt es jetzt, die Wachen zu überwinden«, sagte er. »Lassen Sie sich besser nichts anmerken.«

Wuthering nickte und behielt die bewaffneten Patrouillen im Blick.

»Was ist, wenn sie Fragen stellen oder die Tasche sehen wollen?«

Burton winkte ab und tat gelassen. Dann sprach er einen der Soldaten an.

»Wir sollen zur Behandlung in drei Tagen wiederkommen. Können wir dann wieder hier rein?«

»Wird sich zeigen«, erwiderte der Uniformierte.

Burton hielt ihm seinen verbundenen linken Arm entgegen. »Der Verband soll gewechselt werden, aber wir dürfen nicht hierbleiben. Auch mein Arbeitskollege nicht.« Burton wies auf seinen Assistenzarzt. »Und dabei hatte er einen Zuckerschock. Wo sollen wir denn hin, mitten in der Nacht?«

»Hier können Sie jedenfalls nicht bleiben«, herrschte ihn der Soldat an. »Verschwinden Sie!«

Beide Mediziner setzten eine Leidensmiene auf und schritten an den Wachen vorbei nach draußen. Bald marschierten sie auf der Straße in Richtung Innenstadt. Einige Zeit blickten sie sich nicht um, bis schließlich das Geräusch der vor dem Klinikgebäude errichteten Dieselgeneratoren nicht mehr zu hören war. Ein letzter Blick auf das hell erleuchtete Areal der Klinik, dann schloss Burton mit seinem Lebensabschnitt als stellvertretendem Klinikleiter ab. Zusammen gingen sie entlang der unbeleuchteten Straße, bis ihre Silhouetten im Dunkel verschwanden.

6. Kapitel
Tanz des Bären

General Pruitt durchschritt in Begleitung seines Sekretärs die Halle des Princeton Hotels in Washington. Das Treffen mit einem hochrangigen russischen Offiziellen stand bevor, um auf höchster Ebene ein Vorgehen gegen das Ufo abzustimmen, sollte die Situation weiter eskalieren. Die russische Seite hatte darauf bestanden, sich auf neutralem Boden zu verabreden, war aber dann doch aufgrund der besonderen Umstände zu Zugeständnissen bereit gewesen. Das Treffen hatte keinen offiziellen Charakter, deshalb waren weder Protokollführer noch ein Empfang oder sonstige Ehrenbekundungen vorgesehen.

Stockton machte die Teilnehmer des Treffens miteinander bekannt: »Das ist General Kulinka Waleniuk, Oberbefehlshaberin der Streitkräfte von Russland.«

Pruitt trat einen Schritt näher und betrachtete die Amtsträgerin, von der weniger Strenge ausging, als er erwartet hätte. Er hatte sich einen dekorierten Militär vorgestellt, einen Mittfünfziger mit grauen Schläfen und kraftvoller militärisch korrekter Ausstrahlung. Umso erstaunter musterte er die junge, brünette Frau, die Ende dreißig sein musste und ihn mit einem strengen Zug um ihren Mund empfing. Pruitt deutete einen Gruß an.

Waleniuk, die es durch ihr politisches Fingerspitzengefühl sowie guter Kontakte in eine Führungsposition beim obersten Militär geschafft hatte, spielte mit dem Überraschungsmoment, dessen sie sich bewusst war. Zweifelsohne hatte sie eine besondere Gabe, ihre strategischen Ziele unter dem Mantel freundlicher Zurückhaltung und einer gehörigen Portion Understatement zu kaschieren.

Da sich die Gesprächspartner nie zuvor getroffen hatten, ahnte Stockton, dass sie sich nur zögerlich annähern würden. Er ergriff das Wort und tastete sich an das eigentliche Thema des Treffens heran: »General, wir sind Ihnen sehr verbunden, dass Sie unserer Einladung gefolgt sind. Ich denke, Ihre Zeit wird es nicht zulassen, lange um den heißen Brei herumzureden. Lassen Sie uns deshalb direkt zum Thema kommen. Wir haben, mal abgesehen von dieser neuen Designerdroge Strange, ein Problem in Dallas. Unser Präsident hält sich alle Optionen offen, bis hin zum möglichen Einsatz der Atombombe.«

Pruitt ergänzte: »Unser Problem in Dallas, von dem man Ihnen berichtet haben wird, weitet sich aus. Ich darf allerdings versichern: Wir haben zum jetzigen Zeitpunkt alles unter Kontrolle.«

Die junge Frau sprach ein gut verständliches Englisch mit russischem Akzent. »Unter Kontrolle? Nennen Sie Einsatz von eine Kernwaffe kontrolliert, etwa?«

Ihr milder, fast freundschaftlicher Gesichtsausdruck hätte alle Anwesenden täuschen können. Doch Pruitt war fest entschlossen, die nötige Distanz zu wahren. Er erinnerte sich an die Verschlagenheit früherer Staatslenker, denen es keine Mühen bereitet hatte, politische Gegner mit einem Lächeln in den Gulag zu schicken.

»Wir haben nicht gesagt, dass wir das Problem mit einer Kernwaffe lösen wollen.«

»General, wir sitzen doch nicht hier, weil Sie einsetzen eine, wie sagen Sie – Erbse mit Knall –, oder? Sie haben Freigabe, wir wissen das.«

Trotz der Riposte war Pruitts Stimme immer noch voller Stolz und Souveränität. »Ja, das stimmt. Und wir werden sie nötigenfalls einsetzen, wann immer wir das für nötig halten«, erläuterte er.

Stockton, der eine weniger stringente Antwort mit mehr Verhandlungsgeschick erwartet hatte, versuchte die Tür zum Gespräch wieder zu öffnen.

»Der General meint, dass wir den Einsatz lediglich als Ultima Ratio in Erwägung ziehen würden.«

»Sie wollen einen Atomschlag erwägen auf eigene Stadt, Sie sagen aber, Sie würden haben alles unter Kontrolle? Habe ich da Sie verstanden?«

»Ja. Das haben Sie«, nickte Stockton.

»Soweit ich weiß, geht es um selbe Phänomen wie in China. Unsere Wissenschaftler sprechen von massives Ereignis von Schwerkraft. Und ich kann verstehen sehr gut, dass Sie reagieren wollen, vor dem, wie sagen Sie: Ufo.«

Pruitt wurde ungehalten: »Das haben Wissenschaftler verbockt. Wir sind für das Experiment nicht verantwortlich, und jetzt schlagen wir uns damit rum. Aber ich sage Ihnen nochmals, wir haben es unter Kontrolle und wir werden den Collider zum Schweigen bringen.«

»Warum Sie setzen nicht zuerst Hochenergielaser ein, die Projekt, das Sie nennen *Sunfire*?«

»Was phantasieren Sie da? Mir ist so etwas nicht bekannt«, tat Pruitt verwundert.

»Nun, wenn nicht existiert, warum dann unsere Wissenschaftler haben gerichtet eine unsere Satellitenabwehrwaffen darauf? Können Sie erklären das, General?«

Pruitt griff sich an die Stirn und blickte zu seinem Sekretär.

Stockton zuckte die Schultern. »Jetzt, wo sie es wissen, ist es doch sowieso egal.«

Pruitt lenkte ein. »Einmal angenommen, es wäre so, und unsere Wissenschaftler hätten uns davon abgeraten, wäre das für Sie akzeptabel? Wir haben allerdings auch entschieden, das Ufo nicht zu provozieren.«

»Waren Wissenschaftler wirklich, die Ihnen haben abgeraten das? War es nicht so vielmehr, dass aus taktische Gründe Sie wollen verbergen Existenz? Dafür lieber nehmen den Tod von einigen Hunderttausend in Kauf?«

Pruitt stockte. Er lockerte seinen Hemdkragen. »Wenn es so wäre … Ich meine nur … Also wenn es so wäre, dass wir dieses *Sun-*

burst hätten, um es einzusetzen, dann könnten sich unsere Gegner binnen kurzer Zeit auf diese neue Waffe einrichten. Im Verteidigungsfall könnte uns das vielleicht Millionen Tote kosten.«

»Ich sprach nur von Sunfire, nicht Sunburst, General. Einigen wir uns auf Realität Sunburst? Nun, wenn Ihre Wissenschaftler ...«, Waleniuk machte eine kleine Gedankenpause. »... nicht einsetzen wollen Sunburst, warum nicht reden Sie mit Ihre Freunde?

»Unsere Freunde?«

»Ja, wir könnten helfen. Aber Sie haben ja uns nicht gefragt.«

»Welche Freunde bei Ihnen meinen Sie?«

Waleniuk setzte wieder ihr unwiderstehliches Lächeln auf und sagte: »Ach, General, ich sehr enttäuscht bin. Haben nicht Präsident von Ihre Land und Präsident von uns getroffen? Haben vor kurzem noch geschüttelt Hände vor Presse und in Fernsehen sehr, sehr freundschaftlich?«

Pruitt begann interessiert, die weitere Möglichkeiten auszuloten: »Sie wollen also sagen, dass Sie uns helfen würden? Etwa gegen diese Anomalie? Was könnten Sie denn dagegen unternehmen?«

»Wenn wir fragen vorher, sagen wir unsere Wissenschaftler.« Sie lachte. »Wenn Wissenschaftler treffen, dann strategische Entscheidung, dann helfen bestimmt. Natürlich nur von Freunden zu Freunden. Sie verstehen?«

Der General begann ebenfalls zu lächeln. »Natürlich. Ganz unter Freunden, versteht sich.«

Waleniuk wechselte überraschend das Thema: »Mögen Sie russische Bär, General?«

»Russische Bären?« Pruitt blickte zu seinem Sekretär. Dieser nickte ihm zu. »Ja, sicher, russische Bären. Wir mögen russische Bären.«

»General, wir lieben russische Bär. Ist genauso gute Herz wie Adler haben auf die Wappen von Präsident in Amerika.« Waleniuk zwinkerte und lächelte breit über ihr Gesicht.

»Ja, wirklich?« Pruitt begann auf sein Gegenüber, deren Charme er sich kaum zu entziehen vermochte, einzugehen.

»Ja, Adler sieht viel aus die Luft von große Höhe. Und unsere Bär kann auch von große Höhe sehen auf das, was fliegt vor ihm. Auch Sunburst.« Dabei hob sie entschuldigend die Hände. »Ist ein Satellit.«

Pruitt wagte einen Vorstoß: »Wenn dieser russische Bär so stark ist, womit können Sie uns dann helfen?«

»Russische Bär kann zeigen noch etwas mehr. Seine Tatze mit die Kralle. Natürlich nur, wenn Wissenschaftler treffen strategische Entscheidung.« Sie zwinkerte Pruitt bedeutungsvoll zu.

»Natürlich. Was ist denn seine ... Tatze?«

»Sie haben bestimmt gehört von die Schockwelle, die von Schwerkraft kommt?«

Stockton meldete sich zu Wort. »Sie meinen, Sie haben so etwas wie eine Schwerkraftkanone?«

Pruitt blickte seinen Sekretär an und schnitt ihm das Wort ab. »Meint sie etwa das, was wir zurzeit in Los Alamos bauen?«

Stockton bejahte. »Aber wir sind noch nicht soweit.«

Der General preschte vor: »Sie verfügen tatsächlich über eine Schwerkraftwaffe?«

»Nun ja, meinen Sie, wir haben gebaut die MIR aus Neugier, um zu sein dem Mond nahe? Seit die Achziger wir bauen dort oben Satelliten. Satelliten mit, sagen wir, besondere Eigenschaften. Sozusagen als Antwort mögliche auf SDI. Damit Sie angefangen haben General, wenn erinnern ich Sie darf.«

»SDI war notwendig. Es war unvermeidlich, um der Bedrohung durch Ihre Langstreckenwaffen zu begegnen.«

»Die Sie auch hatten, General«, unterbrach Waleniuk. »Und zwar mit 545 Atomsprengköpfen, gerichtet auf unsere Land.«

Pruitts Stimme wurde lauter. »Natürlich. Weil Sie uns mit 1430 bedroht haben!«

Die Gesprächspartnerin reckte ihr Kinn hoch und grinste mütterlich. Dabei rieb sich verlegen ihre Nase. »Genau zu sein, es waren in Wirklichkeit 5667.«

Pruitt stemmte die Hände in seine Hüfte, sein Gesicht nahm einen karminroten Farbton an. Stockton ging dazwischen und versuchte, die drohende Eskalation zu entschärfen: »Bitte, lassen wir uns alte Zeiten begraben. Heute geht es um etwas Wichtigeres. Es geht um die Zukunft. Nutzen wir die Zeit, die uns zur Verfügung steht.«

»General, sagen Sie uns, ist Ihr russischer Bär in der Lage, eine Schwerkraftwelle zu erzeugen?«

»Wenn Russkie Migrid Tatze hebt, kann machen bedeutende Welle von Schwerkraft. Und Russkie Migrid kann Tatze heben für Dallas. Sie entscheiden ob Sie einsetzen gegen Forschungsanlage oder gegen Ufo und brauchen nicht einzusetzen Ihre Bombe.«

Beide Amerikaner sahen sich entgeistert an.

»Sie sehen, ist besser immer sprechen mit Freunden. Weil Freunde können tun so viel.«

»Sie haben ja so recht«, pflichtete Stockton bei und schloss die Augen, während er nickte.

»Wie würde denn die Hilfe konkret aussehen? Vorausgesetzt, Ihr Bär findet uns sympatisch und hebt für uns die Tatze?«, wollte Pruitt wissen.

»Wir nur erwarten das gute Freund uns auch helfen. Wir geben Codes für Migrid und Freunde geben Zugang zu die Koordinaten für Ausrichtung von Sunburst. Besser, wir richten Waffe wenige Grad weiter in Osten.«

»Ausrichten auf wen? Etwa ... China?«

Die Russin zuckte mit den Achseln und lächelte. »Amerikanische Freund behalten Codes für Abschuss. Wir denken, das besser sein zu wissen, wo Laser kann verbrennen die Stadt. Vielleicht wir können zusammen festlegen, wo. Sie können haben dann die Schlüssel für Käfig von Russkie Migrid.«

»Sie meinen, Sie würden uns im Gegenzug Zugang zu Ihrem Bären gewähren?«

»Sie seien gute Freund, hat nicht unser Präsident das gesagt? Warum nicht, dann Sie können vergessen Ihre Atombombe.«

Die Russin wechselte plötzlich ihre Mimik. Sie schien jetzt sorgenvoll. »Gibt nur eine kleine Problem.«

Neugierde zeichnete das Gesicht der beiden Amerikaner. Fast gleichzeitig fragten sie im Chor: »Ein Problem?«

Waleniuk hob entschuldigend die Hände. »Die Steuerung ist kaputt. Wir können nicht reparieren sofort, weil Abwehraketenschirm ist in Nähe. Und ist aktiv.«

Pruitt feixte. »Sie meinen, dass Sie Ihre Weltraumwaffe, ich meine, Ihren Bären, nicht reparieren können, weil Ihre eigenen Abwehrraketen ihn bedrohen und eingesperrt haben?« Er unterdrückte einen Lachreflex.

»Leider ist so. Abwehrraketen sind da und bedrohen unser Shuttle. Aber vielleicht wir finden zusammen eine Lösung.«

»Sie glauben doch nicht, dass wir ein funktionierendes Abwehrsystem gegen einen Haufen nicht funktionierenden Schrott eintauschen?«, lachte Pruitt.

»Oh, General. Ich bin enttäuscht. Wir können retten so viele amerikanische Freunde vor Tod, und Sie nicht wollen Hilfe annehmen von Freund?«

Stockton ging dazwischen. »Wir werden Ihr freundliches Angebot überdenken und uns bald bei Ihnen melden. Sie bekommen schnellstmöglich eine Entscheidung, vor allen Dingen danken wir Ihnen für das große Vertrauen, das Sie uns entgegengebracht haben.«

»Ist gut. In diese Zeit ich spreche mit diese Wissenschaftler.«

»Tun Sie das.« Pruitt schüttelte ihre Hand.

Stockton wechselte das Thema: »Es gibt noch etwas. Wir wollen Ihre Regierungsvertreter auf einen Gipfel einladen.«

»Gipfel?«

»Ein gemeinsames Vorgehen gegen die weltweite Drogenkatastrophe.«

Waleniuk führte aus, dass die Probleme um Strange jenseits des Atlantiks nicht gravierend seien. Jedoch würde die besorgniserregende Entwicklung beobachtet und ein konzertiertes Vorgehen in der Sache auch von russischen Offiziellen befürwortet.

»Das soll heißen, wir bleiben in Kontakt?« sagte Stockton zum Abschluss.

Waleniuk stand auf und verabschiedete sich. Unvermittelt reichte sie Pruitt nochmals die Hand. »Ja, Kontakt zu gute Freunde ist immer wichtig zu halten, Sie verstehen?«

Pruitt schlug ein. »Sehr wichtig, sehr wichtig.«

Als die Funktionsträgerin gegangen war, ließ sich der General mit einem Blick zu Stockton in seinen Sessel zurück fallen. Er öffnete seinen Mund, als wollte er einen Satz beginnen. Dann hielt er einen Augenblick inne. Seine Nasenflügel bebten vor Erregung. »Sie ist nicht nur clever, Stockton. Glauben Sie mir. Die ist ausgekocht. Und wenn wir nicht aufpassen, zieht sie uns aus bis auf die Knochen.«

28. Juli, elf Tage nach der Alphastabilität

Die verstopften Straßen der texanischen Metropole Dallas verlangsamten den Wagen von Vanethaer und seinen Gefangenen. Auf allen Ausfahrtstraßen, an denen bereits Polizei die Abfahrt zu angrenzenden Bezirken verhinderte, reihte sich Fahrzeug an Fahrzeug. Leighland erinnerte sich an die Bilder zahlloser Unfälle, die landesweit Straßen unpassierbar gemacht hatten. Gegen Mittag war die Blechlawine auch rund um Dallas vollends zum Erliegen gekommen. Der Exodus, der zweifellos begonnen hatte, geriet damit in seinen Augen zu einem Schwanengesang auf ein dem Untergang geweihtes System.

Frease hatte das Verkehrschaos so gut wie möglich umfahren. Da alle Highways und Freeways in die Innenstadt gesperrt waren, näherte er sich Waxahachie über weniger bekannte Wege. Auch dort erweckten die Häuser am Wegesrand einen verlassenen Eindruck. Aus einigen schlugen Flammen heraus, andere waren bis auf die Grundmauern niedergebrannt. Versprengte Menschengruppen, die dem Fahrzeugkonvoi auf ihrem Marsch in eine ungewisse Zukunft entgegen kamen, trugen ihre wenigen Habseligkeiten bei sich. Der geisterhafte Zug hatte etwas Endgültiges, das den Professor an die Bilder von Flüchtlingen erinnerte, die er im Fernsehen in Reportagen aus Bürgerkriegsregionen gesehen hatte. Leighland schüttelte unter dem Eindruck der Flüchtenden den Kopf.

»Sie plündern schon«, ließ er verlauten.

John, der sich ebenso erschüttert zeigte, bisher aber stumm das Geschehen aus dem Autofenster heraus verfolgt hatte, brachte es auf den Punkt. »Die werden Hilfe brauchen. Das ist auch für die Nationalgarde zu viel. Alleine kriegen wir das nicht mehr in den Griff.«

»Wenn Sie Ihren Collider endlich in den Griff bekommen, Professor, ist das völlig ausreichend«, giftete Frease. Daraufhin herrschte Schweigen.

Die Fahrt war weitaus beschwerlicher als erwartet, und erst am Nachmittag erreichten Venathaer, Frease, Leighland, John und Judy den Collider. Alle Gefährten hatten die Fahrt zu wenig erholsamen Schlafperioden genutzt. Als sie die Wagen vor der Collideranlage stoppten und ausstiegen, rieb Judy sich die übermüdeten Augen. Venathaer übernahm das Kommando. Frease und Leighland wurden voraus geschickt, um keinen Verdacht zu erregen, sie würden die Wachen ungehindert passieren können. Der Glatzkopf blieb mit seiner entsicherten Waffe im Wagen und bekam Anweisungen, sich wieder in Richtung Fort Worth abzusetzen.

Als die Gruppe mit Leighland an der Spitze den Steuerungsraum betrat, kam ihnen Pendergast entgegen. »Jim, habt ihr es endlich geschafft? Was ist mit dem Zeug?« Er schien besorgt. »Warum hast du dich nicht gemeldet? Dallas wird schon evakuiert!«

Frease, der als Zweiter den Kontrollraum betreten hatte, zog eine Pistole und näherte sich Pendergast. »Sie halten jetzt hier den Mund«, rief er. Der Schlag in Pendergasts Gesicht folgte unvermittelt. »Sie haben hier jetzt überhaupt nichts mehr zu sagen. Ist das klar?«

Ohne auch nur eine Sekunde zu zögern, hatte Frease zugeschlagen und die Waffe als Werkzeug benutzt. Pendergast taumelte mit einem Schmerzenslaut zurück und ging zu Boden. »Jim, was...?«

»Hören Sie damit auf, Frease«, ging Leighland dazwischen.

Venathaers Kommando ertönte: »Frease, lassen Sie das! Es reicht! Wir wollen uns hier wie zivilisierte Menschen benehmen.« Venathaer beschrieb mit seinen Händen eine Geste der Beruhigung. »Gestatten Sie, dass ich mich Ihnen vorstelle, Pendergast. Ich bin Doktor Venathear vom Genetic Reserch Center. Wir haben uns erlaubt, das Element für unsere Zwecke in Empfang zu nehmen. Die Herren waren so freundlich, mir das Zeug zu übergeben.«

»Was soll das heißen, für Ihre Zwecke?«

»Nur eine kleine Änderung Ihres Plans, Pendergast.«

Leighland beschwichtigte. »Lass ihn, Karel, sie sind bewaffnet und haben Judy als Geisel.«

In diesem Augenblick betrat Sparks den Steuerungsraum und bemerkte die Waffe in der Hand seines Kollegen.

»Was passiert hier? Warum die Pistole?« Dann sah er Judy und steuerte auf sie zu. Sie fielen sich in die Arme.

Leighland wandte sich sofort an Sparks: »Frease war die undichte Stelle. Er hat die Ergebnisse an die Chinesen verkauft.«

»Schluss jetzt!«, rief Venathaer. »Ich störe die romantische Szene nur ungern, aber mein Zeitplan ist sehr eng. Lassen wir die Nebensächlichkeiten und kommen wir zur Sache.« Dabei zog er ebenfalls eine Waffe, lud sie durch und richtete sie auf den Colliderchef.

Sparks, der die Situation nur langsam erfasste, giftete seinen ehemaligen Kollegen an: »Du verdammter Mistkerl!« Trotz seiner Emotion ließ er keine weitere Eskalation zu und verharrte im Hintergrund.

Venathaer zielte unablässig auf Pendergast und hielt dabei eine kurze Ansprache über sein Vorhaben, dann schloss er mit den Worten: »Damit eines ganz klar ist, es passiert hier nichts, von dem ich nicht vorher informiert werde. Frease, nehmen Sie die junge Dame in Ihre Obhut und bringen Sie sie nach nebenan. Haben Sie hier Funkgeräte?«

Frease bejahte. Nach zwei Minuten kehrte er zurück und stattete Venathaer mit einem der Geräte aus.

»Frease, nehmen Sie bitte auch diesen Dschungelrambo mit und passen Sie auf ihn auf. Wenn er sich nicht benimmt, erschießen Sie ihn. Ich schätze, er ist durchaus entbehrlich. Leighland, Sie holen das Element und bringen es her«, bestimmte Venathaer.

Frease lud seine Waffe durch und verließ mit John und Judy den Kontrollraum. Sparks, der seiner Freundin zu folgen versuchte, wurde mit vorgehaltener Waffe abgewiesen.

»Unser Romeo bleibt hier«, sagte Venathear, der damit den hasserfüllten Blick des Jungforschers erntete. »Und jetzt, meine Herren, wenden wir uns der Anomalie zu. Ich will dieses Schwarze Loch sehen.«

»Sie werden es zu sehen bekommen«, beschwichtigte Pendergast. »Wir haben eine Kamera auf das Ding gerichtet.«

Wenig später schleppte Leighland in Begleitung von Frease den Behälter mit dem Element in den Kontrollraum. Als er ihn unter den Augen aller Anwesenden öffnete, war es Venathaer, der sich als erster äußerte. »Erstaunlich, diese geringe Menge! Es wird seine Wirkung noch beweisen müssen. Vielleicht ist Ihr russischer Kollege ja auch etwas optimistisch gewesen, was die Wirksamkeit betrifft.«

»Ich denke, wir sollten überlegen, wie wir es an die Anomalie heranbringen und weniger spekulieren«, mahnte Leighland.

Sparks und die drei Wissenschaftler begaben sich an die Steuerkonsole, als eines der Telefone klingelte. Alle blickten sich an, bis Venathaer die Anweisung gab: »Gehen Sie ran, Pendergast! Aber keinerlei Andeutungen über die Lage. Ansonsten sehe ich mich leider gezwungen, Ihr Team zu dezimieren. Sie haben mich verstanden?«

Pendergast nahm den Hörer ab. Nach einem kurzen Wortwechsel hielt er plötzlich die Sprechmuschel zu und wandte sich an Venathaer. »General Pruitt und dieser Stockton. Sie sind hier und wollen uns sprechen. Wahrscheinlich geht es um die Evakuierung von Dallas.«

»Okay. Sagen Sie ihnen, sie können rein. Aber kein Wort von uns. Ich bleibe mit Frease im Besprechungsraum nebenan. Wenn einer was ausplaudert, verzichten wir auf alle, die entbehrlich sind. Ich hoffe, Sie verstehen, was ich meine?«

Nachdem Venathaer sich in Richtung Frease entfernt hatte, dauerte es eine Weile, dann betraten Pruitt und sein Sekretär Stockton den Kontrollraum. Sie steuerten direkt auf Leighland zu.

»Verdammt, was fällt Ihnen ein?«, polterte der General los. »Mit Ihrem eigenmächtigen Handeln hätten Sie sich in Teufelsküche bringen können!«

»Mein Ende werde ich mir zu einem späteren Zeitpunkt aussuchen«, entgegnete Leighland.

»Es wäre nicht nur mit Ihnen zu Ende gewesen. Hier geht's um mehr als Ihre Eitelkeit. Da draußen könnten Tausende verrecken, aber das scheint Sie wohl nicht zu interessieren!«

Der Professor wies auf den Tisch abseits der Steuerkonsole. »Wir haben das Element und wissen, was zu tun ist. Sie brauchen wir hier am allerwenigsten.«

Pruitt wurde wütender: »Sie sind hier nicht in Ihrer Universität und reden mit einem Ihrer Studenten! Ist Ihnen klar, dass ich Sie dafür vor Gericht bringen kann?«

»Wollen Sie das tun, bevor wir das Schwarze Loch unter Kontrolle haben oder danach? Nur zu. Fahren Sie von mir aus Panzer vor dem Gebäude auf, es wird dann auf jeden Fall Ihre letzte Handlung sein.«

Pruitt schäumte vor Wut. »Das wird für Sie noch ein Nachspiel haben! Wissen Sie, was uns da draußen blüht, wenn Sie hier versagen?«

»Sie werden es mir sicher erklären, oder?«

»Verdammt, Leighland, Sie sind hier nicht der Held irgendeiner Trickfilmreihe«, polterte der General los. »Da draußen ist eine fliegende Waffe unterwegs, die wir nicht kontrollieren können. Nennen Sie es von mir aus ein unidentifiziertes Flugobjekt. Es hat die gesamte Region um Hengshui in einem siebzig Meilen großen Krater versenkt. Es ist nichts mehr da, keine Häuser, kein Baum, kein Strauch. Buchstäblich von der Erde wegradiert. Genau das kann uns sehr bald auch hier blühen, weil das Ding wahrscheinlich schon auf dem Weg zu uns ist! Dieses Schwarze Loch, wo ist es? Ich will es mir ansehen.«

Pendergast ging dazwischen. »Es ist ein winziger Punkt, mehr nicht. Da gibt es nichts zu sehen. Und es ist viel zu gefährlich sich der Anomalie zu nähern.«

»Ein winziger Punkt? Wollen Sie mich veralbern?« Pruitt fasste sich mit beiden Händen an den Kopf. »Und das bekommen Sie nicht in den Griff? Machen Sie dem Spuk ein Ende, kommen Sie in die Hufe. Aber schnell!«

»Dann stören Sie uns nicht weiter bei unserer Arbeit!« setzte Leighland an, doch Stockton riss das Wort an sich.»Meine

Herren, bitte, wir sollten sachlich bleiben. Wie sehen Sie die Chancen, aus eigener Kraft das Schwarze Loch zu zerstören, Professor?«

»Einige Stunden werden wir noch brauchen. Dann wissen wir es.«

»Uns bleiben auch nur noch wenige Stunden, bis dieses Raumschiff hier ist«, warf der General ein. »Dann ist es vielleicht zu spät. Die werden Sie ausradieren, genau wie dieses Nest in China.«

Plötzlich trat Stockton kopfschüttelnd nach vorne. »Wissen Sie, Leighland, im Grunde genommen kann ich es verstehen. Ich kann es sogar sehr gut verstehen, dass die uns hier von der Erde wegschießen wollen. Denn – was tun wir hier eigentlich?«

Stockton wirbelte herum und zeigte mit dem Finger auf die Schaltanlagen. »Wir bauen Kernreaktoren mit einem unvorstellbaren technologischen Aufwand. Wir spalten sogar Atomkerne und nutzen sie als Energiequelle.« Stockton trat näher an den Professor heran. »Sie wissen noch viel besser als ich, wie klein ein Atomkern ist. Aber was ist die Quintessenz von Ihrem ganzen Aufwand an Forschung und Technik?«

Leighland, der dies als rhetorische Frage empfand, zuckte mit den Schultern und gab keine Antwort.

»Worauf wollen Sie hinaus?«, entgegnete Pruitt.

»Sir, was ich meine, ist: Stellen Sie sich als Größenverhältnis Central Station New York als ein Atom vor. Und jetzt gehen Sie in der Mitte des Gebäudes auf die Suche nach einer einzelnen kleinen Fliege. So klein ist der Kern. Und wie wir alle seit der Schule wissen, ist der Kern positiv und die Elektronen negativ. Also abstoßende Kräfte. Eine sehr kraftvolle Energie überwindet diese Abstoßung und lässt beide im Atom zusammenhalten. So! Und wir sind nun dazu in der Lage, genau diese Kraft freizusetzen! Aber das wissen Sie ja schließlich alles noch viel besser als ich. Stimmt's, Leighland?«

Der Professor erwiderte: »Darum geht es hier nicht. Ich lade Sie aber gern zu einem Gastvortrag nach Berkeley ein. Bis dahin lassen Sie uns unsere Arbeit tun! Die Zeit rennt uns davon!«

Stockton, der die Reaktion des Professors beobachtet hatte, fuhr unbeeindruckt fort. »Nein, Leighland, Sie irren. Genau darum geht es hier! Sehen Sie, Gentleman, genau dieses kleine Ding, den Kern, dieses winzige Teilchen, können wir in Kernreaktoren spalten, um die Energien freizusetzen. Und dafür, dass wir das schaffen, gehen wir sogar das Risiko ein, unsere eigene Bevölkerung mit Strahlen zu vergiften. Aber was glauben Sie, was wir dann letztendlich mit diesem ganzen irrsinnigen Know-How tun werden?«

Pruitt schien keine Pointe zu erkennen. »Kommen Sie zum Punkt, Stockton!«

»Was werden wir letzten Endes dann in unseren Kraftwerken damit tun? Mit diesem gigantischen Aufwand an Wissen und Technologie?« Stockton machte eine Gedankenpause. »Ich sage es Ihnen: Wir machen Wasser damit heiß, um Strom zu produzieren.«

Er wiederholte den Satz und betonte jedes einzelne Wort, bis jeder im Raum den Sarkasmus heraushören konnte, der seinen Worten zugrunde lag.

»Gentleman, genau das machen wir mit diesem riesigen technischen Aufwand. Das Einzige, was wir tun, ist Wasser damit zum Kochen zu bringen. Natürlich neben unserer Lieblingsbeschäftigung, Bomben zu bauen. Aber im Grunde machen wir es wie die Höhlenmenschen vor hunderttausend Jahren: Wir erhitzen Wasser. Mehr nicht.«

Stockton ließ sich nicht unterbrechen. »Und lassen Sie mich Ihnen sagen, ich möchte wirklich nicht wissen, für wie bescheuert uns diese Aliens da draußen halten. Und dann auch noch diese Anomalie. Jetzt haben wir auch noch eine Maschine gebaut, die nicht nur imstande ist, unsere eigene Population auszulöschen, nein, möglicherweise löscht sie die Populationen auf anderen Planeten im Umkreis gleich mit aus! Und ich sage Ihnen noch etwas, Leighland: Ich kann die da in ihrem Raumschiff gut verstehen, dass sie ihre Rohre auf uns richten, um uns wegzublasen.«

Stockton wies mit dem Zeigefinger in die Höhe. »Ich kann sie weiß Gott verstehen. Und Ihnen glaube ich nicht ein Wort. Nicht ein einziges Wort! Sie glauben doch am Ende selbst nicht, dass Sie in der Lage sind, dieses verdammte Desaster hier zu beherrschen.«

General Pruitt fuhr dazwischen. »Die Frage ist nicht, warum die Aliens das tun. Die Frage ist, wann sie es tun und wie wir es verhindern können. Also genug jetzt, Stockton!« Er wandte sich direkt an Leighland.

»Können Sie diese Anomalie stoppen? Ja oder Nein? Können Sie diesen gottverdammten schwarzen Punkt in Ihrer Anlage vernichten, pulverisieren oder was auch immer?«

Leighland erwiderte: »Wir haben noch einige Messungen vor uns. Und wir sollten damit endlich beginnen.«

»Ich will eine Antwort, Leighland. Ja oder Nein?«

»Wenn wir die Anomalie verstanden haben, dann können wir sie auch beenden. So ist das in der Wissenschaft. Die Mittel dazu haben wir.«

Pendergast mischte sich ein: »Der Zeitfaktor ist entscheidend.«

»Okay, aber was bedeutet das konkret?«

Leighland wagte einen zögerlichen Erklärungsversuch: »Es gibt dazu drei Variablen unter verschiedenen Voraussetzungen oder Annahmen. Der Zeitfaktor spielt beim Wachstum des Lochs eine Rolle, die wir jedoch noch nicht kennen. Weitere Variablen sind Fähigkeit zur Energieaufnahme und Drehimpuls. Beide sind von der Umgebungsmasse, respektive der Energiezufuhr, abhängig. Wir hätten das Element längst getestet, aber ohne Berechnungen laufen wir Gefahr, es zu verschwenden.«

Pruitts Ironie ätzte: »Professor, das hört sich an, als ob Sie Ihr Haus angezündet haben, aber nicht wissen, in welcher Etage das Feuer brennt und wie viel Brennstoff noch im Haus lagert.«

»Noch wissen wir gar nicht, ob das Haus überhaupt brennt«, konterte Pendergast.

Pruitt machte eine hilflose Geste in Richtung seines Sekretärs.

»Er versteht es nicht. Verdammt, er versteht es nicht.«

»Doch, General, wir verstehen hier, was wir tun. Wir werden ...«

»Nochmal, Professor, können Sie die Anomalie aus eigener Kraft stoppen? Sind Sie dazu in der Lage?«

Leighland beschwichtigte, aber seiner Stimme fehlte die ansonsten so durchdringende und richtungsweisende Festigkeit. »Wir schaffen es. Wir verstehen noch zu wenig von den Bedingungen, die eine Stabilität aufrecht halten. Wir berechnen die nötige Reaktion und dann schießen wir das Element mitten in die Anomalie. Es wird sie zum Erlöschen bringen, da bin ich mir sicher.«

»Professor, uns bleibt nicht mehr viel Zeit!«, schaltete sich Stockton wieder ein. »Falls Sie es noch nicht begriffen haben, wir befinden uns vor einer ultimativen Entscheidung. Woodford lässt bereits Dallas evakuieren. Die Maßnahmen laufen. Deshalb noch mal: Wie viel Zeit brauchen Sie?«

Pendergast forschte nach. »Welche ultimative Entscheidung meinen Sie?«

»Wir werden einer weiteren Entwicklung Ihres Problems nicht tatenlos zusehen. Wir können und werden einen Angriff auf Dallas nicht ausschließen«, sagte Stockton.

Pendergast presste ein Lachen hervor. »Was meinen Sie mit Angriff? Wollen Sie etwa uns angreifen?«

»Der Präsident erwägt den Einsatz der Bombe.«

Leighland wiederholte die Worte als Frage. »Moment, habe ich das richtig verstanden, den Einsatz der Bombe? Hier in Dallas?«

»Ja.«

»Sie meinen doch nicht etwa die Atombombe?«

Pendergast wich die Farbe aus dem Gesicht. Seine Stimme brach »Sie wollen was? Doch nicht hier in der Stadt?«

Stockton nickte.

»Eine atomarer Angriff? Das kann nicht Ihr Ernst sein! Damit werden Sie nichts erreichen!«

»Es gibt Anweisungen von höchster Stelle!« insistierte Stockton.

»Eine Kernexplosion?« Leighland baute sich vor Pruitt auf. »Die Energiezufuhr würde die Anomalie ins Grenzenlose wachsen lassen. Sie würden das genaue Gegenteil damit erreichen!«

Pruitt hielt dagegen: »Das sieht die Führung dieses Landes aber ganz anders. Die Waffe der Aliens hat auch funktioniert. Allerdings hat sie einen riesigen Landstrich ausradiert. Dallas würde darin verschwinden. Dagegen wäre der Einsatz unserer Dirty Lady partiell beschränkt.«

»Ich habe die Bilder gesehen. So etwas wie in Hengshui verursacht keine Bombe auf dieser Welt. Vielleicht Antimaterie oder sonst was. Einsatz von reiner Energie ohne Durchmischung von Teilchen. Aber, und das garantiere ich Ihnen, wenn Sie eine Ihrer altmodischen Museumsbomben abwerfen, dann fliegen hier Billionen von hochenergetischen Teilchen umher. Genau das, was das Loch möglicherweise wachsen lässt. Wollen Sie das risikieren?«

»Es wäre vertretbar, um der Primärwaffe der Aliens zuvorzukommen«, stellte Pruitt klar.

»Es wäre was? Vertretbar? Sie denken wohl, Sie brauchen nur Ihre große Kanone auszupacken und schon sind Ihre Probleme gelöst?«

»Es ist nicht Ihre Entscheidung, Professor.«

»Ach, gehen Sie zurück zu Ihrem Kinderspielplatz ins Pentagon!«, rief Leighland jetzt, außer sich vor Wut.

Der General fuhr dazwischen. »Schluss jetzt! Sie und ich werden die Entscheidung des Präsidenten nicht ändern.«

Leighland legte nach. »Sie werden nur das Gegenteil von dem erreichen, was Sie wollen. Die Kernexplosion wird das Schwarze Loch gigantisch vergrößern! Kein Stein wird auf dem anderen bleiben!«

»Wann bringen Sie endlich Ergebnisse, Leighland? Dann ist der Atombombenabwurf ja vielleicht gar nicht nötig.«

»Wir müssen jetzt Tests fahren, um mehr über die Struktur der Anomalie in Erfahrung zu bringen. Sie halten uns nur von der Arbeit ab. Verdammt, wenn wir nur etwas mehr Zeit hätten.«

Pruitt konterte: »Dies ist nicht eines Ihrer Forschungsprojekte, bei dem Sie nachher die Kosten verdoppeln und die Laufzeit dreimal verlängern können.« Er stockte. Dann wurde seine Stimme leiser. »Aber es gäbe vielleicht eine Chance, Zeit zu gewinnen.«

Leighland stützte sich an der Steuerkonsole ab und legte die Stirn in Falten. »Und welche wäre das?«

»Stockton, erzählen Sie den Herren von Projekt Phönix.«

Der Sekretär zögerte.« General, darf ich Sie erinnern, Projekt Phönix ist geheim.«

Pruitt wischte mit einer Geste die Vorbehalte des Sekretärs vom Tisch. »Ich weiß, ich weiß. Was machen Sie sich Sorgen um die Geheimhaltung? Wenn wir jetzt nicht handeln, dann brauchen wir uns bald um nichts mehr Sorgen zu machen, und vielleicht ist diese Schwerkraftkanone eine Hilfe. Also los, erzählen Sie es den Herren hier!«

Der Sekretär nickte und zog einen Tablet PC aus der Tasche. Nach einigen Handgriffen startete eine Bildsequenz.

»Meine Herren, das was ich Ihnen jetzt zeige, unterliegt

strengster Geheimhaltung. Es handelt sich um einen Satellit, den uns die Russen zur Verfügung stellen werden. Sie nennen ihn Russischer Bär.«

Die Visualisierung zeigte die Animation einer Satellitenwaffe im Weltraum.

»Er trägt eine Fokussierungseinrichtung, die Schockwellen erzeugt, genauer gesagt, Schwerkraftwellen. Ursprünglich wurde sie zur Zerstörung feindlicher Satelliten und zur Asteroidenabwehr entwickelt. Allerdings steckt die Technik für derartige Objekte noch in den Kinderschuhen.«

»Ein Schwerkraftgenerator?«, entgegnete Leighland, dessen Verwunderung darüber auch Pendergast teilte.

»Sie würde allemal dazu ausreichen, das Ufo einige Meilen in den Weltraum zurückzudrängen, vielleicht sogar zu zerstören. Außerdem könnten wir versuchen, die Schwerkraftwelle auch auf die Anomalie hier im Collider zu richten.«

Pendergasts Neugier wuchs. »Unglaublich. Wie haben Sie die Probleme der Gravitationsfokussierung gelöst?« Während er das fragte, warf er verstohlene Blicke auf die geschlossene Tür im Hintergrund, hinter der er Judy und Venathaer wusste. Nervös drehte er seinen Kugelschreiber in der Hand.

Stockton erwiderte: »Wir haben gar nichts gelöst. Unsere Wissenschaftler haben die Probleme noch nicht im Griff. Wir arbeiten noch in der *Area 51* daran. Allerdings haben es die Russen vor uns geschafft.«

Leighland murmelte »Katchenkos Golfbälle«, und seine Blicke streiften zunächst Pendergast, um dann ebenfalls den Blicken seines Kollegen zur verschlossenen Tür zu folgen.

Pruitt führte aus: »Das Ding ist nicht funktionstüchtig. Wir wissen nicht mal, ob es überhaupt funktioniert. Vielleicht ist alles ein großer Schwindel.«

»Sir, unsere Wissenschaftler haben mit den Russen Kontakt aufgenommen«, sagte Stockton. »Und sie meinten, die Russen hätten es tatsächlich hinbekommen. Also trennt uns nur noch der technische Defekt von einer Lösung des Problems.«

Leighland entgegnete: »Und wie soll die Lösung aussehen? Wollen Sie es reparieren?«

»Ja. Wir nennen es Projekt Phönix.«

»Es wäre vielleicht eine Alternative zu unseren Anstrengungen«, überlegte Leighland.

»Vielleicht macht es Sinn, auf beide Möglichkeiten zu setzen.«

»Also eine Reparatur im Weltraum?«, wollte Leighland wissen.

Pruitt beschrieb den Plan, ein Raumshuttle in Position zu bringen, um dann Spezialisten an einem Seil Richtung Satelliten zu schicken. Auch die Abwehrwaffen in unmittelbarer Umgebung erwähnte er.

Stockton unterbrach: »Unser einziges verfügbares Shuttle ist jedoch noch auf dem Rückweg aus dem All. Eine gut geplante Bereitstellung würde mehr als einen Tag dauern. Dazu haben wir Probleme mit der Annäherung an den Satelliten. Das Ding ist gespickt mit Abwehrwaffen. Projekt Phönix droht zu scheitern, bevor es überhaupt begonnen hat.«

Sparks, der sich bisher im Hintergrund gehalten hatte, mischte sich nun in die Unterredung ein. »Probleme mit der Annäherung? Welche Probleme meinen Sie?«

»Wir müssten mit einem Shuttle mindestens zehn Meilen Abstand halten. Ansonsten aktivieren sich die Abwehrsysteme.«

»Können die nicht abgeschaltet werden?«, fragte Sparks.

»Nein, die Fehlfunktion blockiert beide Steuerungen. Außerdem wissen wir nicht, wie es reagiert, wenn die Hauptsteuerung aktiviert wird«, erklärte Stockton.

Sparks sah zu Leighland hinüber und gab sich schließlich einen Ruck: »Ich könnte es tun.«

Pruitt blickte den Jungforscher an, als hätte dieser sich soeben bereit erklärt, ihm den Mond vom Himmel herunter zu holen. »Ach, nein. Der verliebte Gockel.«

Auch sein Mentor Leighland schüttelte den Kopf. »Seien Sie kein Idiot, Sparks. Sie würden Ihren Kopf riskieren. Überlassen Sie das der NASA. Außerdem brauche ich Sie hier! Wir sollten das Element testen. Sofort! Das würde uns weiterbringen.«

Der ehemalige Student ließ nicht locker. Er beschrieb den Testsprung, seine Erfahrungen, sowie die technischen Möglichkeiten seines Sponsors, während Leighland sich die Haare raufte.

»Stockton, bitte nehmen Sie Kontakt zu Omega Dive auf. Sagen Sie Ihnen, ich wäre für einen Sprung bereit.«

»Sparks, nein!«, rief Leighland.

Pruitt ging dazwischen: »Was soll dieser Unsinn? Was zum Teufel ist Omega Dive? Sperren Sie endlich diesen Clown hier weg!«

»Sir, es stimmt, wir hatten die Informationen bereits nach seiner Überprüfung. Mit der Hilfe von Omega Dive hat er einen Sprung aus dem Orbit gewagt. Sie haben das wahrscheinlich im Fernsehen verfolgt. Vielleicht wäre Sparks tatsächlich in der Lage, den Satelliten der Russen zu reparieren. Wir könnten es mit ihm versuchen«, schlug Stockton vor.

»Ach, Sie waren das? Dieser Sprung aus dem All?« General Pruitt zeigte sich leicht beeindruckt. »Trotzdem: Das kommt überhaupt nicht in Frage«, fuhr er gleich darauf fort. »Er ist Zivilist. Wollen Sie unsere Army vor der ganzen Welt blamieren? Sparks ist weniger als ein Strohhalm.«

»Bei allem Respekt, General Sir, aber momentan haben wir nicht einmal einen Strohhalm.«

Pruitt winkte ab. »Man muss an dem System ausgebildet sein. Sie glauben doch nicht, dass ein Zivilist da oben etwas ausrichten kann?«

»Um das herauszufinden, bleibt zu wenig Zeit. Ich würde vorschlagen, ein Crashkurs sollte reichen. Außerdem bin ich Wissenschaftler, schon vergessen?«, wandte Sparks ein.

Pruitt blieb störrisch. »Selbst wenn wir die verdammte russische Schwerkraftschleuder einsatzbereit bekommen, wir wissen nicht, ob sie funktioniert. Sie werden uns und die ganze Army damit nur lächerlich machen.«

»Sir, uns bleibt keine Zeit mehr! Wenn es gelingt, hätten wir zwei Einsatzoptionen. Zum einen gegen das Flugobjekt, zum anderen gegen die Anomalie gerichtet«, insistierte Stockton.

Sparks verfolgte die Szene mit offenem Mund und nickte, obwohl er die Dimension des Einsatzes nicht im Entferntesten zu überblicken glaubte. Leighland schüttelte derweil den Kopf und sandte vermehrt Blicke Richtung Venathaers Versteck.

Währenddessen argumentierte Stockton weiter: »Soweit ich weiß, haben wir es hier mit einem Schwerkraftproblem zu tun. Und die Waffe bietet uns ein interessantes Potential. Wenn es schiefgeht, braucht es keiner zu wissen.«

Der General stieß einen Seufzer aus. »Gut, wenn Sie unbedingt wollen. Lassen Sie die Realisierung prüfen. Werfen Sie die ganze Maschinerie an und geben Sie Sparks seinen Crashkurs. Aber wenn es nachher schiefgeht, will ich damit nichts zu tun haben. Dann braucht auch keiner zu mir zu kommen, um mir die Ohren vollzuheulen.«

Sparks, der den verstohlenen Blicken seiner Kollegen folgte, hob die Hand, um etwas einzuwenden. »Ich mache es, aber unter einer Bedingung.«

Pruitt stöhnte auf. »Ich wusste es!« Sein Blick gingen zur Decke. »Also, wie viel? Eine Million, zwei Millionen? Wie gierig sind Sie?«

»Nichts weiter. Meine Freundin begleitet mich zum Kontrollzentrum. Sonst will ich nichts«, stellte Sparks klar. Ohne weitere Worte zu verlieren, schritt er zur Tür, hinter der er Judy vermutete.

Nicht nur Leighland war der Schreck in die Glieder gefahren, als er seinen Schützling im Nebenraum verschwinden sah. Auch Pendergast blickte entgeistert drein. Sein Kugelschreiber fiel zu Boden, als seine Worte durch die Colliderzentrale hallten: »Sparks, tun Sie das nicht.«

Während die Sekunden verstrichen, hielten beide Collidermanager den Atem an. Plötzlich trat Sparks in Begleitung seiner Freundin wieder heraus.

»Das ist Judy, sie wird mich begleiten«, erklärte er und stolzierte mit breitem Grinsen im Gesicht auf Stockton zu.

Pruitt wandte sich kopfschüttelnd ab, während Leighland die Situation zu entschärfen suchte: »Okay, wenn keiner was dagegen einzuwenden hat?«

Sparks entgegnete: »Professor, wir sind zum Stillschweigen verdonnert.« Bedeutungsvoll blickte er zur Tür. »Wir wissen ja, was Ihnen oder dem Chef sonst passiert.«

Pruitt, der bereits Abschied nahm, stieß noch auf den Weg zum Ausgang eine Warnung an die versammelte Gruppe aus: »Sie bleiben erreichbar und verlassen auf keinen Fall die Anlage. Das Areal ist umstellt. Wenn einer von Ihnen auf dumme Gedanken kommt, werden Sie da draußen wie Feinde behandelt. Sie wissen, was ich meine? Momentan haben wir nämlich keine Zeit, jemandem die Rechte vorzulesen, bevor wir schießen.«

Die Collidermanager blieben stumm, während Pruitt weiter ausführte: »Sollten Sie mit Ihrem Element nicht erfolgreich sein, werden wir versuchen, Sie vorher noch zu evakuieren.« Dem Tonfall des Generals konnte man entnehmen, dass er die Ankündigung, die Wissenschaftler evakuieren zu wollen, dem Reich der Träume entnahm.

Als die Militärs das Gebäude verlassen hatten, hielt Pendergast nicht mehr an sich. Er schnaubte vor Wut: »Dieser aufgeblasene Schwachkopf! Jetzt haben wir die Wahl, von Venathaer erschossen oder von Pruitt verdampft zu werden!«

»Immer mit der Ruhe, Karel.« Leighland nahm einen Becher Kaffee entgegen, den er nur wenig später seltsam in Gedanken versunken zu betrachten begann.

»Ruhe? Gott noch mal, Jim! Die Air Force droht mit einem Angriff. Ich habe keine Lust, hier in meine Moleküle zerlegt zu werden. Nicht durch dieses verdammte Schwarze Loch und schon gar nicht durch Pruitts Spielzeuge.«

Leighland blickte gelangweilt. »Pruitt wird die Bombe nicht einsetzen können. Damit würden sie das Wachstum des Lochs nur nähren. So schnell setzt er das Ding nicht ein. Die rasseln nur mit ihren Säbeln, machen sich wichtig.«

»Okay, möglich, aber ich denke, das sieht dieser Pruitt ganz anders.«

Venathaer trat aus seinem Versteck hervor. »Sie sollten mich in Ihre Pläne einweihen, bevor Sie sie schmieden«, forderte er und wedelte mit der Pistole. »Und jetzt würde ich gerne wissen, worüber wir überhaupt reden. Ich will das Schwarze Loch sehen.«

»Zeig es ihm auf dem Bildschirm, Karel«, bat Leighland.

Verwundert starrte die Forschergemeinde auf die Darstellung der Umgebung in direkter Nähe der Anomalie.

Pendergast traute seinen Augen nicht. Seine Worte kamen nur stockend: »Was ist denn das?«

Auch Leighland und der Techniker am Steuerpult nahmen die übertragenden Livebilder staunend zur Kenntnis.

»Da fehlen ja ganze Teile der Röhre. Und verflucht, wer sind die Arbeiter dort drin?« Er blickte seinen Techniker an. »Wer hat die denn da reingeschickt?«

Der Angesprochene am Steuerpult zuckte mit den Achseln.

Pendergast drängte: »Die Männer dort, wer sind die?«

»Ich weiß es nicht. Es gibt keine Anweisung zur Wartung oder so etwas.«

»Aber das sind Bauarbeiter. Die tragen doch noch die gelben Ausweise!«

»Wir haben das nicht angeordnet«, mühte sich der Techniker am Pult zu erklären.

»Jim, das ist das Segment der Anomalie. Ich begreife es nicht!«

Leighland stammelte mehr, als dass er sprach: »Aber ... was ist mit der Röhre? Sie ist unvollständig. Die Ölsperre, der Schutzanstrich ... guck dir das an ... alles fehlt.«

Beide Forscher blickten sich an. Leighland schüttelte den Kopf und fragte: »Wann ist die Schutzsperre aufgetragen worden, und verdammt, wer arbeitet da?«

»Das war ...«, Pendergast überlegte. »Vor zwei Jahren im September.«

Venathear, der die Szene aus der Distanz beobachtete, trat hinzu und formulierte, was die anderen bislang nur dachten: »Faszinierend. Was wir dort sehen, bildet nicht unser Zeitkontinuum ab. Ich denke, wir sehen die Vergangenheit.«

»Wollen Sie immer noch da rein und sich das Ding aus der Nähe ansehen?«, entgegnete Leighland.

»Wer spricht denn von mir? Ich hatte an Sie gedacht.«

»Wer immer dort hinein gerät, der Effekt könnte ihn für immer in eine andere Zeit katapultieren.«

»Die Anomalie scheint den Raum so stark zu krümmen, dass wir nicht mehr auf unsere Zeitebene blicken«, mutmaßte Pendergast.

Venathaer resümierte: »Wenn das stimmt, ist es für uns möglicherweise tödlich. Wenn das, was wir da sehen, die Vergangenheit ist, werden wir sie nicht verändern können.«

Pendergast nickte und fügte hinzu: »Ansonsten würde sich das Schwarze Loch durch sich selbst verändern. Ein Paradoxon.«

Leighland versuchte, das Gesehene zu analysieren: »Wir wissen im Grunde genommen nichts über Schwarze Löcher, alles blanke Theorie.« Ratlos blickte er in seinen Kaffee, in dem sich einige Blasen an der Oberfläche nebeneinander anreihten. Plötzlich entfuhr ihm ein »Hey!« Alle blickten ihn an.

»Aber es verhält sich vielleicht wie eine …« Er zögerte. Dann nahm er den Becher Kaffee auf und hielt ihn Venathaer unter die Nase. »Sehen Sie das?«

»Was denn?«

»Sehen Sie die Blasen?«

Venathaer beugte sich vor und warf einen Blick in den Kaffeebecher.

»Wenn sich die Dimensionen nun verhalten wie Blasen«, jubelte Leighland. »Wie Extradimensionen zu der dreidimensionalen Flüssigkeit im Becher.«

Er sagte zu Pendergast, der ebenfalls näher getreten war und voller Verwunderung den Inhalt des Bechers betrachtete: »Karel, wenn das, was wir da sehen, nur innerhalb einer Blase passiert, zum Beispiel als Zeitreflexion, wäre es möglich. Dann könnten im selben Röhrenabschnitt Gegenwart und Vergangenheit zugleich existieren. Nebeneinander.«

»Du willst doch nicht da rein?« Pendergast ahnte, was sein Kollege vorhatte. Leighland antwortete nicht, aber sein Blick ließ Pendergast schaudern. »Das ist viel zu riskant, Jim.«

»Ich denke, es ist möglich, du kennst die Theorien dazu.«

»Du meinst das elf-dimensionale Universum?«

»Richtig! Bei sechs aufgerollten Dimensionen wäre es machbar.«

»Dann sind wir bei einer fünfdimensionalen Theorie mit vier Grenzbranen, wie bei Horava-Witten?«

Leighland spekulierte: »Ja. Überleg' doch mal. Wenn sich um die vier Grenzbranen unterschiedliche Blasen bilden, wie Zeitausstülpungen ein und desselben Raumes, dann hätten wir genau diesen Effekt.«

Pendergast rieb mit der geschlossenen Faust an seinem Kinn. »Aber das würde ja bedeuten, dass sich noch mehr dieser Blasen bilden.«

»Was immer es auch ist, es nimmt zu«, resümierte Leighland. »Und die Effekte haben Auswirkung auf unser Zeitkontinuum.«

»Was wirst du jetzt tun?«

»Das, was wir immer tun, wenn wir neugierig sind. Der Sache auf den Grund gehen, Karel. Ich geh' da rein«, beschloss Leighland.

Judy und Sparks hatten in Begleitung der beiden Regierungsoffiziellen das Collider-Gebäude verlassen. Bereits auf dem Weg zu Pruitts Wagen ließ der General keinen Zweifel an seiner Haltung: »Es dürfte ja wohl klar sein, dass Ihre Freundin Sie nicht in die Test-Facility begleitet«, sagte er. »Das Gelände hat oberste Sicherheitspriorität.«

Sparks, der zunächst versuchte, seinen Forderungen noch Nachdruck zu verleihen, musste schnell einsehen, dass er bei dem General keinen Sinneswandel erreichen konnte. Sein Protest blieb erfolglos, und so einigten sie sich schließlich darauf, Judy zu ihrem Sender bringen zu lassen. Doch Sparks ließ nicht locker, er wollte, dass auch Judy von seiner waghalsigen Aktion profitieren konnte. Nach einiger Zeit rang er Stockton ein Zugeständnis ab. Stockton willigte ein, Judy in New York durch den Intelligent Service unterstützen zu lassen. So würde sie für weitere Reportagen an klassifizierte Informationen kommen. Nun stand also auch ihr eine ungewisse Reise bevor. Eine Reise zu einer der letzten Bastionen im Land, die sich Magools Eroberungsfeldzug noch mit letzter Willensstärke entgegenstemmte.

Magool hatte mit Tollman in der Nähe der Brooklyn Bridge die Suite eines Hotels in Besitz genommen. Der Dealer stand auf der großzügig gestalteten Terrasse und blickte über den East River. Die ansonsten illuminierte Skyline Manhattans lag in ungewohnter Dunkelheit. Wie aufgerichtete Monumente präsentierten sich die Wolkenkratzer in ihrer lichtlosen Erscheinung als Mahnmal einer sterbenden Stadt.

»Frazier wartet«, sagte Tollman.

»Bringt ihn zu mir.«

Magool verharrte immer noch an der Balustrade der Terrasse, als ein Mann mit blondierter Kurzhaarfrisur, Lederjackett und schwarzen Lackschuhen eintrat. Es war die Erscheinung eines solariumgebräunten Städters, der sich nicht von den üblichen New Yorker Yuppies unterschied, die sich an Konsum und Dekadenz ergötzten. Das weiße Hemd trug er locker geöffnet, den Bauch verdeckt von einem Schal.

Magool wandte dem Besucher den Rücken zu und fasste mit beiden Händen an die Balustrade. Er sagte: »Siehst du die Hubschrauber über der Stadt? Mit ihren kleinen Lichtern? Sie sind wie Glühwürmchen.« Verachtung lag in seiner Stimme: »Verströmen ihre Energie, orientierungslos, so wirkungslos und so machtlos. Weißt du, warum sie so unbedeutend sind? Es liegt daran, dass sie keine Seele haben.«

»Wir haben Manhattan bald in unserer Hand«, entgegnete der Blonde, den man Frazier nannte, und warf einen Blick auf das Aquarium, dessen Beleuchtung das Zimmer in ein bläuliches Licht mit Farbreflexen tauchte. Magool wandte sich um. »So, werden wir das? Und wann wird das sein?«

»Sehr bald.« Der Städter beeilte sich, seine Aussage noch mit einem Nicken zu untermauern.

Tollman erschien in Begleitung eines untersetzten Anzugträgers, dessen Krawatte sich fast wie ein Schal um seinen Hals gewickelt hatte. Die Hände mit Handschellen auf dem Rücken gefesselt, erweckte er einen angsterfüllten Eindruck.

»Hierher«, herrschte Tollman den Untersetzten an und stieß ihn in einen der Sessel.

Während Magool und Frazier dem Geschehen beiwohnten, riss Tollman dem Mann das Hemd auf. Mit nacktem Oberkörper beteuerte der Untersetzte seine Kooperation, bis ihm Magool ins Wort fiel.

»Schluss jetzt, Sie hatten Ihre Chance! Sehen Sie, Fazier, Belohnung und Strafe, Versuch und Irrtum, davon ist unsere Evolution geprägt. Aber nur der Erfolg zählt.«

Tollman legte eine Drahtschlinge um den Hals des Untersetzten und ließ das Ende an einem Karabinerhaken an der Wand einschnappen. Dann krempelte er sich den rechten Ärmel hoch und streifte sich einen schwarzen Gummihandschuh über. Er näherte sich dem Aquarium.

»Für Irrtum haben wir keine Verwendung«, sagte Magool. »Irrtum ist ein Fehler der Natur. Tollman, zeig diesem Fettsack, was ein Fehler der Natur anrichtet.«

Frazier beobachtete, wie Tollman mit einem Sieb winzige Mengen einer gallertartigen Masse aus dem Wasser fischte und sich damit dem Gefesselten näherte.

»Ich habe Ihnen doch die Pläne zum Holland Tunnel besorgt! Aber die Soldaten kamen mir zuvor!«, krächzte der Gefesselte verzweifelt.

»Zu spät«, raunte Magool. »Wissen Sie, welche Wirkung die Irukandji-Qualle auf den menschlichen Organismus hat? Über ihre Tentakel schießt sie winzige Pfeilspitzen mit hoher Geschwindigkeit, schneller als eine Gewehrkugel, tief in die Haut. Ein putziges Geschöpf, so leicht, so winzig und doch so tödlich. Dieses Geschöpf ist ein Fehler der Natur, aber sehr erfolgreich.« Tollman schleuderte die Tiere auf die Brust des Untersetzten, der augenblicklich aufschrie. Sekunden später wurden seine Schreie durch Tollmans Ruck an der Drahtschlinge erstickt. Der Mann röchelte nur noch. Tollman lockerte die Schlinge ein wenig.

Immer noch galten Magools Worte dem Unglückseligen. »Der Schmerz tritt augenblicklich ein. Wenn es Sie im Meer erwischt, fühlt es sich an wie Stiche mit glühenden Nadeln. Einige erreichen noch das Ufer. Viele sterben aber schon im Wasser. Doch das ist erst der Anfang.«

Frazier hielt den Anblick des sich unter Krämpfen windenden Körpers nicht aus, schaffte es aber auch nicht, sich abzuwenden. Hilflos zappelte der Gequälte mit den Beinen, gefangen in der Drahtschlinge, die sich nur fester um seinen Hals zog.

Unter den absterbenden Schreien des Gequälten fuhr Magool fort: »Sie erleben es als eine Tortur. Sie brennen wie Feuer und denken, es kommt vielleicht Hilfe. Dabei hat das Gift noch nicht mal Ihr Rückenmark erreicht. Wenn Sie es ans Ufer geschafft haben, zeigt Ihnen die Qualle ihr wahres Gesicht. Wenn das Gift das Rückenmark erreicht, haben Sie augenblicklich das Gefühl, bei lebendigem Leib auseinander gerissen zu werden. Der Schmerz ist unerträglich.«

Magool schob Frazier auf die Terrasse. Zufrieden nahm er das Zittern um dessen Mundwinkel wahr.

»Schau raus, Frazier. Das ist meine Welt. Meine Kreaturen. Normalerweise seelenlose Instrumente in den Händen kleiner Wichtigtuer, ich aber möchte ihnen Seele geben.«

»Ja, ich sehe es«, beeilte sich Frazier, beizupflichten. Er zitterte. »Wir wissen das. Alle wissen das. Eine ganze Armee rennt da draußen gegen die Stadt an.«

»Ist es endlich zum Einsatz gekommen?«, fragte Magool nunmehr leiser.

»Nein. Wir konnten es noch nicht einleiten.«

»Warum nicht?«

»Sie bewachen die Aufbereitungsanlagen und alle frei zugänglichen Rohrleitungen der Trinkwassersysteme. Es ist schwierig.«

»Natürlich ist es schwierig, aber wofür bezahle ich dich?«

Magool gab Tollman einen Wink. Dieser streifte sich den Handschuh ab, trat an die Seite von Frazier und baute sich bedrohlich auf.

Frazier begann zu stammeln: »Es wird, ich meine, es kann vielleicht schon morgen ... Wir haben eine Pumpstation lokalisiert! Da werden wir das Zeug einleiten!«

Magool reckte seine Faust nach oben, in einer Manier, die an die Geste eines Diktators erinnerte. »Sieh dir das an! Meine Kinder da draußen führen meinen Willen aus. Es ist, als seien sie mit mir verbunden. Als seien sie mein Fleisch. Aber es sind noch zu wenige und sie brauchen Unterstützung!« Dann flüsterte er: »Es werden zwar jede Stunde mehr, aber ich habe nicht mehr viel Zeit.«

»Warum?«

»Mit jedem Tag, an dem ich meine Macht steigere, geht etwas in mir vor.« Magool stockte.

»Was meinen Sie?«

»Mein Arzt sagt, ich gebäre den Tod. Er gibt mir nicht mal mehr zwei Monate. Aber er irrt.«

»Wieso den Tod?«, entgegnete Frazier.

Der Dealer präsentierte sein bleiches Gesicht und die blutunterlaufenen Augen um die Kontaktlinsen. Die hervortretenden Adern an den Wangen ließen seine gesamte Erscheinung noch beängstigender wirken. Frazier erschauerte.

»Weißt du, Frazier, es ist nicht der Tod, es ist eher eine Metamorphose. Ich fühle es. Ich fühle die Verwandlung.«

Magool legte seinen linken Arm um die Schulter des Städters. Scheinbar freundschaftlich umschloss er zunächst dessen Kopf, spannte dann aber seine Muskeln an und ließ Frazier damit kaum noch Luft zum Atmen.

»Wenn es so etwas wie einen Gott gibt, dann sollte er mir mehr Zeit geben. Findest du nicht?« Magool sprach ohne Groll. »Ich meine, mehr Zeit, meinen Triumph wahr zu machen. Ich wünsche mir einen gütigen Gott.« Der Dealer stöhnte laut auf. »Aber vielleicht hat er ja nur Angst! Angst, dass ich genauso werde wie er. Glaubst du das auch?«

Frazier japste nach Luft. Gefangen in Magools muskulösem Arm, presste er nur ein »Ja« hervor. Sein Blick, noch auf Manhattan gerichtet, begann sich zu trüben. Blut staute sich in seinen Halsvenen und verursachte ein Pochen in der Schläfengegend. Die wenigen Lichter, die noch in den Fassaden der Skyline zu erkennen waren, verschwammen vor seinen Augen.

»Ich habe das Gefühl, alles in mir erwacht. Ich höre nicht nur Hunderte – ich höre Tausende rufen.« Dabei hielt er Frazier fest umschlossen und drückte ihn in die Knie. Mit der Rechten wies Magool in die Nacht und ließ seine Hand durch die Luft schweifen. »Sie rufen wie Kinder zu mir! Sie rufen, ich soll ihnen beistehen. Hörst du das auch?«

Fraziers Augen schlossen sich. Er zappelte.

»Hörst du das? Es sind meine Jünger, mit denen ich in Verbindung stehe.«

Der Dealer stieß Fraziers Kopf mit aller Kraft auf das Metallgeländer der Brüstung. Blutspritzer markierten die Stelle auf dem Metall, auf die Fraziers Kopf auftraf. Haut platzte auf. Der Aufprall ließ Frazier einen gurgelnden Laut hervorpressen. Er zappelte, aber Magool entließ ihn nicht aus seinem eisernen Griff. Wieder und wieder ertönte das dumpfe Geräusch des Auftreffens von Fraziers Kopf auf der Brüstung.

»Und sie fragen mich, warum ich ihnen nicht die Unterstützung liefere, die sie verdienen. Unterstützung, die sie so sehr benötigen. Es sind doch meine Kinder. Verstehst du, dass wir ihnen helfen müssen?«

Kurz darauf lockerte Magool den Griff und ließ Frazier aus seiner Umklammerung. Der Städter sank wie ein nasser Sack zu Boden. Er war benommen, jedoch bei Bewusstsein. Wie in

Zeitlupe griff er sich an sein Gesicht und blickte auf die blutverschmierte Hand. Mit der Linken stützte er den Oberkörper vom Boden ab. Schwankend versuchte er, sich aufzurichten und vernahm dabei Magools Stimme: »Weißt du, warum die mich rufen? Ich denke, sie erwarten von mir Hilfe. Es ist, als sei ich ihr Gott, zu dem sie beten. Sie erwarten von mir, dass ich sie auf ihrem Weg anführe. Dabei musst du mir helfen, Frazier. Alleine werden es meine Kinder da draußen nicht schaffen.«

Frazier kam auf die Beine und stützte sich an der Brüstung auf. Sein Atem ging stoßweise.

Magool rief die Worte in die Nacht: »Ja, es sind meine Kreaturen! Aber ich werde ihnen ein guter Gott sein, ein gütiger Gott, der ihnen Zeit gibt! Ein Gott, der ihre Rufe hört und sich ihrer erbarmt.«

Frazier keuchte, nickte kräftig und hauchte abermals ein »Ja«. Im Augenwinkel verfolgte er Magools Silhouette, die sich auf der Terrasse in Richtung der steinernen Monolithe New Yorks ausrichtete. Der Dealer schien voller Tatendrang, als er sagte: »Um die Metamorphose zu beenden, werde ich für meine Kinder neu geboren werden. Eine Wiedergeburt als höheres Wesen. Wir werden das für sie alle inszenieren. In einem gläsernen Kreuz, ja – mit einem Kreuz ganz aus Glas.«

Frazier, immer noch benommen, pflichtete bei: »Ja, sicher, ein Kreuz, ganz aus Glas.«

»Es wird ein Meilenstein in meiner Entwicklung sein! Und du wirst dabei sein, Frazier! Hörst du? Du wirst es sehen! Mit eigenen Augen! Und später, wenn ich vielleicht irgendwann nicht mehr unter euch sein werde, dann wirst du meine Geschichte in die Zukunft tragen. Wirst du das für mich tun, Frazier?«

Frazier hauchte ein »Selbstverständlich« und schleppte sich zitternd und blutüberströmt an der Seite von Tollman in die Suite. Im Licht des Aquariums glich sein Gesicht einem Fußballfeld, dessen Oberfläche sich durch die Stollen der Kicker in eine umgepflügte Ackerlandschaft verwandelt hatte. Im Sessel erblickte er den Toten, dessen Körper erschlafft war. Dann bemerkte er stumm Magool, der mit erhobenen Armen seine Worte hinaus in die Nacht entließ: »Für meine Kinder da draußen werde ich die Offenbarung neu schreiben. Sie wird ein Armageddon sein, wie es die Welt nur aus der Bibel kennt. Schon bald werde ich in einen neuen Körper übergehen. Ich fühle es. Ihr alle sollt meine Zeugen sein, wenn es passiert. Und dem Rest der Welt bringe ich die Apokalypse.«

Mit diesen Worten wandte er sich um zu Tollman, der den zitternden Frazier stützte. »Eine Wiederauferstehung mitten in New York. Inszeniert für meine Kinder. Aber bis dahin muss New York fallen, versteht ihr? Ich will ganz Manhattan.«

Collider, Dallas

Leighland beäugte das Wartungsgefährt auf den Schienen des Tunnels, das von Pendergast mit beiden Händen auf der Schienenführung in den Bereich der Beschleunigermagnete geschoben wurde. »Vorne sieht es wie ein überdachtes Motorrad aus und hinten wie ein Pick-Up. Man müsste es in Serie gehen lassen«, stellte Leighland fest.

»Zum Einsteigen bereit«, entgegnete Pendergast.

Während er die Messinstrumente aktivierte, stand Venathaer am Kontrollpult und betrachtete die Vorbereitungen aus der Ferne. Die Batterien einer Funkkamera, die über den Helm die Bilder transportieren sollten, befestigte Pendergast mit Klemmen am Gürtel des Professors.

»Strahlung im Röntgenbereich werden wir auf weite Distanz feststellen und dich rechtzeitig warnen. Sei aber trotzdem vorsichtig.«

»Keine Sorge, ich hab nicht vor, dich mit Venathaer lange alleine zu lassen.«

»Venathaer ist nicht das Problem. Frease macht mir schon mehr Sorgen, dieses unberechenbare Arschloch.«

«Mach' keine Alleingänge. Wenn ich zurück bin, können wir versuchen, Frease auszuschalten. Ich denke da an Johns Hilfe.«

Pendergast nickte und setzte Leighland den Helm auf. Gemeinsam testeten sie die Sprechverbindung und öffneten die Kapsel des Wartungsfahrzeugs.

Im Inneren des Colliders tauchten Lichtschläuche die Kulisse in ein indirektes Licht, das keine Schatten warf. Die stromsparende LED-Technik, die das Innere des Colliders illuminierte, schuf eine sterile Atmosphäre, die an den Operationssaal einer Klinik erinnerte.

»Schießt das Ding erstmal bis auf zweihundert Yards an die Anomalie ran. Danach bitte Schritttempo, damit ihr mich jederzeit stoppen könnt. Ich werde alle zwanzig Yards eine Meldung absetzen, ob alles okay ist und wie es da drin aussieht«, sagte Leighland.

»Sei vorsichtig, Jim. Sobald du uns signalisierst, dass etwas nicht stimmt, legen wir den Rückwärtsgang ein und holen dich raus.«

»Wird schon schiefgehen«, entgegnete Leighland. Er zwängte sich in die Sitzschale und zog das Plexiglasdach herab.

Am Kontrollbildschirm zeichnete sich die Wartungskapsel als kleiner leuchtender Punkt ab, den die Techniker ohne Unterlass in ihrem Blick behielten.

Venathaer gab Frease einen Wink. »Starten Sie die Kapsel.«

Wenig später entfernte sich das Gefährt in die Röhre. Die Kreisbahn, auf der sich die Kapsel trotz hoher Geschwindigkeit fast unmerklich bewegte, machte den Wissenschaftler einmal mehr die extreme Ausdehnung der Röhre klar, die sich unter dem Großraum von Dallas erstreckte.

Frease und die Wissenschaftler hatten sich am Pult der Steuerzentrale versammelt. Die angespannte Atmosphäre ließ kein echtes Gespräch zu. Pendergast, der gebannt auf den Übertragungsbildschirm blickte, drehte einen Bleistift mit den Fingern hin und her.

»Langsam«, murmelte er. »Ganz langsam.«

Die Wartungskapsel glitt auf den Magnetschienen tiefer in die Collideranlage. Segment für Segment sah Leighland an sich vorbeiziehen, während seine Finger den Haltegriff umschlossen. Weiß schimmerten die Knöchel unter der Haut hervor. Die Zeit der Annäherung an die Anomalie vertrieb er sich, indem er vor seinem geistigen Auge Situationen durchspielte, die ihn am Ziel erwarten konnten. Seine Gedanken drehten sich um die physikalischen Theoreme einer eventuellen Bildung von Zeitblasen. Leighland stellte sich die exotischsten Ausprägungen solcher Zeitblasen vor, während in eintöniger Folge Segment nach Segment an ihm vorbei zog. Sollten die Blasen selbst eine Instabilität aufweisen, könnten sie sich auch schließen, und ein Besucher zum falschen Zeitpunkt würde geradewegs verschluckt werden. Seit den Veröffentlichungen eines seiner Vorbilder, eines schwerkranken, aber große Popularität genießenden Astrophysikers, wusste er um die Theorien einer möglichen Tür zu anderen Universen. Stimmte die Theorie des Astrophysikers, würde das bedeuten, dass Reisen in eine andere Zeit nicht nur möglich wären, sondern sogar ein Austausch zwischen zwei real nebeneinander existierenden Welten erfolgen könnte.

Monoton summten die Magnete der Transportspur. Sie bewegten die Kapsel immer tiefer in den Collider, während Leighland in regelmäßigen Abständen Informationen per Funk absetzte. Endlich wurde die Geschwindigkeit gedrosselt. Die Kapsel bewegte sich nun merklich langsamer, obwohl Leighland das betreffende Segment noch in weiter Ferne vermutete. An den Wänden der äußeren Metallröhre zählte er die Nähte, die

die Segmente durch einen kleinen Spalt voneinander abgrenzten. Die vorbeiziehenden Segmente unterzog Leighland dabei prüfenden Blicken, während er sich dem 282. Segment näherte. Pendergast drosselte nochmals die Geschwindigkeit. Die Rollen des Magnetantriebs bewegten sich immer langsamer über die Spur, bis sie schließlich nur noch wenige Drehungen vollzogen. Sekunden später kamen sie vollständig zum Stehen.

Bevor Leighland das Dach der Kapsel öffnete, blickte er skeptisch geradeaus. »Ich sehe noch nichts Konkretes«, ließ er verlauten. »Nur ein schwaches Schimmern und dahinter Schatten.«

Was er sah, glich einer pulsierenden überdimensionalen Seifenblase. Reflexionen auf der Oberfläche spiegelten alle für das Auge nur denkbare Farben.

Zu Fuß näherte Leighland sich der Erscheinung, bis er Einzelheiten erkennen konnte. Die Sicht in die andere Parallelwelt war ungetrübt. Nur ein leichter Schleier, den er den Reflexionen auf der Oberfläche der Blase zuschrieb, zeichnete die Bilder weich. Der Boden auf der anderen Seite der Blase schien anders beschaffen zu sein, ebenso wie die Innenröhre, die abrupt an der Grenze zur Blase endete. Leighland sprach Pendergast an: »Karel, habt ihr irgendwelche Parameter?«

»Nein, keinerlei Messungen«, vernahm der Physiker die Stimme seines Kollegen aus den Lautsprechern im Helm.

»Es sieht von hier aus wie eine riesige Seifenblase. Oder wie das Reflektieren von Licht auf Wasser. Dahinter sehe ich Arbeiter.«

»Bleib besser weg. Du weißt nicht, wie das Zeitkontinuum auf Störungen reagiert.«

»Zeit, es herauszufinden!«, sagte Leighland.

Im Kontrollraum verfolgte die Gruppe die Bilder aus der Röhre über Leighlands Helmkamera. Gleichzeitig lieferte die zweite Kamera, die Sparks in der Röhre befestigt hatte, Referenzbilder vom Ort der Anomalie.

»Wie verhält sich ein menschlicher Körper, wenn er sich der Erscheinung nähert?«, fragte Venathaer in die Runde.

Pendergast schüttelte den Kopf. »Wir wissen einfach gar nichts von solchen Raumanomalien. Die Theorien dazu sind allesamt unbestätigt.«

»Wenn Leighland es wirklich ausprobiert, wird uns die Antwort auf meine Frage vielleicht nicht gefallen«, sagte Venathear. »Wahrscheinlich lässt er sich diese einmalige Chance aber nicht entgehen.«

»Wenn er nicht zurück findet, haben wir hier ein echtes Problem«, stellte Pendergast fest. »Alleine werden wir das hier nicht schaffen.«

»Trotzdem. Er wird es tun, weil er es tun muss. Er ist der Wissenschaft genauso verfallen ist wie ich. Kann er über diese Blase wirklich die Vergangenheit betreten?«

Pendergast erinnerte sich: »Nach dem Zeitreiseparadoxon kann die Vergangenheit nicht verändert werden. Sie könnten sonst Ihre eigene Mutter erschießen und damit ein unauflösbares Paradoxon schaffen.«

»Dann sind es vielleicht Parallelwelten«, entgegnete Venathaer. »Sichtbar gewordene Dimensionen, die neben unserer realen Welt existieren.« Er hob den Finger und lenkte die Aufmerksamkeit seines Gegenübers auf die Übertragung der Kamerabilder: »Sehen Sie, Leighland berührt schon die Oberfläche.«

Pendergast reagierte nicht. Ihm stockte der Atem.

Leighland hatte die Hand ausgestreckt. Sein Zeigefinger tastete sich bis an die transparent erscheinende Oberfläche heran. Als er sie berührte, ließ er die Fingerkuppen in der Nähe der Blasenmembran vor- und zurückschnellen, als erwartete er eine elektrische Entladung. Mehr und mehr erkundete er die reflektierende Oberfläche und durchdrang sie schließlich. Zögernd ließ er zunächst die Finger Inch für Inch bis zum Handgelenk eintauchen. Als er sie zurückzog, betrachtete er sie prüfend. Danach ließ er sie durch die transparente Schicht in die Blase eintauchen und beobachtete das Öffnen und Schließen seiner Hand.

»Die Anomalie ist durchlässig«, sagte er. »Ich werde jetzt durch die Membran gehen.«

Mit einem Schritt war Leighland plötzlich auf der anderen Seite. Im gleichen Moment stockte er, als wolle er die Reaktion abwarten, die das Betreten der fremden Dimension unwillkürlich in ihm hatte auslösen müssen. Er wandte sich um.

»Ich bin durch. Es ist, als springst du durch eine Seifenblase. Ich sehe die Arbeiter«, sagte er in das Helmmikrophon, ohne zu wissen, ob ihn noch jemand hören konnte. Die Membran schillerte auch auf ihrer Rückseite und signalisierte ihm die Grenze, durch die er später in die Gegenwart zurückkehren wollte.

Nicht weit entfernt von ihm erregten Arbeiter seine Aufmerksamkeit. Sie trugen orangefarbene Overalls und gelbe Helme, die Leighland bereits auf der Kameraübertragung gesehen hatte. Die Arbeiter waren beschäftigt. Am Boden verschraubten sie die Auflieger aus Metall, die später als Unterkonstruktion der innen liegenden Reaktionsröhre dienen sollten. Einer der Arbeiter bemerkte Leighland und legte das Werkzeug zur Seite: »Was machen Sie denn hier ohne Schutzkleidung?«

Leighland hob entschuldigend die Hände und war überrascht, dass sein Gegenüber ihn überhaupt zur Kenntnis nahm. Der Arbeiter trat ihm entgegen, sodass Leighland die Hand hätte ausstrecken können, um ihn zu berühren.

»Sie können hier nicht einfach ohne Schutzkleidung reinspazieren«, herrschte der Mann ihn an. »Wer hat Sie überhaupt reingelassen? Haben Sie sich bei der Bauleitung registriert?«

Der Professor öffnete das Visier seines Helms und entgegnete: »Alles in Ordnung. Interne Revision.«

Dann trat er zwei Schritte zurück und brachte damit seinen Körper wieder auf die Seite außerhalb der Membran. Aus geringer Distanz beobachtete er den Arbeiter, der sich verwundert umsah, als hätte er soeben einem Zaubertrick beigewohnt. Leighland bemerkte, wie der Mann seinen Mund öffnete und offensichtlich etwas sagte, das er nicht mehr hören konnte. Der Arbeiter trat vor, näherte sich der Blase, bis er deren Grenze berührte, sie durchschritt und plötzlich direkt vor Leighlands Augen verschwand. Wenige Sekunden später materialisierte sich der Arbeiter wieder. Jetzt jedoch wandte er dem Professor den Rücken zu und entfernte sich von der Membran. Leighland begriff und sprach ins Mikrophon: »Hörst du mich, Karel?«

Als Pendergast geantwortet hatte, erläuterte Leighland die Situation: »Die Blase wirkt als offene Membran in nur eine Richtung. Ich denke, wir können hinein und wieder heraus. Offensichtlich können die Arbeiter aus der Vergangenheit das nicht. Sie ist nicht geöffnet für Personen des anderen Zeitkontinuums. Ich muss das noch mal wiederholen. Ich probiere es jetzt nochmal.«

»Jim, lass es!«, tönte es aus dem Helmlautsprecher. »Es ist nicht nötig, ein weiteres Risiko einzugehen. Wir wissen jetzt, was wir wissen wollten.«

»Nein. Ich will das hier genauer untersuchen.«

»Aber wir müssen uns beeilen! Denk an die Bombe! Und daran, was passiert, wenn sich das Ding plötzlich schließt«, befürchtete Pendergast.

»Ich glaube, sie schließt sich nicht. Zumindest solange nicht, wie die Anomalie andauert.«

»Warum bist du dir so sicher?«

Der Professor bewegte sich wieder durch die Blase hindurch und entgegnete: »Ich weiß es einfach. Eine Sache muss ich noch testen.«

Kaum hatte Leighland die Blase erneut durchschritten, bemerkten die Arbeiter den Professor, der plötzlich direkt vor ihnen auftauchte.

»Ich hab es dir doch gesagt«, sagte einer der Männer. »Da ist er wieder. Taucht aus dem Nichts hier auf.« Die Arbeiter blieben wie angewurzelt stehen und beobachteten, wie Leighland einen Schraubenschlüssel vom Boden aufhob. Wieder lief einer der Arbeiter auf ihn zu. Der Andere folgte ihm. Aber auch diesmal trat Leighland durch die Membran zurück, noch bevor die Männer ihn erreichen konnten. Er ließ die Arbeiter zurück, die sich wie Pantomimekünstler staunend mit vorgestreckten Handflächen an einer nicht existierenden Wand voran zu tasten suchten. Leighland blickte auf den Schraubenschlüssel in seiner Hand.

»Ich hab genug gesehen«, sagte er ins Mikrophon. »Wenn ich in der Kapsel bin, holt mich zurück.«

White Sands Test-Facility, 29. Juli,
zwölf Tage nach der Alphastabilität.

Sparks erreichte in Begleitung eines Soldaten den Sicherheitsbereich des Forschungsgeländes der White Sands Test-Facility in New Mexico. Die legendäre Anlage inmitten der Wüstenregion erhob sich vor der Kulisse eines entfernten Bergzuges. Dort, wo die Nasa seit 1965 mit ihren Programmen Apollo, Viking und Cassini Geschichte geschrieben hatte und das erste Raketentriebwerk getestet worden war, sollte der Jungforscher eine der größten Herausforderungen seines bisherigen Lebens angehen. Er näherte sich der Absperrung eines Hangars, als ihn hinter dem Drehkreuz am Eingang ein Uniformierter begrüßte.

»Sparks! Hier herüber! Ich bin Major Kindching. Sie können mich Kid nennen. Tun alle hier.« Er gab dem Soldaten einen Wink. »Danke, Miller, ich übernehme Sparks ab jetzt.«

Der Major grinste wie ein Honigkuchenpferd. »Das war ja eine tolle Nummer, die Sie da oben abgerissen hatten. So ganz alleine im Spaceorbit.«

Sparks grinste. »Wenn Sie das mal nachmachen wollen, Omega Dive sucht immer zahlungskräftige Abenteurer.«

»Zu teuer. Aber ich wünschte, man hätte mich gefragt, ich wäre auch gesprungen. Warten Sie, ich mache Ihnen auf.«

Der Jungforscher streckte seine Hand zur Begrüßung aus, der Major ergriff sie. Dabei drückte der Kindching Sparks ein farbiges Band in die Hand.

«Hier, nehmen Sie. Ist ein RFID Chip. Legen Sie das Band um, damit kommen Sie überall rein.«

Sparks legte das Band an sein Handgelenk und durchschritt das Drehkreuz. »Danke. Wie geht es jetzt weiter? Gibt es schon einen Plan, was Konkretes?«

»Mister Sparks, wenn es irgendwo auf der Welt konkret zugeht, dann bei uns. Wir testen Raketen.« Kindching lachte. »Nein, im Ernst. Kommen Sie, ich stelle Ihnen den Wheeler vor. Er wartet schon auf Sie.«

»Wheeler? Ist das der Chef von dem Laden hier?«

»Wie? Sie kennen Horace T. Hayworth nicht?«

»Nein, sollte ich?«

»Mein Gott, Sie kennen den Chef der Area 51 nicht? Er ist auch bei uns der große Macher. Manchmal denke ich, er ist der heimliche Kopf hinter der ganzen verdammten Regierung. Die machen ohnehin alle das, was er sagt. Wir nennen ihn nur den Wheeler.«

»Warum Wheeler?« wollte Sparks wissen.

»Werden Sie noch sehen.«

Zu seiner Linken entdeckte Sparks Düsenjäger unterschiedlicher Bauart, deren außergewöhnliche Form und Farbe ihn sofort faszinierte: »Die Raketen draußen waren ja schon eine Schau, aber was zur Hölle ist das hier alles?»

»Hier wird alles ausgetestet, was schneller fliegt als Mach vier.« Major Kindching übernahm jetzt die Rolle eines Tourguides durch das Areal.

»Mach vier, so etwas gibt es? Ich dachte, bei Mach drei hört es auf. Beim *Black Bird.*«

»Quatsch. Vergessen Sie es. Wir haben einen Jet entwickelt, der macht Mach neun. Der Nachteil ist nur, er landet nie.« Wieder lachte Kindching. »Wenn wir ihn losschicken, fliegt er zwar, aber das Ding hat kein Landefahrwerk und geht im Pazifik unter wie ein Stein.«

Sparks stieß einen anerkennenden Pfiff aus. »Ich glaube es nicht. Aber warum diese rosa Lackierung?«

»Das ist kein Rosa. Es sind Spezialpartikel, die das Licht brechen. Bei unterschiedlicher Sonneneinstrahlung sieht die Farbe immer anders aus.«

»Und wozu das Ganze?«

»Eigentlich zur Ablenkung feindlicher Laserzielerfassung. Wo sie auch angreifen, es gibt keine Reflexion. Wir schlüpfen damit unter der feindlichen Abwehr einfach durch. Funktioniert wie mikroskopisch kleine Spiegel.«

Der Jungforscher zeigte sich beeindruckt und erkundete weiter die Umgebung, die ihn immer mehr in ihren Bann zog. Zu Sparks Rechten türmten sich Bürocontainer mit vorgelagerten Balustraden, die sich in Kaskaden aufgestapelt bis zur Decke des Hangars erstreckten. Über allem thronte eine Kuppel, die Sparks zwar in großer Höhe über sich ausmachen, aber in der er Personen nur als winzige Punkte erkennen konnte. Das Dach schien eine pergamentartige Konsistenz zu haben, die das Sonnenlicht passieren ließ, es jedoch diffus im Gebäude verteilte, ähnlich wie ein Fliegennetz vor einem Fenster. Er schätzte das Dach in etwa hundert Yards Höhe.

Sparks und Kindching durchschritten eine weitere Sicherheitsschleuse, die in einen fensterlosen Raum mündete. Flugmodelle unterschiedlichster Größe machte er an dünnen Metallfäden hängend unter der Decke aus. Sparks blickte auf eine Aneinanderreihung von Tischen und Stühlen. Dort traf er auf den Wheeler. Es erwartete ihn ein Mann im Rollstuhl mit gefönter Frisur, die in einer jugendlich wirkenden Haartolle endete. Die schon ergrauten Haare verrieten das fortgeschrittene Alter des Mannes. Er musste etwa Mitte Vierzig sein. Über ein Headset schien er gerade in ein Gespräch vertieft. Per Handzeichen bot er Sparks und Kindching einen Platz an und bedeutete den beiden, sich noch zu gedulden. Als er das Gespräch beendet hatte, wandte er sich Sparks zu.

»Tut mir leid, ich hätte Sie gern persönlich abgeholt, aber ich komme hier schlecht hoch.« Er grinste. »Ich hoffe, das macht Ihnen nichts aus. Mein Name ist Hayworth.«

Sparks erwiderte die Begrüßung und preschte vor. »Ist schon sehr interessant, was hier alles rumsteht.«

»Interessant? Sie werden noch viel mehr sehen.«

»Soll das eine Drohung sein?« Sparks lachte.

»Keineswegs«, entgegnete Hayworth und musterte Sparks mit einem Mal sehr ernst: »Ist Ihnen klar, wie wichtig diese Mission ist?«

»Mission? Ich hoffe, es dauert nicht allzu lange, die warten im Collider auf mich.«

»Die werden noch eine Weile ohne Sie auskommen müssen, mein Junge. Ich würde Sie gerne mal etwas fragen. Haben Sie Träume? Ich meine, nicht irgendwelchen sentimentalen Mist, sondern was von Größe, verstehen Sie, was ich meine?«

»Naja, von fliegenden Kriegsmaschinen wie hier träume ich eigentlich nicht. Aber die Malediven würde ich gern mal sehen, wenn ich da oben fertig bin«, flachste Sparks

»Die Malediven?« Hayworth nickte und klopfte mit seinem gesunden Arm auf das Steuerungsteil seines Rollstuhls.

»Lieber Sparks«, begann Hayworth väterlich und schüttelte dabei den Kopf. »Ich möchte, dass Sie eines wissen. Wir haben Sie nicht freiwillig in unsere Basis geholt. Hier gibt es nicht nur eine Reihe von bestens ausgebildeten Spezialisten im Rang eines Majors, nein!«, Hayworth hob die Stimme: »Sie alle hatten einen Traum und haben ihr ganzes Leben lang hart für einen solchen Einsatz trainiert. Unser Problem ist jetzt, denen erklären müssen, dass das alles umsonst war, sie hier am Boden bleiben müssen und den Job ein anderer macht. Dass also ein anderer zum Helden werden kann.« Das Trommeln mit seinen Fingern entwickelte sich zu einem Trommelfeuer. »Dazu haben wir auch noch Millionen in die Ausbildung dieser Leute versenkt. Können Sie mir bislang folgen?« Sparks schwieg, während Hayworth eine Gedankenpause machte. »Wissen Sie, mein Junge, das sind Leute, die sich auf eine solche Aufgabe jahrelang vorbereitet haben. Ich spreche von Fertigkeiten, Mut und psychischer Stabilität. Und nicht zuletzt über Gewissenhaftigkeit und Selbstdisziplin. Denn eines weiß ich genau: Unsere Männer würden die für diese Aufgabe alles einsetzen was sie haben. Bei Ihnen bin ich mir da gar nicht so sicher. Sie spazieren hier so einfach rein und erzählen mir was von den Malediven.« Mit einem Male hatte Hayworth seine ganze Freundlichkeit verloren. Dann donnerte er Sparks die Worte entgegen: »Und all die stoßen wir jetzt vor den Kopf, nur weil Sie hier meinen, den Job mit links machen zu können. Was sagen Sie dazu?«

Der Jungforscher entgegnete nichts und schickte einen unbeholfenen Blick zu Kindching.

»Aber ich kann Ihnen sagen, dass wir unsere Leute nur deshalb am Boden lassen, weil es leider ein paar kleine unglückliche Zufälle gibt. Dumme Zufälle, die es uns nicht erlauben, unsere Jungs einzusetzen. Es mag ja sein, dass Sie das freut, dass Sie alles tun würden, um hier den Helden zu markieren. Aber uns freut das ganz und gar nicht. Also erbitte ich mir zumindest ein kleines bisschen mehr Respekt vor dieser Aufgabe.«

Sparks nickte betreten und steckte die Hände in die Hosentaschen.

Kindching ging dazwischen: »Hayworth meint es nicht so. Wir haben gute Leute, die wir jahrelang trainiert haben, und bei

Ihnen wissen wir eigentlich gar nicht so richtig, woran wir sind. Das ist alles.«

Der Wheeler steuerte den Rollstuhl auf den jungen Physiker zu, bis er kurz vor ihm zum Stehen kam. »Also nochmal: Wissen Sie überhaupt, worum es hier geht?«

Sparks Antwort kam zögerlich: »Ja. Es geht um Dallas.«

»Okay, das denken Sie, aber es geht nicht um Dallas allein. Kindching, sagen Sie es ihm.«

»Sehen Sie her«, sagte der Major und schritt zu einer Karte. Mit seinem Finger beschrieb er über Texas einen Kreis. »Wir haben es mit einer Metropolregion zu tun. Wenn Sie und der Versuch mit der Bombe scheitern, dann ziehen Sie mal einen Radius um Fort Worth und Dallas. Diese Fläche ist dann genau das Gebiet, das in China bei dem Einsatz der Primärwaffe des Ufos zerstört wurde. Können Sie sich das ausmalen?«

»Ich glaube schon.«

»In der Metropolregion sprechen wir dann von über sechs Millionen Menschen. Hier macht Evakuierung in der verbleibenden Zeit sowieso keinen Sinn, das dürfte auch Ihnen klar sein. Aber alle, die aus Dallas geflüchtet sind, befinden sich vielleicht dann immer noch im Radius der zu befürchtenden Zerstörung. Und das ist unser Problem.«

Als die Ausführungen von Major Kindching beendet waren, übernahm Hayworth wieder das Wort: »Kindching wird Sie jetzt die nächsten acht Stunden auf Ihre Aufgabe vorbereiten. Ich verspreche Ihnen, es wird der kürzeste, aber intensivste Crashkurs, den Sie je hinter sich gebracht haben.«

Der Wheeler hantierte an der Steuerung seines Gefährts. Mit erstaunlicher Geschwindigkeit setzten sich die Räder in Bewegung und katapultierten ihn Richtung Tür. Dort gab er Sparks einen Wink, ihm zu folgen: »Wir haben einen Zeitplan für Sie entwickelt, der Sie minutiös durch ein straffes Programm führen wird. Sie werden jeden der notwendigen Handgriffe üben, bis Sie es vorwärts und rückwärts können. Sie werden es so lange üben, bis Sie denken, Sie hätten in Ihrem Leben nie etwas anderes gemacht. Capito?«

Sparks bejahte.

»Bis zum Start in etwa neun Stunden werden Sie sich wünschen, an einem warmen Plätzchen in Ihrem Collider geblieben zu sein. Dafür wird Kindching sorgen.« Hayworths Grinsen wirkte aufgesetzt. »Also fühlen Sie sich bei uns ganz wie zu Hause.«

Sparks zuckte nur mit den Achseln. Er folgte dem Wheeler durch einen Plexiglastunnel, bis sie vor einer Schleuse halt machten. Links und rechts der Schleuse hatten sich Wachen postiert. Sie salutierten militärisch korrekt und gaben den Eingang frei. Hayworth lenkte seinen Rollstuhl in die Mitte einer Halle, in der sich mehrere Personen vor einer größeren Anzahl von Gerätschaften versammelt hatten. Der Anblick von Schaltpulten und Analyseeinrichtungen machte auf Sparks den Eindruck eines High-Tech Labors. Anders als im Collider konzentrierten sich die Aufbauten allerdings in der Mitte der Halle auf eine kreisförmige Fläche, die wiederum in Form eines Pentagramms durch Trennwände in Abteilungen unterteilt war.

»Kindching wird Ihnen alles Notwendige beibringen. Vom Prinzip her ist es nicht schwierig. Er wird Ihnen mit einigen technischen Raffinessen den Job so einfach wie möglich machen. Nur Hammer und Schraubenzieher, den werden Sie noch selber halten müssen. Können Sie das?«

»Hammer und Schraubenzieher? So etwas haben Sie auch hier?«

Hayworth verdrehte die Augen. »So etwas in der Art, ja.«

Sparks blickte sich um. »Es wird aber nicht ohne meinen Raumanzug gehen. Haben wir einen hier?«

Wieder setzte der Wheeler sein Gefährt in Gang und umrundete eine Trennwand. Die nächste Abteilung zeigte Ausrüstungsgegenstände sowie eine Reihe von Spezialanzügen. »Wir haben bei Omega Dive alles beschlagnahmt, was Sie für die Mission brauchen. Dort hinten hängen auch Ihre beiden Anzüge.«

Sparks quittierte es mit einer Geste des Erstaunens. Seine Augen weiteten sich. Der Wheeler drehte seinen Rollstuhl in Sparks' Richtung und fragte: »Überrascht?«

Während der Jungforscher die von ihm bereits einmal benutzten Spezialanfertigungen betrachtete, legte Hayworth noch eins drauf: »Draußen haben die Jungs bereits Ihren Gleiter aufgebaut. Kommen Sie mit.«

Auf einem Monitor abseits einer Steuereinrichtung ließ sich so etwas wie eine Startrampe erkennen. Es fehlte jedoch die steil aufragende Rakete, die den Anblick einer Abschussrampe komplettiert hätte. Sparks fiel stattdessen die viel kleinere Kapsel des Gleiters ins Auge, der ihn bei seinem letzten Sprung aus dem Weltall in die Exosphäre gebracht hatte.

»Der Gleiter wird momentan noch von unseren Spezialisten gecheckt. Sie sollen ja schließlich heil oben ankommen«, fuhr Hayworth fort. »Und auch wieder zurück.«

»Nun fangen wir aber mal mit den ersten Vorbereitungen an. Sie kennen ja die Prozedur. Hinten steht alles bereit für die *Colon Hydro*-Therapie[(12)]«, ergänzte Kindching.

Seit dem letzten Space Jump kannte der Jungforscher die Vorbereitungen, die neben dem Stopp der Nahrungsaufnahme auch die Spülung des Darms vorsahen. Der Wheeler verabschiedete sich, noch bevor Sparks etwas erwidern konnte.

»Wir sehen uns in etwa sieben Stunden zum Abschuss wieder. Major, Sie übernehmen jetzt. Und denken Sie daran, Fehler können wir uns nicht erlauben.«

Kindching blickte dem Wheeler noch einige Sekunden hinterher, dann wandte er sich an Sparks und lenkte dessen Aufmerksamkeit auf eine sich auftürmende Zusammenballung aus Metall und technischem Equipment: »Hier haben wir einen Ausschnitt des Modells vom Satelliten bereitgestellt, das Modell haben uns die Russen zum Glück schnell geliefert. An dem werden Sie üben.«

Der Jungforscher blickte an der Apparatur empor.

»Wow«, entfuhr es ihm. Sparks scheiterte schon seit seiner Ankunft bei dem Versuch, sich seine Anspannung nicht anmerken zu lassen.

»Das Ding sieht ja mächtig wichtig aus. Und bei so einem Ding soll ich da draußen das System wieder hoch fahren?«

»Ich glaube, Sie haben noch nicht die richtige Vorstellung von dem, was da oben auf Sie wartet. Das System hochfahren, so einfach wird das nicht.«

»Nun ja, sowas Ähnliches, oder?«

Kindching blieb äußerlich ruhig. »Okay, dann werde ich Ihnen mal vorführen, auf was Sie sich einrichten können. Sie kennen die lebensfeindliche Umgebung von Ihren Space Jumps. Aber dieser Satellit ist etwas anderes. Er ist eine Waffe. Er wurde mit Schutzsystemen ausgerüstet. Schutzsysteme, die verhindern sollen, dass ihm einer zu nahe kommt. Das erste Problem besteht darin, die Annäherung zu überleben.«

»Wie soll das funktionieren?«

»Es gilt, dem Raketenschirm auszuweichen. Das ist Ihre erste Aufgabe. Und das werden wir nur sehr vorsichtig tun können. Versagen Sie schon in dieser Phase, zerlegt Sie der Abwehrschirm in kleine Partyhäppchen.«

»Ich dachte, die Dinger haben den Geist aufgegeben?«

Kindching erklärte Sparks das von der Steuerung separierte Abwehrsystem. Es verfügte über eine unabhängige Stromversorgung, die eine tödliche Falle für alles darstellte, was sich dem Satelliten näherte. Wortlos verfolgte Sparks die weiteren Ausführungen.

»Genau für solche Fälle wurde es konzipiert. Wenn die Kavallerie, also das Hauptsystem, ausfällt, bleibt die Artillerie scharf. Verstehen Sie? Um den Raketen auszuweichen, werden Ihnen die Korrekturdüsen am Raumanzug helfen.« Dabei zeigte er auf eine Puppe im Raumanzug, die sich, an zwei Seilen befestigt, über ihren Köpfen befand.

»Das Ganze ist relativ simpel, und wie Sie sich da oben verhalten müssen, wissen Sie ja schon von Ihrem Space Jump. Die Kunst, den Raketen auszuweichen, werden wir hier üben. Wenn Sie das geschafft haben, werden Sie sich die Controllereinheit vornehmen.«

Der dekorierte Soldat schritt voraus und steuerte auf das Gewirr von Metall und Kabelsträngen zu.

»Zunächst zu Ihrer Rückversicherung. Wir wissen nicht, wie lange Sie zur Reparatur benötigen. Aus diesem Grund haben wir Ihnen ein zweites Oxygen-Pack eingerichtet, das Sie anstelle der Toolbox später nur an einer Brustvorrichtung einzuklicken brauchen. Sie werden es an einer langen Sicherungsleine mit sich führen. Bei der Annäherung an den Satelliten wird es Sie auf diese Weise nicht behindern. Die Reserveeinheit werden Sie nötigenfalls aufbrauchen, bevor Sie die Rücksprungreserve im Anzug anbrechen. Verstanden?«

Sparks bejahte.

»Jetzt zur Hauptsteuerungseinheit selbst. Die Vorrichtung hat ein Sensorfeld, das Sie zunächst deaktivieren müssen. Sehen Sie, hier.«

Kindching wies auf eine Ansammlung von Kabeln und eine in Folie eingeschweißte Tastatur. »Machen Sie dabei einen Fehler, werden Sie von Hochenergie-Lasern in Stücke geschnitten. Hier unten haben wir die Laser natürlich gegen Lichtpointer ausgetauscht. Es macht ja keinen Sinn, Sie gleich vor Ihrem Flug bei uns schon zu filetieren.«

»Dass ich filetiert werden soll, habe ich mittlerweile vestanden. Das brauchen Sie nicht ständig zu wiederholen. Erklären Sie mir lieber, wie das Ding hier funktioniert«, entrüstete sich Sparks.

»Ganz einfach. Sehen Sie nachher bei der Übung einen roten Punkt auf Ihrer Kleidung, dann bedeutet das, dass Sie im All in dieser Sekunde zerfetzt worden wären.« Der Jungforscher atmete tief durch und setzte erneut zu einer Frage an, Kindching sprach jedoch einfach weiter: »Wir werden also jede einzelne Bewegung durchgehen. Und zwar so oft, bis Sie es vor- und rückwärts, mit verbundenen Augen und tänzelnd auf einer heißen Herdplatte können. Verstanden? Machen Sie da draußen auch nur den geringsten Fehler, dann war das Ihr letzter.«

»Hört sich irgendwie Scheiße an: mein letzter Fehler.«

»In dem Fall werden Sie keine Probleme mehr haben. Aber hier werden wir möglicherweise einige hunderttausend Menschen begraben müssen. Vorausgesetzt, dass die Atombombe im Anschluss noch funktioniert. Wenn die für uns letzte Rückfallebene dann auch noch versagt ...«

»... dann erledigt das Ufo den Rest«, vollendete der Jungforscher den Satz.

Kindching nickte. »Das dürfte es dann für die ganze Region hier gewesen sein. Also, an die Arbeit!«

Time Square, selber Tag

Judy saß im Polizeihubschrauber. Sie flog von Newark nach Manhattan und hatte sich den Ohrenschutz aufgesetzt. Mit geschlossenen Augen saß sie zurückgelehnt in ihrem Sitz. Es war für sie eine Reise, die sie wie die Flucht in einen wohlbehüteten Kokon empfand. Ein Gefühl, das die Reaktion auf die unfreiwillige Trennung von ihrem Freund vor wenigen Stunden in ihr wachgerufen, und das sich auch während des Fluges nicht vermindert hatte. Stockton hatte ihr zwar versprochen, sie regelmäßig über den Fortgang des Weltraumfluges von Sparks zu informieren, aber nur langsam erholte sie sich von dem tränenreichen Abschied und einer großen Unsicherheit, die sie bereits unmittelbar nach dem Abschied in ihrer Magengegend lokalisiert hatte. Schließlich hatte sie sich doch zu einem Flug in das von den Creeps bedrohte Zentrum New Yorks entschlossen. Stockton hatte ihr auf Drängen von Sparks einen der wenigen noch verfügbaren Verwaltungsflüge nach Newark besorgt und ihr damit eine letzte Reportage aus New York ermöglicht. Dabei waren ihr die Gefahren, die auf sie in der umkämpften Region New York warteten, durchaus bewusst. Wie lange noch würde die Stadt den immer zahlreicheren Angriffen trotzen können? Wie lange würden die Menschen ohne Zufuhr weiterer Nahrungsreserven ausharren können, und wann würden Plünderung und Verteilungskämpfe in einem Chaos enden?

Die noch zu bewältigenden Meilen vom Flugplatz in die Innenstadt ließ Judy sich von einem Helikopter transportieren. Sie näherte sich dem Hubschrauber-Landeplatz auf dem Met-Life-Building, dem ehemaligen PanAm-Gebäude, das vor einigen Jahren außer Betrieb genommen worden war. Auf dem Landeplatz wurde sie von Seth Morrison, einem ihrer ältesten Kollegen im Sender, in Empfang genommen. Als Chefredakteur stand er kurz vor der Verabschiedung in den Ruhestand und kommentierte seit Wochen mit zunehmender Resignation die sich ständig verschärfende Situation in und um New York. Seine ergraute Haarpracht wehte im Wind, als er seine Kollegin unter den sich drehenden Rotorblättern begrüßte.

»Judy, tut gut, dich wiederzusehen.«

»Seth.« Judy umarmte den beleibten Mann.

»Schau da runter.« Morrison wies auf Teile der Stadt in der Umgebung.

Während ihr Kollege die Situation beschrieb, spähte Judy in die Ferne. Noch präsentierten sich ihr Park Avenue, Broadway und Times Square sowie die wenigen Zonen der Millionenstadt, die sich bislang dem Zugriff der Creeps hatten entziehen können, als schlafende Schönheiten kurz vor dem unausweichlichen Kollaps. Dabei erinnerte sich Judy an frühere Berichterstattungen, denen zufolge sich Long Island und Teile von Jersey City bereits fest in der Hand der Creeps befanden, genau wie Staten Island.

»Wir haben nicht mehr viel Zeit hier«, begann Morrison. »Bist du gut zu Fuß?«

»Ich ja, warum?«

»Die Aufzüge könnten stecken bleiben. Besser, wir laufen. Wir rechnen jede Sekunde mit einem größeren Stromausfall, deswegen ist die Treppe nach unten sicherer.« Als Judy mit ihrem Kollegen das Dach des Met-Life-Gebäudes verließ, begann sich hinter der Skyline am Hudson River die Nachmittagsonne abzusenken.

»Wir haben besonders mit dem Strom Probleme. Momentan versorgen uns die Notaggregate. In den Netzen schwankt dauernd die Spannung. Die Creeps haben es auf die Stromversorgung abgesehen, aber Gott sei Dank sichert das Militäraufgebot vor der Stadt noch die Verteilerstation«, erklärte Morrison.

Für seine Leibsfülle erstaunlich flink, eilte der Journalist die Treppenstufen hinab. Judy hatte alle Mühe, ihm zu folgen. Sechzehn Stockwerke tiefer erreichten sie ein Großraumbüro. Judy blickte auf eine Vielzahl von Computern und mit Zetteln überladene Tische. Morrison präsentierte ihr mit einer Handbewegung den Kollegenstab, nicht ohne seinen Worten einen Unterton von Resignation zu verleihen. »Unsere kleine Zentrale. Zumindest das, was davon noch davon übrig geblieben ist. Viele haben uns verlassen.«

»Verlassen?«

»Ja, in den Krisengebieten. Wir haben den Kontakt zu ihnen verloren. Leider müssen wir davon ausgehen, dass sie tot sind. Ist dir klar, dass du hier vielleicht so schnell nicht mehr weg kommst?«

Judy kramte mit zitternden Fingern ihr Mobiltelefon hervor, als ob es ihr nur darum ginge, sich mit irgendetwas zu beschäftigen. »Inwiefern?«

»Wenn der Flughafen fällt, sind wir hier abgeschnitten. Die Truppen halten zwar noch dagegen, aber wahrscheinlich nicht mehr lange.«

»Und die Nationalgarde? Sie sollte doch eingreifen.«

»Ein Tropfen auf den heißen Stein. Aber vielleicht ein Grund, warum wir noch leben.«

»Du sagtest, wir hätten nicht mehr viel Zeit?« Judy fragte sich, ob es wirklich klug gewesen war, nach New York zu kommen.

»Stimmt, die Schlinge zieht sich immer enger zu.« Morrison berichtete von den Kämpfen an beiden Ufern Manhattans, die sich als letzte natürliche Barrieren dem Zugriff der Creeps entgegenstellten. Noch schien die Nationalgarde die Situation unter Kontrolle zu haben, aber schon bald, sinnierte der Journalist, würde auch sie nichts mehr gegen die Angriffe auszurichten wissen.

»Woher kommt die Übermacht dieser Schwachsinnigen, Seth?«

»Wenn sie nur schwachsinnig wären ... Es ist diese Teufelsdroge. So viel wissen wir jetzt.« Morrison rief nach einem seiner Kollegen. Aus dem Hintergrund erhob sich ein schmächtiger Mann mit Halbglatze. Er trug den rechten Arm in einer Tuchschlinge. Der Mann trat hinzu und streckte Judy die unverletzte Hand entgegen. »Pete Blisters, freut mich.«

»Eigentlich ist er Angestellter der Agentur Peters & Peters aus Jersey City«, ergänzte Morrison.

»Ja, wir mussten unsere Büros in Greenville aufgeben und arbeiten jetzt hier mit dem Sender zusammen«, ergänzte Blisters.

»Pete, das ist Judy. Erzähl ihr mal, was da draußen abgeht.«

»Es hat alles ganz harmlos angefangen. Irgendweche Pillen,

keine Ahnung. Die nehmen das Zeug und verrecken dran. Es verändert ihre Gedanken, es macht sie zu Bestien. Dann rotten sie sich zusammen und benehmen sich wie Tiere. Sie plündern und nehmen sich alles, was sie wollen.«

Judy fragte nach den journalistischen Aufgaben, die sie nun erledigen könnte.

»Das Einzige, was wir tun können, ist, die Einwohner zu informieren«, erklärte Morrison. »Aus dem Sender versorgen wir alle mit Informationen.«

»Seit die Creeps wichtige Sendeanlagen im Land zerstört haben, gibt es so gut wie kein Fernsehen mehr«, berichtete Blisters.

»Ja«, schob Morrison ein. »Bis auf einige Richtfunkantennen und das Satellitennetz sieht es düster aus. Aber wir nutzen einen Trick. Wir schalten uns auf die großen Werbebildschirme am Times Square. Die Signale senden wir mit einem Spezialverfahren direkt über die Stromleitungen.«

»Und das funktioniert?« Judy war überrascht.

Morrison nickte. »Solange der Strom nicht ausfällt, funktioniert es. Die Fassaden der Wolkenkratzer sind voller Flatscreens. Darüber können die Menschen da draußen unsere Botschaften empfangen. Möglicherweise werden die Leitungen bald gekappt, aber momentan lässt uns das Militär noch freie Hand.«

»Über was berichtet ihr?«, wollte Judy wissen.

»Vorwiegend über die Kämpfe am Rand der Stadt, soweit wir das noch können. Die Creeps kommen näher. Wir kommentieren die Lage rund um New Yorks Bezirke. So können wir wenigstens noch Fluchtwege beschreiben und anderen helfen.«

Blisters warf ein: »Oder gemeinsam mit den Hilfstrupps Anweisungen an die Bevölkerung rausgeben. Das machen wir mittels Lautsprechern. Wir versuchen, den Menschen Hoffnung zu machen. Dazu geben wir Tipps, wie sie sich versorgen können. Die Leute versuchen, aus Jersey wegzukommen.«

»Wohin flüchten die Menschen?«

»Na, alle zu uns nach Manhattan. Der Holland Tunnel wird auf beiden Seiten gut bewacht. Wer es dahin schafft, findet dann zu uns in die Stadt.«

»Aber Newark ist noch frei«, ließ Judy verlauten. »Ich jedenfalls bin heil angekommen.«

»Ja, aber nur wegen des Flugplatzes. Der wird rundherum bis aufs Blut verteidigt. Wie sieht es außerhalb unserer Insel aus?«

Judy berichtete über Dallas und von der unterirdischen Forschungsanlage: »Die haben dort sowas wie einen Super-Gau. Bekannte von uns sind da mittendrin.« Judy beschrieb in kurzen Worten die Geschehnisse im Collider und das Schwarze Loch. Dann erklärte sie Pruitts Pläne und den geplanten Space Jump, von dem abhing, ob man eine Atombombe auf Dallas werfen würde.

»Das kann doch nicht deren Ernst sein!«, rief Morrison aus.

»Oh, doch, ich habe diesen General Pruitt kennen gelernt. Der ist zuständig und zwinkert nicht mal, während er so etwas veranlasst.«

Morrison bat Blisters, sich den Vorbereitungen zur nächsten Nachrichtensendung zuzuwenden und sagte dann zu Judy: »Das können wir nicht zulassen. Wir müssen den Menschen sagen, was da auf sie zukommt.«

Judy schluckte. »Du meinst, du willst es bekannt geben?«

»Ja. Am Times Square über unsere Schaltung zu den Werbescreens auf den Gebäudefassaden. Darüber können wir alle ganz einfach erreichen. «

»Was ist mit einer Massenpanik und den Physikern in der Forschungsanlage?« wollte Judy wissen.

»Wir dürfen die Menschen nicht im Ungewissen lassen. Außerdem sind wir hier das Fenster zur Welt«, resümierte Morrison. »Überall im Land, wo noch Richtfunkempfang möglich ist, werden unsere Beiträge übertragen. Wenn wir die Pläne eines Atomangriffs preisgeben, dann spricht es sich vielleicht über Mobilfunk bis Dallas rum.«

Plötzlich rief Blisters durch den Raum: »In Dallas ist die Hölle los. Die evakuieren gerade.«

Judy seufzte. »Oh mein Gott, dann bleibt keine Zeit mehr. Wenn die Wissenschaftler im Collider das Problem nicht bald lösen, wirft General Pruitt die Bombe ab. Es hat begonnen. Und Präsident Woodford ist über alles informiert und hat offensichtlich zugestimmt.«

»Noch ist es nicht zu spät«, meinte Morrison. »Wenn wir die Leute draußen informieren, formiert sich möglicherweise Gegenwehr. Wir sollten es zumindest versuchen. Ich zeige dir mal die Aufnahmen von gestern.«

Der Journalist ließ die Bilder des Vortages und der vergangenen Nacht über seinen Computerbildschirm laufen, sie zeigten Menschentrauben in den Schluchten der Wolkenkratzer von New York. Dort, wo sonst inmitten des Times Square den Besuchern eine Sitztreppe Gelegenheit bot, das Treiben des rastlosesten Platzes der Vereinigten Staaten zu verfolgen, drängten sich die Menschen dicht an dicht. Sie blickten zu den Werbeflächen, die sie, von Morrison und seinen Mitarbeitern zu riesigen Fernsehern umfunktioniert, mit Botschaften und Nachrichten versorgten.

Aber es waren nicht die Nachrichten selbst, die die Menschen auf die Straßen trieben und auf die steil aufragenden Fassaden blicken ließen. Es war auch nicht die Vielzahl der Bilder aus den umliegenden Stadtgebieten, die in dieser gefängnisgleichen Enklave ihre Zuschauer erreichten. Es war der mehr oder weniger noch verbliebene, unerschütterliche Freiheitswille einer kleinen Gruppe von Gleichgesinnten, die in New York einer ungewissen Zukunft entgegensah. Diese Gruppe wollte die Reste ihrer Wertvorstellungen gemeinsam bewahren. In dieser Mischung aus Schrecken, Gemeinschaftsgefühl und Hoffnung beeilten sich die Menschen, sich schon in den frühen Morgenstunden auf den Straßen einzufinden, und hielten als eingeschworene Gemeinschaft Wacht bis in die späte Nacht.

Kindching informierte Hayworth über den Verlauf der letzten Stunden, während dieser ungeduldig an seiner Fernbedienung fingerte. Der Wheeler schien nervös, während er den Worten seines Ausbildungsleiters lauschte.

»Er hat von vier scharfen Tests die letzten zwei bestanden. Können wir schon jetzt riskieren, ihn rauf zu schicken?«

Hayworth schüttelte den Kopf. »Ausfallrate fünfzig Prozent. Wenn er zwei Mal versagt hat, kann er oben auch noch ein drittes Mal versagen.«

»Eigentlich hat er sich ganz gut geschlagen. Es war etwas ungewohnt mit der Toolbox an der Brust, aber die Zeitvorgaben hat er erfüllt.«

»Haben wir schon Kenntnisse darüber, wie Sparks sich in Stresssituationen verhält? Nein, haben wir nicht! Wenn etwas Unvorhergesehenes passiert, kann es also genauso gut schief gehen. Wir wissen nicht, wie er reagiert. Unter Stress könnte er durchdrehen« stellte Hayworth fest.

»Für die Zeit, die ihm zur Verfügung stand, fand ich ihn beeindruckend. Er hat nicht viel gesprochen, wahrscheinlich hat er Angst«, sagte Kindching.

Hayworth schüttelte den Kopf. »Und ihm sollen wir jetzt ganz Dallas in die Hand legen? Ist er wenigstens psychisch stabil?«

Kindching wies auf den Bildschirm eines Computers. »Ich habe ihn durch die Delta-Tests gejagt, ohne dass er davon etwas gemerkt hat. Er hat sich ganz gut geschlagen, außerdem haben wir doch sowieso keine andere Wahl.«

Hayworth nahm die Akten vom Tisch und reckte sie mit seinem gesunden Arm in die Höhe. »Also, mit anderen Worten, Sie wollen es jetzt schon mit ihm versuchen?«

»Ja, er muss es schaffen.«

Der Wheeler ließ geräuschvoll Luft zwischen seinen Lippen entweichen. »Gut, schicken wir ihn hoch. Wartet er da draußen auf uns?«

Kindching bejahte. Beide verließen den Raum. Gemeinsam trafen sie Sparks wenig später in der Halle, in der die Tests durchgeführt worden waren. Der Jungforscher hatte seinen Raumanzug bereits angelegt, der von Technikern ein letztes Mal überprüft wurde. Er lächelte, als er in das Gesicht von Hayworth blickte.

»Sehe ich da etwa Fragen in Ihren Augen?«, wollte Hayworth wissen.

»Wie meinen Sie das, Sir?«

»Zum Beispiel die Frage, ob Sie sich das überhaupt zutrauen?«

»Ich denke, dass ich …«

Der Wheeler unterbrach ihn: »Nur raus mit der Sprache. Hier unten können wir uns noch aussprechen. Da oben wird es dann nachher etwas schwieriger.«

Der Jungforscher resumierte: »Ich habe es ein paar mal vermasselt, aber ich habe getan, was ich konnte. Ich kann das schaffen.«

»Aber jetzt, wo es drauf ankommt, haben Sie die Hosen voll, was?«

»So würde ich das nicht nennen, Sir. Nur waren die Tests sehr kurz.«

Hayworth schlug mit der Handfläche auf die Armlehne seines Rollstuhls und erklärte: »Irgendwann, vielleicht schon nächste Woche, vielleicht aber auch erst in drei Monaten, werden wir das Ganze erklären müssen. Das kommt so oder so auf uns zu. Entweder vor irgendeinem Kongress oder vor einem beschissenen Ausschuss, vor dem ich Farbe bekennen muss. Und das Ganze natürlich vor superschlauen Leuten, die alle Zeit der Welt bekommen werden, uns jeden noch so kleinen Fehler nachzuweisen. Zeit, die wir nie hatten. Verstehen Sie das?« Der Wheeler wartete die Antwort gar nicht erst ab: »Was ich damit sagen will, ist: Ich will das verdammt noch mal nicht vor einer Bildergalerie tun müssen, auf der gezeigt wird, wie ganz Dallas in einem riesigen Loch verschwunden ist.« Sparks nickte stumm, der Wheeler fuhr fort: »Sagen Sie mir: Wie sollen wir Sie da raufschicken, wenn ausgerechnet Sie selbst jetzt Zweifel haben und nicht an sich glauben? Kommen Sie mal mit.« Hayworth wandte sich von Sparks ab und steuerte seinen Rollstuhl in Richtung der gegenüberliegenden Wand. Unter eingerahmten Bildern von Sparks unbekannten Persönlichkeiten kam er zum Stehen. Seine Stimme wurde leiser: »Ich erzähle Ihnen jetzt mal was. Es war vor et-lichen Jahren. Ich war ungefähr Ihrem Alter, als ich diesen verfluchten Unfall hatte.« Hayworth legte seinen Kopf in den Nacken und schnaufte durch. »Wirbelbruch und Aus.« Den Satz schob er hinterher, als beschriebe er eine finale Begebenheit, deren Tragik sich in der Unerbittlichkeit seiner vorweggenommenen Zukunft erklärte. Nach einer kurzen Pause ballte er die Hand zur Faust. »Ich war dabei, meinen Weg zu machen. Verantwortung für das größte Projekt zu übernehmen, von dem ich die ganze Zeit geträumt hatte. Verstehen Sie? Denn genau das war mein Traum: die Kontrolle über die Area 51 und über diesen Teststützpunkt. Das war es, was ich meinte, als ich Sie fragte, ob Sie Träume haben. Die Area 51 mit all ihren wundersamen Geheimnissen, sagenumwobenen Zukunftstechnologien voller noch ungeborener Träume. Träume, die ich leben wollte. Ich hätte alles gegeben, dahin zu kommen, wo er schon war.« Jetzt zeigte der Wheeler auf eines der gerahmten Bilder. Sein Finger ruhte auf einem Mann mit Mondgesicht und einem erstaunlich stechendem Blick.

»Ich stand so kurz vor der Vereidigung, und glauben Sie mir, bei Gott, ich war der Beste.«Dann klopfte er an seine

Beine. »Als ich dann später im Krankenhaus wach wurde und mir das ganze Desaster so richtig klar wurde, da wollte ich aufgeben. Verdammt. Hätte mir damals einer eine Packung Valium in die Hand gedrückt, ich hätte Schluss gemacht. Und er hier, das war mein damaliger Chef.«

Der Wheeler schlug mit der Faust gegen die Holzständerwand, die dadurch erzitterte und die Bilder wackeln ließ.

»Als ich ihm dann das erste Mal in meinem Rollstuhl gegenüber saß und in seine Augen sah, da hatte ich das Herz tiefer als in den Schuhsohlen sitzen. Als ich ihn ansah, hatte ich mich schon drauf eingerichtet, in Zukunft das Wasser seines Kaffeeautomaten nachfüllen zu dürfen. Das, oder vielleicht so einen beschissenen Gnadendienst, bei dem ich die nächsten dreißig Jahre unter mitleidigen Blicken hundertmal gestorben wäre.« Hayworth ließ die Worte auf Sparks wirken und schnaufte durch die Nase. »Wissen Sie, was mein Chef dann sagte, als ich damals so vor ihm saß wie ein Häufchen Elend? Ich weiß es noch wie heute. Er sagte zu mir: Junge, Sie nehmen jetzt Ihren Rollstuhl und machen diesen gottverdammten Job. Und der Teufel soll Sie holen, wenn Sie ihn nicht besser machen als ich.«

Der Wheeler legte seinen Kopf wieder in den Nacken. Nach ein paar Sekunden kippte seine Sprache in ein Flüstern: »Und wissen Sie was, Sparks? Ich hab diesen gottverdammten Job hier gemacht – und ich mache ihn noch heute.« Nach diesen Worten setzte er seinen Rollstuhl in Bewegung: »Und jetzt, jetzt steigen Sie in Ihren Raumanzug und dann zeigen Sie diesem russischen Bär da draußen, dass wir hier auf diesem Kontinent das Herz nicht in den Schuhsolen tragen!«

Hayworth drehte sich mit seinem Stuhl zur Tür: »Und wenn Ihnen mal wieder nach Zweifeln ist, denken Sie einfach nur an eines: Sie haben mir gegenüber einen großen Vorteil, einen ganz entscheidenden Vorteil.«

Wieder schlug er mit der flachen Hand an die Räder seines Rollstuhls. »Sie haben nicht das hier. Und jetzt raus mit Ihnen! Sie schaffen das!«

Dann setzten sich die Räder seines Gefährts in Bewegung und Hayworth verließ den Raum. Sparks blieb mit Kindching alleine zurück. Der Major musterte ihn. Äußerlich zeigte der Jungforscher keine Regung. Nur die hektischen Augenbewegungen verrieten seine Anspannung.

»Kommen Sie«, vernahm er Kindching. »Es ist soweit. Ihre Sardinenbüchse wartet.«

Wenige Minuten später hatte sich Sparks bereits die Handschuhe angezogen und ließ die letzten technischen Tests seines Anzugs über sich ergehen. Im Anschluss wurde er vom Major zur Startkapsel gefahren.

Als die beiden Männer den Hangar verließen, erhob sich vor ihnen die Konstruktion aus Metall, Spezialkunststoffen und Carbon. Der obere Teil bestand aus der Schutzkapsel, die aus der Ferne wie ein weißes Ei aussah, das mit der Spitze nach oben zeigte. Der untere Teil bestand aus den filigranen Verstrebungen der Treibsätze, die den Raumgleiter wenig später durch die Atmosphäre in den Weltraum katapultieren würden. Im Wesentlichen bestand sie aus vier tonnenartigen Röhren, die sich nach Erreichen der Exosphäre absprengen ließen.

Sparks stieg aus dem Wagen, der ihn zur Kapsel gebracht hatte. Über eine Hilfsleiter kletterten beide an der Konstruktion zum Einstieg hoch. Der nach oben geöffnete Teil der äußeren Hülle, der sich später als Schutzpanzer um den Körper von Sparks legen würde, eröffnete ihm den Blick auf die Sitzschale. Kindching half Sparks, darin Platz zu nehmen. Nachdem Sparks seine Arme in die dafür vorgesehenen Halterungen gelegt hatte, neigte er den Kopf nach hinten, bis auch der Helm in die Schalenkonstruktion eingepasst war.

»Der Countown läuft in sieben Minuten. Also wenn Sie

noch was essen wollen, ich kann noch eine Pizza bestellen«, flachste Kindching.

Der Jungforscher saß bewegungslos in der Sitzschale. »Kann losgehen, die Pizza muss warten.«

Kindching betätigte den Schließmechanismus. Fast lautlos senkte sich der Deckel ab und umschloss Sparks Körper.

7. Kapitel
Vier Häupter der Medusa

Leighland erreichte den Kommandostand des Colliders und ließ sich von Pendergast aus der Wartungskapsel helfen.

»Gut, dich wieder hier zu haben, Jim. Ich hatte schon Befürchtungen, dass du vielleicht ...«

»Die Jungs da drin sind spät dran«, meinte der Professor lakonisch. »Denen hat noch keiner gesagt, dass die Anlage längst fertig ist.«

Beide lachten. Dann begann Leighland, die Erscheinungen in der Colliderröhre zu beschreiben. Dabei ließ er kein Detail aus.

»Jim, was passiert mit denen da drin, wenn die Anomalie in den überkritischen Zustand gerät?«, wollte Pendergast wissen.

»Keine Ahnung. Vielleicht werden es noch mehr Parallelwelten. Ich mache mir weniger Sorgen um die Arbeiter. Die sind in anderen Dimensionen geschützt. Wenn es da drin losgeht, mache ich mir viel mehr Sorgen um unser Zeitkontinuum. Ich habe keinen blassen Schimmer, in wieweit die Effekte wirken.«

»Wie kommt es, dass die Arbeiter dir nicht folgen konnten?«

Der Professor blickte auf das Werkzeug. »Wenn ich ihn huckepack mitgenommen hätte, wie diesen Schraubenschlüssel, dann hätte es funktioniert. Es scheint eine Barriere zu sein, die nur zu einer Seite durchlässig ist. Es ist, als ob ich die Tür dazu mit mir trage.«

»Das würde bedeuten, Zeitreisen sind möglich, aber nicht bidirektional«, schlussfolgerte Pendergast.

»Zumindest nicht in einer Anomalie wie dieser hier«, gab Leighland zu bedenken. »Aber es gibt vielleicht auch welche mit völlig anderen Eigenschaften.«

Venathaer stand abseits und sprach leise in sein Handy. »Wir haben das Element. Es zu verkaufen, bringt nichts, aber du solltest dir diese Anlage hier ansehen. Möglicherweise ist der Collider unsere Fahrkarte in eine andere Zeit.« Er beendete das Gespräch und mischte sich dann in die Unterhaltung von Pendergast und Leighland ein.

»Machen Sie sich lieber Gedanken darüber, wie Sie das Ding da drinnen ausschalten. Haben Sie dafür auch eine passende Erklärung, Leighland?«

Der Professor steuerte die Konsole mit dem Behälter und dem Element an.

»Hiermit werden wir es schaffen«, versicherte er. »Das Element reagiert auf Protonenbeschuss. Laut Zorin müssen wir es einer Protonenquelle aussetzten, dann setzt es eine Schwerkraftwelle frei. Das machen wir im Collider. Damit wärst du jetzt gefragt, Karel. Das Element erzeugt eine gegengerichtete Kraft, die stark genug ist, die Anomalie aufzulösen.«

»Nichts leichter als das«, entgegnete Pendergast. »Aber wie willst du das Element an das Loch heran bringen?«

»Ich würde vorschlagen, wir bauen ein kleines Roboterfahrzeug und fahren es dann durch die innere Röhre in Position. Danach schießt du gegenläufig Protonen durch den Ring. Das müsste dann die Reaktion auslösen.«

Venathaer hielt dagegen: »Was macht Sie so sicher? Haben Sie schon mal ausprobiert, ob es tatsächlich funktioniert?«

»Er hat Recht, Jim. Sollten wir es nicht erst einmal testen?«, stimmte Pendergast zu.

»Wir dürfen eigentlich nichts davon verschwenden, und niemand weiß, wie es reagiert. Aber wahrscheinlich habt ihr Recht. Packen wir es in den inneren Ring. Dann gibst du einige Protonen drauf. Danach messen wir.«

»Meine Herren, es scheint, als schreiben wir gerade die Lehrbücher für die kommende Generation an Wissenschaftlern«, skandierte Venathaer. »Ich kann es nicht erwarten. Wann fangen wir damit an?«

Leighland klopfte auf den Behälter.

»Jetzt.«

Über New York hatte sich durch zahlreiche Feuer im Licht der Nachmittagssonne ein rotbrauner Schleier gebildet. Ein Schwarm von Helikopter kreiste darin und kennzeichnete die Stadt als eine der Metropolen des Landes, die sich mit den Creeps einen aussichtslosen Kampf lieferte, der früher oder später in einer Niederlage enden würde.

Morrison hatte den Telefonhörer in der Hand. Sein Gesicht war kreidebleich. »Das war der Befehlsstab der Armee.«

Judy entgegnete: »Der Flughafen?«

»Nein. Sie haben das Wasser kontaminiert. Es ist vergiftet.«

»Und was bedeutet das?«

»Sie haben im Trinkwasser die Droge gefunden. Wir können nur noch auf unsere Reserven zugreifen«, erklärte Morrison.

»Das heißt, Manhattan geht bald das Wasser aus.« Judy war geschockt.

Morrison wies auf die blauen Wassertanks in den Wasserspendern. »Uns nicht, wir haben noch Reserven im Keller. Aber wenn das draußen bekannt wird, dann gibt es Krieg um die letzten Wasserflaschen in den Shops.«

Er schleuderte den Telefonhörer auf den Tisch und rief dann seine Mitarbeiter zusammen. Innerhalb weniger Minuten hatte sich neben Judy eine kleine Gruppe Journalisten versammelt. In ihre Gesichter stand eine seltsame Mischung aus Hoffnung und Resignation geschrieben.

Der Chefredakteur beendete das beginnende Getuschel und begann seine Ansprache: »Die Creeps haben das Trinkwasser verseucht. Ich bin soeben informiert worden. Wir senden es gleich über die Screens. Wichtig ist, dass keiner mehr Leitungswasser trinkt. Habt ihr das verstanden?«

Blisters startete eine soeben fertiggestellte Videosequenz mit den Worten: »Wir haben eine Stellungnahme von Regierungsvertretern, mit der Anweisung, sie auf die Bildschirme zu bringen.«

»Okay, und das machen wir jetzt!«, sagte Morrison.

Minuten später erschallte die Durchsage über Lautsprecher in die Straßen Manhattans.

»Meinst du, es wird sie vor der Gefahr, die von dem des Trinkwasser ausgeht, schützen?«, äußerte Blisters seine Zweifel.

Morrison antwortete: »Wenn wir nur genug Menschen da draußen erreichen, dann spricht es sich rum. Aber ich fürchte, es wird Mord und Totschlag um die letzten Reserven geben.«

Dabei schüttelte er verzweifelt den Kopf und wandte sich an Judy.

»Hast du bereits Kontakt zu Tannant, diesem IT-Freak, von dem dir dein Freund erzählt hat? Wenn wir deinen Plan umsetzen wollen, dann brauchen wir jetzt seine Hilfe.«

Die Journalistin kramte einen zerknitterten Zettel aus ihrer Hosentasche, den Sparks ihr noch vor ihrer Abreise nach New York zugesteckt hatte.

»Kann er uns helfen, Kontakt zum Collider zu bekommen? Ist es ein Freund von dir?«, wollte Morrison wissen.

»Nicht direkt. Er ist IT-Leiter in Berkeley bei diesem Professor, wir können ihm vertrauen. Vielleicht kann er uns später bei der Kontaktaufnahme zum Collider aus der Ferne helfen, ohne dass es die Verbrecher dort erfahren. Das größte Problem besteht darin, dass wir es heimlich tun müssen. In der Anlage sind zwei Verrückte, sie haben den Collider in ihre Gewalt gebracht.«

»Wenn das Mobilfunknetz noch funktioniert, könnte es klappen. Was genau ist dein Plan? Du solltest uns jetzt einweihen.«

Judy ließ sich nicht zu weiteren Ausführungen überreden und winkte ab. »Ich erklär's dir später.«

»Wissen die Offiziellen davon? Was ist mit diesem General?«, drängte Morrison.

»Nein. Und ich fürchte, wenn wir es ihm sagen, gibt es ein Blutbad. Und wenn die Wissenschaftler dabei sterben, ist ganz Dallas verloren.«

Die Flaggen der New York Stock Exchange, die mit ihren Stars and Stripes der klassizistischen Säulenfassade schon aus der Ferne ein unverwechselbares Aussehen verliehen, wurden gerade eingeholt. Kevin Linsky, Chief of Staff der größten Börse der Welt, beobachtete die Arbeiten und hatte sich abseits des großen Börsensaals eine Zigarette angesteckt. Er saß auf einem Stuhl in einer der kleinen Nischen, die sich rund um das Börsenparkett wie Separés anschmiegten und im Gegensatz zu den erhabenen, mit Bildschirmen gepflasterten Pontons in der Mitte des Raumes wie kleine Ruhezohnen wirkten.

Linsky dachte an die Zeit zurück, in der er es sich zur Gewohnheit gemacht hatte, um sechzehn Uhr eines jeden Tages, nach dem Ende der letzten Notierungen, das papierüberflutete Parkett des Börsensaals zu durchpflügen. Wie immer hob er dann einzelne der meist zerknüllten Zettel auf, und während er dabei in seine Vorstellungswelt abglitt, unterzog er jeden einzelnen Zettel einer phantasievollen Betrachtung. Auf seine ihm eigene Weise hauchte er mit diesem Ritual den Szenen einer geschäftsgetriebenen Welt, voller Hazadeure und Glücksritter, neues Leben ein. Wenn um ihn herum die Broker nach und nach das Parkett verlassen hatten, begann er, die Notizen von den Papierschnipseln zu analysieren und ihnen ihr Geheimnis zu entlocken. Immer wieder stieß er dabei auf Striche und durchgekreuzte Zahlen, sowie auf Namen von gelisteten Wertpapieren. Es war die Welt eines sich immer mehr beschleunigenden Kapitalflusses, und es schien ihm, als hallten die Rufe von Hunderten Spekulanten noch nach, abgestrahlt von den mit der Energie des Tages durchtränkten und vollgesogenen Wänden, in einer Kulisse voller Hektik und Nervosität. Doch an diesem Abend war alles anders. Seit vier Tagen glich der Börsensaal einem mehr oder weniger leblosen Gemäuer, das wie eine ausgekehrte Eventhalle nackt und hilflos auf eine neue Verwendung wartete. Kalt und seelenlos präsentierten sich Linsky die kreisförmigen Aufbauten hunderter Bildschirme, die in der Saalmitte als sichtbare Kanzeln der Macht das Parkett beherrschten.

Die Rufe der Arbeiter rissen ihn aus seinen Gedanken. Als sie von der Balustrade zurückkehrten, sog Linsky den Rauch in seine Lungen und blickte zu ihnen hinüber. Für ihn kam es einem Sakrileg gleich, die Nationalflaggen, die er seit Beginn seiner Tätigkeit vor fünfunddreißig Jahren als ein von außen weithin sichtbares und unverrückbares Wahrzeichen der Stadt kannte, von der Fassade nehmen zu lassen. Obwohl der Gebäudemanager die Arbeit selbst in Auftrag gegeben hatte, vollzog sich damit ein für ihn vorhersehbarer Alptraum, dem er sich in seinen Gedanken der letzten Tage immer weiter genähert hatte. So erlebte er die Emsigkeit der Servicekräfte, die ihre Arbeit in der erwarteten Geschäftigkeit robotergleich und pflichtbewusst erledigten, mit einem Gefühl großer Niedergeschlagenheit.

Als die Arbeiter die Flaggen in Kisten verstaut und in den Keller getragen hatten, erhob sich Linsky und nahm die Treppe zum obersten Stockwerk. Die Büros lagen leer und verlassen vor ihm. Durch die offenen Türen fiel Licht. Nach einem Blick in die Arbeitszimmer verfinsterte sich Linskys Miene. Auch hier zeugten die leergeräumten Schreibtische von dem Niedergang, den die New Yorker Börse in den letzten Tagen und Wochen erlebt hatte.

Der Gebäudemanager schritt weiter durch den erhellten Korridor und erreichte eine Tür mit dunklen Ornamenten.

Links und rechts davon zierten hölzerne Säulen den Eingang. Linsky trat ein. Vor ihm öffnete sich ein geräumiger Businessbereich. Der abgedunkelte Raum ließ zu seiner Rechten eine Sitzgruppe erkennen, auf der noch ein Sektkühler einsam und verlassen neben einer geleerten Champagnerflasche stand. Linsky durchquerte den Raum und zog schwere Samtvorhänge zur Seite. Als das Tageslicht der Nachmittagssonne den Raum durchflutete, umrundete er den Schreibtisch. Dann nahm er auf der Sitzgruppe Platz. Er starrte mehrere Minuten auf das große Gemälde an der Wand. Es zeigte die New York Stock Exchange in der Zeit des ausgehenden Neunzehnten Jahrhunderts. Herren in Begleitung von Damen mit ihren aufgespannten Sonnenschirmen flanierten vor dem Gebäude und erinnerten an die Zeit, als es noch keine Autos gab, die Börse jedoch schon in ihrer Erhabenheit die Szene der Wall Street ehrfurchtgebietend prägte.

Dann sah Linsky auf den Boden und sah die zurückgebliebenen Markierungen sowie die eingetrocknete Blutlache, die sich wie aus dem Boden austretendes Erdöl in der Nachmittagssonne abzeichnete. Schritte auf dem Parkettboden rissen ihn aus seinen Gedanken. Von der Seite näherten sich zwei Feuerwehrleute und traten an Linsky heran. Gedankenverloren blickte er zu ihnen empor.

»Sie können hier nicht rein«, sagte einer der Uniformierten. »Der Coroner hat den Raum noch nicht freigegeben.«

»Schon gut. Ich wollte nur noch ein letztes Mal …«

»Kommen Sie, wir schließen den Laden ab. Es wird ja sicher nur vorübergehend sein.«

Einer der Feuerwehrleute schritt voran und brachte Linsky zur Tür. Auf der Schwelle erinnerte er sich noch einmal an den vergangenen Dienstag, als sich der Präsident der New York Stock Exchange in seinem Büro erschossen hatte. Er ließ die Geschehnisse des Tages vor seinem geistigen Auge Revue passieren, noch während er, von den Feuerwehrleuten begleitet, die Treppe hinabstieg.

Linsky begab sich auf die andere Straßenseite und blickte in einer Mischung aus Resignation und Sentimentalität auf das Börsengebäude, in dem er seit seiner Jugend gearbeitet hatte. Aus der Ferne wirkten die kleinen vorgesetzten Balkone wie Logen einer Oper. Er blickte auf die mit bunter Werbung beklebten Würstchenwagen. Die beliebten Fastfoodgefährte umtriebiger Geschäftemacher riefen bei ihm die Erinnerung an Würstchen und Pastrami Sandwiches wach. In seiner Nase glaubte er den Geruch von Senfgurken und Chili wahrzunehmen. Nun aber hatten die Fahrzeuge ihre Klappen geschlossen, und die fast menschenleeren Straßen legten Zeugnis von einer gespenstischen Entwicklung ab, deren Atmosphäre sich auch Linsky nicht zu entziehen vermochte. Er drehte sich weg und verließ die Wall Street.

Als sich der Gebäudemanager Stunden später Battery Park näherte, fand sein zielloses Umherirren an einer Straßensperre sein Ende. Zaunelemente, die wie Barrikaden den Zugang zum Park versperrten, zogen sich wie an einer Perlenschnur aufgereiht um Pier und Park herum. Eine junge Mutter, die ihr Baby vor die Brust gepresst hielt, rief ihm mit tränenunterdrückter Stimme wirre zusammenhanglose Worte zu. »Sie haben das Wasser … Untergang … vergiftet.«

Ein Gefühl der Schwäche überfiel Linsky. Die Mutter mit dem Kind hatte sich mittlerweile von ihm entfernt, während er sich an dem Zaun festhielt. Auf dessen anderer Seite patrouillierten Garden, die ihre Aufmerksamkeit allesamt auf Wasserseite in Richtung der Bucht richteten. Seine Hände in das Drahtgeflecht krallend, ließ Linsky seine Blicke ebenfalls über das Wasser und hin zur Freiheitsstatue schweifen. Rechts davon machte er einen Aufbau aus, in dem sich Lichtreflexe der Sonne wie auf einem Diamanten spiegelten. Bei genauerem Hinsehen identifizierte er im Liberty State Park ein Kreuz, das in seiner Größe wohl ein zweistöckiges Haus überragt hätte.

Der Wind, der umherfliegende Papiere und Müllreste gegen den Zaun blies, wehte den Geruch von Verbranntem in Linskys Nase. Zu seiner Linken erspähte er die Trümmerreste des niedergebrannten Fährhauses. Von dort fuhr normalerweise die Fähre nach Staten Island. Dann starrte er empor zu den Helikoptern, die im Dunst der Rauchfahnen die Wolkenkratzer umschwirrten wie Schmeißfliegen den gedeckten Tisch. Linskys Finger krallten sich immer fester in die stählernen Maschen des Zauns. Nicht weit entfernt zu seiner Rechten hatten sich Obdachlose um ein Feuer zusammengerottet. Sie hatten sich mit Knüppeln bewaffnet und blickten ängstlich in seine Richtung. Linsky ging in die Knie. Tief in seinem Inneren spürte er Unruhe und eine kaum zu bändigende Rastlosigkeit. Es war eine Vorahnung, mehr noch eine Erwartungshaltung, die ihn schaudern ließ. Irgendetwas würde geschehen. Linsky atmete schwer. Seine Augen verrieten Angst. Es war die tiefsitzende Angst eines jeden New Yorkers, der die Geschehnisse am 11. September des Jahres 2001 miterlebt hatte; die Angst vor einem unbekannten Schrecken, einer Bedrohung, die sich lautlos näherte und sich wie ein Leichentuch über der Stadt abzusenken begann.

Leighland betrachtete sein Werk mit einem zufriedenen Grinsen. Er hatte das Element aus dem Schutzbehälter geholt und es unter den kritischen Augen von Frease auf einem Graphitblock in der inneren Colliderröhre zentriert, deren Durchmesser dem einer Wasserflasche glich. Vier Sicherungsstifte hielten die Kugel in der Mitte in Position. Brattfield Jones schloss den Zugang zum Collider, während Pendergast sich mit Leighland, in Aufzeichnungen vertieft, der möglichen Reaktion und Wirkung des Elements auf die Anomalie widmete.

»Karel, wie viel Bündelungen an Protonen willst du durchschicken?«, fragte Leighland.

»Ich denke, erstmal die einfache Packung mit zweihundertundsechzehn Paketen. Zuerst mit sechs Paketen rein in den Linearbeschleuniger, von dort über den Booster in den Synchrotron, dort dann erst auf sechzehn, hochgepackt auf zweiundsiebzig und im SPS schließlich mit drei Füllungen auf zweihundertsechzehn.«

Venathaer zog sein Sacco zur Seite und lenkte den Bick der beiden Wissenschaftler auf seine Waffe. »Sie werden hier nichts tun, was ich nicht vorher von Ihnen erklärt bekommen habe.«

»Dazu ist keine Zeit. Wenn Sie Interesse an Teilchenphysik haben, besuchen Sie meine Vorlesung«, warf ihm Leighland entgegen.

»Ich wünsche keine Überraschungen. Sie holen sich zu Allem erst meine Zustimmung. Ist das klar!«

Leighland zuckte resignierend mit den Schultern. »Karel, erklär ihm den Ionisierungsprozess.«

Kurz darauf verließ Pendergast den Kontrollstand und betrat, gefolgt von Venathaer, eines der angrenzenden Labore. Vor einer mächtigen Apparatur aus Stahl und Metallschläuchen blieben beide stehen.

»Hier drin erzeugen Sie also die Protonen?«, fragte Venathaer und trat neben Pendergast.

»Verstehen Sie was von Ionisierung?«

»Mein Spezialgebiet ist eher die optische Physik«, erklärte Venathaer.

»Ich zeige es Ihnen. Sobald ich den Wasserstoff hier einleite, wird er im Inneren mit einer Elektronenquelle beschossen. Das ist natürlich nicht so einfach, wie es sich anhört. Dazu müssen wir zuerst eine negativ geladene Kathode erhitzen. Wenn das passiert ist, lösen sich daraus bei genügend Hitze Elektronen. Die fliegen natürlich erstmal in alle Richtungen.«

»Ich verstehe nicht. Sie brauchen doch aber Protonen im Collider?«

»So weit sind wir noch nicht«, erklärte Pendergast. »Hier fangen wir mit Elektronen an. Die müssen wir erstmal in eine Richtung bekommen. Vergleichbar mit Enten, die wir erst mal alle auf einem schmalen Weg in Richtung Teich lenken müssen.« Pendergast klopfte an das stählerne Ungetüm. »Und genau das machen wir hier drin. Im Duoplasmatron[(13)].«

Venathaer zeigte sich interessiert. Aufmerksam folgte er den Ausführungen des Physikers.

»Wenn wir sie dann in eine Richtung beschleunigen und auf das Wasserstoffgas treffen lassen, dann hauen sie dem Wasserstoffatom die Protonen aus der Schale. Das funktioniert genauso, als ob Sie mit einer Steinschleuder auf Kirschen schießen und dabei den Kern treffen. Die ganze Prozedur sorgt dafür, dass das Gas das Elektron verliert und dadurch ionisiert wird.«

Venathaer schien amusiert. »Danach bleiben also praktisch nur noch Kirschkerne übrig.«

»So ist es. Übrig bleiben Protonen. Und die ziehen wir dann mittels Hochspannung in den nächsten Beschleuniger.«

»Sie verstehen Ihr Handwerk, Kompliment.«

Pendergast drehte das Ventil zur Wasserstoffzufuhr auf und betätigte wenig später einen Schalter, der mit einem roten Blitzpfeil gekennzeichnet war.

»Wenn wir neunzigtausend Volt einsetzen, erreichen wir bei den Protonen schon knapp zwei Prozent der Lichtgeschwindigkeit. Von da aus geht es dann in den Linearbeschleuniger.«

»Und was passiert da drin?«

»Dort packen wir die Protonen praktisch in Bündel, und wenn wir sie danach in den zweiten Linearbeschleuniger ziehen, haben sie schon über dreißig Prozent Lichtgeschwindigkeit. Von da aus speisen wir sie in den ersten Ring ein und beschleunigen dann die Bündel auf über neunzig Prozent, bis sie im großen Ring schließlich Lichtgeschwindigkeit erreichen.«

»Und da kollidieren sie dann mit dem Element?«, verstand Venathaer.

»Das ist der Plan. Wir werden uns das besser mal im Kontrollraum ansehen. Da können wir dann auch Messungen vornehmen.«

Die beiden Forscher kehrten zur Zentrale zurück, wo sie wieder auf Leighland trafen. Zusammen erwarteten sie die Kollision. Der Professor hatte den Eingang zur Röhre bereits geschlossen und betrachtete den Fortschritt der Protonenbeschleunigung auf den Anzeigen.

»Kollision in etwa fünfzig Sekunden«, warf Pendergast in die Runde.

Venathaer zeigte sich weiter wissensdurstig. »Und wie messen Sie diese Schwerkraftwellen?«

Leighland wies auf den Monitor und einen darauf abgebildeten Versuchsaufbau, den er innerhalb der äußeren Wartungsröhre des Colliders installiert hatte: »Laserdetektion.«

Venathaer wedelte mit der Hand, als ob er etwas darin schüttelte. »Ich denke, dass Sie in der Messvorrichtung lediglich in einem Fotowiderstand Interferenzmuster ausmessen und so die Wellen detektieren.«(14)

Leighlands Mimik verriet geheucheltes Erstaunen. »Bravo! Ich vergaß, die Schmetterlinge und die Farben ... Ihre Kenntnisse der optischen Physik ... sehr gut. Wenn es noch etwas gibt, womit ich Sie überraschen kann, Venathaer, sagen Sie es mir.«

Pendergast trat hinzu und begann den Countown herunter zu zählen: »Neun, acht, sieben, sechs ...«

Venathaer und Frease starrten sich an, als würden sie in wenigen Augenblicken ein Erdbeben erwarten.

»Kontakt! Jetzt!«

Die Sekunden vergingen, in denen Leighland die Kontrollanzeige seiner Versuchsapparatur im Auge behielt. Es dauerte eine kurze Zeit, bis der Professor die eingehenden Daten einer ersten Prüfung unterzog. Sein Ausdruck signalisierte Zufriedenheit.

»Nicht zu glauben, Karel.«

»Sag schon, wie sehen die Interferenzen aus?«

»Gut, denke ich.«

»Also hat das Element reagiert. Gab es die Schwerkraftwelle?« wollte Pendergast wissen.

»Ganz so wie vorhergesagt. So wie es aussieht, gab es einen ordentlichen Bums.«

»Das scheint es gewesen zu sein, Gentleman«, ließ Venathaer verlauten. »Und wie wir sehen, ist auch davon die Welt keineswegs untergegangen.«

Alle Anwesenden lauschten gebannt den Ausführungen des Professors, der die eingehenden Daten auf den Hauptbildschirm lenkte und sie kommentierte.

»Wie war das Ergebnis?«

»Gaub' mir, Karel, wir haben da drin Wellen, die würden glatt einen Tsunami toppen.«

Pendergast strahlte über das ganze Gesicht. »Also hat es funktioniert?«

»Das würde ich mal so sagen. Ja, es hat funktioniert«, resümierte Leighland.

»Wir können das Ganze jederzeit steigern, wenn wir nachladen.«

Leighland bremste die Euphorie seines Kollegen und entschied, zunächst die Messwerte des Detektors näher zu analysieren. Er öffnete den Eingang zum Beschleunigerring, als vor seinen Augen die Luft zu vibrieren begann. Irritiert blieb er stehen.

An seinem von ihm unwillkürlich gewählten Fixpunkt, der Tür, verschwammen plötzlich die Konturen. Es schien, als würden sich deren Umrisse verflüchtigen. Auch der Rahmen erweckte den Anschein, sich direkt vor Leighlands Augen aufzulösen.

»Seht ihr das?« Leighland wich einen Schritt zurück, wandte sich um und suchte Blickkontakt zu den anderen Physikern, die ebenfalls die Erscheinung bemerkt hatten.

»Bleiben Sie, wo Sie sind«, rief Leighland.

»Was geschieht hier?«, schrie Venathaer, während der Boden unter seinen Füßen plötzlich zunehmend transparent wurde.

»Eine Instabilität der uns umgebenden Materie. Nicht bewegen!«

Auch Pendergast stand der Schrecken ins Gesicht geschrieben, als er sich mit beiden Händen auf der Schaltkonsole abzustützen versuchte und seine Hände dabei zwar Widerstand spürten, er aber die Konsole nur noch körperlos in Schleiern wahrnehmen konnte. Dabei blickte er durch das Material direkt hindurch und nahm die verschwommenen Konturen der Fliesen am Boden wahr. Er trat zur gegenüber liegenden Wand, als vor ihm die Luft in bunten Farben zu schillern begann.

»Was ist das?«, rief Pendergast.

»Braneneffekte. Bleib stehen, wo du bist!«, rief Leighland.

»Woher kommen die?«

»Aus der Anomalie. Sieht so aus, als hätten wir mit der Schwerkraft eine Tür geöffnet.«

Venathaer zog die Waffe, aber seine Arme ruderten nur, als würde ihm der Boden unter den Füßen entzogen. Nach wenigen Sekunden erschienen auch die Wände des Colliders transparent und ließen Blicke in die äußere Umgebung zu. Leighland erkannte schemenhaft Bäume.

»Jim, wie gefährlich kann uns das werden?«, stieß Pendergast aus und starrte staunend in die sich bildende Blase, in der sich direkt vor seinen Augen eine zweifellos prähistorische Umgebung abzubilden gegann. »Das sind Farne!«, rief er aus.

Leighland verfolgte unterdessen die Techniker am Steuerungsboard, die die Arme hochrissen und sich von ihren Plätzen erhoben hatten.

»Was ist mit dem Boden?«, schrie Venathaer.

Aber auch vor Leighland bildete sich eine der Raumanomalien. Sprachlos erkannte der Professor, dass sich in der Ferne vor ihm die Skyline von Dallas abzuzeichnen begann.

Die Fähre vor Staten Island lag still im Schein wiederentfachter Lagerfeuer. Magool hatte sich am Abend auf dem Schiff eingefunden und ließ sich von Settler Pläne vorlegen. Obwohl in seinen weißen Anzug gehüllt und das gelbe Hemd bis zum Bauchnabel geöffnet, vermochte die Erscheinung Magools dessen düstere Aura keineswegs aufzuhellen. Seine körperlichen Veränderungen wurden immer deutlicher, waren jedoch nicht für jedermann sofort zu erkennen. Zwar zeichneten sich auf seiner Brust winzige hellrote Linien wie Flußläufe auf einer Landkarte ab, aber der vollständige Anblick vergrößerter Blutbahnen blieb Außenstehenden verborgen. Auch Teile seines Halses waren angeschwollen. Magool ahnte bereits die beginnende Metamorphose seines Körpers als späte Reaktion auf die Droge. Mehr noch bemerkte er aber die anwachsende, mit seiner transformierenden Physis offensichtlich in Zusammenhang stehende Macht. Mit seiner körperlichen Veränderung verband sich ein Wachstum seiner mentalen Fähigkeiten. Er war entschlossen, diese Transformation zu nutzen.

Auf einen Wink hin reichte ihm Settler eine Karte von Washington, die Magool auf einem Tisch vor sich ausbreitete. Während der Anführer die Karte studierte, startete Settler die Präsentation für die anwesende Anhängerschar. Die Gefolgsleute hatten sich auf Teppichen versammelt und ließen sich über den Lagerfeuern geröstetes Lamm in einer großen Kupferschale kredenzen. Der Duft von Gewürzen und Aromen gebratenen Fleischs verteilte sich über die Fähre.

Settler griff nach der Fernbedienung des Beamers und wischte mit der flachen Hand Schweißperlen von der Stirn.

»Hier seht ihr die Halle. Das ist der Hangar der White Tops. Streng behütet und so gut wie unangreifbar.« Settler ließ die Bilder der Gebäude über den Bildschirm flackern. Szenen von Landeanflügen und größere Ansammlungen von Soldaten wurden sichtbar. Settler gab einen Überblick über die Anzahl der Wachleute auf dem Gelände, dann wies er auf die Zufahrtskontrollen hin, mit denen bereits weit vor der Base begonnen wurden.

Magool holte aus und schnappte eine imaginäre Fliege aus der Luft. »Seht ihr, ein kleiner White Top. So winzig und unbedeutend. Dennoch könnte er das größte Zeichen einer zugrunde gehenden Nation sein, einer sterbenden Nation. Sie sind so traditionsbewusst, so berechenbar. Genau an dieser Stelle werden wir sie packen.«

Settler ließ die Bilder in schneller Reihenfolge passieren. Innenansichten eines Kontrollterminals wurden sichtbar.

»Es gelten jetzt da drin strengere Vorschriften. Fethers hat uns darüber aufgeklärt. So gut wie unmöglich, eine fremde Person in die innere Halle einzuschleusen. Bei der Waage wird das Gewicht aller, die herein wollen, festgestellt, außerdem scannen sie die Iris und überprüfen andere Merkmale.« Er zeigte weitere Bilder der Präsentation.

»Später werden nochmals am Hubschrauber Fingerabdrücke genommen, damit das System gestartet werden kann, dann kommt noch die persönliche Prüfung des Piloten durch das Protokoll.«

Das Raunen in der Anhängerschaft Magools ließ darauf schließen, dass alle die Herausforderung des Unterfangens erkannt hatten.

»Aber das alles braucht uns nicht zu stören, weil ...« Settler triumphierte: »Weil wir den echten Piloten zur Verfügung haben. Nachdem Fethers eingeschleust worden ist, brauchen wir nur noch auf seinen Einsatz zu warten. Entweder fliegt er persönlich die Maschine des Präsidenten, die Marine One, oder er bekommt seine Route für das *Shell Game.*« Shell Game, so führte Settler aus, nannte man das Zusammenspiel von identisch aussehenden Hubschraubern, die durch ständige Positionswechsel das Verfolgen des eigentlichen Marine One Hubschraubers für Beobachter erschwerten.

Die Präsentation zeigte nun aus der Vogelperspektive den Blick auf einen Obelisken. Weiter im Hintergrund war das Weiße Haus auszumachen.

»Vom Washington Monument bis zum Weißen Haus ist es ein Katzensprung. Auf der anderen Seite des Zauns patroullieren Garden, die ihre Aufmerksamkeit allesamt zur Wasserseite in Richtung der Bucht richten. Wie immer die Route auch ist, Fethers wird schließlich Kurs auf das Washington Monument nehmen. Danach schwenkt er in den Korridor zum südlichen Rasen des Präsidenten.«

Die Bilder zeigten den Amtssitz des Präsidenten und das vorgelagerte Areal mit der großen Rasenfläche, auf der schon so viele Präsidenten mit dem Hubschrauber gelandet waren.

»Im Anflug auf das Weiße Haus findet dann in der Regel die Zusammenkunft mit zwei weiteren Hubschraubern statt, und die ganze Maschinerie ist erstmal mit sich selbst beschäftigt«, folgerte Settler.

»Der Präsident steigt in den Hubschrauber ein, der damit zur Marine One wird. Es greift Shell Game. Das bedeutet, die Hubschrauber fliegen jetzt im Wechsel voreinander her und verschleiern die Position des Präsidenten beim Ab- oder Anflug.«

Settler präsentierte weitere Bildausschnitte. »Bei unserem Angriff wird er abgeholt. Fethers wird ihn persönlich fliegen oder wird zumindest Teil des Shell Games sein, bis zu dem Zeitpunkt, an dem der Präsident den Rasen betritt. Das heißt für uns, wir müssen die Abweichung von der vorgegebenen Route so weit wie möglich verzögern.«

Magool verfolgte die Ausführungen seines Vertrauten mit brutalem Grinsen.

»Wir werden einen entscheidenden Vorteil haben«, erläuterte Settler. »Von dieser Stelle aus bleiben nur noch wenige Sekunden bis zum Erreichen des Rasens. Wenn Woodford dann auf der Terrasse erscheint, wird Fethers auf ihn zuhalten und ... Bang!«

Im Hintergrund trat eine Person aus dem Schatten und näherte sich Magool. Als er ins Licht trat, erkannte die Schar der Anhänger den Piloten. Fethers Haltung war aufrecht und verriet kein Anzeichen einer Gefangennahme. Auch schien er keineswegs geschwächt, wie man es nach der zurückliegenden Prozedur hätte vermuten müssen. Nur die rot unterlaufenen Augen und das bleiche, wachsartig wirkende Gesicht, auf dem sich feine Adern durch die Hautoberfläche abzuzeichnen begannen, ließen auf den beginnenden Persönlichkeits- und Wesensverlust schließen.

Fethers entgegnete mit rauer Stimme. »In wenigen Stunden hat das Weiße Haus seinen ganz persönlichen 11. September.« Seine Worte wurden durch einsetzendes Freudengeheul der Creeps begleitet.

Magool trat in den Vordergrund und nahm die Ausrufe als Zeichen der Kampfeslust seiner Anhänger entgegen. Mahnend hob er den Finger.

»Auch unser Freund Fethers hat sich verändert. Ich sehe es an seinen Augen. Aber er ist nicht nur einer von uns geworden. Nein, auch seine Verwandlung geht immer weiter. Sie schreitet fort, wie wir alle eine Veränderung durchmachen. Unsere Körper werden stärker. Und so wie unser Wille und unser Geist zusammen finden, sind wir auf dem Weg zu unschlagbarer Größe.«

Das Freundengeheul riss nicht ab, und Magool badete berauscht in seinem Erfolg. Dann griff er den Arm des Piloten und reckte ihn nach oben. »Unsere Zeit ist gekommen«, rief er. Mit einem Wink gab er Settler ein Zeichen. Dieser trat zu Fethers und nahm dessen ausgestreckten Arm. Als kurze Zeit später eine Flamme aus Settlers Feuerzeug züngelte, ahnten die Anhänger bereits, was nun folgen würde. Sie gerieten noch mehr in Verzückung. Settler nahm das Feuerzeug und ließ die Flamme sekundenlang auf Fethers Innenhandfläche einwirken.

»Er ist nun einer von uns. Morgen wird er sich wieder bei seiner Einheit melden.« Dabei rief Settler laut: »Man wird ihn aufnehmen! Ja, man wird ihn feiern als Helden, der dem Angriff der Creeps entkommen ist!«

Als die Menge frenetisch jubelte, schob er hinterher: »Und mit Fethers haben wir die stärkste Waffe gegen unsere Feinde gefunden.«

Die braunrote Blase, die sich an der Hand des Piloten gebildet hatte, platzte auf. Trotz der Schmerzen, die Fethers hätte empfinden müssen, stand er entspannt und erweckte den Anschein, als kümmerte ihn die Malträtierung nicht. Settler ließ das Feuer weiter einwirken. Beißender Gestank von verbranntem Fleisch verbreitete sich, während Fethers nicht einmal zu spüren schien, wie ihm die Haut versengt wurde. Dann endlich, nachdem die in der Blase angesammelte Flüssigkeit zu Boden tropfte, nahm Settler das Feuerzeug weg. Er reckte Fethers Hand empor als Beweis der uneingeschränkten Befehlsgewalt Magools. Dann peitschte er die Menge weiter auf.

»Jetzt bist du einer von uns, Fethers!«

Kauend und schmatzend erhoben sich einzelne Anhänger Magools. Sie reckten dabei die abgenagten Knochenreste ihres

Festmals in die Höhe. Ihr Ruf galt ihrem Anführer, dem sie über das ständige Wiederholen seines Namens huldigten.

Magool, der sich mittlerweile auf die Außenreeling der Fähre begeben hatte, rief Settler zu sich.

»Ich habe eine Ergänzung zu unserem Plan. Wir haben vielleicht einen Weg gefunden, uns in die Zukunft und die Vergangenheit zu bewegen. Du wirst dich mit Venathaer absprechen. Sag ihm, ich bin an dieser Anlage in Dallas interessiert.«

Settler nickte. »Hilft die Anlage uns?«

»Wer weiß, vielleicht ist es ein Weg, meine Macht schneller in die Zukunft auszudehnen. Wenn Venathaer Recht hat, beherrschen wir damit Vergangenheit und Zukunft. Du wirst morgen die Lage auskundschaften. Ich will möglichst viele Informationen.«

Magools Augen richteten sich auf die Skyline von New York, deren Silhouette sich schwarz und unbeleuchtet wie eine Totenstadt abzeichnete. Vor seinem inneren Auge verdichtete sich eine hasserfüllte Vision, eine einzige Orgie aus Blut und Gewalt. In der Manier eines Messias sandte er in diesem Augenblick eine telepathische Direktive an seine Jünger. Und seine Botschaft, die diesmal dunkler und vernichtender als jemals zuvor ihre Adressaten erreichte, sollte nicht nur in den Straßen von New York die Untiefen menschlicher Brutalität zu Tage fördern.

Dallas, 30. Juli, dreizehn Tage nach der Alphastabilität

Im Steuerungsraum des Colliderzentrums hatten sich die Blasen stabilisiert. Leighland, der seine Kollegen zunächst beruhigen konnte, schrieb die Manifestierung des Effekts den Schwerkrafteigenschaften des Elements zu, das die Wissenschaftler in der Nähe des Röhreneingangs deponiert hatten. Wie auch in der Colliderröhre in der Nähe der Anomalie, bildete eine seifenblasenartige Membran den Übergang zu der anderen unbekannten Welt. Venathaer und Frase betrachteten die Blasen, deren Inneres sich, durch die Reflexe auf der Membran zwar etwas verschleiert, jedoch gut sichtbar offenbarte. Frease starrte auf die dampfende prähistorische Landschaft, die innerhalb des Colliderzentrums begann, und sich mitten durch die Wand des Gebäudes nach draußen fortsetzte. Er trat an den Rand der Blase und machte Venathaer auf Vögel mit riesigen Schnäbeln und einer Flügelspannweite aufmerksam, die alles überstieg, was Frease bisher kannte. Sie kreisten in der Ferne hoch oben in den Lüften vor dem Panorama eines rauchenden Vulkans.

»Kümmern Sie sich um diesen Rambo, diesen Söldner, Frease. Passen Sie auf ihn auf. Ich wünsche keine unliebsamen Überraschungen.«

»Ich habe ihn gefesselt. Wenn er Stress macht, lege ich ihn um.«

»Vielleicht brauchen wir ihn noch«, widersprach Venathaer. »Keine Eigenmächtigkeiten, Frease! Tun Sie, was ich Ihnen sage. Ich habe noch mit Leighland zu reden. Er wird mir helfen, meinen Notfallplan in die Tat umzusetzen, falls wir uns hier zurückziehen müssen.« Frease entfernte sich.

Abseits im Besprechungsraum hatte Leighland sich vor einer Tafel postiert und die weiße Kunststoffoberfläche vollständig beschrieben. Die Augen vor Müdigkeit gerötet, schrieb er seit mehr als einer Stunde seine Überlegungen in Form von Formeln nieder. Obwohl das Rauchen in der Forschungsanlage strengstens untersagt war, hatte er sich dabei eine Zigarre angezündet und blies den Rauch zwischen den Lippen hindurch.

Pendergast trat hinzu: »Was machst du, Jim?«

»Ich entrümple, ich schaffe Platz!« Leighland rief die Worte aus, als seien sie die Neuigkeit des Jahrhunderts, ohne sich dabei auch nur umzudrehen. »Platz in meinem Kopf, nicht nur hier auf der Tafel. Weißt du, die Anomalie, die Zeitphänomene und die Blasen: Es gibt da einen Zusammenhang.«

»Woran arbeitest du?« wollte Pendergast wissen.

»Alles, was möglich sein kann, ist real. Ich habe das jetzt begriffen. Und genau darin liegt der Schlüssel.«

»Wie meinst du das?«, entgegnete Pendergast.

»Karel, es fiel mir schon auf, als ich die Blasen im Kaffee sah, bevor sie sich hier im Collider bildeten.«

»Was fiel dir auf? Spann mich nicht so auf die Folter.«

Leighland griff nach einem roten Filzstift und markierte damit seine Formeln. »Hier haben wir unser Bezugssystem.« Dabei blickte er Pendergast an, als wäre dieser einer seiner Schüler. »Und das ist unser Zeitpfeil, den wir klassisch als Gegenwart und Zukunft kennen. Und hier, schau dir das an, haben wir weitere Bezugssysteme.« Er setzte einen Teil seiner Formeln auf der rechten Seite in rote Klammern. »Das sind die, die wir nicht kennen.«

»Du meinst andere Dimensionen, Paralleluniversen?«

Wie ein Maler, der seine Farbkomposition und den Pinselstrich betrachtet, trat Leighland einige Schritte zurück, als wollte er die Gesamtheit seiner gerade aufgeschriebenen Gedankenkonstruktion aus der Distanz einer genaueren Prüfung unterziehen.

»Ja. Alles ist so klar, Karel. So klar in meinem Kopf wie niemals zuvor. Ich hätte es in der Röhre schon wissen müssen, als ich die Arbeiter gestört habe. Aber erst nachdem wir die Schwerkraftwelle induzierten, machte es bei mir Klick.«

»Also, wenn es für dich so klar ist, dann lass mich nicht unwissend sterben.«

»Okay, Karel. Du erinnerst dich noch an unseren Streit, warum Neutrinos möglicherweise schneller fliegen können als das Licht?«

»Es ist nicht nachgewiesen, dass sie tatsächlich schneller fliegen. Aber die Theorie ist schon interessant«, entgegnete Pendergast.

»Sie fliegen gar nicht schneller, sie nehmen Abkürzungen durch gekrümmte Räume. Bisher haben wir die Gravitation nur als Eigenschaft der Raumzeit verstanden. Wenn sie aber gleichzeitig eine Dimension ist, die in der Lage ist, weitere Dimensionen zu bilden, sozusagen als Generator, dann haben wir eine Lösung zu den Erscheinungen der Blasen. Verstehst du?«

»Ja, die Zehn-Dimensionen-Theorie, jedoch mit unterschiedlichen Zeiten ein und desselben Raumes. Und du meinst, das ist hier passiert?«

»Genau das.« Leighland ergänzte den Pfeil durch eine weitere Spitze am anderen Ende zu einem Doppelpfeil.

»Die Bezugssysteme wirken nicht nur in eine Richtung. Sie sind interaktiv. Sagte Einstein nicht, für uns Physiker sind Gegenwart und Zukunft nur eine Illusion?«

Leighland griff zu einem schwarzen Stift. »Und damit gilt folgende Gleichung.«

Hektisch schrieb er mehrere Zeichen und stoppte erst, als er mit einem Strich einen Bogen beschrieb, der zurück zum Anfang der Zeile führte.

»Wir werden uns in diesen Systemen bewegen können. Vorausgesetzt, wir finden den Zugang zu ihnen.«

»Du meinst, die Schwerkraft des Schwarzen Lochs ist der Schlüssel dazu? Aber die Dimensionen sind normalerweise für uns nicht sichtbar, oder?« meinte Pendergast.

»Ja, genau, wir sehen sie nicht. Weil ...« Leighland flog jetzt regelrecht mit dem Stift über die Tafel, bewegte sich zu einem imaginären Finale hin und setzte hinter einige Formelsymbole einen Punkt. »Weil sie eingerollt sind!«

Pendergast begriff: »Vielleicht sind deshalb Neutrinos schneller als das Licht. Sie nehmen Abkürzungen durch aufgerollte Dimensionen!«

Mit einem Tuch löschte Leighland mit ausholenden Bewegungen Teile seiner Aufzeichnungen und erklärte: »Zuerst brachte ich die Einzelheiten nicht zusammen. Sie hielten sich versteckt. Ich fand sie nicht! Aber jetzt, jetzt liegen sie aufgedeckt, wie sämtliche Karten eines Memory Spiels.«

Pendergast setzte eine Miene auf, als hätte er als Leiter der Inquisition bewiesen bekommen, dass die Erde eine Kugel sei.

»Du meinst, eingerollt wie eine Feder im Uhrwerk.«

»So ist es. Stell dir gebogene Stahlfedern vor. Im Kreis angeordnet, wie sie eine geschlossene Zwiebel bilden. Jetzt drückst du mit deinem Finger von oben auf die Zwiebel. Die Segmente öffnen sich und. Voila! Das Schwarze Loch ist dein Finger.«

Pendergast blickte auf seinen Finger, den er sofort in seiner zusammengeballten Faust verschwinden ließ.

Leighland nahm einen Zug von seiner Zigarre: »Danach, wenn die Anomalie verschwindet, rollen sich die Dimensionen wie eine alte Pergamentrolle ein.« Dabei beschrieb er mit der Zigarre eine rotierende Geste.

»Aber wie kann es sein, dass sich in den Dimensionen unterschiedliche Zeiten der Stadt Dallas zeigen, wie bei den Arbeitern?«

»Daran dachte ich schon, als ich die Blase im Collider sah. Es sind Paralleluniversen zu unserem. Und wir können uns darin bewegen.«

»Und das Ufo? Ist das Teil dieser Welten? Hast du auch dafür eine Erklärung?«

»Karel, erinner' dich. Wir dachten immer, unterschiedliche Bezugssysteme können nicht miteinander kommunizieren. Ich sag dir jetzt, dass sie es doch tun.«

»Du meinst, Dimensionen sprechen miteinander?«

Leighland deutete seinen Zuspruch mit einem Fingerschnippen an. Dann rief er aus: »Pitkänen! Auch Pitkänen ging schon davon aus. Er beschrieb das Universum wie ein Hologramm.«

»Wow, wenn die Hologrammtheorie stimmt, wird es damit zu einem universellen Gesetz.« Pendergast trat auch einen Schritt zurück, so als wolle er den Berechnungen von Leighland Respekt zollen.

»Ich kenne die Theorie. Vielleicht ist sie die Erklärung dafür, dass Teilchen über Milliarden von Meilen zeitunabhängig miteinander kommunizieren können. Aber wie spricht es mit uns, deiner Meinung nach?«, fragte Pendergast.

»Es ist wie das Öffnen einer Tür. Wir erhalten Antwort über eine Dimension für eine andere, für jenen Teil in der Zwiebel, in dem gerade ein Problem den Fortbestand unserer Spezies bedroht.«

Pendergast zögerte mit seiner Erkenntnis: »Aber das würde bedeuten: Wir kommunizieren über das Schwarze Loch mit ...«

»Genau, wir kommunizieren darüber mit den Aliens. Und das über andere Dimensionen hinweg. Das Schwarze Loch gibt Antwort auf unsere Fragen.«

Sprachlos blickte Pendergast auf die Tafel, während sich Leighland siegesbewusst zeigte. »Es wird uns den Weg weisen.« Wieder schnippte er mit dem Finger, als er den Satz beendete: »Vielleicht ist ja das Universum die einzig wirklich intelligente Spezies.«

Leighland hatte sich in die Mitte des Kontrollraums begeben und starrte auf die um ihn herum aufragenden, seifenblasenartigen Gebilde. Zwei der Blasen reichten vom Collidereingang bis zur Decke. Venathaer steuerte auf ihn zu.

»Gehört das auch zu Ihrem Plan, das Schwarze Loch unter Kontrolle zu bringen? Und was müssen wir noch befürchten?«

»Wir müssen zunächst die Ausdehnung der Blasen kennen. Dazu sollten wir prüfen, wie es außerhalb des Colliders aussieht.«

Venathaer stimmte zu. »Okay, es ist besser, wenn wir uns draußen mal umschauen.«

Pendergast schloss sich Venathaer und Leighland an. Bereits in den Gängen zur Außenschleuse bemerkten sie, dass die Dimensionsblasen das gesamte Gebäude an den jeweiligen Stellen durchwirkten, als wären sie Objekte einer Durchdringung unterschiedlicher geometrischer Körper. Die drei Forscher betraten das Außengelände. Dort trafen sie auf gestikulierende Soldaten in grünen Tarnoveralls.

»Was ist denn hier los?«, ereiferte sich Pendergast.

Einer der Uniformierten trat ihm entgegen und machte eine beschwichtigende Geste. »Dallas wird evakuiert. Wir sollen hier für Ihre Sicherheit sorgen. Informieren Sie uns, wenn Sie die Anlage verlassen wollen.«

»Ich verbitte mir hier jegliche Einmischung in meine Arbeit …«

Leighland, der seinen Kollegen zu beruhigen suchte, wies auf die Ausprägungen der Anomalie im Außenbereich und mahnte: »Karel, wir haben Wichtigeres zu tun.«

Venathaer ließ sich von den Soldaten wenig beeindrucken und betrachtete ebenfalls die blasenartigen Gebilde, die sich über die Anlage erhoben. Mit genügend Abstand ließen sie sich als vier etwa gleich große Blasen mit konzentrischem Sitz in der Mitte des Gebäudes lokalisieren. Leighland schätzte sie auf fünfundsechzig Fuß Höhe.

Als die Forscher wieder in den Kontrollraum zurückkehrten, klingelte das Telefon. Pendergast nahm den Anruf entgegen, winkte kurze Zeit später Leighland heran und überreichte ihm den Hörer.

»Ein Anruf von General Pruitt. Er möchte dich sprechen.«

»Was ist da los bei Ihnen?«, vernahm Leighland die Stimme des Generals.

»Wir testen eins der überschweren Elemente im Einsatz gegen die Anomalie.«

»Sind Sie sicher, dass Sie wissen, was Sie tun? Meine Leute

dort sind der Meinung, dass Ihnen bald der ganze Laden um die Ohren fliegt.«

»Es sind nur leichte Nebenwirkungen. Zurzeit gibt es keinen Grund zur ...«

»Ach, Leighland!«, unterbrach ihn der General. »Erzählen Sie mir jetzt nicht wieder, Sie hätten alles im Griff! Ich gebe Ihnen noch sechs Stunden. Wenn Sie bis dahin das Ding nicht unter Kontrolle haben, werden wir das von hier aus in die Hand nehmen. Ihren Collider wird es dann nicht mehr geben, genau wie den Rest von Dallas. Damit dürfte sich Ihr Problem dann auch gelöst haben.«

Leighland gab den Hörer zurück an Pendergast.

»Er hat aufgelegt und droht uns mit einem Angriff. In sechs Stunden«, erklärte Leighland.

»Und was willst du jetzt tun?«

»Außerhalb der Anlage sind die Blasen nur begrenzt zu sehen. Ich vermute aber, sie bilden nur einen Eingang und reichen räumlich weiter.«

»Wohin sollen sie denn Ihrer Meinung nach reichen, Professor?« wollte Venathaer wissen.

»Möglicherweise in eine Parallelwelt, zu einer exakten Kopie unserer Welt, die zeitversetzt existiert.«

Venathaer entgegnete: »Etwa Eingänge zu neuen Dimensionen?«

»Ja, vielleicht zeitlich unterschliedliche Darstellungen ein und desselben Raumes.«

»Und was wollen Sie jetzt tun?«

»Ich werde die Blasen erkunden. Eine nach der anderen. Vielleicht kommen wir dadurch einer Lösung näher.«

»Professor, können wir die Blasen kurzfristig als Fluchtweg nutzen?«, wollte Venathaer wissen. »Ich meine, bevor Puitt uns pulverisiert? Und kämen wir wieder in unsere Zeit zurück?« Er sicherte seine Waffe und steckte sie in den Hosenbund.

»Das wissen wir nicht«, entgegnete Leighland. »Ich muss sie mir erst genauer ansehen.«

Frease trat hinzu. Seine aufgesetzte Freundlichkeit jagte Pendergast einen Schauer über den Rücken. Er sagte: »Gentlemen, ich weiß nicht, wie Sie das Ganze sehen. Aber das Pflaster wird mir hier zu heiß. Das Element soll eine viertel Milliarde Dollar wert sein. Also packen wir es jetzt ein und verschwinden damit.«

Venathaer hob den leeren Behälter des Elements in die Höhe. »Wir könnten es an anderer Stelle in Ruhe für unsere Zwecke nutzen. Die Zeitreisen würden uns Geld im Überfluss bescheren. Frease, wie sehen Sie das?«

»Genau so ist es. Macht, Einfluss. Niemand könnte uns stoppen.«

Leighland geriet außer sich. »Ist Ihnen die Anomalie egal? Und das Schicksal von ganz Dallas?«

»Welche Anomalie?«, fragte Frease zurück. »In Rio gibt es keine Anomalie. Und wen schert schon ein kleines Loch in der Erde? In Ipanema am Strand sicherlich keinen. Und Dallas ist ohnehin keine Schönheit. Sehe ich das richtig, Chef?«

Leighland ignorierte die Provokation und sagte zu Venathaer: »Sie haben wirklich keine blasse Ahnung, was hier passiert. Nicht im Geringsten. Dabei habe ich Ihnen alles genau erklärt.«

»Muss ich das denn verstehen?«, gab Venathaer zurück.

»Sie glauben, Sie schießen einfach ein paar Protonen auf das Zeug und schon reisen Sie durch die Zeit. Was hier passiert, ist ein komplexer Raum-Zeit-Effekt, den wir nur den Gravitationsanomalien verdanken. Und zwar denen des Schwarzen Lochs. Ohne die Anomalie im Collider keine Zeiteffekte! Begriffen?« Leighland wandte sich an Frease: »Das Ganze noch mal mit anderen Worten, auch für die Sonderschüler unter uns. Ohne das Schwarze Loch können Sie das Element nicht mal im Internet oder auf dem Flohmarkt verkaufen. Ganz zu schweigen von unserem Know-How, das Ihnen beiden fehlt.«

Frease entsicherte seine Waffe und richtete sie auf den Professor.

»Stecken Sie das Ding weg, Frease«, unterbrach Venathear. »Er hat Recht. Ohne die Anomalie würde uns das Element nichts nützen. Und vorerst brauchen wir den Professor noch.«

Frease nickte, sicherte seine Automatic wieder und bedeutete Leighland mit dem Zeigefinger, dass er den Zeitpunkt, an dem er sich mit ihm noch eingehend beschäftigen wollte, nur aufgeschoben hatte.

Pendergast grollte: »Wir sollten uns jetzt um die Anomalie kümmern, Frease. Es reicht!«

Frease zog sich erneut zurück, während Pendergast sich den Schweiß von der Stirn wischte. »Jim, wir werden die Stabilität nicht ewig halten können.«

»Das vermute ich auch.«

»Was tun wir jetzt?«

»Die Blasen sind noch begehbar, und solange die Anomalie existiert, bleiben sie mit Sicherheit stabil. Karel, hast du dein Motorrad noch draußen stehen?«

»Ja, sicher.«

»Hol es her.«

»Wohin?«

»Hier herein.«

»Was willst du damit?« Pendergast beschlich ein ungutes Gefühl.

»Ich werde einen kleinen Ausflug machen.«

»Wie? Hier im Collider?«

»Nein, ich werde mir Dallas durch die Blase mal aus der Nähe ansehen.«

»Ich hatte angeordnet, dass keiner den Collider verlässt«, polterte Venathaer.

»Wenn wir dem Angriff Pruitts als Ultma Ratio ausweichen müssen, sind die Blasen vielleicht unsere einzige Rettung. Sozusagen unser Plan B. Dafür müssen wir sie aber erst erkunden. Ihre Alternativen sind begrenzt, Venathaer, und das wissen Sie.«

Venathaers Augen blitzten: »Gut, gehen Sie.«

Unter den Augen der Anwesenden bestieg Leighland wenig später eine Harley Davidson.

»Bring sie mir heil zurück, Jim«, bat Pendergast.

»Ich versuche es.«

»Komplett bitte. An einem Stück! Das ist eine Dyna Low Rider aus dem Jahr 1999. Ein echtes Schmuckstück, verstehst du?«

»Zeig mir lieber, wie ich die Gänge einlege.«

Pendergast gab dem Professor eine Schnelleinweisung. Dann startete Leighland die Maschine. Frease trat hinzu, blickte auf das Edelmotorrad und wandte sich an den Professor. »Nicht, dass Sie uns in der anderen Zeit verloren gehen.«

Leighland streifte Pendergasts Lederjacke über, setzte sich einen Helm auf und erwiderte: »Frease, seien Sie sicher, ich werde nirgendwo verloren gehen. Nicht, solange ich Sie hier noch in der Anlage weiß.« Dann steuerte er auf die wabernde Blasenmembran zu. Zögerlich gab er Gas und näherte sich zuerst mit dem Vorderrad der Dimensionengrenze. Nachdem er vollständig in die Blase eingetaucht war, blickte er zurück. Obschon er sich nun innerhalb der Raumanomalie befand und mit halb durchsichtiger Materie umgeben zu sein schien, hinderten ihn weder die körperlos gewordenen technischen Aufbauten, noch die Wände am Weiterfahren. Etwas weiter kreuzte er geradewegs die Colliderröhre und befand sich plötzlich außerhalb des Gebäudes.

Es war Nacht. Die Temperatur schien drastisch gefallen zu sein. Zu seiner rechten Seite erblickte er einen Hügel, der ihm bereits aufgefallen war, als er vor Jahren die Anlage, damals noch im Bau begriffen, das erste Mal inspiziert hatte. Jetzt allerdings hatte sich der Hügel verändert. Häuser und Parkanlagen erstreckten sich entlang der Hügelkante bis ins Tal.

Leighland fror. Seine Hände hielten im frostigen Fahrtwind verkrampft die Lenkergriffe umschlossen. Er stoppte kurz und schloss die Jacke bis zum Hals. Dann blickte er zur Anlage zurück, um einen Fixpunkt zu finden, der ihm nach seiner Rückkehr Orientierung bieten würde. Bevor er weiterfuhr, versuchte er, sich einen Bereich an den Außenmauern zu merken, um den Eingang zur Blase wiederzufinden.

Kurz darauf glitt er die Straße, die ihn zum Hügel führte, empor. Auf der Anhöhe hatte er Ausblick auf die Stadt in der Ferne, die sich ihm illuminiert und prächtig präsentierte. Aber Dallas schien sich verändert zu haben. Es war, als strahlte sie heller als sonst, allerdings war es nicht die direkte Intensität der Helligkeit, die zugenommen hatte, auch nicht der Himmel über der Stadt, der sich rotglühend und flimmernd in die Nacht erhob. Es war vielmehr die Ausdehnung der Stadt selbst, die er um einiges kleiner in Erinnerung hatte. In der Mitte des Zentrums konnte Leighland einen riesenhaften Tower ausmachen, der alle anderen Wolkenkratzer um ein Vielfaches überragte. Beeindruckt blickte er eine Weile auf die Skyline. Dann fielen ihm bunte Lichter am Himmel ins Auge. Es waren vereinzelte Leuchterscheinungen, wie Feuerwerk, die über der Siedlung im Tal flimmerten. Leighland beschloss, sich das Schauspiel aus der Nähe anzusehen.

Auf einem Platz inmitten einer Ansammlung von Menschen brachte er seine Maschine zum Stehen. Dann stieg er ab. Der Wind hatte aufgefrischt, und als Leighland seinen Helm abnahm, blies er ihm eiskalt ins Gesicht. In warme Winterkleidung gehüllt, präsentierten sich ihm die Bewohner des Vorortes. Die meisten von ihnen trugen Mäntel. Leighland steuerte auf eine kleine Bude zu. Der Geruch von gebrannten Mandeln stieg ihm in die Nase. In der Mitte des Platzes flatterte auf einem Fahnenmast die Amerikanische Flagge. Daneben wehte das Stadtwappen von Dallas. Neben Leighland stand plötzlich ein kleiner Junge und stopfte sich gebrannte Mandeln in den Mund. Dabei starrte er Leighland an. Die Mutter des Jungen trat hinzu und nahm ihn an der Hand.

»Entschuldigen Sie, Ma'am«, sagte der Professor. »Ich bin nicht von hier. Was für ein Fest ist das, was feiern Sie?«

»Heute ist der 31. Dezember. Sie kennen doch unseren Feiertag?«

»Der 31. Dezember, ein Feiertag? Sie meinen, Silvester?«

»Ja, aber nicht nur. Hier in Dallas steht der Tag für weit mehr. Nach dem großen Collapse von 2017. Das wissen Sie nicht? Woher kommen Sie?«

»Berkeley, Kalifornien.«

»Ach, okay. Hier in Dallas feiern wir Reborn Celebration Day. Hinten im Fair Park am Obelisken ist später das große Feuerwerk, das müssen Sie sich ansehen.«

Kinder mit kleinen Flaggen in der Hand näherten sich. Sie schwenkten das Wappen der Metropole.

»Reborn Celebration?«, wiederholte Leighland.

»Ja, der verstorbene Präsident hatte doch damals die Zerstörung der Stadt geplant.«

»Der Präsident?«, murmelte Leighland.

»Ja, Präsident Woodford selbst. Er ist doch vor zwei Jahren mit Vierundachtzig gestorben.«

Leighland versuchte, so wenig Verwunderung wie möglich zu zeigen, und starrte vor sich hin, während der Junge seine Mutter an der Hand in eine andere Richtung zu ziehen versuchte. Er begann zu quengeln.

»Vierundachtzig? Welches Jahr haben wir denn, Ma'am?«

»Haben Sie was getrunken? Wir haben 2029. Morgen Nacht beginnen die wilden Dreißiger.«

Die Information ließ den Professor erstarren. Gedankenverloren setzte sich Leighland zurück auf das Motorrad, während sich die junge Mutter mit ihrem Jungen entfernte. Obwohl ihm klar war, dass die Stadt offensichtlich noch existierte, ahnte er, dass er sich lediglich in einer von Millionen Parallelwelten befand, die nicht zwansläufig die Zukunft seiner Welt beschrieb. Das reale Dallas seines Zeitkontinuums würde möglicherweise zerstört werden. Aber die Szenerie brachte ihn auf eine Idee.

Als sich Leighland wieder der Anlage des Colliders näherte, lag diese vollständig im Dunkeln. Keines der Militärfahrzeuge war zu sehen. Auch die von den Soldaten zur Ausleuchtung der Umgebung aufgebauten Scheinwerfer fehlten. Leighland wurde mit einem Schlag wieder klar, dass er den Ausgang der Zeitblase finden musste, würde er nicht in dieser fremden Zeit gefangen bleiben wollen. Die Kälte hatte Leighlands Kleidung nun vollständig durchdrungen. Seine Finger waren steif gefroren und er konnte den Gashebel nur noch mit Mühe bedienen. Um sich an die Dunkelheit zu gewöhnen, löschte er den Scheinwerfer seines Motorrads.

Dann sah er es: Ein leichter Schimmer erschien unmittelbar vor ihm an einem Wandvorsprung.

Der Professor steuerte die Lichterscheinung an und wurde fündig. Obwohl die Außenwand in ihren Konturen waberte und sich ihm weitgehend durchsichtig präsentierte, lenkte er das Motorrad vorsichtig darauf zu. Wie erwartet, tauchte er mitsamt der Maschine in die durchlässig gewordene Materie ein. Auch diesmal signalisierte ihm sein Tastempfinden keinerlei körperlichen Signale eines materiellen Widerstands. Sekunden später erreichte er wieder den Kontrollraum.

Im Collider schien zunächst alles unverändert. Leighlands Maschine kam zum Stehen, und er wollte gerade Pendergast begrüßen, der sich ihm an der Steuerkonsole zugewandt hatte, doch dann erstarrte er. Leighlands Nackenhaare stellten sich auf, als er den Mann neben Pendergast erblickte. Er sah sich selbst als Spiegelbild, zum Sprung auf Frease ansetzend, den er nur wenige Fuß neben sich selbst ausmachen konnte.

Frease zückte ein Messer und hielt es dem Legionär John an den Hals. Die Hände immer noch vor seinem Bauch gefesselt, zappelte dieser und versuchte, sich dem Griff des ehemaligen Sicherheitschefs zu entziehen.

Leighland sah seine spiegelbildliche Erscheinung geradewegs Frease entgegenspringen, der wiederum den Söldner John in Schach zu halten versuchte. Der Sprung war mehr ein Angriff durch seine Körpermasse, die er Frease entgegenwuchtete, als ein gezielter Angriff auf dessen Waffe. Frease geriet ins Straucheln. Sein Messer hielt er trotz der Angriffe fest umschlossen. Den taktischen Vorteil des Überraschungsangriffs konnte Leighlands Doppelgänger indes nicht nutzen. Geschwind tarierte Frease den Aufprall mit einer gebückten Drehung um seine eigene Achse aus.

Der Professor saß wie erstarrt auf dem Motorrad und betrachtete die Szene aus der Distanz. Jetzt riss sich John los. Er versetzte Frease einen Stoß von der Seite, sodass dieser abermals ins Straucheln geriet. Den erneuten Angriff Leighlands parierte Frease jedoch, indem er durch den Stoß Johns geradewegs auf ihn zustürzte und Leighland das Messer in die Brust rammte. Der Professor musste mit ansehen, wie sein Doppelgänger getroffen zu Boden ging und mit ausgebreiteten Armen in der Mitte des Kontrollraums auf dem Rücken liegen blieb. Er sah sich noch einige Male atmen. Dann hob sich seine Brust nicht mehr.

Die grausige Szene seines eigenen Todes wurde auch nicht dadurch abgemildert, dass John nun seinerseits Frease von hinten mit den Ketten seiner Handschellen strangulierte und zu Boden riss. Nach wenigen Handgriffen war Frease entwaffnet und bewusstlos. Leighland hörte den Ausruf des Söldners, den John an Leighlands erstochenen Doppelgänger richtete: »Du verdammter Idiot!«

Der Ausruf ließ Leighland seine Fassung wieder erringen. Der Instinkt zur Flucht überwog. Er drehte am Gashebel von Pendergasts Maschine. Das Motorrad heulte auf. Leighland lenkte die Harley geradewegs in eine seitlich vor ihm wabernde Blase, die sich in direkter Nähe von Pendergasts Büro abzeichnete. Nachdem er sich bei seiner Erkundung zuvor der Erscheinung nur vorsichtig genähert hatte, schoß er nun darauf zu. Es dauerte nur eine Sekunde, bis ihn die andere Dimension verschluckt hatte und er mit hoher Geschwindigkeit zur Außenseite des Collidergebäudes katapultiert wurde. Draußen schlingerte die Maschine über unbefestigtes Terrain, bis sie auf einem Feldweg wieder genügend Bodenhaftung erlangte. Als Leighland sich umblickte, waren die Gebäude des Colliders plötzlich verschwunden. Dort, wo sich wenige Sekunden vorher noch die Bauteile der Anlage gen Himmel erstreckt hatten, standen jetzt nur vereinzelte Bäume und Sträucher auf mehr oder weniger unbearbeiteter Ackerfläche. Den Zugang zur Blase fand er nach genauerem Hinsehen als ein buntes Flimmern in der Luft neben einem Strauch.

Leighland atmete immer noch schwer. Der Schrecken seines eigenen Todes hatte ihn aufgewühlt, er versuchte seine Gedanken wieder zu sammeln, während er sich fahrend erneut dem Hügel näherte.

Als er die Anhöhe erreichte, lag alles im Dunkeln. Keines der Siedlungshäuser, die Leighland zuvor im Lichtschein der Laternen entdeckt hatte, schien in diesem Zeitkontinuum zu existieren. In der Ferne erblickte er wieder die Skyline von Dallas, doch sie glich nicht der Skyline, die er nach seiner letzten Fahrt gesehen hatte. Die prächtige Kulisse, die der hoch über allem aufragende Tower beherrscht hatte, war auf das Leighland bekannte Stadtbild von Dallas reduziert. Er fuhr sofort Richtung Stadt. Der Fahrtwind presste die Jacke gegen seine Brust. Unweit des Hügels kamen erste Wohngebiete in Sicht. Wenige Minuten später stellte er das Motorrad vor dem Eingang einer Imbissbude ab und betrat das Waffelhaus. Dort setzte er sich an den Tresen auf einen der Barhocker.

Im Hintergrund jonglierten Angestellte mit Pfannen, in denen Eierspeisen und Kartoffelpuffer zubereitet wurden, an der Seite dampften Waffeleisen. Leighland stieg der Geruch von kandiertem Zucker und gebratenem Bacon in die Nase. Er aktivierte sein Smartphone und stellte fest, dass er sich nicht in das Netz seines Providers einloggen konnte. Während er noch mit der Verbindungsstörung seines Handys haderte, wandte er sich einer älteren Dame, die neben ihm saß, zu. Sie hatte nur mit Mühe auf dem Barhocker Platz genommen und war damit beschäftigt, in ihrer Geldbörse die Dollarnoten zu ordnen.

Leighland sprach sie an: »Ma'am, sagen Sie, können Sie mir sagen, in welchem Jahr wir uns befinden?«

Die Anwohnerin erwiderte seine Frage mit einem Gesichtsausdruck, der völliges Unverständnis signalisierte. Hastig steckte sie ihre Geldbörse wieder ein und versuchte, von ihrem Hocker hinabzusteigen. Sie schlurfte durch das Restaurant und setzte sich an einen der hinteren Tische, nicht ohne Leighland im Blick behalten. Sie wollte sich offensichtlich vergewissern, dass sie nicht von ihm verfolgt wurden.

Der Professor verließ das Restaurant, ohne etwas bestellt zu haben. Als er sich seiner Maschine näherte, bemerkte er zwei Biker und eine Blondine, die sich um sein Motorrad versammelt hatten. Der Linke, ein zottelhaariger Jeansträger mit Bierbauch, hatte sich neben einem hochgewachsenen, bärtigen Kerl postiert, der zwei Ohrringe trug und dessen Arme Tattoos zierten. Auf seiner Jeansjacke prangte ein Totenkopf. Die Blondine schmiegte sich an ihn.

»Könnt ihr mir sagen, welches Jahr wir haben?«, rief Leighland den Bikern entgegen.

»1991. Was bist du denn für ein Spinner? Wohl grade aus dem Knast und nicht richtig gezählt, oder was?«

»So in etwa.«

»Ist das deine?«, fragte der Hochgewachsene in Leighlands Richtung und trat neben das Motorrad.

»Ja, wie es aussieht«, erklang Leighlands Antwort.

»So, und was für ein Modell soll das sein?«

»Siehst du das nicht? Das ist eine Low Rider mit Twin Cam88 Motor.«

»Twin Cam?«, der Zottelige spuckte vor sich auf den Boden. »Junge, ich fahre seit 1963 Harley, und es hat noch kein verdammtes Greenhorn gewagt, mir was über Motorräder zu erzählen. Mein Schwager arbeitet bei der Firma, und ich sag dir, es gibt keinen Twin Cam Motor.« Anschließend nahm er einen Schluck Bier aus der Flasche und wischte sich den Schaum von den Lippen. »Du bist ein gottverdammter Lügner.«

Leighland gab sich weiter sarkastisch. »Ist nicht deine Schuld. Das Ding kommt erst 1999 raus. Die Leute von Gestern kennen das nicht.«

»1999? Willst du mich verscheißern?«

»Nein, das würde ich mich alleine doch nie trauen. Meine Freunde aus der Bronx sind ja nicht da.«

»Für dein Alter bist du aber ganz schön frech«, ließ ihn der Hochgewachsene wissen.

Der Zottelige hatte sich mittlerweile hinter Leighlands Motorrad begeben und ließ keinen Zweifel daran, dass seine Verwirrung sich ins Grenzenlose steigerte.

»Das, das ist …« Der Biker stockte.

Der Professor bestieg seine Maschine und startete den Motor. Dann zog er sein Smartphone hervor. Er hielt den Bikern das Display vor die Nase.

»Mein Telefon, aber so was kennt ihr wohl auch nicht?« Leighland strich mit dem Zeigefinger über den Touchscreen und wechselte zu den Icons auf der Benutzeroberfläche. »Alles drin, was man so braucht.«

»Was zur Hölle?«, entfuhr es dem Zotteligen, der verwundert auf Leighlands Spielzeug starrte.

»Weißt du, eigentlich seit Jahren ein alter Hund, nur die Batterien könnten länger halten.«

In die grenzenlose Verwunderung der Biker hinein knatterte der Motor los. Leighland steckte das Telefon wieder in seine Jackentasche. Als die Reifen seines Motorrads über den Asphalt radierten, hörte er schon nicht mehr das Klirren der Flasche, die dem Zotteligen aus der Hand glitt und am Boden zerschellte. Keinen Blick zurück verschwendend, steuerte Leighland den Collider an. Er hielt Ausschau nach der Anomalie, die ihn den Weg ins Innere der Anlage weisen würde. Einige Zeit später erreichte er den Eingang.

Zurück im Kontrollraum überwog erst einmal Leighlands Skepsis. Er versuchte zunächst, die Situation zu analysieren. Als er Pendergast im Gespräch mit seinem Techniker erblickte, löste sich jedoch seine Anspannung. Die Szene, die er vorfand, spiegelte diesmal das ihm bekannte Zeitkontinuum, sodass er seine Befürchtungen, durch die Blasen in immer andere Raumzeiten versetzt zu werden, nicht bestätigt fand.

»Jim!«, schallte es ihm plötzlich entgegen, Pendergast hatte seine Rückkehr bemerkt. »Hast du etwas in Erfahrung bringen können?«

Der Professor beschrieb seine Erlebnisse, Venathaer gesellte sich hinzu. Dessen Stimme klang schneidend und eine Oktave höher als sonst: »Was Sie da schildern, hätte Stunden gedauert. Laut unserer Zeitrechnung waren Sie aber höchstens vierzig Minuten unterwegs.«

Die Wissenschaftler blickten sich entgeistert an, bis Leighland die Anzeige seiner Uhr mit der an der Steuerungskonsole verglich.

»Unglaublich«, entfuhr es ihm. Leighland bemerkte eine Zeitdifferenz von nahezu zwei Stunden auf seinem Zifferblatt.

»Das heißt, hier im Collider ist die Zeit viel langsamer abgelaufen als für mich draußen in den Blasen.«

Pendergast schüttelte staunend den Kopf, während Venathaer seine Ungeduld nicht verbergen konnte. »Gibt es etwas Konkretes? Oder hatten Ihre Ausflüge vielleicht eine heilsame Wirkung auf die Anomalie? Was soll uns das Ganze jetzt nützen?«

Leighland gab vor, weitere Informationen über das Raumzeitgefüge zu benötigen und verschleierte damit seine tatsächliche Absicht. »Ich muss nochmal zurück.«

»Das heißt, Sie wollen noch mal da rein?«, fragte Venathaer ungläubig.

»Meine Berechnungen sind noch nicht abgeschlossen. Ich muss sie über einen Kollegen unseres Instituts prüfen lassen.«

»Ziehen Sie keine weiteren Personen in unser Projekt hinein!«, herrschte ihn Venathaer an. Er schob seine Jacke beiseite und gab den Blick auf seine Waffe frei.

»Ich werde tun, was nötig ist. Weder Sie noch Ihr Hausdienerfaktotum werden das verhindern können.«

Leighland und Venathaer standen jetzt Stirn an Stirn. »Denken Sie daran, Leighland, ich habe hier das Sagen. Ohne meine Erlaubnis läuft hier nichts!«

Mitten in die Eskalation der beiden Forscher verkündete ein Techniker am Steuerpult den Eingang neuer Werte aus der Nähe der Anomalie. Nachdem Venathaer sich in Richtung der Konsole entfernt hatte, flüsterte Pendergast: »Jim, was um Himmels Willen hast du vor?«

»Einen Bekannten besuchen in der Vergangenheit.«

»Wen?«

»General Pruitt. Eine der vier Blasen reicht zurück in die Vergangenheit und zeigt Dallas im Jahr 1991. Und genau dort werde ich ihn besuchen. Sechsundzwanzig Jahre früher.«

»Wieso ihn?«

»Lass das meine Sorge sein.«

»Wie willst du ihn finden?«

»Ein alter Pferdezüchter wird mir helfen müssen.«

Pendergast konnte seine Verwunderung nicht verbergen: »Ein Pferdezüchter?«

»Ja, er ist mein IT-Administrator in Berkeley.«

Leighland wählte eine Nummer. Wenig später hatte er die Verbindung. »Tannent, Sie alter Antivirussoftware-Updater. Wie geht es Ihnen in Berkeley?«

»Hallo Professor«, schallte es durch den Hörer. »Hier gibt es Stress mit diesen verdammten Creeps. Der ganze Campus ist abgesperrt, überall wird kontrolliert. Geht zu wie im Zuchthaus. Macht mir Mühe, und das ausgerechnet mit meinem kranken Bein. Wann kommen Sie zurück, Professor? Hier wartet eine gute Zigarre auf Sie.«

»Keine Ahnung. Ich brauche erstmal Ihre Hilfe. Wir stecken hier in Schwierigkeiten.« Leighland beschrieb in kurzen Worten die Situation im Collider.

»Das habe ich schon gehört. Sparks, einer Ihrer Studenten, wollte, dass ich Kontakt zu Ihnen und einer Reporterin in New York herstelle. Klang alles sehr geheimnisvoll.«

»Darum können wir uns später kümmern. Ich brauche jetzt schnell ein paar Daten, aber es kann durchaus sein, dass Sie danach selbst in Schwierigkeiten stecken.«

Durch das Mobiltelefon kicherte es ihm entgegen: »Professor, ist das etwa illegal?«

»Überlegen Sie gut, ob Sie mir helfen, Tannent. Es kann für Sie gefährlicher werden, als Sie denken«, erklärte Leighland.

»Professor, wie lange kennen wir uns? Gibt es jetzt endlich mal einen Grund, für den ich diesen Sparschwachsinn, den wir hier fabrizieren, vergessen kann? Tun wir zur Abwechslung mal was etwas Vernünftiges?«

»Ich brauche Ihre Hilfe, Tannent. Diese Pferdchen, Trojaner oder was auch immer.«

Tannent erwiderte: »Ich bin gefangen in Unschuld, sozusagen die Schuldlosigkeit selbst.«

»Sozusagen! Hören Sie auf! Ich weiß sehr gut, dass Sie eigentlich wegen dieser Dinge, die Sie da treiben, eingesperrt werden sollten. Ich bin mir sicher, dass Sie nur deshalb noch nicht hinter Schloss und Riegel sitzen, weil Sie viel zu clever sind, um sich bei dem ganzen Scheiß erwischen zu lassen.«

Tannent ließ sich nicht zweimal bitten. »Okay, Professor, was glauben Sie, wie ich meine neue Terrasse und meinen letzten Hawaii Urlaub finanziert habe? Lassen Sie hören. Ist es wieder was, wo selbst mir der Schweiß ausbricht?«

»Kann sein. Ich brauche die Information, wo sich ein gewisser Devlin Pruitt im Jahr 1991 aufgehalten hat. Die Sache ist allerdings etwas kompliziert.«

In Tannent erwachte der Jagdinstinkt. »Nur etwas? Oder vielleicht sogar sehr kompliziert?«

»Er ist in genau diesem Jahr zum General der Air Force aufgestiegen, das macht die Sache so schwierig. Es werden deshalb eine Reihe von Daten gesperrt sein«, erklärte Leighland.

»Professor, von mir aus kann er der Papst persönlich sein.« Tannent machte eine rhetorische Pause. »Alle, ausnahmslos alle, haben eine Versicherungsnummer!« Dann lachte er. »Und meine Pferdchen mögen Versicherungsnummern. Sie sind wie Gras und leckeres Heu für sie.«

»Mann, Tannent! Von mir aus bauen Sie denen mit unserem Etat einen Stall, aber liefern Sie mir die Info, und zwar schnell. Wenn das klappt, bring ich Ihnen das Heu für Ihre Trojaner ab sofort jeden Morgen persönlich vorbei.«

»Bis wann brauchen Sie die Informationen über diesen Pruitt?«

Leighland schnaufte. »Jetzt! Sofort!«

Tannent blieb für kurze Zeit sprachlos. Dann jedoch pustete er einen Schwall Luft Richtung Mikrophon: »Okay, lassen Sie mich sehen. Wieviel Zeit haben Sie?«

»Zeit spielt hier keine Rolle, ich würde sogar sagen, sie spinnt hier momentan ein wenig.« Leighland hörte, wie der Computerspezialist zu tippen begann. »So, erstmal ... über den Proxy Server. Ups, was geht denn hier ab?« *Access Denied* leuchtete auf Tannents Bildschirm, als er die ersten Seiten aufrief. »War klar, Leighland. Alles wie Sie befürchtet haben. Moment noch.«

Seine Finger hämmerten auf die Tastatur des Computers ein, als spiele Peter Tschaikowsky persönlich sein erstes Klavierkonzert. Im Takt von wenigen Sekunden wechselten die Bilder auf dem Monitor. Mehrere Male tauchte das Wappen des Präsidenten der Vereinigten Staaten auf, dann wieder Zutrittsverweigerungen von als geheim gekennzeichneten Akten. Minuten vergingen, während Leighland lauschte.

»Glauben Sie, dass Sie es schaffen?«, fragte er schließlich Tannent.

»Keine Ahnung ...« Auf dem Hawai-Shirt des IT-Spezialisten zeichneten sich nasse Flecken am Rücken ab. »Wenn wir erstmal in der Sozialversicherungsdatei sind, können wir den Abgleich fahren zwischen ...« Plötzlich blieb Tannent bei einer Eintragung in einer Einsatzliste der Air Force hängen.

«Da haben wir ihn! Devlin Pruitt. Copilot der Flugstaffel 21 in der Sheppard Air-Force- Base Whichita Falls.«

»Was machte er da im Jahre 1991? Schauen Sie auf das Datum. Finden Sie die Liste von heute!«

»Sie meinen, den Tag heute vor sechsundzwanzig Jahren? Lassen Sie mich sehen ...«

Es dauerte nicht lange, da stieß Tannent einen Pfiff aus.

»Haben Sie ihn?«

»Klar. In zwei Tagen tritt er einen Flug in den Irak an.«

»Und heute vor sechsundzwanzig Jahren?«

»Er hatte vormittags einen Testflug über Dallas und müsste sich jetzt wieder in der Air-Force-Base aufhalten.«

»Einen Testflug? Wann genau war das?«, fragte Leighland aufgeregt.

»Vor etwa vier Stunden.«

Leighland schloss die Augen und atmete tief ein. »Danke, Tannent. Ich werde Ihnen den Stall genehmigen. Aber reden Sie vorerst nicht darüber.«

»Keine Sorge, Professor«, entgegnete der IT-Spezialist und vernahm nur noch Stille. Leighland hatte aufgelegt und die Augen auf sein Smartphone gerichtet. Er nahm sich dafür einige Minuten Zeit und verharrte bei Abbildungen aus Online-Artikeln, als ob er deren Informationswert prüfte. Wieder und wieder lud er die Bilder aus dem Internet herunter, als wollte er ein Archiv anlegen. Die Themen, die sein Interesse fanden, stellten ein Potpourri unterschiedlicher Ereignisse der zurückliegenden Jahre dar. Wenig später ließ er sich auf dem kleinen Bildschirm den Weg zur Sheppard Air-Force-Base anzeigen.

Pendergast, der die gesamte Zeit über stumm neben Leighland gestanden hatte, blickte seinen Kollegen an, als suche er verzweifelt nach Antworten. »Was machst du da? Bist du dir im darüber Klaren, was du da tust?«

»Ich war in meinem ganzen Leben noch nie klarer«, sagte Leighland und schob hinterher: »Karel, ich habe einen Plan!«

Durch sein Kopfschütteln ließ Pendergast erkennen, dass er die Überlegungen seines Kollegen nicht mehr nachvollziehen wollte. »Was für einen Plan, Jim?«

»Einen Plan im Gestern unserer Zukunft!«

8. Kapitel

Im Gestern der Zukunft

Den Weg in das Dallas des Jahres 1991 legte Leighland in der Blase überraschend routiniert zurück. Auf dem Motorrad ließ er sich den warmen Wind über die Brust streichen. Er bekam Übung im Zeitreisen. Obwohl er die Realisierung seines Plans in weiter Ferne sah, strotzte er vor Entschlossenheit. Ein Eindringen in die Air-Force-Base, so sinnierte er, würde aufgrund der Sicherheitsmaßnahmen kaum gelingen können. Er brauchte eine Strategie, das wusste er. Er durfte auf keinen Fall Aufsehen erregen.

Nach zwei Stunden erreichte er den militärischen Sperrbezirk und brachte seine Maschine an einer bewachten Einfahrt zum Stehen. Soldaten kamen auf ihn zu. Als Leighland seinen Ausweis vorzeigte, unterzogen ihn die Soldaten in der nahegelegenen Baracke einer nachlässigen Prüfung. Erwartungsgemäß wurde sein Anliegen, mit Devlin Pruitt sprechen zu wollen, abgewiesen. »Wir sind im Krieg, Sir«, ließ ihn der Soldat wissen. »Aber Sie können Ihre Wünsche schriftlich einreichen.«

Leighland, der bereits eine neue Strategie entwickelt hatte, entgegnete: »Pruitt hat sich bei uns in Berkeley beworben. Es geht um ein wichtiges Forschungsprojekt. Wir haben Interesse an ihm. Es ist von nationaler Bedeutung und außerordentlich wichtig. Wollen Sie etwa eine offizielle Beschwerde riskieren?«

Diese Drohung zeigte Wirkung. Nach einigen Verhandlungen wurde Leighland zur Base begleitet und im Hauptgebäude in einen Raum geführt. Man werde Pruitt zu ihm bringen, hieß es. Doch zuvor müsse er sich den Fragen des Colonels stellen. Dann ließ man Leighland warten. Nach nahezu einer Stunde betrat eine Dame den Warteraum und eröffnete Leighland, dass der Colonel ihn jetzt empfangen werde. Die Dame führte Leighland in einen angrenzenden Bürotrakt, der ebenfalls aus Baracken bestand. Als er dem Colonel vorgestellt wurde, wies dieser ihm einen Sitzplatz in der Ecke seines Büros zu. Leighland fasste sein Anliegen kurz zusammen und bat um eine Unterredung mit Pruitt unter vier Augen. Der Colonel gab nicht zu erkennen, ob das Treffen stattfinden konnte und ließ den Professor zunächst wieder zurück in den Wartebereich führen. Dann endlich, nach einer weiteren halben Stunde Wartezeit, stand Devlin Pruitt ihm plötzlich gegenüber. Der junge Pilot machte einen verschüchterten Eindruck. Es war noch nicht der strenge, polternde General, den Leighland im Collider kennen gelernt hatte. Pruitts Haar war voller, die Statur drahtig und durchtrainiert. Lediglich die wachen Augen, die Interesse genau wie Skepsis verrieten, sollten sich in den kommenden Jahrzehnten nicht verändern.

Nach einer kurzen Begrüßung kam Leighland direkt zum Punkt: »Sie kennen mich nicht, und es mag Ihnen seltsam vorkommen, was ich Ihnen jetzt sage. Aber in sechsundzwanzig Jahren werden Sie ein Kommando übertragen bekommen und eine Entscheidung treffen müssen, die über Leben und Tod von Hunderttausenden entscheidet. Deswegen bin ich jetzt hier.«

»In sechsundzwanzig Jahren?«, entgegnete Pruitt. »Ist das nicht ein bisschen weit in der Zukunft, um darüber jetzt schon zu reden?«

»Es wird ein Kommando sein mit dem Ziel, ganz Dallas auszulöschen. Und Sie werden damit beauftragt werden.«

»Was soll das? Ist das hier ein Test?« Pruitt schien Leighlands Worten nicht recht zu glauben.

»Das ist kein Test. Als Berkeley-Professor gehöre ich nicht zur Air Force, nicht zu Ihrer Einheit und auch sonst nicht zu Ihrem ganzen Aufgebot an Kriegsspielereien.« Über den Tisch warf er Pruitt seinen Ausweis zu. Pruitt unterzog ihn nur einer oberflächlichen Prüfung, blickte aber auf, als sei er von der Unterhaltung gelangweilt.

»Prüfen Sie ihn, es ist keine Fälschung. Er wurde 2011 abgestempelt.«

»Was wollen Sie damit beweisen? Das ist doch Bullshit!«, entgegnete Pruitt. Dabei spannte der Soldat seinen Körper an, als wolle er die Konversation bald beenden.

»In genau sechsundzwanzig Jahren wird es in der Nähe von Waxahachie einen Unfall geben. In einer Forschungsanlage, in der wir so etwas wie einen kleinen Urknall nachstellen. Wir nennen ihn Collider. Die daraus entstehenden Zeitanomalien haben es mir ermöglicht, durch die Zeit zu reisen und jetzt hier zu sein.«

»Das heißt? Was reden Sie denn für einen Unsinn!«

»Ich rede keinen Unsinn, sondern komme aus einer Zeit, die für Sie weit in der Zukunft liegt. Eine Zukunft, in der Sie neue Aufgaben bekommen werden.«

Pruitts Gesichtsfarbe wechselte in ein helles Rot. »Ich verstehe das nicht ... Sir, ich möchte das Gespräch beenden.« Er wandte sich um und lenkte seine Schritte zur Tür. Leighland, der die Reaktion vorausgeahnt hatte, war schneller und erreichte den Ausgang als Erster. Mit ausgestreckter Hand stemmte er sich gegen das Türblatt.

»Hören Sie sich zunächst an, was ich Ihnen zu sagen habe. Ich bitte Sie nur um etwas Zeit.«

Der Jungpilot konterte: »Wir sind im Krieg! Ich fliege übermorgen einen Einsatz im Irak! Und Sie erzählen mir was von Reisen in die Vergangenheit. Verschwinden Sie!«

»Das werde ich nicht. Denn wenn Sie jetzt gehen, werfen Sie damit die vielleicht einzige Chance weg, die wir in der Zukunft haben.«

»Wir? Wer ist *Wir?*«

»Wir sind die Verantwortlichen für das Experiment in der Anlage in Dallas. Es mag ja das Verrückteste sein, was Sie bisher gehört haben, aber diese Chance haben wir nur jetzt. Nur hier bei Ihnen in der Vergangenheit. Wenn Sie mir nicht zuhören, wird ganz Dallas möglicherweise in sechsundzwanzig Jahren ausgelöscht.«

»Noch einmal, ganz langsam, Sir. Das ist ja lächerlich! Aus welchem Grund sollte ich Dallas vernichten wollen?«

»Ich habe keine Zeit, Ihnen das alles zu erklären.« Leighland verstand, dass die Situation auf Messers Schneide stand. Der Professor fingerte etwas aus seiner Tasche. »Das, was Sie hier sehen, ist ein Smartphone. Wir können eine Menge Dinge damit tun. Es wird erst 2007 erfunden werden und die Telefonwelt verändern.« Leighland führte ein paar Funktionen vor, die der junge Pilot mit großen Augen verfolgte.

»Das Internet, wie Sie es heute vielleicht aus Projekten großer Universitäten kennen, wird später auf privaten Computern für alle verfügbar sein. Einige Jahre später nutzen wir es auch über diese kleinen Apparate, die wir Smartphones nennen.«

»So etwas überzeugt mich nicht. Taschenspielertricks!«, echauffierte sich Pruitt.

Leighland legte nach: »Sie sind auf dem Weg in den Irak. Gut! Ich sag' Ihnen was! Sie werden von den Einsätzen zurückkommen, aber der Krieg wird erst 1996 beendet werden. Sie jagen Saddam, aber Sie werden ihn trotz allem nicht in die Finger bekommen.«

Pruitt schüttelte den Kopf und schloss die Augen. »Was wollen Sie? Mich verunsichern?«

»Hören Sie einfach dem zu, was ich Ihnen jetzt sage. 2001 wird Amerika von einer Welle des Terrors erschüttert. In der Folge wird die USA dann erneut im Irak einmarschieren.«

Leighland lud eines der Bilder, die er vorher im Speicher präpariert hatte. Es waren Momentaufnahmen vom zusammenstürzenden World Trade Center, die Pruitt mit einem Ausdruck von Ungläubigkeit zur Kenntnis nahm. Unschlüssig griff er nach Leighlands Handy. Während er mit den Fingern zögernd über das Display fuhr, sah Leighland, wie das Blut des Jungfliegers an dessen Schläfen pulsierte.

»Dieses Gerät, was ist dort alles gespeichert?«

»Man nutzt es eigentlich nicht zum Speichern. Es greift auf einen riesigen Informationspool zu. Die Technologie des berührungsempfindlichen Bildschirms wird übrigens erst 2004 zum Patent werden. Ich zeige es Ihnen. Und nochmal: Aufgrund dieser Anschläge im Jahr 2001 werden Sie Saddam ein zweites Mal jagen. Erst dann werden sie ihn kriegen. Das wird im Dezember 2003 sein.« Leighland rief Bilder von Saddam Husseins Leichnam in seinem Speicher auf. »Es wird allerdings noch Jahre dauern, bis er 2006 letztendlich hingerichtet wird.«

»Das kann nicht ... Ich glaube das nicht!« Pruitt begann, schneller zu atmen.

»In den darauffolgenden Jahren wird Amerika einen Krieg gegen den Terrorismus führen. Aber das alles wird unser Land nicht so bedrohen, wie der große Collaps im Jahr 2017.«

Pruitt schien jetzt interessierter: »Und was geschieht 2017?«

»2017 wird Entscheidendes passieren. Unser Land wird von so etwas wie einer noch nie dagewesenen Pest befallen. Es hat etwas mit einer Superdroge zu tun, die erst noch erfunden wird. Sie führt zum Zusammenbruch unseres Wirtschaftssystems.« Leighland rief Bilder der Wall Street auf. Tausende von Protestierenden, die die Straße füllten. Die Bilder wechselten zu blutigen Kämpfen am Eingang zum Holland Tunnel.

»Das hier sind Bilder von New York.« Über seinen Smartphone-Speicher präsentierte er weitere Bilder.

Pruitt schüttelte abermals den Kopf und blickte auf das teils brennende Stadtbild von Jersey City, über dem noch immer Dutzende Hubschrauber kreisten.

»Das kann nicht sein. Das kann ich ...» Der Pilot stockte, nahm das Handy wieder in die Hand und fragte: »Von welcher Universität kommen Sie?«

»Berkeley. In Ihrer Zeit könnten Sie mich jetzt in Stanford erreichen. Ich weiß, es ist schwer für Sie, mir zu glauben. Ich habe für Sie einige Fotos der letzten dreißig Jahre meiner Tätigkeit gespeichert.« Zahlreiche Abbildungen erschienen, die den Professor in verschiedenen Stationen seiner Karriere ablichteten. Wortlos verfolgte der Pilot den Lebensverlauf, der Leighlands fortschreitenden Alterungsprozess zweifelsfrei über die Jahre dokumentierte. Beide schwiegen. Schließlich fand der Soldat seine Sprache wieder:

»Was ... ist mit dieser Pest?«

»Deswegen bin ich nicht hier.«

»Weshalb dann? Es geht also vor allem um Dallas?«

»Damit müssen die Katastrophenschutzorgane klar kommen. Es gibt eine zweite, noch viel größere Bedrohung. In der Zeit, aus der ich komme, wurden in Forschungsanlagen an zwei verschiedenen Stellen auf der Erde gleichzeitig identische Experimente gefahren. In deren Folge entstehen Schwarze Löcher. Das, was Sie vielleicht aus dem Weltall kennen. Wir wissen nicht genau, was es ist, aber eines davon wird hier in Waxahachie entstehen und Dallas bedrohen. Das andere wird einen Teil Chinas vollkommen zerstören.«

Leighland scrollte mit dem Finger und fand einige Bilder der Region um Hengshui. Pruitt blickte mit aufgerissenen Augen auf das Display. Als ihm die Zerstörung und die Ausmaße des gigantischen Lochs in der Erde klar wurden, meinte Leighland eine beginnende Verwandlung in Pruitt zu erkennen. Der junge Flieger presste die Lippen zu einem schmalen Strich zusammen. Dann sprang er auf, hob die Hände vors Gesicht, um sie gleich darauf in die Hüften zu stemmen. Pruitt atmete schwer.

Der Professor vermied es, das Ufo zu erwähnen. Seiner Meinung nach hätte es die Situation nur unnötig verkompliziert. »Und jetzt zu Ihnen. Ich sage Ihnen jetzt, warum ich hier bin.

Um die Katastrophe von 2017 zu verhindern, werden Sie später den Auftrag geben, die Anomalie in unserer Forschungsanlage auszulöschen. Sie werden den den Collider bombardieren lassen.«

»Wieso ich?«

»Weil Sie Oberbefehlshaber der US-Streitkräfte sein werden. Sie werden im Irak ausgezeichnet und später Karriere machen. Und Sie werden entscheiden, die Anomalie mit der Atombombe zu zerstören. Das wäre aber ein großer Fehler.«

Pruitt schwieg. Sein Atem ging stoßweise. Er kämpfte mit seinen Emotionen und starrte vor sich auf den Tisch.

»Ich bin hier, um Ihnen dies alles mitzuteilen«, fuhr Leighland fort. »Wenn die Bombe abgeworfen wird, füttert die Energie lediglich das Schwarze Loch. Wenn das passiert, ist es unser aller Ende.«

Der Flieger deutete ein Nicken an. Leighland glaubte, erste Zeichen beginnenden Vertrauens in Pruitts Gesicht zu lesen.

»Die Schlüsse daraus zu ziehen, was Sie tun sollen, überlasse ich jetzt Ihnen. Aber ich bin auch hier, weil ich Ihnen einen Vorschlag machen will.«

»Was für einen Vorschlag haben Sie?«, fragte Pruitt.

»Ich bringe Sie in die Zukunft und zeige Ihnen Dallas im Jahr 2029.«

»Aber die Bombe, sagten Sie nicht, sie würde ...«

»Genau deswegen bin ich hier, Pruitt!«

Früh am Morgen wurde Präsident Woodford unterrichtet, dass alle Vorbereitungen abgeschlossen waren, mit dem Ufo Kontakt aufzunehmen. Erste Versuche waren bereits gescheitert, und Woodfort entschied, dem Unterfangen selbst beizuwohnen. Auch Horace T. Hayworth, Leiter der Area 51, hatte sich im Lagezentrum der Langley Air-Force-Base in Virginia eingefunden. Dort erwarteten ihn bereits General Pruitt und der restliche Stab der Generäle.

Woodford verschwendete keine Zeit: »Hayworth, wie sehen Ihre Pläne aus?«

»Unsere Bemühungen, mit dem Flugobjekt in Verbindung zu treten, sind bislang gescheitert.«

»Inwiefern?«

»Wir haben es mit allem Mitteln versucht. Mathematische Codes, binäre Algorithmen, geometrische Codes. Wir haben es sogar mit Schwarmintelligenz probiert. Sie wollen nicht antworten. Oder sie können es nicht«, führte der Wheeler aus.

»Es muss doch einen Weg geben, mit ihnen zu kommunizieren?«, protestierte Woodford. Er schien voller Ungeduld.

»Vielleicht sind wir zu unbedeutend für sie. Wer sagt uns, dass sie uns von anderen Spezies auf unserem Planeten überhaupt unterscheiden? Möglicherweise halten sie uns für Schweine im Weltraum, deren Behausungen lediglich etwas größer sind und die sich in Blechkisten fortbewegen.«

»Es kann aber auch etwas anderes bedeuten«, meldete sich Hayworth. »Möglich, dass sie längst mit uns kommunizieren wollten, aber wir es nicht verstanden haben. Wir haben diese Vermutung, dass sie bereits versucht haben, mit uns kommunizieren, von Doktor Jandra analysieren lassen und eine Liveschaltung zu ihr nach Neu-Delhi organisiert.«

»Wer zum Teufel ist Doktor Jandra?«, wollte einer der Generäle wissen und blickte zu dem Wheeler.

Woodford bestimmte: »Hayworth, klären Sie uns mal auf!«

»Das werden Sie gleich sehen. Doktor Jandra ist eine Wissenschaftlerin ersten Ranges, wir benötigten ihre Expertise«, erklärte Hayworth.

Im Hintergrund wurde eine Wand aus Bildschirmen aktiviert, auf der sich eine Dame mittleren Alters abzeichnete, die ein Mädchen an der Hand führte. Auf der Stirn trug sie, genau wie das Mädchen, einen roten Punkt, einen so genannten Bini.

Pruitt vergewisserte sich zunächst, ob die Verbindung stabil war, und sagte dann zu der Dame: »Doktor Jandra, bitte, wenn Sie uns etwas zu sagen haben?«

Hayworth korrigierte den General. »Die Erwachsene ist nicht Doktor Jandra. Doktor Jandra ist das zwölfjährige Mädchen. Die Dame ist ihr Vormund.«

General Pruitt hob die Augenbrauen. »Sie meinen, die Kleine soll uns helfen, mit den Aliens zu kommunizieren? Sind Sie verrückt?«

»Sie arbeitet an der Universität in Delhi«, erwiderte der Wheeler. »Und sie ist das Beste, was die Welt an Kommunikationsmöglichkeiten mit Außerirdischen zu bieten hat. Sie hat letztes Jahr promoviert. Ihr Fachgebiet ist Evolutionsstrategie und genetische Programmierung.«

Präsident Woodford ergriff das Wort: »Okay, lassen Sie das Mädchen reden. Doktor Jandra, bitte sagen Sie, was Sie uns zu sagen haben.«

Obwohl das Mädchen nicht einmal die Hälfte der Körpergröße ihres Vormunds erreichte, richteten sich nun alle Augen auf sie. Sie begann, ihre Forschungsergebnisse in fast akzentfreiem Englisch auszuführen:

»In Delhi war die Katastrophe in China natürlich auch eine Sensation. Heute Morgen gab es hier dann die erste Sichtung des Ufos. Meine Freunde der Columbia Universität in New York haben angerufen.«

»Können Sie etwas über die Kontaktaufnahme sagen?«, forschte Hayworth nach. »Gab es so etwas wie eine Botschaft?«

Doktor Jandra erklärte. »Wir dachten zuerst, es gäbe vielleicht eine lautmalerische Nachricht. Die hätten wir sofort analysieren können.«

»Sie meinen, Sie hätten eine fremde Sprache sofort verstanden?«, forschte Woodford nach.

»Ja.«

»Und das geht so einfach?«

»Natürlich. Ich erkläre es Ihnen. Unserer Theorie nach existiert im Hirn einer jeden Spezies so etwas wie ein angeborenes System, das auf bestimmte grammatische Formen eingespielt ist. Man könnte das so verstehen, dass die Gehirnstrukturen direkt in der Sprache abgebildet sind. So etwas wie eine Universalgrammatik, die allen Sprachen der Welt zugrunde liegt. Wir hätten durch eine Computeranalyse die Muster erkannt und in Sprache übersetzt.«

»Beeindruckend«, gab Woodford zu und nickte.

»Aber die Botschaft, wenn ich so sagen darf, ist leider nicht in Sprache übermittelt worden. Es gab auch keine elektromagnetischen Signale oder sonstige Energiemuster.«

»Und was haben Sie erhalten?«, fragte Hayworth.

»Wir? Gar nichts.«

Woodford hatte die Arme erhoben. Seine Enttäuschung kannte keine Grenzen. »Das heißt, Sie haben gar keine Nachricht erhalten? Wieso halten wir dann diese Schaltkonferenz ab?«

»Wir haben jedenfalls nichts bekommen, das wir eine Sprachnachricht nennen würden. Das war auch gar nicht nötig.«

»Ich kann Ihnen nicht folgen, Miss«, unterbrach Woodford.

»Es gab Neutrinodetektionen. Eine zufällige Entdeckung in Italien.«

Der Präsident rezitierte: »Neu-trino-de-tek-tion«, als wollte er das Wort als eine nicht existente Wortschöpfung entlarven.

»Ja. In Italien. Wissen Sie, man macht da Messungen in Wassertanks. Dabei wurde eine wiederholende Abfolge von Neutrinos festgestellt. Die waren vollkommen perplex, als sie plötzlich auf ein Muster stießen. Wir haben heute Mittag erst davon erfahren«, fuhr Doktor Jandra fort.

»Das heißt, die Außerirdischen senden uns Nachrichten über Neutrinos?«, entrüstete sich Hayworth.

»Ja, so genial wie einfach. Neutrinos durchdringen alles. Selbst unseren Planeten. Und wir können ihre Nachrichten empfangen, an welcher Stelle auch immer wir Detektionen dazu durchführen.«

Woodford wurde ungeduldig: »Welche Botschaft haben sie denn nun für uns? Was haben sie gesagt?«

Die Inderin strahlte über beide Backen. »Wir haben wirklich große Augen gemacht, als wir die Auswertung erhielten.« Doktor Jandra machte eine Pause, während allen Anwesenden die Spannung ins Gesicht geschrieben stand.

»Ja, was denn nun«, legte Woodford nach.

»Ein evolutionärer genetischer Algorithmus. Eine mathematische Information. Eigentlich ganz simpel.«

»Ein Algorithmus?«

»Ja. Algorithmen eignen sich besonders dann, wenn über die Struktur des zu lösenden Problems wenig bekannt ist oder aber die Menge der möglichen Lösungen sehr groß ist. Verstehen Sie?«

»Nein, ich fürchte nicht. Können Sie uns das mit weniger theoretischen Worten verständlich machen?« bat Woodford.

»Ich versuche es. Stellen Sie sich vor, Sie wollen eine Rundreise zu zehn Städten machen und die kürzeste Verbindung auswählen. Nichts anderes machen ja Routenprogramme. Bei zehn Städten gäbe es bereits über 3,6 Millionen verschiedene Möglichkeiten von Routen(15). Das ganze ist also eigentlich ein Optimierungsproblem. Jetzt machen wir es etwas schwerer. Stellen Sie sich vor, ein Briefträger soll zweihundert Briefe in einer Stadt austragen und dabei gleichzeitig Kurierdienste fahren. Was ist die kürzeste Route? Unlösbar? Nein! Ein Algorithmus löst diese Optimierungsprobleme. Um Entwicklungen in der Natur zu berechnen, kommen wir ohne diese Algorithmen nicht aus. Deshalb nutzen wir Evolutionsalgorithmen. Sie wissen ja, dass sich durch Mutationen, Rekombinationen oder

Selektion jede einzelne Spezies über Jahrmillionen anpassen oder verändern kann. Natürlich sind die Kombinationsmöglichkeiten der Gene tausendfach komplexer als in unserem Routenbeispiel. Um dies zu berechnen, verwenden wir diesen speziellen Algorithmus. Es ist sozusagen die Evolutionsprogrammierung[16, 17].«

Das Mädchen blickte in ratlose Gesichter. »Das war uns natürlich sofort klar, als wir das Muster erkannten. Dann kam der schwierigere Teil unserer Arbeit. Wir mussten über Hilfsschritte analysieren, was nun die Botschaft dieses genetischen Algorithmus war.« Das Mädchen stahlte über das ganze Gesicht.

»Alles sehr interessant, aber können Sie bitte zum Punkt kommen, wir haben nicht ewig Zeit«, drängte Woodford.

»Alle Berechnungen endeten an einer bestimmten Funktion. Allerdings kannten wir die Funktion. Es ist die Funktion, mit der die Evolution ihr schwierigstes Problem löst. Nämlich, wie sie bei einer Spezies die Überlebenswahrscheinlichkeit berechnet. Genau genommen: wie diese zu maximieren ist. Wir kennen das als Fitnessfunktionen. Nichts anderes also als ein Test in der Natur.«[17]

»Was meinen Sie damit, Doktor?«, unterbrach Woodford.

»Nun, die Natur testet. Ist die Mutation dann erfolglos, kennen wir auch Abbruchkriterien, die von der Natur anwendet werden. Tja, und in der Botschaft, dem Algorithmus, gab es da eben ein bestimmtes Abbruchkriterium, das sich in der Funktion ständig wiederholte. Die Botschaft endete darin!«

»Ein Abbruchkriterium?«, stotterte Hayworth und bickte verzweifelt in die Runde. »Was zur Hölle soll uns das jetzt sagen?«

»Es ist doch ganz einfach«, triumphierte das Mädchen. »Die Außerirdischen teilten uns einen Reset mit. Sie drücken sozusagen die Reset-Taste für unseren Weg.«

»Welchen Weg?«, unterbrach sie Woodford.

»Den Weg, den Ihre oder unsere Gesellschaft eingeschlagen hat. Das was wir tun, bringt uns selbst um. Damit sind wir sozusagen ein Fehler in der Evolution. Vielleicht eine intelligente Spezies, aber ein verzichtbarer Entwicklungsabschnitt.«

Die Information hatte in den Gesichtern der Zuhörer eine paralysierende Wirkung. Woodford starrte das Mädchen an, während die anderen Anwesenden versuchten, durch leichtes Murmeln das zuvor Gehörte zu verdauen.

Hayworth fing sich als Erster. »Was sollen wir nun Ihrer Meinung nach tun?«

Jandra antwortete nicht sofort. Sie überlegte kurz, um dann etwas hilflos den Kopf auf die Seite zu legen.

»Was Sie tun sollen, weiß ich nicht. Dazu wurde ich nicht ausgebildet.« Sie blickte zu ihrer Begleitung hoch, die ihr gütig zunickte. »Ich weiß nur, dass die Information eindeutig ist. Sie lässt zwar weitere Differenzierungen zu, aber die Botschaft ist klar. Sie bedeutet: Bis hierhin und nicht weiter. Ihr seid auf dem Holzweg.«

Der Präsident erkundigte sich nach dem aktuellen Stand des bestehenden Kontaktes. Doktor Jandra führte aus, dass die Kommunikation zum jetzigen Zeitpunkt abgeschlossen war und keine weitere Botschaft empfangen werden konnte: »Es gab keine weiteren Sendungen oder Versuche weiterer Kontaktaufnahmen.«

»Denken Sie, dass es denen darum geht, unseren Planeten zu retten? Vielleicht sehen die eine Gefahr in der Anomalie?«, fragte Hayworth.

»Das kann ich nicht beurteilen. Was immer sie auch beunruhigt, es ist eine unmissverständliche Warnung an uns.«

Woodfords Gesichtsausdruck signalisierte Ratlosigkeit, nachdem er die Übertragung hatte beenden lassen. »Irgendwas werden wir antworten müssen. Ich lasse mir doch nicht ungefragt von denen meine Festplatte löschen. Hayworth, setzen Sie ein Team von Spezialisten daran, eine passende Antwort zu finden. Kooperieren Sie mit dem Mädchen, soweit Ihnen das etwas nützt. Ich will mit denen da oben in einen Dialog treten.«

»Sir, aber was machen wir, wenn die uns ignorieren und unsere Botschaften wie Spam behandeln?«

»Dann schicken Sie von mir aus ein Fax! Lassen Sie sich was einfallen!«

Die Fähre verließ Staten Island und ließ sich von den Wellen tragen. Außen unbeleuchtet, war sie, bald nachdem sie sich von der Anlegestelle entfernt hatte, vom Land aus nicht mehr zu sehen. Magool saß in einem abgedunkelten Raum und ließ sich von Settler Aufnahmen vorführen, die dieser einem Smartphone-Speicher entnommen hatte. Die Bilder zeigten Szenen, die sich in der Nähe des Holland Tunnels abspielten. Ein Fahrzeug-Konvoi durchbrach die Sperren der Polizei in Richtung Manhatten. Gebannt verfolgte Magool die Schusswechsel zwischen Soldaten und Creeps, dann sagte er zu Settler: »Siehst du, Jackson, meine Kinder werden bald Manhatten einnehmen. Es dauert nicht mehr lange, dann gehört uns die ganze Region.«

»Passt mir gut. Dann sind die erstmal beschäftigt.« Hastig kippte Settler ein Glas Rotwein hinunter.

»Hör auf zu trinken. Besser, du kümmerst dich um die Veranstaltung.«

Settlers glasige Augen wirkten plötzlich wacher. »Keine Sorge, ich habe mir das Programm schon gut überlegt. Die Vorbereitungen zu deinem Auftritt sind in vollem Gange.«

»Wo werden wir das Ganze aufziehen?«, fragte Magool.

»Die Kundgebung haben wir im Liberty State Park, unweit der Freiheitsstatue, geplant. Sie wird ein idealer Ort für deine Pläne sein. Ein Ereignis, das Geschichte schreiben wird.«

»Die Geschichte nach mir wird eine andere sein, Settler.«

»Genau so werden wir es inszenieren. Für die Menschen wird eine neue Zeitrechnung anbrechen. Was springt eigentlich für mich dabei raus?« wollte Settler wissen.

»Es bleibt genug für dich übrig. Wenn ich erstmal Manhattan eingenommen habe, wird es kein Halten mehr geben. In den Banken ist noch genug, was sie in der Eile nicht fortschaffen konnten. Es wird diesmal etwas mehr drin sein als bei deiner Kollekte im Footballstadion. Du wirst einen Lastwagen brauchen, um es fort zu bringen.«

Settler grinste über beide Backen. »Dafür ist diese Arbeit hier auch etwas gefährlicher.«

»Gefährlich ist es nur für die, die auf der anderen Seite stehen. Es wird für sie sein wie die Apokalypse. Meine Kinder werden sie vernichten und hinwegfegen wie Staub.«

»Ja, so ist es. Gott straft die Ungläubigen.« Settler lachte. »Und was werden deine nächsten Pläne sein? Ich meine nach Manhattan?«

»Das wichtigste Zeichen muss in Washington gesetzt werden. Wenn Woodford erstmal weg ist, wird es nicht lange dauern, bis ich meinen Kindern auch Land geben kann. Sie werden ihren Samen in jeder Stadt pflanzen und sich vermehren«, führte Magool aus.

»Unser Plan ist sicher gut. Trotzdem wird es nicht leicht, Woodford zu bekommen. Er ist gut bewacht. Ihn schützt eine ganze Armee.«

Magool wies auf die Bilder der Übertragung. »Eine Armee? Bald gibt es die nicht mehr. Hier kannst du sehen, wie meine Kinder über sie herfallen. Es werden immer mehr. Ich fühle das. Sie können es nicht mehr stoppen.«

Magool grinste hämisch, während sich am Eingang zum Holland Tunnel blutige Szenen abspielten.

»Keiner kann sich uns widersetzen. Sie stellen sich gegen uns, sie unterliegen, sie sterben. Das ist ihr vorgezeichneter Weg.«

»Was wird aus den Einwohnern? Nehmt ihr sie gefangen?«

»Settler, wann hast du das letzte Mal deine Wohnung sauber gemacht?«

»Keine Ahnung.« Der Reverend zuckte mit den Schultern. »Das macht eine Chica, so eine Kleine aus dem Armenviertel.«

»Was macht sie mit dem Putzwasser und dem Dreck, dem Müll? Bewahrt sie ihn für dich auf?«

»Sicher nicht.«

»Siehst du, sie schüttet es weg. Und wir werfen die Soldaten genauso in den Hudson. In meiner Welt habe ich keine Verwendung mehr für sie, ich habe auch keinen Platz. Wenn sie an der Freiheitsstatue vorbeitreiben, werden sie erkennen, dass der Tod ihre Freiheit ist.«

»Du meinst alle?« Settler füllte sein Glas erneut und trank es in einem Zug aus.

Magool nickte. »Das wird mein Frieden sein, den ich ihnen gebe.«

Shepard Air-Force-Base, Wichita Falls, 30. Juli

Pruitt stand noch immer wie versteinert vor Leighland, der ihm seinen Plan erklärte: »Ich bringe Sie ins Jahr 2029. Wir haben nicht viel Zeit. Können Sie die Basis verlassen?«

»Ich weiß nicht. Jedenfalls nicht für lange.«

»Für einen Tag?«

»Und wenn ich es tue, welche Garantie bieten Sie mir, dass ich wieder zurück komme?«

»Es gibt für nichts eine Garantie. Es geschieht auf Ihr Risiko.«

Pruitt zögerte und ging zum Fenster. Draußen auf dem Trainingsplatz exerzierten Soldaten im Laufschritt die Riten ihrer Gleichschaltung mit den Insignien der Kriegstechnologie.

Pruitt beobachtete sie eine Weile. Der Pilot ließ sich Zeit, bis er schließlich an den Tisch zurückkehrte und Leighland seine Entscheidung mitteilte: »Ich kann die Basis nur wenige Stunden verlassen. Aber wir sollten es versuchen.«

»Das ist doch schon mal was.«

»Ja, aber wenn ich einfach verschwinde, werden mich meine Vorgesetzten suchen. Das zieht dann ein Disziplinarverfahren nach sich. Bestenfalls gibt es für so etwas eine Strafe, aber eine unehrenhafte Entlassung wäre auch möglich. Ich werde also einen Tag Urlaub beantragen.«

»Man wird Ihrer Bitte stattgeben und Sie werden auch nicht degradiert.«

»Woher wissen Sie das?« fragte Pruitt ungläubig.

»Ganz einfach, weil Sie mir als General später schon gehörig in den Arsch treten werden. Man schätzt Sie, Pruitt. Und jetzt sollten wir uns beeilen. Wie kommen wir hier raus?«

»Lassen Sie mich machen. Fahren Sie alleine. Wir treffen uns in neunzig Minuten in Bowie, einem kleinen Nest auf dem Weg nach Dallas.«

Leighland und Pruitt verabschiedeten sich, dann verließ Leighland die Basis auf demselben Weg, den er gekommen war.

In Bowie machte er Halt. Den vereinbarten Treffpunkt erreichte später auch Pruitt, einen Rucksack über seine Schultern gehängt. Wortlos schloss er sein Auto ab und stieg auf Leighlands Motorrad.

»Wir werden erst in den Collider zurück müssen, um dann den Eingang zur anderen Zeitblase zu finden«, sagte Leighland. Pruitt nickte zustimmend. »Sie übernehmen die Führung.«

Nach einer Stunde Fahrtzeit erreichten sie den Collider.

Leighland fand die Stelle des Flimmerns neben dem Strauch wieder. »Im Inneren der Anlage treffen die Zeitverschiebungen aufeinander. Sie dienen sozusagen als Eingang. Hier müssen wir durch«, sagte er. Mit langsam drehenden Rädern hielt er auf die in bläulichem Licht schimmernde Stelle zu. Pruitt behielt er dabei über den Rückspiegel im Auge. Er dachte jetzt an den Schraubenschlüssel, den er bei seinem ersten Versuch, in der Colliderröhre die unbekannte Dimension zu erkunden, mitgenommen hatte. Würde es auch bei einem Menschen funktionieren, fragte er sich. Die Frage beantwortete er sich selbst, als er sich mit dem Motorrad und Pruitt plötzlich im Kontrollraum des Colliders wiederfand. Im selben Augenblick, als Pruitt die Grenze seiner Dimension durchdrang, umgab seinen Körper einige Sekunden eine Lichterscheinung. Es war ein blaues Licht, das Pruitt wie eine pulsierende zweite Haut umgab. Leighland beobachtete über den Rückspiegel, wie sich die Erscheinung ebenso schnell verflüchtigte, wie sie begonnen hatte.

»Sind Sie okay?« fragte Leighland.

»Ja, ich bin okay. Ist das hier also das Versuchsgelände, von dem Sie sprachen?«

Leighland bestätigte dies. Obwohl der Aufenthalt im Kontrollraum nur wenige Sekunden dauerte, erregten die Männer auf dem Motorrad Aufsehen. Pruitt blickte sich um und sah in die erstaunten Gesichter von Venathaer und Pendergast, als Leighland die Maschine aufheulen ließ und geradewegs in die gegenüberliegende Blase lenkte.

»Was war das?«, rief Pruitt. »Wo bringen Sie mich jetzt hin?«

»Ich sagte Ihnen doch, es geht ins Dallas der Zukunft. Genauer gesagt, in das Jahr 2029. Dazu nehmen wir jetzt eine andere Dimension. Ein Paralleluniversum, wenn Sie so wollen.«

Beim Eintauchen in die Blase erblickte Leighland erneut die Lichterscheinung an Pruitts Körper. Sekunden später befuhren sie die geschwungene Straße in Richtung der texanischen Metropole.

»Für einen Augenblick umgab Sie so ein eigenartiges Leuchten. Was war das?«, fragte Pruitt.

Leighland, der selbst keine Erklärung für das Phänomen hatte, erkannte, dass auch er davon nicht verschont blieb, sofern er sein Zeitkontinuum verließ und in eine der Blasen eintauchte. »Keine Ahnung. Es scheint uns jedoch nichts anhaben zu können.«

Die Fahrt bis Dallas wurde nicht unterbrochen. Es war Nacht, als sie einen Vorort von Dallas erreichten. Vor ihnen erhoben sich die mächtigen Skyscraper der City. Bereits aus der Ferne hatten sie die letzten noch in den Himmel aufsteigenden Feuerwerksraketen verfolgt, die ihre bunten Lichter in Form von Blumenbuketten und Silberschweifen über den Dächern der Stadt verströmt hatten. An einer Absperrung, die sie am Einfahren in eine Kreuzung hinderte, endete ihre Fahrt. Hinter den mit bunten Signalstreifen markierten Absperrleinen zog ein Autokorso in Richtung Stadt.

»Das ist nicht das Dallas, das ich kenne«, sagte ein sichtlich irritierter Pruitt. Ungläubig schüttelte er den Kopf.

»Nein, es ist ja auch eine ganz andere Zeit. Fast vierzig Jahre in der Zukunft«, bestätigte Leighland. »Kommen Sie, wir werden uns die Innenstadt mal genauer ansehen.«

Es war kurz nach Mitternacht. Das Nachtleben war erfüllt von Musik, bunten Lichtern und sich im Rhythmus der Musikkapellen wiegenden Menschen. Leighland stellte das Motorrad am Straßenrand ab. Mit Pruitt mischte er sich unter das Publikum am Straßenrand und betrachtete die ausgelassen feiernde Gemeinschaft.

»Was feiern die hier, Professor, es erinnert mich an die Steubenparade aus New York?«wollte Pruitt wissen.

»Sie nennen es Reborn Celebration. Sie feiern es auch in den Dörfern.«

»Ich habe nie davon gehört.«

»Können Sie auch nicht. Es gehört zur jüngeren Kultur der Stadt. Sie fingen erst 2017 damit an.«

»Sie sprachen von einem großen Kollaps?«

Leighland, der unterdessen von einem Stelzenmann mit Lincolnmaske in die Menge gezogen wurde, hatte alle Mühe, sich dagegen zu wehren. Er antwortete nicht. Pruitt fragte einen der Teilnehmer des Umzuges nach dessen Ziel.

»Wir ziehen zum Fair Park, zur Hall of State«, rief ihm einer der Tänzer zu. »Zum Obelisken, kommen Sie mit! Dort feiern wir die ganze Nacht!«

Leighland zog Pruitt aus der Menge heraus und deutete ihm an, wieder Richtung Motorrad gehen zu wollen.

»Sie feiern die Wiedergeburt der Stadt, aber wie kann das sein?«, rief Pruitt.

»Es ist ein neuer Feiertag in Texas. Sie heißen den neuen Morgen als zweite Chance des Neubeginns willkommen.«

»Das bedeutet doch aber, dass die Bombe nicht abgeworfen wurde, oder?«

»Das ist es, was ich Ihnen erklären wollte. Deswegen sind wir doch hier. Wir werden uns wiedersehen. Ich werde später in der Zukunft versuchen, Sie davon abzubringen, diese Entscheidung zu treffen.«

»Mich? Was mich betrifft, habe ich die Entscheidung schon längst getroffen. Nie würde ich so etwas tun.«

»Das ist leider nicht so einfach. Sie und der ältere Pruitt sind zwei unterschiedliche Personen. Sie existieren in unterschiedlichen Zeiten. Ihr Zusammentreffen mit mir existiert nicht für die Person in Ihrem späteren Leben. Es sind Paralleluniversen, Extradimensionen, in denen unsere Realität sich abspielt. Es könnte deshalb sein, dass wir in unserem Universum mit einem zerstörten Dallas leben, während es nur in der Parallelwelt verschont bleibt. Es gibt vielleicht Tausende dieser Welten.«

»Schwer zu verstehen«, entgegnete Pruitt. »Das ist doch verrückt. In meiner Welt kann Dallas weiter existieren, während es in Ihrer zerstört wird?«

»So genau weiß ich das leider selbst nicht. Eigentlich ist Wissenschaft immer der aktuelle Stand des Irrtums.«

Pruitt grinste, machte aber keinen Hehl aus seinen Bedenken: »Sie können einem wirklich Hoffnung machen. Was nützt es also, wenn ich jetzt hier bin?«

»Ich habe auch nicht für alles eine Antwort. Aber warten Sie es ab, es gehört zu meinem Plan.«

Eine vorbeiziehende Musikkapelle störte die Unterhaltung der beiden. Um sich verständlich zu machen, schrie Pruitt: »Sie können mir auch erklären, dass das Universum unendlich ist, begreifen werde ich das nie! Aber wie soll ich Ihnen denn dann überhaupt nützen?«

»Eine gute Frage. Dafür müssen wir jetzt etwas sehr Unkonventionelles tun. Wollen Sie mir helfen?«

»Genau deshalb bin ich doch hier! Oder etwa nicht?«

Pruitt hatte sich mit dem Professor zur Häuserzeile in Richtung des Motorrads zurückgezogen und ließ seinen Blick ein letztes Mal über die ausgelassen feiernde Menge schweifen. »Okay. Sagen Sie mir Ihren Plan.«

Leighland führte aus: »Sie werden die Bombe im Jahr 2017 nicht mit einer Rakete Richtung Dallas schicken. Dazu sind die Distanzen zu kurz. Ich schätze, Sie werden das Ding von Ihrer Sheppard Air-Force-Base per Flugzeug abwerfen. Wahrscheinlich aus einem Jagdbomber oder so etwas. Das müssen Sie rausfinden. Sie kennen die Base, Sie kennen die Protokolle, die Prozesse, alles!«

»Erwarten Sie von mir, dass ich meine eigene Base für die Zukunft sabotiere?«

»Nein. Das nicht. Aber in unserem Zeitkontinuum 2017 könnten Sie den Piloten ausfindig machen und werden dann seinen Platz einnehmen«, erklärte Leighland.

»Ich werde was?«

»Seinen Platz einnehmen und die Maschine fliegen!«

»Wie stellen Sie sich das denn vor?« Pruitts Stimme klang verächtlich. »Die Maschinen verändern sich ständig. Wissen Sie, was Sie da von mir verlangen? Nach mehr als zwanzig Jahren Technologiefortschritt eine mir unbekannte Maschine fliegen? Ich wüsste nicht einmal, welche Typen es in Ihrer Form von Gegenwart gibt. Geschweige denn, wie ich sie fliegen soll.«

Leighland gab sich siegesgewiss. »Sie wissen doch noch gar nicht, welchen Typ Flugzeug die für den Einsatz letztendlich vorgesehen haben.«

»Und wenn ich es trotzdem nicht kann?« Pruitt schien verunsichert.

»Ein Risiko, das wir eben eingehen müssen.«

»Ich verstehe das nicht so ganz, erklären Sie mir das noch mal. Sie nehmen mich mit in Ihre Zeit. Soweit verstehe ich das ja. Aber dort existiere ich dann in zwei Personen gleichzeitig?«

»Genauso ist es. Sie als Pilot in der Maschine, aber auch sechsundzwanzig Jahre älter als General. Wenn bis dahin alles klappt, überlassen Sie den Rest mir.«

»Okay, nehmen wir an, es klappt. Wenn ich das Ding tatsächlich fliege, was erwarten Sie von mir?«

»Haben die Cockpits eine Möglichkeit der Bildübertragung?«

»Die neuen in der Regel, ja. Was haben Sie damit vor?«

Der Professor setzte sich auf das Motorrad. »Steigen Sie auf, Pruitt«, forderte Leighland. »Ich erkläre es Ihnen auf dem Weg.«

Präsident Woodford hatte sich mit Hayworth, dem Leiter der Area 51, und General Pruitt im Kommandoraum des Lagezentrums eingefunden. Auf die Bitte des Präsidenten hin hatten sich alle anderen Teilnehmer der Besprechung zurückgezogen.

Der Präsident wandte sich an Hayworth. »Was sagen Sie zu den konfusen Ideen dieses indischen Wunderkinds? Meinen Sie, wir müssen das ernst nehmen?«

»Die Frage ist nicht, ob wir es ernst nehmen sollen. Die Frage ist eher, was machen diese Aliens mit uns, wenn wir es nicht ernst nehmen. Möglicherweise ist das erst der Anfang.«

»Der Anfang von was?«

»Von noch weit größeren Korrekturen! Dagegen kann das Loch in Hengshui ein Knallbonbon sein.«

»Denken Sie, dass die uns kontrollieren wollen?« Woodford war offensichtlich entsetzt.

»Möglich. Sie kennen doch die Theorien über unser Missing Link. Unsere Abkopplung vom Affen in der Evolution, der Schritt hin zum Menschen, der von außen beeinflusst wurde. Vielleicht wollen die Aliens uns ja auch einfach helfen.«

»Sie meinen, wie eine Mutter, die sich um ihr Kind im Laufstall kümmert?«

»Wenn ein Kind mit etwas Gefährlichem spielt, dann nimmt die Mutter es ihm weg.«

»Dann nehmen die uns also gerade den Chemiebaukasten weg!«, warf Pruitt ein.

Woodford schien den Kampfgeist, der von allen Mitgliedern im Kongress geschätzt wurde, weitgehend verloren zu haben. »Gott nochmal, wir können der Entwicklung nur noch hinterher laufen. Wenn uns die Aliens nicht wegpusten, dann erledigen uns die Creeps. Haben Sie noch eine Lösung, eine letzte Idee, Pruitt?«

»Wir verlieren immer mehr Städte. In den Straßen hat selbst die Nationalgarde nicht mehr das Sagen, die Lage ist außer Kontrolle. Wir sollten die Bewohner auffordern, sich gegen die Creeps selbst zu organisieren.«

»Und womit soll ich das tun? Etwa nutzlose Fernsehansprachen? Was sagt die UNO, können die helfen?«

Pruitt entgegnete entrüstet: »Wir haben noch keine Anfrage gestartet. Das käme einer Kapitulation gleich! Gerade jetzt müssen wir Stärke zeigen!«

»Stärke? Was haben Sie denn noch, womit wir Stärke zeigen können? Ihre verdammte Armee kann zwar Bomben abwerfen, aber was nützt uns das? Und Sie, Hayworth? Haben Sie denn noch ein Ass im Ärmel? Kann ich wenigstens noch auf Ihre Wunderfabrik der Area 51 oder auf Groom Lake zählen?«

Hayworth versuchte sich in seinem Rollstuhl aufzurichten. »Sie kennen alles, was wir haben, Richard. Sie wissen über alle unsere Projekte Bescheid. Über jedes Einzelne haben wir Sie informiert und nichts geheim gehalten. Wir haben rein gar nichts, womit wir auch nur im Entferntesten auf so was wie Strange reagieren könnten.«

»Was ist mit einem Gegenmittel?«, ließ Woodford nicht ocker.

»Pruitt und ich haben uns gestern mit dem Gesundheitsminister beraten. Seine Maschinerie läuft auf Hochtouren, aber das Problem ist der Zeitfaktor. Wenn wir es überhaupt schaffen, ein Gegenmittel zu bekommen, dann wird es längst zu spät sein. Die Entwicklung und Herstellung könnte Wochen oder Monate dauern.«

»Also kein Gegenmittel?«

»Selbst wenn wir es hätten, wir müssten es Millionen Menschen verabreichen, um sicherzugehen. Unsere Logistik stößt doch jetzt schon an ihre Grenzen.«

Pruitt brachte eine andere Sichtweise ins Spiel: »Meiner Meinung nach löst sich das Problem, wenn wir diesen Magool unschädlich machen. Strange ist eine der neuartigen FICAS-Wirkstoffe.«

Woodford reagierte gereizt: »Wofür steht das nun wieder?«

»Field-Coordination-Active-Substance. Sie wirkt wie Sender und Empfänger – Befehl und Gehorsam. Die Creeps sind die Empfänger. Und wenn wir deren Sendestation Magool auslöschen, dann …«

Woodford forschte nach: »Okay Pruitt, das haben wir alles schon durch. Wie weit sind Sie damit? Wann drehen Sie diesem Penner endlich das Licht aus?«

»Es ist eine Frage von Stunden. Wir haben unsere besten Einheiten auf ihn angesetzt.«

Der Präsident wandte sich wieder an seinen obersten Technologieberater, Hayworth: »Was planen Sie in Los Alamos und wie viel Zeit bleibt uns noch für Dallas?«

»Die Zeit ist abgelaufen. Wir rechnen stündlich mit einem Einsatz der Primärwaffe, spätestens in vier Stunden.«

»Gott, Hayworth!«

Der Berater polterte plötzlich los. »Sie hatten mich gefragt, Richard, und Sie haben von mir eine Antwort bekommen! Eine ehrliche Antwort! Ich habe Ihnen damals von unkontrollierbaren Projekten wie FICAS abgeraten, aber Sie wollten ja nicht auf mich hören!«

Pruitt ereiferte sich: »Das ist absolut nicht Ihr Thema, Hayworth!«

Die beiden lieferten sich ein Wortgefecht, bis der Präsident den Disput beendete. Er zischte: »Halten Sie den Mund! Beide! Auf der Stelle!«

Woodford stützte seinen Kopf auf und verbarg Nase, Mund und Augen mit seinen Händen. Langsam gab er den Blick auf sein gequältes Gesicht wieder frei. »Ihre Bombe? Diese Sweety, wie Sie sie nennen, was machen wir jetzt damit?«

Präsident Woodford bemerkte, wie Hayworth sich hilfesuchend umblickte.

»Was denn, Heyworth?«, forschte Woodford nach.

»Es wird nicht bei Sweety bleiben«, gab Hayworth kleinlaut zu.

»Was soll das heißen?«

Hayworth stockte. Er begann nervös an seiner Rollstuhlsteuerung zu spielen. Dann wandte er sich ab und sog die Luft mit einem pfeiffenden Geräusch in seine Lungen und hielt für Sekunden die Luft an.

Pruitt sprang Hayworth zur Seite: »Wir haben es analysiert. Der Zerstörungsradius in China beträgt siebzig Meilen, bis zu einer Tiefe von zwölf Meilen. Wir gehen davon aus, dass dieser Umkreis erforderlich ist, um das Schwarze Loch zu ersticken oder aufzulösen. Ihm sozusagen den Brennstoff rundherum zu entziehen.«

»Was wollen Sie mir damit sagen?«

»Dass es nicht bei unserer Sweety bleiben kann«, erklärte Pruitt.

Woodford wurde plötzlich kreidebleich. »Und stattdessen?«

»Einen *Robust-Nuclear-Earth-Penetrator*(18)«, entgegnete Hayworth. »Wir haben das Ding bei uns in Los Alamos entwickelt, Sie werden sich erinnern. Es wurde für den unterirdischen Einsatz vorgesehen.«

»Der Name sagt mir nichts. Nochmal. Was wollen Sie abwerfen?» fragte Woodford.

Hayworth druckste und blickte hilfesuchend zum General. Dann presste er hervor: »Eine Wasserstoffbombe.« Nach einigen Sekunden Pause fuhr Hayworth fort: »Das Ganze auf Basis einer B83(19) im Teller Ulam Design. Wir fliegen sie mit einer Viper. Der Robust-Penetrator wird sie unter die Erdoberfläche bringen. Die Zerstörung wird dann zu zwei Dritteln unterirdisch sein. Mit etwas Glück bleibt der radioaktive Fallout begrenzt.«

Immer noch schwieg der Präsident, aber in seinem Gesicht spannte sich jeder Muskel.

Zögernd fuhr Hayworth fort. »Irgendwann wird schließlich Gras drüber gewachsen sein. Und wir müssen nicht vor der ganzen Welt gestehen, dass ausgerechnet wir gegen die Aliens machtlos waren. Es geht, worum es immer geht: Wir demonstrieren Stärke.«

»Und Dallas? Was ist mit der Stadt?« Woodford blickte mit versteinerter Miene zu seinem Air-Force General und erhielt nur ein angedeutetes Kopfschütteln. Woodford verschlug es die Sprache. Seine kehligen Laute klangen, als hätte er sich verschluckt. Er sprang auf und griff sich mit beiden Händen in den Nacken. Dann ging er einige Schritte auf und ab.

»Es tut mir leid, Richard. Ich meine, Sir«, flüsterte Hayworth.

Die Lippen des Präsidenten pressten sich zu schmalen Schlitzen zusammen, dann starrte er die beiden Männer an. Während beide sich seinem Blick zu entziehen suchten, ahnte Woodford bereits die Konsequenzen. Seine Stimme klang brüchig: »Alternativen?«

»Es gibt keine«, antwortete Hayworth. »Unser Sunburst ist dafür sowieso nicht geeignet, die russische Schwerkraftkanone ist noch defekt, und der, der sie reparieren soll, ist ein verdammter Anfänger. Ein unbedeutender Zivilist. Die Chancen stehen sehr schlecht, und zudem läuft uns die Zeit davon.«

»Zivilist!? Sie legen das wichtigste Projekt zu Rettung Dallas in die Hände eines ... Ich will nichts mehr hören!« Woodford schloss resignierend die Augen. Nach langen Sekunden des Schweigens fasste er sich.

»Ich muss den Außenminister sprechen. Halten Sie die Airforce One bereit. Wir werden zumindest unsere Verbündeten informieren müssen.«

»Wo ist er jetzt?«, fragte Pruitt.

»Momentan in Washington.«

Der Präsident verharrte eine Weile und gab dann seine Entscheidung bekannt. »Ich werde gleich abreisen und mich mit ihm treffen. Egal, was passiert, die Handlungsfähigkeit der Regierung ist das Wichtigste. Setzen Sie den *Continuity of Govern-*

ment Plan in Kraft. Sie werden das organisieren, Pruitt. Rufen Sie DEFCON I aus und bringen Sie im Luftraum um Texas alle Maschinen auf den Boden. Evakuieren Sie noch so viele Menschen wie möglich und dann tun Sie, was Sie für richtig halten. Gott stehe uns bei.«

Sheppard Air-Force-Base Wichita Falls Texas, Gegenwart

Der junge Pruitt prüfte die Uhr an seinem Handgelenk und schätzte die Zeit ab, die er noch zur Verfügung hatte. Aus der Ferne betrachtete er die Aufbauten der Air-Force-Base und versuchte, in der um Jahrzehnte älteren Anlage einige Orientierungspunkte auszumachen. An einer unbeobachteten Stelle des Sicherheitszauns nahm er die Schutzsysteme in Augenschein. Leighland hatte ihn vor der Videoüberwachung und dem modernen Perimeterschutz innerhalb der Zaunkonstruktion gewarnt. So ließ Pruitt schließlich von seinem Vorhaben ab, das Ungetüm aus Draht ungesehen überwinden zu wollen. Er steuerte gradewegs die überwachte Zufahrt an.

»Hallo Jungs«, rief er einem Gardisten zu, der ihn am Eingangsbereich in Empfang nahm. »Hab ein bisschen in der Stadt gefeiert und nun suchen sie mich. Verdammt! Ich glaube es wird mächtig Ärger geben.« Pruitt hielt dem Soldaten seinen Ausweis entgegen und steckte ihn gleich wieder an seinen Overall.

»Na dann«, entgegnete ihm der Soldat. »Zu spät? Gibt dann wohl ne mächtige Sperre vom Alten.«

Pruitt passierte mit den Worten: »Ihr habt ja gar keine Ahnung wie spät es dort ist, wo ich gerade war.«

Nach kurzem Fußmarsch erreichte er die Gebäude. Die Anlage lag ruhig vor ihm, und die wenigen Soldaten, denen er begegnete, schienen keine Notiz von ihm zu nehmen. Pruitt nahm das Gebäude der Akademie wahr. Daneben erhoben sich neue Gebäudekomplexe, die er nicht zuordnen konnte. Über zwei Straßen hinweg, die er noch von früher kannte und die er passierte, versuchte er mehr Orientierung zu gewinnen. In der Ferne machte er startende Jets aus. Obwohl sich sein Inneres immer noch gegen die Veränderungen in seinem Leben sträubte, schien er sich mit jedem Schritt, den er tat, auf dem Gelände mehr und mehr zurechtzufinden. Die Gefühle der Orientierungslosigkeit unterdrückte er und lief über die langgezogene Straße in Richtung der vermuteten Startbahn. Nach mehr als vierzig Minuten Fußmarsch erreichte er die Absperrungen zum Flughangar, den er noch aus seiner Vergangenheit kannte.

Der Zaun war durch eine Zufahrtsschranke unterbrochen. Links davon stand ein Wachhaus. Als Pruitt sich näherte, bemerkte er, dass keinerlei Wachen den Posten sicherten. Im Vorbeigehen warf er einen Blick auf einen Jeep, der ebenfalls verwaist neben dem Wachhaus parkte.

Bis zum Hangar schätzte Pruitt die Distanz auf unter eine Meile. Seine zunächst noch langsamen Schritte gewannen an Tempo, bis er in einen Laufschritt überging. Pruitt keuchte. Wieder blickte er auf seine Uhr.

Leighland hatte ihm die Theorien zum Zusammenbruch des Schwarzen Lochs in einfachen Worten zu erklären versucht. So wie Pruitt es verstanden hatte, würden mit Zusammenbrechen der Anomalie auch seine Aktivitäten im diesseitigen Zeitkontinuum beendet. Das musste bedeuten, dass er wieder in seine Realzeit zurück katapultiert werden würde. Wie dies zustande kam und welchen Schwierigkeiten er dabei ausgesetzt sein würde, dazu hatte sich Professor Leighland nicht geäußert. Er hatte ihm lediglich von untrüglichen Zeichen berichtet. Er würde an sich und an seiner Umgebung spürbare Zeitveränderungen feststellen. Pruitt schluckte. Ein pelziges Gefühl auf der Zunge signalisierte ihm Durst. Seit Stunden hatte er nichts getrunken, und der beginnende Flüssigkeitsverlust schien ihn zu schwächen.

Er drosselte sein Tempo und schlich sich an den Hangar an. Dort mahnten ihn die sich bewegenden Fahrzeuge zur Vorsicht. Jetzt, so kurz vor dem Ziel, spürte er zum ersten Mal den Druck, der auf ihm lastete. Pruitt erinnerte sich an die Zeit der Ausbildung und an Szenen seines Überlebenstrainings. Bilder von schlammüberkrusteten Gesichtern seiner Kameraden kamen ihm in den Sinn. In dem Versuch, sich abzulenken, sah er sich über Hindernisse hinwegklettern, mit Marschgepäck auf dem Rücken und dem Sturmgewehr über der Schulter. Er glaubte, die anfeuernden Rufe seines Ausbilders zu hören, der ihn geradewegs zu Höchstleistungen aufpeitschte. Er meinte, den Geruch von Schweiß zu wahrzunehmen, den er immer dann roch, wenn er, nach den Strapazen erschöpft und nach Atem ringend, neben seinen Kameraden niedergesunken war.

Obwohl er es damals als Schikane empfunden hatte, war ihm schon bald darauf bewusst geworden, dass seine schwächeren Kameraden zwar die Vorteile einer weniger schmerzhaften Behandlung genossen hatten, aber dafür in der nächsten Ausbildungsstufe nicht mehr vertreten waren. Die Auslesegespräche fanden in der Gruppe statt. Im direkten Wertungsvergleich mit seinen Kameraden wuchs sein Selbstbewusstsein in einer Weise, wie er es ansonsten niemals vorher verspürt hatte. Auch dies war Teil seiner Ausbildung. Es gab ihm das Gefühl einer Elitezugehörigkeit, an der sich später auch sein Verhalten und seine ganze Persönlichkeit orientieren sollten.

Jetzt jedoch, bei der Annäherung an den Hangar, spürte er seinen Herzschlag. Er kannte seinen Körper, hatte gelernt in sich hineinzuhorchen, gelernt, die Reaktionen auf Stress und wie er damit umzugehen hatte, zu beherrschen. Dies sollte ihn auch jetzt über sich hinauswachsen lassen.

Als er in den Hangar eintrat, erfasste er blitzschnell die neue Umgebung. Lager, und Besprechungsräume, alles konnte er identifizieren. Allerdings vermisste er die Umkleideräume, nach denen er Ausschau gehalten hatte. Obwohl er sich in den Organisationsstrukturen des Militärgeländes bestens auszukennen glaubte, brachten ihn die baulichen Veränderungen der vergangenen Jahrzehnte doch an seine Verständnisgrenzen.

Dann endlich fühlte er sich seinem Ziel ein großes Stück näher. Als er die F-16 Jets erblickte, hielt er den Atem an. Er jubelte innerlich. Am liebsten hätte er laut aufgeschrien. Er versuchte noch aus der Distanz, die Modifizierungen, die über die Jahre an dem Kampfflugzeug vorgenommen waren, zu erkennen. Wieder spürte er seinen Herzschlag und das pochende Adrenalin in seinem Blut. Sein Blick wanderte zum Dach der Halle. Dort verfolgte er einen kleinen Vogel, der sich verirrt zu haben schien. Rastlos flog er von einem der Stahlträger am Dach zum anderen. In diesem Augenblick schlug ihm von hinten ein Unbekannter auf die Schulter. Pruitt erschrak und wandte sich um.

»Hey, Sie! Für die Neuankömmlinge ist Miller zuständig«, sprach ihn ein Sergeant Major an, den Pruitt sofort an seinen Abzeichen erkannte.

»Da hinten im Büro ist Miller. Melden Sie sich bei ihm.«

Pruitt schluckte. Dann fasste er sich. »Draußen ist das Tor nicht besetzt, Sergant Major. Das wollte ich melden.«

»Ja, schon okay. Wir haben andere Probleme. Die haben uns das ganze verdammte Personal für die Katastropheneinsätze abgezogen. Wir pfeifen aus dem letzten Loch. Es wird jetzt nur noch außen kontrolliert! Am Zaun.«

»Und hier drin? Kann ich helfen?«

»Helfen? Wir starten gleich zu unserem Einsatz *Blowout*! Sie können für Dallas beten und für die, die nicht mehr rausgekommen sind.«

»Ja, Sir. Ich melde mich dann jetzt bei Miller.«

Pruitt verharrte auf der Stelle, während sich der Soldat von ihm entfernte. Dann fasste er an die Stirn, die sich heiß, aber schweißlos anfühlte. Er erkannte, dass er Flüssigkeit brauchte. Suchend blickte er sich um. Am Ende der Halle machte er einen Getränkeautomat aus und hastete im Laufschritt durch die Halle. Als er den Automaten erreichte, suchte er nach Wechselgeld. Er fand einige Münzen in seiner Hosentasche und warf sie ein. Die Wasserflasche leerte er in einem Zug.

Am anderen Ende der Halle beobachtete Pruitt zwei Soldaten. Auf einer Rollenkonstruktion schoben sie eine weiß lackierte Rakete neben einen Kampfjet.

In Bruchteilen einer Sekunde erkannte Pruitt die Formen einer F-16. Das ließ ihn aufatmen, denn diese Maschine kannte er in- und auswendig. Dann fiel ihm der Aufkleber ins Auge, der den hinteren Teil der Rakete zierte. Unmittelbar darunter vermutete er den handschriftlichen Gruß *God bless America*, die Ehrbezeugung der Techniker.

Ein Gabelstapler näherte sich. Pruitt hatte längst erkannt, dass es sich um die Nuklearrakete handeln musste, die nun unter höchsten Sicherheitsvorschriften an den Jet montiert werden würde. Er wusste, dass das Protokoll vorsah, die Montur erst zwei Stunden vor dem Start des Jets durchzuführen. Damit war für ihn auch die Zeit des Starts bereits vorgegeben. Wieder ließ er seine Blicke über den Kampfjet schweifen. Würde er diese Maschine fliegen können?

Pruitt suchte in der Jackentasche nach dem Gerät, das ihm der Professor überlassen hatte. Er nahm es in die Hand und betrachtete ehrfürchtig die bunten Symbole auf dem Display, als wäre das Gerät ein ritueller Gegenstand eines Schamanen, dem ein mächtiger Zauber innewohnt. Die Batterieanzeige, auf die der Professor hingewiesen hatte, näherte sich ihrem Ende. Pruitt wusste, es würde ihm für seine Recherche nicht mehr allzuviel Zeit bleiben. Die Eingaben in das kleine Feld, das Leighland als Suchmaschine bezeichnet hatte, brachten ihm bald das gewünschte Ergebnis. Mit zunehmender Sicherheit beherrschte er das Handling des Smartphones und wechselte zwischen mehreren Modellen der Jagdbomber hin und her. Dann glaubte er, das Modell gefunden zu haben, das im Hangar vor ihm stand. Jetzt gab er die Nummer des unbekannten Helfers in die Anwendung ein, die Leighland ihm in einigen Schritten auf dem Display beschrieben hatte.

Pruitt tippte den Typ der Maschine ein, und nach einigem Zögern drückte er schließlich den beschriebenen Button. Als er die Nachricht »Ihre Mail an Tannent wurde erfolgreich verschickt« las, lief ihm ein Schauer über den Rücken. Gemäß Leighlands Ausführungen musste er jetzt nur noch warten, und er hoffte wie niemals zuvor in seinem Leben, dass der Plan des Professors aufgehen würde.

9. Kapitel
Phönixsprung

Sparks beobachtete über das Display in seinem Helm die Anzeige der Koordinaten. Seit vier Sekunden leuchtete die Signalleuchte grün. Es konnte sich nur noch um wenige Fuß Distanz handeln, dann würde das Shuttle die Position zum Aussteigen erreicht haben.

Schon öffnete sich die Dachkonstruktion des Spacegleiters und gab den Blick frei in die Weite des Kosmos, dessen Unendlichkeit sich hinter einer schwarzen Wand in der Ferne zu verbergen schien.

Der Jungforscher vernahm das Schleifen der Sicherungszapfen. Sie rasteten ein, als die Verkleidung sich nach oben geöffnet hatte. Die Sicherungsbügel neigten sich zur Seite und entließen seinen Körper in das ihn umgebende, grenzenlose Vakuum.

»Alles okay soweit«, sprach er in sein Mikrophon. »Fertig zum Einleiten der Absprungsequenz!«

»Verstanden«, tönten die Worte der Bodenstation in seinem Helm. »Absprungsequenz beginnt.«

Vorsichtig löste sich Sparks aus dem Sitz und griff nach der in Brusthöhe fixierten Toolbox. Später würde er sie im All zurücklassen, ansonsten würde sie als unnötiger Ballast den Fall zur Erde nur behindern.

Der Jungforscher richtete sich in der Schwerelosigkeit langsam auf, indem er sich mit den Händen abstützte und Körperspannung aufbaute. Unter ihm breitete sich die Atmosphäre der Erde wie ein riesiges Sprungtuch auf, das ihn stumm aufforderte, sich weiter aus der Sitzschale zu erheben. Zunächst würde es ihn wie ein weiches und durchlässiges Kissen aufnehmen, um ihn Minuten später wie einen Fremdkörper, der in einen Organismus eingedrungen war, wieder Richtung Erdoberfläche auszuspucken. In diesem Augenblick hakte Sparks die Leine zur mitgeführten Sauerstoffreserve ein. Auf seinem Display lokalisierte er den Satelliten, der sich noch in seinem Rücken befand. Obwohl er sich stetig von ihm entfernte, hatte es für den jungen Physiker den Anschein, als verharre er still im All. Die Distanz zum Satelliten betrug noch zweihundertsechzig Fuß.

Sparks aktivierte die Richtungskorrektur seiner Pressluftdüsen. Der Rückstoß drehte seinen Körper und richtete ihn innerhalb weniger Sekunden neu aus, sodass er den Satelliten nun in voller Größe vor Augen hatte.

»Richtungskontrolle aktiviert«, sprach er in seinen Helm.

Der Physiker hatte sich den Satelliten anders vorgestellt. Größer und voluminöser, wie einen aufgespannten Sonnenschirm. Sparks versuchte weitere Einzelheiten zu erkennen. Die Solarzellen, die den künstlichen Trabanten mit Strom versorgten, breiteten sich wie Flügel links und rechts zur Seite aus. Seitlich befand sich auch die Funkantenne, deren Funktion zurzeit außer Betrieb war. Der eigentliche Mittelteil, der Nutzlastkörper, der auch dem Schwerkraftwellengenerator als Panzerung diente, war als tonnenförmiges Gebilde zu erkennen, das sich zur Spitze hin verjüngte. Aus glänzendem Metall gearbeitet, reflektierte er das Sonnenlicht.

An einer Rohrkonstruktion, die wie der Arm eines Ladebaums nach außen gerichtet war, reihten sich fünf Abwehrraketen mit rot ummantelten Köpfen aneinander. Sparks näherte sich dem Satelliten in der vorgeschriebenen Geschwindigkeit.

»Ich sehe den Generator und die Abwehrraketen«, sagte er.

»Passen Sie auf, Sparks, nähern Sie sich nur sehr langsam«, hörte er noch die Bodenkontrolle. Dann riss die Funkverbindung zur Bodenkontrolle planmäßig ab.

Sparks näherte sich weiter seinem Ziel. Die Verbindung sollte sechs Minuten später wieder hergestellt sein, dann, wenn der nächste Funksatellit die Signale übernehmen und wieder Richtung Erde übertragen würde. Bis dahin sollte der Jungforscher den Ausleger erreicht haben, um das Abwehrsystem außer Betrieb zu nehmen.

Die Düsen der Richtungskorrektur schoben Sparks vorsichtig vorwärts. Je näher er der Schwerkraftwaffe kam, desto größer und furchteinflößender präsentierten sich ihm die Abwehrraketen. Der ganze Satellit erschien ihm als ein Monstrum aus Stahl, Kunststoff und Elektronik, das nur zu einem Zweck gebaut worden war: sich mit ihm zu messen. Ein Zweikampf, dessen Ausgang mehr als ungewiss schien. Die Stille trug dazu bei, dass Sparks eine ungeahnte Furcht befiel. Seine Stirn fühlte sich kalt an. Ein untrügliches Zeichen von Nervosität. Sparks aktivierte die Helmkamera, die Bilder zu Kindching ins Lagezentrum senden sollte. Der Bildausschnitt würde zwar nicht sonderlich groß sein, aber er ermöglichte eine Bildübertragung in Echtzeit. So würde Kindching jeden Handgriff mit überwachen können und Sparks nötigenfalls mit zusätzlichen Informationen versorgen.

Der Jungforscher hatte die Sonne im Rücken. Durch den gleißenden Stern wurde der Satellit in allen Details ausgeleuchtet. Die harten Kontraste unterschiedlicher Materialien setzten sich ab von der Schwärze der Nacht im Hintergrund. Sparks erschrak, als die Stimme der Bodenkontrolle plötzlich wieder in seinen Ohren dröhnte: »Wie sieht es aus bei Ihnen, Sparks?« wollte Kindching wissen.

»Es sind noch etwa zwanzig Fuß«, setzte Sparks seine Meldung ab.

»Nehmen Sie jetzt Kurs auf den Ausleger und umrunden Sie ihn. Die Steuereinheit befindet sich auf der hinteren Seite. Sehen Sie den Bereich?«

»Ich weiß, wo die Steuereinheit liegt. Ich habe es schließlich öfter geübt, als ich mir bisher die Haare gekämmt habe.«

»Immer mit der Ruhe. Denken Sie daran, dass Sie den Annäherungswinkel beibehalten müssen. Im Falle einer Aktivierung hätten Sie so bessere Chancen, den Raketen auszuweichen.«

»Okay, okay. Das Baby schläft tief und fest. Ich werde es auch sicher nicht aufwecken.«

»Das hoffe ich«, tönte Kindching. »Und jetzt zur Kür. Ganz langsam um das Ding herum.«

Sparks driftete etwas zur Seite weg und ließ sich von den Rückstoßdüsen um den Satelliten herum bringen. Nun sah er direkt in die Sonne. Das Licht traf auf die Goldaufdampfung seines Helms und verlor dadurch einiges an Intensität, bevor es Sparks Netzhaut erreichte. Trotzdem lagen die Systeme des Satelliten nun im Schatten. Sparks vermochte keine Details zu erkennen, bis er sich hinter einer Ausbuchtung der Sonne entziehen konnte.

»Passen Sie auf die Laser auf, so wie ich es Ihnen gesagt habe«, vernahm er Kindchings Stimme.

Gleich darauf richtete Sparks sich im Winkel von neunzig Grad zum Satelliten aus. Unterwegs testete er die Servounterstützung seiner rechten Hand. Die Konstruktion seines Handschuhs ermöglichte ihm eine weitaus größere Kraftübertragung der Greifvorgänge, als dies durch gewöhnliche Muskelkraft möglich gewesen wäre. Plötzlich verspürte er einen Ruck, wie durch eine abrupte Abbremsung. Irritiert blickte er sich um und bemerkte die Rettungsleine, die sich in einem Schlitz zweier Bauteile des Satelliten eingeklemmt hatte. Mit der Servoklaue seiner Rechten versuchte er, die Leine zu erreichen. Er ruckelte mehrmals daran, doch auch nach mehreren Versuchen gelang es ihm nicht, den Leinenabschnitt zu seiner Sauerstoffreserve zu sichern. Sparks brach den vergeblichen Versuch schließlich ab.

»Die Leine ist eingeklemmt, aber der Tank ist noch sicher«, sprach er in seinen Helm.

»Okay, Shuin, darum kümmern wir uns später«, bestätigte Kindching.

Sparks spürte plötzlich einen Widerstand, so als ob ihn etwas aufhalten würde. Er blicke an seinem Anzug herunter. Den Kragarm aus Stahl, der zur Befestigung der Raketenrampe ein Stück hervorragte, hatte er übersehen. Er lag im Schatten und berührte ihn an der Brust, in Höhe seiner Integrierten Toolbox. Sofort stieß sich Sparks mit den Händen ein Stück ab, bemerkte aber immer noch den Widerstand an seinem Schutzanzug. Ein kurzer Blick genügte, um seine Befürchtungen zu bestätigen. Trotz der Kevlarverstärkung hatte die Spitze des Vierkantrohres einen winzigen Schnitt im Spezialkunststoff seines Raumanzugs hinterlassen.

»Sie nähern sich jetzt dem Schaltpult«, hörte er Kindching dozieren. »Passen Sie auf den Sensor zu Ihrer Linken auf. Deaktivieren Sie ihn innerhalb von sechzig Sekunden durch Eingabe des Codes.«

Sparks bejahte und versuchte, sich auf die vor ihm liegende Aufgabe zu konzentrieren, obwohl seine Gedanken durcheinander tanzten. Die eingeklemmte Leine schränkte seinen Handlungsradius ein. Eine bisher nicht gekannte Angst ergriff ihn. Dabei dachte er an die Worte seines Trainers. Wie hypnotisiert blickte der Jungforscher auf die Austrittsmündung des Lasers.

»Hat der Sensor Sie erfasst?«, fragte der Major.

»Bestätigung. Die Anzeige läuft bei einundfünfzig Sekunden.«

»Sehen Sie die Tastatur?«

»Korrekt.«

»Geben Sie den Code ein, Sparks. Machen Sie schnell! Sie haben nur einen Versuch!«

Sparks, der sich der Beschädigung seines Raumanzugs bewusst war, fegten Gedanken wie Düsenflieger durch den Kopf. Bilder von Unfällen der verschiedenen Space Shuttles aus der Vergangenheit kamen ihm in den Sinn. Schließlich tippte er eine sechsstellige Ziffernfolge ein und verharrte.

»Sind Sie soweit?«

Sparks antwortete nicht.

Kindching ließ einige Sekunden verstreichen, dann wiederholte er seine Frage.

»Geben Sie jetzt den Code ein und bestätigen Sie. Die Zeit läuft.«

Im gleichen Moment, an dem Sparks auf dem Display der Tastatur den Countdown erfasste, hatte er plötzlich eine Meldung in seinem Visir vor Augen. Der Hinweis *Oxygen Leak* wurde in roten Lettern eingeblendet. Wie hypnotisiert blickte Sparks auf die Einblendung und ließ dabei die Sekunden verstreichen.

Ein Aufschrei Kindchings riss ihn aus seiner Blockade. »Bestätigen Sie jetzt, Sparks! Hören Sie mich?«

Der Jungforscher streckte seinen Arm aus und drückte die Enter Taste.

»Bestätigt«, gab er dem Major zur Kenntnis und prüfte die Sicherheitsanzeige an seinem rechten Arm. Dabei gab im das Display endgültig Gewissheit. Nun wies auch diese Anzeige auf eine Beschädigung seines Sicherheitsanzugs hin.

»Sparks, hören Sie mich«, vernahm er Kindchings Stimme. »Wir haben ungewöhnliche Daten. Prüfen Sie die Sicherheitsparameter und bestätigen Sie uns *Alles OK.*«

»Was ist los? Welche Daten haben Sie?«, wollte Sparks wissen.

»Sie verlieren Sauerstoff, Sparks. Ist das ein Systemfehler?«

»Nein, leider kein Systemfehler.«

»Was heißt das?«, rief Kindching.

»Das heißt, es gibt ein Leck. Ich hatte Berührung mit einem Metallträger.«

Kindchings Stimme schwand. »Um Himmels Willen, sagen Sie, dass das nicht stimmt.«

In der Leitung war jetzt nur noch das ruhige Atmen von

Sparks zu vernehmen, während dieser sich mit den Korrekturdüsen dem Steuerungscomputer des Satelliten näherte. Wenige Sekunden später gab er erneut Meldung: »Steuerteil erreicht. Fange mit der Reparaturroutine an.«

»Wir werden prüfen, wie viel Sauerstoff Sie verlieren, Sparks. Sichern Sie den Ersatztank. Er ist Ihre einzige Reserve. Hören Sie, Sparks?«

»Ja, aber vielleicht schließt sich das Leck durch den Anpressdruck nachher beim Flug durch die Atmosphäre«, versuchte Sparks sich selbst zu beruhigen.

Der Jungforscher öffnete die an seiner Brust integrierte Toolbox und nahm das Spezialwerkzeug hervor. Das Werkzeug glich einem Schraubenzieher mit biegsamen Elementen. Am hinteren Teil war es mit einem Nylonfaden an der Toolbox befestigt, der sich automatisch über eine Rolle herausziehen ließ. Sparks öffnete die Abdeckung und schwenkte sie nach oben. Vor ihm präsentierte sich ein walzenförmiger Einschub, der tief in die Konstruktion des Satelliteninneren hineinragte. Diesen galt es nun, in einer speziellen Reihenfolge von Drehungen herauszuziehen. Nach wenigen Sekunden hielt Sparks den Einschub in der Hand und zog aus dessen Ende einen kleinen Metallzylinder hervor.

»Ich habe das Steuerungsmodul«, bestätigte Sparks.

»Wie sieht es aus?«

»Sieht deaktiviert aus. Nicht so wie das Element in den Testdurchläufen.«

»Dann tauschen Sie es aus und schließen Sie die Steuereinheit wieder.«

Sparks bewegte mehrmals seine Rechte auf und ab. Irgendetwas schien ihn zu irritieren. Mit der Servounterstützung seiner Finger hielt er den Einschub umschlossen. Sparks nahm den Zapfen mit der Linken und versuchte eine Drehung des Handgelenks. Dabei bemerkte er, wie die Mechanik seiner rechten Hand blockierte.

»Irgendwas stimmt nicht mit meiner Motorklaue«, setzte Sparks eine Meldung ab.

»Was genau?«

»Sie blockiert.«

Wieder und wieder versuchte Sparks, seine Hand zu öffnen und den umschlossenen Einschub zu lösen. Die Sekunden verstrichen. Dann erreichte ihn eine weitere Information Kindchings.

»Hören Sie mir gut zu, Sparks. Sie müssen sich beeilen. Wenn Sie nicht weiterkommen, brechen Sie ab. Wir haben den Restsauerstoff und Ihren jetzigen Verbrauch analysiert. Es sieht nicht gut aus.«

»Wie lange habe ich noch?«

»Wir gehen von zwei Minuten und dann vielleicht genügend Sauerstoff für den verbleibenden Flug aus. Wir haben allerdings mit maximaler Beschleunigung und maximalem Flugwinkel berechnet.«

Sparks ignorierte die Informationen der Bodenkontrolle. Noch immer versuchte er, den Griff um den Zylinder zu lockern. »Meine Hand lässt sich nicht lösen.«

»Versuchen Sie es weiter, dann schließen Sie die Abdeckung.«

Im Kommandostand der White Sands Test Facility bekam Kindching den neuesten Analysebericht von seinem Assistenten überreicht. Die Bewegungen des Majors waren fahrig. Als er die Auswertung betrachtete, rief er: »Sparks, brechen Sie die Aktion ab! T minus Null! Das heißt: Sie müssen sofort zurück!«

Fethers hatte sich im Kreis seiner Kollegen in Quantico, dem Hauptquartier der Marines und der White Top Helikopter, eingefunden. Die medizinische Untersuchung, der er sich hatte unterziehen müssen, brachte keinen Befund, weshalb er in Anbetracht der dünnen Personaldecke sofort wieder zum Dienst eingeteilt worden war.

Die Abschürfungen in Fethers Gesicht sowie die Wunde an seiner Hand, machten ihn mitsamt seiner Geschichte, von den Creeps entführt worden zu sein, zu einem gefragten Gesprächspartner. Selbst die erfahrenen Ausbilder, die an diesem Tag zwei neue Teammitglieder für zukünftige Einsätze einweisen sollten, lauschten wissbegierig seinen Ausführungen.

»In der Nähe einer Fähre haben sie mich dann erwischt. Es ging alles ganz schnell. Zeit zum Reagieren hatte ich nicht. Als ich aufwachte, waren sie weg. Ich kann euch sagen, ich hatte vielleicht eine Scheißangst.«

Einer seiner Kameraden ereiferte sich: »Ich hätte denen ganz schön den Arsch aufgerissen. Hast du wenigstens ein paar von denen umgelegt?«

»Kann sein ... bestimmt.« Fethers zuckte mit den Schultern.

»Wie bist du von da weggekommen?«

»War gar nicht so schwierig«, erzählte Fethers. »Ich habe mich nur in der Dunkelheit bewegt. So konnten sie mich zumindest nicht sehen. Hab ein paar von denen krepieren lassen. Irgendwie hab' ich mich dann bis hierher durchgeschlagen. Wir haben schließlich gelernt, wie sowas geht.«

Peter Collins, der Brigadeführer, reichte Fethers einen Energydrink. »Ich wusste, dass du zurück kommst. Terrier wie uns bringt keiner um.« Er schlug Fethers auf die Schulter. »Nicht einmal dieser dreckige Abschaum da draußen.«

»Gibt es denn bei euch Neuigkeiten?« wollte Fethers wissen.

»Wir sind nur noch zu viert. Den Rest haben sie abgezogen. Es wird eng. Da draußen ist die Hölle los, aber das weißt du ja besser als wir.«

»Bin ja wieder da. Was liegt als Nächstes an?«

»Woodford wird evakuiert«, entgegnete Collins. »Wir haben es heute Morgen erfahren. Ich fliege den Präsidenten, du sicherst uns im Shell Game.«

»Wo soll er den hin?« fragte Fethers interessiert.

»Airforce One bringt ihn nach Maryland.«

»Du meinst, es geht nach Camp David?« verstand Fethers.

»Ja. Maryland ist noch nicht so verseucht wie Washington und die anderen Städte. Außerdem sind im Marine Bethesda Krankenhaus die besten Spezialisten, falls es dort zu Problemen kommt.«

»Glaubst du, soweit ist es schon?«

Collins griff sich an die Nase und antwortete nicht. Er schritt voran und gab seinen Kollegen damit das Signal zum Aufbruch. Fethers begleitete seine Kameraden zu den Helikoptern, die sich in der Halle majestätisch aufreihten. Die Ingenieure schlossen letzte technische Tests ab. Im Anschluss gaben sie die Maschinen für die Flugchecks an die Piloten frei.

Während Fethers die Übernahme des Helikopters auf der Checkliste des Ingenieurs abzeichnete, sprach ihn einer der Piloten auf seine Wunde an: »Willst du dir nichts um die Hand binden? Das sieht ja böse aus.«

»Keine Sorge. Uns kriegt nichts kaputt. Oder siehst du das anders?« entgegnete Fethers.

Sein Kollege grinste und boxte ihm freundschaftlich vor die Brust.

»Wann gehts los?«, quittierte Fethers die Geste.

Collins, der ihm die Notizen für den nächsten Flug überreichte, entgegnete: »In drei Stunden. Also nicht mehr viel Zeit. Ich würde sagen, du fängst gleich mit den Checks an. Dann sind wir damit durch.«

Nachdem der Brigadeführer sich abgewandt hatte und außer Reichweite war, gefror Fethers Lächeln zu einer eisigen Maske. Klar und deutlich empfing er in seinem Hirn das Brummen, das ihn schon seit dem ersten Konsum der Droge Strange verfolgte. Immer, wenn er sich darauf zu konzentrieren versuchte, schien es ihm, als ob es sich entfernte, wie ein Ohrensausen, das sich nach kurzem Anschwellen irgendwo in den Kanälen seines Mittelohres verlor. Durch das Brummen legte sich nun eine Triebkraft in sein Tun, die auf einen bestimmten Punkt hinarbeitete. Es war, als wollte sich sein Unterbewusstsein mit einer fremden Macht synchronisieren, die ihn wie in einem Käfig gefangen hielt. Die Einflussnahme Magools legte sich jetzt wie ein Tuch über Fethers Kopf, durch das er seine Außenwelt zwar in den Konturen klar und deutlich erkennen konnte, dass ihm aber jegliches Realitätsempfinden raubte.

Keiner der Kameraden schöpfte auch nur den leisesten Verdacht, dass Fethers nicht mehr der Soldat und Mitstreiter für dieselbe Sache, dieselbe Ehre und dieselbe Überzeugung war, den sie vor seinem Verschwinden gekannt hatten. Sie würden sich auf ihn verlassen, ihm ihr eigenes Leben anvertrauen und ihn zur Not auch mit ihrem eigenen verteidigen. In dieser eingeschworenen Gemeinschaft steckte Fethers nun wie ein Dorn im Fleisch.

Als der Pilot an die grünen Helikopter herantrat, betrachtete er die weiß lackierten Hauben mit dem Präsidentenwappen. Sein Gesicht zeigte keine Gefühlsregung. Ohne den geringsten Anflug patriotischen Engagements betrachtete Fethers das Wappen des Präsidenten. Kalt und emotionslos nahm er die Insignien als Ausdruck seiner amerikanischen Identität zur Kenntnis, die ihn früher jedes Mal aufs Neue den Schauer der Ehrfurcht hatten spüren lassen. Für ihn bestand kein Zweifel, er würde seine Mission erfüllen.

Leighland, der von seinem Ausflug nach Dallas in den Collider zurückgekehrt war, traf im Steuerungsraum auf Venathaer. Die Blase mit der dampfenden prähistorischen Umgebung hatte einen Großteil der Außenfassade bis zur Raumdecke eingenommen und durchdrungen. Mittlerweile war es Nacht geworden und der Vulkans im Hintergrund illuminierte die Umgebung in rotem Feuerschein. Auch das Donnergrollen der Explosionen drang bis in den Innenraum des Colliders. Beide Forscher ließen sich von der bizarren Atmosphäre und der Lichterscheinung, die sich bis ins Innere des Steuerungsraums ausdehnte, gefangen nehmen. Die Entscheidung stand kurz bevor. Venathaer drehte nervös einen Becher Cola in der Hand hin und her als er fragte:

»Was ist wenn's schiefgeht? Pruitts Angebot zur Evakuierung abzulehnen war vielleicht etwas voreilig.«

Leighland antwortete mit einem Kopfschütteln, während Venathaer seine Gedanken in Worte kleidete. »Ich verstehe. Sie sind sich der Tragweite des Ausgangs bewusst und setzen alles auf eine Karte. Ich meine, Sie sind im Begriff, die Geschichtsbücher der Zukunft zu schreiben. Sie gieren wie ich nach Erfolg, was es auch kostet. Oder?«

Leighland war die Nervosität nicht anzumerken. Er sprach ruhig, fast emotionslos. »Alle Massen und die Reaktion sind berechnet, der Countdown ist nicht mehr aufzuhalten. Wenn wir in wenigen Minuten die Fracht in den Collider schicken, wird sich Ihre Frage beantworten.«

»Aber sie wächst, die Blase dehnt sich aus. Bald wird sie den ganzen Raum eingenommen haben. Sind Sie sicher, dass der Versuch noch gelingt? Was ist, wenn Sie scheitern, Professor?«

Leighland wies auf das Schauspiel an Urgewalten vor ihm in der Blase. »Dann werden wir verglühen wie im Feuer dieses Vulkans. Macht es einen Unterschied, ob es die Reaktionsenergie des Schwarzen Lochs oder Pruitts Bombe erledigt? Es gibt kein Zurück mehr.«

Pendergast und Frease hatte sich genähert. Auch Frease schien die Anspannung der Gruppe zunehmend zuzusetzen als er sagte: »Und wie kommen wir jetzt hier weg? Sie hatten doch einen Plan, Chef.«

Venathaer ignorierte Frease. Er blickte auf das ferngesteuerte Spielzeugauto in der inneren Röhrenöffnung und hob die Hände vors Gesicht. »Das ist doch nicht Ihr Ernst?«, witzelte er. »Mit diesem Auto wollen Sie das Element durch den inneren Kreis bis zur Anomalie schicken? Der Empfänger wirkt maximal auf eine Distanz von fünfzig Fuß. Das reicht nicht mal bis zur sichtbaren Krümmung in der Röhre.«

»Sie verstehen nicht«, entgegnete Pendergast. »Wir schicken die Wartungskapsel mit der Fernsteuerung in der äußeren Röhre auf die Reise. In der inneren Röhre, der eigentlichen Reaktionsröhre, wird die Modellkonstruktion mit dem Element parallel bis zur Anomalie gefahren. So haben wir immer denselben Abstand zur Wartungskapsel und der Aufbau an dem Modellgefährt wird in der inneren Röhre praktisch mitgeschleppt.«

Venathaer schüttelte den Kopf. »Und das soll funktionieren?«

»Wir haben es schon zwei Mal getestet«, bejahte der Colliderchef. »Die Batterieleistung haben wir verdreifacht. Das müsste reichen.«

»Lächerlich.« Venathaers heiseres Lachen erfüllte den Kontrollraum. »Ich lege mein Leben in die Hände einer Gruppe von Spinnern mit Spielzeugautos.« In diesem Augenblick trat Brattfield Jones hinzu und informierte die Anwesenden, dass die Soldaten soeben mit einem Militärhubschrauber evakuiert wurden.

Freases Frage klang wie ein Vorwurf: »Was ist mit Ihrem Plan B, Venathaer? Sie sprachen davon, die Blasen als Fluchtweg zu nutzen.«

»Es gibt keinen Fluchtplan, Frease. Kein Plan B und auch sonst nichts. Aber vielleicht halten die großen Macher hier ja noch Alternativen zurück, von denen wir nichts wissen. Einmal angenommen, Pendergast, es klappt: Was passiert mit den Zeitblasen, wenn Sie die Anomalie stoppen?«

Der Colliderchef zuckte mit den Schultern.

Frease stieß Pendergast in die Seite: »Er fragt Sie, was mit diesen Blasen passiert!«

Leighland übernahm die Wortführung für seinen Kollegen: »Sie werden sich auflösen und schließlich verschwinden. Das habe ich Ihnen schon mal erklärt.«

»Wie oft Sie das erklären, ist mir egal. Wenn ich Sie frage, will ich eine Antwort. Haben Sie mich verstanden?« schimpfte Venathaer.

Leighland schleuderte den Kugelschreiber, den er in der Hand hielt, wortlos vor Venathaer zu Boden. Dieser entgegnete: »Was brauchen Sie, um weitere Blasen zu erzeugen? Wenn die Anomalie beendet ist und der Wirbel sich hier gelegt hat, könnten wir damit in der Zeit reisen, richtig?«

»Sie begreifen wohl nicht? Hören Sie eigentlich nie zu? Ohne das Schwarze Loch gibt es keine weiteren Dimensionen!« rief Leighland wütend aus.

Auch Venathaer reagierte zunehmend aggressiv: »Ich scheiß auf Ihr Schwarzes Loch, Professor! Sie haben doch auch einen Plan! Sagen Sie mir jetzt nicht, dass Sie hier nicht Ihr eigenes Spiel spielen! Ich habe Sie beobachtet!«

»Inwiefern?«entgegnete Leighland

»Wen hatten Sie da auf dem Motorrad? Meinen Sie, ich bin so blöde, dass ich das nicht mitbekomme?«

Leighland schwieg und erhielt daraufhin von Frease einen Schubser.

»Antworten Sie!«

Pendergast ging dazwischen und wurde von Frease mit einem Schlag in die Magengegend gestoppt.

»Es wäre besser, Sie geben mir jetzt sofort eine Antwort, Professor. Sie sehen, Frease wird auch langsam unruhig«, insistierte Venathaer. Doch Leighland schwieg weiterhin. Venathaer gab weitere Anweisungen: »Frease, gehen Sie und entledigen Sie sich dieses stoppelbärtigen Stinkers da im Lager. Ich benötige diesen John nicht mehr. Mal sehen, ob wir den Professor hier nicht doch noch zum Reden bringen.«

»Warten Sie«, lenkte Leighland ein. »Sie werden die ganze Aktion verstehen, wenn ich mit Pruitt rede.«

»Meine Geduld ist zu Ende! Frease, Ihr Auftritt!«, befahl Venathaer.

Der ehemalige Sicherheitschef entfernte sich, um Venathaers Anweisung auszuführen.

»Das können Sie nicht tun«, rief Leighland. »John hat Ihnen nichts getan! Nicht das Geringste!«

Venathaer trat unmittelbar vor den Professor, während sich Brattfield Jones und Pendergast im Abseits hielten.

»Barrabas hat man damals auch den Vorzug gegeben. Wie wir wissen, hat man nicht ihm, sondern Jesus nachher die Nägel ins Handgelenk geschlagen. Und was lehrt uns das, Professor? Sie sehen, die Guten sind nicht immer die Gewinner. Für mich ist dieser John lediglich Ballast.«

»Sie sind eine Ratte, Venathaer. Nichts weiter. Eine Schande für unsere Zunft!«

Venathaer schlug Leighland ins Gesicht, der aber nicht einmal zuckte. Leighland wollte stattdessen etwas entgegnen, wurde jedoch von einem krachenden Geräusch in der Nähe unterbrochen. Die Tür zum Lager splitterte und Frease, der sich kurz zuvor angeschickt hatte, dem Söldner John den Garaus zu machen, wurde durch die Tür mitten in den Raum geschleudert. Benommen blieb er vor den Forschern liegen. Als er sich schließlich aufrappelte, zog er ein Messer.

Leighland erlebte die Bilder als Déjà-vu. Er erinnerte sich an die Bewegungen von John, der sich, noch immer mit gefesselten Händen, Frease entgegenstellte. Wenige Sekunden später hatte Frease die Position im Raum eingenommen, an die sich der Professor noch aus der zeitversetzten Szene erinnern konnte. Sie schien sich nun schicksalhaft zu wiederholen. Leighland blickte auf das funkelnde Messer, das ihm jetzt, im Wissen um den tödlichen Ausgang der Begegnung, noch weitaus bedrohlicher erschien. Frease hatte die Messerspitze auf John gerichtet. Leighlands Erinnerung nach, würde er selbst nun unmittelbar zum Sprung ansetzen.

Die Geschehnisse überschlugen sich jetzt. Pendergast rief »Vorsicht!«, während Venathaer einige Schritte zurück trat. Wie erwartet, wirbelte Frease herum, um seine offene Flanke zu sichern, aber im selben Augenblick reagierte Leighland. Er täuschte den Sprung nur an, zog seinen Bauch ein und federte gleichzeitig eine Hand breit zurück. Reflexartig formte er seinen Körper zu einem Bogen, wie die Sichel des abnehmenden Mondes.

Zwar stach Frease in diesem Moment mit dem Messer zu, erwische Leighland jedoch nur am Hemd. Die Spitze der Schneide verfehlte Leighland knapp und schlitzte das Hemd in der Bauchgegend entzwei. Leighland taumelte. Indes setzte John nach. Die gefesselten Arme schnellten nach vorne und umschlossen Freases Hals. Venathaer trat mit gezogener Waffe vor und richtete sie Johns Kopf. Für Leighland war klar, dass sich Venathaer ohne zu zögern des Söldners entledigen würde, wenn er ein freies Schussfeld bekommen würde. Gleichzeitig bohrte sich die Erinnerung an seinen eigenen Tod in sein Innerstes, sie behinderte sein Denken. Leighland setzte schon zu einem Sprung an, um Venathaer die Waffe zu entreißen, als er sich vor seinem inneren Auge erneut in seinem eigenen Blut auf dem Boden liegen sah. Die Bilder wirkten wie eine emotionale Grenze, die er nicht ohne Weiteres zu überschreiten vermochte. Er zögerte. Wichtige Sekunden verstrichen.

Dann spannte Venathaer den Hahn der Waffe. Leighland wusste: Wenn jetzt der tödliche Schuss fiele und sich Frease wieder befreien konnte, wäre auch sein eigenes Schicksal besiegelt. War es vielleicht vorherbestimmt, dass in diesen Augenblicken seine natürliche Lebensspanne zu Ende ging? Dann wäre alle

Mühe vergeblich. Jede mögliche Aktion würde unausweichlich auf seinen Tod hinführen wie der Weg eine Motte ins Licht in einem Spinnennetz endet. Alles würde sich nur unwesentlich hinauszögern lassen, und wie auch immer er sich entscheiden würde, sein Ende wäre vorherbestimmt. Mit seinen Rettungsversuchen entstünde nur eine vermeintlich andere Situation, lediglich eine Variante möglicher Aktionen, die sein Leben dennoch in letzter Konsequenz beenden würde. War es damit sein vorherbestimmtes Schicksal, jetzt in diesen Sekunden zu sterben, von seiner Geburt an unumkehrbar festgelegt?

Leighland verdrängte die Gedanken und rannte los. Die Distanz bis zu Venathaers Waffe legte er in weniger als einer Sekunde zurück, bis er zu einem Hechtsprung ansetzte. Mit dem Gewicht seines Körpers riss er Venathaer von den Beinen. Venathaer wurde durch den Raum geschleudert und taumelte in Richtung einer der Zeitblasen, hielt sich jedoch auf den Beinen. Durch Leighlands Aufprall verlor er die Waffe, die in die Blasenmembran hinein purzelte. Mit einer schnellen Drehung versuchte Venathaer noch, sie zu greifen, verlor jedoch dabei das Gleichgewicht. Kopfüber fiel er in die prähistorische Dimension und verschwand augenblicklich aus Leighlands Sichtfeld.

Zeitgleich errang John im Kampf gegen Frease die Oberhand. Mit seinen gefesselten Händen schnellte er nach vorne, umschlang damit den Hals von Frease, wobei er ihn mit der Verbindungskette der Handschellen zu strangulieren versuchte. Der Söldner schleuderte Frease im Kreis, bis er den Moment für geeignet hielt, die Fesselung zu lösen. Die Fliehkraft besorgte anschließend den Rest. Frease taumelte durch den Kontrollraum, bis ihn das Wartungsgefährt im Collidertunnel stoppte. Dort sackte er auf dem Sitz zusammen und saß zunächst regungslos. Doch schon nach wenigen Sekunden begann er, noch benommen, an seinem Unterschenkel nach einem weiteren Messer zu greifen. Leighland eilte herbei und versuchte, Frease die

Waffe zu entreißen. Doch Frease hatte das Messer bereits in der Hand. Der Professor griff mit beiden Händen an die Kuppel des Wagendachs und riss sie mit ganzer Kraft nach unten. Schwer krachte die Einfassung des Plexiglases Frease auf den Schädel, der abermals benommen zusammensackte. Leighland ergriff Freases Beine, bugsierte sie in das Wartungsgefährt und schloss die Abdeckung. Frease war gefangen.

Die beiden Colliderchefs blickten sich an. In wortloser Verständigung schafften sie binnen Sekunden die Voraussetzungen, um das Gefährt zu beschleunigen.

»Vollgas?«, rief Pendergast.

»Hol raus, was die Anlage hergibt!« entgegnete Leighland.

Pendergast gab Brattfield Jones das Signal, der daraufhin sofort den Auslöser am Steuerpult drückte, während Leighland den Mechanismus am Ende der Wartungskapsel betätigte. Mit der ersten Bewegung der Wartungskapsel erwachte Frease. Sein Gesicht war zu einer Fratze verzerrt, so als ob er bereits ahnte, was ihm jetzt bevorstand. Verzweifelt schien er den Mechanismus zu suchen, der ihn aus seiner Enge hätte befreien können. Die Fingernägel beider Hände kratzten über die Plexiglaswölbung, das dabei entstehende Geräusch hinterließ einen Schauer auf Leighlands Rücken. Als die Wartungskapsel nach vorne schnellte, stieß Frease durch die geschlossene Scheibe einen letzten Hilferuf aus. Sein Mund presste sich an die Plexiglaswandung, als versuchte er, die massive Scheibe zu durchdringen.

Leighland lauschte. Der leise werdende Brummton der Magnetspulen, der bis zu einem fast unhörbaren Vibrieren abebbte, war das Einzige was zurückblieb.

»Was geschieht mit ihm?«, fragte Brattfield Jones und blickte in den nun leeren Collidertunnel.

Leighland entgegnete: »Tut mir leid für ihn, aber wir haben soeben Venathaers Aktienpaket abgestoßen.«

Der junge Pruitt orientierte sich im Hangar in Richtung eines angrenzenden Aufenthaltsraums. Seinen Plan, die Sanitärräume aufzusuchen, den Piloten zu überwältigen und zu verstecken, immer im Kopf. Er ahnte bereits, dass er Schwierigkeiten bekommen würde, den Plan umzusetzen, da er weder die Identität des Piloten noch dessen Aufenthaltsraum kannte.

Pruitt waren jedoch die Räumlichkeiten und Abläufe in der Air-Force-Base vertraut. Die erforderlichen Systemprüfungen am Jet würden etwa eine Stunde dauern, dann erst durfte die Maschine den Hangar verlassen und zur Startbahn gebracht werden. Wie er durch seine Ausbildungen wusste, würden zwei Jets die Maschine begleiten. Dies stellte ihn vor die Aufgabe, denjenigen von den drei Piloten identifizieren zu müssen, der für den Bombenabwurf vorgesehen war. Dafür wiederum musste er jetzt auf die Hilfe des Unbekannten vertrauen, den Leighland ihm als Geheimwaffe im Hintergrund angepriesen hatte. Wie auch immer dieser Unbekannte für ihn Einsicht in die Militärakten erlangen wollte, war Pruitt egal. Hauptsache, es funktionierte. Manchmal, so sinnierte er, verschwommen eben die Grenzen von Recht und Unrecht zur Unkenntlichkeit. In solchen Momenten musste man auf Glück oder Intuition setzten.

Seiner Erinnerung nach befand er sich hinter dem Lageraum, in dem die Besprechungen für Flüge stattfanden. Dahinter lag der Umkleidebereich der Piloten. Den Lageraum konnte er durch eine Glasscheibe zu einem kleinen Teil bereits einsehen. Dort hinein zu gelangen war der riskanteste Teil seines Unterfangens, denn der Raum war nur Piloten vorbehalten, die sich untereinander persönlich kannten, die aber auch durch die Anwesenheit ihrer Vorgesetzten ständig geschützt wären. Die durch gefahrvolle Einsätze zu einer Gemeinschaft zusammengeschweißte Elite würde einen Eindringling sofort identifizieren.

Pruitt nahm sich eines der Klemmbretter für Checklisten von der Wand. Auch eine Rolle Klebeband, die er auf einem

Abstelltisch fand, steckte er ein. Sie würde ihm später noch gute Dienste leisten, vermutete er. Auf der Checkliste kritzelnd, trat er in den Lageraum ein.

Die Ausstattung erkannte der Pilot nur mit Mühe wieder. Der ihm bislang vertraute Folienprojektor, auf dem er und seine Pilotenkollegen jeden ihrer Einsätze erklärt bekommen hatten, war zu einer kleinen schwarzen Box zusammengeschrumpft, die an der Decke hing. Auch die Projektionsleinwand hatte sich offensichtlich über die Jahrzehnte in eine Glasscheibe verwandelt. Drei Soldaten saßen in der ersten Reihe ins Gespräch vertieft. Sie nahmen von Pruitt keine Notiz, der sich im Hintergrund an ihnen vorbei stahl. Zielgerichtet steuerte er die nächste Tür an und betrat den dahinterliegenden Raum. Wie erwartet, erblickte er die Druckanzüge der Piloten. Über die Reihenfolge der Anzüge, die im übertragenen Sinne der Segnung Vater, Sohn und heiliger Geist entsprach, identifizierte er den mittleren Druckanzug als den des Bomberpiloten. Er blickte auf das Namensschild. Denis Lewette. Er würde die Maschine fliegen, Lewette war also der Vater.

Pruitts Gedanken überschlugen sich. Der Druck, den er nun verspürte, schnürte ihm den Atem ab. Er versuchte, sich zu sammeln, sich seinen Empfindungen zu stellen, um damit seine Emotionen zu kontrollieren, so wie er es in seinen Trainingseinheiten gelernt hatte. Wieder kamen ihm die Worte Leighlands in den Sinn, dass man das Raumzeitkontinuum nicht unbegrenzt lange nutzen könne. Sobald die Anomalie abnehmen würde, bedeutete es für ihn, auch die diesseitige Realität unweigerlich verlassen zu müssen. Die Zeit würde sich dann so fortsetzen, als hätte es Pruitts und Leighlands Eingriff niemals gegeben. Gleichzeitig, so hatte Leighland ihm erklärt, würde sich irgendwann nach dem Start, wenn im Collider die Wirkung der Schwerkraftwelle einsetzte, der vorgesehene Pilot wieder in der Maschine materialisieren. Eine für den jungen Pruitt verwirrende Tatsache, die er ebenso versuchte zu verdrängen, wie das Paradoxon möglicher Jugenderinnerungen an diesen Vorfall.

Er versuchte, sich auf seine Mission zu konzentrieren. Zuerst musste er den für ihn gefährlichen Bereich wieder verlassen. Er postierte sich neben dem Getränkeautomat im Hangar. Dabei warf er so unauffällig wie möglich einen Blick auf den Fortschritt der Installationsarbeiten am Bomber.

Dann geschah plötzlich das, wovor Leighland ihn gewarnt hatte. Pruitt bemerkte es zunächst kaum. Es fiel ihm erst auf, als er dem Vogel am Dach des Hangars erneut Aufmerksamkeit schenkte. Dabei schien es ihm, als würde dieser sich in einem langsamen Segelflug befinden. Er glaubte, einer optischen Täuschung aufzusitzen, da sich im Flug des Tieres die Distanz zum nächsten Träger der Dachkonstruktion weit weniger schnell verringerte, als es eigentlich hätte geschehen müssen. Für Pruitt erweckte es den Anschein, als würde der Vogel bei jedem Flügelschlag eine Zeit in der Luft verharren. Irritiert blickte er wieder zur F16. Auch dort bewegten sich die Techniker nicht in der Geschwindigkeit, die er für eine solche Arbeit als angemessen empfunden hätte. Irgendwas um ihn herum begann sich zu verändern, und Pruitt ahnte bereits den Grund dafür.

Der Pilot prüfte die Uhr an seinem Handgelenk und verglich sie mit der Digitalanzeige am Eingang zum Lageraum. Die Sekundenanzeige stand still. Sie bewegte sich erst nach etwa vier Sekunden. Jetzt erst begann Pruitt die Situation in ihrer ganzen Tragweite zu begreifen. Sein Zeitkontinuum destabilisierte sich. Er erinnerte sich an Leighlands Worte: »Sie werden es daran merken, wie die Zeit sich verändert. Wenn das passiert, dann sputen Sie sich. Das ist eines der ersten Zeichen, bevor das Loch kollabiert und Ihr Zeitkontinuum sich damit aufzulösen beginnt.«

Dem Jungpiloten sträubten sich die Nackenhaare. Ihn packte die Angst.

10. Kapitel
Am seidenen Faden

Liberty State Park, New York, Nacht zum 31. Juli

Reverend Jackson Settler schätzte die Zahl der Besucher auf hunderttausend. Der aufkommende Wind im Liberty State Park ließ seine langen Haare wehen, als er der Limousine entstieg. Settler erreichte die Bühne über den Hintereingang und blickte hinweg über eine riesige Ansammlung von Gesichtern, die sich, von der Bühne aus gesehen, bis zum Horizont dicht an dicht drängten.

Im Rücken der Bühne zeichnete sich auf Liberty Island die Freiheitsstatue im Licht der Abendsonne ab, und als erfahrener Geistlicher ahnte Settler bereits, welch starke Bilder während der von Magool geplanten Performance später auf die Schar seiner Anhänger einwirken würden. Seitlich von der Bühne lag ein mächtiges Glaskreuz am Boden, das in seinen Abmessungen ein zweistöckiges Haus überragt hätte. An den Flanken der Menge hatten sich Magools Kämpfer postiert, die aufmerksam den Himmel beobachteten. Auf ihren Schultern trugen sie mobile Raketenwerfer.

Jackson Settlers massiger Körper wurde von zwei Helfern gestützt, als er die Stufen zur Bühne hochstieg. Oben angelangt, wischte er sich den Schweiß von der Stirn. Die Anstrengung stand dem schwergewichtigen Prediger ins Gesicht geschrieben. Er griff nach seinem Asthmaspray und sprühte sich zwei Stöße in den Rachen. Auch diesmal ließ er sich von einem jungen Mädchen das Mikrophon reichen, wie er es hunderte Male bei seinen Fernsehauftritten zuvor getan hatte. Dabei strich er dem Mädchen über den Kopf, klopfte auf das Mikrophon und trat nach vorne. Sofort brandete ein Applaus auf, der Settler zu einem beschwichtigenden Nicken bewegte. Er streckte seinen Zuhörern die Arme entgegen.

»Ja, preist ihn! Ich liebe euch!« Seine Stimme war tragend und ausdrucksvoll.« Ich weiß, warum ihr heute die Beschwernisse auf euch genommen habt und hier her gekommen seid«, begann er seine Ansprache. »Ihr habt es heute hierher geschafft, nicht weil es ein kurzer Weg für euch war. Nein, nein, nein. Ich weiß, ihr habt es heute hierher geschafft, nicht deswegen, weil es euch befohlen worden ist. Nein, nein, nein! Ihr seid heute mit mir hier, weil ihr eins werden wollt mit unserer neuen Hoffnung! Ihr wollt eins werden mit unserem Gedanken, der in uns brennt wie ein loderndes Feuer und der uns alle neu erschaffen wird! Und ihr wollt eins werden mit unserem großen und mächtigen Zerstörer der alten Welt! Mit unserem Erleuchteten! Mit Magool!«

Das Gröhlen der Menge übertönte die Worte des Predigers, der den Zuspruch sichtlich genoss. Für seine Leibesfülle schritt Settler jetzt erstaunlich flink über die Bühne und zeichnete mit seiner Linken den Umriss der tiefstehenden Sonne nach.

»Tausende, die sich heute hier versammelt und aus allen Winkeln unseres Landes den Weg zu uns gefunden haben, sind auserwählt. Lasst mich euch sagen, dass wir hier und heute nur wenige Stunden verbringen. Aber lasst mich euch auch sagen, ihr werdet euch noch in ferner Zeit an diesen bedeutungsvollen Abend erinnern! Ja, und ich sage es jetzt zu euch, und Magool wird mein Zeuge sein!« Mahnend erhob er seinen Finger der linken Hand. »Und ich sage es der ganzen Welt da draußen, die uns hört! Ihr seid die Zukunft dieses Landes!«

Tosender Applaus ließ den Reverend eine Pause einlegen. Settlers Stimme wurde nun sanfter. Erst nachdem er einen Schluck Wasser getrunken hatte, fuhr er fort. »Ja, es hat vielleicht eine Zeit gegeben, in der ihr gezweifelt haben mögt. Habt ihr gezweifelt? Ja, es hat vielleicht auch eine Zeit gegeben in der ihr schwach wart. Wart ihr schwach? Ich denke ja! Und ja, ja, ja … es hat vielleicht eine Zeit gegeben … Eine Zeit, in der ihr die Stimme unseres Erleuchteten nicht so klar und deutlich empfangen konntet wie heute.«

Der Reverend blickte auf die Scheinwerfer, die im Licht der untergehenden Sonne eine zusätzliche Ausleuchtung der Bühne bewirkten. Er präsentierte sich mit erhobenem Arm in einer Herrscherpose:

»Aber nach dem heutigen Tag wird alles anders sein! Die Stimme des Erleuchteten wird da draußen überall zu hören sein! Die Stimme wird hell sein, hell wie eine Glocke! Und die Glocke wird gehört in allen Winkeln, weil der Wind sie tragen wird! Und ihr werdet dieser Wind sein!«

Der Prediger ließ seine linke Hand mit gespreizten Fingern effektreich von unten in die Höhe fahren, als schöpfte sie imaginäres Wasser.

»Und wie die Trompeten von Jericho wird sie die steinernen Tempel unserer Feinde einreißen! Sie wird sie wegfegen wie der Wind den Wüstensand. Denn es wird eine neue Stimme sein, die die Welt hört, so wie es damals die Stimme von Jesus war! Aber auch sie wurde damals zunächst nicht zur Kenntnis genommen. Ja, die Mächtigen von damals verlachten sie sogar! Sie wurde verachtet von den Herrschenden ihrer Zeit, so wie auch heute die Herrschenden unserer Zeit Magool verachten. Aber wir wissen es besser! Ist es nicht so? Ihr wisst es besser!«

Während das Johlen Tausender die Nacht erfüllte, betrat Magool unbeobachtet von den Versammelten abseits der Bühne die Szene. Seine Fähre hatte wenige Minuten zuvor an der Kaiseite des Liberty State Parks angelegt und dümpelte nun vor der Kaimauer. Umringt von seinen Bodyguards näherte sich Magool unerkannt von der Menge dem Glaskreuz.

Magool spreizte die Arme. Helfer legten ihm eine mobile Mikrophonanlage an. Dann bestieg er die Glaskonstruktion in der Mitte des gläsernen Querbalkens und trat vorsichtig auf die Scheiben aus gepanzertem Glas. Eine Einstiegsluke im Zentrum der Querkonstruktion wies ihm den Weg zum Inneren des Kreuzes. Die Kammer, die sich zentriert im Schnittpunkt der zwei gläsernen Kreuzbalken befand, war an den Seiten jeweils mit einer Halteschlaufe versehen. Ein Glasboden aus Panzerglas bildete den Sockel. Das Ganze würde Magool als Stehpodest dienen, nachdem sich die Konstruktion aufrichtet hatte.

Zwei Creeps betraten die Bühne. Reverend Settler trat ihnen entgegen und ließ sich von ihnen ein schwarzes Rohr präsentieren. Unter den Ovationen der Menge umschritt er das Artefakt wie einen sakralen Gegenstand.

Er skandierte: »Wir alle fühlen den Geist unseres neuen Zeitalters. Es pocht in unserem Blut. Eine neue kraftvolle Saat, die in uns heranwächst! Bald schon werden noch viel mehr Menschen von dieser Kraft erfüllt sein! Wir benötigen nicht mehr die Insignien der alten Welt. Ist es nicht so?«

Der Reverend trat zu den Creeps, die ihm das schwarze Rohr wie ein Geschenk darboten. Als wolle Settler einen Schwur leisten, legte er seine Hand darauf und ließ dann seine Worte wie Donner über die Bühne poltern.

»Es wird sie hinwegfegen. Mit Waffen wie diesen! Hinwegfegen wie die Posaunen von Jericho! Geht, und vernichtet die Symbole der alten Welt! Löscht sie aus!«

Die Creeps brachten das Rohr an den Rand der Bühne und reckten es mit ihren Armen empor, während sich die Menge in pulsierendem Lärm zur einsetzenden Musik rhythmisch bewegte. Im Hintergrund sang ein Gospel Chor das Lied Purple Rain. Elektrogitarren erklangen und ließen die Kriegswaffe im Licht blauer Scheinwerfer noch bizarrer erscheinen. Als wollten sie ein Schwert willkommen heißen, mit dem sie die Wahrzeichen einer verhassten Epoche zu attackieren gedachten, richteten sich die Gospelsänger zu den Helfern aus, die mittlerweile das Rohr geschultert hatten.

Die Sonne war nun vollständig untergegangen. Ihre letzten Strahlen, die wie Finger zartgliedrig und tastend über den Sokkel der Freiheitsstatue zurückwichen, erweckten den Eindruck, als kündigten sie unaufhaltsam die Machtübernahme durch eine neue Bewegung an.

In dieser Atmosphäre eines beginnenden Gewaltexzesses begannen sich die Stahlketten an beiden Seiten des Glaskreuzes zu straffen. Ächzend erhob sich das Kreuz vom Boden. In der Mitte konnte die Menge nun Magool ausmachen, der hinter Panzerglas in seiner illuminierten Kammer die Arme ausgebreitet hatte. Auch Magools Körper wurde von hunderten kleiner blauer Lampen ausgeleuchtet, die sich im Glas der Kreuzkonstruktion tausendfach spiegelten.

Die Creeps hatten die mobile panzerbrechende Rakete, das schwarze Rohr, mittlerweile auf zwei Schultern aufgestützt. Ihre Mündung zielte auf den Rücken der Freiheitsstatue, die unweit des Liberty State Parks über den Hafen und die Upper Bay blickte.

Settler gab sich den mitreißenden Gospeltakten hin und animierte die Anhänger Magools mit ausholenden Gesten seiner Arme zu immer tiefgreifenderer Ekstase. Die Performance begann die Menge mehr und mehr aufzuheizen.

Seitlich neben der Bühne erwartete Magool seinen Auftritt. Das Kreuz hatte sich zu zwei Dritteln aufgerichtet und ließ für seine Anhänger die wahre Größe der Konstruktion erahnen. In der Mitte des Liberty State Parks tobten nun Magools Anhänger in einem wahren Hexenkessel, während sich die schwerbewaffneten Garden zu allen Seiten postierten. Sie umgaben die Menge wie schützende Pfeiler, während sie gleichzeitig zu zwei Piloten Kontakt hielten, die mit ihren Helikoptern über dem Park kreisten.

Etwa zwei Meilen entfernt in Manhattan, auf dem Dach des Ritz Carlton, unweit des Piers, sprach ein Heckenschütze ins Mikrophon seines Headsets.

»Commander? Ziel erfasst. Erbitten weitere Anweisung.«

Aus dem Kopfhörer erklang »Freigabe positiv.«

Der Sniper lag hinter einem Mauervorsprung und beobachtete durch sein Zielfernrohr die von Magool eingeschworene Anhängerschaft. Er gab seinem Kollegen, der sich nicht weit entfernt mit einem Spezialgewehr im Anschlag über die Mauerbrüstung hinweg Richtung State Park orientierte, ein Handzeichen. Wenige Sekunden später lösten sich aus beiden Gewehren Schüsse. Nach einer Pause justierten die Sniper ihre Gewehre neu und feuerten nochmals.

In der Ferne beobachteten sie die Creeps, die die Einschläge der Projektile anscheinend nicht zur Kenntnis nahmen.

»Die Konstruktion ist gepanzert«, sagte der linke der schwarzgekleideten Einsatzkräfte in sein Headset.

»Ich krieg ihn so nicht. Wir hätten Drohnen einsetzen sollen.« Wieder gab er seinem Kollegen Handzeichen. Diesmal jedoch von einem Kopfschütteln begleitet.

»Wir müssen warten, bis er aus diesem Glaskreuz rauskommt.«

»Ja. Wenn er da überhaupt rauskommt.«

»Aber hast du gesehen, was die da auf der Bühne machen? Was ist das?«

Im Augenblick, als die beiden Scharfschützen die Situation fast gleichzeitig erfassten, senkten sie ihre Gewehre und blickten sich ratlos an. Die daraufhin einsetzende Kommunikation mit der Einsatzleitung sollte in einem heftigen und emotionalen Schlagabtausch enden.

Magool hatte sich mit seinem Kreuz mittlerweile vollständig aufgerichtet. Ehrfurchtgebietend prangte die Konstruktion wie ein Mahnmal vor seinen Anhängern. Glitzernde

Farbreflexe des Kreuzes spiegelten sich in den Gesichtern der Jubelnden und ließen deren Gesichtszüge nur noch bedrohlicher erscheinen.

Die Worte Settlers donnerten über die Köpfe der Creeps hinweg: »Beginnt jetzt alle mit uns das neue Zeitalter, das Zeitalter einer auserwählten Elite! Sprengt die Ketten eures unbedeutenden Daseins! Eures nichtswürdigen Daseins, und befreit euch von den Symbolen der alten Welt! Ja, fegt sie hinweg! Fegt sie hinweg mit dem Atem Magools, der hier über euch wacht!«

Settler gab den beiden Creeps mit der geschulterten Raketenwaffe ein Zeichen. Sie richteten sie auf das Zielobjekt aus. Settler entfernte sich von den beiden. Indem er seine Arme erhob, erzeugte er eine atemberaubende Spannung und bereitete die Masse auf eine bald darauf folgende Sensation vor.

Magool gab plötzlich einen brüllenden Laut von sich, der sich über die Lautsprecher zu einem orkanartigen Brausen entwickelte. Im selben Moment zündete der Lenkflugkörper der Creeps. Die Rakete schoss aus dem Rohr, legte die Distanz zwischen Liberty State Park und der Freiheitsstatue in wenigen Sekunden zurück und traf die hintere Schulter des Monuments. In einer gewaltigen Detonation sprengte sie den Arm der Statue ab, die zuvor noch mahnend die Fackel in den Himmel gereckt hatte. Settler grinste, als er die Fackel kippen sah. Sie fiel wie in Zeitlupe und zerbarst am Fuße der Statue. Die Menge tobte.

Auf den Dächern abseits des Parks wurde den Scharfschützen klar, was soeben passiert war. Wenig später nestelten sie an ihren Ohrhörern, über die sie ihre Anweisungen erhielten. Immer wieder nahmen sie durch ihre Gewehre die Akteure auf der Bühne ins Visier und begannen zu feuern

Während sich über der Freiheitsstatue eine schwarze Rußwolke erhob und Teile der Stahl- und Betonkonstruktion auf den Betonsockel hinabregneten, erhob sich das Brüllen Magools, getragen von den aufbrausenden Emotionen seiner Anhänger, zu einer Wand aus infernalischem Lärm, die sich wie eine Welle zu allen Seiten über New York ausbreitete.

Der Zeiteffekt, den Leighland Pruitt vorhergesagt hatte, entwickelte sich für diesen zunehmend zu einer Bedrohung. Ihn irritierten die Soldaten, die sich in Zeitlupe um ihn herum bewegten oder wie Standbilder einer zum Stillstand gekommenen Filmrolle in der Halle verharrten. Der Effekt blieb jedoch nicht konstant. Er schien sich umzukehren. Als Pruitt sich dem Umkleidebereich näherte, bewegten sich die Personen zwar nicht wieder in natürlicher Geschwindigkeit, jedoch deutlich schneller als zuvor. Die Zeitdilatation, die nur ihn selbst betraf, schwächte sich ab, um sich gleich darauf wieder zu verstärken.

Pruitt erreichte wieder die Umkleidekabinen. Er hielt Ausschau nach den speziell für den Atmosphärendruck ausgestatteten Anzügen, die sich ihm zuvor noch in Reih und Glied präsentiert hatten. Wie versteinert blickte er auf die leeren Haken. In seinem Kopf begann es zu pochen. Er fasste sich an die Schläfen. Der Schock, der ihm in die Glieder gefahren war, brachte ihn an den Rand dessen, was er ertragen konnte.

Wo waren die Anzüge, fragte er sich. Es konnte nur eine Erklärung dafür geben, die seine Pläne abermals durchkreuzen würde. Der Jungpilot hastete nach draußen und sah sich in der Halle um. Die Rakete war bereits an der Außenseite des F16 Jägers befestigt, der nun mit der Spitze zum geöffneten Hangar ausgerichtet stand. Nur wenig entfernt von der Rakete erblickte Pruitt den Piloten, der letzten Sicherheitschecks unterzogen wurde. Nach einem Blick auf seine Uhr wurde Pruitt klar, dass das Protokoll geändert worden war. Aufgrund von Zeitdruck hatten sich die Verantwortlichen vermutlich dazu entschlossen, das Vorbereitungsprotokoll abzukürzen.

Die Geschwindigkeit, mit der Pilot Denis Lewette sich in Richtung der F16 bewegte, ließ Pruitt vermuten, dass die Zeitdilatation sich wieder verstärkte. Pruitt rannte los. An ihm vorbei zogen Soldaten, die sich im Bewegungsablauf des Gehens befanden, ihm jedoch begegneten, als seien sie auf dem Fleck stehende Pantomimekünstler.

Als Pruitt kurz vor der F16 schließlich den Piloten erreichte, traf er eine Entscheidung innerhalb eines Augenaufschlags. Am Arm zerrend, schleuderte er den noch in der Gehbewegung befindlichen Lewette in Richtung des Bombers. Auf diese Weise umhergeschleudert, prallte der Körper des Piloten gegen das Fahrwerk und sackte daraufhin in sich zusammen. Pruitt öffnete den Verschluss und zog Lewette den Helm ab. Dann prüfte er den Zustand seines Gegenübers, zog ihn aus der Gefahrenzone und schleifte ihn über den Boden zu einem Sanitärraum. Nachdem er dem Piloten den Anzug abgestreift hatte, begann er, sich dessen Kleidung anzupassen. Pruitt war etwas kleiner als der Pilot, aber die mit Pressluft aufblasbaren Druckkammern des Anzuges, so hoffte er, würden sich in der Höhe wie eine zweite Haut an seinen Körper schmiegen und die Differenz mit etwas Glück einigermaßen ausgleichen.

Pruitt stand auf und musterte zufrieden das Ergebnis, der Anzug passte. Dann zog er die Rolle Klebeband hervor und fixierte die Hände des Piloten auf dessen Rücken. Ein paar Streifen über den Mund geklebt, sorgten für dessen Ruhigstellung. Pruitt erschrak, als er plötzlich in die geöffneten Augen seines Gegenübers blickte. Er sah sich um, griff den Helm und ließ ihn krachend auf den Kopf des Piloten niedersausen. Dann steuerte er direkt auf die Maschine zu. Auf dem Weg zur F16 erkannte er an der Geschwindigkeit der Soldaten, dass der Zeiteffekt, der auf ihn einwirkte, bereits wieder abnahm.

Über die Hilfsleiter erklomm er die Maschine. Im Cockpit verschaffte er sich zunächst einen Überblick über die Systeme.

Fieberhaft versuchte er, sie mit den ihm vertrauten Modellen zu vergleichen, aber immer dann, wenn er der Meinung war, die komplexe Anordnung der Anzeige verstanden zu haben, irritierten ihn wieder neue Schaltergruppen. Schließlich griff er zu seinem Smartphone. Leighland hatte ihm eine Tastenkombination genannt, an die er sich nun erinnerte. Als er sie wählte, öffnete sich ein elektronisches Postfach, die sogenannte Mailbox. Die abgespeicherten Dateien, die Pruitt zwischenzeitlich zugesendet worden waren, trugen den Absender Tannents. Nach erster Sichtung idetifizierte er sie als Schaltpläne zu der Maschine, in deren Cockpit er jetzt saß. Seite für Seite studierte er die Pläne im Schnelldurchlauf, bis er schließlich zufrieden nickte.

Sekunden nachdem Pruitt auch die Systeme in seinem Helm aktiviert hatte, vernahm er die durch den Zeiteffekt gedehnten Worte des Towers. Sie klangen hohl und dumpf wie durch eine Pappröhre gesprochen. Nachdem er eine Reihe von Schaltern gedrückt hatte, starteten die Turbinen. Pruitt gewann an Sicherheit. Seine Bewegungen wurden zunehmend ruhiger. Durch die getönte Plexiglaskanzel sichtete er erneut den Vogel, der sich, wie zu neuen Kräften erwacht, mit kräftigen Flügelschlägen dem Ausgang näherte. Kurz darauf flatterte er davon und verlor sich bald im Dunkel des Nachthimmels. Für Pruitt war es das Signal zum Aufbruch. Er rollte mit dem Jagdbomber aus dem Hangar. Vor ihm lagen die im Boden eingelassenen Leuchten der Startbahn.

Collider, Dallas, Nacht zum 31. Juli

Die Protonen, die Pendergast im Collider erzeugt hatte, befanden sich auf Kollisionskurs mit dem Element. Bald schon sollten sie eine nicht vorhersehbare Reaktion auslösen, die, einmal angelaufen, keiner der versammelten Physiker mehr würde stoppen können. Während Leighland die letzten eingehenden

Daten der Anomalie prüfte, verfolgte er die Wartungskapsel, die vor Minuten in Nähe der Anomalie zum Stehen gekommen war.

»Wieviel hast du reingegeben?« fragte Pendergast

»Alles, was ich habe. Hast du die Resonanzen?«

»Moment.«

Leighland starrte auf das Steuerpult, in dem die Auswertung stattfand. Einer der Techniker nickte ihm zu. Die beiden Colliderforscher traten hinzu und nahmen begierig die Daten zur Kenntnis. Leighland presste die Luft mit einem Pfeiffgeräusch durch seine Schneidezähne. Pendergast ließ die Hände auf dem Steuerboard absinken und stützte sich auf. »Wohin richtet sie sich?«, brachte er schließlich hervor.

»Beeindruckend«, entgegnete Leighland. »Sie ist nicht fokussiert. Sie bildet sich gleichförmig zu allen Seiten aus. Haben wir Bilder?«

»Nein, die Reaktion in der Röhre hat die Kameras zerstört. Was glaubst du passiert jetzt mit Frease?«

»Ich weiß es nicht, aber wir haben Wichtigeres zu beantworten. Hast du die Verbindung zum General hergestellt?«

»Ja, er ist jetzt auf dem Hauptbildschirm«, erklärte Pendergast.

Die Physiker empfingen eine Videoübertragung direkt aus Pruitts Hauptquartier. Sie erblickten den General, dessen Gesicht eine Mischung aus Verachtung und Mitleid signalisierte.

»Ihr Bomber, ist er unterwegs?«, fragte Leighland.

Ohne jede Gefühlsregung ließ der General seine Absichten erkennen: »Als Sie die Evakuierung ablehnt haben, haben Sie sich Ihr Ende selbst ausgesucht.« Pruitts Erscheinung glich dabei einem höheren Wesen, das sich vom Olymp herabließ, um sich mit seinen Untergebenen zu befassen.

»Sie müssen Dallas nicht vernichten, um die Anomalie zu beenden«, setzte Leighland nach. »Zwei der Dimensionsblasen sind schon in Auflösung begriffen. Sie kollabieren ganz von alleine. Ich bin mir sicher!«

»Sie hatten Ihre Chance, Professor. Jetzt bringen wir es zu Ende.«

»Gut, bringen Sie es zu Ende, aber habe ich noch eine Überraschung für Sie. Zum Schluss. Machen Sie eine Liveschaltung zu Ihrem Piloten. Die Nachricht, die er für Sie hat, wird Sie bestimmt interessieren.«

Pruitt entglitten die Gesichtszüge: »Was glauben Sie, wer Sie sind, Leighland! Gott oder ein Zauberkünstler, der ein Kaninchen aus dem Hut zaubert? Ihre Großspurigkeit kostet Sie und Ihre Kollegen gerade den Kopf! In wenigen Augenblicken sind Sie Geschichte!«

»Tun Sie es, Pruitt! Schalten Sie in das Cockpit Ihres Bombers oder Sie machen einen großen Fehler!«

»Wir haben Funkverbindung zum Piloten. Keine Sichtverbindung! Der einzigen Fehler, den ich gemacht habe, war zu lange auf Sie zu hören. Es ist aus für Sie, Professor.«

Pendergast trat hinzu. »General. Um Himmels Willen, tun Sie, was er sagt. Nehmen Sie für einen Augenblick Kontakt zu Ihrem Piloten auf!«

Leighland hielt Pendergasts Mobiltelefon in die Luft. »Wenn Sie den Piloten nicht sprechen wollen, dann rede ich eben mit ihm.«

»Was zum Teufel!« Pruitt geriet außer sich. »Haben Sie etwa den Verstand verloren? Das ist ja lächerlich!«

Voller Selbstgefälligkeit blickte er zu Stockton. Dieser bestätigte, eine Sichtverbindung auch über Satellit herstellen zu können.

»Ich habe den Piloten gleich in der Leitung«, beharrte Leighland.

Pruitt schloss die Augen und legte seinen Kopf in den Nacken. Die Luft ließ er durch die Nasenflügel entweichen.

In aller Ruhe schob Leighland hinterher: »Stellen Sie Sichtverbindung her und finden Sie es selbst heraus. Zum Tode Verurteilte haben immer einen letzten Wunsch. Und mein letzter Wunsch ist, dass Sie kurz mit dem Piloten der F16 Kontakt aufnehmen. Mehr nicht.«

Schließlich brachte Stockton die Bilder aus der Maschine auf den Bildschirm, Pruitt und er blickten jetzt ins Innere des Cockpits.

»Sehen Sie Sir, es ist alles in Ordnung«, beruhigte Stockton seinen Chef.

Während der General das Livebild betrachtete, triumphierte er in Richtung Leighlands: »Was wollen Sie mir jetzt beweisen? Wo ist jetzt Ihr Kaninchen? Oder hat Ihr Trick gerade Ladehemmung?«

»Schauen Sie doch hin, Pruitt. Schauen Sie genau hin«, gab Leighland zurück.

Der Pilot hatte das Visier seines Helmes hochgeklappt und hielt sich durch dessen Öffnung das Smartphone ans Ohr.

»Unglaublich!« Pruitts Stimme klang plötzlich brüchig, als er auf den Piloten starrte. Entgeistert blickte er zu Stockton. »Telefoniert der tatsächlich? Bin ich hier in einem Irrenhaus?« Hilflos blickte er sich in seinem Kommandostand um, während Leighland einige Worte in Pendergasts Handy sprach.

In den Komandostand platzten daraufhin die Worte des Piloten. »Ich habe Dallas gesehen. Mit eigenen Augen. Ich war dort.« Der Pilot zögerte einige Sekunden. »Wir nutzen hier eine Zeitverschiebung, die ich nicht erklären kann. Aber ich habe mich vergewissert, dass die Bombe nie abgeworfen wurde! Dallas wird es auch in Zukunft noch geben.«

General Pruitt brüllte: »Verdammt noch mal! Wer zum Henker ist das? Bin ich hier umringt von Verrückten? Stockton, sagen Sie was!«

Stockton, der ebenfalls die Bilder im Kommandostand verfolgte, schwieg und schüttelte nur den Kopf. »Sir, keine Ahnung, wer das ist oder wie er da reingekommen ist.«

Leighland beschwor: »Sie sollten auf ihn hören, General. Das, was Ihnen der Mann im Flugzeug sagt, ist die Wahrheit.«

»Ich werde nichts dergleichen tun, Leighland«, erwiderte Pruitt, der seine Fassung wiederzuerringen schien. »Ich weiß nicht, was das bedeutet. Ich weiß auch nicht, wie Sie das alles angestellt haben. Aber eines sage ich Ihnen, es wird Sie nicht retten. Sie nicht und keinen anderen in Ihrem gottverdammten Collider! Ich lasse mich hier von keinem an der Nase herum führen! Und am allerwenigsten von Ihnen. Sie sind Geschichte.«

»Er sagt die Wahrheit«, wiederholte Leighland. »Wenn Sie nicht auf mich hören, dann vielleicht auf den Mann im Cockpit. Auf einen jungen Piloten, der 1991 auf dem Weg in den Irak war, und zwar von derselben Base aus, von der Sie jetzt den Bomber gestartet haben.«

»Was wollen Sie damit sagen?«

»1991, erinnern Sie sich nicht? Ein ambitionierter Flieger, damals noch auf den Weg in den Irak. Derselbe Pilot, den ich durch die Zeitverschiebung in unsere Gegenwart gebracht habe. Und sogar in die Zukunft. Dieser Pilot hat mit mir zusammen in die Zukunft geblickt. Er sah Dallas unversehrt, achtunddreißig Jahre später nach seiner Zeitrechnung!«

»Sie sind ja verrückt, Leighland! Was reden Sie da für einen Unsinn?«

Ungerührt fuhr der Professor fort: »Derselbe Pilot, den ich im Jahr 1991 auf seiner Airbase besucht habe und der sich durch die Zeitbrüche Zugang zum Cockpit Ihres Bombers verschafft hat. Ein unerschrockener Mann übrigens, der später seinen Weg machen wird. Unbestechlich und mit einem glasklaren Verstand ausgestattet. Ich habe ihn auf der Airbase 1991 kennengelernt. Sie wissen, von wem ich spreche?«

Pruitt begann schneller zu atmen.

»Es ist der, mit dem Sie jetzt sprechen und der in den Irakkrieg ziehen wird, um später General zu werden. Sie wissen, wer es ist. Er hatte insgesamt sechsundsiebzig Einsätze, für die er ausgezeichnet wurde.«

»Ich werde...«, versuchte Pruitt, Leighlands Redefluss zu unterbrechen. Seine Stimme versagte jedoch.

»Dieser junge Mann, den Sie dort auf dem Bildschirm sehen, wird nach dem Zusammenbruch der Zeitblasen wieder in sein Zeitkontinuum zurückkehren. Danach wird er weiter seinen Weg gehen. Nach unseren Berechnungen wird das schon in wenigen Augenblicken passieren. Dann wird übrigens der von Ihnen ursprünglich ausgewählte Pilot wieder den Platz einnehmen. Das wird ganz von alleine geschehen, ohne dass Sie oder ich daran etwas ändern könnten. Der Zusammenbruch der Anomalie in unserem Collider wird das erledigen. Ihr Pilot wird sich an nichts erinnnern und Ihren Befehl ausführen, wenn Sie ihn nicht daran hindern.«

»Hören Sie auf ... Das ist irre!«

»Sie kennen diesen unerschrockenen Flieger in der Maschine«, insistierte Leighland. »Wenn Sie mir nicht glauben, hören Sie auf ihn!«

»Hören Sie auf!«, schrie Pruitt.

»Sie können noch mit ihm reden, Pruitt, solange die zusammenbrechende Anomalie es Ihnen gestattet.«

Pruitt starrte auf den Bildschirm. Für mehr als einen Augenblick fixierte er die Augen des Piloten, der ihm durch das geöffnete Visier entgegenblickte. Jetzt erst begann er, das für ihn Unerklärliche in seiner vollen Bedeutung zu erkennen. Pruitt glaubte, den Ausdruck seiner Augen zu kennen, er sog ihn förmlich in sich auf. Sekundenlang trafen sich die Blicke der Augenpaare, die der General in einem Universum an ausbrechenden Emotionen als seine eigenen identifizierte. Pruitts Nackenhaare sträubten sich. Für alle Beteiligten vergingen in diesem Moment nur wenige Sekunden. Für den General aber, der in das Antlitz seinerselbst blickte, und den die Erkenntnis in diesem Augenblick wie ein Keulenschlag traf, war es eine Ewigkeit. Einem Zusammenbuch nahe behielt er dennoch die Fassung. Erst als das Bild zu flimmern begann und sich Störungen in der Übertragung abzeichneten, löste er sich aus seiner Erstarrung. Plötzlich bemerkte er eine Veränderung.

»Was geschieht hier?«, stotterte er. »Was sehen wir hier?«

Fast unbemerkt begann sich ein grüner Schleier über die Bilder zu legen. Er glich einem phosphoreszierenden Nebel, der mehr und mehr das Cockpit des Bombers auszufüllen schien. Dann fluktuierte die Erscheinung des Piloten.

Leighland gab die Erklärung: »In wenigen Sekunden wird ihn die zusammenbrechende Anomalie in seine Zeit zurückbringen. Er wird dort seinen Weg gehen. Er wird Ihren Weg gehen, General.«

Pruitt starrte paralysiert auf die Person in der Kanzel, die sich langsam aufzulösen begann. Während gleichzeitig im Colliderring die Anomalie unter der Einwirkung des Gravitationsimpuls des Elements kollabierte, begannen sich auch die Effekte der Zeitblasen abzubauen. Damit stellte sich gleichzeitig die Rückführung der Dimensionen in die vorher bestehende Ordnung wieder her. Der vom Professor vorhergesagte, aber in seinem Ausgang ungewisse Prozess der Dematerialisierung für den Piloten, war nicht mehr aufzuhalten.

31. Juli, vierzehn Tage nach der Alphastabilität

Sparks empfing die Anweisungen Kindchings, dessen Stimme an Eindringlichkeit gewonnen hatte: »Das Ufo erreicht den kritischen Bereich. Dallas ist jetzt in Reichweite seiner Primärwaffe. Und Ihr Sauerstoff wird auch knapp! Beeilen Sie sich!«

Der Jungforscher konzentrierte sich auf die walzenförmige Metallröhre, die er mit seiner Rechten immer noch umschlossen hielt. Seine Linke, mit der er die Blockade des Motorhandschuhs zu lösen versuchte, zitterte.

»Sparks, Sie müssen abbrechen! Es reicht nicht mehr, hören Sie mich? Bestätigen Sie!«

»Es geht nicht. Augenblick! Verdammt!« Sparks erinnerte sich an die in der Vorbereitung erlernte Routine, das Startelement zu aktivieren. Dabei kreisten seine Gedanken um die Worte Kindchings, der ihn vor möglichen Komplikationen gewarnt und ihm geraten hatte, bei unerwarteten Situationen auf alle Fälle Ruhe zu bewahren. Trotzdem blickte er immer wieder auf die Zeiteinblendung in seinem Visier, die ihm jetzt wie eine mahnende Stimme erschien, den Tauschvorgang am Satelliten endlich abzuschließen. Er hielt kurz inne und unterdrückte seinen Reflex, der Röhre einen Schlag mit der Handfläche zu versetzen. Noch einmal versuchte er unter Aufbietung all seiner Konzentration eine gefühlvolle Einfuhr des Startelements. Jetzt endlich löste sich die Mechanik. Die Röhre ließ sich in den Schacht einführen, sodass Sparks den Austausch der Steuerung abgeschlossen hatte. Er verriegelte den Einschub mit einer Viertelumdrehung, bis die Halterungsbolzen einrasteten.

»Endlich!«, rief er. »Ich hab das Ding drin.«

Kindching atmete durch. »Okay, klinken Sie die Toolbox aus und sichern Sie den Ersatztank. Starten Sie dann Ihre Rückflugsequenz. Wir aktivieren von hier aus den Countdown zum Testdurchlauf für den Satelliten. Sie können jetzt ohnehin nichts mehr machen.«

»Nein«, kam die Antwort von Sparks.

»Was soll das heißen, nein?«

»Ich warte. Ich will sehen, dass es funktioniert.«

»Kommt gar nicht in Frage! Sie starten jetzt ...« Major Kindching unterbrach sich selbst. »Oh mein Gott, Sie liegen bei ...« Kindching vollendete den Satz nicht und starrte auf den neuen Ausdruck mit den Sauerstoffwerten, der ihm von seinen Technikern überreicht worden war.

Unterdessen beobachete Sparks das Steuerungsdisplay des Satelliten. Dabei zwang er sich, die in roten Ziffern pulsierende Anzeige seiner Kontrolleinheit am Anzug zu ignorieren.

»Ich bleibe, bis das Ding hier läuft. Testen Sie diesen verdammten Satelliten, Kindching!«

Sparks bekam über den Helmkopfhörer mit, wie der Major die verkürzte Startsequenz von zwanzig abwärts zählte. Nachdem der Countdown verstrichen war, drang durch den Helm nur ein gemurmeltes »Zum Teufel!«

Sparks ahnte, was passiert was: »Was ist los?« Er hörte, wie Kindching seinen Technikern aufgeregt Anweisungen erteilte. Seine schon erhobene Stimme steigerte sich in hektisches Rufen. Sekunden später hörte Sparks die an ihn gerichtete Anweisung: »Fliegen Sie! Jetzt! Es hat nicht funktioniert. Bringen Sie sich in Sicherheit, verdammt noch mal, hauen Sie ab!«

Sparks starrte ratlos auf den Einschub und erblickte die Buchstabenfolge MALFUNCTION auf der Steuerungsanzeige. Seine Atemfrequenz war in diesen Sekunden die eines gehetzten Tieres, obwohl er wusste, dass er damit seinen Restsauerstoff nur noch schneller verbrauchen würde.

»Verdammt«, entfuhr es ihm. »Woran liegt es?«

»Ich weiß es nicht! Sparks, es ist vorbei. Verstehen Sie? Es ist vorbei! Kommen Sie zurück!«

Sparks reagierte nicht, sondern starrte auf den Körper des Satelliten. Er musste einen Fehler gemacht haben, etwas, an das er nicht gedacht hatte.

»Sagen Sie mir, was nicht funktioniert, Kindching! Los!«

»Keine Ahnung. Es ist aus! Vergessen Sie diesen Haufen russischen Schrott und kehren Sie um! Das Ganze war ein Fehler, ein verdammter Fehler!«

Sparks vernahm einen Pfeifton in seinem Helm. In seinem Visier spiegelte sich eine Anzeige: WARNING! OXYGEN LEVEL LOW! Ihm brach der Schweiß aus.

»Ich will es nochmal versuchen! Was könnte die Ursache sein?«, fragte er in Richtung Kindching.

»Ich weiß es nicht«, stotterte dieser. »Vielleicht ist eine Aktualisierung des Systems nötig. Möglich, dass die Sequenz nicht automatisch startet!«

»Okay, geben Sie mir den Code! Ich versuche einen Reset. Ich boote das System neu.«

»Shuin, nein! Das geht nur am Steuerungsrelais. Dafür ist keine Zeit mehr.«

»Wo finde ich das?«

»Etwa sechs Fuß entfernt, unterhalb der Raketen.«

Sparks bemerkte, dass er das Steuerungsrelais nicht erreichen konnte, solange er an der Sicherungsleine hing. Wieder versuchte er, das andere Ende der Leine zu fassen zu bekommen, das sich verhakt hatte. Als er kurz darauf die Bemühungen einstellte, wandte er sich wieder dem eingeklemmten Leinenabschnitt vor ihm zu. Nachdem er mehrere Male ergebnislos an der Leine gezerrt hatte, öffnete er die Toolbox.

»Was tun Sie?«, rief Kindching. Sparks schwieg. Er griff zu einem zangenähnlichen Instrument. Nach einigen Sekunden des Zögerns setzte er die Zange an dem geflochtenen Nylonseil an und durchtrennte die Leine. Im selben Augenblick beobachtete er, wie sich das Rettungsseil auf der anderen Seite löste und sich mit dem Reservetank rasch im All entfernte.

Kindching, der Sparks Handlungen über die Helmkamera beobachtete, raufte sich die Haare. »Sparks, nein!«, schrie er.

Sparks schwieg immer noch. Für einige Sekunden schloss er die Augen.

Nachdem er sie wieder geöffnet hatte, gab er Kindching die Anweisung: »Sagen Sie mir den Code und beschreiben Sie mir, was ich tun soll!«

Kindching und sein Team waren zu keiner Reaktion fähig. Gebannt verfolgten sie die Bilder.

»Den Code!«, wiederholte Sparks.

Schließlich löste sich Major Kindching aus seiner Starre und blätterte in einem bereitliegenden Heft. Seine Bewegungen waren hölzern. Als er sprach, klang seine Stimme brüchig.

»Sie müssen zurück zur Computereinheit. Bewegen Sie sich vorsichtig. Denken Sie an die Laser.«

Jede Sekunde, die verstrich, war für den Major eine Qual, die es, bei höchster Konzentration auf die kleinste Bewegung des Jungforschers achtend, zu ertragen galt. Nachdem Sparks die Annäherung zum Eingabedisplay ohne Zwischenfälle hinter sich gebracht hatte, bereitete er sich auf die Startsequenz vor. Kindching wischte sich Schweißtropfen von der Stirn. Schritt für Schritt diktierte er Sparks die Startroutine. Während der Jungforscher die erforderlichen Programmierungen unter Kindchings Anweisungen vornahm, verstrichen weitere Minuten.

Unterdessen tauchte aus dem Hintergrund Hayworth auf. Er steuerte seinen Rollstuhl in die Mitte des Kommandostandes, dorthin, wo die Techniker sich den eingehenden Daten widmeten. Erwartungsvoll blickte er Kindching an, der ihn kaum zu bemerken schien. Hayworth spürte die gespannte Atmosphäre. Er blickte zum Kontrollbildschirm, auf dem Sparks Helmkamera das Steuerungsdisplay des Satelliten abbildete. Ohne Fragen zu stellen, erfasste Hayworth die Situation. Ebenso wie der Major verfolgte er die Anstrengung des Jungforschers, der Ziffer für Ziffer eingab.

Der Pfeifton in Sparks Helm verstummte. Im selben Augenblick pressten sich Hayworths Lippen zu einem schmalen Schlitz zusammen. Alle starrten auf die Anzeige des Bildschirms: WARNING! OXYGEN LEVEL LOW!

»Wie konnte das passieren?«, presste Hayworth schließlich hervor.

»Ein Leck. Ein Riss im Anzug«, antwortete Kindching.

Weitere Sekunden verstrichen. Im Kontrollraum war es gespenstisch still. Lediglich vereinzelte Anschläge auf der Computertastatur eines Technikers hallten kalt und hart durch den Raum.

Endlich hatte Sparks die letzten Zahlen des Codes eingegeben. Er versuchte, zu sprechen, doch es gelang nicht. Mit seinem rechten Zeigefinger drückte er die Enter- Taste.

WARNING! OXYGEN LEVEL CRITICAL! erschien auf dem Display im Helminneren.

Hayworth und Kindching hörten Sparks Stimme: »Ich ...«, gefolgt von schweren Atemgeräuschen.

Das Display des Satelliten zeigte keine Reaktion. Zahl für Zahl erlosch in der Reihenfolge, wie Sparks sie eingegeben hatte. Als die letzte Ziffer verschwunden war, schien es, als wäre damit auch das letzte Lebenszeichen der Steuerung erloschen.

Quälend langsam verstrichen die weiteren Sekunden, während sich auf den Gesichtern der Beobachter zunehmend Enttäuschung abzeichnete. Mit jeder Sekunde, die der Zeiger der Uhr an der Wand weitersprang, schwand die Hoffnung im Kontrollraum.

Als wiederum ein leises Röcheln über die Lautsprecher zu vernehmen war, durchbrach Kindchings Stimme plötzlich die Stille im Raum.

»Sparks, geben Sie uns ein Zeichen, wenn Sie uns hören!«

Er erhielt keine Reaktion. Lediglich abgehackte und hervorgepresste Laute, die bald erstarben, zeugten noch von einer bestehenden Sprechverbindung. Die Anzeige WARNING! OXYGEN LEVEL CRITICAL! erlosch. Dann war Stille. Über Sparks Mikrophon war außer einem Hintergrundrauschen, das immer wieder durch ein unregelmäßiges Knacken unterbrochen wurde, nichts mehr zu empfangen. Kindching wiederholte seine Aufforderung mehrmals. Auch darauf erfolgte keine Reaktion.

Über Sparks Helmkamera beobachteten alle Anwesenden im Kontrollraum, wie sich der Abstand zwischen Sparks und dem Satelliten langsam zu vergrößern begann. Gebannt starrten sie auf den Bildschirm. Schließlich schwenkte Sparks linke Hand ins Bild. Leblos schwebte sie vor seinem Körper weggestreckt, während sich die Distanz zum Satelliten weiter vergrößerte. Das Rauschen der Lautsprecher erfüllte den Raum, wie eine dunkle Vorahnung auf das Unausweichliche.

Der Major wiederholte seine Aufforderung noch mehrmals, bis Hayworth schließlich dessen Unterarm umfasste. Nun verstummte auch Kindching.

Als Sparks Kamera bald darauf Richtung Sonne schwenkte und der Bildschirm dadurch mit blendendem Weiß erfüllt wurde, beendete Kindching den Livestream. Hayworth starrte auf das weiße Flimmern der mittlerweile abgebrochenen Übertragung, während sein Team mit gesenkten Köpfen still und wortlos hinter den Laptops saß.

Hayworth fing sich als Erster: »Hat er die Steuerung gebootet?«

»Ich weiß es nicht«, antwortete Kindching, der sich aus seiner Starre zu lösen versuchte. »Möglich. Vielleicht, wenn er die Enter-Taste noch drücken konnte.«

»Überprüfen Sie das! Es bleibt nur noch der Hauch einer Chance.«

Kindching, der nun mit seinen Technikern die eingehenden Signale überprüfte, schüttelte den Kopf. Schließlich warf er den mittlerweile vor Nervosität zerknüllten und mehrmals gefalteten Notizzettel vor sich auf den Boden.

»Verdammt!«, murmelte Hayworth. »Alles umsonst.«

Mit gesenktem Kopf steuerte der Wheeler seinen Rollstuhl zum Ausgang. Als sich auch der Major in Begleitung seines Chefingenieurs anschickte, das Kontrollzentrum zu verlassen, stieß plötzlich einer der verbliebenen Techniker einen Ruf aus.

»Kontakt! Kontakt!«, tönte es durch die Halle.

Kindching riss seinen Körper herum. Seine Augen weiteten sich. Der Ausruf des Technikers war wie das Erklingen eines Signalhorns zur Eröffnung einer Schlacht, das bei allen Beteiligten letzte Reserven an Adrenalin freisetzte.

»Wie? Was passiert hier? Verifizieren Sie!« rief Kindching.

»Wir haben ein Steuerungssignal.«

»Das heißt?«

»Das heißt, wir können den Bär jetzt starten. Der Satellit scheint zu funktionieren!«

Hayworth stoppte seinen Rollstuhl, schleuderte ihn in einer engen Kurve herum und kickte seinen Steuerungshebel nach vorne.

»Dieser gottverdammte Schweinehund«, rief er. »Er hat es geschafft!«

Die Beschleunigung des Rollstuhls drückte seinen Oberkörper nach hinten. »Geben Sie mir eine Leitung zum Präsidenten«, rief er Kindching zu.

Alle Anwesenden versammelten sich wieder an den Kontrolleinrichtungen, plötzlich lag wieder Hoffnung in ihren Gesichtern.

»Okay«, erließ der Wheeler die Anweisung: »Checkt die Distanz zu diesem Objekt da oben. Dann richten Sie die Kanone aus und brennen ihm ordentlich eins auf die Mütze!«

Kindching betrachtete die hektische Betriebsamkeit seiner Techniker, die sich letzten Vorbereitungen zur Aktivierung der Satellitenwaffe widmeten.

»Sollten wir nicht vorsichtig sein, was den Angriff auf die da oben anbelangt?«, gab er Hayworth zu bedenken.

»Keine Ahnung«, ließ der Wheeler verlauten. »Ich werde Woodfords Entscheidung abwarten. Ihr Antrieb wirkt mit größter Wahrscheinlichkeit durch Schwerkraft. Sie krümmen den Raum, hervorgerufen durch eine nach vorne gerichtete Gravitationswelle. Indem sie praktisch den Raum vor sich falten, verkürzen sie ihn und erreichen so ihre Geschwindigkeit. Die haben das Geheimnis geknackt, wir sind in Groome Lake noch ein paar Jahre davon entfernt.«

»Aber dann treffen zwei gegeneinander gerichtete Gravitationswellen zusammen? So etwas wurde noch nie getestet, Chef«, wandte Kindching ein.

»Wenn das so ist, werden wir deren Systeme ganz schön durcheinander wirbeln. Das wird ihnen hoffentlich die Lust nehmen, Dallas zu verwüsten«, entgegnete Hayworth.

»Was ist, wenn sie kontern? Sie könnten den Satelliten zerstören.«

»Und wenn schon! Uns gehört er ja nicht. Aber vielleicht verschafft es den Chaoten da im Collider in Dallas eine Atempause.«

Major Kindching nahm einen Telefonhörer entgegen, der ihm von einem Techniker überreicht wurde. Sofort gab er ihn an Hayworth weiter. Nach einem kurzen Wortwechsel erteilte dieser neue Anweisungen.

»Kann losgehen«, rief er Kindching zu. »Der Präsident ist zu allem bereit.«

»Okay, dann schickt das Signal hoch und gebt dieser fliegenden Untertasse eine volle Breitseite.«

Aus der Spitze des Satelliten trat eine ringförmige Metallkonstruktion hervor. In den gleißenden Strahlen des Sonnenlichts begann die Metallspitze, um ihre eigene Achse zu rotieren. Sekunden später formierte sich daraus eine Schwerkraftwelle. Die von ihr erzeugte Raumkrümmung traf das Ufo an der zuvor berechneten Stelle in der Erdumlaufbahn. Gebannt verfolgten die Forscher das Szenario. Daraufhin einsetzende Analysen einer neuen Positionsbestimmung zeigten zunächst kein Ergebnis. Kindching ließ mehrere Positionsbestimmungen durchführen, die jedoch ebenfalls keine Resultate brachten. Als den Anwesenden klar wurde, dass das Objekt nicht mehr zu orten war, entlud sich die Anspannung in grenzenlosem Jubel.

»Entweder der Energiestoß hat sie erwischt oder irgendwas hat ihnen die Lust auf Dallas genommen«, wagte Kindching eine Prognose.

Der Wheeler gab sich mit den eingehenden Daten noch nicht zufrieden. »Fragen Sie bei der NASA an, ob die das ebenfalls bestätigen können. Wenn wir hier was übersehen, hat das fatale Folgen. Sie lassen den Sektor besser weiter beobachten.«

Auch Kindchings Überwachung und die Prüfung durch die NASA ergab kein anderes Ergebnis. Erst später sollte sich herausstellen, dass die Energiewelle das Objekt über eine unbekannte Distanz hinaus ins Weltall geschleudert hatte. Es ließ sich später in einem Abstand von einer halben Million Meilen von der Erde noch etwa zwei Tage orten. Dann entschwand es einer weiteren Beobachtung.

Hayworth bestätigte Woodford telefonisch den durchgeführten Angriff. Anerkennend nickte der Wheeler dem Mitarbeiterstab zu und nahm die Glückwünsche des Präsidenten entgegen. Doch plötzlich zeichnete sich in seinem Gesicht Erstaunen ab. Mit seinem gesunden Arm notierte er einige Zahlen auf einen Zettel. Dann gab er den Telefonhörer an seinen Techniker zurück.

»Was ist los?« forschte Kindching. »Hat es dem Präsidenten die Sprache verschlagen? Oder hat er kalte Füße bekommen?«

»Nein, weder noch. Es gibt ein neues Ziel. Ich habe soeben genaue Anweisungen bekommen.«

»Was für ein neues Ziel?«

»Hier, geben Sie die Koordinaten ein.« Hayworth gab Kindching seinen Notizzettel.

Nachdem der Major das neue Ziel überprüft hatte, wurde er bleich. Voller Aufgeregung wandte er sich zurück an seinen Vorgesetzten. »Das kann doch nicht sein Ernst sein.«

»Ich weiß. Tun Sie einfach, was er verlangt«, entgegnete Hayworth.

»Aber es ist ...«

»Woodford wird wissen, was er tut. Wir haben keine andere Wahl, wir müssen seinen Befehl ausführen.«

Kurze Zeit später erfolgte erneut ein Countdown. Die sich daraufhin im All formierende Schwerkraftwelle würde nur wenige Sekunden später die Erde treffen. In Kindchings Mimik zeichnete sich angespannte Erwartung ab, während er auf das Display der Koordinatenkontrolle blickte. Dort stand in roten Leuchtbuchstaben zu lesen: NEW YORK.

Collider, Dallas, Morgen des 31. Juli

Leighlands Aufmerksamkeit galt noch immer dem Flatscreen, auf dem man die Bilder aus dem Cockpit verfolgen konnte. Durch den phosphoreszierenden Nebel hindurch versuchte er, Einzelheiten zu erkennen. Erste Details des für den Bombereinsatz ursprünglich vorgesehenen Piloten begannen sich auf dem Platz des jungen Pruitt abzuzeichnen. Für einen Augenblick entstand ein Vakuum, als sich die körperliche Erscheinung beider Piloten in der Maschine überlagerte. Zunehmend körperlos geworden, löste sich Pruitt langsam auf, während der eigentliche Bomberpilot Denis Lewette sich an dessen Stelle materialisierte.

Leighland starrte nun auf den zweiten Bildschirm, über den er die Bilder aus Pruitts Hauptquartier empfing. Dann sagte er zu Pendergast: »Verstehst du? Die Unschärferelation sagt, dass Impuls und Standort eines Teilchens nicht gleichzeitig gemessen werden können. Aus gutem Grund. Hier sehen wir gerade, warum das so sein muss. Wir erleben gerade ein Stück Quantenphysik live.«

Pendergast führte den Gedanken weiter aus: »Pruitt ist an zwei Positionen gleichzeitig. Schrödingers Katzentheorem, ja, ich verstehe. Wenn in Schrödingers Beispiel das Leben der Katze in zwei unterschiedlichen Zuständen existiert, dann müssen auch zwei Personen in unterschiedlichen Räumen und Ausprägungen an Zeit nebeneinander existieren können. Wie der junge und alte Pruitt.«

»Solange sie nicht den selben Raum beanspruchen«, schob Leighland ein. »Pruitt existiert in unterschiedlichen Raumzeiten, nicht im selben Raum.« Dann wandte er sich per Liveschaltung wieder an General Pruitt.

»General, die Anzeigen der Anomalie gehen gegen Null, und der Pilot erwartet Ihren Befehl. Beordern Sie ihn zurück!«

Pruitt war immer noch von den Eindrücken der vergangenen Minuten gelähmt. Unbeweglich stand er wie eine Marmorsäule, den Blick starr geradeaus gerichtet, einen imaginären Punkt fixierend. Nur Schultern und Brust, die sich unter seinem Atem hoben und senkten, verrieten einem Beobachter Lebenszeichen. Er ignorierte die Bitte des Professors, der ihn nun zum zweiten Mal aufforderte, den Flug abzubrechen.

Bei den vielen tausenden von Entscheidungen, die Pruitt in seinem Leben treffen musste, ließ er sich niemals drängen. Im Moment der Entscheidungsfindung schloss sich sein Mund zu einem Schlitz, dabei zitterten seine Lippen.

Von seinem Helm verdeckt, vermochten die Beobachter den entschlossenen Gesichtsaudruck des mittlerweile vollständig materialisierten Lewette nur erahnen. Er klappte den Sicherungsbügel des Auslösebuttons hoch. Die Anzeige zählte in Sekunden rückwärts. Bei Dreißig ertönte das vom Piloten erwartete Signal, dass das Erreichen des Zielkorridors ankündigte.

»Korridor erreicht. Bitte um Bestätigung des Abwurfs.«

Ruhig näherte sich sein Zeigefinger dem todbringenden Knopf und verharrte kurz davor, ohne die rot pulsierende Oberfläche zu berühren.

»General. Ziel erreicht in dreizehn Sekunden, bitte bestätigen Sie!« wiederholte Lewette.

»Pruitt, tun Sie das nicht«, durchschnitt Leighlands Stimme den Raum. »Wir waren erfolgreich! Die Anomalie ist zusammengebrochen!«

Pruitts Nasenflügel bebten. Wortlos hob er die Hand, während sein Blick auf den Abwurfcountdown an der Anzeigetafel ausgerichtet war. Die umstehenden Generäle wagten nicht, zu atmen. Ihr Fokus galt einzig und allein Pruitt, der, gefangen in der Einsamkeit seiner Entscheidung, jetzt die eingeforderte und alles entscheidende Antwort geben musste.

Seine Hand verweilte noch einen kurzen Moment in der Luft. Die Finger krümmten sich zur Faust, um sich gleich darauf wieder zu öffnen. Dann beschrieben sie einen kurzen und prägnanten Strich durch den Raum.

Pendergast sah in dieser Geste ein letztes Zeichen und seine Befürchtung bestätigt, dass das Schicksal der Millionenstadt Dallas besiegelt war. Die Augen geschlossen, ließ er den Kopf sinken.

Im Hauptquartier der Air Force herrschte Totenstille. In diese spannungsgeladene Atmosphäre hinein sprach Pruitt die folgenden Worte ruhig und ohne Emotionen: »Keine Bestätigung.«

»Sir?«, erwiderte der Pilot. »Sir!«

»Keine Bestätigung«, wiederholte Pruitt. »Blasen Sie den Angriff ab.«

»Bestätigung, kein Abwurf, Sir! Kehre zur Basis zurück!«

Die flinken Handgriffe des Soldaten, mit denen er die Instrumententafel bediente, beendeten die Abwurfsequenz. Innerhalb weniger Augenblicke wurde der Sicherungsbügel wieder heruntergeklappt. Nur die Anzeige der abgebrochenen Sequenz, die bei 0:03 stehen geblieben war, erinnerte noch an die Beinahekatastrophe. Nach einem Wendemanöver über den Außenbezirken von Dallas entfernte sich die Maschine und nahm Kurs auf die Air-Force-Base.

Stocktons Mine war finster, als er dem General einen Zettel mit einer Notiz zuschob. Pruitt las und nickte kurz.

Unterdessen ließ Pruitts Entscheidung die Physiker im Collider aufatmen. Leighlands nun einsetzende Entspannung wurde jedoch jäh unterbrochen, als er die Worte Pruitts vernahm: »Glückwunsch, Professor, sieht wohl so aus, als hätten zumindest Sie die Sache überstanden. Ihr Kollege hatte nicht so viel Glück.«

»Wer?«, entgegnete der Professor tonlos, und seine Frage klang wie der Widerhall einer Antwort, die er sich in diesem Augenblick bereits selbst gegeben hatte.

»Tut mir leid.«

»Sparks?«

»Den Satelliten konnte er noch reparieren, aber das war es dann auch für ihn. Wir konnten leider von hier aus nichts mehr tun«, erklärte Pruitt.

»Wie konnte das ...?« Leighland war fassungslos.

»Das spielt jetzt keine Rolle mehr. Im Übrigen ... Es gibt keinen Sparks. Es hat ihn nie gegeben. Er hat nie existiert! Seine Mission hat nicht stattgefunden. Haben Sie mich verstanden?«

Erschüttert sank Leighland über dem Steuerpult zusammen und verbarg sein Gesicht mit den Händen.

Parallelwelt der Blase im Collider, Morgen des 31. Juli

Den Vulkan, der für Venathaer in der Ferne nur als eine undeutliche Erhebung auszumachen war, umhüllten wabernde Eruptionen. Er spie Glut und Magma. Aus seiner Ohnmacht erwacht, bemerkte Venathaer die Gefahr.

John stand an der Grenze zur anderen Dimension und blickte über den Rand zur Zeitblase auf den Forscher herab. Dann lenkte er durch heftiges Gestikulieren auch Pendergasts Aufmerksamkeit auf den Phasenübergang, der den Eindruck erweckte, sich bereits aufzulösen.

Die Szenerie, die Venathaer jetzt gefangen hielt, glich einer apokalyptischen Vision. Heißer Ascheregen, gemischt mit glühendem Bimsstein, fiel vom Himmel. Unter Venathaers Füßen bebte die Erde. Gelblich grüne Giftschwaden waberten aus Spalten des aufgerissenen Bodens und kräuselten sich um Venathaers Schuhe. Die letzte Hoffnung, sich in die sicherere Welt hinüber zu retten, sah Venathaer darin, den Phasenübergang noch zu erreichen, der jene Schnittstelle zum Diesseits markierte und in einem gleißend blauen Licht elektrischer Entladungen vibrierte. Über das Geröll des steilen Abhangs hinauf, versuchte Venathaer, sich vorwärts zu bewegen. Dabei kämpfte er gegen das herabrutschende Erdreich an. Immer wieder rutschte er auf dem unbefestigten Hang ab. Hinter ihm, etwa eine Meile entfernt, begann sich mit rasender Geschwindigkeit eine pyroklastische Wolke in seine Richtung zu bewegen, deren ultraheißes Gemisch aus Gas und Staub ihn bald erreicht haben würde. Er blickte hinter sich. Panik erfasste ihn. Die Grasbüschel, nach denen er griff, boten ihm nur wenig Halt.

Leighland trat ebenfalls an den Blasenrand. Während er Venathaers Überlebenskampf verfolgte, signalisierte er ihm mit der hingestreckten Hand Hilfe. Seine Rufe verhallten jedoch im Donnergetöse der glutspeienden Eruption.

»Jim, bleib hier«, vernahm er hinter sich die Stimme Pendergasts.

»Die Blase wird instabil. Sie verschwindet jeden Augenblick.«

Leighland blickte in Venathaers verzweifelte Augen, der sich, nur noch eine Armlänge von Leighland und damit von der schützenden Umgebung des diesseitigen Universums entfernt, mit den Händen in den Abhang krallte. Mittlerweile zeigte auch die Zusammensetzung der Atmosphäre ihre Wirkung. Venathaer inhalierte die Gase der fremden Welt in seine Lungen, wo sie anstelle von Sauerstoff zunehmend sein Blut sättigten und ihm die Luft zum Atmen nahmen. Dem Erstickungstod nahe, griff Venathaer sich an den Hals und presste die Augen zusammen. Mit der anderen Hand versuchte er, Leighlands ausgestreckte Finger zu erreichen. Während seine Hände ins Leere griffen, wurden die elektrischen Entladungen stärker. Sie äußerten sich jetzt durch Stromstöße, die Leighland schmerzhaft an seiner Schulter spürte. Instinktiv wich der Professor einen Schritt zurück, denn er wusste, auch diese letzte Blase würde den Prozess der Auflösung bald beendet haben.

Ein Surren erfüllte den Raum, während John vom Boden die Pistole aufnahm, die Venathaer bei seinem Rückwärtstaumel verloren hatte. Er kontrollierte das Magazin und entsicherte die Waffe. Seine Aufmerksamkeit galt nun der Colliderröhre, in der plötzlich die Wartungskapsel sichtbar wurde. Sie hatte die Anomalie überwunden, den gegenüberliegenden Röhrenteil durchquert und auf der Kreisbahn ihren Weg zurück zum Collidezentrum gefunden.

Der Söldner näherte sich mit der Waffe im Anschlag der Kapsel, die einen unversehrten Eindruck machte. Nun wurde auch Pendergast auf das Gefährt aufmerksam, das, gebremst durch die Automatik der Schienentechnik, in der Röhrenöffnung zum Stehen kam. Mit vorsichtigen Schritten bewegte sich

John auf die Kapsel zu, um sie in Augenschein zu nehmen. Als er die Collideröffnung erreichte, betrachtete er zunächst die Verkleidung der Kapsel. Die vormals durchsichtige Plexiglashaube, die nun wie Milchglas getrübt war, verhinderte den Blick ins Innere. Wellenförmige Vertiefungen überzogen ihre Oberfläche wie Poren einer Orangenfrucht. John tastete mit seinen Fingern über den deformierten Kunststoff. Erst umrundete er die Kapsel und suchte nach weiteren Auffälligkeiten, dann fasste er mit beiden Händen an die Abdeckung, als wollte er diese zur Seite schieben. Mit vorgehaltener Pistole machte sich der Söldner daraufhin am Verschluss der Haube zu schaffen. John trat mehrmals gegen den Mechanismus. Schließlich fiel der Verschluss einfach ab.

Ein Stück weit öffnete John die Haube und erblickte Frease. Sein Gesicht, zu einer grotesk grinsenden Grimasse entstellt, schien bewegungslos und starr nach vorne gerichtet. John hatte sich noch nicht vom ersten Grauen des Anblicks erholt, als sich der Kopf des Mannes plötzlich vom Rumpf löste, vornüber fiel und ins Innere der Wartungskapsel purzelte. Dann erst erblickte der Söldner die wahre Zerstörung von Freases Körper, der, zu einer breiigen Masse zerflossen, nur noch von den Kleidungsstücken zusammengehalten wurde. John wandte sich mit Würgegefühlen ab.

Unterdessen stellte Venathaer alle Versuche ein, den rettenden Phasenübergang der Blase noch zu erreichen. Sekunden bevor ihn die glühende Wolke erfasste, begriff er, dass dies sein Ende war. Noch bevor ihn das mehrere Hundert Grad heiße Plasma in wenigen Sekunden verglühen ließ, öffnete sich sein Mund ein letztes Mal zu einem markerschütternden Schrei. Die beiden Physiker blickten voller Grauen auf die Masse aus Glut und Staub, die Venathaer binnen eines Augenblicks umhüllte. An der Grenze der Blase verlor sie sich in der anderen Dimension, sodass Leighland und Pendergast den pyroklastischen

Strom wie durch ein abgeschottetes Fenster eines Glutofens beobachteten.

Kurz darauf verschwand der Phasenübergang der Parallelwelt aus Leighlands Blickfeld. Auch diese letzte Blase kollabierte, indem sie stetig an Substanz verlor. Schließlich verschwanden auch die letzten nebelähnlichen Schwaden, die sich Wolkenfetzen am Himmel gleich auflösten. Nur ein Vibrieren der Luft blieb für wenige Sekunden im Raum, dann herrschte Stille.

»Das war knapp«, sagte Pendergast. »Fast hätte dich das Ding auch verschluckt. Venathaer ist auf der Strecke geblieben.«

»Ja. Im Gestern unserer Zukunft.«

Leighland wählte die Nummer von Judys Mobiltelefon. Mit einer Hand stützte er sich auf dem Schaltpult ab. Immer noch blinkten die Digitalanzeigen auf dem Schalttableau. Die Bilder von Venathaers Ende noch vor Augen, beherrschten Leighland jetzt wieder die Gedanken an seinen ehemaligen Schützling Sparks.

Die Stimme von Judy klang gehetzt. »Ja?«

»Leighland hier.«

»Okay, Professor. Schön Sie zu hören.«

»Judy, ich ...«

»Ja?«

»Es ist nicht gut gelaufen.« Leighland seufzte.

Am anderen Ende der Leitung herrschte plötzlich Totenstille.

»Ich habe keine gute Nachricht für Sie, Judy.« Leighland stockte und wusste in diesem Augenblick, dass Judy die traurige Gewissheit bereits erfasst hatte, noch bevor er weitersprach. In die nachfolgenden Worte legte er jene Trauer, die ihn selbst seit Minuten gefangen hielt.

»Ich... Es tut mir so leid, Judy.«

»Shuin?«, klang es ihm schließlich entgegen.

Leigland rang seinen Lippen ein gepresstes »Ja« ab.

»Warum?«

Der Professor suchte nach passenden Worten. Wieder seufzte er.

»Was hatte es für einen Sinn? Ich meine, warum hat er es überhaupt getan?«, wollte Judy wissen.

»Vielleicht hat er es tun müssen«, versuchte Leighland zu beruhigen.

»Für wen? Für Dallas?«

»Es gab einen Unfall. Trotz allem hat er es noch geschafft, den Satelliten zu reparieren.«

Wieder lauschte Leighland in die grenzenlose Stille hinein, die ihm durch Mark und Bein ging.

»An sich selbst hat er dabei nicht mehr gedacht. Ich ... Es tut mir so leid, Judy.«

Einige Sekunden stand für den Professor die Zeit still, und er war sich sicher, dass keines seiner Worte Judy in diesem Augenblick trösten konnte. Nur wenig später vernahm er nur noch Stille aus dem Hörer.

New York, 31. Juli

Tannents Finger hämmerten auf die Tastatur ein und ließen keinen Zweifel daran, dass er mit aller Entschlossenheit zu Werke ging. Den Zugangscode des Militärcomputers zu knacken, würde ihn über alle Maßen fordern. Er griff zu dem Mobiltelefon. Die Verbindung wurde gleich darauf hergestellt.

»Judy? Tannent hier.«

Die Reaktion von Judy ließ den IT-Freak sofort ahnen, dass etwas nicht stimmte. Die Journalistin gab das Telefon an ihren Kollegen Morrison weiter, sie wollte in dieser Situation nicht sprechen. Morrison umriss in wenigen Worten die Geschehnisse um Sparks und die Absichten der Militärführung.

Tannent sagte: »Diese eiskalten Schweinehunde. Denen da oben geht es nur um Machtsicherung. Denen werden wirs zeigen. Ich werde sehen, was wir über die Liveschaltungen zum Collider an Material absaugen können. Mal sehen, ob ich auch etwas über Sparks finden kann. Die Menschen sollen erfahren, was Sparks für sie getan hat. Können Sie denn senden?«

»Ja, wir warten bereits«, schallte es Tannent entgegen.

»Wie weit sind Sie denn?«

»Der Code ist schwer zu knacken. Aber mit der Zusammenschaltung aller Netzwerke auf dem Campus müsste ich es hinbekommen. Garantieren kann ich es allerdings nicht.«

Der IT-Spezialist ließ den Atem durch seine halb geöffneten Lippen entweichen. Er wusste, ihm würden nur unter Ausnutzung aller verfügbarer Netzte die erforderlichen Ressourcen zur Verfügung stehen. Doch die Voraussetzungen, die Milliarden an Kombinationsmöglichkeiten auszurechnen, waren auf dem Campus ideal. Sein Display zeigte an: noch 1.799.000.000 Kombinationsmöglichkeiten. Aber auch diese wären in weniger als dreißig Minuten geprüft. Dann würde Tannent Zugang zum System der Sheppard Air-Force-Base haben. Im Takt einer unhörbaren Melodie mahlten seine Zähne die mittlerweile geschmacklose Kaugummimasse, während er auf das Display und die in großem Tempo immer kleiner werdende Zahlenreihe starrte. Plötzlich weiteten sich seine Pupillen. Den Kaffeebecher, den er gerade anhob, um ihn an die Lippen zu führen, stellte er ruckartig ab. *Match* stand auf der Anzeige.

»Gotcha«, entfuhr es ihm. Er ballte die Hand zur Faust und stieß dabei den Becher um. Der Kaffee ergoss sich über seinen Schreibtisch und befleckte sein T-Shirt. Jetzt war es nur noch eine Frage der Zeit, bis er an die Netzwerkdateien zum Aufruf der Überwachungskameras gelangen konnte. Dann aber zog Tannent die Finger von der Tastatur, als hätte er auf eine heiße Herdplatte gegriffen. Er erstarrte. Sein Programm warnte ihn. Der Gegenseite schien sein unerlaubtes Eindringen bemerkt zu haben.

»Sie haben mich entdeckt!«, rief er aus.

Morrison entgegnete: »Schaffen Sie es noch?«

»Sieht gut aus, ja. Ich schick' den Stream gleich rüber. Seid ihr soweit?«

»Jederzeit bereit!« rief Morrison, der in einem Stoßseufzer seine Anspannung entlud.

»Meine Pferdchen waren wieder erfolgreich. Ich höre sie wiehern.«

»Pferdchen?« wunderte sich Morrison.

»Ja, ich speise sie soeben in das Gegenprogramm ein.«

»Was meinen Sie damit?«

»Trojaner, ein Ablenkungsmanöver.«

»Und wozu das?«

»Zeit. Ich simuliere zweihundert Hackerangriffe gleichzeitig. Das lenkt die Gegenseite ab. Mit den Angriffen werden sie eine Weile beschäftigt sein, während ich die Streams runter ziehe.«

Morrison rieb sich unablässig die Finger. »Wann bekommen wir die Daten, Tannent?«

»Es dauert noch, bis ich zur Ebene der Datenmatrix durchgedrungen bin. Dann kann es losgehen.«

»Wissen Sie was, ich werde Pferde bis in alle Ewigkeit lieben, aber schaffen Sie mir das Zeug rüber«, entgegnete Morrison.

In gewohnter Manier rasten Tannents Finger über die Tastatur. Er wischte die Pfütze Kaffee von seinem Schreibtisch.

»Ich hab sie!«, schrie er plötzlich auf. Als Tannent die eingehenden Streams sichtete, grinste er. »Toller Stoff, diese Aufzeichnungen werden Ihnen gefallen.«

»Endlich«, sagte Morrison. »Es wird Zeit, Sie können sich nicht vorstellen, was hier in New York los ist!«

Judys Stimme zitterte, aber auch sie wandte sich an Tannent:

»Danke für die Hilfe. Bringt Sie das jetzt nicht in Schwierigkeiten?«

»Kann sein, dass es Stress gibt. Immerhin war es eine Militärbasis. Aber ich denke, die da draußen haben ein Recht, die Wahrheit zu erfahren. Naja, und wenn sie mich drankriegen: Ich hoffe, im Gefängnis gibt es Internet.«

Judy antwortete mit erstickter Stimme: »Ich habe schon nicht mehr daran geglaubt.« Die Journalistin trocknete sich ihre Tränen. »Shuin hat ihnen allen den Hals gerettet und jetzt leugnet Pruitt seine Existenz! Dieses Schwein soll damit nicht durchkommen.«

Durch eines der Fenster blickte Judy hinab auf die Ansammlung von Menschen in den Häuserschluchten Manhattans. Wie eine chinesische Terrakotta-Armee verharrte die Ansammlung regungsloser Körper auf einem Fleck. Nicht wenige hatten die Hände vor ihrem Brustkorb verschränkt und beteten. Eine Zeit lang ließ sie sich von der Atmosphäre gefangen nehmen und dachte dabei an den Kampf um die letzten Wasserreserven sowie die Entbehrungen, die den Menschen zugesetzt haben mussten. Wenig später wandte sie sich wieder dem erwarteten Signal zu. Minuten verstrichen, bis die Datenbündel eintrafen. Dann endlich gelangten sie über die Verteiler auf die Bildschirme. Zunächst flimmerten die umfunktionierten Werbetafeln in wechselnden pulsierenden Grautönen, durchzogen von mehlweißen Streifen, die sich konvulsivisch vom oberen bis zum unteren Ende der Multivisionsfläche bewegten. Als die Übertragung begann, fassten Judy und ihre Kollegen sich an den Händen. Jetzt stabilisierten sich die zunächst noch zitternden Bilder. Während auf mehreren kleinen Werbeflächen Leighland gezeigt wurde, erschien auf dem großen Bildschirm des One Times Square Gebäudes eine Luftaufnahme der Zerstörung in Hengshui. Morrison griff sich ein Mikrophon und kommentierte die Szene live: »In diesen Augenblicken entscheidet sich das Schicksal von Dallas. Wie wir soeben erfahren haben, ist der Atomangriff jedoch vorerst abgebrochen worden.«

Morrison vernahm das Raunen der Menge.

»Wir wissen noch nicht, welche Bedrohung von dem unbekannten Flugobjekt ausgeht, aber wir sind sicher, dass wir innerhalb der nächsten Stunde weitere Informationen bekommen werden. Nicht nur in New York, sondern überall auf der Welt, richtet sich in diesen Minuten die Aufmerksamkeit auf Texas. Unter den Augen aller Menschen versuchen in diesem Moment irgendwo da draußen vor Dallas eine Hand voll Spezialisten, den Unglückscollider unter Kontrolle zu bringen. Nach neuesten Meldungen ist die größte Gefahr zwar gebannt, aber wir wissen noch nicht, ob Spätfolgen zu erwarten sind. Es ist eine der schwersten Technologiekatastrophen, allerdings wir haben Vertrauen in diese Menschen dort. Und wir haben eine Botschaft für sie: Wir sind bei Euch!«

Judy stand jetzt etwas abseits und sichtete das soeben durch Tannents Hackerangriff eingegangene Material an einem Computer. Sie presste sich die Hand vor den Mund. Bilder von Sparks furchtlosem Einsatz im All ließen ihr die Tränen in die Augen schießen. Mit zitternder Hand klickte sie sich durch die Bilddateien, während sie mit zusammengepressten Lippen die Luft durch die Nasenlöcher presste. Judy blieb mit ihrem Schmerz allein und löste sich erst Minuten später von den bewegenden Eindrücken. Erst nach mehreren Aufforderungen nahm sie von Blisters einen Becher Wasser entgegen. Währenddessen trieb Morrison sein Team an, wie ein Fußballtrainer seine Mannschaft. Seine Anweisungen ergingen im Sekundentakt.

»Okay. Wir senden die Bilder, bist du bereit, Judy?«

Die Reporterin nickte nur. Sie wühlte sich durch die immer noch in kleinen Paketen eingehenden Dateien.

»Ich will alles auf dem großen Bildschirm. Blisters, Sie machen den Schnitt, während ich die Bilder kommentiere«, entschied Morrison. Zu Judy gewand sagte er: »Du kannst dich drauf verlassen: Sparks bekommt seinen Auftritt. In ein paar Minuten ist es soweit.«

Judys Nerven schienen der Belastung nicht mehr gewachsen zu sein. Ihre rosige Gesichtsfarbe wechselte in ein fahles Grau. In diesen Minuten kämpfte sie gegen den drohenden Zusammenbruch an. Sie durchquerte den Raum und begann zu rennen, bis sie in das Treppenhaus gelangte. Hastig nahm sie Stufen um Stufe auf dem Weg zum Dach des Gebäudes.

White House, Washington, 31. Juli

Hayworth und einige Kommunikationswissenschaftler im Dienst der US-Regierung hatten sich mit dem Präsidenten und einigen Generälen wieder im Lageraum versammelt. Seit der letzten Liveschaltung blieb er in ständigem Kontakt mit Doktor Jandra, die den Anwesenden über einen großen Bildschirm an der Wand erneut zugeschaltet worden war.

»Doktor Jandra, Sie hatten einen weiteren Kontakt. Könnten Sie uns bitte berichten?«

»Es war vor einigen Stunden«, begann das Mädchen. »Wir waren selbst überrascht und hatten natürlich erst alle Hände voll zu tun, die Nachricht zu analysieren.«

Woodford unterbrach sie: »Sie meinen, wieder diese Neutrino-irgendwas?«

»Das ja, aber kein Abbruchlogarithmus diesmal. Es war etwas anderes. Was wir in unseren Analysen erkennen konnten, waren Positionsbestimmungen.«

»Positionen von was?«

»Unsere Berechnungen weisen auf Daten einer Planetenkonstellation hin.«

»Das wird ja immer bunter. Was zum Teufel hat das nun wieder zu bedeuten?» fragte Woodford ungeduldig nach.

Hayworth beschwichtigte: »Sternenkonstellationen sind wie ein Kalender.«

»Wir glauben, es handelt sich um ein Datum«, schob die Inderin ein. »Es beschreibt einen bestimmten Tag und ein Jahr.«

»Sie meinen, einen Hinweis in die Zukunft?«

»Sehr wahrscheinlich. Diese dort beschriebene Planetenkonstellation erreichen wir in etwa 24.000 Jahren.«

»24.000 Jahre? Was soll das bedeuten?«

Doktor Jandra lächelte. »Nun, ich denke, dass es so etwas wie ein Abschiedsgruß war, dazu ein Datum, an dem sie uns wieder besuchen wollen. Sollte wohl heißen: *Wir kommen wieder.*«

»In 24.000 Jahren? Lächerlich.«

»Das denke ich nicht«, entgegnete Hayworth. »Es ergibt sogar Sinn. Durch die Reisen nahe der Lichtgeschwindigkeit wird unsere verstreichende Zeit gegenüber der des Ufos extrem gedehnt. Möglicherweise kehren sie in deren eigener Zeitrechnung in wenigen Jahren zurück, während bei uns Jahrtausende vergangen sein werden.«

»Gab es nicht eine Geste der Feindseligkeit?«, forschte Woodford nach. »Ich meine, ich hätte eine Gegenreaktion erwartet. Schließlich haben wir sie attackiert.»

Hayworth beeilte sich, die Befürchtungen des Päsidenten zu zerstreuen: »Ich vermute, die haben das Erforderliche getan, um uns zu helfen. Gut möglich, dass sie uns alle damit gerettet haben. Außerdem sind sie bereits außerhalb unserer Reichweite. Wir können sie nicht einmal lokalisieren. Machen wir es nicht so kompliziert. Für sie ist die Arbeit getan. Ich glaube, die sind längst weg.«

»Sie meinen, die haben nicht einmal versucht, mit unseren Repräsentanten zu sprechen?«

Stockton blickte hilfesuchend zu Doktor Jandra, die mit den Schultern zuckte. »Warum sollten sie das tun?«

»Mr. Präsident, bei allem Respekt. Was Doktor Jandra sagen will, ist: Die Außerirdischen kümmert es einen Scheiß, welche Eintagsfliege gerade hier auf der Erde das Sagen hat.«

Woodford schluckte und verabschiedete sich mit einem gequälten Lächeln von Doktor Jandra.

»Schalten Sie ab«, raunte er Stockton zu. »Schalten Sie das ab!«

Stockton trat amüsiert an Woodfords Seite und erinnerte ihn an den Zeitplan, der aus dem Ruder zu laufen drohte. Dann beeilte er sich zu sagen: »Aus den Labors wird gemeldet, dass sie einen Wirkstoff isoliert haben, der gegen die Droge Strange wirkt, Sir.«

»Und was ist es?«

»Ein bestimmtes Beruhigungsmittel. Wir haben alle verfügbaren Fabriken angewiesen, es sofort zu synthetisieren.«

»Okay. Und was genau ist Ihr Plan? Ich meine, wie wollen Sie das Zeug verbreiten?«

»Wir werden es in die Wasserversorgung einleiten und es zudem in Flaschen in Umlauf bringen.«

»Meinen Sie, das reicht aus, die Seuche einzudämmen?«, wollte Woodford wissen.

»Momentan ist es unsere einzige Hoffnung, Sir.«

Einer der Bodyguards betrat den Raum und sprach Präsident Woodford an: »Sir, Marine One wartet.« Dann begleitete er Woodford auf die Veranda des Weißen Hauses. Dahinter erstreckte sich der südliche Rasen, der umrahmt von altem Baumbestand den White Tops, den Hubschraubern des Präsidenten, als Landepunkt diente. In einem fest vorgeschriebenen Korridor hatte der jeweilige Pilot den Näherungsflug innerhalb eines sekundengenau geplanten Timings und Anflugwinkels zu bewältigen. Dabei diente ihm das Washington Monument, der höchste Obelisk der Welt, als einer der letzten Orientierungspunkte zum Weißen Haus. Auf der Rasenfläche hatte er punktgenau auf drei Markierungen zu landen, auf denen die Räder des Helikopters auszurichten waren. Nach erfolgter Landung zelebrierte ein uniformierter Marinesoldat das Protokoll und öffnete die Ausstiegsleiter.

Außerhalb des Geländes wohnten diesem Spektakel meist Schaulustige bei, die auf diese Weise Gelegenheit hatten, den Präsidenten aus nächster Nähe zu sehen. Auch diesmal hatten sich eine Gruppe Menschen versammelt, die jedoch nur bis zu einer erst kürzlich errichteten Absperrung vorgedrungen waren.

Auf dem südlichen Rasen hatte sich wenige Minuten zuvor einer der White Tops in der Nähe der drei Markierungspunkte gesenkt. Der Soldat, der ausgestiegen war, zelebrierte mit ausholenden Schritten die militärisch korrekte Kehrtwende zurück zur Maschine, um dann zu salutieren. Damit gab er dem Präsidenten das Signal, dass die Maschine zum Transport bereit war.

Präsident Woodford stand auf der Terrasse des Weißen Hauses und ließ sich von einem Sicherheitsbeamten letzte Hinweise geben. Dann wandte er sich Stockton zu: »Pruitt soll mich sofort anrufen, wenn er die Lage in Dallas unter Kontrolle hat. Und wenn er diesen vedammten Magool erwischt hat, dann will ich das auch wissen. Ich will eine Zigarre anstecken und mir dann bei einem guten Whiskey das Bild dieses Penners ansehen. Gehen wir zur Maschine. In Camp David wartet man schon auf uns.«

New York, 31. Juli, früher Morgen

Die Energiewelle der Schwerkraftwaffe traf den Liberty State Park in New York mit pulsierenden Stößen. Binnen Sekunden fegte der Impuls die Blätter von den Bäumen, die wie Konfetti über den Creeps hinabzuregnen begannen.

Die Welle kam mit Urgewalt. Sie trieb mit einem Schlag die Creeps wie die fallenden Schneeflocken eines Sturms auseinander. Fast augenblicklich erstarb die Feierstimmung, in der sie sich in den zurückliegenden Tagen befunden hatten. Ihre Körper, von der Wucht der Stöße auf den Boden gepresst, wanden sich um Platz ringend wie in einem Ameisenhaufen. Unterdessen vibrierte die Luft so stark, dass man die Umgebung nur noch verzerrt wahrnehmen konnte.

Auch am Rand des Liberty State Parks, wo die Wellen weniger stark auf die Erde trafen, stoben die Massen auseinander. Die Bühne, die Augenblicke zuvor noch Chorsängerinnen präsentiert hatte, kippte zur Seite und begrub die Frauen unter nachrutschenden Aufbauten. Reverent Settler stürzte ebenfalls von der Bühne und wurde von einem herabfallenden Beleuchtungskörper getroffen. Er zog sein zerschmettertes Bein mit blutdurchtränkter Hose hinter sich her und versuchte, sich aufzurichten. Halb am Boden kriechend, brachte er sich aus der Gefahrenzone.

Der Park bot den Anblick eines Schlachtfeldes. Wie Schmeißfliegen, die sich in ihrem Mal gestört fühlten, entfernten sich die Helikopter, die nicht mehr in die Situation einzugreifen vermochten.

Ansatzlos erreichten die Wellen auch Magools Auferstehungskulisse. Die gesamte Architektur des Glaskreuzes vibrierte in einer kurzen Eruption. Als die Welle auf das Glas auftraf, jagte sie Schockwellen von der Spitze bis zum Boden. Am Dach des Kreuzes beginnend, setzte sich die Welle durch die Struktur fort und ließ die spiegelnde Oberfläche innerhalb von Sekundenbruchteilen zerbersten. Scheibe für Scheibe splitterte in kleinen Explosionen, bis auch die letzten Glaseinsätze zerplatzt waren und die Segmente in sich zusammenfielen.

In der Mitte des gläsernen Infernos erfuhr Magool, wie ihm der Boden unter den Füßen schwand. Seine Finger versuchten, an den Griffen Halt zu finden. Binnen Augenblicken wurden aber auch die Griffe aus ihren Verschraubungen gerissen. Unter der Last von Magools Körpergewicht sackte sein gläsernes Stehpult immer tiefer. Sein Mund öffnete sich zu einem Schrei, als er sah, dass sich kleine Risse durch die Bodensegmente fraßen, auf denen er stand. Mit den Beinen voran durchstieß er den Glasboden. Die dabei entstehenden Bruchkanten schlitzten zunächst den weißen Anzug, dann Magools Waden und Oberschenkel der Länge nach auf. Wie geschliffene Tranchiermesser eines Metzgers filetierten sie binnen Sekunden seine Muskelstränge förmlich bis auf die Knochen. Magool wurde inmitten der zusammenbrechenden Kristallflächen zu Boden geschmettert und von einer Flut aus glitzerndem Kristall begraben. Tausende Glassplitter türmten sich zu einem Haufen, der aus der Ferne an eine Pyramide aus Diamanten erinnerte. Die Gliedmaßen grotesk verrenkt, lag Magool unter dem zerstörten Kreuz. Die kleineren Glasscherben hatten während des Sturzes wie winzige Rasierklingen gewirkt. Teile von Magools Gesichts waren durch den Sturz aufgeschnitten und eröffneten den Blick auf darunter liegende Wangenknochen. Ein Glasfragment steckte in seinem Hals und ragte durch den Mund zwischen seinen Lippen hervor. Er röchelte leise. Im letzten Aufbäumen von Agonie erzitterte sein Körper. Dabei weiteten sich die Augen, als er versuchte, den Mund zu einem letzten stummen Schrei zu öffnen. Nach wenigen Sekunden erstarb auch dieses Zittern, bevor Magools blaue Kontaktlinsen zerbarsten und ihm das Augenlicht nahmen. Er rührte sich nicht mehr.

In der Kommandozentrale des Weißen Hauses beschäftigte man sich mit Vorbereitungen zum Anflug der White Tops. Den Anweisungen des Personals folgend, näherten sich die Hubschrauber dem Sitz des Präsidenten. Fethers befand sich noch in der Anflugschneise in Höhe des Obelisken. Aus der Ferne erblickte er bereits den südlichen Rasen des Weißen Hauses und den White Top der Marine One, der bereits seinen Platz auf den Positionsmarkierungen eingenommen hatte.

Fethers Blick war starr und leer nach vorne gerichtet. In wenigen Sekunden würde er den Rasen erreichen, um seinen todbringenden Plan in die Tat umzusetzen.

Von links näherte sich ein weiterer Helikopter. *Shell Game*, das Verschleierungsspiel der Marine One, hatte begonnen. Fethers bestätigte der Einsatzleitung mit monotoner Stimme die Anweisungen zum Abgleich der vorgeschriebenen Route. Am Washington Monument leitete er die letzte Richtungskorrektur zum Weißen Haus ein. Im vorgeschriebenen Korridor sollte er sich der später aufsteigenden Marine One nähern, um dann im Manöver mit einem weiteren White Top schnelle Positionswechsel vorzunehmen. Selbst geübten Beobachtern war es wegen dieser Kunstflüge nicht ohne weiteres möglich, das Versteckspiel zu durchschauen und die Maschine mit dem Präsidenten zu identifizieren. Hunderte Male geübt, beherrschte Fethers die Sicherungsmaßnahmen perfekt.

Mit dem typischen Winken grüßte Woodford das bereitstehende Sicherungsteam im Außenbereich, ohne dabei die Schaulustigen am Rande des Parks zu vergessen. Dann schritt er zum Helikopter. Stockton begleitete ihn, unter dem Arm trug er eine Aktentasche. In der Ferne machten die Männer bereits die beiden weiteren Maschinen aus, die sich, von den kritischen Augen des Sicherheitsdienstes beobachtet, der Anlage näherten.

Fethers wich jetzt deutlich von der vorbestimmten Route ab. Zu schnell näherte sich seine Maschine dem südlichen Rasen. Von der Kommandozentrale im Weißen Haus sofort entdeckt, erhielt er Anweisungen zur Kurskorrektur. Der Pilot des zweiten Begleithubschraubers hatte die Anweisungen über Funk mitgehört und bereits Blickkontakt zu Fethers gesucht.

»Geh' auf Kurskorrektur, Brian! Was soll das?«, rief er in Richtung seines Kameraden.

»Bestätige Korrekturkurs«, antwortete Fethers, setzte aber unbeirrt seinen Flug in Richtung des Weißen Hauses fort. Seine Finger, die das Steuer des Helikopters umklammert hielten, zitterten. Auch das Unterbewusstsein von Fethers begann zu rebellieren. Von Fethers noch unbemerkt, begann sich zunehmend die Einflussnahme auf seinen Geist zu lockern. Magool, der vor wenigen Momenten unter einem Glashaufen begraben worden war, würde bald keine Macht mehr über Fethers Gedanken haben. Noch aber wirkten Magools Befehle wie ein Echo nach, hielten Fethers in Schach. Hohe Dosen von Strange hatten in den letzten Stunden das Gehirn des jungen Marines ohne Pause konditioniert, sodass es seinem Unterbewusstsein nicht gelang, ein erstes Gegengewicht zur Beeinflussung aufzubauen. Nun aber begann sich der neblige Schleier langsam zu lüften.

In der Kommandozentrale brach unterdessen binnen Sekunden Unruhe aus. Hektische Rufe gingfen durcheinander.

»Er reagiert nicht auf unsere Anweisungen, verdammt was geht hier ab?«, rief ein pausbäckiger Mann, der einen Stapel Notizen achtlos auf den Tisch warf. Im Hintergrund stand ein Soldat in grüner Uniform, der nervös an seinem Waffenholster zu nesteln begann. Der Pausbäckige rief: »Auf der Liste steht Fethers, er muss doch wissen, was zu tun ist!«

Neben ihm richtete sich ein Kollege auf seinem Sitz auf und starrte auf die übertragenen Bilder der Außenkamera. Er umfasste den Bildschirm seines Computers mit beiden Händen und rief: »War dieser Fethers nicht einige Tage verschollen?«

»Informiert Stockton!«, entgegnete ihm der Mann mit der Waffe, der aufgesprungen und zum Fenster gelaufen war.

»Kann es sein, dass sie ihn umgedreht haben?« presste der Pausbäckige hervor. Er riss die Gardinen zur Seite und starrte nach draußen. Dann brach es aus ihm hervor: »Holt ihn vom Rasen! Holt den Präsidenten vom Rasen! Sofort!«

Erste Warnrufe des Sicherungsteams auf der Terrasse ertönten. Woodford und Stockton bemerkten sie wenige Meter vom Hubschrauber entfernt. Zwei der Beamten eilten Woodford über den Rasen entgegen. Ihr Winken signalisierte Gefahr. Nun erreichte auch Stockton die Botschaft über sein Headset.

Fethers war weiter im Sinkflug begriffen und erreichte in diesem Augenblick den Randbezirk des südlichen Rasens.

Stockton begriff die Situation als Erster. Aus dem Augenwinkel hatte er die Maschine näher kommen sehen. Jetzt war sie auf Sichtweite des Piloten vom Präsidenten entfernt.

»Passen Sie auf!«, schrie Stockton in Woodfords Richtung.

Auch der Pilot des White Tops, der sich zuvor mit salutierender Geste zur Seite der ausgefahrenen Aufstiegsleiter postiert hatte, erkannte das nahende Unglück. Instinktiv griff er zur Waffe und nahm Fethers' Hubschrauber ins Visier.

Woodford, der die Maschine herannahen sah, versuchte, seinen Kopf mit den Händen zu schützen. Nun geschah alles in Sekundenbruchteilen. Fethers, der sich Magools Umklammerung unter Aufbietung aller seiner Kräfte in letzter Sekunde entziehen konnte, riss das Steuer der Maschine nach links. Der Helikopter, der den White Top des Präsidenten nur um Haaresbreite verfehlte, berührte in diesem Augenblick mit seinen Kufen den Rasen und neigte sich vornüber. Gleichzeitig versetzte Stockton dem Präsidenten einen kräftigen Stoß. Dieser stürzte seitwärts zu Boden. Stockton schmiss sich über ihn und versuchte, mit seinen Händen den eigenen Hinterkopf zu schützen.

Währenddessen hatte sich die Front von Fethers Maschine so weit dem Erdboden genähert, dass die Rotoren sich in den Rasen zu bohren begannen. In einem ohrenbetäubenden Kreischen des Rotors barsten die Stahlblätter und brachen oberhalb der Motorspindel ab.

Eines der Teile verfehlte Stockton nur knapp und rasierte die Büsche am Rand der Rasenfläche. Ein Flügelteil wurde in Richtung der Schaulustigen katapultiert. Nun kam auch die Menschenmenge in Bewegung. Lautes Raunen mischte sich unter panische Schreie. Die Kanzel des Hubschraubers brach auseinander, Teile von Metall und Glas wurden zu Boden geschleudert.

Fethers wurde beim Aufprall frontal durch die berstende Frontscheibe aus dem Cockpit gerissen und landete, nicht weit von dem Wrack des Helikopters entfernt, mit verrenkten Gliedmaßen regungslos auf dem Bauch. Im selben Moment hatten auch die Sicherheitsbeamten den Präsidenten erreicht und warfen sich schützend auf das Staatsoberhaupt. Aus dem Hintergrund des Gebäudes kamen weitere Sicherheitskräfte gerannt. Der Haufen aus Leibern, unter dem sich Woodford befand, glich einer Pyramide übereinander gestapelter Footballspieler. Innerhalb weniger Sekunden hatte sich der Rasen in ein Szenario aus herbeieilenden Beamten, Rettungshelfern und Uniformträgern verwandelt. Stockton wurde von einem der Sicherheitskräfte aufgeholfen. Sein erster Blick galt dem Präsidenten, der sich fluchend vom Boden aufzurappeln versuchte.

»Verdammte Scheiße, was war das jetzt wieder!«, entfuhr es Woodford.

Er blickte an sich hinunter, griff mit seiner Hand an den Oberschenkel und betastete eine dunkle Masse, die seiner Hose anhaftete. Dabei stieß er einen der Uniformierten zur Seite, der ihn zu stützen versuchte.

»Zum Teufel auch«, schimpfte er. »Ich bin wahrscheinlich der erste verdammte Präsident seit George Washington, der in seinem eigenen Garten attackiert wird.«

Stockton blickte seinen Präsidenten entschuldigend an. Woodford keuchte: »Hundert Aufpasser um mich herum, und wo lande ich? In Hundescheiße! In gottverfluchter Hundescheiße!«

Voller Zorn wandte sich der Präsident dem zerstörten Helikopter zu, während er von Sicherheitskräften umringt in Richtung des Weißen Hauses gedrängt wurde.

Stockton lief unterdessen zu dem Piloten, der immer noch regungslos am Boden lag. Vier Beamte hatten sich ebenfalls mit gezogener Waffe dem leblos wirkenden Körper genähert. Einer von ihnen trat zu Fethers heran und betrachtete die Wunde am Bein. Weiß schimmerte ein Knochen aus dem blutenden Fleisch hervor. Dann plötzlich bewegte der Marine seinen Kopf. Von seinem mit Erde bedeckten Gesicht rann Blut.

»Ist der Präsident gerettet?« entwich es flüsternd seinem Mund.

»Er ist in Sicherheit«, erklärte Stockton und beugte sich zu dem Verletzten hinab.

»Es war Magool«, stammelte der Pilot.

»Ja, ich weiß, wir haben es in letzter Sekunde ... Aber Magool ist tot.«

»Ich konnte ... die Kontrolle wieder ...«

»Bleiben Sie ruhig. Magool kontrolliert jetzt keinen mehr.«

»Dann ...« flüsterte Fethers, »hört es jetzt auf, oder?«

Stockton, der von herannahenden Sanitätern zurückgedrängt wurde, erhob sich und schritt an der zerstörten Maschine vorbei. Auf dem Weg zur Terrasse klopfte er sich das Gras von seinem Anzug und sagte leise zu sich selbst: »Es wird nie aufhören.«

Im Collider hatte Leighland alle Mühe, zur Ruhe zu kommen. Pendergast stand an der Steuerkonsole und starrte auf den schwarzen Bildschirm.

»Jim, wie weit geht die Realität in diesen Dimensionen?« fragte Pendergast seinen Kollegen.

»Du meinst das, was wir in den Blasen gesehen haben?«

»Ja. Wo ist der Unterschied zwischen Realität und Fiktion?«

»Schwer zu sagen. Venathaer sprach damals von unserer DNA. Er glaubte, dass sie über das ganze Universum hinweg kommuniziert. Das würde bedeuten, dass unser Universum nichts anderes ist als eine Holografie, eine gewaltige Projektion.«

»Vielleicht Hyperkommunikation?« vermutete Pendergast.

»Ja, Die Frage ist doch: Wenn sie tatsächlich existiert, über wie viele dieser Dimensionen kann sie gehen?« fragte Leighland.

»Hast du dazu eine Theorie?«

»Wenn ich das wüsste, Karel, wäre ich wohl bereit für den Nobelpreis. Ich glaube, es kommt nicht darauf an, wie viele Dimensionen es gibt. Viel wichtiger ist doch, wie wir einige davon für uns nutzbar machen können.«

»Die Zahl der Dimensionen könnten wir ermitteln.«

»Ja. Wir könnten es durchrechnen.«

»Wir werden es durchrechnen, Jim, wir werden es durchrechnen«, entschied Pendergast.

Leighland nickte, während Pendergast seine Blicke in der Steuerungszentrale schweifen ließ, in der das Kollabieren der Blaseneffekte keine Spuren hinterlassen hatten. »Aber wenn das, was wir da gesehen haben, tatsächlich Teil eines Hologramms gewesen ist, dann frage ich mich, wie kommen alle Informationen an so unermesslich viele Punkte? Wer hat sie dorthin programmiert?«

»Ich sagte ja, vielleicht ist ja das Universum die einzig wirklich intelligente Spezies.«

»Mag sein«, erwiderte Pendergast. »Jedenfalls hat die Anomalie uns Zugang zu anderen Welten verschafft.«

»Hört sich verrückt an, dass irgendwo da draußen unsere Gedanken Realität werden könnten. In einer Dimension, in der wir gerade unsere eigene Welt erdenken. Erinnert mich irgendwie an die Viele-Welten-Theorie von Everet.«

»Kann sein«, resümierte Leighland. »Vielleicht gibt es da draußen ja auch jemanden, der uns gerade träumt.«

Zum gleichen Zeitpunkt kreiste über Manhattan ein Polizeihubschrauber. Er näherte sich dem Times Square, dessen Anblick die Piloten in Erstaunen versetzte. Wie eine in einer Bewegung eingefrorene Armee, gesichtslos, aber in ihrer Masse durchaus eindrucksvoll, versuchte die in den Schluchten der Wolkenkratzer verharrende Menschenmenge schweigend das Geschehen zu erfassen. Die Menschen starrten gebannt auf die bewegten Werbetafeln an den Fassaden. Der ruheloseste Platz der Welt schien plötzlich still zu stehen.

Aus den Lautsprechern donnerten die Worte Morrisons: »Freunde, was ihr hier hört, ist die Stimme von New York. Aber es ist auch die Stimme von Dallas. Wir wollen euch sagen, dass wir in diesem Moment alle bei euch sind.«

Nachdem Morrison die Bilder der Zerstörung aus Hengshui auf den Bildschirmen eingespielt hatte, zeigte er eine Luftaufnahme der texanischen Großstadt. Der Tumult in den Straßen wuchs.

»Ihr habt von der Bedrohung im Collider in Dallas gehört. Sie hätte unser Ende sein können. Die Verursacher konnten eine größere Katastrophe im letzten Moment noch verhindern. Aber eines ist auch klar, Wissenschaftler haben diese Beinahe-Katastrophe ausgelöst, und wir alle sollten künftig genauer hinsehen, woran überall auf der Welt geforscht wird.« Der Chefredakteur formulierte die Worte ruhig und mit der stoischen Stimme eines Nachrichtensprechers.

»Es gab einen mutigen Einsatz eines jungen Mannes, draußen im All, nicht zuletzt, um Dallas vor der Bombe zu retten. Bildet euch euer Urteil. Ich will euch berichten, was er getan hat. Was er auch für euch getan hat.«

Unten kamen die Ausbrüche an Emotionen zum Erliegen. Zunehmend begann die Menge wieder, Morrisons Ausführungen zu lauschen.

»Er hat es geschafft, im All eine Satellitenwaffe zu reparieren, und wollte dadurch den Abwurf der Atombombe verhindern«, erläuterte Morrison. Der Journalist spielte eine über Sparks Helmkamera gedrehte Sequenz ein. Das Video zeigte ihn in jenem Moment, als er den Code zum Reset der Steuerung eingab.

»Er hat da oben eine russische Weltraumwaffe, von deren Existenz wir eigentlich nie hätten erfahren sollen, für uns repariert. Der Anführer der Creeps, die soviel Leid über das Land und über uns in New York gebracht haben, konnte damit unschädlich gemacht werden.«

Während Morrison sprach, zeigte sein Team fortlaufend die Aufnahmen von Sparks. Zunächst schien es, als seien die Aufnahmen ohne Ton, doch dann erschallte plötzlich Kindchings Stimme über den Times Square: »Der Schutzanzug ist aufgerissen! Er wird es nicht schaffen!«

»Und er hat es tatsächlich nicht geschafft. Zumindest ist es ihm nicht gelungen, sich selbst zu retten«, fuhr Morrison fort.

Die Menschenmenge auf dem Times Square schwieg und sog die Worte Morrisons förmlich in sich auf.

»Als er in Not geriet, hat er für sich selbst eine Entscheidung getroffen. Sie war selbstlos. Es war eine Entscheidung, die er auch für uns getroffen hat.«

Gezeigt wurde nun die Szene, in der Sparks die Rettungsleine seiner Sauerstoffreserven durchtrennte.

»Aber die Regierung hat entschieden, diesen Satelliten geheim zu halten. Und damit wurde auch entschieden, den Namen des Mannes zu verschweigen, der unzählige Menschenleben gerettet hat.«

Langsam schwoll wieder das Raunen in den Straßen an.

»Wir aber kennen jetzt seinen Namen, und ich denke, dass die Regierung damit nicht durchkommen sollte.«

Die nächste Einspielung zeigte nun eine Szene mit General Pruitt, die im Collider aufgenommen worden war. Man sah Pruitt, wie er das Team aus Wissenschaftlern anschrie: »Verdammt noch mal, es gibt keinen Sparks! Es gibt keinen Sparks! Es gibt keinen Sparks!«

Pruitts Worte donnerten über die Lautsprecher, das Echo bahnte sich seinen Weg durch die Straßen von Manhattan.

Morrison fuhr fort, er legte jetzt mehr Pathos in seine Stimme. »Sein Name war Shuin Sparks, und ich behaupte einfach mal, er hat es verdient, dass ihr das erfahrt. Was denkt ihr?«

Die Bildschirme zeigten eine Szene aus Sicht von Sparks Kamera. Es war der Augenblick, als den Jungforscher die Kräfte verließen und er sich mitsamt der Kamera langsam vom Satelliten ins All zu entfernen begann. Morrison ließ eine Aufnahme der Überwachungskamera des Kontrollzentrums einspeisen. Die vorher noch gestikulierenden Wissenschaftler und Techniker hatten ihre Bewegungen eingestellt.

»Vor Wochen hat er noch ein Millionenpublikum vor den Bildschirmen gefesselt, als er vom Weltall aus zur Erde gesprungen ist und die Schallmauer durchbrochen hat. Dieses Mal hat Shuin Sparks die Rückkehr zur Erde nicht mehr antreten können.«

Immer noch regungslos verfolgte die Menge die Bilder. Nicht Wenige begannen sich in einem Akt der Verbundenheit an den Händen zu fassen.

Morrison mischte die Tonspur der Aufnahmen nun zu einer sich wiederholenden Textschleife, die hart und blechern aus den Lautsprechern schallte.

»... Es gibt keinen Sparks! Sparks hat nie existiert ... nie existiert ... nie existiert ... nie existiert ...«

Die Worte aus den Lautsprechern waren noch nicht ganz verhallt, da setzte Morrison wieder an. Seine Worte klangen wie die einer höheren Instanz:

»Das Pentagon hat sich dazu entschieden, Sparks' Existenz zu leugnen, ihn aus unserer Welt auszuradieren. Und ich denke, er hat es nicht verdient, so behandelt zu werden. Nur weil er ein Zivilist ist. Was denkt ihr?«

Nun begannen mehr und mehr Passanten zu applaudieren. Immer mehr Arme wiesen aus der Menge auf das übergroße Konterfei des jungen Mannes, bis die Menge von Euphorie erfasst wurde und sich die Freude in einem Ausbruch frenetischen Jubels entlud. Es schien, als würde sich in den Gesichtern der Menschen jene Freude abzeichnen, die Judy in ihnen schon verloren geglaubt hatte. Die zwei Piloten im Helikopter beobachteten aus der Höhe die Massen, die nun frei und wie neu geboren ihre Emotionen auslebten.

»Ich hab so was noch nicht gesehen, du?«

»Nein, echt Wahnsinn. Selbst aus der Höhe.«

»Ich glaube, sie feiern auch den Sieg über die Creeps.«

»Auf jeden Fall eine große Party. Ich wäre gern dabei.«

Gefangen von den Szenen, die sich in den Straßen unter ihnen abspielten, nahm die Besatzung des Helikopters eher gleichgültig das auf den Werbeflächen überdimensional groß abgebildete Konterfei von Sparks zur Kenntnis. Es prangte an den zahllosen kleinen und großen Bildschirmen des Broadways, die damit den Eindruck erweckten, allesamt zu einer Einheit verschmolzen zu sein.

Bereits mit dem Auslesen der Rückflugkoordinaten beschäftigt, bemerkte keiner der beiden Piloten die Frauengestalt, die abseits des großen Jubels in den Straßen, hoch oben auf dem Dach des MetLife Gebäudes, ihr Glas in den Nachthimmel reckte. Ihre Mundwinkel bebten, und nur mühsam hielt sie die Tränen zurück, die sich in ihren Augenwinkeln zu sammeln begannen.

Nachtrag:
Am 31. Juli 2017 um 00:31 Uhr CST kappte Sparks die Rettungsleine zu den Reserven seines Raumanzugs. Mit seinem Entschluss sollte er den Menschen in Dallas später das Leben retten. Am 29. August 2018 wurde daraufhin im Fair Park in Dallas, unweit der Hall of State, ein Obelisk errichtet, der an die Geschehnisse erinnern soll. Das Monument, das Sparks' Namen trägt und für die Bewohner der Stadt den Beginn einer neuen Zeitrechnung markiert, wird auch über die texanische Metropole hinaus als Mahnmahl an die Wissenschaft verstanden. Die Tafel am Sockel trägt die Inschrift:

Remember 2017
Our Second Chance

Ende

Nachwort

Ist unsere Realität ferngesteuert?

Als Albert Einstein 1915 in seiner Allgemeinen Relativitätstheorie Masse, Energie und Lichtgeschwindigkeit zusammen in eine Gleichung brachte, eröffnete er nicht nur der Physik eine neue Sichtweise, er stieß damit den Menschen das Tor zu den Sternen auf. Als Erster erkannte Einstein, dass Zeit nicht als unveränderbare Konstante, sondern vielmehr wie ein Expander als Variable, vernetzt und eingewoben in das Geflecht der Naturgesetze, existieren muss. Vielleicht ahnte er damals schon, wie sehr die Früchte seiner Forschung missbraucht werden würden, denn obwohl er sich sein Leben lang für den Pazifismus einsetzte, wurde er mit seinen Forschungen trotzdem zum Wegbereiter des nuklearen Zeitalters.

So wie einst Einstein der Wegbereiter des nuklearen Zeitalters war, könnten die Wissenschaftler von heute den Weg in ein neues Zeitalter ebnen: in das des technisch beeinflussbaren Bewusstseins. Das wäre der nächste Schritt in eine Zukunft steuerbarer Individuen, hinein in eine Welt elektronischer Kontrolle. Leider gelten für uns Menschen nicht die Gesetzmäßigkeiten der Unschärferelation wie in der Physik – bei der nämlich nicht gleichzeitig Standort und Impuls eines Teilchens bestimmt werden können. In unserem Umfeld ungehinderter Datenströme können schon jetzt Bewegungsdaten und komplette Persönlichkeitsprofile über Cybernetzwerke generiert werden. Dürfen wir unter diesen Vorzeichen wirklich noch auf die Regulierungsmechanismen von Politik und Behörden vertrauen? Stellt sich nicht mehr denn je die Frage nach Kontrolle sowie ethisch vertretbaren Richtlinien für Forschung und Entwicklung? Oder sind wir auf dem Weg in eine Gesellschaft, in der eine Elite bald über die technologischen Möglichkeiten verfügt, große Bevölkerungsteile zu ihren Zwecken zu beeinflussen oder gar zu beherrschen?

Die Fortschritte der Forschungsprojekte und Theorien sehen vordergründig sicher vielversprechend aus. Blicken wir jedoch in die Zukunft, so stehen aufgrund des anzunehmenden Erkenntnis-Missbrauchs schon heute Fragen nach den Risiken einer solchen Forschung im Raum. Überhaupt scheinen uns die Entwicklungen und Errungenschaften der modernen Wissenschaft zunehmend zu überfordern, nicht nur im gentechnischen Bereich. So ist in Militärkreisen, mit dem Wissen um die Gefahren einer elektromagnetischen Beeinflussbarkeit des Gehirns, die Angst vor klassischen Waffen des Terrorismus längst der Angst vor Terror im Verborgenen gewichen. Genau aus diesem Grund forscht bereits eine Heerschar von Spezialisten auf dem Gebiet von *Mind Control.* Waren es vormals noch die in den Sechzigern als streng geheim eingestuften Projekte namens MK Ultra, Monarch oder später auch HAARP, so scheut man sich heute nicht, die Ergebnisse um die Verwendung von Mikrowellen zur Manipulation des Bewusstseins oder zur Beeinflussung der Wahrnehmung offen zu publizieren[(4)]. Deutet dies etwa auf eine clevere Strategie hin, erste Vorbereitungen zu treffen, um diese Techniken salonfähig zu machen?

Wer sich für die Möglichkeiten von Telepathie, Bewusstseinskontrolle und Bioinformationstransfer sowie deren Anwendungsmöglichkeiten interessiert, wird schnell auf die wissenschaftlichen Arbeiten von David Bohm und Rupert Sheldrake stoßen. In dem vorliegenden Roman habe ich in reiner Fiktion darzulegen versucht, wie deren Wirkmechanismen und reale Umsetzung in der Praxis aussehen könnten. Die Überlegung, ob wir in ferner Zeit *mindcontrolled* sein werden oder, ohne es zu wissen, bereits sind, ist nicht neu und spätestens seit dem Film *Matrix* bekannt. Wenn wir in unserer Historie zurückblicken, haben wir unsere Welt entsprechend dem begrenzten Kenntnisstand der jeweiligen Zeit zu erklären versucht; deshalb sollten wir im Computerzeitalter nicht dazu neigen, übergeordnete Systeme mit der Funktionsweise von Supercomputern erklären zu wollen.

Im Bereich der Astrophysik rückt die Holografie bei Astronomen mehr und mehr in den Vordergrund von Überlegungen. So ist die Annahme, in einer galaktischen Holografie zu leben, zum jetzigen Zeitpunkt und aufgrund heutiger Erkenntnisse gar nicht mehr so abwegig. Wenn Rupert Sheldrake die Erklärung dafür, dass Tiere innerhalb kürzester Zeit neu erlernte Techniken zur Nahrungsbeschaffung weltweit über ihre Population zu verbreiten imstande sind, bereits sehr früh morphogenetischen Feldern(20) zuschrieb, und er es als ein der Natur innewohnendes Gedächtnis interpretierte, könnte auch das in die Richtung eines universalen Gedächtnisses, nämlich der gesamten Bildinformation in jedem Punkt eines Hologramms hinweisen. Mit den gleichen Überlegungen könnte man ebenso das Phänomen eines dem Wasser innewohnenden Gedächtnisses erklären, das nicht nur helfen würde, die Wirkungsweise der Homöopathie zu entmystifizieren.

Wie integriert sich unsere Existenz, unsere Spezies aber dann in diese intergalaktisch kommunizierende Welt? Angebliche Ergebnisse einer russischen Gruppe von Wissenschaftlern um den Molekularbiologen Piotre Gajajev und Vladimir Poponin geben vielleicht eine Antwort. Sie beschreiben ein als Phantom-DNA-Effekt(3) bekannt gewordenes Phänomen. In diesem Versuch bestrahlte man menschliche DNA und konnte selbst nach deren Entfernung ein bleibendes Interferenzmuster im Raum messen. Erstmals wurde so im Labor nachgewiesen, dass jedes Lebewesen physikalisch messbare Spuren seiner Existenz hinterlässt (Phantom DNA Effekt).

Glaubt man diesen Theorien, so werden darin die Kommunikation unserer DNA als Bindeglied zur physikalischen Ebene erklärt und ebenfalls ein Lösungsansatz zum Verständnis von Bewusstsein und Wahrnehmung dargelegt. Kann man der DNA vielleicht speziesinterdisziplinäre Fähigkeiten der Kommunikation und damit evolutionsrelevante Mechanismen zuschreiben?

Ist es möglich, dass die DNA damit über genau diese *eingefalteten Ordnung* im Universum kommuniziert, die David Bohm in seinem Buch *Die implizierte Ordnung* beschreibt und als *Holo-Movement* bezeichnet? Dies würde bedeuten, dass die Programmierung unserer DNA in einem holografischen Universum eingewoben und damit überall verfügbar ist. Erstaunliche Effekte, die Astronomen bereits erkannten und deren Funktion und Wirkmechanismen an moderne Computer erinnern, sind jedenfalls nicht von der Hand zu weisen. Auch neuerliche Ausführungen von Stephen Hawking, der Information mit Energie spektakulär gleichsetzt[(21)], würden eine solche These stützen, obwohl sein neues Weltbild zumindest ohne einen Superprogrammierer namens Gott auszukommen scheint.

Wäre die Viele-Welt-Theorie von Hugh Everett[(22)] vielleicht ein Ansatz dafür, dass wir uns möglicherweise in einem gigantischen Hologramm, hinter dem sich viele weitere Entwicklungsstufen verbergen, gesteuert von einem noch gigantischeren Supercomputer, bewegen? Ich wundere mich jedenfalls nicht mehr, dass die vollständige Bildinformation eines Hologramms trotz dessen Teilbarkeit eine Analogie zu den Aussagen William Blakes eröffnet. Konstatierte der Dichter damals doch, die Welt in einem Sandkorn erkennen zu können.[(23)]

Mit den Fragen des Woher und Wohin in unserem Universum drängt sich uns jedoch eine viel gewichtigere Frage auf: Die Frage nach der vermeintlichen Realität, die wir glauben wahrzunehmen, und mehr noch, der Frage nach einem *tatsächlich freien Willen*. In einem determinierten Universum, das feststehenden Formeln und Naturgesetzen folgt, und einem Zeitpfeil, über den wir Vergangenheit, Gegenwart oder Zukunft als unveränderbar empfinden, wäre dies dann lediglich Ausdruck einer subjektiv empfundenen Realität – einer virtuellen Realität, gesteuert aufgrund eines seit Millionen von Jahren in bestimmten Anpassungsmustern auf äußere Reize und Informationen getrimmten und entwickelten Computers, nämlich dem unseres Gehirns. Die wirkliche Realität würde sich nach neuer Sichtweise somit in unendlich vielen möglichen Realitäten, ähnlich den von mir beschriebenen Zeitblasen im Collider, unabhängig voneinander entwickeln und dem geflügelten Spruch *alles ist möglich* eine neue Bedeutung verleihen.

In ihrem Werk *Verborgene Universen*[(24)] beschreibt die Physikerin Lisa Randalls ihr Bild des Universums mit eingerollten, und damit verborgenen Dimensionen. In ihren Berechnungen wies sie nach, dass die Raumzeit so stark verbogen sein könnte, dass wesentliche Teile davon für uns unsichtbar sind. Abweichend von der populären String Theorie kommt Lisa mit nur fünf Dimensionen aus und erklärt uns ihr Weltbild mit einer eingefalteten Dimension. Von den uns bekannten Dimensionen wird diese Dimension von zwei Branen, die Lisa mit Oberflächen eines welligen Duschvorhangs vergleicht, von anderen Dimensionen abgesondert. Obwohl sich damit nur Bruchteile von Millimetern von uns entfernt ein anderes Universum befinden könnte, wären wir gar nicht in der Lage, diese Welt zu sehen. In unseren Dimensionen gefangen, bliebe uns dieses Universum verborgen.

Damit eröffnet sich die Frage, wie sich denn für uns diese verborgene Welt in unserer wahrgenommenen Realität äußern würde. Finden jetzt unerklärliche Phänomene endlich ihre Erklärung in Form von Hyperkommunikation, mit genau diesen verborgenen Dimensionen? In der Interaktion zwischen weiteren, uns unbekannten Welten, die direkt neben uns parallel existieren? Welten, in die wir vielleicht, ohne dass wir dies wollen, hineinzugleiten vermögen und aus denen andere Individuen uns unbeabsichtigt besuchen?

Sollte sich dies tatsächlich bestätigen, würden aber auch Lehrbücher in Psychologie und Psychatrie beim Verständnis um pathogene Erkrankungen umgeschrieben werden müssen. Zumindest müssten die Grenzen dessen, was als real und irreal definiert wird, erweitert werden. Nicht nur für Grenzwissenschaftler sondern auch für Philosophen, Hirnforscher bis hin zu spirituell religiösen Organisationen, würde zum Beispiel mit Sicht auf ein Weiterleben nach dem Tode ein völlig neuer Fokus eröffnet werden.

Vielleicht rückt damit die neue Weltsicht sogar wieder in die Nähe der Erklärungen alter Philosophen, und deren Setzung *alles ist Geist* würde neu belebt. Wenn Hawking in seiner neuesten Veröffentlichung auch annehmen mag, *die Philosophie ist tot*, würde dann diese alte, allumfassende Weltsicht nicht im Gegenteil am Ende den Sieg der Philosophie über die Wissenschaft bedeuten?

Übrigens ist der *alles ist Geist*-Gedanke der Philosophie auch in der Physik nicht ganz neu, denn bereits seit den Vierzigern spekulieren renommierte Wissenschaftler wie Niels Bohr, Wolfgang Pauli und Sir James Jeans über den Zusammenhang von Physik, Bewusstsein und einer damit verknüpften Realität(25,26) So radikal wie der einstige Cambridge Astrophysiker Sir James Jean (27) ging dabei kaum einer vor. Er postulierte, dass Newtonsche Gravitationskraft sowie Energie lediglich Gedankenkonstrukte seien, und sprach Begriffen wie elektrischen und magnetischen Kräften schlichtweg eine reale Existenz ab. Auf Physikerkongressen werden aber gegenwärtig auch diese Themen zunehmend diskutiert, und eine Reihe brillanter Wissenschaftler forschen bereits in genau diese Richtung.

Wenn Physiker heute nach einer Formel suchen, die auch den Wissensdurst nach Erklärung von Phänomenen stillt, die mit naturwissenschaftlichen Prozessen nicht zu erklären sind, zum Beispiel den Fragen *warum existiert die Unterscheidung Gut und Böse*, nach dem *Sinn des Lebens*, *Gott* oder der *Seele*, würde dann nicht dieser Ansatz in seiner gesamtheitlichen Sichtweise dem Anspruch an die Bezeichnung *Weltformel* sehr viel mehr entsprechen? Aber möglicherweise sind die ambitionierten Sezierer der bestgehüteten Geheimnisse unserer Welt schon längst auf dem Weg dorthin. Zumindest erscheinen die Grenzen zwischen mathematischer Beweisführung, Formelkonstanten und spiritueller Gedankenwelt fließender denn je zu sein.

Wenn man heute noch darüber diskutiert, ob das Universum einem Oktaeder gleicht oder eher einem Horn, wird man in zweihundert Jahren auf diese Fragestellung lächelnd zurückblicken. Längst wird es uns gelungen sein, mittels ausgerichteter Schwerkraftwellen den Raum vor einem Raumschiff so stark zu krümmen, dass wir durch diesen stark verkürzten Raum in der Lage sind, unermessliche Distanzen, die wir möglicherweise heute nur aufgrund der Reichweite eines Superteleskops in der Lage sind zu messen, in kurzen Zeiträumen zu überbrücken.

Ob mehrere Universen gleichzeitig existieren, wird sich vielleicht dann ebenso geklärt haben, wie die Frage nach weiteren (verborgenen) Dimensionen. Nur weil wir uns dies aufgrund unseres auf Raumlehre ausgerichteten und auf Dreidimensionalität konditionierten Hirns nicht vorstellen können, bedeutet es keineswegs, dass wir nicht bereits eine solche Mehrdimensionalität um uns herum erleben. Unsere Betrachtungsweise würde dabei der einer Ameise gleichen, die sich an der Oberfläche eines zum Korkenzieher gewendelten Blattes mehrdimensional bewegt, dabei aber auf ihrem Weg meint, nur geradeaus zu gehen. Könnte die Ameise diesen Prozess jemals erfassen? Besser gefragt: Gestalten wir selbst oder werden wir gestaltet? Diese Frage ist auch noch vor einem anderen Hintergrund interessant. Wenn wir nicht selbst gestalten können, gibt es dann überhaupt so etwas wie einen freien Willen? Wenn wir jedoch keinen freien Willen haben, wie vermögen wir dann über uns selbst nachzudenken? Fragen über Fragen ...

Etwas Zuversicht in die Entwicklung hin zu einem besseren Verständnis dieses Paradoxons sollten wir allerdings mitbringen. Wenn es uns möglich ist, über unseren eigenen Bewusstseinszustand nachzudenken, bedeutet dies doch, dass wir uns zumindest eine ganze Welt erdenken können. *Und vielleicht ist dort draußen jemand, der uns gerade träumt!*

Vielleicht werden wir dann eines Tages in Erfahrung gebracht haben, ob unsere erlebte Wirklichkeit die einzig reale ist – oder ob sie in Paralleluniversen nur durch uns selbst zu einer von vielen Milliarden von Realitäten wird.

»Ist es vermessen eine Zeit zu erhoffen, in der uns die bekannte Wirklichkeit nur als eine von möglichen Erscheinungsformen von Realitäten, die uns zur Verfügung stehen, begegnen wird, und wir irgendwann lernen, diese unabhängig von Zeit und Raum zu nutzen?

– Wer oder was wären wir dann –?«

Bernd Roßbach, Beaumont Texas 2011

Dank

Keine Fiction ohne Science

Zu dem Zeitpunkt, als ich im März 2010 in Beaumont an *Collapse* zu arbeiteten begann, wusste ich, dass ohne die Theorien und Forschungsarbeiten der Wissenschaftler auf den Gebieten der Grundlagenforschung, der Elementarteilchenphysik und der Biophysik, sowie auch der Astrophysik meine fiktive Story so nicht hätte geschrieben werden können. Erst durch deren unermüdliche Arbeit fand ich Inspiration für den vorliegenden Roman. Aus diesem Grund sind die nach meiner Überzeugung wichtigen Publikationen als Literaturhinweise (hinter den Quellen) aufgeführt. Auch besteht so für die Leser die Möglichkeit, weitere Informationen zu den genannten Theorien und Schlussfolgerungen zu erlangen. Insbesondere danke ich meiner Schwägerin Marion, die wie immer meinen Rohentwurf als erste las, sowie meinem Sohn Dominik Alexander für die Einfälle zu Strange. Mein besonderer Dank gilt auch meinem Verlagslektor Benjamin Lauterbach für die Arbeiten an meinem Manuskript und seinen Bemühungen, den nicht einfachen Stoff dem Leser verständlich zu machen.

Quellen

(1a) Experiment Aspect Alain, *Nichtlokalität und Quantenphysik*. Alain Aspect, Jean Dalibard, Gérard Roger: *Experimental Test of Bell's Inequalities Using Time-Varying Analyzers*. In: Physical Review Letters. 49, Nr. 25, 1982,

(1a) Nicolas Gisin, *Mysteriöses Quantenphänomen*, Spiegel Online 14.08.2008

(2a) *Indizien für ein Holografisches Universum*, http://www.astronews.com (news/artikel2009/02/0902-007)

(2b) David Bohm, *Die implizierte Ordnung, Grundlagen eines dynamischen Holismus*, Goldmann, München, 1987

(3) *Phantom DNA Effekt*, http://www.bibliotecapleyades.net/ciencia/ciencia_genetica04.htm,
P.P. Gariaev, K.V. Grigor'ev, A.A. Vasil'ev, V.P. Poponin and V.A. Shcheglov.
(Investigation of the Fluctuation Dynamics of DNA Solutions by Laser Correlation Spectroscopy. Bulletin of the Lebedev Physics Institute, n. 11-12, p. 23-30 (1992).
Siehe auch: Tiller W.A. (What Are Subtle Energies, W.A. Tiller, Professor emeritus of Materials Science and Engineering at Stanford University, Wikipedia),

(4) Dr. Hans Ulrich Gresch, *Hypnose, Bewußtseinskontrolle, Manipulation*

(5) Conny Kelber u. Mathias Horx, *Integrierte systemische Prognostik. Integrierte Zukunftsforschung*

(6) *Guggenheim Quadrat*, Wikipedia

(7) Physicsworld.com, *Black Hole shrinks brane world dimensions/*
http://physicsworld.com/cws/article/news/2007/may/14/black-hole-shrinks-braneworld-dimensions

(8) Louis Bunuel, Salvador Dali, *Ein andalusischer Hund*, Film, Paris, 1929

(9) Roßbach Bernd, *Schattenwelten 2009. Mit den Werkzeugen des Teufels*, chlosser Verlag
(10) *Erdschwingungen, die Melodie der Welt*. Wissen – Süddeutsche.de
(11) http://www.kailer.at/kraeuterbaer/wasser.html
(12) *Colon Hydro Therapie*, Wikipedia
(13) *Duoplasmatron, Erzeugung von Protonen, Vorlesungsaufbau*
http://tulectures.web.cern.ch/TULECTURES/Folien/04_Elektronen%20und%20Ionenquellen_MB.pdf
(14) http://www.spiegel.de/wissenschaft/mensch/0,1518,662999,00.html
Prof. Dr. G Waller, *Optische Halbleiter*, Fachhochschule Kiel
(15) Domschke Wolfgang., Logistik Bd.2, *Rundreisen und Touren*, 3. Auflage, 1990
(16) Ingrid Gerdes, Frank Klawonn, Rudolf Kruse; *Evolutionäre Algorihmen, Genetische Algorithmen – Strategien und Optimierungsverfahren – Beispielanwendungen*, 1. Auflage, Juli 2004
(17) Steffen Harbich, *Einführung Genetischer Algorithmen mit Anwendungsbeispiel*, 2007
(18) global Security.org/ speziell:
http://www.globalsecurity.org/wmd/systems/rnep.htm
(19) http://de.wikipedia.org/wiki/B83_%28Kernwaffe%29
(20) *Morphogenetisches Feld, Morphische Felder*, Wikipedia
(21) Leonard Süsskind, *Der Krieg um das Schwarze Loch. Wie ich mit Stephen Hawking um die Rettung der Quantenmechanik rang*, Surkamp, ISBN978-3-518-42205-2
(22) *Viele Welten Theorie, Viele Welten Interpretation*, Wikipedia
(23) *Materie und Energie*, http://www.spektrumverlag.de/artikel/830304

(24) Lisa Randall, *Verborgene Universen*, Fischer, ISBN 978-3-596-17438-6
(25) Bohr Niels, Atomtheorie und Naturbeschreibung, Cambridge, 1941
(26) Wolfgang Pauli (*Physik und Philosophie*) siehe auch: Wolfgang Pauli, (*Zwischen Kernphysik und Weltharmonie*), Libelle Verlag
(27) Sir James Jean, *Physiks & Philosophie*, Cambridge, 1943

Literatur

Empfohlen zu den Themen: Neues Verständnis des Universums, holografisches Universum/Gehirnforschung und DNA-Forschung:

Ernst Peter Fischer, *Brücken zum Kosmos*, Wolfgang Pauli, *Zwischen Kernphysik und Weltharmonie*, Libelle Verlag

Lisa Randall, *Verborgene Universen*, Fischer, ISBN978-3-596-17438-6, 2008

David Bohm, *Die implizierte Ordnung, Grundlagen eines dynamischen Holismus*, Goldmann, München, 1987

Michael Talbot, *Das holographische Universum: die Welt in neuer Dimension*, Droemer Knaur,1992, ISBN 3-426-26572-9

Sir John Carew Eccles, *Das Ich und sein Gehirn,* München, 1982, ISBN 3-492-21096-1

Sir John Carew Eccles, *Wie das Selbst sein Gehirn steuert,* Berlin, 1994

Sir John Carew Eccles, *Die Evolution des Gehirns – die Erschaffung des Selbst*. München, 2002, ISBN 3-492-23709-6

Kathleen Taylor, *Brainwashing: The Science of Thought Control*, Oxford University Press, 2004

Grazyna Fosar, Franz Bludorf; *Im Netz der Frequenzen*. Michaels-Verlag, Peiting, 2004.

Ernst Meckelburg, *Bewusstsein und Holografisches Universum*
Maslov M.U., Gariaev P.P.; *Fractal Presentation of Natural Texts and Genetic Code*
Qualico-94 (Second International Conference on Quantative Linguistics), September 20-24, 1994. Moscow; Lomonosov State University Philological Faculty.
P.P. Gariaev, V.P. Poponin; *Vacuum DNA phantom effect in vitro and its possible rational explanation*, Nanobiology, 1995 (in press)
Gariaev P., Tertishniy G.; *The quantum non-locality of genomes as a main factor of the morthogenesis of biosystems.*, 3th Scientific and medical network continental members meeting, Potsdam, Germany, May 6-9, 1999.
Maksimenko V.V., *Localization of light in Fractal Cluster*, Journal of Aerosol Science, v.30, 1999
Agaltsov A.M., Gariaev P.P., Gorelik V.S., Rakhmatullayev I.A., Tcheglov V.A.; *Double-photon-induced luminescent lighting in genetic structures*, Quantum Electronics."
Dzang Kangeng Yu.V., *Bioelectromagnetic fields as a material carrier of biogenetic information,* Aura-Z., 1993
S. Paddison, *The Hidden Power of the Heart*. Boulder Creek: Planetary Publications, 1992. "

Empfohlen zu den Themen: komplexe Systeme, Krise und Zukunftsforschung
Sandra Mitchell: Emergente Systeme, *Emergence: logical, functional and dynamical*; Synthese, 2010. *Complexity and Explanation in the Social Sciences*" in C. Mantzavinos (ed.) Philosophy of the Social Sciences, Cambridge University Press, 2009
Horst W. Opaschowsk, *Deutschland 2030, wie wir in Zukunft leben*, Gütersloher Verlagshaus, 2009
Mathias Horx, *Wie wir leben werden, Unsere Zukunft beginnt jetzt*, Campus Verlag, Frankfurt am Main, 2005

V. S. Gerling

Das Programm

448 Seiten
Klappenbroschur
Edition 211
im Bookspot Verlag
ISBN 978-3-95669-017-4
14,80 €

Eine brutale Mordserie zieht durch Deutschland. Nicolas Eichborn und Helen Wagner vom BKA werden mit dem Fall beauftragt, während ihrer Ermittlungen stellen sie fest, dass einige der Opfer Mitglieder bei »New Horizon« waren, einem Unternehmen mit sektenähnlichen Strukturen. »New Horizon« verspricht seinen Kunden, dass sie durch Bewusstseinserweiterung leistungsstärkere und bessere Menschen werden, in Wahrheit geht es aber um Gehirnwäsche.
Im Laufe der Nachforschungen stoßen Eichborn und Wagner auf ein Forschungsprojekt, das seine Anfänge zu Zeiten des Kalten Krieges hatte und dessen Ziel es war, durch Bewusstseinsmanipulation den perfekten Killer zu schaffen. Schon bald erfahren sie, dass dieses Programm noch immer existiert …
Nicola Eichborn und Helen Wagner – ein unkonventionelles Ermittlerpaar in seinem ersten Fall. Rasant, spannend und erfrischend anders.

»Spannender, aus verschiedenen Perspektiven erzählter Thriller, der zugleich Auftakt zu einer Serie ist.«
Christine Rohe, ekz.bibliotheksservice

Guido Kniesel

Kein Wille geschehe

320 Seiten
Klappenbroschur
Edition 211
im Bookspot Verlag
ISBN 978-3-95669-026-6
14,80 €

In Berlin werden innerhalb weniger Tage zwei Tote mit durchschnittener Kehle aufgefunden, ein pensionierter Richter und ein Staatsanwalt. Beiden Opfern wurde mit Blut der Schriftzug »Amor Fati« auf die Stirn geschmiert – ein durch Friedrich Nietzsche geprägter Ausdruck mit der Bedeutung »Liebe zum Schicksal«. Die Beamten der Berliner Sonderkommission »Justitia« stoßen bei ihren routinemäßigen Ermittlungen auf den forensischen Psychiater Dr. Hendrik Jansen, der sich vorerst zur Verfügung halten muss und deshalb seine Frau Diana mit dem gemeinsamen Sohn Noah in den geplanten Sommerurlaub auf Rügen vorschickt. Auch Hendriks sinnsuchende Tochter Julia aus erster Ehe und ihr Freund Marc, ein Dauerkiffer und ehemaliger Hacker, auf den Hendrik nicht sonderlich gut zu sprechen ist, werden in den Sog der Ereignisse hineingezogen.
Als Hendrik schließlich begreift, dass seine Familie nie auf Rügen angekommen sondern entführt worden ist, wird ihm allmählich klar, dass es sich bei dem Entführer nicht nur um den gesuchten Doppelmörder handelt, sondern offenbar auch um einen dem Fatalismus verfallenen Wahnsinnigen, für den ein Menschleben nicht mehr bedeutet als ein loses Blatt im Wind.

Fesselnd und bedruckend … Ein Thriller mit Suchtpotenzial!

Vom syndikat nominiert
Friedrich-Glauser-Preis 2014
Bester Kriminalroman

Michael Böhm

Herrn Petermanns unbedingter Wunsch nach Ruhe

176 Seiten
gebunden
Edition 211
im Bookspot Verlag
ISBN 978-3-937357-80-5
14,80 €

Es ist diese Ruhe, die Leo Petermann, Exchef des Softwareriesen »Pythagoras«, in das Haus über dem See lockte. Er beschäftigt sich mit seiner Kunstsammlung, seinen Büchern, erfreut sich an seinen Rosen, hat nun Zeit zum Schreiben, einem Jugendtraum. Hin und wieder genießt er die Wärme seiner Geliebten. Vor allem aber badet er regelrecht in der Stille der Landschaft.

Doch auf einmal ist es damit vorbei. In unmittelbarer Nachbarschaft stellen junge Motorradfreaks den Alltag auf den Kopf. Die Kakophonie des Lärms lässt die kleine heile Welt in tausend Teilchen zerspringen. Aber Petermann ist entschlossen, seinen Garten Eden zu verteidigen. Er sorgt auf seine Art dafür, dass der Frieden in seinen beschaulichen Weiler zurückkehrt.

... eine herrlich böse, im wahrsten Sinne des Wortes abgründige Geschichte, die zu lesen es in jedem Fall lohnt. Ein ganz besonderes Buch!

Eva Hüppen, www.leser-welt.de